KEY·可以文化

赫尔曼·布洛赫 作品

梦游人

[奥]赫尔曼·布洛赫——著
HERMANN BROCH

黄勇——译

图书在版编目(CIP)数据

梦游人/(奥)赫尔曼·布洛赫著;黄勇译. —杭州:浙江文艺出版社,2024.5(2025.5重印)

ISBN 978-7-5339-7057-4

Ⅰ.①梦… Ⅱ.①赫… ②黄… Ⅲ.①长篇小说-奥地利-现代 Ⅳ.①I521.45

中国国家版本馆CIP数据核字(2022)第227676号

统　　筹　曹元勇
策　　划　李　灿
责任编辑　王希铭　汤明明
责任印制　吴春娟　睢静静
营销编辑　耿德加　胡凤凡
装帧设计　陈威伸　吴伟光
数字编辑　姜梦冉　诸婧琦

梦游人
[奥]赫尔曼·布洛赫　著　黄勇　译

出版发行　浙江文艺出版社
地　　址　杭州市环城北路177号
邮　　编　310003
电　　话　0571-85176953(总编办)
　　　　　0571-85152727(市场部)
印　　刷　上海盛通时代印刷有限公司
开　　本　889毫米×1194毫米　1/32
字　　数　585千字
印　　张　29.625
插　　页　24
版　　次　2024年5月第1版
印　　次　2025年5月第5次印刷
书　　号　ISBN 978-7-5339-7057-4
定　　价　218.00元(精装,全三卷)

童年时期的布洛赫，1889 年

来源：耶鲁大学拜内克古籍善本图书馆赫尔曼·布洛赫档案

(Hermann Broch Archive, Beinecke Rare Book and Manuscript Library)

布洛赫与弟弟弗里德里希·布洛赫（Friedrich Broch），1893 年

来源：耶鲁大学拜内克古籍善本图书馆赫尔曼·布洛赫档案

(Hermann Broch Archive, Beinecke Rare Book and Manuscript Library)

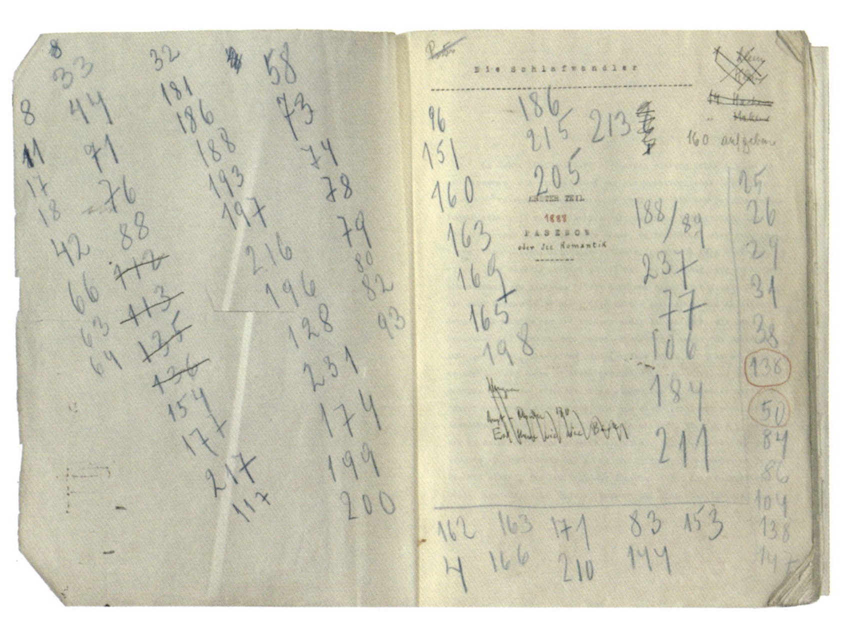

布洛赫在《1888 年：帕瑟诺或浪漫主义》原稿上的笔记

来源：耶鲁大学拜内克古籍善本图书馆赫尔曼·布洛赫档案

(Hermann Broch Archive, Beinecke Rare Book and Manuscript Library)

war kein Verlass, sie machte schliesslich doch Partei mit dem Vater.

Die Mutter war sehr pünktlich. Niemals fehlte sie zur Melkzeit im Stalle, beim Eierausheben im Hühnerhof, vormittags konnte man sie in der Küche aufsuchen und nachmittags in der Wäschekammer, wo sie mit den Mägden das steife Leinen legte und zählte. Damals hatte er es eigentlich erst erfahren. Er war mit der Mutter im Kuhstall gewesen, und Onkel Bernhard kam ihnen über den Hof entgegen. Onkel Bernhard trug noch immer einen Stock ; er war ja noch seiner Verwundung zur Erholung hergekommen, aber er hinkte nur mehr wenig. Sie waren stehen geblieben und Joachim hielt sich an dem Stock Onkel Bernhards an. Die Elfenbeinkrücke war etwa in der Höhe seiner Augen ; er sah sie noch jetzt deutlich vor sich. Onkel Bernhard sagte : "Sie können mir gratulieren, Cousine, seit heute bin ich Major." Joachim blickte hinauf : der Major war sogar grösser als die Mutter, vielleicht war er auch jetzt noch gewachsen, jedenfalls passte er besser zu ihr als der Vater. Er hatte einen kurzen Vollbart, aber man konnte den Mund sehen. Joachim überlegte, ob es eine grosse Ehre sei, den Stock eines Majors halten zu dürfen, und dann entschloss er sich, ein wenig stolz zu sein. "Ja", sagte Onkel Bernhard, weiter, "aber nun ist es mit den schönen Tagen auf Stolpin auch

* hatte sich einen kleinen, gleichsam stolzen und doch vorschriftsmässigen Ruck gegeben, schien noch strammer als sonst und war vielleicht

布洛赫在《1888年：帕瑟诺或浪漫主义》原稿上的修改

来源：耶鲁大学拜内克古籍善本图书馆赫尔曼·布洛赫档案

(Hermann Broch Archive, Beinecke Rare Book and Manuscript Library)

目

录

01 1888 年：帕瑟诺或浪漫主义

02 1903 年：艾施或无政府主义

03 1918年：胡桂瑙或现实主义

01

1888 年：

帕瑟诺或浪漫主义

第一章

1888 年[1],冯·帕瑟诺老爷七十岁了。在柏林的街道上,有些人只要看到他迎面走来,心里就会莫名其妙地对他生出反感,对,他们讨厌他,甚至认为这老头一定不是个好东西。老头虽然个子矮小,但好在身材匀称,比例协调,既非弱不禁风,也不大腹便便,在柏林时经常戴着一顶大礼帽,怎么看都不滑稽可笑。他留着德皇威廉一世那样的胡子,但剪得稍短一些,脸颊上看不到一根像德皇那样可以让自己显得和蔼可亲的白色绒毛,甚至头发也丝毫不见稀疏,只零星夹杂着几根白发。尽管年已古稀,但他仍然有着年轻时的金发,只是发色略显红色,让人想起有些陈腐的麦秆。有人

① 1888 年 3 月 9 日,德意志第二帝国的缔造者、年过九旬的威廉一世去世,腓特烈三世继位。6 月 15 日,腓特烈三世因病去世,继位仅 99 天,人称“百日皇帝”。腓特烈三世一死,他的儿子小威廉继位,即德意志帝国的末代君主威廉二世。因此,1888 年也被称为德国的“三皇之年”。——若无特殊说明,本书注释均为译者注。

觉得,像他这样的老头留着这样的头发其实并不合适,老年人就该有老年人的样子。不过,冯·帕瑟诺老爷早已习惯了自己的发色,也丝毫不觉得自己戴上单片眼镜后显得过于年轻。每次照镜子的时候,他就会看到五十年前自己在镜子里看到的那张脸。虽然老头觉得自己这样也不错,但不喜欢老头这副容貌的人毕竟还是有的。这些人实在无法理解,凭什么每个矜持冷静的女人,一看到这个男人都会双眼脉脉含情,都想把他拥入怀中。他们最多酸溜溜地承认,她们都是他庄园里的波兰女佣,所以才被这个小个子男人得手的,而他靠的就是有些歇斯底里的霸道攻势,小个子男人大多如此。事情无论真假,反正是他两个儿子说的,他自己当然不会承认。两个儿子说的时候也难免会添油加醋,所以很容易被人扣上心有成见、胡编乱造的帽子——虽然这些人在看到冯·帕瑟诺老爷时还是会心头一紧,觉得浑身不自在,要是在不经意间突然看到他从身旁经过,更是觉得心里堵得慌。也许这是因为人们根本猜不出他到底几岁了——他的举止动作既不像老年人,又不像少年人,也不像年富力强的青壮年人。不过,多疑平添烦恼,所以,路上有人觉得他走路的样子有失体面,也不是没有可能;有人讥讽他走路的样子傲慢又庸俗,懦弱中带着莽撞,稳重中透着招摇,也并不奇怪。这当然和性格有关。但人们也完全可以想象,有个恨意滔天、怒火熊熊的年轻人急着赶回来,想要把手杖伸到那个如此走路之人的两腿之间,把他绊倒在地摔断腿,让他再也不能这样走路。不过,冯·帕瑟诺却依旧是一副小个子做派,趾高气扬、大步流星地直步向前走着。因为他走路时身子也挺得很直，所以他的小肚子微微向前凸起，几乎可以说他把小肚子放在身前，带着他整个人招摇过市，像个难看得没人想要的礼物。然而，讽喻并不能说明什么，尽管人们对他的奚落嘲讽全无道理。也许还有人因为之前奚落过他而感到羞愧，但在看到他腿旁的手杖时，心中顿时就会释然。那手杖有节奏地移动着，每次提起几乎都与膝盖等高，每次放下戳在地上都发出清亮的响声，然后又马上提起，双脚就在边上交替走着。他的双脚也比一般人抬得高，脚尖更是翘得不得了，似乎看不起对面走来的人，要给他们看他的鞋底一样。鞋跟落在铺石路面上时，都会砸出一下轻响。双腿和手杖就这样一起向前走着，让人觉得，如果这个人出生时是一匹马的话，他就是一匹溜蹄马[1]；但最让人吃惊和难受的是，这还是一匹三条腿的溜蹄马，一个自动行走的三脚架。让人想想就觉得可怕的是，这个三条腿走路之人目标之明确，就像他直步向前和奋勇向前的架势一样，但这一定都是假的：因为他根本没有任何目标！因为真有目标的人是绝不会这样走路的。虽然在片刻之间，人们一定会联想到放高利贷的人，以为这人此刻正冷酷无情地去穷人家里收债，不过这种事实在太少、太俗了，所以人们马上就会回过神来，惊恐地意识到，这是魔鬼在闲逛溜达呢，就像一只三条腿走路的狗，一瘸一拐地，沿直线"之"字形向前走着……

① 溜蹄马行走时身体一侧的两腿同时向前迈步。

够了，因为这一切都能找出来，只要人们用充满爱意的憎恨来分析冯·帕瑟诺老爷的走路姿势。最后，人们可以在大多数人身上这样试一下，总有一些是符合的。虽然冯·帕瑟诺老爷并不需要为生活奔波忙碌，却把大把时间花在履行表面的、惯常的义务上，给自己弄一笔稳定的钱财，因而总显得忙忙碌碌，没时间真的去闲逛溜达——这也正好符合他的性格。此外，如果每年去两次柏林的话，那他就有许多事情要做。现在，他正赶着去看他的小儿子——中尉约阿希姆·冯·帕瑟诺。

约阿希姆·冯·帕瑟诺每次和父亲在一起的时候，总是会不由自主地回想起自己的少年时光，但印象最深的，自然还是在进入库尔姆军官学校之前所发生的事情。当然，那也只是些零零碎碎的回忆在这个时候匆匆浮现，重要的和不重要的事杂乱无章地在脑海中逐一闪现。照理说，寡言少语的管家扬完全算是一个无关紧要的人物，提不提都无所谓，然而在约阿希姆的脑海中，扬的身影却总是会挤到最前面，所以这很可能是因为扬本来就不是人，而是一副胡子。他可以盯着扬看上几个小时，一边看一边想：在这一片虽然很柔软，但像灌木丛一样无比浓密的蓬乱胡子后面，是不是还藏着一个人。甚至在扬说话的时候，他还是不能肯定，因为扬是躲在胡子后面说话的，就像有人躲在窗帘后面说话一样，所以这些话也有可能是别人说出来的。最让人好奇的是扬打哈欠的时候：这时候，毛茸茸的胡须就会在预定位置张开一个口子，表明这里也是扬吃东西的地方。当约阿希姆跑过去告诉扬，自己快要去军官学校时，扬正在吃饭，坐在那里切着面包块。扬默默地听着，最后才说了一句："那小少爷现在肯定很开心吧？"约阿希姆这时才意识到，自己一点儿也不开心，甚至都想哭，但因为找不到合适的借口，所以只好点点头，说他自己很开心。

然后他还想起家里有一枚铁十字勋章，装在玻璃饰框中挂在大客厅里。它是帕瑟诺家族一个在1813年担任指挥官的长辈留下的。因为它本来就是挂在墙上的，所以他才觉得奇怪，为什么在伯哈德叔叔也得到了一枚铁十字勋章的时候，人们竟会如此大惊小怪。就算到了现在，每次想起自己当年竟会如此蠢笨，约阿希姆仍会感到很不好意思。也许，那时候让他感到愤怒的，只是他们以铁十字勋章为饵，哄他上军官学校这件事，毕竟哥哥赫尔穆特更适合上军官学校。尽管事情已过去那么多年，但约阿希姆仍然认为这种安排很荒唐，为什么一定是长子继承家业，幼子必须从军。在他的眼中，铁十字勋章就是废铁一块，但当伯哈德叔叔参加戈本师团的基辛根突袭战时，赫尔穆特却表现得极其狂热。况且，伯哈德是父亲的堂弟，根本不是什么亲叔叔。

他母亲长得比父亲高，家里的一切都得听她的。奇怪的是，赫尔穆特和他都不想听她的话；在这一点上，他们父子三人可谓是一脉相承。兄弟二人把她的口头禅"别那样"当作耳边风，根本不放在心上，就算她再加上一句"你俩最好老实点，别让你们父亲知道"，也只是让人心烦而已。哪怕她使出撒手锏："那好吧，我真的要告诉你们父亲了。”他们也早就听腻了，不过，就算她真的这么做，他们也不怕，因为父亲只会狠狠地瞪他们一眼，然后就死板地直步离开了。这倒像是母亲应得的惩罚，谁让她想着和他们共同的敌人站在一边。

那时候的牧师还是上一任牧师，留着很接近自身肤色的黄白色络腮胡子，在节假日过来蹭饭时，总把约阿希姆的母亲和站在诸位小王子中间的路易丝王后相提并论。这话虽然有点可笑，但约阿希姆心里却是美滋滋的。后来，牧师又养成了一个习惯，那就是把手放在约阿希姆头上，称他为“年轻的战士”，因为所有人，甚至厨房里的波兰女佣，也都在谈论库尔姆的军官学校。尽管如此，约阿希姆仍在等待父母的最终决定。有一次，母亲在餐桌上说，她觉得没必要把约阿希姆送走，因为他以后可以作为候补军官入籍，这种做法很常见，而且这个惯例也一直延续至今。但伯哈德叔叔反驳说，新军需要有才干的人，好小伙会喜欢上库尔姆的。父亲绷着脸一声不吭——母亲说话时，他都这样。因为他不会听她的。只有当母亲生日那天，他举杯相碰，送上祝福时，他才会借用牧师之前的戏语，称她为“我的路易丝王后”。也许母亲真的反对约阿希姆去库尔姆，但谁也信不过她。最后，她还是站在了父亲一边。

母亲做事情非常准时，总是按时去牛圈里挤奶，去鸡棚里捡鸡蛋。她上午肯定在厨房，下午肯定在洗衣房里，和女佣们一起清点上浆的亚麻布。老实说，他是到了那时才知道他们的最终决定的。他和母亲一起在牛棚里，他的鼻子里充斥着牛棚特有的熏天臭味，然后两人又一起出来，走进冬天刺骨的寒冷里，正好看到伯哈德叔叔穿过院子朝他们走来。伯哈德叔叔仍然拄着手杖。受了战伤的人，是可以拄手杖的，所有康复期的病人都可以拄手杖，即使他们跛得不那么厉害了。母亲停了下来，而约阿希姆则走过去扶着伯哈德叔叔的手杖。即使到了现在，他仍然清楚地记得那根饰有纹章的象牙柄手杖。伯哈德叔叔说："堂嫂，快点恭喜我吧，我刚刚当上少校啦!"约阿希姆抬眼看着少校叔叔：叔叔比母亲还要高，猛地微挺身子，站姿标准，又似乎透着自豪，他看上去也比平时更显得气宇轩昂、威风凛凛。也许是他现在真的长高了，至少比父亲更配得上母亲，他留着短络腮胡子，但胡子没有遮住嘴巴。"扶着少校的拐杖算不算是一种很大的荣耀?"约阿希姆心里想着，然后决定稍微自得一下。"当然，"伯哈德叔叔继续说道，"斯托平[①]的好日子又要到头了。"母亲说，这既是好消息，也是坏消息。这句话说得有点深奥，约阿希姆听得不是很明白。他们站在雪地里；母亲穿着和她自己一样柔软的棕色毛皮大衣，毛皮帽子下面露出缕缕金发。约阿希姆总是很高兴自己和母亲都有一头金发，因为这样的话，他也有可能长得比父亲高，说不定和伯哈德叔叔一样高。后者指着他说道："我们很快就会成为同穿帝国制服的战友了。"听到这句话，约阿希姆着实开心了一小会儿。可母亲只是叹了口气，也没有出言反驳，像站在父亲面前一样低眉顺眼，于是约阿希姆松开

① 约阿希姆乡下老家所在的地方，和伊丽莎白老家所在的莱斯托一样，都是虚构的地名。

手杖向扬跑去。

他不能跟赫尔穆特说这件事,因为赫尔穆特会嫉妒他,而且说起话来跟大人们一样,无非就是,即将成为战士的他应该感到开心和自豪。扬是唯一一个表里如一、守口如瓶的人,只是问了一下小少爷开不开心,并没有装出一副信以为真的样子。当然,其他人,包括赫尔穆特在内,也都是一番好意,只是想安慰他。对于当时自己心里认定赫尔穆特是个喜欢告密的伪君子这事,约阿希姆一直记着,很过意不去;虽然他想赶紧做出补偿,并把自己的玩具全都送给了赫尔穆特,但它们本来就不能带到军官学校去,所以这算不上是道歉。至于他们两兄弟共有的那匹小马,他把其中的一半所有权也一并送给赫尔穆特了。这样,赫尔穆特就有一匹完全属于自己的小马了。这段时间,他和哥哥真的是兄友弟恭,关系从未这般好过,无论是以前,还是以后。所以这几个礼拜,约阿希姆的日子过得相当惬意滋润,只是他心里总有一种祸事将要临头的感觉。果然,没过多久,小马就出事了:那段时间,赫尔穆特放弃他刚刚获得的完整所有权,小马暂时完全归约阿希姆一人所有。赫尔穆特的暂时弃权不算什么,因为这几周地面相当松软,极易陷足,土壤松软的田间严禁骑马。但约阿希姆却觉得,快要离家上学的自己应该享受更好的待遇,反正赫尔穆特也同意了,所以他就借口要在牧场中遛马,把马骑到田间去了。他骑着马刚飞奔一小会儿,小马就出事了,它前腿陷进了深洞里,翻了个大跟头,再也爬不起来了。赫尔穆特跑了过来,马车夫也随即跟了过来。小马躺在那里,马头上乱蓬蓬的鬃毛沾满了泥土，舌头耷拉在嘴边。约阿希姆还看到自己和赫尔穆特跪在那儿抚摸小马的头，只是再也想不起来他们是怎么回家的，只知道他站在厨房里，而厨房突然变得非常安静，大家都盯着他，好像他是罪犯一样。然后，他听到母亲说："这件事一定要告诉你父亲。"接着，他突然就站在父亲的书房里了，似乎母亲经常用来威胁他的那句让他无比痛恨的话终于应验了，而且是新账老账一起算！只不过什么事也没发生。父亲只是默默地在房间里直步踱来踱去，约阿希姆努力让自己站得笔直，眼睛直直地盯着墙上的鹿角。又过了一会儿，仍然什么事也没发生，于是，他的眼睛开始四处乱瞄，目光扫过炉子边擦得锃亮的棕色六角形痰盂，最后停在痰盂皱纹纸中的蓝沙子上。他几乎都要忘记自己为什么来这里了，只觉得，书房似乎比平时还要宽敞，而自己心里有些凉凉的。最后，父亲把单片眼镜夹在眼睛前，说："你该出发了。"约阿希姆这时才知道，他们所有人，甚至赫尔穆特也不例外，都在演戏，合伙骗他。在这一刻，他甚至觉得，幸好那匹小马摔断了腿，为了让他早点去军官学校，连母亲都经常在背地里说他坏话。然后，他还看到父亲从抽屉里拿出了手枪。再然后，他就突然呕吐了起来。第二天，他从医生那里得知自己可能得了脑震荡，这让他感到相当自豪。赫尔穆特坐在他的床沿上，虽然他知道那匹小马已经被父亲开枪打死了，但兄弟俩谁也没提这件事。日子又变得风平浪静，出乎意料的平静，完全没有人来打扰。只是，平静的日子终究还是结束了，在拖了几个礼拜后，他被送到了库尔姆军官学校。当他站在狭窄的床前，感觉这里离斯托平的那张病床是那么遥远，他几乎觉得，之前在家时那份不受干扰的平静也一起跟了过来，所以一开始觉得留在这里也还凑合。

当然，那时还发生了许多事情，只不过他都忘记了，但脑海中仍然残留着些许令人不安的回忆，在睡梦之中，他有时认为自己会说波兰语。当上中尉之后，他把自己骑了很久的一匹马送给了赫尔穆特。然而，他还是无法摆脱这种感觉，就好像他总欠了哥哥什么，就好像赫尔穆特是个讨厌的债主。这一切都是那么莫名其妙，不过他也只是偶尔想起。只有当父亲来到柏林时，他才会回想起这些，而当问起母亲和赫尔穆特的近况时，他也从来不会忘记问一下那匹老马的健康状况。

约阿希姆·冯·帕瑟诺身穿便装小礼服——这种小礼服的立领敞开时两个领角分得很开，一时间他的下巴还真有些不习惯——头戴卷边大礼帽，手拿以尖头收尾的象牙柄手杖，正要到旅馆去接父亲。父亲来柏林，他晚上总得陪着出去四处转转。也不知怎么回事，他脑海中突然闪现出爱德华·冯·伯特兰的样子。让他感到高兴的是，他天生就不是穿便服[①]的料子，便服穿在自己身上怎么看都不合适，而伯特兰则恰恰相反。对了，他有时还会偷偷地叫伯特兰“叛徒”。遗憾的是，他今天要带父亲去上流社会的

① 指平民所穿的服装，包括平民礼服。

人常去玩乐的那几个地方，伯特兰也可能会过去，他料想自己会碰到伯特兰，很是担心。早在“冬日花园”剧院上演节目的时候，他就一直在留意伯特兰来没来，心里还一直在琢磨着，到底要不要介绍父亲认识那个家伙。

当他们父子俩坐着马车穿过弗里德里希街前往耶格尔夜总会时，他还在纠结着这个问题。他们端坐在有些开裂的黑皮座椅上，手杖放在两膝之间，一声不吭。边上时不时有女孩经过，有些女孩还会向他们大声说些什么。每当这个时候，约阿希姆·冯·帕瑟诺就会目不斜视地看着正前方，而眼睛前夹着单片眼镜的父亲则会小声咕哝一句：“傻瓜。”是的，自从冯·帕瑟诺老爷来到柏林后，这里确实变了许多。人们即便能接受这些变化，也不应该对帝国缔造者热衷求新的政策结出了劣果这一事实视而不见。冯·帕瑟诺老爷重复着他每年都说的话：“巴黎可能都没这么糟。”就连夜总会门口一排式样花哨、用来吸引路人注意的煤气灯，都能让此刻停在夜总会前的冯·帕瑟诺老爷心生反感。

通往二楼夜总会的是一个狭窄的木楼梯，冯·帕瑟诺老爷以他独有的直步方式麻利地走上楼去。这时正好有个黑发女孩迎面走下来，看到他们上楼，便停在楼梯转角处，示意客人先过。她肯定是看到了老爷子腿脚麻利的爬楼样子而笑了起来，约阿希姆尴尬地向她做了个手势表示歉意。他又忍不住把伯特兰想象成这个女孩的情人，或是皮条客，或是其他稀奇古怪的角色。刚进大厅，他就四处张望寻找。伯特兰当然不会在这里，这里倒是有两个和他同一个团的同僚。这时他才想起，他们还是他自己撺掇着来夜总会的，这样他就不用一个人陪着父亲或者陪着伯特兰了。

因为冯·帕瑟诺老爷的年龄和身份摆在那里，所以他们挺直了身子微微鞠躬，脚后跟并拢，发出“啪”的一声，就像对待长官一样问候老爷子，而老爷子也像将军一样，关切地问他们玩得开不开心，还说，如果两位先生赏脸和他喝上一杯香槟酒的话，那他一定会感到很荣幸。听老爷子这么说，这两个同僚双脚再次发出“啪”的一声表示同意，又要了一瓶香槟。两个同僚一声不吭，拘束地坐在椅子上，默默地一边互相举杯喝酒，一边看着大厅，看着白色和金色的装潢，看着枝形大吊灯上在烟雾环绕中嘶嘶作响的煤气灯，看着大厅正中旋转着的舞者。最后还是冯·帕瑟诺老爷打破了沉闷：“嗯，先生们，我可不希望你们为了陪我而放弃找漂亮女孩的机会！”他们依旧鞠躬，含笑不语。“这里不是有漂亮女孩的嘛——我上来的时候还遇上一个非常可爱的小姑娘，一头黑发，一双迷人的眼睛，一定会让你们年轻人神魂颠倒的。”约阿希姆·冯·帕瑟诺听得害臊不已，恨不得掐住老头的脖子，不让老头继续说这种为老不尊的话。可他的一个同僚已经回答说：“那一定是鲁泽娜，她真是个特别可爱的姑娘，谁都说她举止优雅、气质高贵。这里大多数女孩根本不像人们认为的那样，因为夜总会老板在挑选女孩方面极其严格，而且非常重视她们的谈吐是否得体优雅。”这时，鲁泽娜挽着一个漂亮女孩的胳膊回到了大厅，她们穿着翘臀撑裙和紧身胸衣，轻盈地从桌子和包厢座旁飘过时，的确给人一种非常优雅的印象。当她们经过帕瑟诺那一桌时，他们开玩笑地问，鲁泽娜小姐刚才有没有听到有人在赞美她。冯·帕瑟诺老爷补充说，从她的名字来推断，他看到的分明就是一个漂亮的波兰姑娘，那也差不多就是他的女同胞了。鲁泽娜说，不是的，她不是波兰人，而是波希米亚人，本地人可能把她们当作捷克人，但波希米亚人更准确一些，因为她的祖国真的叫波希米亚。“这样更好，”冯·帕瑟诺老爷说，“波兰人什么都不会……又不可靠……好啦，无所谓啦。”

说话间，两个女孩坐了下来，鲁泽娜一边低声地说着，一边嘲笑着自己，因为她总是学不会德语。约阿希姆有些恼火，因为老头又开始回忆起波兰女人了，但随即他自己也忍不住想起了一个女季工[①]。那时他还是个小男孩，有一次就是被她抱到装着一捆捆秸秆的马车上的。不过，鲁泽娜虽然语调生硬，德语说得磕磕巴巴，还把冠词用得乱七八糟，可毕竟是个穿着紧身胸衣、举止优雅地端着香槟酒杯喝酒的年轻姑娘，和那个女工还是有点不一样的。至于父亲和女佣们那些流言蜚语到底是真是假，约阿希姆可操不了那份心。但面对这个温柔可爱的女孩，他觉得，老头子不该耍那套老把戏。只是，约阿希姆想来想去，就是想不出波希米亚女孩的生活与波兰女孩的生活究竟有什么不同——即使是德国平民，似乎也猜不出提线木偶后面的活人。他也试图想象鲁泽娜有一间

① 在收获季节雇用的临时工。

宽敞明亮的客厅，有一位端庄娴雅的母亲，有一个出身高贵的追求者，但事实又并非如此，因为他始终觉得，她们那里什么都不好，混乱不堪，无法无天，人要么软弱可欺，要么凶悍野蛮。他感到有些遗憾，尽管鲁泽娜给他的印象就像一只被驯服了的小野兽，仿佛喉咙里不时会发出低沉模糊的吼叫声，就像波希米亚的森林一样昏暗幽深。他很想知道，自己能不能像和别的女士说话一样和她聊天，因为这一切看起来都是那么可怕，又是那么诱人，而且似乎也勾起了父亲心里的龌龊念头。他担心鲁泽娜也看穿了父亲的那点心思，于是仔细端详着她俊俏的脸，想看看有没有蛛丝马迹可循；不过很显然，她注意到了，还向他抿嘴轻笑，竟然还让老头轻轻地抚摸着她轻搭在桌边上的小手。老头大大方方地摸着小手，同时还卖弄他说得支离破碎的波兰话，想借此和她套近乎。当然，她也不会任他为所欲为的。斯托平人总是认为波兰女佣不可靠，也许他们是对的。但鲁泽娜，也许只是性格太软弱了。心中的正义感要求他站起来，不能让老头欺负她，可这毕竟是她情人的责任；如果伯特兰还有一点点骑士风度的话，此刻正是他挺身而出，挥一挥衣袖，摆平所有问题的好时候。于是，约阿希姆突然话题一转，和两个同僚谈起了伯特兰，问他们是不是好久没有听到伯特兰的消息了，都不知道这家伙最近在干什么，爱德华·冯·伯特兰真是一个性格非常内向的人。可问题是，这两个同僚已经喝了很多香槟了，总是接错话，而且对什么都提不起兴趣，甚至在约阿希姆滔滔不绝地说着伯特兰意志坚定顽强的时候，也丝毫没露出惊讶之色。虽然每次说到伯特兰名字的时候，他就故意说得特别清楚和响亮，可两个女孩的眼睛眨都不眨一下。他心中不禁怀疑起来："伯特兰不会这么无耻吧，来这里寻欢作乐竟然也要报个假名。"于是他直接问鲁泽娜到底认不认识冯·伯特兰，一直聊到老头好奇地问起才作罢。老头虽然喝了很多香槟，却依然耳朵灵光，而且聊天兴致很浓，这时便问约阿希姆干吗总拿那个冯·伯特兰说事："你很想找他嘛，好像他就躲在这里似的。"约阿希姆红着脸连声说不是，但老头又扯开了话匣子："是啊，我和爱德华·冯·伯特兰的老爹冯·伯特兰上校很熟悉。只可惜上校已经撒手人寰了，很可能就是这个爱德华给他送的终。有人说，他到死都没有原谅这个不成器的小混蛋离开军队这件事。没有人知道为什么，也不知道后面有没有什么见不得光的事。"约阿希姆不同意这种说法："请恕我直言，那都是些毫无根据的谣传而已，伯特兰绝不是个没出息的混蛋！""别着急。"老头边说边转身又去摸鲁泽娜的手，然后对着她的小手长长地吻了一下。鲁泽娜对老头的举动似乎并不在意，只是打量着约阿希姆，他那头柔软的金发使她想起波希米亚学校中的孩子们。"我可不是在奉承您，"她用不流利的德语对老头说，"不过，您儿子的头发真好看。"然后她捧住她朋友的头并推到约阿希姆脑袋旁，看着两个人一样的发色高兴地说："真是泡亮[①]的一对。"然后她五指叉开，用双手梳弄着

① 应为"漂亮"，鲁泽娜发音不标准。

他们的头发。另一个女孩尖叫了起来,因为鲁泽娜弄乱了她的头发;约阿希姆感到有一只温柔的手在抚摸着他的后脑勺,不禁心头一荡,竟然不争气地有一种晕晕的感觉。他把头往后仰了仰,似乎想要把这只手夹在他的头颈之间,让它在那里多留一会儿。可这只手却显得十分警觉,很自然地滑到后颈,又飞快地缩了回去。“慢一点儿!”他又听到父亲干巴巴地说,然后还注意到老头掏出皮夹,从中抽出两张大钞,偷偷塞给她们两个。唉,这老头就是这样,心情好的时候就是这样给女工们打赏的。虽然约阿希姆很想劝老头别这样,但这时已经晚了,鲁泽娜已经拿到老头硬塞到她手里的那张50马克大钞,欣喜万分地把钱塞进她的口袋里。“谢谢老爸,”她说,话音未落又赶忙改口说,“公公。”说完还朝约阿希姆眨了眨眼。约阿希姆气得脸色发白,心想,难道老头想花50马克买个女孩做儿媳妇吗?老头耳朵十分灵敏,一下子就发现了鲁泽娜的语病,便故意说道:“你看你看,我早就看出来了,我家的臭小子喜欢上你了……我会祝福你们的……”这老东西,约阿希姆心里骂着。但老头依然不依不饶地说:“鲁泽娜,我的好儿媳妇,明天我就来提亲,一切都按风俗习惯来,保证什么都是最棒的。只是,我该给你带什么样的晨礼[①]呢……不过,你得先告诉我,你的城堡在哪里……”约阿希姆就像一个在刑场不忍心看大刀落下的人一样,把头转到一旁,不想听老头继续胡说八道。鲁泽娜却听得身体

① 结婚第二天早晨丈夫送给妻子的礼物。现在奥地利的民法中仍有这方面的规定。

猛地一僵，嘴唇哆嗦着，热泪盈眶。她一把推开边上伸出来想要帮助她或安慰她的手，冲了出去，跑到洗手间的女清洁工旁边失声痛哭起来。

“啊呀，随她去吧。”冯·帕瑟诺老爷说，“天色也已经不早了，我觉得，我们该走了，先生们。”父子两人并肩坐在马车中，绷着脸，手杖放在两膝之间，空气中似乎有些火药味。最后还是老头先开了口：“那 50 马克还不是被她收下了，然后，就这么溜走了。”“真够无耻的！”约阿希姆心里又暗骂了一句。

对于制服①，伯特兰可能会说：很久以前，只有教会的人才能像法官一样，正襟危坐着审判人们的罪行，而且每个人都知道自己是有罪之人。可现在呢，为了避免所有价值都陷入混乱之中，有罪之人不得不去审判别的有罪之人。兄弟有错时，别的兄弟不能只是陪着垂泪哭泣，而是要告诉对方：“你做错了。”很久以前，只有神职人员的衣服不同于常人的衣服，显得分外高人一等，在那个时候，即使穿着军装和制服，也依然显露平民特征。因此，在放松宗教信仰的严格限制之后，世俗的制服必然会取代神袍，并且整个社会也必然会被世俗的等级制度和制服分成三六九等，而它们也必然会获得世人的绝对崇拜。因为，当世俗上升为绝对时，总有浪漫

① 这里的制服包括军服、警服等等国家机关的统一服饰。18 世纪时，普鲁士的国王们就喜欢穿军装，直到德意志第二帝国的末代皇帝威廉二世之时，穿军装之风才达到了登峰造极的程度。威廉二世本人更是军服的狂热爱好者。

主义出现，所以严格来说，这个时代真正的浪漫主义就是制服的浪漫主义，就仿佛有一种超越世俗、超越时代的制服观念——虽然并不存在，却又如此强大，甚至比任何世俗职业都能更彻底地把握人心。这种观念并不存在，威力却又巨大无比，可以把穿制服的人变成制服的狂热信徒，但绝不会把他们变成各行各业的平民。或许是因为，穿制服的人想的就是顺应那个他所处时代的生活方式，这样他自己也就能平平安安，一生无虞。

伯特兰大概就是这么说的。毫无疑问，并不是每个穿制服的人都知道这些，不过至少有一点可以肯定，与只有白天黑夜两套便服替换穿的人相比，穿了多年制服的人一定会觉得自己活得更有条理。当然，他不需要分神考虑这些事情，因为一套真正的制服，会使穿制服的人看起来明显不同于周围不穿制服的人；制服就像一个硬壳，将外界和个人既紧密连在一起，又明确分隔开来。这才是制服真正的作用，即表明和确立这个世界的等级和秩序，不让生活的界限模糊和消失，正如制服掩盖了人体的柔软和模糊，掩盖了人们的内衣和皮肤——就像站岗的哨兵必须戴上白色手套。因此，男人每天早上起床，穿上制服，扣上最后一粒纽扣时，他就像真的有了另外一层皮肤，而且是厚实得多的皮肤，就像重新过上了自己本来的生活，而且是更加稳定的生活。严严实实地穿好那层硬壳，系上腰带和背带后，他就忘记了自己的贴身衣服，还有对生活的担心和不安，甚至生活本身也一下子被抛到了九霄云外。然后，他拉了一下制服上衣的下缘贴边，使上衣在前胸和后背看起来服服帖帖，一个褶子都没有。但就在这一瞬间，他和他真心爱着的孩子，还有与他共同养育了这个孩子的妻子之间，竟然也一下子有了犹如天堑的官民之别，他几乎都不认识妻子在吻别时凑过来嘟起的双唇，而他的家也变得陌生起来，仿佛穿上了制服以后就不允许回到这里一样。如果他随后穿着制服去军营或办公室，对穿着其他衣服的人露出一副目中无人的样子，那并不意味着他傲慢自大，他只是无法理解，穿着便服和奇装异服之人的人性与真实的人性之间——正如他自己所感受到的那样——为什么只有一丁点儿的共同之处。所以说，那个穿制服的男人并没有变得目空一切，也不像人们通常认为的那样充满盲目的偏见。他一直像你我一样，并没有摆脱食色之欲，在早餐时也会读书看报，但这些事情已经与他毫无关系，对他来说可有可无，他现在只能将它们分为好坏两种，因为安定的生活是建立在不宽容、不同情、不谅解、不欣赏之上的。

约阿希姆·冯·帕瑟诺每次不得已穿上便服时，就会想起爱德华·冯·伯特兰，而每次想起都会窃喜不已，因为自己天生就不是穿便服的料子，而伯特兰则恰恰相反。其实他一直都很想知道，伯特兰是怎么看待制服这个问题的。因为这个问题爱德华·冯·伯特兰没道理不考虑，要知道，这家伙已经脱下制服穿上便服，还扬言以后再也不穿制服了。听到这个消息后，大家都惊呆了。他比帕瑟诺早两年从库尔姆军官学校毕业，那时候看起来和其他人也没什么不同：夏天和其他人一样穿着肥大的白色裤子，和其他人在同一张桌子上吃饭，像其他人一样通过了考试。可他在成为少尉后，却做了一件让人大跌眼镜的事情：他毫无缘由地主动退役了，从此便消失在另一个圈子中，消失在大城市里，正如人们所说的那样，消失在黑暗之中，只是偶尔才会显露形迹。要是在街上碰到他，人们总是会有一点点犹豫，想着要不要跟他打招呼，因为他是一个叛徒，把原本属于他们所有人共有的东西带到了另一个世界，并在那里泄露出来。站在这样一个叛徒面前，人们多少会觉得有些尴尬，仿佛自己浑身上下一丝不挂。而伯特兰对自己当初退役的起因和现在的生活一直守口如瓶，每次别人问起时都笑而不答。也许，让人感到不安的只是伯特兰那身从马甲领口处露出的白色上浆衬衫便服，所以人们实际上是在替他感到丢脸。而且，伯特兰自己也曾在库尔姆说过，真正的战士是不会让自己的衬衫袖口露出外套袖口的。因为一切与生、睡、爱、死有关的东西，简而言之，一切与平民有关的东西，都与贴身衣物有关。即使这些自相矛盾的言行都是出于伯特兰的习惯，包括常常做出一些小手势，漫不经心、不屑一顾地将说过的话抛在脑后，可这一切仍然表明，他在那时候就一定认真思考过制服问题。虽说伯特兰总有这种让人觉得不着调的想法，但只要约阿希姆想到，所有男人，甚至平民和父亲也不例外，都会把自己的衬衫塞进裤腰里，那他自然也会觉得，伯特兰对贴身衣物和袖口的看法，也颇有几分道理。因此，约阿希姆也不喜欢在集体宿舍里见到外套敞开的士兵。这多少有点不像样，因为这里有一条虽不成文，但大家都心领神会的规定：去某些楼堂馆所和身处其他情色场合时，必须穿便服。只不过，已婚军官和军士的存在,完全违反了这项规定。有个已婚中士每次在早班报到时,都会解开外套的两粒纽扣至露出格子衬衫,然后从外套里面拿出本很大的红皮书。约阿希姆这时也常常会摸一下自己的外套纽扣,确定自己的所有纽扣都已扣好时才会放下心来。他真的希望,制服本来就是从皮肤中散发出的一种贴身护膜,有时候他甚至会认为,这才是制服的真正作用,或者至少要用徽章和军衔标志使贴身衣物成为制服的一部分。因为令人害怕的是,每个人的外套下面都藏着人所共有的无政府念头。要不是有人在不久前为平民发明了可以把衬衫变成白板、让贴身衣物改头换面的上浆衣服,也许这个世界就会完全脱离正轨。约阿希姆不禁回想起小时候的一件怪事:看到祖父的画像时,他一眼就发现,祖父穿的不是上浆衬衫,而是一件有蕾丝褶边的衬衫。在那个年代,人们对基督教的信仰无疑是很虔诚、很坚定的,根本不需要费心思去防范无政府主义思潮。当然,这都是些毫无意义的看法,显然只是伯特兰荒谬言论中流传在外的只言片语。帕瑟诺不禁有些鄙视自己,竟然在中士面前冒出这些想法。要是这些想法难以抑制地涌上心头,他就用力把它们甩到一边,然后猛地立正,就像在站岗一样站得笔直。

只不过,就算他把那些想法当作无聊的念头甩在一边,认为制服就是天然即有的,可这背后折射的绝不只是穿着问题,虽然他的生活内容不会因此而出现变化,但心态、立场却已然不同。他常常认为,所有的问题,也包括伯特兰的问题在内,都可以用一句“同穿帝国制服的战友”来解决。虽然并不想对帝国制服表现得特别崇拜,也不想过度沉溺在沾沾自喜的虚荣之中,但他真的非常小心,以确保自己的优雅形象不会超过或偏离规定着装一丝不苟的标准形象,而且他也很乐意听到曾在名媛圈子里流传的看法:制服的式样又拙又长,布料染的颜色太丑,与他的俊脸一点都不配,而艺术家穿的棕褐色丝绒夹克和飘逸的领带会让他看起来更英俊潇洒。尽管如此,制服的意义对他来说可远不止这些,部分原因是遗传自母亲的那种一旦养成习惯,打死也不改的执拗性格。他虽然对母亲当时的做法仍然颇有微词,非常反感她对伯哈德叔叔言听计从,可有时候又觉得只能如此。不过,这些事情都已经过去了。如果有人从十岁起就习惯了穿制服,那对这个人来说,制服就像内萨斯衬衣[①]一样长在肉里了,没有人还能说清楚自己和制服之间的边界究竟在哪里,至少约阿希姆·冯·帕瑟诺不能。而这,已经不只是习惯问题了。即使这不是他习以为常的或已融入血液的军人使命,对他来说,制服已经成为各种各样的象征,他已经完全离不开制服了,因为这么多年来,制服寄托和承载了他的诸多幻想和梦想:藏在里面,锁在里面,不受世事所扰,不为家事所困,满足于这样的平安稳定。他似乎根本没有意识到,制服给他的人身自由和人性自由也只是一条窄缝而已,并不比制服允许军官露出的一点点袖边宽多少。他不喜欢穿便服,正中他下怀的是,穿上制服后,那些藏污纳垢的楼堂馆所就不让他进去了,他估计平民伯特兰

---

① 内萨斯是古希腊神话中半人半马的怪兽,内萨斯衬衣是一件致命的礼物。

就在那些地方陪着那些水性杨花的女人打情骂俏。因为他也时常深怀恐惧，就怕自己也像伯特兰一样陷入说不清道不明的命运之中，所以他才会埋怨父亲。他得陪着父亲，而且是不得不穿着便服陪着父亲，完成游玩帝国首都的最后一项传统保留节目——逛街，享受柏林的夜生活。

第二天，当约阿希姆送父亲去火车站时，老头说："等你当上骑兵上尉，我们就得操心你的婚事了。你觉得伊丽莎白怎么样？巴登森家在莱斯托那边有几百摩尔干①的土地，早晚全都会传给她的。"约阿希姆什么也没说。老头昨天差点花50马克给他买一个女孩，今天就想促成一段合法姻缘了。难道老头自己对伊丽莎白也有不轨之心，就像对鲁泽娜那样？一想起鲁泽娜，约阿希姆的后颈又好像感觉到她的小手在轻轻抚过！但他实在难以相信，竟然有人敢亵渎伊丽莎白，更离谱的是，竟然有人会因为自己没办法做到，就怂恿亲生儿子去糟蹋这样一个圣洁的人。怎么能这样怀疑父亲，把父亲想得如此不堪呢，他差点就想恳求父亲原谅自己的不敬了，可实际上，这老头什么事都干得出来。"对，一定要保护好世上所有的女人，不能让这个老头欺负她们。"当他们顺着月台走的时候，约阿希姆这样想着；当他挥手致意，目送火车远去时，他还是这样想着；可当火车完全消失不见时，他却想起了鲁泽娜。

---

① 欧洲各国的土地面积单位，1摩尔干约为0.25—0.34公顷。

到了晚上，他仍然在想鲁泽娜。春天的傍晚，暮光时间有时比天文学上的时间要长得多。这时，城市上空便被层层薄雾笼罩着，节假日前的傍晚因而变得有点沉闷。灯光也仿佛陷入这一重重灰蒙蒙的薄雾之中，但就算薄雾已经变得黑乎乎、软绵绵，犹如黑色丝绒一般，里面仍然透出明亮的光线。今天的黄昏好像特别长，长得店铺老板都忘记要打烊了，光顾着站在门口和顾客们闲话家常，直到路过的警察微笑着提醒他们：已经过了打烊时间了。不过就算这样，仍然有许多店铺的灯亮着，因为在店铺的后屋里，一家人正围坐在一起吃着晚饭；他们没有像往常一样在入口处用横木拦住，只是在前面放了一把椅子，表示不再招待顾客了。吃完饭后，他们会出来带上那把椅子，坐在店铺门口休息。这些小生意人和小手艺人，在店面之后都有自己的住宅。冬天，在圣诞节期间，人们透过店面的玻璃门，可以看到店里挂着各种饰品、闪闪发光的圣诞树，而他们会搁上沉重的横木，在敞亮的房间里享受双重的保护和温暖；在温暖的春夜和凉爽的秋夜里，他们抱着小猫，或者轻轻地挠着小狗毛茸茸的脖子，坐在门前，就像坐在自家庭院的露台上一样。总之，小日子过得让人羡慕不已！

约阿希姆从营房回来，步行穿过郊外的街道。他这样做其实挺失身份的，因为军官们总是坐着军车回家。从来没有人到这里来散步，甚至连伯特兰都不会过来。可现在倒好，他竟然自己走到这里来了。约阿希姆感到非常不安，总觉得自己哪里做错了事一样。这算是他为了鲁泽娜而贬低自己？或者根本就是在贬低鲁泽娜？在他想来，她现在肯定住在郊外，甚至有可能住在地下酒馆中。昏暗的酒馆门前摆放着待售的蔬菜水果，鲁泽娜的母亲懒洋洋地蹲在摊前编织着，嘴里含糊不清地说着些听不懂的话。他闻到了煤油灯发出的呛人气味。在低矮的拱顶酒馆里，脏兮兮的墙上有一盏灯正幽幽地闪着光。他似乎觉得自己和鲁泽娜肩并肩地坐在拱门前，她的小手正在轻轻地挠着他的脖子。发现自己竟然产生这样的幻觉，他又吓了一跳。为了甩掉这个念头，他努力地想着：笼罩在莱斯托上空的暮色，想来也是这般的淡灰朦胧；雾霭笼罩下的花园里静悄悄的，散发着潮湿的青草味；他看到伊丽莎白正悠然而缓慢地走回家去，煤油灯的灯光透过窗口，柔和地闪烁摇曳着，随着暮色变浓而愈发闪亮，她的宝贝小狗陪着她，似乎它也有点累了。然而，就在他想要更仔细、更清晰地胡思乱想时，他又看到自己和鲁泽娜站在屋前的露台上，她的小手正轻轻地挠着他的脖子。

在风和日丽的春日里，心情当然也会阳光灿烂，所以生意也肯定差不了。已经在柏林待了好些天的伯特兰也是这么认为的。其实他也知道，自己的好心情都是源自事业上的风生水起，这么多年来，他每次出手必有斩获；反过来，他也确实需要好心情，只有这样才能继续春风得意。他的事业真的是一帆风顺，似乎不必逆流而上就能轻易得到自己想要的一切，因为它们正顺流而下向他漂来。也许，这就是他弃戎从商的原因之一：身边新生事物如雨后春笋般涌现，而他当时根本无缘接触。银行、律师、货运公司的招牌对当时的他来说意味着什么呢？它们只是些没有意义的文字而已，有人对其视而不见，有人觉得它们很烦人。而如今，他对银行里的那一套一清二楚，知道柜台后面的各项业务，不仅弄清楚了营业窗口、贴现、汇率、转账、货币兑换、收银台的意思，而且还知道董事在办公室里做的事情，知道根据银行的存款及其备用金来判断银行的经营状况，并从报纸的证券行情分析中得出有效结论。他懂得货运公司常用的过境和保税仓库等出口术语，仿佛天生就适合这一行，对他来说，这一切都是那么理所当然，就像汉堡的斯坦因威克路旁的黄铜招牌"爱德华·冯·伯特兰进口棉花"一样。现在，在不莱梅的罗兰德大街上和利物浦的棉花交易所中，人们同样可以看到这样的招牌，这让他感到非常自豪。

他在林登大道[①]碰到了帕瑟诺，当时帕瑟诺身穿长军服，戴着肩章，看起来方正笔挺，棱角分明，而他自己则随意地穿着一身用英格兰布料做的衣服。他非常高兴，像往常一样亲切、随意地和帕瑟诺打了个招呼。每次碰到老同学，他总是一开口就问，吃过午饭了吗？要不要一起去德雷斯尔饭店[②]吃个早点。

这突如其来的相遇和扑面而来的热情，让帕瑟诺一下子忘了他最近几天是有多么想念伯特兰。现在，他穿着整齐笔挺的制服，却与一个虽然穿着便服，但也可以说是赤身裸体地站在他前面的

---

① 又译作"菩提树下大街"，此处采用的是音译。

② 1888 年柏林市最有档次的三个饭店之一。

人说话，他又一次为此而感到羞耻，恨不得推掉一起吃饭的邀请。只是想归想，他嘴上却只能连连称是，说确实好久没有看到伯特兰了。“是啊，这有什么奇怪的，您每天都过得一样，无聊透顶。”伯特兰说道，“而我就不一样了，每天都是东奔西跑，忙得脚不沾地。犹记得那时，我们佩着获得的第一条缨带①一起穿过林登大道，第一次去德雷斯尔饭店吃晚饭。此时想起，仿佛就在昨天。”这时，他们走进了德雷斯尔饭店：“一晃眼，我们都已经长大了。”帕瑟诺心想：“他的话真多。”不过，或许是因为想到伯特兰人品不端他就暗自得意，又或许是因为他觉得，自己到现在为止都没怎么说过几句话，多少会让老朋友感到难堪，所以哪怕一点都不想打听别人的私事，他还是开口问伯特兰：“您这段时间到底在哪儿呢？”伯特兰略显不屑地摆了摆手，一副区区小事不足挂齿的模样，说：“嗯，去了很多地方，刚从美国回来。”哦，美国。对约阿希姆来说，美国就是流放之地，专门收留那些因为不成器而被逐出家门的堕落子弟的，冯·伯特兰老爷子肯定就是为此而被气得郁郁而终的！可是，这种想法又似乎很难与眼前的人联系在一起，坐在对面的伯特兰看起来意气风发，而且显然相当有钱。帕瑟诺当然也听说过不少这类没出息的纨绔子弟的故事，他们到那边靠做农民发家致富，然后衣锦还乡，回德国娶个德国新娘，也许伯特兰现在就是回来娶鲁泽娜的……啊，不对，她可不是德国人，她是捷克人，或者更确切地

① 军刀上的缨带，是用来区别军官、军士和准军士的标志。

说，是波希米亚人。可是这个想法依然盘踞在脑海中，挥之不去，他问道："那您还回去吗？""不，现在还不想回去，我得先去一趟印度。"啊，只是个"冒险家"啊！帕瑟诺转头在饭店中四下扫视了一眼，觉得和冒险家坐在一起吃饭浑身都不自在，可现在也只好先忍着，于是随口敷衍道："哦，那您要经常出差吧。""我的天哪，生意需要，就得出差——不过，我也喜欢出差。大家都知道，做事嘛，就该唯魔鬼之命是从。"这才是伯特兰的心里话！他现在才知道：伯特兰退役就是为了做生意，就是为了赚钱，就是为了满足自己的贪欲。不过，伯特兰的脸皮已经厚得和奸商不相上下了，丝毫没有觉察到帕瑟诺眼中的不屑，继续侃侃而谈："所以说，帕瑟诺，我实在想不通，您为什么还能坚持待在这里。为什么不换一下呢？至少可以申请去殖民地服役嘛，帝国不是为你们安排了这种娱乐消遣的吗？"帕瑟诺和同僚们从来没为殖民地的问题伤过脑筋，那是海军的地盘；不过，听到这话，他还是感到相当愤怒，反问道："娱乐？消遣？"伯特兰这时又用这种嘲讽的语气说："对呀，不然您以为呢？不就是在私下里给直接参战的士兵娱乐消遣一下，再分一点点荣誉嘛。当然，我非常尊敬彼得斯博士，他要是早一点来的话，我肯定会和他一起干。但除了浪漫主义之外，真的还能有什么呢？可以说，所有的一切都是浪漫主义——当然，天主教和新教的传教活动除外，这都是些清醒、有用的工作。至于其余的嘛——消遣，只不过是消遣而已。"他那满不在乎的语气着实激怒了帕瑟诺："为什么我们德国就比不过其他国家？！"但他的反问更像是流露出了内心的悲愤。“帕瑟诺，我告诉您：第一，英国是英国；第二，即便是英国，结局如何，犹未可知；第三，我更愿意把我的闲置资金用来投资英国殖民地，而不是德国殖民地，所以您看，这甚至可以说是一种殖民地经济的浪漫主义了；第四，我早就说过，只有教会才真正对殖民扩张有兴趣。”约阿希姆·冯·帕瑟诺听得心里越来越难过，越来越惊讶，他也越来越怀疑伯特兰这个家伙是不是想用一些听起来云里雾里、花里胡哨的话来糊弄他，想要引诱他，拉他下水。这似乎与伯特兰那一头完全没有军人气质，甚至有些鬈曲的头发有关。这让他看起来似乎有点假，像在演戏。约阿希姆的脑海中浮现出“泥淖”和“罪恶泥淖”这两个词。还有，这家伙为什么说来说去总是纠缠于信仰和教会呢？但还没等他想好怎么回答，伯特兰就已经注意到了他的惊讶：“是吧，所以说，对教会而言，欧洲已经变得非常靠不住了，而非洲则完全相反！那里有数亿的灵魂，可以像原材料一样为信仰所用。您放心，一个受过洗礼的黑人基督徒比二十个欧洲基督徒都好。如果天主教和新教都想分一杯羹，想通过获取这些狂热分子的信仰来一决高下，那么这就很好理解了。因为信仰的未来就在于此，未来的护教志士也在于此，有一天他们会以基督的名义，讨伐在异教的信仰中沉沦和堕落的欧洲，用烈火净化人们的信仰，最终在烟雾弥漫的罗马废墟中，簇拥一位黑人教皇登上圣彼得宝座。”“这不就是《启示录》中说的吗？他这是在亵渎。黑人的灵魂跟他有什么关系？以后不会再有奴隶贩子，但却还是有视钱如命的家伙，会不顾一切，铤而走险。他刚才还说起他心中的魔鬼。也许，这家伙只是开玩笑而已；在军官学校的时候，就从来没有人知道伯特兰到底在想什么。”想到这里，帕瑟诺说道：“您真会开玩笑！至于斯帕伊斯①和图尔科斯②，我们已经把他们干掉了。”伯特兰忍不住微笑了起来，笑得那么真诚、那么灿烂，让约阿希姆也忍不住抿嘴微笑起来。他们两个就这样彼此真诚地微笑着，他们的灵魂借助各自的眼神向对方点头示意。这一瞬间，就像两个邻居从没相互打过招呼，现在碰巧同时从窗户里探出身来，两人都因为这种出其不意的问候和不约而同而感到又开心又尴尬。幸好可以用老套的方法摆脱尴尬，伯特兰举起酒杯说：“干杯，帕瑟诺。”帕瑟诺回敬道：“干杯，伯特兰。”随后他俩又忍不住会心微笑了起来。

当他们离开饭店，站在林登大道时，午后的太阳正热辣辣地照着，两旁的树木都有些打蔫，显得垂头丧气，一动不动。帕瑟诺想起了吃早餐时因为犹豫而没有说出的话：“我真的不明白，为什么您总是贬低我们欧洲人的信仰。在我看来，住在大城市里的人，比如您，在这一点上的看法并不正确；而在乡下长大的人，比如我，对这些事情有着截然不同的看法。我们乡下人与宗教的联系比您想象的要紧密得多。”不知道什么原因，这时的他觉得自己非常冒失，因为他是当面对伯特兰说这番话的，就像一个老兵试图向总参谋

① 法国军队的轻骑兵团，主要从阿尔及利亚、突尼斯和摩洛哥的土著人口中招募。

② 阿尔及利亚和突尼斯步兵，是1842—1964年阿尔及利亚和突尼斯法国陆军步兵团的绰号。

部的军官解释策略一样，他心里确实有点发怵，担心伯特兰会不会因此而恼羞成怒。但伯特兰只是爽朗地笑着说："好吧，但愿万事顺遂。"然后他们交换了通信地址，并相互保证一定保持联系。

帕瑟诺坐上马车前往西城区赛马场。莱茵葡萄酒，午后的炎热，也许还有这次偶遇给他带来的异样感觉，使他很想脱下那顶硬邦邦的帽子。额后和头盖骨下面也仿佛有一丝暗暗的、有些脆裂的感觉，似乎像是用戴着白手套的指尖滑过椅子皮革面时的感觉，甚至还有些黏黏的——太阳真是毒辣，明晃晃的像着了火似的。他虽然有些遗憾没有邀请伯特兰和他同行，但此刻心里还是很高兴的，因为至少父亲已经离开柏林了，否则老头肯定会坐在他旁边。另一个原因是穿着便服的伯特兰没有陪着他，这真的让他长舒了一口气。不过，也有可能是伯特兰想给他一个惊喜，正在去接鲁泽娜过来，然后他们全都在赛马场外碰头，就像一家人一样。当然，这完全是在做梦，即使是连伯特兰也不会和这样的女孩在赛马场上露面的。

几天后，同僚莱恩多夫的父亲来到这里，莱恩多夫要招待老爷子，所以很突然地让帕瑟诺赶紧出发，好抢在老爷子前面，先到耶格尔夜总会那里。这时，他已经看到这位老爷子在狭窄的楼梯上急匆匆地径直上楼了。他坐着军车回家换上便装小礼服，然后走路过去。在拐角处，他遇到了两个士兵，就在他漫不经心地把手举到帽檐边，准备向他们回礼时才意识到，自己戴的是大礼帽，而不是军帽，他们也根本没有向他敬礼。这一切多少有些滑稽，他自己也忍不住抿嘴笑了起来，更多是因为，偏瘫的莱恩多夫老伯爵向来只顾着求医问诊，今天竟然要去耶格尔夜总会，这简直太荒唐了。也许最明智的做法就是转身回去，但他想到反正自己随时都可以回去，所以就享受着这一点点的自由，继续往前走着。当然，他还是更喜欢去郊外走走，看一眼那个门口卖蔬菜的地下酒馆，再看一眼墙上那盏冒着黑烟的煤油灯，只不过，他不能穿着小礼服和大礼帽在北郊散步。此刻的郊外，夜色逐渐朦胧，沁人心脾，一如往昔；而市中心这里，一切都显得那么不自然：灯光杂乱，到处都是橱窗，街上行人往来不绝。抬头看去，空中也充满了浓浓的都市气息，更衬出家乡的遥远，这使他感到又开心又安心，同时却又觉得心烦意乱，仿佛有一种找到了回家之路的感觉。这时，他发现了一家卖白色编织品的小店，这家店在窄窄的小窗中陈列着蕾丝、镶边和有着蓝色印花的半成品手工制品，他还看到了店堂后面那扇显然是通往客厅的玻璃门。柜台后面坐着一个仪态优雅的白发老妇，旁边还坐着一个年轻姑娘，但他看不到她的脸。这两个人都在忙着做手工活。他一边仔细打量着橱窗里的手工制品，一边想着，送条这样的蕾丝手帕给鲁泽娜她会不会不高兴。不过，他也觉得这么做有点不太合适，所以就继续往前走。但走到第一个十字路口时，他又转身走回到那个店里，就是因为按捺不住自己的好奇，想看清楚女孩那张刚才转向一边的脸。他买了三条精致纤薄的手帕。不过他没有真的打算把它们送给鲁泽娜，好像完全只是为了取悦那位老妇人才随意买了些东西，但那个女孩却摆着一副冰山脸，甚至看起来很生气的样子。买完东西后他就回家了。

冬天，宫廷里会不时举办各种庆典活动，男爵夫人嘴里虽然不承认，却心向往之；春天，正是赛马和为夏天置办物品的好时候，所以每年的春冬两季，巴登森一家都会住到西城区一套漂亮整洁的宅院里。在一个星期天的上午，约阿希姆·冯·帕瑟诺前去拜访男爵夫人。他很少去这种地处偏僻的高级住宅区，这种英式别墅在这里流行得很快——当然，只有家里常备豪华马车的有钱人家才能住在这里，完全不用考虑远离城市所带来的诸多不便。不过，对于那些拥有特权的人来说，这种距离上的小小不便自然不会放在心上，于是这个地方就成了一个小小的乡村乐园。帕瑟诺在别墅群间的整洁街道上漫步，悠然自得地感受着这里优越的居住环境。这些天来，他对很多事情都变得不自信起来，而这一切都以一种说不清道不明的方式与伯特兰联系在一起。也不知道是生活中的哪根支柱出现了裂纹，就算各个部分相依相靠、互为支撑，所有一切依然能够各得其所，可他心里总有一个模模糊糊的念头，希望这个还能维持平衡的拱顶快点塌掉，把那些看起来摇摇欲坠的东西埋在下面，同时又担心这个愿望会不会真的就这样实现了。他的心里充满了对稳定、安全和宁静的渴望，而且这种渴望正变得越来越强烈。这一片的高级住宅区，有着文艺复兴时期风格、巴洛克风格和瑞士风格的最优秀宫殿式建筑，四周都是精心培植打理的花园，人们在外面就可以听到园丁的耙地声，浇灌花园的长橡皮软管的喷水声和喷泉的潺潺流水声——一种让人无比心安的、与世隔绝的安全感扑面而来，让人真的无法相信伯特兰的预言：即便是英国，结局如何，犹未可知。从开着的窗户里传来斯蒂芬·海勒和克莱门蒂的练习曲的声音：这些人家的女儿们可以安心地学习钢琴；她们的生活安定祥和，她们的友情纯真温暖，直到友情让位给爱情，爱情再一次化为友情。在不远不近的地方，有一只公鸡在啼叫着，似乎它也想赞美一下这里的井然有序，赞美一下这里流露出的乡村气息。是啊，伯特兰要是在这片土地上长大的话，也就不会到处宣扬这种不安全感了；而他自己当初要是可以待在老家不用出来的话，也就不会对这种不安全感那么敏感了。要是能拉着伊丽莎白的小手在田间漫步，用手捏着快要成熟的谷粒细细检查，在傍晚时分，当晚风吹来牲口圈棚里浓烈气味的时候，穿过洒扫干净的庭院，看着用人们挤牛奶，那该多好啊。伊丽莎白站在那些大型牲口中间时，她娇小的身躯在周围环境的衬托下显得那么纤细苗条，在母亲身上只是显得自然和朴实的东西，在她身上却显得又朴实、又动人。但对他来说，对被当作外地人的他来说，一切都太晚了，而且他这时候才想起，自己和伯特兰一样，其实都是无家可归之人。

花园的篱笆掩映在矮树篱中，此刻的花园让他倍感静美温馨。男爵夫人让人把一张长毛绒靠椅从客厅拿到花园里，使这里更加优美宜人、舒适温馨。椅腿是车削的，椅脚装有轮子，放在花园碎石上的靠椅，就像一个有着异国情调的、喜热向阳的生命，赞美着让它可以留在这里的气候是多么宜人，景色是多么优雅；可它的颜色却似凋谢的黑红色玫瑰。伊丽莎白和约阿希姆坐在花园里的铁椅子上，铁皮椅面上饰有镂空的星星图案，就像冰冻的布鲁塞尔花边。

她们如数家珍般地对这里优越的居住环境大肆赞美了一番，说这里特别适合那些习惯和喜欢乡村生活的人，然后便问及约阿希姆在首都的生活，而他也只能表示他是多么羡慕这里的乡村生活，并且还列举了若干理由。女士们完全同意他的看法，尤其是男爵夫人，嘴上挂着“但愿您不要感到惊讶”，翻来覆去地告诉他，她常常好几天，甚至几个星期都不去市中心，因为每次去那里都会感到非常不安；熙熙攘攘的人群、喧嚷吵闹的声音、四通八达的交通，都让她非常害怕。帕瑟诺连连点头称是，说她们这里真的像世外桃源一样，然后话题又绕了回来闲扯了一会儿，听她们说自己如何喜欢住在这里，直到男爵夫人仿佛要给他一个惊喜，神神秘秘地告诉他，她们很喜欢这座小宅院，正好原来的主人也愿意把它卖给她们。虽然房子还没有到手，不过也是十拿九稳的事了，所以她略带兴奋地邀请他在家中随意转转，还用稍微有些难为情，同时又带一点点开玩笑的口气加了一句：“就像在自己家里一样四处走走看看。”

布局很普通，楼下是客厅、客房，楼上是一家人的卧室。餐厅里摆着德国旧式雕花家具，看起来风格沉闷，但确实又很赏心悦目。她们想要在餐厅旁添一个有喷泉的暖房，并顺便把客厅也装修一下。然后他们便上楼了，楼梯的顶部和底部都挂着有褶裥的天鹅绒门帷。除了那些不方便打开的，男爵夫人一扇接一扇地把门都打开了。走到伊丽莎白的闺房门口时，伊丽莎白俏脸微红，略带忸怩，男爵夫人犹豫一下还是把门打开了。其实对约阿希姆来说，看到伊丽莎白闺房内床上、窗户上、盥洗台上和梳妆镜上挂着的云朵状白色蕾丝倒也没什么，但在随后参观男爵夫妻卧室内的情况时，他就觉得非常难为情、非常尴尬，几乎都要怀疑男爵夫人是不是想要用这种方式，迫使他成为她们的闺中密友，迫使他成为她们家中丑事的知情人。因为卧室中两张并放在一起，可以让男爵夫人在上面享受鱼水之欢的大床，就这么毫无遮掩地出现在他的眼前，出现在众人的眼前，甚至都没有瞒着伊丽莎白。他觉得，伊丽莎白看到这种事情会有很大的心理压力，就好像她自己被侵犯了一样，而且此刻在他面前的男爵夫人，虽然没有一丝不挂，可优雅的贵妇气质已经荡然无存，变得好像在勾引他一样。他突然发现，卧室似乎就是这所房子的正中心，就像藏在房子中但大家都能看见的圣坛一样，其他房间都是围绕着它建造的。他这才恍然大悟：在他走过的那排长长的别墅群中，每家每户都以卧室为中心。奏鸣曲和练习曲的声音从开着的窗户里传出来，窗后的春风轻轻地吹拂着白色蕾丝窗帘，掩盖着真相。每到晚上，主人的床上都会铺好在洗衣房里被虚伪地叠得平平整整的床单，女佣和孩子们也都知道为什么要这样做；女佣和孩子们全都要分开睡觉，他们的卧室围绕着这所房子正中的卧室——给同房者享乐的卧室。女佣们天真善良，纯洁无瑕，却得伺候荒淫无耻的主人，服从他们的命令。男爵夫人在赞美这里居住环境的优越时，怎敢把附近的教堂也包括在内？难道她不应该谦卑地赤着双脚走进教堂吗？也许伯特兰在说起非基督教信仰时就是这么想的，而约阿希姆想说的是，为了真正恢复昔日纯洁无瑕的心灵和对基督教的信仰，上帝的黑人战士必须用火与剑来收拾这帮混蛋。他看着对面的伊丽莎白，她的眼神告诉他，她同他一样的恼火。她命中注定要受到同样的亵渎，而他将来就是这样亵渎她的人。因此，他对她充满了同情，想要把她抢走，这样他就可以守在她的门前，这样她就可以永远沉浸在白色蕾丝的梦境里，没有人会打扰她，没有人能侵犯她。

女士们热情地领着他回到了底楼，然后他就告辞了，并答应很快就会再来拜访她们。走在街上的时候他就意识到，自己这一趟算是白来了，心想：如果听到伯特兰讲的话，这些女士还不知道会多么吃惊，真希望她们能听一次。

如果有人——也许是因为像坐牢一样过着与世隔绝的生活，也许是因为情感迟钝——习惯了不去注意身边的人，可有一天却一直盯着身旁聊天的两个陌生年轻人，那他一定会生出奇怪的感觉。这是有一天晚上在剧院休息厅里发生在约阿希姆身上的事。那两个年轻人显然是外国人，二十岁刚出头的样子；他一开始还以为他们是意大利人，因为他们的衣服款式有点不一样，而且其中一人长着黑眼睛和黑头发，留着意大利式的八字胡。往日里约阿希姆是绝对不会，也不屑于偷听陌生人谈话的，可在发现他们正在使用一种非意大利语的陌生方言交谈时，他就不由自主地想听得更仔细些。听着听着，他就觉得心里微微有些发慌，因为这时才发现这两个年轻人说的是捷克语，或者更准确地说，是波希米亚语。这一丝心慌来得有些莫名其妙，而更莫名其妙的是，他突然间觉得自己背叛了伊丽莎白。难道鲁泽娜现在就在剧院中，这两个年轻人也要去她的包厢中找她，就像他自己有时候去伊丽莎白的包厢中找她一样？这虽然看起来不怎么像，但也不是没有可能。也许是因为那个留着黑色小胡子，黑头发卷得很厉害的年轻人和鲁泽娜真的很像，而且并不只有发色很像；也许是因为他们有一样小巧的嘴巴，在黄皮肤的衬托下显得特别红润的嘴唇，过于短而秀气的鼻子，虽在请求原谅却仍似挑衅的微笑——没错，笑中带着一丝挑衅。只不过，这一切看起来非常荒唐可笑，也许这种相像只是他的一种幻觉而已，连他自己也不得不承认，他现在一点都想不起来鲁泽娜究竟长什么样子了，就算在街上碰到她也肯定认不出来，而且他也只能透过那个年轻人的面具和容妆“看”到她。就这么想着，就这么“看”着，他心绪渐平，觉得一切还好，只不过一点都开心不起来，因为在同一时间里，在内心的另一个角落里，他对隐藏在男人面具之后的女孩有一种难言的恐惧感，甚至在幕间休息后仍然无法摆脱这种感觉。现在上演的是《浮士德》，在他看来，甜腻的音乐和歌剧桥段一样无聊透顶。在那个片段中，包括浮士德自己在内，没有一个人发现，俏丽可爱的玛格丽特在颦笑嗔怒时，眉眼之间依稀有着几分瓦伦廷的影子，而她不得不为此而受罪——只是为此，而非他故。也许，魔鬼梅菲斯特是知道的。约阿希姆很高兴伊丽莎白没有哥哥。表演结束后，他又碰到了鲁泽娜的"哥哥"。他心里不禁暗自庆幸，幸亏这个年轻人也管不了自己的妹妹。对于这一点，他心里非常肯定，所以虽然穿着制服，却还是掉头往耶格尔街方向走去，而且走着走着，那种背叛的内疚感也不知不觉地消失了。

但在拐进弗里德里希街时，他突然想起自己不能穿着制服去夜总会，所以觉得有些扫兴，就继续沿着耶格尔街走着。该怎么办呢？他绕过下一个住宅区后拐了个弯，又走回耶格尔街。这时他忽然发现，要是有戴着帽子的女孩从身边走过时，自己总是会偷偷打量几眼，而且竟然还期望能听到她们用意大利语说话。再次走到耶格尔夜总会附近时，他突然听到有人在叫他。只不过，那人说的并不是意大利语，声音悦耳，但语调生硬，而且还不怎么流畅："您，一点儿都记不起我了吗？""鲁泽娜。"帕瑟诺不情愿地叫道，心里却哀叹一声："哎呀，真糟糕！"他就穿着制服和这么一位女孩站在大街上，他，前几天还耻于和穿着便服的伯特兰走在街上的他。但他并没有掉头走开，似乎所有的矜持和冷静都忘得一干二净，开心得简直都要跳起来，更何况，这个女孩还想和他继续聊两句："老爸今天在哪儿呢？今天他不来吗？"真是的，提那老头干吗？

他心里嘀咕了一下，说道："不了，今天不行，小鲁泽娜……"——不对呀，她叫老头什么来着？——"我家老爷子今天也不能来……"啊，他得赶紧开溜。鲁泽娜有些迷惑地看着他说："让我等了那么久，现在却不……"不过，她的脸上却渐渐露出喜悦之色，心想他一定是来看她的。他用心看着她那张又喜又羞又疑惑的俏脸，仿佛要把它深深地烙在心底，心里却还在想，那位山羊胡子南欧兄弟的俊脸是不是就藏在这张脸的后面呢？他们兄妹两人肯定有点相像的。就在他想来想去，琢磨着一个长相像哥哥的女孩会不会给他带来什么厄运时，他不自觉地想起了自己的哥哥，那留着短短的络腮胡子、长着一头金发、充满阳刚气息的哥哥，然后一下子就被拉回了现实。他们两人肯定有不同之处：赫尔穆特是乡下人，是个猎人，和那些说话软绵绵的南欧人毫无共同之处。只不过，这依然只是一种心理安慰。他仍然很仔细地看她，但身上那种拒她于千里之外的感觉消失了，他也觉得自己应该对她好一点，说几句哄她开心的话，这样她才会念着他的好。不过，他还是有些犹豫不决地说："不，小鲁泽娜，他不会来看你了，不过……""不过？"鲁泽娜既害羞又期待地问着。约阿希姆一开始不知道要怎么接着"不过"说下去，但突然间福至心灵，顺着说道："我们可以约个时间一起吃早餐。""对对对，"她开心地点着头说，"我知道一个挺不错的小餐馆。那就明天！""不行，明天还不行，不过我星期三倒是有空。"于是他们约好了在星期三见面。她踮起脚尖，在他耳旁低声说道："真好，真可爱，你。"然后她就一溜烟地消失在煤气灯下的那扇门后。就在这时,帕瑟诺却看见父亲正径直快步走上楼去,他的心咯噔一下就提到了嗓子眼,顿时觉得心如刀绞。

鲁泽娜很喜欢约阿希姆在餐馆里那种一板一眼的传统做派,而且越看越舍不得移开目光,甚至都忘了一开始看到他穿着便服前来赴约时心里涌起的那丝淡淡的失望。雨一直淅淅沥沥地下着,空气中更是平添了几分凉意,但她不想就这么取消他们的既定安排,所以在午饭后就和他一起坐车前往夏洛滕堡和哈韦尔河。在马车里的时候,鲁泽娜就脱掉了约阿希姆的手套;走在河边的小路上时,她便很自然地挽起了他的胳膊,漫步在风光无限的美景之中。这里宁静清幽,让人心生遐想、心生期待,可惜等来的似乎只有绵绵的细雨和如期而至的黄昏。云轻柔地飘在上空,时不时被一阵雨丝拉扯着,让天地茫然一片。他们在寂静的天地之间漫步,相顾无言却脉脉含情,似乎天地都已消失,眼里唯有对彼此的期待,似乎他们体内的所有生机都欢快地流到了他们的手指上。他们手牵着手,十指紧紧相扣,就像蓓蕾含苞待放时层层叠压着的花瓣。他们肩挨着肩默默地走在河边的小路上,从远处看去,就好像是三角形的两个边。他们也不知道,究竟是什么把他们拉到一起的。他们继续手牵着手走着,鲁泽娜却突然弯下腰,在他还没来得及把手抽出来的时候,用力地亲吻他的手。她脸似梨花带雨,眼中泪水盈盈,嘴唇微微颤抖,轻声啜泣着说:“你在楼梯上碰到我的时候,我就说,鲁泽娜,我就对自己说,他不是我的,绝不会是我的。

可你现在就在这里……”不过，她没有像期待中的那样送上双唇去接吻，而是又低下头去，几乎是贪婪地把脸贴在他的手上。当他忍不住要抽出手时，她就用牙齿咬住他的手，只不过咬得一点都不重，就像小狗在玩耍一样小心而温柔地咬着。然后她很满意地看着牙印说道：“我萌[①]现在再走一会儿吧，淋点雨没事的。”雨丝飘飘洒洒，纷纷扬扬，轻轻地滑入河水中，在柳叶上沙沙作响。一只一半没在水中的小船停在岸边；在一座小木桥下，一条小溪飞流直下，纵身跃入平静的河水中，让约阿希姆觉得自己的心神也似乎顺流而去，盈满心间的渴望像一股温润柔和的暖流在心间荡漾，像被风吹皱的一江春水，渴望融入春潮涌动的海口，消逝在无边无际的寂静之海中。夏天好像就要过去了，水似乎变得很柔很柔，从树叶上缓慢地滴落，草地上沾满了水珠。远处升起了一层宛如轻烟的薄雾，当他们转身往回走时，那层薄雾也似乎跟在他们身后，所以他们向前走着，看起来却像站着不动一样。雨越下越大了，他们找了几棵树避雨。那几棵树下仍然是干的，有一小块地方的尘土没有被冲走，在四周混着尘土横流的污浊雨水中显得有些无助和可怜。鲁泽娜从帽子中拔下发夹，因为这种城里人的必备之物让她觉得很不舒服，而且也不想让它们的尖头弄伤约阿希姆。她摘下帽子，后背靠在约阿希姆身上，仿佛他就是保护她的那棵树。她向后仰起头，他低下头，用双唇亲吻她的额头和披在前额的黑色卷

① 原意为“我们”，鲁泽娜德语不标准。

发。他没有注意到她额头上那些稍微有些不讨喜的细小横纹，也许是因为靠得太近了看不清，也许是因为根本用不着看，只需用心感受就行了。他温热的鼻息喷在她额头上，就像雨雾喷洒在树叶上一样，他的双臂用力环抱着她，她觉得自己仿佛被树枝缠住了，双手紧紧地握他的双手。他们一动不动地站着，灰蒙蒙的天空和水面相接，对面小岛上的柳树就像漂浮在灰蒙蒙的大海之中，也不知是挂在上面，还是沉在下面。过了一小会儿，她看着自己湿漉漉的夹克衫袖子，轻声说，他们得回去了。雨水淋湿了他们的脸，但他们现在不敢匆忙奔跑，因为那样太煞风景了，还会显得有些狼狈。直到坐在小酒馆里喝咖啡时，他们才重新收拾好了心情。这时的雨下得更大了，打在乡村阳台窗玻璃上的雨点越来越密，雨水从屋檐上叮叮咚咚地落下来。当老板娘离开房间时，鲁泽娜放下自己手中的杯子，又伸手拿走了他手中的杯子，然后勾住他的头，把他拉到她的眼前。两人离得那么近那么近，却一直都没有吻在一起，就这样让爱意在炽热的目光中慢慢融化，享受着这种又紧张又激动又甜蜜的、简直让人无法自已的感觉。当他们重新坐在马车里时，马车已经支起了车顶，放下了雨帘，就像一个黑漆漆的小屋，雨滴轻柔地敲打着他们头顶的皮车顶，除了能看到车夫的雨披边缘，从左右两边的缝隙里看到车外两条湿漉漉的灰色车道之外，他们什么也看不见。很快他们就连这些都看不见了。他们头颈相交，唇舌交缠舔舐，爱意像河流一样静静流淌，让他们迷失了自我，忘记了时间，无可救药地一次又一次徘徊在清醒和再次沉沦之间。

这一吻就吻了一小时十四分钟。然后，马车在鲁泽娜的家门口停了下来。当他想和她一起进去时，她却摇了摇头，于是他便转身走了。可他的心却在滴血，他实在不愿就这么离开，所以没走几步就转身回来一把抓住她的手——那只带着万分不舍、伊人尚未远去即已陷入思念的泥淖的、停在半空的手。他压抑不住自己的渴望，也抵挡不住她对他的渴望，两个人仿佛陷入了梦境之中，像梦游一样走上楼去。昏暗的楼梯，在脚下嘎嘎作响。穿过昏暗的前厅走进卧室，在小雨沙沙声中，在提前降临的暮色中，他们躺在黑乎乎的、罩在床上的粗毛毯上，再次追索对方的双唇，继续他们被中断的激吻，脸上湿湿的，也不知道是雨水还是泪水。良久，鲁泽娜停止了缠绵，牵着他的手摸到她背后紧身胸衣的扣子，她甜美的嗓音变得有些低沉："解开。"她一边低声说着，一边扯下他的领带，解开他马甲上的纽扣。然后，她一下子变得谦卑起来，也许是对他，也许是因为感恩而对上帝生出谦卑之心。她跪在地上，头靠着床沿，快速解开他鞋子的纽扣。噢，真是太笨了，为什么不一起躺下来呢？忘掉那碍手碍脚的衣服。他由衷地感谢她、赞美她、怜爱她，是她让一切变得自然而然，水到渠成。啊，笑意在她的脸上绽放，她微笑着拉开毯子，两人便一起倒在了床上。不过，他的衬衫领子是上浆的，很硬很碍事，弄得她的下巴很不舒服，于是她一边把领子弄开，把脸凑到硬领子中间，一边下着命令："脱掉它。"然后他们便完全放开了手脚，摸索着、感觉着身体的柔软，急促地呼吸着，仿佛就要窒息过去，一种混合着渴望、急切和喜悦的强烈感觉在心中升起。啊,对生命的渴望,在充满活力的肉体中奔涌,瞬间流过全身。皮肤柔软而又紧致,勾勒出锁骨和肋骨的形状。你可以抱着我的胸,我的胸口起伏着,火热的心紧贴着你的胸口,心贴着心,一起跳动。啊,香甜的肉体,湿润的芬芳,柔软的乳房,朦胧的腋窝。约阿希姆的心神在荡漾,两个人都沉浸在无边的爱意中,心醉神迷,忘乎所以,只知道他们的身心都在一起,而且还要继续摸索、继续探寻。在黑暗中,他看见了鲁泽娜的脸,但它似乎在向远处流走,向河岸边更黑暗蓬乱的灌木丛流淌,于是他忍不住伸手抚摸,确定它就在那里,接着又摸到了她的额头、她的眼皮,感觉到她眼皮下硬硬的、静静的眼球,摸到了她脸庞的圆润和嘴唇的弧度,感觉到她的小嘴微张,正等着他去亲吻。渴望像起伏不停的波浪一样,一浪接着一浪;在潮水涌动中,在相互吸引中,他的吻对上了她的吻。两岸的柳树在不断向上生长,从柳岸的一边伸到柳岸的另一边,拥抱着他们,就像沉睡着的、寂静无声的永恒之海,让人心神宁静的安乐窝一样。虽然觉得自己快要窒息了,可仍然不想呼吸,只想寻觅她的呼吸。他轻声说了一句,声音很小,几乎微不可闻,但落在她的耳中却无异于他在大声宣告:“我爱你。”她张开嘴,就像海里的贝壳一样,向他吐露爱意,他在她的爱意中沉沦。

他突然接到噩耗:哥哥死了,是在和波兰波兹南的一个庄园主决斗时丧命的!如果这件事发生在几周前,约阿希姆可能还不会如此震惊。在背井离乡的这二十年里,哥哥的模样在他心中越来越淡了,每次想起哥哥时,浮现在眼前的仍旧是那个穿着童装的金发少年——在他进入军官学校之前,他们总是穿着一模一样的衣服——甚至现在最先想起的也是一副小孩棺材。但棺材边上随即又浮现起赫尔穆特的身影,留着金色的络腮胡子,充满阳刚气息,和那晚在耶格尔街上,当他恐惧于发现一个女孩的脸已非本来面目时,浮现在他眼前的身影一模一样。那天是有人想要把他拉入幻境并纠缠住他,后来是猎人那双明亮的眼睛把他从幻境中解救了出来。而现在,赫尔穆特已经永远闭上了那天借给自己的猎人的眼睛,也许就是为了把它们永远送给他。是他要求赫尔穆特这样做的吗?他没有任何的负罪感,可看起来哥哥就是为他而死的,而他就是幕后真凶。奇怪的是,赫尔穆特留着和伯哈德叔叔一样的胡子,都是同样短的络腮胡子,都不遮住嘴巴。这时约阿希姆才发现,他总是把造成自己被迫上军官学校、被迫在军中发展的责任推到赫尔穆特而不是伯哈德叔叔的头上,但实际上伯哈德叔叔才是罪魁祸首!是啊,赫尔穆特可以待在家里,甚至还假装好人——也许这就是原因。可这一切发生得实在太莫名其妙了,尤其是因为约阿希姆早就知道哥哥过得并不如意。他眼前又浮现起那副小孩棺材,心中涌起一股对父亲的怨恨。看吧,老头终于成功了,这个儿子也被赶出了家门。不过,把哥哥不幸丧生的责任推卸给父亲,于他而言是一种充满怨恨的解脱。

他赶回家去参加葬礼。到斯托平后,他找到了一封赫尔穆特留给他的信。信中说:

这本是一场不该发生的决斗,我不知道自己能不能活着回来。活着,固然是好,但对我来说已经不重要了。我很高兴,因为世界上还有一种叫作“荣誉守则”的东西,为如此冷漠的世界留下一丝值得让人坚守的崇高信念。我希望,你的人生比我的人生更有价值、更有意义;有时候,我很羡慕你的军旅生涯,因为在军队里,你至少能为祖国服务,为了崇高的理想服务。我不知道你是怎么想的,但我还是要写信叮嘱你:万一我死了,千万不要为了继承家产而放弃你在军队里的事业。当然,你早晚都会继承的。但只要父亲还活着,你最好离家远一点,除非母亲要你回来。万千祝福送给你!

下面列出了好多要约阿希姆严格遵守的嘱咐。让人有些出乎意料的是,在信的最后,他希望约阿希姆不要像他那么孤独。

父亲和母亲看起来都很冷静克制。父亲紧紧地握着约阿希姆的手说:“他是为了荣誉而死,为了自己的名誉而死。”然后,父亲就一声不吭地在屋子里踱来踱去,脚步很沉。过了一小会儿,他又重复了一遍:“他是为了荣誉而死。”说完就走了出去。

赫尔穆特的灵柩放在大客厅里。在前厅里,约阿希姆闻到了从鲜花和花圈上散发出来的阵阵浓香,脑海中浮现一个挥之不去而又毫无意义的想法：这对小孩棺材来说,味道太浓了。他在挂着重重帐幔的门前停下了脚步,心里犹豫着,不敢往里面看,只是盯着地板。他熟悉这里的镶木地板的小木条,熟悉紧挨着门槛的三角形拼花板,熟悉铺满地面的地板拼花。他的目光跟随着这些拼花游走,就像小时候经常小心翼翼地踩着漂亮的图形走路那样,与此同时他也走到了灵柩台下的黑色地毯边上。地毯边上散落着几片从花圈上掉下来的花瓣。虽然很想沿着拼花再走一次,脚下却往前走了几步,他看着棺材。还好,这不是小孩棺材;但他还是后退了几步,不敢细看这个男人毫无生气的眼睛,那双眼睛已经完全失去神采、黯淡无光,仿佛那男孩的脸已在其中淹没,或许还想把已经获赠眼睛的弟弟也拖下去。他向前走了几步,发现棺材盖已经盖上时,突然觉得躺在棺材里的就是他自己,这个念头变得如此强烈,让他觉得这就像是一种解脱,一种幸运。有人说,死者的脸被枪伤弄走样了。他几乎什么都听不到,默默地站在棺材旁,手搁在棺材盖上。在尸体面前,在死亡的沉默面前,人类是那样无能为力：一切既有的都会由盛转衰;一切熟悉的都会土崩瓦解,空气也变得非常稀薄,无法承载任何东西。感受着这种无能为力,他好像再也无法从灵柩台边上迈步走开。他挣扎了许久才想起这是大厅,棺材就放在原先放钢琴的地方,他知道地毯下面肯定有一块木地板从来没被人走过。他慢慢地走过去,摸索挂着黑布的墙壁,摸到了黑布下的相框和铁十字勋章的边框。感受着这份重新获得的真实，他觉得，哥哥的后事正以一种近似有趣的新方式变成了裱糊匠需要完成的工作。让他感到高兴的是，人们把赫尔穆特放在铺满鲜花的棺材里，并像对待新家具一样把它推到这间屋子里，如此神奇地把无法理解、不可捉摸之事变成可以理解、可以确定之事。这短短几分钟抑或只是几秒钟的感受经历，神奇地让他长舒了一口气，他顿时有了一种平静自信的感觉。父亲在士绅们的陪同下走了过来，约阿希姆又听见他翻来覆去地说："他是为了荣誉而死。"在这些士绅走后，当约阿希姆以为只留下自己一个人时，他突然又听到父亲说："他是为了荣誉而死。"他看见父亲站在棺材旁边，显得越发矮小和孤单。他觉得自己应该走过去。"来吧，父亲。"他说道，然后陪着父亲向门外走去。走到门口的时候，父亲看着约阿希姆的脸说："他是为了荣誉而死。"仿佛他想把这句话牢记在心，而且希望约阿希姆也能如此。这时外面又来了很多人。

院子里站着一群消防队员。附近军人协会的人也来了，队伍排得整整齐齐，每个人都头戴大礼帽，身穿黑色小礼服，不少人的小礼服上还佩着铁十字勋章。邻近庄园的马车依次徐徐驶来，仆人们上前将马车领到阴凉之处，而约阿希姆却不得不在哥哥的棺材旁迎接前来吊唁的宾客，并向他们回礼致谢。冯·巴登森男爵是一个人来的，因为男爵夫人和小姐还在柏林。当男爵向他问候时，他突然有些不快，不想接受男爵的问候，因为他现在是斯托平的唯一继承人了，而男爵先生很可能把他看作自家女婿的不二人选了，他真替伊丽莎白感到羞愧。房子的山墙上挂着一面快要垂到露台的黑旗，黯然无神地一动也不动。

母亲挽着父亲的手臂走下楼来。宾客们很惊讶，也很佩服母亲竟然能够强忍悲伤，她看起来依然是那么镇定、坚强。不过，也有可能只是因为她感情迟钝——她向来如此。送葬的人群排好队伍向前走着。当马车拐进村道，教堂就在眼前时，每个人都由衷地感到高兴，恨不得快点进入凉爽的白色教堂之中，因为他们都穿着厚布丧服和制服，在午后的烈日暴晒之下简直都要被烤焦了，都想着快点离开尘土和热浪。牧师在悼词中说了很多关于荣誉的话，并驾轻就熟地将荣誉归于上帝；歌声随着管风琴的乐声响起："虽不舍至爱，亦须忍痛相别……啊，永别。"约阿希姆一直在等悼词中的韵文，看它会不会出现。然后他们步行去了墓地。在墓地的大门上，意为"安息吧"的金黄色金属字母在阳光下熠熠生辉。在绵延不绝的飞扬尘土中，马车缓缓地跟在后面。阳光明媚，天空蔚蓝，干旱、龟裂的大地正等待着他们把赫尔穆特的尸体交给它。实际上，这并不是土穴，而是家族墓地——一个破土打开了的小地窖，好像在对着新来者无聊地打着哈欠。用小铁锹铲了三锹土后，约阿希姆低头看去，看着祖父和诸位叔伯的棺材的一端，心里想：这里有一个位置是留给父亲的，所以伯哈德叔叔才没有葬在这里。可是，当铲下的泥土落在赫尔穆特的棺材盖上，落在墓穴中铺着的石砖上时，他不禁又想起了小时候，想起了手里拿着玩具铲在软软的河沙上玩耍的那些日子。他仿佛看到少年模样的哥哥又出现在眼前，看见自己躺在灵柩上，似乎这个夏日的干燥天气不仅骗取了赫尔穆特的成熟，还骗取了他的死亡。所以约阿希姆希望自己死的那一天，细雨绵绵、天空低沉，这样才能接引他的灵魂，才能让灵魂消逝在天空中，就像迷失在鲁泽娜的怀里一样。他满脑子都是这些乱七八糟、绝不应该出现在此时此地的想法。但这不是他一个人的责任，而是其他所有需要葬在这里，此刻需要他在墓穴旁腾出位置的人都负有的责任，甚至连父亲也不例外，因为他们对宗教的信仰全都是虚伪的，陈腐不堪又布满灰尘，需要阳光照耀和雨水冲淋。难道我们就不能翘首以待黑人军队的到来，横扫一切腐朽与没落，荡涤一切尘埃与污垢，使耶稣基督成为新的荣耀，带领人们回到他的国度吗？坟墓上方有一个耶稣受难的大理石十字架，十字架上的耶稣头戴荆棘冠，只留一块缠腰布遮住下体，荆棘冠上滴着青铜色的血滴。约阿希姆发现了自己脸颊上的水滴：也许是他刚才不注意时流出的泪水，也许只是因为酷热而流出的汗水，他不知道，只知道握住一只只向他伸过来的手。

军人协会和消防队的一行人像军队一样分列行进，以齐刷刷"向左看"的动作为死者送行。在队长们短促而不连贯的队列指挥口令中，他们排成四队，挺着胸膛，迈着整齐的步伐穿过墓地大门，靴子在墓地的碎石路上发出整齐的咔嚓咔嚓声。在墓地小教堂的台阶上，冯·帕瑟诺老爷手里拿着帽子，约阿希姆举手敬礼，两人中间站着冯·帕瑟诺夫人，一起像阅兵一样看着队伍走过去。在场的其他高级军官也都立正，举手至帽檐敬礼。然后马车过来了，约阿希姆和父母亲一起上了马车。门把手、其他金属件以及马具的金属部位都被马车夫用黑纱仔细包住了；约阿希姆发现，鞭子上也同样用黑纱打了一朵玫瑰花。车里的坐垫是用黑色皮革包住的，不像柏林市内的马车坐垫那样又硬又破，而是非常柔软，针脚缜密而均匀，还缝有皮纽扣。母亲低声哭泣着，约阿希姆却不知道要说些什么话来安慰她。他还是不明白，为什么被子弹打中致死的是赫尔穆特而不是他自己。父亲呆呆地坐在坐垫上，有好几次似乎想要说些什么，做一个总结，所以整副心思都沉浸在思考之中无法自拔，每次刚想开口说话，便又陷入了茫然呆滞之中，只是嘴唇无声地抖动了几下；最后，他终于清楚地说了一句："他们来参加他的葬礼了。"说完，他抬起一根手指，好像还在等什么东西或者还想再说些什么，然后又把手掌摊开放在大腿上。在黑色手套口和缝着黑色大纽扣的袖口之间，露了一小片皮肤出来，上面长着略带红色的汗毛。

接下来的几天，一家人都是在沉默中度过的。母亲忙着做着她自己的事情，挤奶的时候在牛棚里，拣鸡蛋的时候在鸡棚里，或者在洗衣房里。约阿希姆骑了几次马到野外，骑的就是他送给赫尔穆特的那匹马，骑着它就像是在帮死者尽一份心意一样。到了傍晚，在用人们洒扫好庭院后，大家就坐在用人屋舍前的长凳上，享受柔和凉爽的微风。有一天夜里下了一会儿暴雨，约阿希姆非常惊讶地发现，自己都快要忘记鲁泽娜了。父亲很少出现，大多数时间都是坐在书桌前，看吊唁信或者把它们誊写到纸上。牧师现在每天都会过来，而且经常留下来吃晚饭，也只有他还时不时说起死者。这些三句不离本行的老生常谈，也没人把它当回事，而他的听众似乎也就冯·帕瑟诺老爷一个人，因为只有老头时不时会点点头，看起来很想说些憋在心里许久的话，但每次都只是用力点点头，重复着牧师话中的最后几个词表示赞同，比如："对对对，牧师先生，父母悲痛欲绝。"

后来，约阿希姆要动身返回柏林了。当他去和父亲告别时，老头又在屋子里散步了。约阿希姆想起发生在这个房间里无数次大同小异的告别、无奈而头疼的告别，连带着也讨厌起这个非常熟悉的房间：他知道墙上挂着鹿角、兽皮等狩猎战利品，炉子旁边的角落里有一个痰盂，书写用具可能从祖父那时起就一直是这个样子，桌上的狩猎报甚至多数还未裁开。他等着父亲像往常一样把单片眼镜夹在眼前，然后淡淡地说一声"嗯，旅途愉快，约阿希姆"就把他打发走。但这次却和以往不同，父亲什么也没说，只是双手背在身后继续踱来踱去。约阿希姆不得不又说一遍："父亲，我现在就得走了，否则就赶不上火车了。""嗯，旅途愉快，约阿希姆。"约阿希姆终于听到那句熟悉的话了。"但我还要多说一句，我觉得，你很快就要回到这里和我们一起住了。这里变得空荡荡的，是啊，空空荡荡的……"他四下看了一眼，"可这不是每个人都懂的……当然，荣誉必须维护。"他又开始踱起步来，然后凑过来小声说道："那么伊丽莎白呢？我们以前说过这事的……""父亲，我真的得走了，"约阿希姆说，"否则就要误点赶不上火车了。"老头伸出手来，约阿希姆虽然不情愿也只好紧紧握住。

他坐着马车穿过村子，路过教堂的大钟时，看到时间分明还很早，不用急着去赶火车，不过，他本来就知道时间很充裕。教堂的门恰好敞开着，他让车夫停下马车。他想要去还债：还教堂的债——他只把教堂当成阴凉舒适的地方；还牧师的债——牧师对他好言相告而他却从未听从；还赫尔穆特的债——在赫尔穆特的葬礼上他竟然还有亵渎轻慢的胡乱念头。总而言之，他是要还上帝的债。他走了进去，想要找回自己童年时的感受，想要找回童年来教堂礼拜时的心情，因为他，约阿希姆·冯·帕瑟诺，以前总是充满了敬畏之心，每个星期天都会来这里站在上帝面前。那时的他会好多好多的赞美诗，唱起时也充满了热情。但现在，他不可能独自一人在教堂里唱赞美诗了。他不得不约束自己纷飞的杂念，专心地去冥想上帝，冥想自己在上帝面前犯下的罪孽，冥想自己在上帝面前的渺小和卑劣，可他的内心的意念却不想靠近上帝。他唯一想到的就是自己曾在这里听过的一句以赛亚的话："牛认识主人，驴认识主人的槽；以色列却不认识，我的民却不留意。"是啊，伯特兰说得对，他们已经失去了对基督的信仰。他闭上眼睛，试着默念主祷文，认认真真地而不是有口无心地默念着，专心领会每个字的意思。当他默念"亦如吾等宽恕罪人"[1]时，又感受到了儿时

① 见《马太福音》，此处按小说中德文原意翻译。

的那种亲切、不安却又让人信赖的感觉。他记得，每次念到这里时，他就会想起父亲，而且也正因为这句话，他才相信自己一定能够原谅父亲，仍然会善待父亲，尽到子女的义务和责任。这时，他仿佛又听到父亲隐隐约约在说"孤独"。父亲显然很害怕孤独，必须有人开导才行。离开教堂时，约阿希姆的脑海中浮现出"奋发图强"这几个字。这几个字在他看来并不空洞，而是充满了美好励志的含义。他决定去探望伊丽莎白。

在马车里，"奋发图强"这几个字又浮现在他的脑海里，只不过，同时出现的还有上浆[①]衬衫前胸的样子，和对鲁泽娜的那缕让他感到心醉的浓浓思念。

① 在德语中，"奋发图强"的"强"与"上浆"的单词原形相同。

第二章

柯尼希街街口走来一个行人。他看起来胖胖壮壮,但个子矮小,而且从头到脚无处不软,软得都让人觉得他早上是被人塞到衣服里去的;他看起来严肃沉稳,下身穿着黑布裤子,上身穿着灰色而有光泽的呢外套,棕色的大胡子一直垂到胸口;他看起来有急事,可走起路来却不是快步前行,而是东摇西摆地蹒跚而行,仿佛像他这样胖软又认真的男人有急事时就该这般走路。他不但有大胡子把脸遮挡了几分,鼻子上还架着一副夹鼻眼镜,透过眼镜向其他路人投去一道道锐利的目光。真的无法想象,这样一个男人,这样一个摇摇摆摆地走着去做火烧眉毛的急事、看起来软绵绵、目光却严厉而锐利至极的男人,竟然在其他日常生活场所中会表现得非常热情友好,竟然会有让他倾心不已而甘愿坠入爱河的女人,会有让大胡子露出可亲笑容的女人和小孩,会有想在大胡子中寻找淡红色的嘴唇和暗乎乎的嘴巴亲吻的女人。

约阿希姆一看到这个人，就不假思索地跟了上去。至于这个家伙要去哪里，对他来说都无所谓。自从他得知冯·伯特兰公司有一个柏林代理，而且公司办公室就在亚历山大广场和证券交易所之间的一条街上后，他就会时不时地到这里来看看，就像以前时不时要去市郊的贫民区一样——但现在，他用不着再去郊外找鲁泽娜了，这对她而言几乎就是一种提拔。不过，他来这里可不是为了见伯特兰。恰恰相反，只要知道伯特兰在柏林，他就绝不会来这里，对伯特兰的代理也根本没有任何兴趣。他只是觉得很奇怪，人们竟然要来这里才能想象得出伯特兰究竟过着怎样的生活。经过那些街道时，他不仅会仔细观察房子的正面，就好像他要仔细研究房子后面藏着哪些办公室一样，而且也会打量着那些戴着帽子的平民，就好像他们都是美艳女子一样。有时，他自己也感到奇怪，因为他也不知道自己为什么要盯着这些面孔，难道是为了弄清楚这些人是不是一种迥然不同的另类生物？难道是想知道他们有什么样的品性，竟然可以潜移默化悄无声息地改变伯特兰，让这个家伙有了和他们一样但尚未显露的品性？是啊，这些人一定有很多秘密，不然为什么要留着胡子，把自己藏在后面呢。他甚至觉得，留着胡子的他们多了一分熟悉，少了一分虚伪。也许，这就是他尾随这个行色匆匆的胖子四处转悠的原因之一。突然之间，他觉得眼前这人的样子看起来和自己印象中的伯特兰公司代理十分相像。也许，这个念头有些可笑，可当他看到有好几个人都向这人打招呼，发现伯特兰公司的代理如此受人敬重时，他不禁心情大好，甚至觉得，就算这时伯特兰本人像变戏法一样变得又矮又胖，留着一副大胡子，摇摇晃晃地向他走来，他也不会感到惊讶：因为伯特兰已经溜到另一个世界，用不着再保留自己的本来面目了。约阿希姆也知道，自己又在莫名其妙地胡思乱想了。那一件件事情汇在一起就像渔网一样，看似杂乱无章，其实却有序可循：人们只需找到那根将鲁泽娜和这些人绑在一起的线，就能找到那个隐藏得更深更隐秘的结。也许，当他把伯特兰看作鲁泽娜的真爱的那一刻，那根线的一端就已经在他的手上了；而现在他的手是空的，他只是想起有一次伯特兰婉拒了他的邀请，因为那家伙那天晚上有应酬，需要好好招待一个生意上的朋友。他总觉得眼前这人就是那家伙的朋友，这个想法在他脑子里不断盘旋，挥之不去。也许他们俩结伴去了耶格尔夜总会，这人又把一张 50 马克的钞票塞到鲁泽娜手里。

在大街上，一个人就这样跟在另一个人的后面走着。虽然这只是下意识的行为，看起来也是那样漫不经心，但他很快就发现，自己竟然会对眼前这个人产生各种各样的想法，有善意的，也有恶意的。也许，他只是很想看一眼这人的脸，希望这张脸能转过来，虽然在哥哥去世后，他就以为自己不用在那张让人害怕的脸上寻找鲁泽娜的模样了。可这怎么都无法解释，为什么此刻他脑海中突然冒出这样的念头：这条街上的人为什么都要直立行走？这是一种完全不合理的姿势，与他们的见多识广格格不入，还是说他们都是那么可怜无知，不知道自己最终都会躺着死去！眼前这人此时步履从容,并不直步急行,走路摔断腿这种危险也与他无缘,因为他实在太胖太软了。

他停在罗赫街拐角处,好像在等着什么,也可能是正等着约阿希姆把 50 马克还给他——这本来就是约阿希姆的分内之事。突然之间,约阿希姆感到一阵羞愧,因为他怕别人认为他买了一个女人,或者怕自己因此而开始怀疑对鲁泽娜的爱,继续让她干着陪酒女郎这种令他深恶痛绝的营生。他不禁恍然大悟:他是普鲁士军官,同时也是一个女人的秘密情人,但这个女人还有别的恩客。做下这种丑事,恐怕只能以死谢罪了。然而在想清楚这件事情的所有可怕后果之前,他的心头突然有一个念头闪过,就像浮现出的伯特兰身影一样一闪而过。这时,这人正要横穿罗赫街,而约阿希姆绝不想让他离开视线,除非……对,除非……这可不好说。伯特兰的日子过得逍遥自在,他既属于那个世界,也属于这个世界,而鲁泽娜也在这两个世界的夹缝之间。这就是为什么他们两个人仿佛天造地设一般如此相配的原因吗?杂乱的念头在脑海里纷至沓来,互相推挤着,就像周围熙熙攘攘的人群一样。即使有个念头在脑海中忽然闪现,他很想过去抓住它,可它却像游鱼一般摇摆不定,时隐时现,就像眼前这个胖子的背影一样。如果他从她的合法拥有者那里抢走了她,那他现在应该把她藏起来,就像藏匿赃物一样。他尽量保持抬头挺胸的姿势,尽量不再去看周围的这些平民。正如男爵夫人所说的那样,周围充斥着熙熙攘攘的人群、喧嚷吵闹的声音,眼前的一切都是那么热闹繁忙,来来往往的面容和背影,看起来就像一团滑不溜丢、不断流淌变小的软泥巴一样，谁也抓不住。他该何去何从？他猛地立正，站得笔直，然后长长地舒了一口气，庆幸每个人都只能爱另一个世界的人。这就是他绝不敢爱伊丽莎白的原因，这也是鲁泽娜必须是波希米亚人的原因。爱，便意味着从自己的世界逃到别人的世界里，所以哪怕再丢脸、再嫉妒，他还是把鲁泽娜留在了她的世界里，这样她才能一次又一次地怀着甜蜜美好的憧憬逃到他的世界里来。卫戍部队小教堂就在他的眼前，于是他站得更直了，就像星期天随全体官兵在教堂做礼拜时一样。行至施潘道大街的拐角处时，这人在路边放慢了脚步，显得有些犹豫不决；也许，这样的生意人都害怕路上疾驰的马匹吧。他必须把钱退给那个人，这个想法当然很蠢；但他必须把鲁泽娜带出夜总会，这一点不容商榷。无论如何，她终究是波希米亚人，一个来自另一个世界的人。但他自己的世界在何方？他的路通往何方？伯特兰的呢？伯特兰的身影又浮现在约阿希姆的眼前，而且看起来极其矮胖，透过夹鼻眼镜的目光却是那么凌厉，约阿希姆不认识他，波希米亚女孩鲁泽娜不认识他，在宁静清幽的花园里散步的伊丽莎白也不认识他，他们所有人都不认识他。但是当他转过身来，分开胡子露出灿烂微笑，仿佛在请求女士们在胡子中寻找他那看不清楚的嘴巴亲吻时，却又让他们感受到了他的热情友好。约阿希姆手握刀柄，纹丝不动地站着，似乎站在卫戍部队小教堂旁边，他就可以获得力量，抵御魔鬼的侵袭。伯特兰的身影忽暗忽明，忽隐忽现，闪烁不定，看起来阴森可怖。约阿希姆突然想起了

"消失在大城市的黑暗世界里"这句话，黑暗之中也仿佛响起来自地狱的死亡之声。伯特兰仿佛化身万千，却又潜形遁迹，并且背叛了所有的人：约阿希姆、同学、战友、同僚、女人们——所有人。就在这时，他看到伯特兰公司的代理一阵小跑，安全地穿过了施潘道大街。他的心情顿时好了起来，因为他觉得以后会把鲁泽娜从这两个人的魔爪中救出来。不，不能说抢；恰恰相反，他有义务挺身而出，保护好伊丽莎白，不让那个家伙阴谋得逞。他知道，魔鬼能言善辩，巧舌如簧。但作为一名军人，他绝不会不战而退。如果就这样退却了，那就等于把伊丽莎白拱手让给那个家伙，他自己也会变得像那些隐匿在大城市黑暗之中，害怕有马从身旁疾驰而过的人一样。这不但意味着他承认自己横刀夺爱，还意味着永远不再打探那个家伙背叛众人的秘密。他必须继续跟着这人，但不能像密探那样躲躲藏藏，而是要光明正大、从容不迫地跟在后面，甚至与鲁泽娜的恋情，他也不想遮遮掩掩了。虽然证券交易所中心地带就在卫戍部队小教堂的旁边，但在这个念头升起之后，约阿希姆·冯·帕瑟诺就觉得周围一下子变得安静起来，就像街道上方晴朗的蓝天一样宁静清澈。

他虽然不太清楚自己到底要干什么，心里却急着想赶过去告诉这人：他要带鲁泽娜离开夜总会，从今往后也不再隐瞒两人之间的恋情。但还没走几步，他就看见那个人左摇右晃地疾步走进了证券交易所。约阿希姆定眼看了交易所大门一小会儿，心想：难道这里就是那个能让人脱胎换骨的地方吗？伯特兰本人现在就要出来了吗？他内心挣扎着要不要立刻带伯特兰去见鲁泽娜，最后还是放弃了这个想法。因为伯特兰本来就属于夜总会这种声色犬马的世界，而他现在正是要将鲁泽娜从这个世界拯救出来。不过，他们以后会相见的；如果能够忘掉这一切，如果能够和鲁泽娜一起，在幽静的花园里，在平静的池塘边携手漫步，那该多好啊。他一动不动地站在证券交易所前。他很想念乡下。四周车辆穿梭，呼啸而过；头顶上市内火车往来，轰隆作响。他不再看着身旁经过的行人，不用看就知道他们是那样陌生，脸色是那样阴沉。以后他再也不会来这里了。在证券交易所前，在如浪潮般起伏的喧嚣声中，约阿希姆·冯·帕瑟诺呆呆地站着，站得笔直。他会很爱很爱鲁泽娜的。

伯特兰上门对他表示慰问，约阿希姆又有点弄不清楚伯特兰这家伙到底是热心肠呢，还是多管闲事？反正是仁者见仁，智者见智了。伯特兰回忆起赫尔穆特："是啊，他那时长着一头金发，文文静静的，是一个非常内向的小伙子……我想，他肯定很羡慕我们……后来他也不会有太大的变化……对了，他长得很像您。"赫尔穆特那时候偶尔也会来库尔姆，虽然次数少得可怜，不过这也反映了伯特兰的记性真的非常好。聊着聊着，那种似曾相识的感觉又来了，就好像伯特兰想要利用赫尔穆特的死达到什么目的似的。不过，这也并不奇怪，伯特兰记得自己以前军旅生涯中的每一件事，而且记得非常准确：人都喜欢回忆已成如烟往事的光辉岁月。尽管有些感慨,但伯特兰并没有显露出半分的多愁善感,而是很平静、很中肯地说着,使哥哥的去世显出更人性、更轻松的一面。在某种程度上,经伯特兰评价之后,这似乎变得客观、永恒、抚慰人心。对于哥哥的决斗,约阿希姆其实很少想过,尔后听到人们对此事的议论和所有人在吊唁中重复了无数遍的话,其实都是同一个意思:命中注定之事,无人能逃;很不幸,要捍卫自己荣誉的赫尔穆特,也没能逃过命运的安排。不过,伯特兰对此并不赞同:“我们生活在一个由机器和铁路构成的世界里,铁路上有火车穿梭,工厂里有机器干活,可竟然还有人会面对面站着开枪对射。您不觉得这非常奇怪吗?”

“他已经没有荣誉感了。”约阿希姆心中暗想,虽然伯特兰的这番话听起来很好理解,也很有道理。伯特兰却没有就此打住,接着说道:“这很可能与情感有关……”

“荣誉感。”约阿希姆说。

“是的,荣誉感或者类似的情感。”

约阿希姆抬眼看了过去——伯特兰不会又在开玩笑吧?他很想对伯特兰说,不要言必称大城市市民的看法如何如何,其实农民的情感更加纯朴、真诚,也更有意义。看来,伯特兰真的对此一无所知。当然,约阿希姆也不能当着客人的面这么说,于是默默地递了根雪茄过去。伯特兰却从自己的口袋里掏出了英式烟斗和皮烟袋:“奇怪的是,最持久的恰恰就是那些最无关紧要的、最易消亡的东西。人体可以迅速适应新的生活条件,而且速度快得不可思议,甚至连皮肤和发色也比骨骼更能持久。”

约阿希姆看着伯特兰白皙的皮肤和卷曲的头发，等着他继续说下去。伯特兰立刻注意到自己没有把话说清楚：“嗯，我们心中最执着的就是所谓的情感。我们随身携带着一张坚不可摧的保守主义温床——那就是情感，或者更正确地说，是情感传统，因为它们实际上已经失去了活力，只是回光返照而已。”

“也就是说，您认为保守主义的原则和信条是回光返照般的老观念吗？”

“嗯，有时候是，并不总是。不过，我要说的并不是这个。我的意思是，我们所持的生活态度总是跟不上现实的步伐，大概落后了半个世纪或整整一个世纪吧。实际上，情感总是比生活多了些人情味。您不妨想象一下莱辛或伏尔泰那样的人。毫无疑问，他们肯定会承认他们的时代仍有车裂之刑，而且还是自下而上地肯定。对我们的情感来说，这种酷刑简直太难以想象了。但您认为我们现在的处境有任何的不同吗？”

不，约阿希姆还从来没有这样想过。也许伯特兰是对的，但他为什么要说这些话呢？

他说起话来就像报纸的专栏作家一样。伯特兰接着说：“我们理所当然地认为，这两个肯定都是品性正直之人，因为您哥哥是绝对不会和品性恶劣之人决斗，在某个早晨面对面站着开枪对射的。他们这么做，还不是因为这种情感传统的束缚。而我们呢？竟可以忍受这事的我们，和他们比又有什么不同?！情感是有惰性的，因此也就如此不可思议地无情。世界是由情感的惰性支配的。”情感的惰性！约阿希姆被这句话深深地震撼到了，他自己不也充满了情感的惰性吗？他并没有想方设法不顾鲁泽娜的拒绝，坚持给她钱并带她离开夜总会，这不也是一种应该受到惩罚的惰性吗？他惊愕地问道：“您真的认为荣誉就是情感的惰性吗？”

“唉，帕瑟诺，这不是明摆着的嘛。”伯特兰的脸上又露出了在消除意见分歧时会浮起的灿烂微笑，“在我看来，荣誉是一种极富生命力的情感。但我也坚信，所有过时的观念都充满了惰性；而羁绊于一种看起来非常浪漫，可实际上毫无价值的情感传统，这真的会让人心力交瘁、疲惫不堪，甚至会让人感到绝望，看不到任何出路……”

是啊，赫尔穆特是太累了。但伯特兰要的是什么？如何才能摆脱这种情感传统？约阿希姆不禁打了个冷战，觉得自己如果摆脱这种传统的束缚，就一定会像伯特兰那样误入歧途。当然，他和鲁泽娜的交往已经违反了不可逾越的传统习俗。现在，他们不能再继续这样下去了，但强烈的荣誉感要求他不能放弃鲁泽娜！也许赫尔穆特在警告他不要回庄园时就预料到了这一点，因为到时候他只能放弃鲁泽娜。于是他突然问道：“您对德国农业的前景有什么看法？”他似乎非常希望，总是成竹在胸的伯特兰也会规劝他不要继承斯托平的家产。“这很难说，帕瑟诺，尤其是对我这种对德国农业所知甚少的人来说……当然，我们所有人的看法仍然很封建，坚持认为在上帝的土地上，农业是保证社会稳定的最坚实基础。”伯特兰说完后略显不屑地摆了摆手。约阿希姆听得有些失望，但也有些自得，因为他是特权阶层的一员，而伯特兰的生意并不稳定。换句话说，伯特兰只是刚向稳定、富裕的生活踏迈出了一小步。很显然，伯特兰终究还是后悔自己离开了军队，要不然这家伙就能当上近卫军军官，通过婚姻获得巨额财产，而且不费吹灰之力！不过，这些都是他父亲才应操心的问题，约阿希姆把这个想法抛到了脑后，只是问了一下伯特兰以后是否打算过安定的生活。“不，”伯特兰说，“我肯定过不了安定的生活，我可不是一个喜欢长时间住在一个地方的人。”然后他们又说了些斯托平的各种趣闻轶事，谈到了那里的狩猎情况，约阿希姆还邀请伯特兰去参加秋天的野外狩猎活动。这时，门铃突然响了起来。“鲁泽娜！”约阿希姆心里立即闪现出这个名字，然后几乎是满怀敌意地看着伯特兰。伯特兰来这里已经两个小时了，坐在那儿喝着茶抽着烟，怎么还好意思说自己是来慰问的。但同时呢，约阿希姆又不得不承认，这不能怪伯特兰，自己本来就知道鲁泽娜一定会来，却还是又劝又请，又拿出雪茄来招待，仿佛他也是推辞不得才坐在靠背椅上留下来的。现在嘛，事已至此，覆水难收。当然，如果他事先问一下鲁泽娜的话，那就更好了。她也许会觉得很尴尬，也许还想隐瞒这段他现在准备公开的恋情；也许因为太单纯太善良，甚至不希望因为她的身份而让他无脸见人——也许是她真的不容于上流社会。他想不明白，也分不清楚，因为每次想起她时，他仿佛只看到她的脸和披散在身边枕头上的秀发，他只顾着贪婪地嗅着她身上的芬芳，却怎么想都想不起来她穿着衣服时的样子。不过，伯特兰说到底就是个平民，他的头发太长了，所以这一切都无关紧要。于是约阿希姆说："听，伯特兰，我有客人来了，来的可是一位漂亮可爱的姑娘；我可以请您和我们一起吃晚餐吗？""啊，好浪漫哦。"伯特兰回答说，"当然可以了，如果不妨碍你们卿卿我我的话，我自然不会和您客气。"

约阿希姆出去迎接鲁泽娜，让她做好还有客人在场的准备。看到有陌生人在场时，她显然有点慌张。不过，她对伯特兰很友好，伯特兰对她也很友好，约阿希姆却觉得他们两个人之间例行公事似的友好举动十分别扭。他们最后决定在家就餐，于是派了男佣出去买火腿和葡萄酒。男佣刚出门，鲁泽娜就追了过去，告诉他带些苹果酱糕点和淡奶油回来。能够在厨房里料理家务，做土豆煎饼，让她觉得很开心、很幸福。过了一会儿，她喊约阿希姆到厨房去。起初，他以为她就是想展示一下她腰系白色大围裙，手拿木勺子炒菜的样子，所以心里非常期待，以为能看到她像家庭主妇一般迷人可爱的一面。但他走过去才发现，她正站在厨房外，靠着门小声抽泣着。这跟他小时候发生的一件事差不多：那时候，他还是一个小男孩，有一天到大厨房去找母亲时，看到那里有一个女佣，也许她刚刚被母亲解雇，所以正在伤心地抽噎着。要不是有些不好意思，他都忍不住想陪她一起痛哭一场。"你现在不爱我了，"鲁泽娜啜泣着靠在他的肩膀上，尽管他们此刻吻得比以往更激烈、更缠绵，但她依然泣不成声，“结束了，我知道，结束了……”她又重复了几遍后才说：“哦，你现在去客厅吧，我还得做饭呢。”她擦干了眼泪，微微一笑。他很不情愿地回到了客厅，很不情愿地面对坐在客厅里的伯特兰。她当然很傻，傻傻地以为，他们的爱情因伯特兰的出现而结束了。但不得不说，女人的直觉真的很准，是啊，这就是女人的敏锐直觉，也只能称之为女人的敏锐直觉。这让约阿希姆有些郁闷。尽管伯特兰用嘲讽意味十足的口吻恭维他，说“她很迷人”，让他像坎道列斯国王[①]一样，他的心中升起一种沾沾自喜的感觉，但这并不能吹散他心头的阴霾——对未来的担忧：他回到斯托平之日，就是失去鲁泽娜之时，到时一切都将结束。伯特兰至少应该劝他不要接管农场才是！或者是伯特兰不惜违背自己的信念，也要迫使他回乡下务农吗？而这一切只不过是为了让他离开柏林，然后这家伙趁机俘获鲁泽娜的芳心，甚至有可能不顾一切地将她看作自己的合法财产？但这怎么可能！

鲁泽娜手里端着一个大盘子走了进来，男佣跟在后面。她来之前就把围裙解了下来，这时便走到两个人中间，坐在小圆桌旁，虽然她装出一副贵妇的模样，却操着一口蹩脚的德语和伯特兰叽里呱啦地交谈着，让伯特兰讲些旅行中经历过的趣事。两扇窗户都开着。夏夜悄悄降临，天色渐渐昏暗，小圆桌上的煤油灯发出柔

① 古希腊历史人物，吕底亚国王，因痴迷妻子美貌，要求侍卫居基斯偷窥妻子的裸体，后被羞愤的妻子与侍卫合谋杀死。希罗多德最早记述了这个故事。

和的灯光，让约阿希姆想起了冬季的圣诞节，想起了店铺后面温暖舒适的小客厅。那天晚上他还在朦朦胧胧的思念中下意识地给鲁泽娜买了三条蕾丝手帕，可奇怪的是，他竟然把这事给忘得一干二净。它们现在仍在柜子里，他当然很想把它们送给鲁泽娜——要是伯特兰不在这里的话，要是鲁泽娜没有那么聚精会神地听着伯特兰讲述那些棉花种植园和穷苦黑人故事的话。"那些黑人的父辈们到现在仍然是奴隶。当然，那可是真正的奴隶，人们可以自由买卖的奴隶。""什么？小女孩也能买卖吗？"鲁泽娜被吓到了。伯特兰大笑了起来，然后柔声轻笑着说："噢，您不用害怕，小女奴，您不会有什么事的！""伯特兰说这些干吗？他是在暗示要买鲁泽娜还是想让我把她送给他？"约阿希姆心里嘀咕着，不禁想起"奴隶"和"斯拉夫人"发音的相同之处，又想到所有的黑人看起来都极为相似，几乎让人无法区分。在他看来，伯特兰又想让他陷入幻想，不能自拔，勾起他无法区分鲁泽娜和她的意大利的斯拉夫哥哥的回忆。这就是伯特兰大谈特谈黑人奴隶故事的原因吗？然而，伯特兰只是朝他友好地微笑着。这个家伙虽然没有络腮胡子，却也长着看起来几乎和赫尔穆特一模一样的金发。伯特兰头发非常卷，没有梳成整齐的大背头。有那么一瞬间，约阿希姆的脑子里又是一片混乱，都不知道鲁泽娜到底是属于谁的了。如果那颗子弹打中的是他自己而不是哥哥，那今天坐在这里的就是赫尔穆特，而且哥哥也有能力保护伊丽莎白。也许对赫尔穆特来说，鲁泽娜出身过于卑微，但约阿希姆自己也不过是哥哥的替代者而已。想明白这一点时，约阿希姆不禁感到十分害怕。他之所以感到害怕，是因为一个人竟然可以替代另一个人，因为伯特兰也有一个留着大胡子的小个子胖代理，从这一点看来，父亲的想法竟然也情有可原。为什么正好是鲁泽娜？为什么正好是他？为什么不是伊丽莎白呢？但不管怎样，一切都无所谓了，他明白那种有心无力的感觉，那种让赫尔穆特宁愿决斗而死的疲倦感。即使鲁泽娜说得对，即使他们的爱情快要到头了，可一切都在突然之间变得如此遥不可及，遥远得连鲁泽娜的脸和伯特兰的脸也几乎分辨不清了。情感传统，伯特兰称之为情感传统。

鲁泽娜似乎已经忘记了她刚才对爱情的悲观预言，她在桌子底下偷偷地向约阿希姆的手摸去。他显得有些惊慌却又不失风度，偷偷瞥了一眼伯特兰，就把手放到被灯光照得很亮的桌布上。鲁泽娜伸手握住了他的手，亲昵地抚摩着；而她这种仿佛宣示主权的抚摸让约阿希姆的心头重新浮起一丝甜意。他定了定心神，忍住自己心头的羞意，反手握住鲁泽娜的手，让大家都可以看到，他们彼此倾心于对方，属于对方。不过，他们也没有任何过错，因为连《圣经》上都说："弟兄同居，若死了一个，没有儿子，死人的妻不可出嫁外人，她丈夫的兄弟当尽弟兄的本分，娶她为妻，与她同房。"反正差不多就是这个意思。想不到自己竟然可以伙同一个女人来欺骗赫尔穆特，他自己都觉得这真的是荒唐透顶。伯特兰轻轻地敲了敲杯子，提议大家干掉杯中酒。这让他们俩又糊涂了，不知道伯特兰到底想要干什么，他是真的想要干杯呢，还是只想开个玩笑，还是没喝几杯香槟就有点不胜酒力了，说的话也特别难懂。他说到了德国的家庭主妇，说假扮的女主人才是最迷人的，因为只有戏剧才是生活的唯一真实写照，因为艺术美总是高于自然美，戏服总是比真正穿的衣服更好看，而一个德国战士的家，不落俗套地说，虽然被一个没有传统观念的生意人玷污，但随后就被波希米亚最迷人可爱的女孩净化，也只有这时才会变得完美无缺。最后，他要求在座的各位一起为最美女主人的幸福干杯。这番话说得有些拐弯抹角，含沙射影，让人摸不着头脑，不知道伯特兰是不是随口用这些影射假扮和模仿的话来表达他自己对替代者的看法。不过，他虽然嘴角挂着一丝嘲弄，但看向鲁泽娜的目光一直都非常柔和亲切，对她展现出足够的尊重，所以他那些令人费解的话，他们两人也是听过就算，并不放在心上。晚餐在宾主尽欢的气氛下结束。

随后，约阿希姆和鲁泽娜坚持要一起送伯特兰去他的下榻之处，可能是不想让伯特兰知道他们俩晚上会住在一起。一行三人走在安静的街道上，鲁泽娜居中，只不过三人都是各走各的，因为约阿希姆不敢让鲁泽娜挽住他的胳膊。当伯特兰从下榻住所的门口消失后，他们两人四目相对，鲁泽娜十分认真而又楚楚可怜地问约阿希姆："你要带我去夜总会吗?"他能感觉得到，她说这句话的时候心情是多么沉重，语气是多么认真，但他这时只是觉得有些厌倦，有些不以为然，差点就同样很认真地点头称是了，在这一刻甚至可以硬下心肠和她从此后会无期，永不相见。如果伯特兰回来的目的就是为了把她拐走，那他还可以忍受。但一想起“夜总会”这三个字，他就觉得忍无可忍，而且也为自己竟然需要这样的刺激而感到无地自容，不过他心里仍然感到很甜蜜，于是默默地挽着她的胳膊。那天晚上，他们爱得比以往任何时候都疯狂。不过，他这次又忘记把蕾丝手帕送给鲁泽娜了。

每天一早，当那辆由一匹马拉着的小邮车从早班列车上取了邮件回来，停在村里的邮所门口时，庄园的邮差肯定已经倚靠在柜台上了。他当了大半辈子的邮差，如今头发也已花白，虽然只是个私人邮差，但也是邮所在编人员，几乎等同于邮所职员了，论地位甚至有可能比那里的两个邮所职员还要高。这倒不是因为他资历老、有本事，而只是因为他来自庄园，身份不一样。这也是延续了几十年的惯例，甚至可以追溯到尚无帝国邮政的年代。那时候邮车每次都要隔很久才会经过村子，把信件分发到村民的罐子里。邮差斜挎着一个黑色大邮袋，邮袋的皮带在他肩上勒出一条斜印子。这个邮袋已经过好几个邮差的手了，无疑是从很久以前，那个可能更美好的年代传下来的。因为村里最年长的人都还记得，他们小时候，钩子上就挂着这个邮袋，邮差就这样倚靠在所里的柜台上了。每个老人仍旧能掰着手指头细数那些穿着夹克，斜挎邮袋，勤勉做事的庄园邮差——不过他们现在统统安息在外面的墓地里了。可见，这个邮袋比 1848 年欧洲革命以后设立的新式邮所更古老，更让人尊敬，也比在设立邮所时钉在那里的钩子更古老。钩子钉在那里是为了表示对邮袋的尊敬，或在某种程度上作为对地主阶级的最后一次正式致敬，也许是为了提醒人们，尽管有革命风暴力量在推动时代进步，但旧的习俗却是不该忘记的。虽然已经换成新式邮所，但人们仍然沿用旧例，优先处理庄园主们的邮件。今天显然也不会例外，一切照旧。所以当马车夫带着灰棕色的邮包进来，颇为不屑地一把推开普通马车夫眼前的邮包，把自己的邮包扔到了破旧的柜台上时，更懂人情世故的邮所所长，脸上不加掩饰地露出郑重之色，快速拆开火漆，解开绑带，把倒出来乱七八糟的邮袋按大小分层，叠放成一小堆一小堆，以便检查和分配。等这些都弄妥后，邮所所长最先做的就是取出庄园主家的邮件，然后又第一时间从书桌抽屉里拿出一把钥匙，走到挂在钩子上的邮袋前，而邮袋上的黄铜锁似乎也在默默地等待着这一道手续。邮所所长把钥匙插在锁眼里，打开邮袋。邮袋张开一道口子，坦然露出灰色的帆布衬里。他往张开了一道缝隙的亚麻布大袋里瞥了一眼，随即就像再也无法忍受似的，快速地把信件、报纸以及小包裹都塞了进去，然后轻轻地敲了一下袋子的底部，使口子啪的一声合上了，最后锁上黄铜锁，把钥匙放回抽屉。那个邮差一直在边上看着，这时才上前拿起沉甸甸的邮包，顺手拎起那根又硬又破的皮带斜挎在肩上，一手提起大包裹。在邮所所长的关照下，他就能比正式邮差提早一两个小时把邮件送到庄园，因为正式邮差必须先走遍整个村子。所以说，这是一种非常有效的快递方法，这种对待庄园邮差及其邮袋的惯例不仅可以延续古老的优良传统，而且依然可以满足庄园主和庄园下人的实际需要。

跟过去相比,约阿希姆现在收到家信的次数多了起来。在信中,父亲大多只简要地说一些家里的情况,用的是那种半斜的手写体,这种字体很容易让人想起父亲走路的姿势,他甚至干脆把它叫作三腿字体。约阿希姆从信中了解到父母宴请的宾朋、狩猎情况和秋忙展望,还有关于收成的只言片语。写完与农场有关的消息后,家信常常以下面的句子结尾:

你最好早做打算,做好回家准备,因为熟悉农场事务,宜早不宜迟,一切都需要时间。父字。

约阿希姆非常讨厌这种字体,每次看这些信的时候,心情都会变得更加低落,因而看得也更加漫不经心了,因为每次有人提醒他应该退役回家时,他就觉得那人想要把他贬官为民,褫夺他的凭仗,让他无所依靠,而这简直就等于有人要抢走他的制服,把他赤裸裸地扔到亚历山大广场上,使他跟每一个奔波劳碌的陌生人一样,泯然众人。尽管称之为情感的惰性好了:不,他并不怯懦胆小,他可以沉着冷静地面对敌人的枪口,或在战场上奋勇抗击宿敌法国的军队;但对他来说,平民生活中的危险是不一样的危险,更难以察觉,更防不胜防。平民的世界,无秩序、无等级、无纪律,他们也不认真、不严谨、不守时。他每天上下班往返于公寓和军营之间，每次都会路过博尔西希机械制造厂，看到工人们站在工厂门前，就像一群锈迹斑斑的外国人，跟波希米亚人差不了多少。他觉得他们的目光极不友好，就算有人抬一下黑色皮帽或者摸一下帽檐向他打招呼，他也不敢说声“谢谢”回应他们的问候，因为他怕别人误以为对他友善的工人和他是一伙的，担心他们因此给那个工人打上叛徒的印记。他觉得其他人的恨是有道理的，或许也是因为他隐约感觉到，虽然伯特兰穿着便服，但他们对伯特兰的恨意不见得比对他的恨意少。鲁泽娜为什么讨厌伯特兰？或许背后也藏着一丝恨意。这一切让人心头沉重，让人心烦意乱。对约阿希姆来说，这就好比他的船漏水了，可别人还硬是要他把漏洞弄得更大一些。父亲就要求他为了迎娶伊丽莎白而退役，这让他完全无法接受。他觉得，要想配得上她，让两人看起来门当户对，他就一定不能穿那些乌七八糟的平民衣服；剥夺他的这身制服，就等于是在侮辱伊丽莎白。他觉得退役回老家过平民生活这种想法很危险，觉得父亲的要求很过分、很强人所难，所以向来都是抛之脑后，置之不理，但为了避免触怒父亲，也免不了敷衍应付一下。于是，当伊丽莎白和她母亲去莱斯托避暑时，他便捧着鲜花来火车站送行。

约阿希姆出现时，乘务员正在等候乘客上车的火车前站得笔直。两个男人对视一眼，那个老实的二级下士便心领神会地用眼神暗示，他会照顾好长官的女眷。当男爵夫人、女佣和行李在车厢里安顿好后，伊丽莎白觉得反正开车的铃声还没响，便想和他在火车边上散散步。约阿希姆顿时觉得有点受宠若惊，所以也顾不上考虑把男爵夫人独自留在车厢里是不是有点不合规矩了。铁轨之间的泥土夯得很结实，他们就沿着铁轨高一脚低一脚地走着。经过敞开的车门时，约阿希姆也没忘记微微鞠躬，抬头向车内点头致意，而男爵夫人也朝他点头微笑。伊丽莎白说她都有些等不及了，心早就飞到家里了，而且自己一定会在莱斯托经常见到约阿希姆——因为他每次休假都会回老家，更不用说今年还有亲人不幸离世，所以他一定会回老家陪着父母尽孝心的。她穿着一件英格兰款式的浅灰色短装旅行服，遮住小帽的蓝色旅行面纱和她衣服的颜色十分相配。让人感到惊讶的是，一个表情总是那么端庄严肃的女孩居然也兴起"为悦己者容"的念头，会饶有兴致地挑选合适好看的衣服。尤其是配上她忽闪忽闪的，一会儿呈端庄严肃的灰色，一会儿呈活泼可爱的蓝色的眼睛，让人不禁猜测，她是不是为了眼睛的颜色而特地选了灰色衣服和蓝色面纱。但约阿希姆一时之间很难用语言把这个想法准确表达出来，所以当铃声响起，乘务员请乘客们上车坐好时，他顿时觉得心头一轻。伊丽莎白把脚踩在踏板上，很得体地半侧着身子和约阿希姆继续说着，以免有人色眯眯地盯着弯着腰爬上火车的女士；但到了最上面一个台阶时，她实在躲无可躲、避无可避，只好硬着头皮爬过低矮的车门。约阿希姆抬着头站在车厢前，想起了父亲，想到不久前还在这里，就在同一个地方，抬着头对着车门，向车厢里的父亲道别，于是就很奇怪地联想到伊丽莎白的外套下摆和父亲那时别有用心地暗示他的联姻计划，所以虽然他亲眼看着这个有着灰蓝色眼睛和灰色夹克下摆的女孩就在上方的车门里，但她的名字却突然变得无关紧要，已然被他忘却了似的，消失在又惊又怒之中：世上竟然有父亲这样败德辱行的人，竟能如此厚颜无耻地把这么纯洁的少女许配给某个将会羞辱她、玷污她一辈子的男人。当她硬着头皮上车时，他虽然能清楚地看出她是个女人，可同时也痛苦地意识到，她不是鲁泽娜，他不应该去幻想与她共度甜美销魂的夜晚，不应该期望她在见面时对他小鸟依人，离别时对他依依不舍，而是必须很严肃，也许是必须很虔诚地听之任之，任其施为。但这太让人难以想象了，不仅是因为这是必须脱掉旅行服或制服才能发生的事，更为重要的是，他怎能将她与被自己从男人的亵玩、抚弄下解救出来的鲁泽娜相比，这简直就是在轻渎上帝！铃声已经响起三次了。他站在站台上，手指微触帽檐向她们致意，女士们则挥着蕾丝手帕向他告别，直到最后只能看到两个白点。一丝温软柔和的思念从约阿希姆的心中生出，不断地向远处延伸着，追上小白点，正好赶在它消失在远方之前的最后一刻。

在门卫和职员的举手敬礼致意下，他走出车站，来到库斯特林广场。路上行人稀少，广场看起来也有一些破败，这里虽然阳光明媚，但仍然显得有些阴沉压抑，仿佛照着这里的太阳是借来的，而真正的太阳正在金色的田野上熠熠发光。眼前的这一幕，同样以一种非常难以理解的方式使他想起了鲁泽娜。很明显，鲁泽娜虽然长得特别阳光，充满活力，可还是给他一种阴沉，甚至有一些破败的感觉，就像柏林一样；而伊丽莎白给他的感觉就像她现在正飞驰越过的金色田野一样，像掩映在花园里的庄园府邸一样。做出如此清晰的划分，他颇为满意。不过，他还是很高兴：因为在自己的努力下，鲁泽娜放弃了陪酒女郎这种不体面的工作，不再迷恋于灯红酒绿的浮华；因为自己正努力使她摆脱那张错杂纷乱、遍布整个城市的关系网——那张在亚历山大广场上，在那满是斑斑锈迹的机械制造厂里，在那门口售卖蔬菜的郊外酒馆中，处处都能让他感觉得到的平民关系网，那张讳莫如深、让人难以想象的平民关系网，那张虽然看不见摸不着却又隐藏了一切的平民关系网。他必须使鲁泽娜跳出这个泥淖，也要证明自己配得上伊丽莎白。但这只是一个非常模糊的愿望，一个完全说不清楚的愿望，也许是因为他自己都觉得这个愿望实在太无耻、太荒谬了。

爱德华·冯·伯特兰正打算将自己的业务拓展到波希米亚工业区，他在布拉格的时候突然想起了鲁泽娜，似乎觉得她也有些想家，所以想说些暖心的话来安慰安慰她。由于不知道她的住址，他写信给帕瑟诺，说很怀念他们上次聚会的那个晚上，希望在返回汉堡，途经柏林时再次见到帕瑟诺，并向鲁泽娜送上衷心问候，并称赞她的家乡非常优美。然后他便在布拉格市内四处闲逛溜达。

在与伯特兰和鲁泽娜一起三人共进晚餐的那个夜晚之后，帕瑟诺就总是觉得日后会发生什么特别的,郑重的,甚至有些可怕的事情,比如伯特兰会像以等同于那天晚上的礼遇和亲厚来回请他,而且也不能完全排除伯特兰借机诱骗鲁泽娜的可能,因为生意人都重利而轻义。然而,这两件事一件都没有发生,伯特兰按行程计划悄悄地离开了,竟然连招呼都不打一个,这让他真的很郁闷。不过,他随后又很意外地收到了一封从布拉格寄来的信。他把信拿给鲁泽娜看,有些犹豫地说:“伯特兰似乎挺关心你的嘛。”鲁泽娜做了个鬼脸,说道:“不关我的事,我不喜欢你的朋友,他是个讨厌鬼。”约阿希姆赶紧替伯特兰开脱,说他并不讨厌。“不知道,我不喜欢,说这样的话,”鲁泽娜语气坚决地说,“别再来了!”虽然现在真的十分需要伯特兰的帮助,但约阿希姆非常赞同她的话,尤其是她随后又说:“明天我去戏剧学校。”他知道,除非他陪着一起去,不然她是不会过去的。那他会陪着去吗?当然不会,他怎么能陪着她一起去呢?遇到这种事情,他该怎么办?既然鲁泽娜下定决心要找一份“正经工作”,那么对新工作的各种打算便成为他们的新话题,而面对她提出的各种问题,约阿希姆虽然束手无策,却依然很乐意进行这种异常严肃的谈话。也许他认为,普通工作不需要她在两个世界之间徘徊,所以会夺走她那种带有异国情调的妩媚风情,让她重新变得粗鲁无礼。正因为这样,他也只能想到戏剧表演这种工作。鲁泽娜对此倒是深感赞同,兴奋地说:“看吧,我会变得非常有名,你会爱上我的!”想得倒是很美,他们八字还没一撇呢。伯特兰曾经说过,大多数人都像植物一样懒惰,也许这就类似于那种情感惰性吧。是啊，如果伯特兰在这里的话就好了，那家伙处世手腕圆滑、实践经验丰富，也许会帮得上忙。因此，伯特兰刚到柏林就收到帕瑟诺发来的紧急邀请——帕瑟诺对他上次来信友好问候的答复。

“这事好办，”伯特兰说的话让他们两人吃惊不已，“这事好办，虽然你们不该认为戏剧表演是一个非常有前途的职业，甚至是功成名就的捷径。我在汉堡的人脉当然更深更广一些，但我想在这里先试一下。”不过，事情的进展速度却远超他们的预期；没过几天，鲁泽娜就被邀去试唱，而且表现不错，不久就被聘为合唱团女歌手。伯特兰这么迅速、这么热心地出手相助，倒让约阿希姆怀疑起来，心想这家伙是不是对鲁泽娜有什么企图。不过，这份怀疑却也禁不起推敲，因为伯特兰对此事的态度看似亲切友好，实则满不在乎，简直就像医生对待病人的态度一样。可伯特兰为什么会对鲁泽娜鼎力相助呢？貌似只有为了借机向她示爱这个理由，才是最合情合理的。约阿希姆其实对伯特兰极为恼火，在他们三人聚会的那三个晚上，伯特兰天南地北、东拉西扯地说了一大堆，但对于自己的情况却总是守口如瓶，依旧很讨厌地笑而不答，仍像陌生人一样。不过，他为鲁泽娜做的倒是比约阿希姆做的还要多，因为约阿希姆没有情调、不懂浪漫、不会幻想。这一切让他很尴尬。伯特兰这家伙到底要干什么？这家伙都要告辞了，还很得体地谢绝了鲁泽娜本人和他代表鲁泽娜对这家伙表达的谢意，那干吗又说希望很快能再次见到约阿希姆·冯·帕瑟诺？为什么要再见？这太虚伪了吧？可约阿希姆嘴里却鬼使神差地回答说:“没问题,伯特兰,不过您下次来柏林时可能就见不到我了,因为军事演习结束后,我得去斯托平几个礼拜。但要是您真想去那儿看我的话,那我可要乐坏了。”伯特兰说:“那就这么定了。”

冯·帕瑟诺老爷有一个老习惯,那就是在自己的房间里盼着有信寄来。早在很久以前,那沓狩猎报旁就有一个位置空着,邮差每天就把邮袋放在那里。虽然邮袋里装的东西大多少得可怜,经常只有一两份报纸,实在不值得邮差专门跑一趟,但冯·帕瑟诺老爷总是会急不可待地从鹿角架的老位置上取下邮袋钥匙,然后打开黑色邮袋的黄铜锁。每当这时,邮差便手拿帽子,低头看着地面,安安静静地等着。冯·帕瑟诺老爷取出信件并拿着它们坐到书桌前,先把自己的和自家的信件放好,仔细查看了其他信件的地址后,再把这些信件交给邮差,让他分发给家里的下人们。有时,他必须挣扎很久才能克制住自己的冲动,不去打开这封或那封写给女佣的信件,因为在他看来,老爷打开女佣信件这种事,就像老爷拥有初夜权一样天经地义,而时下流行的“不该侵犯下人通信秘密”这种新观念,让他深恶痛绝。庄园里总有些下人甚至对他查看信封这种小事都会抱怨几句,更别说他毫无顾忌地在背后打探信件内容或者以此调笑女佣们了。这已经引发了好几起严重纠纷,最后都是以解雇相关下人而告终,因此之前闹事的下人们现在不再公开反对了,而是自己去邮所取信,或者偷偷地拜托邮所所长，让正式邮差送信给自己。甚至有一段时间，每天都有人看到尚未身故的大少爷骑着马去邮所亲自取信。也许，他那时候每天都盼望着有情书送来，但又不想让老头偷看情书内容；也许，他正在做着什么隐秘的事情。邮所所长是个心里藏不住话的人，看到什么都会议论一番，可他也猜不出赫尔穆特·冯·帕瑟诺自己取信的原因到底是前者还是后者，因为赫尔穆特收到的信件寥寥无几，没有任何线索。尽管如此，谣言仍然甚嚣尘上，说老头与邮所合谋，使了些下作手段，毁了他儿子的姻缘和幸福。尤其是庄园里和村子里的女人们，对此深信不疑。也许她们的猜测并非全无道理，因为赫尔穆特变得越来越冷漠，越来越忧郁，没过多久就不再骑马去村里了。于是他的信件又重新装在大邮袋里由邮差送到庄园里，放在父亲的书桌上。

冯·帕瑟诺老爷一直都有偷看信件的怪癖，所以就算行为稍微再出格一些，也不会引人注意。这阵子，为了能在路上碰到邮差，他早上经常算好了时间再去骑马或散步。人们看到，他再也不把用来开邮袋锁的小钥匙挂在鹿角架上了，而是揣在口袋里随身带着，这样他就算在田头路边也可以打开邮袋了。在那里，他也是这般匆忙地检查信件，但随后又把它们放回邮袋里，以免妨碍随后在庄园里进行的例行发信仪式。可有一天早上，他走了一路都没有碰到邮差，一直走到邮所才看到那个邮差仍然靠在柜台上。他耐心地等着邮袋里的东西全都倒在破旧的邮所柜台上，然后和邮所所长一起整理和筛分信件。当邮差在庄园里说起这件稀罕事时，说话尖酸刻薄出了名的女佣阿格娜丝说："他现在开始怀疑自己了。"这当然是一句站不住脚的废话，但她比任何人都更坚定地认为，冯·帕瑟诺老爷对大少爷的死负有不可推卸的责任。当她还是体态丰满的妙龄少女时，老头就经常偷看她的信件并对她出言不逊，她心中多年的积怨，也许就是对这件事的看法这么固执的原因。

是啊，对偷看信件这种事，冯·帕瑟诺老爷一直相当痴迷，人们对他现在的行为也见怪不怪了。这阵子，冯·帕瑟诺老爷经常请牧师来家里吃晚饭，而且还时不时趁着散步的时候出现在牧师公馆里，这当然也没什么奇怪的。是啊，这一切似乎一点也不奇怪，牧师也把这看作是自己苦口婆心地劝解、开导、安慰冯·帕瑟诺老爷后的结果。只有冯·帕瑟诺老爷自己知道，既然自己不喜欢牧师，为什么还要过来。其中的原因他实在说不出口，只能埋在心中。他希望在教堂里传教布道的牧师多多少少向他透露一些他期望听到的，一些他永远无法宣之于口的内容。虽然非常担心这永远不会应验，但他心里还是怀着一丝侥幸。当牧师把话题转到赫尔穆特身上时，冯·帕瑟诺老爷有时候会说"无所谓了"，然后很惊讶地结束这个话题，显得非常匆忙慌乱，对未知患得患失。但有些日子，他会容忍那个未知靠近自己，然后就像他儿时玩的游戏一样：有人把指环藏在能看到的地方，例如挂在枝形吊灯或钥匙上，当找东西的小伙伴们走远时，其他人便喊"冷"，而当他们靠近藏指环的地方时，其他人便喊"暖"或"热"。所以很自然地，当牧师重新说起赫尔穆特时，冯·帕瑟诺老爷突然清楚地尖叫着："热，热……"差点就要拍起手来。牧师很有礼貌地附和着，说这天气真是暖和，冯·帕瑟诺老爷也马上回过神来。然而，事物之间只有一线之隔：自以为还在儿时的游戏中，却不知死亡已悄然而来。"对对对，今天很暖，"冯·帕瑟诺老爷嘴上这么说，可看起来却似乎很冷的样子，"天这么热，晚上粮仓很容易着火。"

甚至到晚饭时，盘旋在他脑海中的还是一个"热"字，"柏林这几天也一定热得够呛。不过，约阿希姆倒是没有提起……是啊，他本来就很少写信。"牧师说那是因为他军务繁忙。冯·帕瑟诺老爷一下子激动起来，尖声问道："军务！什么军务？"这让牧师尴尬万分，不知道该如何回答。还好有冯·帕瑟诺夫人打圆场："牧师先生的意思当然是，约阿希姆军务繁忙，无暇写信，尤其是现在正在演习。""那他应该快点退役。"冯·帕瑟诺老爷小声嘀咕着，然后又接二连三地干了几杯葡萄酒，说自己感觉好多了。他把牧师的酒杯满上说："喝吧，牧师，喝酒让人浑身暖和，喝到醉眼蒙眬时，就不会那么孤独了。""冯·帕瑟诺先生，与上帝同在者，从不孤独。"牧师反驳说。冯·帕瑟诺老爷认为牧师又在说教，觉得他有些不识趣，心想："难道我没有把属于上帝的交给上帝，把我应得的交给皇帝，或者更准确地说，交给国王吗？幼子为国效力，不写家书；长子魂归天国，阴阳两隔。转眼四顾，清冷孤独。牧师动不动就端起架子，还不是因为他家人丁兴旺，家眷满堂。就家庭条件来看，他的儿女实在太多了，而且估计很快又要添丁了。所以对他来说，与上帝同在并不难。”他本想就这么说给牧师听的，但想想还是不得罪牧师为妙。“要不然谁还愿意过来陪我——要是没有人愿意过来，除了……”心中有个念头刚要闪现，却又突然消失得无影无踪。然后他便神情恍惚地柔声说道：“牛棚里很暖和。”冯·帕瑟诺夫人吃惊地看着自己的丈夫：难道是他喝酒喝得太急了吗？冯·帕瑟诺老爷站起身来，仔细听着窗外的动静；要不是煤油灯只照亮了桌子，冯·帕瑟诺夫人一定会看到他脸上又恐惧又期待的表情，而当外面传来守夜人走在碎石上发出的吱嘎作响的脚步声时，他的脸色又恢复了正常。冯·帕瑟诺老爷走到窗前，探出身子大声喊道：“于尔根。”于尔根迈着沉重的脚步走到窗前停下，冯·帕瑟诺老爷吩咐他一定要注意谷仓：“就在十二年前，一个也是这么热的晚上，我们小田庄里的大谷仓被烧了个精光。”于尔根恭恭敬敬地记下了，说：“请您放心。”冯·帕瑟诺夫人对这种事情早就司空见惯了，所以当冯·帕瑟诺老爷表示自己还要写一封信，好赶在明天早上寄出，所以不得不告辞时，她也就不再多想了。走到门口时，他又转过身来说：“牧师先生，您说我们为什么要孩子呢？您肯定知道的，您可是行家，经验丰富啊。”他嘿嘿嘿地笑着疾走而去，只不过有点像一只三条腿奔跑的狗。

这时，房间里便只剩下两个人了，冯·帕瑟诺夫人对牧师说：“看到他心情重新好起来，我真是太高兴了。自从可怜的赫尔穆特离世以后，他就一直郁郁寡欢，心事重重。”

八月的脚步渐渐离去，剧院终于又开门了。鲁泽娜现在都有印着演员头衔的名片了，而约阿希姆却因为军事调动而不得不前往上弗朗肯。他对伯特兰给鲁泽娜安排的工作感到十分恼火，因为做演员并不比在耶格尔夜总会做陪酒女郎好多少，都不是什么体面的好工作。当然，鲁泽娜自己也有责任，毕竟是她自己愿意的，甚至连带着她的母亲也有责任，竟然没有好好保护女儿。他原本是想让鲁泽娜换一份体面工作的，而现在这一切又被伯特兰这家伙弄砸了，甚至有可能比以前更糟。因为在夜总会里，一切非黑即白：是，就是是；非，就是非。而舞台上却恰恰相反，它有自己的独特氛围，有鲜花、掌声。可能没有任何一个地方会像舞台这样，让年轻姑娘们轻易地就迷失了自我，难以洁身自好。这是众所周知的事情。唉，泥足深陷，而且越陷越深。可鲁泽娜却不愿正视这一点，甚至还为自己的新工作和名片而感到骄傲和自豪，总是会迫不及待地跟他说些幕后花絮和各种他听都不想听的流言蜚语。这给他们晨昏蒙影般的同居生活增添了几许斑驳陆离的舞台灯影。他怎么就认为自己会找到她或拥有她，这个从一开始就迷路了的姑娘；他仍然在寻找她。但舞台就像一个陡然间长身而起的威胁，当她眉飞色舞地闲话同事们的风流韵事时，他就看到了其中的危险，看到了她已被唤醒的虚荣心，看到了她想要变得和她们一样的坚定打算，看到了她正在回归以前的生活，一种或许并无多大区别的生活。因为，人总想努力回到过去，回到起点。慵懒朦胧的幸福感已荡然无存，相思入骨的甜蜜感已烟消云散，虽然也曾萦绕心间，也曾泪眼婆娑，但这种滋味现已永藏心底，只是偶尔才会闪现。这时，他本以为不会出现的那些幻觉又在眼前浮现。虽然他用不着再在鲁泽娜的俏脸上琢磨那位意大利哥哥的容貌，可没准老天已经用更让人恼火的方式把它刻在她的俏脸上，刻成无法消除的容貌，深深打上那种生活的印记，使他再也无法帮她摆脱这种生活。他心中疑云又起：是伯特兰这家伙捣的鬼，是伯特兰让他产生这些幻觉，是伯特兰一手策划了这一切，想要像魔鬼梅菲斯特一样毁掉一切，甚至连鲁泽娜也难逃魔手吗？现在军事演习也来凑热闹；当他回来的时候如何重新找到她？他真的还能找到她吗？他们互相许下诺言，保证会经常给对方写信，每天一封；但鲁泽娜用德语写的信经常错误百出，又因为她很骄傲自己有了名片，所以邮差给他送来的常常只有一张印着“女演员”头衔的名片，名片上写着“送你许多吻”[1]——这个词似乎玷污了她亲吻中饱含的柔情蜜意。老实说，他对这个头衔真的是深恶痛绝，却又不敢坏了她那孩子般的兴致。只要有几天没有收到她的任何消息，他就会感到心神不宁，就算不断安慰自己“行军打仗居无定所，投递延误情有可原”也没用；相反，只要收到那张讨厌的小卡片，他就会喜出望外。突然，他好像想起了什么，脑海中毫无预兆地跳出一个念头：伯特兰也是演员。

鲁泽娜也真的很想很想约阿希姆。他在信里描述了他的军事

---

① “吻”的德语为“Kuß”。鲁泽娜误写成了“Pussi”，即“小猫咪”，多带有贬义和轻佻意味。

调动、演习生活和在小村子里每个夜晚对她的思念，说“只有亲亲好甜心，只有可爱的小鲁泽娜陪在身边时”，他才会感到真正的快乐。他要求她每晚九点和他一起看月亮，让他们的目光在那里交缠，于是她真的就在幕间休息时跑出舞台门口，认认真真地抬头看着月亮，就算到九点半才有幕间休息，她也一定会坚持看月亮。对她来说，那个春天，那个下午，那场春雨似乎仍然绵绵密密地裹着她，让她手足酸软，无力动弹；当时淹没了她的爱如潮水一般缓缓退去，虽然她意志不够坚定，也完全无法修筑堤坝挡住潮水，但她呼吸着的空气，却变得越来越柔和，处处透着湿意。她确实很羡慕那些在更衣室里收到花束的女同事，遗憾自己比不上她们，可实际上这也只是想为约阿希姆长脸，因为她很希望他的情人是个有名的女主角。虽然爱恋中的女人总是眉眼含春，那么风情万种、妩媚动人，但崇拜女艺人们的男人们却有些另类和不解风情。因此，鲁泽娜在和演习结束后返回柏林的约阿希姆小别重逢时，感觉心情从未这么平静过。他们都把这看作是一场胜利，虽然也知道随之而来的便是一败涂地，但他们内心并不想知道这些，只是紧紧地相拥相抱，假装不明白。

自火车缓缓离开车站，自己挥着蕾丝手帕向约阿希姆告别之时起，伊丽莎白就一直想弄清楚自己到底爱不爱他。她觉得约阿希姆体贴入微又彬彬有礼：“兴许，这就是自己向往的爱情吧。”想着这种被爱的感觉，她心里感到非常开心、非常放心；实际上，她必须用心揣摩体会才会有这种感觉，因为它是如此纤柔稀薄，只有在穷极无聊之时才会显现出来。不过，那种柔软温和感这时也在渐渐消失，因为离家越近就越不无聊，可心里也就越来越不耐烦。男爵骑着一匹新马，在车站迎接她们；当她们到达莱斯托时，正是树梢染绿的时候，花园里绿树环绕，春意盎然，花园前门掩映在幽静的草木之中。给她们的第一个惊喜是，门口左右两边都建起了新的门房，所以女士们都因为惊讶而娇呼连连。不过，这只是冰山一角而已，在接下来的几天里，她们还会看到、体会到许多让人惊喜的变化。当然，伊丽莎白这时早已把“爱情”这两个字抛到了九霄云外。有时为了让伊丽莎白开心，男爵也戏称她为夫人。这段时间，他便趁着两位女士或者说两位夫人出远门的时候，又对庄园府邸做了各种各样的精心雕琢和美化装修。看到眼前的变化，她们不禁心花怒放，不住温言柔语地夸赞男爵，言语间丝毫不吝褒奖和感谢之辞。她们也确实有理由为老爸的艺术才情感到自豪。他对这座旧庄园府邸的现状不是十分满意，总想费尽心思去把它装饰得美轮美奂，而且他也绝不局限于建筑结构，从来不会忘记在每面墙上留出一个适合的位置挂上新画，总要留出一个可以摆放大花瓶装饰的角落，一个用金线刺绣的天鹅绒布装饰的餐柜。总之，他真是一个想法周全、做事到位的男人。男爵夫妇在婚后就成了收藏家，家中藏品也越来越多，经常需要重新布置。对他们来说，这就是订婚的延续，而且似乎可以永远延续下去，甚至在女儿出生之后，也依然如此。伊丽莎白也慢慢发现,她的父母热衷于举办各种家庭节日,热衷于庆祝生日,热衷于花费心思制造新的惊喜;她发现,他们热衷的事虽然让人不解,其实用意颇深,与他们对衣食住行新益求新的,甚至算得上是“嗜好”的喜好有着很深的联系。她并不知道,有些珍品失散在外,过去从未有人完整收藏,将来也不会,但为了避免遗珠之憾,每个收藏家都依然执着地倾其所有,不惜一切代价,穷尽一切手段,搜罗寻觅缺失之物,使整套藏品超越已有藏品,使之成为传奇,成为经典,代代相传。她并不知道,收藏家把全部心血都倾注在收藏爱好之中,希望能够拥有自己的绝世珍藏,让自己流芳百世。她并不知道这些,她只知道家中到处摆放、堆放着许多精美绝伦却毫无生机的死物,四周墙上挂着许多画功了得的佳作。她却觉得,挂起这些画作的目的似乎就是为了加固墙壁,而那些死物似乎都蕴含着什么,甚至掩饰和保护着什么充满生机的东西:一种她非常依恋的东西——每当有新画来时,她偶尔会有一种强烈的想法,仿佛它就是她的弟弟或妹妹;一种希望被人怜爱,而父母也非常珍惜钟爱的东西,仿佛有了它,他们一家人才能生活在一起。她隐隐地感觉到隐藏在这一切背后的恐惧,他们想用喜庆的氛围冲淡对韶华渐逝、红颜将老的恐惧,他们成天忧心忡忡,所以总是制造新的惊喜来安慰自己:他们还都充满活力,他们是一家人,天生注定生活在一起,外人永远无法插足。花园里林木越发茂密幽深,几乎四面都有大片稀疏的浅绿色幼林,而男爵却还在不停地扩大花园的范围。这让伊丽莎白觉得，像女性般对她们的生活关怀备至的父亲，似乎想把四周围着篱笆的花园变得越来越大，变得幽雅清静，美景处处，让人流连忘返，似乎只有当整个世界都成为他的花园时，他才会实现自己的目标，才不会感到害怕，因为他的目标就是他自己成为花园，这样她就永远可以在其中悠然漫步了。虽然，她心里有时也会抵触“男大当婚，女大当嫁”这种不成文的义务，但每次心中不婚之念刚刚朦胧隐现，就消失在花园篱笆外，消失在披染金色阳光的远山之中了。

“哇！”男爵夫人看到玫瑰园中的新藤架回廊时赞叹道：“哇——好可爱，好漂亮哦！就像为新郎新娘准备的一样。”她含笑望着伊丽莎白，男爵也莞尔而笑，可他们两人的眼中却明显流露出对女儿注定要出嫁的恐惧，流露出内心的无助，流露出对欺骗和背叛的了然。不过，他们从一开始就不曾责怪过她，因为曾经的他们也是如此。伊丽莎白感到很难过，因为他们只要想到她以后总要嫁作人妇，就会忧从中来。所以她努力使自己完全忘掉结婚这件事，忘得一干二净，忘到又可以欣然倾听父母谈论她的婚事。父母在言谈之中似乎有对女儿爱情命运的让步，似乎有对女儿长大成人、母女俩亲如姐妹的认可。也许正因为如此，当母亲在她的脸颊上深情一吻时，她不禁想起了布丽吉特阿姨的新婚之日，觉得这个吻也是一个离别之吻，因为母亲当时也是这样含着眼泪亲吻阿姨，即使母亲说自己非常开心，很高兴看到布丽吉特出嫁，布丽吉特阿姨也说自己非常幸福，很高兴给伊丽莎白新添了一位小叔叔。当然,这件事已经过去很久了,再去想这件事就有点幼稚了。伊丽莎白在中间,两只胳膊分别搂着父母的肩膀,三人一起走到藤架回廊的中廊坐下。每个玫瑰花坛上都有几条狭长而对称的曲径,色彩斑斓、香气四溢,却冲不散男爵心头的阴霾。他指着一丛花,伤心地说:“那里我想种一些马奈蒂玫瑰的,但它们极不适应我们这里的气候。”然后好像他有意做些口头承诺来留住女儿的心似的,继续说道:“如果侥幸成功,它们能够长得枝繁叶茂,那么它们就是伊丽莎白的。”伊丽莎白感觉到他正紧紧握住自己的手,仿佛在暗示,有种东西她没办法抓牢,有种可能是时间的东西,被揉成一团,压在一起,就像钟表弹簧一样,现在即将弹开,在手指之间慢慢地挣脱出来,变得越来越长,像一条又长又薄,让人又惊又怕的白带子,开始慢慢蠕动,像一条邪恶的蛇一样试图缠绕她的手指,直到她变得又胖又老又丑。也许男爵夫人也感觉到了,因为她说:“女儿大了总会离开我们的,到时候就只有我们两人孤零零地坐在这里了。”伊丽莎白感到很对不起父母:“我要永远和你们在一起。”话中含着几分内疚,透着一丝羞愧,因为这种话连她自己也不太相信,这听起来就像把昔日的誓言重复一遍而已。“只不过,我实在不明白,他们夫妇俩为什么不和我们住一起呢?”男爵夫人建议道。可男爵却不想回答这个问题:“反正还早着呢。”这时,伊丽莎白不禁又想起了布丽吉特阿姨。住在乌尔本多夫的阿姨现在体态臃肿,成日和儿女们口角不断,与之前迷人优雅的形象相比简直判若两人，人们根本无法想象曾经的她是如何貌美如花、气质优雅，甚至会为以前能够一亲芳泽而感到三生有幸的想法羞愧不已。不过与斯托平相比，乌尔本多夫的天空更晴朗明净，空气更清新宜人，大家都很高兴艾伯特叔叔娶了布丽吉特阿姨。也许她曾经深爱的不是布丽吉特阿姨，而是因为新添了一位亲戚，才让她如此激动，觉得布丽吉特阿姨如此亲切可爱。如果有人和其他所有人都有亲戚关系，那这个世界就像一个得到精心培育的花园，而每新添一个亲戚，就像在花园里种上新品种的玫瑰，那么欺骗和背叛不过就是纤芥之失罢了。在为艾伯特叔叔感到高兴的同时，她或许就已经心有所感了。身边不平之事何其多，就像茫无边际的大海一样，当父母说起女儿以后可能的婚事，言语中流露出良缘夙缔、佳偶天成的意思时，也许海上就有一座他们用以求得心安的宽恕之岛。但男爵夫人还是没有放弃这个想法；因为生活本身就意味着各种各样的妥协，于是她说："对了，我们在西城区的小宅子随时欢迎他们夫妻俩入住。"男爵仍然握着伊丽莎白的手。感受着手上传来的力道，伊丽莎白不想知道任何与妥协沾边的事。"不，我会和你们住在一起。"她倔强地重申了自己的态度。她还记得，小时候父母不让她睡在他们卧室里，不让她盯着看他们呼吸，这个决定让她有多不开心；而男爵夫人向来喜欢谈论生死，说死神常在人们熟睡时悄然降临，但要是用这话来吓唬他们父女俩，那么他们早上就会欣喜地发现，黑夜并没有使他们永远分开，而且一种渴望每天都会不可遏止地滋长：彼此牵手，彼此相守，永不分离。所以,他们现在也是这样牵着手坐在玫瑰花香四溢的藤架凉亭里;伊丽莎白的宝贝小狗蹦蹦跳跳地跑上来向她撒娇,似乎找到她后就永远不再离开似的,把爪子放在她的膝盖上。在淡蓝色的天空下,花园绿墙前的玫瑰茎秆倔强刚直地挺立着。无论外人与她有多亲近,她也绝不会在清晨怀着愉悦的心情向那人问候,绝不会怀着热切、虔诚,甚至迫不及待的心情等着那人的生日到来并专心做准备——这只属于她的父亲——绝不会让怀着爱恋之时才有的那种让人无法理解而又患得患失的心情对那人关怀备至。明悟了这一点后,她亲昵地朝父母浅浅一笑,用手抚摸着小狗贝洛的小脑袋,而它也抬着头深情地看她,眼神是那样惹人怜爱疼惜。

过了一会儿,她便开始感到无聊,心中又慢慢升起一丝微弱的不婚之念。想到约阿希姆,她就觉得心烦意乱,她还清楚地记得他修长的身材,记得他穿着那件方正笔挺、棱角分明的长军服,站在月台上微鞠一躬的模样。但他的身影却很奇怪地和布丽吉特阿姨纠缠在一起,她实在搞不清楚是约阿希姆要娶温柔可爱的布丽吉特,还是她自己要嫁给童年时代的艾伯特叔叔。虽然她也知道,爱情并不像歌剧和小说里所说的那样,但有一点却是毫无疑问的,那就是她想起约阿希姆时一点都不会感到害怕。即使她有意想象,当时那列缓缓出发的火车意外拽着约阿希姆的军刀,把他卷到车轮底下,脑海中的这幅场景也只是让她感到吃惊,心中并没有那种虚假的悲伤和不安,没有她关心父母身体健康时的那种担惊受怕。意识到这一点时,她顿时觉得心头一轻,仿佛放下了一副重担似的，只是心头微微涌起了一丝莫名的忧伤。不过，她还是决定有机会就问问约阿希姆什么时候生日。

约阿希姆回到了斯托平老家。从车站出来，刚穿过村子来到庄园的第一片田地时，他很意外地发现自己的心情竟然有些异样。他想了一会儿，最后找到了一句合适的话来形容这种心情：那是我的。到达庄园府邸下车时，他发现自己这次回到家里的感觉不一样了。

现在，他正和父母双亲坐在一起。要是只在吃早餐时陪着他们，那稍微忍一下也就过去了，更何况他也很高兴自己能够坐在那棵高大的椴树下，享受着眼前的美景美食——花园气息芬芳清新，阳光灿烂，更有诱人的金色黄油、蜂蜜、糕点上的各色水果，一切都显得那么闲适惬意，与在军队上班前吃早餐时的感觉完全不一样；但要是在午饭、晚饭以及下午喝咖啡时都得陪着，那可就是一种折磨了。反正天色越晚，一家人待在一起就越显得尴尬，大家的表情也就越木然。每天早上，看到多时不见、变得有些陌生的儿子出现时，他们俩还感到十分高兴，兴许每天都期待着他说些顺耳顺心的好话，好让他们老怀大慰。然而每天都是这样，他们以就餐时间为节点，一点一点地变得更加失望，到了午后时分，他们俩便如坐针毡，几乎难以忍受约阿希姆陪在边上；甚至连希望有信寄来，老头每天唯一期盼的曙光，也因儿子的存在而变得可有可无。即使老头现在仍然每天都出去等着邮差过来,可那也不过就是死马当作活马医,他对此几乎不抱什么希望,差不多就是想以此来拐弯抹角地提醒约阿希姆赶紧滚蛋,寄几封信过来。当然,冯·帕瑟诺老爷似乎也知道,自己盼望的并不是约阿希姆的信件,自己翘首以待的邮差并不是肩挎邮袋的那个邮差。

约阿希姆心里并不怎么想着陪父母,只是虚应一下。他去挂着鹿角的那间屋子里看父亲,问问庄稼收成,问问狩猎情况,希望自己这番至少算是暗示自己遵照老头的要求"熟悉农场事务"的举动能让他感到高兴。但老头不是忘了自己曾提过这个要求,就是自己也不十分了解庄园里的情况,因为他显得很不情愿,所以只是闪烁其词地应答着,有一次甚至说:"你用不着这么早就操这份心。"约阿希姆巴不得自己离这些烦心事远一点,此时正好顺水推舟,落得一身轻松,可思绪却禁不住飘到了自己被送到军官学校,第一次饱尝思乡之苦的时候。现在他已经回来了,而且正盼着自己的客人来访。那是一种让人心情舒畅的感觉,而且其中也隐隐包含着对父亲的恨意,可谓是五味杂陈。但约阿希姆自己并不知道这些,他甚至希望自己的暂时离开,能让家里变得不那么无聊,能让父母感到满意,并且像他一样,翘首以待伯特兰的到来。他对父亲乱翻自己信件的行为睁一只眼闭一只眼。有一天,老头在又翻了一通之后把信件交给他时说:"似乎很遗憾,还没有你朋友的消息,也不知道他到底来不来。"这听起来有些幸灾乐祸的意思,但约阿希姆假装只听出其中的惋惜之意。直到有一次他看见父亲手里拿着一封鲁泽娜的来信时，他才勃然大怒。但老头什么也没说，只是把单片眼镜夹在眼前，然后提醒他说："你真的应该去拜访巴登森一家了，不能再拖了。"兴许是在挖苦，兴许不是，但这足以让约阿希姆失去了再见伊丽莎白的兴致，所以他把拜访日期一拖再拖。尽管她轻盈的身姿和挥舞着的蕾丝手帕一直牢牢地刻在他的脑海之中，可他心中却越来越希望和幻想着，当他坐车前往莱斯托，停在伊丽莎白家的露天台阶前时，他身边马车夫座位上一定坐着爱德华·冯·伯特兰。

但这一切并没有发生，至少目前还没有，因为伊丽莎白和她的母亲前来拜访冯·帕瑟诺夫妇，作为迟来的吊唁。伊丽莎白有些失望，可又莫名地感到一阵轻松，因为约阿希姆不在家，可也正因为如此，她又觉得受到了怠慢，有些委屈。他们坐在小客厅里，女士们从冯·帕瑟诺老爷那里得知，赫尔穆特是为了捍卫冯·帕瑟诺家族的荣誉而死。"为了这个姓氏，已经有人战死，"伊丽莎白不由自主地想，"也许过不了多久，我也会嫁入冯·帕瑟诺家族。"心头微微涌起几分自豪、亲切和惊讶，她意识到，冯·帕瑟诺老爷和夫人也将成为自己的新亲戚。他们还聊起了赫尔穆特的丧事，冯·帕瑟诺老爷说："这就是生儿子的下场，他们必须为荣誉而死或为国捐躯……生儿子真的很蠢。"他语气不善，话里带刺地补充道。"唉，女大不中留，不知不觉就要出嫁了。"男爵夫人暗含深意地微笑着回答说，"我们老了，肯定是孤独留守了。"照理，冯·帕瑟诺老爷本该说声"男爵夫人绝对不能算老"的，可他却目不转睛地坐着，一动不动，沉默了一会儿后说：“是啊，孤独留守，孤独留守……”又沉思了一小会儿，然后说：“孤独终老。”“孤独终老？冯·帕瑟诺先生，我们可不愿想这事！”男爵夫人也很礼貌、很风趣地回答说，“我们还没想得那么远呢；阳光总在风雨后，我亲爱的冯·帕瑟诺先生，这句话您可不要忘了。”冯·帕瑟诺老爷的思绪重新回到了现实，他又变成温文尔雅的样子。“不过，得是您化作那缕阳光照进我们家才行，男爵夫人，”没等男爵夫人出言恭维，他继续说道，“但奇怪的是……家里变得空荡荡的，甚至连信也不来一封。我给约阿希姆写了信，但很少有他的回信。他有军事演习。”冯·帕瑟诺夫人有些吃惊地转头看着丈夫，悄声说：“可……可是，约阿希姆就在家里呀。”老头嫌她多嘴，恶狠狠地瞪了她一眼。“嗯，那他写了没有？他现在在哪儿？”如果不是哈尔茨金丝雀在笼子里发出清亮婉转而又多变的叫声，那肯定又有一场小小的争吵。他们围坐在它的四周，就像围坐在喷泉边上一样，似乎忘记了一切，好一会儿才回过神来。金丝雀的叫声细腻、婉转、清亮，仿佛丝线一样忽高忽低地在他们身上盘旋缠绕，把他们连成一体，使他们的生与死都这般闲适惬意；仿佛这根丝线快速向上飞起，在他们心中不绝萦绕，然后又拐个弯回到原处，完成一个循环，使他们暂时忘记了说话。也许是因为这根丝线本来就是客厅里一个纤薄嫩黄的装饰物，也许是因为这根丝线使他们有一阵子清醒地意识到他们之间休戚相关，使他们摆脱了那种可怕的静寂。它的喧闹和沉默，就像人与人之间无法穿透的声响，就像一堵墙，让人的声音再无法穿过去，再无法穿过来，让人不得不为之颤抖。金丝雀在欢快地歌唱，连冯·帕瑟诺老爷都听不到那可怕的沉默，当冯·帕瑟诺夫人说“我们现在去喝点咖啡吧”的时候，每个人都如闻纶音。因为要挡住午后的阳光，大厅的窗帘没有拉开。当他们穿过大厅时，没有人还记得那时赫尔穆特的灵柩就放在这里。

约阿希姆来了，伊丽莎白又一次微感失望，因为在她的印象中他是穿着军装的，而他现在穿着的是乡下人的猎装。他们俩彼此有些生分，有些拘束。即使他俩与其他人一起回到了客厅，伊丽莎白站在金丝雀的笼子前，把一根手指伸进鸟笼里激怒它，让它不停地啄着自己，即使她这时决定了，真要结婚的话，她也想在自家的客厅里养一只这样的小黄鸟，即使是这样，她仍然无法把约阿希姆和自己的婚事联系在一起。其实，这只会让她感到又舒心又安心，所以她很大方地在告别时约定，他一定要尽快过去接她出来骑马散心。当然，他事先应该去拜访她们。

伯特兰终于有时间应帕瑟诺的邀请前来做客了。他坐晚班列车抵达柏林，并在此停留了两天。很显然，他放心不下鲁泽娜。他径直走进剧院，让人送一束鲜花到她的更衣室里，给她传个信儿。收到他的明信片，就已经让鲁泽娜喜上眉梢，而随卡片送上的那束鲜花，更是让她雀跃不已，尤其是伯特兰竟然在舞台门口等她，这让她着实感到有些得意。“嗯，小鲁泽娜，过得还好吧？”鲁泽娜马上就叽叽喳喳地说个不停，说自己过得很好，非常好。唉，其实一点都不好，因为她非常非常想念约阿希姆，但现在嘛，她当然开心坏了，因为伯特兰来找她了，因为他和约阿希姆是非常要好的朋友。然后他们去餐馆里吃饭，面对面坐着，谈了很多关于约阿希姆的事情。谈着谈着，鲁泽娜突然难过起来："现在，您去约阿希姆那儿吧，我就留在这里不去了；这个世界不公平。"这段时间她经常这样。"世道不公很正常，而且比你想象的要糟糕得多，小鲁泽娜。"——两人似乎都觉得他称她为"你"比较合适——"还有，我很担心你，这也是我来这里的原因之一。""您是什么意思？""嗯，我不喜欢你在剧院里的这份工作。""为什么？不是挺好的嘛？""我确实有些考虑不周，什么事都听你俩的……只是因为你俩都是喜欢浪漫的人，谁知道你俩把剧院当成什么。""我听不懂您在说什么。""听不懂没关系，小鲁泽娜。但你不能继续留在这里。毕竟，留在这里又能怎样？你以后怎么办，丫头？你必须有人照顾，浪漫又不能当饭吃。"鲁泽娜带着骄傲的口气，毫不客气地说："我会照顾自己的，一个人也过得挺好，不用约阿希姆操心。如果他想离开我，那他走就是了……您是个坏蛋，来这里就是为了说朋友的坏话。"说完她就哭了起来，含着眼泪恨恨地看着伯特兰。她情绪激动，他安慰了一会儿还是无法让她平静下来，因为她坚持认为他是个坏人，是个坏朋友，在如此美好的夜晚让她扫兴不已的坏朋友。突然，她变得面色苍白，睁大了眼睛害怕地盯着他说："是他让您来的？让您告诉我，结束了？！""别瞎想，鲁泽娜！""不！您当然什么都可以说不！可我知道，就是这么回事。啊——你们两个，都是坏人。您把我带到这里来羞辱我。”伯特兰意识到，哪怕说得再合情合理也无济于事；可也说不定，她的疑神疑鬼和胡思乱想恰好猜中了事情的真相和无望。她看起来就像一只惊慌失措的小动物，不知如何是好。但如果她能更冷静地审视自己的未来，这倒也不见得就是件坏事。所以他只是摇了摇头，说：“我说丫头，约阿希姆不在这里的时候，您干吗不回您的老家呢？”她只听出自己要被打发走的弦外之意。“拜托，鲁泽娜，谁说要把您送走的！不过，比起一个人待在柏林这儿，待在这个没意思的剧院里，您不觉得回去和您的家人在一起会更好吗……”她插言打断了他的话：“我没有家人，所有人都对我心怀不轨……我没有家人，您却要把我打发走。”“鲁泽娜，你冷静点好不好！帕瑟诺回到柏林时，你也可以回来呀。”鲁泽娜不想继续听他说话，只想快点离开，什么都不想知道。但他却不想就这样让她走了，心里盘算着，怎样才能让她回心转意。最后他想到了一个主意，说两人应该一起给约阿希姆写一封信。鲁泽娜当即就同意了，于是他让人送了些信纸过来，然后挥笔写道：

那夜与您相谈甚欢，此时此刻甚是怀念，借此送上诚挚问候！

伯特兰

她接下去写道：

鲁泽娜送上许多香吻。

她在信纸上重重地吻了一下，心中悲伤难抑，泪如雨下。“结束了。”她又说了一遍，然后要他送自己回家。伯特兰只好答应。看在她孤苦伶仃加上心情又不好的分上，他不想让她过早一个人离开，所以建议两人走回去。反正说什么也没有用，于是他就像妙手回春的医生一样握着她的手，平复她激动的心情；她觉得心头微微一暖，于是便紧靠着他，仿佛想要寻求依靠，她的手也轻轻地握住他的手。伯特兰心想：“她就是个没长大的小孩子。”为了让气氛变得轻松一些，他说：“鲁泽娜，我可是个坏人，是你的敌人。”但她没有吱声回答。他对她那些乱七八糟的想法感到又气又好笑，甚至还生出一丝怜惜之情，顺带着也责怪和可怜起约阿希姆来，认为约阿希姆对她和她的命运负有不可推卸的责任，而且这个家伙做的事情也是一团糟，并不比那丫头好多少。可能是感到了她身体传来的温热，有那么一瞬间他甚至不乏恶意地想，要是鲁泽娜伙同别人一起欺骗约阿希姆，那也是那家伙活该。这当然不能当真，他很快就恢复了向来对约阿希姆怀有的友好亲善之心。从本质上来说，约阿希姆和鲁泽娜两人身上似乎只有一小部分属于他们所处的时代、他们所在的年纪，而绝大部分却显得那么格格不入，也许他们应该生活在另一个国度里，或者生活在另一个时代中，或者只能生活在童年。伯特兰发现，竟然有这么多不同年代的人生活在一起，甚至看起来也像同龄人一样：可能正因为如此，他们每个人都显得那么摇摆不定，难以依靠，难以理性地相互理解；奇怪的只是，人们仍然会抱成一团，可以忘记年龄，相互体谅。或许，也只需要有人抚摩约阿希姆的手就可以了。对着约阿希姆，他该说些什么，又能说些什么呢？这次去斯托平到底为了什么？伯特兰感到很恼火，但随即想起还要和约阿希姆谈谈鲁泽娜的未来；这让他觉得去斯托平是有正事要办，不算浪费时间。这么一想，他心头的不快顿时一扫而空，紧紧地握了握鲁泽娜的手。

把她送到家门口后，两人就互道再见，然后又默不作声地面对面站了一小会儿，鲁泽娜似乎还在期待着什么。伯特兰笑了笑，在她还没来得及亲他之前，蜻蜓点水般地在她的脸颊上吻了一下。鲁泽娜在他的手上轻快地抚摩了一下，就想溜进屋去，却被他拦在了门口："对了，小鲁泽娜，我明天一早就要走了，有什么要我转告约阿希姆吗？""什么都没有。"她很生气地蹦出一句，但随后又想了一下，说，"您可真坏！我会去火车站的。""晚安，鲁泽娜。"说完后，伯特兰心中又微微冒起一阵怒火。唇边仍然能够感觉得到她脸颊皮肤的柔软，他一边在黑乎乎的街上走来走去，一边远远地向鲁泽娜的房子那边看去，等着她点起灯，等着多一扇窗户透出灯光。但要么她屋子里的灯早已亮着，要么她的房间对着院子。"约阿希姆应该给她找一个好一点的住处的！"总之，他白等了半晌。又盯着那屋子看了一会儿后，他觉得自己的所作所为已经够浪漫的了，于是就点了一支雪茄回家去了。

客厅里铺着镶木地板，而三楼的客房里只有打蜡地板，又大又白的软木板用颜色稍深的木条相互隔开。那些木板肯定是从参天大树的树干上锯下来的，虽然只是软木，但是它们的尺寸、纹理无不证明了曾经的庄园主是多么富有。包边和木板之间的结合之处做得严丝合缝，那些后来因木材干缩而导致缝隙变大的地方，都平平整整地塞上了小木片，看起来一点都不起眼。这些家具大概出自乡下木匠之手，很可能还是在拿破仑的军队经过这里时做的。人们肯定都会这样想，因为它们让人遥想起法兰西第一帝国时代流行的帝政风格。不过，它们也有可能出现得稍早或稍晚一些，因为它们采用的各色鼓凸式样，与那个时代的直线式样并不一样。这里有一个镜柜，它的镜面非常突兀地用一根竖木条分成两半，而衣柜的抽屉不是太多，就是太少，完全违反了地道的家具设计原则。虽然这些家具几乎都是靠墙随意摆放，大床在两扇门之间的位置极不合适，角落里的白色瓷砖大壁炉斜着夹在两个柜子之间，可这样的布置，反而使这间宽敞的屋子看起来宁静而安适。当阳光透过白色窗帘，窗子的十字格映在发亮而有光泽的家具上时，这间屋子让人感到心情舒畅。而在这个时候，挂在房间床头上方的耶稣受难大十字架就不只是一件装饰品或常见家什物件了，而是重新获得了当初被带到这里时所具的意义和象征：客人的守卫者和督促者，用来提醒客人，他正住在基督徒的家里——在这里，他可以得到热情款待，快速恢复精力，他可以开心地结伴出去打猎，然后回来尽情享受狩猎晚餐，纵情饮酒；在这里，猎人们有时候也可以讲一些粗俗的笑话；在这里，在制作这间客房内家具的年代里，人们对同伴看上女佣这种事情也可以睁一只眼闭一只眼；在这里，如果有客人晚上不想喝酒，而是想要静思和忏悔，当然也毫无问题。如果严格按照这种思维方式，那么在套着绿色棱纹平布的长沙发上方挂一幅严肃而写实的钢板雕画，就可以唤醒许多客人对路易丝王后的回忆，因为这雕画的名称是《格拉古[1]之母》，上面有一位穿着古典长袍的贵妇；不仅画中的这套服装会让人想起王后，而且画中她缓步登上的圣坛也让人想起祖国的圣坛。当然，曾在这间屋子里过夜的大多数猎人都过着尘世的生活，哪里可以获取利益、获得享受就到哪里去；他们也会毫不顾忌地将粮食或猪肉卖给小贩，赚取巨大利润；他们热衷于野蛮残酷的狩猎消遣，大量射杀上帝创造的生物；他们中的许多人还沉迷于女色。尽管他们自己过着专横傲慢的罪恶生活并认为这是上帝赐予他们的合法权利和特权，但他们可以随时为了祖国的荣耀或上帝的荣耀而献身；即使他们还没有等到机会，但这种视死如归或将生命视为等闲之事的决心是如此坚定，坚定得几乎让人忽略了他们的罪过。当他们在晨雾中大步穿过微微噼啪作响的矮林时，或者当他们晚上踩着又陡又窄的梯子爬到高高的瞭望台上，目光越过蚊蝇飞舞的灌

① 格拉古家有两兄弟，长大后成为公元前二世纪改革罗马共和国的传奇政治人物、平民派领袖。

木丛和林间空地，一直看到树林的边缘时，他们并不觉得自己有任何罪过。潮湿芬芳的气息从草木上不停升起，飘入他们鼻中，一只蚂蚁顺着干枯的扶手爬上高高的瞭望台，消失在树皮中。虽然他们都是脚踏实地、意志坚定的汉子，但在此刻，他们的灵魂里可能会有一种像是音乐的东西正在醒来，而他们的生活，他们现在的和未来的生活，正在汇聚成唯一的一刻：这一刻，他们似乎感到母亲的手仍在轻轻地抚摩他们儿时的头发；这一刻，是永恒的一刻；这一刻，死亡就在眼前——无论何时何地，死亡都伴随着他们，但是他们不怕。然后，周围的树丛都会变成耶稣受难十字架上的木条，因为只有在猎人的心中，梦幻和世俗才会如此密切共存。当雄鹿出现在林间空地边缘时，猎人心中顿时灵光闪现：生命似乎仍与时间无关，既转瞬即逝，又万古长存；将其揉成一团握在自己的手中时，射杀其他生命的行为便成为一种象征，是使自己的生命蒙受恩典的必然之举。猎人经常出去寻找鹿角上的十字架，如能获得一丝感悟，杀生的代价在猎人看来并不算高。因此，猎人在吃完丰盛的狩猎晚餐回到自己的房间时，又会抬眼看着耶稣受难十字架，虽身在远方，却仍会回想起镌刻在自己生命之中的永恒。面对这种永恒，或许也有人会放弃肉体的纯洁，转而拥抱世俗生活的罪恶。盥洗台上有一个很小的盥洗池，它与猎人的体型和其他生活用品的大小相比，显得特别不协调，就连水壶也只能装得下一丁点的水，远没有猎人能喝的酒水多。床边的床头柜很窄，看起来就是一个用木板胶合的抽屉，只能用来装些小餐具。猎人洗漱停当之后便会纵身跃到床上睡觉。

这个可以满足历代猎人基本需要的房间，就是伯特兰到达斯托平后的下榻之处。

在伯特兰做客斯托平的回忆中，冯·帕瑟诺老爷给人的感觉尤为奇怪。在做客的第一天，伯特兰刚吃完早饭，冯·帕瑟诺老爷便立马过来请伯特兰陪他散步，参观庄园。那是一个又闷又热的早晨，天阴沉沉、黑压压的，一丝风也没有，两个打谷场上传来的噼噼啪啪的打谷声，打破了这片沉闷的寂静。冯·帕瑟诺老爷似乎很喜欢这种节奏，停下来好几次，用手杖合着拍子敲着，然后问道："要不要看一下牛棚？"随后就向那一排又长又矮的牛棚走去。刚走到院子中间，他就停下来，摇了摇头说："不行，牛都在牧场上吃草呢。"伯特兰很有礼貌地问他养的牛都是什么品种的。冯·帕瑟诺老爷似乎没听懂这个问题，先是盯着伯特兰看了一会儿，然后耸耸肩说："无所谓。"说完他就带着客人向农场走去。农场在一个微微凹陷的小山谷里，四周是连绵的山丘，是一片又一片的田地，目光所及，一派丰收景象。"全都是我们庄园的。"冯·帕瑟诺老爷用手杖向四周指了指，自豪地说道，然后抬起手臂用手杖一动不动地指着一个方向。伯特兰顺着看过去，发现山丘后面耸立着村里的教堂尖塔。"那里是邮所。"冯·帕瑟诺老爷告诉伯特兰，然后转头回村。天气闷热难忍。连枷打谷时发出的沉闷声音在他们身后慢慢消失，只有收割机发出的嘶嘶声、长柄大镰刀的磨刀声和一扎扎被扔起的庄稼秆发出的沙沙声仍然在凝滞的空气中不绝于耳。冯·帕瑟诺老爷停了下来，问道："您偶尔也会害怕吗？"伯特兰听得一愣，不过他对这个很有人情味的问题倒是深有感触："我啊？哦，常有的事！"冯·帕瑟诺老爷顿时来了兴趣："您都什么时候感到害怕？寂静无声的时候吗？"伯特兰发现有点不太对劲，于是便说："不，宁静有时反而更好。说真的，我非常喜欢田野的静美。"冯·帕瑟诺老爷对他的回答很不满意，有些恼火地说："您不懂……"顿了一下，他又问道："您有过孩子吗？""据我所知没有，冯·帕瑟诺先生。""果然。"冯·帕瑟诺老爷看了一下表，顺着小路向远处望去。他摇着头，嘟囔了一声"搞不懂"，然后又对伯特兰说："那么，您到底什么时候会害怕呢？"还没等伯特兰回答，他就又看了看表："这都几点了，他怎么还不来……"然后他仔细看着伯特兰的脸说："您在出差旅行时可以给我写信吗？"伯特兰说没问题，他很愿意这样做；听到这话，冯·帕瑟诺老爷显得非常高兴。"嗯，那我就静候佳音了。我很感兴趣，我对很多事情都感兴趣……您害怕的时候也写信告诉我吧……他怎么还没来？您看，都没人给我写信，连我儿子也不给我写信……"这时，远处出现一个背着黑色邮袋的人。"他来了！"冯·帕瑟诺老爷拄着手杖，仿佛长了三条腿一样直步冲了过去，劈头盖脸地冲着那人大声喝骂道："你死哪儿去了，又来得这么晚？这是你最后一次去邮所了……你被解雇了！听到没有？你被解雇了！"他在那人面前挥舞着手杖，脸涨得通红；那人对此显然早已习以为常了，从容不迫地从肩膀取下邮袋递给他的东家冯·帕瑟诺老爷。冯·帕瑟诺老爷马上很顺从地从马甲口袋里掏出钥匙，抖着手把锁打开，然后又抖着手伸进邮袋里，结果却只掏出来几份报纸，于是脸上怒意顿生，似乎又要暴跳如雷，拿着报纸指着邮差的鼻子，却气得一句话都说不出来。他把报纸递给伯特兰，显然他这时才想起自己身边还有一位客人。"给，您自己看……"他抱怨着把它们放回邮袋里，锁好后边走边说，"恐怕今年我就得搬到城里住了，这里太安静了。"

他们刚进村，雨点就噼里啪啦地砸了下来，冯·帕瑟诺老爷建议去牧师家避雨。"您反正都要认识他的。"他补充道。得知牧师不在家时，他就已经很生气了，当牧师夫人说她丈夫可能在学校时，便忍不住发起火来："您似乎也认为，只要是老头喜欢听的，都可以拿来骗老头是吧？但我还没有老到连学校正在放假都不知道。""好了好了，又没人说牧师是在学校授课，而且牧师很快就会回来。""都是借口。"冯·帕瑟诺老爷哼了一声说。牧师夫人可不是个没有主见的人，她请两位先生坐一会儿，自己去给他们倒杯葡萄酒。当她离开房间后，冯·帕瑟诺老爷侧身转向伯特兰说："看到我来，他总是避而不见，因为他知道我看透了他。""看透什么，冯·帕瑟诺先生？""嗯，当然是看透了他完全就是个无知又无能的牧师。但很不幸的是，我还必须和他搞好关系。这里是乡下，邻里之间都要相互照应、相互帮忙……"他犹豫了一下，又轻声补充道，"而且，他还负责看管墓地。"这时，牧师走了进来，冯·帕瑟诺老爷马上介绍说，伯特兰是约阿希姆的朋友。"唉，一个来，一个走。”冯·帕瑟诺老爷若有所思地说道。在场的其他人不知道，他此时旁敲侧击地提起可怜的赫尔穆特，究竟是想对伯特兰表达亲切之意，还是侮辱之意。“对了，这是我们的神学家。”他继续介绍着，而神学家则略显尴尬地微笑着。牧师夫人端来了葡萄酒和几片火腿，冯·帕瑟诺老爷很快就喝了一杯。其他人坐在桌旁有一句没一句地闲谈着，就他一人站在窗前，跟着连枷打谷的节拍敲着窗玻璃，看着天上的云，似乎迫不及待地想要离开这里。他靠着窗户冲着他们大声说：“您说说看，冯·伯特兰先生，您以前有没有见过正儿八经科班出身，却对天堂一无所知的神学家？”“冯·帕瑟诺先生又要开玩笑了。”牧师尴尬地说。“那您自己说吧，如果牧师与天堂没什么联系，那他凭什么与众不同？”冯·帕瑟诺老爷怒气冲冲地转过身来，透过他的单片眼镜锐利地盯着牧师，“如果他知道我可以怀疑什么，那他有什么权利瞒着我们？……对我，对我有所隐瞒？！”语气稍微缓了缓他又说道：“对我，对我……他自己也承认对我这样一个老来丧子的父亲有所隐瞒。”牧师轻声回答道：“唯上帝方能示谕，冯·帕瑟诺先生，请您务必坚信。”冯·帕瑟诺老爷耸耸肩说：“我当然相信了……是的，我相信，请您相信……”顿了一下，他转身面向窗外，又耸了耸肩说：“无所谓了。”他望着窗外的道路，手继续不停地敲着窗玻璃。雨势变缓了，冯·帕瑟诺老爷不容置疑地说：“我们现在可以走了。”离开时，他握着牧师的手上下晃动着说：“您有空就来……过来吃晚饭，好不好？这位年轻的朋友也会和我们一起。”说完他们就走了。村路上有几个水洼，但田里却干得快要冒烟了；雨水不足，怎么都填不满地上的裂缝。虽然天上仍然蒙着一层薄薄的白雾，但他们已经感到太阳的毒辣，觉得它很快就会破雾而出。冯·帕瑟诺老爷一言不发，完全不理会伯特兰在和他说些什么。他只停了一下，举着手杖貌似语重心长地说："一定要加倍小心这些神棍。切记切记。"

在接下来的几天里，他们每天早上都会一起散步，约阿希姆偶尔也会陪着他们俩。每当这时，老头就怏怏不乐，默默不语，甚至都没了打听伯特兰害怕什么、为何害怕的兴趣。老头一般都是拐弯抹角、旁敲侧击地问东问西，现在则是一声不吭。连带着约阿希姆也默不作声，因为那些想从伯特兰那里打听的事情，现在他也不敢问。而伯特兰则像锯了嘴的葫芦一样，三缄其口。一行三人就这样随意地走在田间，父子俩都对伯特兰感到非常不满，因为伯特兰辜负他们想要穷根究底的热切期望，而伯特兰却觉得和他们父子俩谈话真累。

如果约阿希姆一开始决定推迟去莱斯托拜访巴登森一家，是因为他念念不忘要与伯特兰一起去，那么此时他对伯特兰生出的一丝恼意，兴许就是让他再次推迟出发的原因。他心中隐隐约约地希望：只要伯特兰开口，一切都会变得顺利，变得轻松，这样他就可以顺水推舟地把伯特兰带到莱斯托去。尽管伯特兰很难抵挡这种诱惑，但令约阿希姆失望的是，伯特兰还是闷声不响——当然了，伯特兰对此一无所知。于是，约阿希姆最后不得不决定一个人去。一天下午，他驾着四轮大马车去莱斯托，腿上的毯子一丝不苟地裹得平平整整，鞭子斜握，横在身前，缰绳顺溜地在棕色手套上来回滑动。出发时，老头说了声“嘿，总算走了”。约阿希姆现在对这个离奇的婚姻计划充满了厌恶。对面露出邻村的教堂尖顶，那是一座天主教教堂，它让他想起了鲁泽娜信奉的罗马天主教教义，伯特兰说过鲁泽娜的一些情况。还要傻傻地待在这里吗？最明智的做法不就是头也不回地离去，直接去她那里吗？他开始厌恶这里的一切：路上尘土呛鼻，漫天飞扬；路旁的树叶沾满了灰尘和倦意，预示着秋天即将来临。自打伯特兰来了以后，他就又开始怀念起穿制服的日子了：两人穿着相同的、丝毫不显个性的帝国制服；两人穿着相似的便服，俚俗卑下的便服，就像兄弟俩一样。那种会露出双腿和裤腰的短装便服，他觉得穿着有伤风化。伊丽莎白真可怜，因为她不得不看着穿着短上装，露出裤腰的男人们；他这次上门拜访至少应该穿上制服的——奇怪的是，他去鲁泽娜那里时从未这样想过。白色的阔领带和马蹄形别针遮住了马甲的整个领口。这样挺好，他伸手摸了摸，确定它们戴得端端正正。入殓时人们给遗体下身盖一块布，并不是没有道理的。赫尔穆特也曾从这条路驾车去莱斯托，拜访伊丽莎白母女；而如今，哥哥的坟头已布满路上的这种尘土。哥哥真的把伊丽莎白当作遗产留给他吗？还是鲁泽娜？甚至是伯特兰？家里本该安排伯特兰住在赫尔穆特的房间里，而不是那间冷冷清清的客房，可这于礼不合。一切都是命中注定，就像一组齿轮，相互牵制，相互影响，但隐隐然又取决于他自己的意愿，也正因为如此才看起来无法避免却又理所当然，与在军队服役时环环相扣的工作相比，无疑更让人无法抗拒。但他不能再继续纠缠于这个念头了，因为后面说不定会出现什么让人害怕的东西，更因为现在他正拐入村道，必须留意在路上玩耍的孩子们。就在村后不远处，他从大门左右的两间园丁住房中间驾车进入花园。

“您总算来了。很高兴再次见到您，冯·帕瑟诺先生。”男爵在客厅里接待约阿希姆时说。当约阿希姆说起因家中有客而未能尽早前来拜见时，男爵怪他没有带着伯特兰一起过来。其实，约阿希姆也不明白自己为什么没带上那个家伙。这当然不算失礼。可当伊丽莎白进来时，他还是觉得幸好自己一个人来了。他觉得她非常漂亮，就算伯特兰也一定抵挡不了她的花容月貌，也绝不敢用平时那种极为随意的语气在她面前说话。不过，约阿希姆还是希望能亲身感受一次，这种想法有点像人们希望在教堂里听到污言秽语，甚至希望到刑场看热闹。

两人在露台上品茗聊天，坐在伊丽莎白身旁的他觉得这一幕似曾相识，而且就在不久之前。但那是什么时候的事呢？他都快有三年没来莱斯托了，而且那时候秋意正浓，他们不可能坐在露台上。就在他还在认真思索着，觉得那时候庄园里的灯似乎已经点亮了的时候，他的心里生出一些奇异而荒谬的联想。它们在他心头盘旋着，挥之不去，因为他的同伙伯特兰，因为他的脑海中竟然会跳出“同伙”一词，这让他觉得有点恶心——因为伯特兰是促成他和鲁泽娜关系的同伙，也是他们爱情的见证人，因此也应该和自己一起出现在伊丽莎白面前！他到底是怎么想的？怎么能把那个家伙介绍给父母呢？那种被伯特兰坑了的愤懑又一次浮上心头。突然之间，他又想到喝完茶后，自己必须穿着便服站起来，这让他感到十分为难；他本想把餐巾留在膝盖上，但他们已经去花园散步了。当杂房出现在众人眼前时，男爵对他说：“您大概也快要回乡下经营农场了，至少令尊已经暗示过了。”对于父亲想要支配自己人生的举动，约阿希姆心里又涌起强烈的反感，他很想回答说“我根本不想回老家住”。当然，这话绝不能说出口。这与实情并不完全相符，也与他重新恢复对老家和财产的归属感不符。因此，他只是说：“离开军队并不容易，尤其是我很快就要被提拔为骑兵上尉了。即使只是出于自己的情感，我也不能听天由命，如此轻易地放弃自己所钟爱的事业。我的朋友冯·伯特兰先生就是最好的例子，我看得很清楚，尽管他确实很有生意头脑，混得风生水起，但内心深处，可能仍然渴望回到军队中。”他仿佛很随意地开始说起伯特兰的生意遍布全球，经常去远方出差旅行，近乎很孩子气地，给伯特兰披上了探险家的光环，让女士们难掩心中的兴奋之情，恨不得早点认识这么有趣的男子。但帕瑟诺却觉得，她们看似兴奋，其实很害怕，不是怕伯特兰，就是怕那个家伙过着的生活，因为伊丽莎白听得差点哑然无语，觉得这实在太难以想象了，就像知道有一个兄弟或亲人远在万里之外，远在异国他乡，远得人们从来就没办法确定那人到底在何方。男爵也点头称是，认为只有不被家庭所累的单身汉才能过这样的生活。随即他又补充说："水手的生活。"约阿希姆觉得自己在这里简直都要变成伯特兰的代言人了，为了不让这个家伙的风头盖过自己，便继续说道："伯特兰建议我申请去殖民地服役。"男爵夫人坚决表示反对："人不能只顾自己，不能如此对待可怜的父母。""确实不能，"男爵说，"您应该回乡下老家。"约阿希姆听了并没有不高兴。然后他们掉头往回走，在伊丽莎白的爱犬的陪同下，又到了房子前面开阔的空地上。草地上散发出带着清香的润意，草叶上沾着露水，屋子里的灯也已渐次亮起，傍晚开始变短了。

约阿希姆驾车离开时，天色更暗了。他最后看到伊丽莎白是她在露台上的黑影。她摘下花园帽，在白天即将逝去，黑夜即将来临的暮色中，站在明朗的天空下。天上布满了一片片红色的云霞。她盘在颈后的大发髻仍然清晰可见。他心里想：为什么这个女孩如此美丽动人，美得都能让自己完全忘记鲁泽娜的似水柔情，可自己念兹在兹，一日不忘的却是鲁泽娜，而不是伊丽莎白的纯洁无瑕、风姿绰约？路边的树木黑乎乎地耸立着，尘土散发出一股凉凉的味道，也许和山洞里或地窖里的味道一样。天色渐黑，但西边的天上仍飘着一抹红色的云霞，披在起伏不平的田野上。

就在前去莱斯托拜访的那个下午，他前脚刚走，冯·帕瑟诺老爷就赶紧踩着楼梯来到三楼，敲响了伯特兰的房门。“您住在这里，我总得过来看看您吧……”他边说边给了一个心照不宣的眼神，“我已经把他给赶走了……真不容易啊！”伯特兰很有礼貌地说了几句客气的话，表示怎敢劳动冯·帕瑟诺老爷大驾，有事可以让人喊他下去。“那怎么行？”冯·帕瑟诺老爷说，“礼不可废。不过，喝完茶后，我们出去走走吧。我有一些事情想和您谈谈。”因为是来看望伯特兰的，所以他就坐了一小会儿，以免失礼，但随后又习惯性地心神不宁起来，于是很快便要离开房间，却在关上身后房门之前重新走了进来，说道：“我只是来看一下，看您是不是还缺什么。在我们家里，谁都指望不上。”他在房间里走了一圈，观赏了一会儿《格拉古之母》，又细细察看了一下地板，然后亲切地说：“那么，喝茶的时候见。”

他们都点了支雪茄，穿过花园，穿过果树上星星点点地挂着成熟果实的蔬果园，最后走到田间。冯·帕瑟诺老爷显然心情很好。一群女季工向他们走来。为了给冯·帕瑟诺老爷和这位年轻的绅士让路，她们在田边排成一行，经过时一个接一个地向他们行礼问好。冯·帕瑟诺老爷看着头巾下面的每一个人，当她们排着队走过后，他说：“这些女孩真壮实。”“波兰人？”伯特兰问。“当然，也就是说，大部分都是……哼，一群靠不住的臭婆娘。”伯特兰说：“这里的景色很美，其实我也很羡慕农场主的生活。”冯·帕瑟诺老爷拍拍他的肩膀说：“您也可以拥有。”伯特兰摇了摇头：“经营农场可不是一件简单的事情，事先也要接受教育的。”“我会安排的。”冯·帕瑟诺老爷回答道，脸上露出过分亲近的笑容。说完他就陷入了沉默，伯特兰静静地等着。冯·帕瑟诺老爷似乎忘了自己原本想要说的话，因为隔了很久他才说出自己的想法：“当然，您可不能忘了给我写信……写得勤一点，记住啊。”他顿了一顿又说：“要是您想来这里生活，那我们就再也不会害怕了；我们俩再也不会害怕了……是吧？”他轻轻地抓着伯特兰的胳膊，看向伯特兰的目光里充满了担心和不安。“没错，冯·帕瑟诺先生，可是我们为什么要害怕呢？”冯·帕瑟诺老爷惊讶地问道：“您可是说过……”他直直地盯着伯特兰：“好吧，也无所谓……”他停了下来转过身，似乎就想回家了，但随后又想了想，继续和伯特兰走着。过了一会儿，他问道：“您去过没有？”“哪里？”“哦，去墓前。”听到这话，伯特兰微感惭愧，但在帕瑟诺家的这种气氛中，他也确实没有机会说出去墓前凭吊的愿望。正当他准备委婉地说“还没有”时，冯·帕瑟诺老爷畅声大笑起来，高兴地说：“好了，那我们还有事情要做。”然后，好像是为客人准备的惊喜一样，他用手杖指着他们前面的墓地围墙。“您进去，我就在这里等。”他吩咐道。看到伯特兰显得有些犹豫时，便皱着眉头不乐意地说：“不，我可不能跟着进去了。”他把伯特兰领到门口。门上意为“安息吧”的金黄色字母闪闪发光。伯特兰走了进去，在墓前待了一会儿，尽到礼数之后就出来了。冯·帕瑟诺老爷沿着墙脚来回走着，显得很不耐烦。“您到他墓前了吗？……还有……”伯特兰紧紧地握着他的手，但他显然不想接受伯特兰的哀悼之意，而是想听伯特兰说些什么；他甚至做了一个鼓励的手势，但伯特兰依然什么都没说，于是他叹着气说：“他是为了捍卫荣誉而死……唉，约阿希姆却在这个时候出门拜访。”他又用手杖指了指，这次是指着莱斯托的方向。后来他又想了想，咯咯咯地笑着补上一句：“我派他去相亲了。”好像说了这句话后，他才又记起自己本来是和伯特兰有事相谈的：“对了，我听说，您做生意可是一把好手。”伯特兰回答说：“嗯，话是没错，不过仅限于我擅长的生意。”“行，处理我们眼前之事，绰绰有余了。要知道，我亲爱的朋友，因为他已经决斗而亡，我现在当然得找人商量了。”他停顿了一下，然后认真地说，“继承问题。”伯特兰说：“冯·帕瑟诺先生，您得找一位信得过的公证人，帮忙处理这些事情。”冯·帕瑟诺老爷却显得有些心不在焉：“约阿希姆结婚后肯定吃穿不愁，我们可以剥夺他的继承权。”他又笑了起来。伯特兰想要换一个话题，于是指着一只兔子说：“马上又到狩猎季节了，大家肯定又是满载而归，冯·帕瑟诺先生。”“对，说得没错，打猎嘛，他大概会来的，毕竟他打猎是一把好手……那么我们就邀请他，好吧？当然，他必须给我们写信。我们迟早要给他点颜色瞧瞧，对吧？”冯·帕瑟诺老爷大笑时，伯特兰也不得不陪着干笑，觉得浑身不自在。他心中微怒，觉得约阿希姆太不讲义气了，竟让他一个人应付这位老爷子；可约阿希姆这家伙在这方面到底有多蠢笨，才会让这个喜怒无常的老头这么看不顺眼。难道这个苦命的家伙把他叫到这里来，就是为了处理好他的家事？想到这儿，他说：“对对对，冯·帕瑟诺先生，我们很快就会给他个教训的。”他说话的那股子口气，正是老头想听的。老头挽着他的胳膊，小心翼翼地与他保持步调一致，甚至到家后也不想放开他的胳膊。尽管夜色已渐朦胧，可他们还是在院子里走来走去，直到约阿希姆驾车出现在他们眼前。当约阿希姆从马车上跳下来时，冯·帕瑟诺老爷说："我给你介绍一下我的朋友，冯·伯特兰先生。"然后他随意地用手示意道："这是我儿子……刚刚相亲回来。"他开玩笑地补了一句。牛棚里的臭味随风阵阵传来，冯·帕瑟诺老爷却觉得闻着很舒服。

伯特兰看着坐在钢琴前的伊丽莎白，心想："她其实并不漂亮，嘴太大且唇肉多而丰满，几乎充满了肉欲感。但微笑的时候，她的确很迷人。"

约阿希姆和伯特兰受邀参加了这次音乐茶会。伊丽莎白正在弹奏的是施波尔的三重奏，为她伴奏的是一位邻近庄园的老邻居和一位穷老师。钢琴上蹦跳出的音符，圆润亮泽，晶莹剔透，犹如点点雨珠，轻盈地滴入两件弦乐器发出的棕色乐流之中。在约阿希姆看来，这当然是因为伊丽莎白技艺高超的缘故。他喜欢这首曲子，虽然听不太懂，但自认为现在已经知道曲中所含的意义：它清莹澄澈、纯洁无瑕，凌驾万物之上，仿佛飘荡在一片泛着银光的云层之上，仿佛冰冷纯净的雨滴从仙气缭绕的九天之外滴落凡尘。也许只有伊丽莎白才能将这种意境表现出来，甚至伯特兰也做不到，虽然他在军官学校时就知道，伯特兰稍微会一点点小提琴。不过,伯特兰看起来并不想通过音乐来征服伊丽莎白。当被问到要不要用小提琴拉上一曲露一手时,伯特兰很不屑地摆了摆手表示不必了。在回来路上,伯特兰一句好话也没有,就只是说:“但愿她不是只会弹这种无聊得要命的施波尔。”语气中充满了嘲弄之意。真是虚伪透顶!

他们约好了一起骑马出游。约阿希姆和伯特兰两人把伊丽莎白接了出来。约阿希姆骑着的是赫尔穆特的那匹老马,这匹马现在又归他所有了。他们骑着马,先是在布满残茬和一捆捆秸秆的田间奔驰,接着又小跑一阵子,然后转弯进入一条狭窄的林间小道。约阿希姆让客人和伊丽莎白骑马先行,自己在后。跟在后面向前看的时候,他似乎觉得,穿着黑色长式骑马套装的她看起来比平时还要高挑、苗条。他本来是看着别处的,可她骑马的姿势并不非常完美,引得他不时偷看,看得心猿意马:她的上身稍微过于前倾,骑马小跑的时候身体上下颠簸起伏,臀部和马鞍似触非触,刚坐下碰到马鞍,随即又被抛起,上上下下颠个不停。于是,他的脑海中不禁浮现起在火车站和她道别的一幕,心中又抑制不住地生起渴望将她娶做新娘的无耻念头——自从父亲说过相亲,而且在伯特兰面前也提过之后,他就加倍觉得自己无耻了。但更令人讨厌的是,伊丽莎白的父母,尤其是她的母亲,都可能把他当作他们女儿渴望爱情的对象,想从中撮合,玉成其事;他们两人都相信,他们可以支配这种对爱情的渴望,只要时间一到,这种渴望就会出现,绝对不会有任何差错。尽管在这背后仍隐藏着一些更真实、更深层的东西，一种说不清道不明的想法，一种约阿希姆完全不想知道的想法，尽管他也觉得有些口干舌燥，脸颊发烫：“竟然敢隐隐约约地对伊丽莎白生出这种念头，这实在太无礼、太过分了。”他觉得自己没脸见伊丽莎白，同时也为她感到羞耻。“就让她跟伯特兰吧。”他这样想着，却忘了这样想也同样有罪——他刚才还义愤填膺地予以否定。突然之间，一切都变得可有可无；突然之间，仿佛伯特兰也不足为虑了：他长着一头卷发，看起来女人味十足，有点像邻家大姐，也许把伊丽莎白托付于他，让他像姐姐一样对她嘘寒问暖、关怀备至总可以的吧。这当然不是真的，但有那么一瞬间，这让他感到安心。另外，她究竟为什么长得那么明艳动人？他盯着她随马跑动的节奏而上下起伏的娇躯，盯着她一次又一次地坐到马鞍上的香臀。他盯着盯着才发现，这并不是美，更确切地说，这是丑，此刻它正在唤起他内心蠢蠢欲动的渴望；不过他还是把这个念头抛到一边。他的眼前仍然浮现出伊丽莎白在火车站爬上火车的一幕，而他的心思却早已飞向鲁泽娜——有着许多缺点的鲁泽娜，也因此而变得如此迷人可爱的鲁泽娜。他放缓马速，让自己离前面两人远一些，然后从上衣口袋里掏出鲁泽娜上一次寄过来的信。信纸上散发出一股熟悉的香水味，那是他送给她的香水，他还能闻到他们耳鬓厮磨、抵死缠绵的亲密气息。是的，那里才是他该待的地方，那里才是他想去的地方。他觉得自己是自绝于社会，又遭人遗弃，觉得自己配不上伊丽莎白。伯特兰虽是他的同伙，却有着一双更干净的手。意识到这一点时，他才明白，为什么伯特兰总是像大叔或医生一样，总是有点居高临下地对待他和鲁泽娜，而且也不肯袒露自己的秘密。儿子不该过问父亲的秘密，这没错，本该如此。正因为如此，前面的那个家伙才可以、才能够骑着马陪在伊丽莎白身边，尽管那个家伙也不配，但总好过他自己。他想起了赫尔穆特。似乎打定主意至少要把赫尔穆特的马赶到他们身旁，他开始催马快跑起来。马蹄在林间泥土上发出踢踢踏踏的声音，踩到小树枝时，他便听到树枝发出的脆裂声。马鞍上的皮革发出顺耳的嘎吱嘎吱声，阵阵凉风从幽暗的树叶深处吹来。

他在一片长长的林间空地边缘处追上了他们。这里的地势微微向上隆起，树林里沁人心脾的凉意仿佛在这里被一刀切断，戛然而止，随之而来的则是悬在草地上空的太阳带来的炎热之意。伊丽莎白挥鞭抽打着停在她坐骑身上的马蝇，那匹识途的马儿显得有些急躁不安，因为它想在林间空地上快速飞驰。约阿希姆觉得伯特兰怎么都比不过自己；无论伯特兰的生意做得有多大，坐在办公室里的人，是没有机会练习如何跨越障碍的。伊丽莎白指了指前面的障碍：一个她常用来作为障碍的树篱、一段倒地的树干和一条壕沟。这几个一点都不难。他们让马夫停在空地边缘，伊丽莎白居首，约阿希姆又在最后，不只是出于礼貌，还是因为他想看看伯特兰会怎么纵马跨越。草地还没有割过，青草在马腿上发出轻微而尖锐的嘶嘶声。伊丽莎白一马当先，向壕沟边疾驰而去；骑马越过壕沟，本来就是小事一桩，伯特兰能过，也在意料之中，没什么奇怪的。可是当伯特兰接着又人马合一，漂亮地越过了树篱时，约阿希姆就真的非常恼火了;越过树干真是太容易了,一点挑战都没有,因此后面不用抱什么希望了。约阿希姆的那匹老马奋力向前奔跑,想要追上前面的马,约阿希姆不得不拉紧缰绳放缓马速,保持距离。这时,树干就在眼前。伊丽莎白和伯特兰轻松又不失优雅地纵马一跃而过,约阿希姆松开缰绳开始冲锋。但是当那匹老马准备跃起的时候,他突然让它缓步立定,至于什么原因,他自己也说不上来,于是那匹老马就在树干上绊了一下,向侧面甩去,从他身上越过,翻滚到草地上。这一切当然都发生在电光石火之间,当另外两个人转身回望时,他和那匹老马已静静地并排站在树干前,他的手里还拽着马缰绳。"怎么回事啊?"到底怎么回事,他自己也不知道;他仔细检查了一下马腿,发现它有只前足受伤不能动了,因此必须把它带回家。"天意如此。"他心想,"摔倒的是自己,而不是伯特兰。这时我不得不独自离开并把伊丽莎白托付给那个家伙照顾的行为,就显得合情合理了。"伊丽莎白建议,他可以骑马夫的马,让马夫把那匹跛马送回家就行了。但他心里还念着刚才的天意裁决,所以就扫兴地拒绝了。毕竟这还是赫尔穆特的马,他不能随便把它托付给别人。他慢步踏上回家之路,并决定尽快返回柏林。

他们沿着林间小路并骑而行。尽管马夫就在后面不远处跟着,伊丽莎白还是有一种被约阿希姆抛弃的感觉,心里非常郁闷。兴许她也觉察到伯特兰的目光正在她的脸上来回扫视着。"她的嘴巴很特别，”伯特兰心想，“她的眼神清澈，显得活泼又可爱，我非常喜欢；她的性格肯定脆弱敏感，易喜易怒。作为恋人，她真的很难相处；作为女人，她的手实在太大了，而且手掌无肉，手指纤细。她是个感性的小伙子，不过确实是魅力无边。”为了摆脱这种郁闷的心情，伊丽莎白开始没话找话，尽管有些话才刚刚说过：“冯·帕瑟诺先生跟我们说了很多关于您的事情，还有您那些让人惊叹的游历。”

“是吗？他倒是对我说过许多赞美您的漂亮动人的话。”

伊丽莎白没有回答。

“您不喜欢听这些吗？”

“我不想听人说我漂亮，这种所谓的漂亮。”

“但您真的非常漂亮。”

伊丽莎白有点不确定地说：“我不觉得您是那种会向女人大献殷勤的人。”

“她比我想的还要聪明。”伯特兰心里想着，嘴上却回答道：“就算我想侮辱别人，我也说不出这种让人起鸡皮疙瘩的话。我可不是在恭维您，您心里很清楚您有多漂亮。”

“那您为什么还要这么说？”

“因为我再也不会见您了。”

伊丽莎白惊讶地看着他。

“您当然不喜欢有人谈论您的美貌，因为您觉得，在这些殷勤奉承之后等着您的就是求爱。但假如我就此离去，永远不再见您，那么从逻辑上来讲,我就不可能是您的追求者,因此就可以光明正大地把最美好的情话送给您。"

伊丽莎白听得娇笑不已:"好话只能从一个素不相识的陌生人那里听到,真是让人伤心不已。"

"至少,我们还可以相信一个素昧平生的人说的话。亲密无间之日,便是虚情假意的种子发芽之时。"

"真这样的话,那就太可怕了。"

"这当然是真的,但还远没达到可怕的地步。熟悉是最狡猾、甚至最卑鄙的追求方式。他们不会直接对您说,是因为您的美貌而向您求爱,而是先从不起眼的地方下手,潜移默化地获得您的信任,几乎是在不知不觉之中获取您的芳心。"

伊丽莎白认真地想了一会儿,然后说:"您的话中没什么可恶的言外之意吧?"

"没有,因为我就要走了……陌生人有权说真话。"

"我对所有陌生的东西都敬而远之。"

"因为您痴迷于此。您非常漂亮,伊丽莎白。在这一刻,我可以这样称呼您吗?"

他们默默地并骑而行。然后她说出心里真正想问的话:"您到底想要什么?"

"没什么。"

"那您说的岂不都是些空话。"

"与那些向您求爱并为此而夸您漂亮的人相比,我并没有什么不同，只不过更诚实而已。”

“我不喜欢有人向我求爱。”

“也许您讨厌的只是那种不诚实的形式。”

“您难道不比别人更不诚实吗？”

“我就要走了。”

“这又能证明什么？”

“只能证明我比较害羞。”

“嗯？”

“向女人求爱，意味着这个男人愿意把自己当作活着的两足动物献给这个女人，这很无耻。毕竟有可能——即使不一定——您正是为此才痛恨所有求爱者。”

“我不知道。”

“爱情是绝对的，伊丽莎白，而用世俗表达绝对时，绝对总是会沦为激情，正因为绝对是无法证明的，更因为在这个时候，绝对就会变得极其世俗，激情总是变得那么可笑，男士单膝下跪，让您接受他的各种愿望；如果那人真的爱您，那他千万不要这样做。”

“他这么说，是为了向我示爱吗？”见他沉默不语，她有些不解地看着他，而他似乎知道她想问什么，于是便说道：

“世上只有一种真正的伤感，那就是永远。又因为世上没有肯定的永远，所以它一定会变成否定的永远，那就是‘永不再见’。假如我就此离去，那永远就在此时此地；您我将天各一方，永不再见，而我就可以大声说出‘我爱您’。”

“请您慎言。”

“或许正因为很清楚自己的感觉，我才忍不住这样跟您说话；或许在我迫使您倾听我内心独白时也掺杂着一点点怨恨和不满；或许是嫉妒，因为您会留在这里继续生活……”

“真的嫉妒？”

“是的，真的嫉妒，还有一点点骄傲。因为，我也想在您的灵魂之泉里扔一块石头，让它永远留在那里。”

“所以，您也很想成为我的知己。”

“也许吧。但我更希望这块石头能够成为您的护身符。”

“什么时候？”

“当我此刻嫉妒的那个他在您面前单膝下跪时，当他用那种老套的手势把您牵到他的身边时：那么对——比方说——纯洁爱情的回忆也可能会让您想起，在爱情中任何唯美手势的背后，都隐藏着更为粗俗的现实。”

“您在斩断情缘转身离去时，对每个女人都这么说吗？”

“应该对每个女人都这么说，但我通常在说出之前就已分手别过。”

伊丽莎白低头盯着马鬃沉思了片刻后接着说道：“我不知道，这一切听起来很反常、很古怪。”

“如果您考虑的是传宗接代，那当然是有点反常的。但有时候您会觉得这挺正常的，比如有一天某个男士，某个此刻不知在何处生活、吃喝、努力工作的男士，很无聊地与您一朝邂逅成为相识，然后在某个合适的时机对您说‘您真是太漂亮了’，而且还向您单膝下跪。可要是此后您将与这位男士在完成一些仪式后生几个孩子，那您还会觉得这正常吗？”

“不要再说了！这太可怕了……太恐怖了！”

“是的，这很可怕，但不是因为我把它说了出来，因为更可怕的是，您甚至可以亲身经历这一切，而不是听听而已。”

伊丽莎白强忍着眼泪，她呻吟着说：“但是，为什么？天啊！为什么要我听这些……求您了，请不要再说了。”

“您有什么好怕的，伊丽莎白？”

她轻声回答：“我本来就很害怕。”

“害怕什么？”

“害怕陌生、害怕另类、害怕未来……我说不出来。我心中隐约希望，正如熟知当下那样，我也能熟知未来。家父家母不也是夫妻一体、相亲相爱吗？可您却想夺走我的这个希望。”

“因为您害怕危险，不愿正视危险，所以我有责任把您唤醒，这样您才不会因为厌倦、因为传统、因为黑暗而听凭命运的摆布，或让您明珠蒙尘、白璧生瑕……伊丽莎白，我对您绝对是一番好意。”

伊丽莎白又在心里酝酿了一会儿，然后犹豫着、挣扎着轻声说道：“那您为什么不留下来？”

“我来这里碰到您，纯粹就是一场意外。如果我留下，那我就跟我让您提防的那些人没什么两样，也像在偷袭您的感情。稍微纯洁一些的偷袭，仍然是一种偷袭。”

“我该怎么办?”

“这个问题只能用否定句回答:不要做任何让您有一丝犹豫的事情。只有自由自在、无牵无挂、随心所欲的人,才能实现圆满——请原谅这种伤感。”

“没人帮我。”

“是的,您孑然一身,无依无靠,就像您独自面对死亡时一样孤独。”

“这不是真的。您说的不是真的。我从不孤独,我父母也不孤独。您这么说是因为您想孑然一身,无牵无挂……或者因为您喜欢折磨我?”

“伊丽莎白,您是如此美丽,对您来说,圆满和完美也许就在您的花容月貌之中。我为什么要折磨您?!但这一切都是真的,而且好多更不中听的话我还没说呢。”

“不要折磨我。”

“每个人的内心深处都有这种疯狂的希望:只需燃起点滴情欲,就可架起这座桥梁。您该提防情欲带来的激情。”

“您又在让我小心谁?”

“一切激情都是为了许下举行仪式的诺言,并用老套的方式兑现承诺。我希望您不要为这种爱情而受伤。”

“您真可怜①。”

① 原文为“arm”,在德语中也有“穷”的意思,可能下面伯特兰因此才就着这话戏言自己身无分文。

“就因为我让您知道我身无分文？不这么做的人，您都应该提防。”

“不是那样，不，我觉得您比别人更值得同情，甚至比您认为的那些人更值得同情……”

“我必须再次提醒您。对待这种事情，千万不要有任何同情。源于同情的爱情，并不就比源于金钱的爱情更甜蜜。”

“哦！”

“当然，您不想听这些，伊丽莎白。好吧，那就这么说吧：因同情而犯下罪过者，秋后算账时最是无情。”

伊丽莎白凶巴巴地看着他。

“我一点都不同情您。”

“那您干吗这么生气地看着我，虽然您这么做似乎更正确。”

“为什么更正确？”

伯特兰没吭声，过了一会儿才说：“听我说，伊丽莎白，做人自始至终都要坦诚。我不喜欢说这种情话，但我爱您。这是非常认真和非常真诚的告白，在感情方面我从不开玩笑。而且我也知道，您会爱上我……”

“啊，天啊，不要再说了……”

“为什么？对于这段暧昧不清的感情，我绝对不会过于乐观，可也不会变得感伤。然而，没人可以忘却那个疯狂的希望：我们仍会找到那座神秘的爱情之桥。也正因为如此，我必须离开。世上只有一种独一无二的、真正的伤感——分离的伤感，痛苦的伤感……要让这座桥稳定承重，就必须把它绷得够紧，因为现在的它真的无法承重。如果在那之后……”

“啊，不要再说了。”

“如果在那之后，两人对爱情的渴望确实变得强烈无比，即使竭尽所能也依然无法反抗，如果两人确实情深难言，相思刻骨，恨不得将世界一分为二，这样才会有希望：使两人多舛的命运超脱杂乱无序的意外，超脱平淡而多情的哀愁，超脱单调而意外的亲密。”

他继续说着，仿佛不再和伊丽莎白说话，而只是自言自语：“我相信，并且这也是我内心深处的信念：只有在变得极度陌生之时，甚至可以说，只有陌生到极点之时，陌生才能转向反面，变成绝对的熟悉；尔后，熟悉就能成长，就能绽放，成为可望而不可即的爱情之花，漂到陌生之前，而陌生就是：合二为一的神秘。逐渐习惯身边有对方的存在，逐渐变得无比熟悉后，神秘就会消失。”

伊丽莎白哭了起来。

他轻声说：“我希望，你永远不要去爱，永远不要忍受爱情带来的痛苦，除非是以这种最终无法实现的形式。那么，即使那个人不是我，我也不会嫉妒。可每次念及你终会落入哪个配不上你的混蛋之手时，我便会感到痛苦，感到嫉妒，感到无力。你哭是因为人生无法圆满吗？如果是，那你哭得对。哦，我爱你，我渴望迷失在你的陌生之中，渴望你能成为我命中注定的最后一个女人……”

他们并骑而行，一时间又陷入沉默之中；两匹马驮着他们从林中走出，前面是一条田间小道，向下通往他们回家时必走的公路。在金色的阳光和几近白色的天空下，当铺满灰尘的村路出现在眼前时，为了在树荫下再说些心里话，他拉起缰绳停住了马，依然用非常轻柔的声音，带着似乎即将告别的不舍，说道："我爱你……爱你，这真的太美妙了。"明晃晃的阳光照在干裂缺水的路上，他们看起来不可能再一起走了，所以她很高兴他能停下来说："我现在要去追那个倒霉蛋骑士了……"随后，他更为柔声地说："保重。"她把手递给他，他俯首象征性地轻轻一吻。然后，她又听到一声"保重"。她什么也没说，但当他转身要走的时候，她大声叫道："冯·伯特兰先生。"他退了回来。她犹豫了一下，说道："再见。"她本想说"保重"，但觉得这样说似乎不太合适，显得有些做作。过了一会儿，他又回头张望，却再也分不清那两个身影中谁是伊丽莎白，谁是马夫了；他们已经走得很远了，明晃晃的太阳让他睁不开眼。

用人彼得正站在莱斯托庄园府邸的露台上敲着锣。自从男爵夫妇去过英国后，男爵夫人就开始用锣声作为开饭信号，并将其立为庄园的一个新规矩。尽管用人彼得已经敲了好几年的锣，可他还是羞于弄出这种听起来傻啦吧唧的声音，更何况锣声还会传到村路上，让他后来得了个"锣手"的绰号。因此，他总是趁人不注意时才会敲几下，弄出几下不怎么响亮的锣声在寂静的花园里回荡一圈，其余的又暗又哑又无力，一会儿就没声了。

伊丽莎白骑着马缓步穿过正午时分的村路时，听到用人彼得在露台上有气无力地敲着锣，提醒更衣时间到了，但她没有就此催马快步前行。要不是这么心事重重，那她一定会发现，今天也许是她有生以来第一次不想和家人一起共进午餐，甚至在走回漂亮、安静的花园，从两个门房之间的门口进来的路上，她也感到十分压抑，呼吸不畅。她的心中萌生出一种让人心神不定的渴望，一种对远方的渴望，而从这种渴望中又生出一个荒谬的念头，一个在这正午的酷热中显得尤为荒谬的念头：伯特兰过不惯这种过于阴冷的生活，所以不得不逃避，不得不一次又一次地分手告别。锣声消失了。她在院子里下马，在马夫接过缰绳后，便匆忙走进家门；她把长裙后襟搭在胳膊上，然后走上台阶，走着熟悉的路，却又像在做梦一样。一股柔弱的勇气涌上她的心头，让她生起一种又悲又喜的念头，那是一种想要去自己想去的地方，想要掌握和决定自己命运的念头；诸般思绪在她心头稍停片刻便一闪而过，她转念想道，如果她穿着骑马套装出现在饭桌旁，她的父母会怎么说。就算约阿希姆·冯·帕瑟诺，恐怕也会对她这种不守规矩的行为感到震惊吧。小狗贝洛吠叫着，撒着欢从楼梯上飞奔下来，她想都没想便把马鞭给了它；它得意扬扬地把鞭子带到她的闺房里，可她并没有展颜微笑；它乖乖地躺在她脚边，抬着头热切地注视着她，似乎想在她的姣美容颜中找到圆满和完美，可她并没有抚摩它。她走到镜子前，呆呆地盯着镜子，好一会儿都没有认出自己，只看到了修长苗条的黑色侧影，就好像镜子里的身影，就好像她自己明明站着一动不动，却又在匆匆离去。直到侍女按照日常习惯进来帮助她脱下骑马套装时，这种感觉才慢慢消失。可当侍女跪在她面前帮她脱下马靴，当她从马靴中抽出纤足，感受到那份轻松凉爽，然后连着黑色长筒丝袜轻轻搁在侍女的膝盖上时，她又在镜子里寻找那匆匆离去的身影——那身影仿佛正飞向生活在某处的、也许在某一刻就会出现在她面前并单膝下跪的某人。马鞭还在地毯上。她试着去幻想伯特兰，幻想着他此刻就在火车站上，身穿方正笔挺的长军服，腰佩军刀，幻想着他会被一列飞驰而去的火车卷入轮下。幻想中有着某种恶意的快感，而且还有一种让人喘不过气的恐惧，一种她从未感受过的恐惧。她仰头坐着，双手放在太阳穴旁，仿佛这种姿势可以让她打破和摆脱奇怪的心理桎梏。“不是什么都没有发生嘛。”她在心里说，不清楚这种隐隐约约的激动和兴奋从何而来，而且这种感觉很奇怪，虽然模糊不清，却又如此清晰，清晰得几乎都能用语言表达出来：把世界一分为二。这当然还不算清晰至极，但界限已然划定，家人一体无间已成过往，清净无扰的世界已经崩塌，而她的父母站在界限的另一边。在这一切的背后是恐惧，她的父母不想让她面对的那种恐惧，就好像他们能够共同生活在一起的原因就在于此：心忧之事。这时，它已经来临，让人感到特别不安和紧张，却一点也不可怕。“伯特兰只是用‘你’来称呼陌生的我，就只有这个。”这实在太少了，少得都让伊丽莎白伤心起来了。她毅然地站了起来；不，她不会让自己陷入平淡而多情的哀愁之中。她走到镜子前，把自己的头发捋顺。

在大楼梯底部的乌木架上挂着一个暗黄色的铜锣，上面有浅浅的中国饰纹。这是男爵在伦敦买到的一件真品。用人彼得手里拿着根包有灰色软皮撞头的锣槌，这时正盯着大钟等待着。从敲第一下锣到现在已经过了十四分钟了，当指针指向第十五分钟时，他就会偷偷地敲三下锣。

第三章

第二天，伯特兰托人来说不和大家一起吃早餐了，然后就找到约阿希姆，很真诚地表达了自己的遗憾之情："我明天一早就要走了。"约阿希姆的第一感觉是心头一轻。"我和您一起动身。"他说。然后他感激地看着伯特兰，心想，"这家伙显然已经放弃了伊丽莎白"。为了向伯特兰表明自己也会放弃她，他又安慰道："我也不知道这里还有什么牵挂值得让我留在这里。"

约阿希姆去把这个决定告诉父亲。冯·帕瑟诺老爷却听得一愣，随即便用一贯贸然的态度怀疑地问道："这怎么可能？他从前天起就没有收到过任何信件。"约阿希姆也一愣："对啊，这怎么可能？到底是什么事促使伯特兰决心放弃的呢？"一阵苦涩之意瞬间涌上心头，他觉得不该像父亲那样冒失地问出这些问题，不过脑海中随即也出现让他欢欣不已的胜利景象：因为伊丽莎白爱的是他，约阿希姆·冯·帕瑟诺，所以伯特兰求爱失败了。不过，居然有人胆敢这么匆忙，不到一眨眼的工夫就向一位女士求爱，这太不可思议了。当然，对于一个自认为有机会迎娶富家女的生意人来说，还是一切皆有可能的。但约阿希姆已经来不及细想了，因为老头的样子突然变得十分奇怪。他瘫倒在书桌旁的椅子上，茫然地瞪着眼睛，嘴里咕哝着："混蛋，这个混蛋……他竟然骗我。"然后他看着约阿希姆，高声骂道："你滚，你和你的混蛋朋友……你和他在暗中算计我！""哎呀，父亲！""你们两个出去，你滚！"他突然跳起来，一小步一小步地把不断往后退的儿子逼到门口。每一步他都停一下，脖子向前伸着，嘴里发出嘶嘶声："你们两个都给我滚！"当约阿希姆退到走廊里时，老头砰地把门摔上，但随即又打开，探头说道："告诉他，不要给我写信了。告诉他，我对这个没兴趣了。"门砰的一声关上，约阿希姆随后便听到钥匙在转动的声音。

他在花园里找到了母亲，她看起来并不是很吃惊的样子："他向来就是个闷葫芦，不过，这几天似乎很生你的气。我觉得，他生气的原因是你到现在还不退役。不过，这还是很奇怪。"在回屋的路上，她又说道："或许他还感到有点抹不开脸，因为你这么快就把客人带到你那去了。我觉得，最好还是我一个人先过去看看他。"约阿希姆陪着她一起上了楼。对着走廊的门被锁上了，她敲了几下，里面没有回应。这看起来有些蹊跷，于是他们来到了大客厅，因为父亲很可能已经从另一扇门离开了他的房间。他们穿过一排空房间来到书房门前，发现门没有锁。冯·帕瑟诺夫人推开门，然后约阿希姆就看见父亲一动不动地坐在书桌前，手里拿着一支羽毛笔。冯·帕瑟诺夫人走过去，俯身探视，但他还是没动。他在纸上写字的时候太用力，羽毛笔的笔尖断了。纸上写着“因家门不幸，出此……吾特此剥夺吾……之继承权……”有些字被羽毛笔折断后留下的墨水弄糊了。“天啊，到底怎么回事啊?”他没有回答，她无奈地看着他。当看到墨水瓶也翻了的时候，她慌忙拿起吸墨纸，想把洒出的墨水吸干净。他用手肘把她推开，然后正好看到门口的约阿希姆，便冲着儿子冷冷一笑，然后试着用折断了的羽毛笔继续写下去。但他随即又在纸上戳了一个洞，不得不停手，他不由得呻吟起来，伸出食指指着儿子喝道:“你出去!”他想要站起来，但又显得力不从心，因为他马上又颓然坐下，顾不上墨水四洒，向前趴倒在书桌上，把脸埋在双臂之间，就像一个哭闹着的孩子。约阿希姆低声对母亲说:“我去叫人把医生请过来。”然后便快速跑下楼，派了个跑腿的到村里去。

医生来了之后就把冯·帕瑟诺老爷扶到了床上，给他服用了镇静剂，并告诉他们一种冷水疗法，还说:“肯定是大少爷的死导致他精神崩溃。”是啊，医生总是这么没新意地解释病因，可这说了跟没说一样。事情不可能这么简单，不可能只是巧合：正如赫尔穆特的马被绊倒，是一次提醒一样，既然伯特兰仍将落败，既然伊丽莎白为了他而回绝了伯特兰，而他表面上是为了遵从父亲的意思，实际上却准备欺骗伯特兰和鲁泽娜，那么现在就是遭报应的时候。一个背叛了同伙的同伙，父亲骂他和伯特兰合谋算计，骂得没错!所有精心编造的谎言不是又要变得支离破碎，背叛变成反背叛了吗？伯特兰一定会将鲁泽娜占为己有，这样就能向他父亲证明，伯特兰不再是约阿希姆的同伙；这样就能报复约阿希姆，因为伊丽莎白拒绝了伯特兰！想着伯特兰即将启程前往柏林，心里疑神疑鬼地转着龌龊的念头，约阿希姆只觉得自己离家的日子遥遥无期。这使他十分痛苦，这种痛苦甚至还超过对父亲病情的担忧。那团乱麻解开了，只不过是为了再次揉成一团。这就是父亲在逼着他去莱斯托时的想法吗？可这仍然无法解释父亲和伯特兰之间到底发生了什么事。如果他可以把父亲那些让人云里雾里的胡言乱语告诉伯特兰，也许事情早就水落石出了，但现在他只能无奈地把父亲突然生病的消息告诉伯特兰。他请伯特兰向鲁泽娜转告这里的情况；其次，无论情况如何，他很快就会返回柏林待上几天，办理延长休假等事宜。“嗯，”伯特兰对陪着去火车站的约阿希姆说，“对了，鲁泽娜现在到底怎么样了？我当然希望冯·帕瑟诺老爷早日康复，但您势必越来越难以离开斯托平了。”“我们应该，”伯特兰又说，“给她找一份正当的工作，一份她喜欢的工作，这有助于她摆脱未来的困境。”这句话让约阿希姆的脸有点挂不住，毕竟那是他的分内之事。他犹豫地说：“她在您带她去的那个剧院里不是挺开心的嘛。”伯特兰摆了摆手，一副懒得解释的样子，他不禁有些疑惑地定睛看着伯特兰。“不过嘛，别担心，帕瑟诺，船到桥头自然直。”虽然现在才真切感受到这份担忧，但他现在真的很开心，因为伯特兰这么轻松地把它接了过去。

自从病了以后，父亲每天大部分时间都躺在床上，生活因此而变得平平淡淡，波澜不兴；约阿希姆现在也正好可以安静地思考一些事情了，有些问题变得明朗了几分，或至少他敢碰这些问题了。只不过，这里还有一个几乎无法解决的问题，而且在伊丽莎白的脸上也找不到答案，因为她的脸上也是一团迷雾。她躺在椅子上，眯起眼睛看着秋景，仰起的俏脸几乎与绷紧的玉颈形成直角，就像一个高低不平的屋顶搭在纤纤玉颈之上。或许也可以这样形容，它就像一片叶子漂浮在脖颈之处，或者像一个扁盖罩在脖颈之处，因为它其实已经不是真正的脸了，而只是颈部的延续——从颈部显露延伸出来，让人隐约联想到蛇的脸。约阿希姆的目光顺着她的颈部曲线游走。下巴如山丘一般凸起，其后便是如美景般起伏有致的俏脸；嘴似火山口，唇线柔和饱满，鼻孔似黑洞，中间是白色的鼻柱；眉毛似小树林，长得像淡淡的胡子，前额似林间空地，上面有几道浅浅的抬头纹，后面便是森林的边缘。约阿希姆不禁又琢磨起“男人为什么会喜欢女人”这个问题，不过想来想去总想不出个所以然来。这个问题仍然没有答案，一直困惑着他。他微微眯起眼睛，透过眼皮之间的缝隙仔细地看着那张俏脸上的如画美景。俏脸与真实的风景交融在一起，似森林边缘般的头发，向前散入森林里金黄色的树叶之中。点缀着前庭花园里玫瑰茎秆的玻璃球，与脸庞——啊，这还是脸庞吗——的阴影中的宝石一起熠熠发光，像耳环一样闪亮。这让他看得又惊又喜。当目光把脸的各个部分分开后，再合并成一个如此奇特的整体，融合成一个再也无法辨别的整体时，他觉得有些奇怪，似乎自己想起了什么不属于任何传统，只存在于遥远的童年世界的事情，而那个没有找到答案的问题就像一个从记忆之海中浮现出来的提醒。

他们坐在小酒馆前庭花园的树荫下，马夫牵着马去后院了。头顶上，树叶沙沙作响，带着九月的韵味。因为它不再是清晰柔和的春叶鸣响，也不再是夏日之声：在夏天，树木的沙沙声非常单调，简直没有任何变化，但在初秋时分，这种沙沙声中就会混入像银子般清脆、尖锐的声音，仿佛在叶脉之中融入了宽广和谐的音调。入秋之际，正午时分非常安静：烈日炎炎仍如夏天一般，而当枝丫间轻轻吹过一股凉风之时，空气中却又立时送来一道春天的气息。偶尔有几片树叶从树冠上掉落，飘到表面粗糙的酒桌上。叶子虽然还没变黄，仍旧是绿色，却已遮掩不住自己的干枯松脆了，而仍如夏日的阳光在这时节便显得分外珍贵。河中有条渔船，船头朝前，此刻正逆流而上；河水顺流而下，不起波澜，就像宽广的木板一样平稳流过。这样的秋日并不像夏日午后那样让人昏昏欲睡，反而处处都恰到好处地温和宁静，让人头脑清醒。

伊丽莎白说："我们为什么住在这里？在南方，这种日子一年四季都有。"约阿希姆眼前浮现起那个小黑胡子意大利人的南欧人面孔。可是在伊丽莎白的眉眼之间，他完全找不到某个意大利人或者某个兄弟的痕迹，她的容貌中几乎没有人的相貌特征，只有一卷如画美景。不过，他仍然试着去重新找出自己熟悉的样子。当它突然重新出现在她脸上，鼻子重新变回鼻子，嘴巴重新变回嘴巴，眼睛重新变回眼睛时，他又是吃了一惊，唯一让他感到心安的是，她头发捋得很顺滑，不是太卷曲。“为什么？您不喜欢冬天吗？”她回答说：“您的朋友说得对。人啊，就该出去走走。”“他想去印度。”约阿希姆一边说，一边想着那里的棕绿色部落和鲁泽娜。为什么他从未想过和鲁泽娜结伴外出旅行呢？他感到伊丽莎白的目光停留在自己的脸上，生怕自己被看穿了心事，赶紧心虚地转过头去。不过，如果有谁要为勾起别人外出游玩的兴致负责的话，那肯定是伯特兰。由于缺乏正常有序的生活，所以伯特兰要用生意和海外差旅来补偿自己、麻醉自己，而这也让他显得挺有感染力。伊丽莎白说起南方时，也许正在后悔没有和他结伴旅行，尽管她已经拒绝了他。约阿希姆听到伊丽莎白说：“我们到底认识多久了？”他心里默默计算着，然后说道：“这还真有点说不准。那年我还是一个十二岁的少年，假期在家时，父母偶尔会带着我一起去莱斯托度假。那时您才刚刚出生呢。”“也就是说，我其实一直都认识您，一生下来就是。”伊丽莎白确认了一下，“但我从来没有注意过您。对我来说，您是成年人，而我不是。”约阿希姆没有说话。“而我，想来您也从来没正眼瞧过。”她接着说。“谁说的？”他说，“当然关注过，就在您一下子变成一个亭亭玉立的窈窕淑女时——那真是又突然又意外。”伊丽莎白说：“不过，我们现在差不多算是同龄人了……对了，您的生日到底是哪天？”还没等他回答，她就继续说道：“您还记得我小时候的模样吗？”约阿希姆只好努力回忆起来；在男爵夫人的客厅里挂着一幅伊丽莎白小时候的画像，而且这幅画像总是会倔强地挤到对真人的回忆之前。“真奇怪，”他说，“我很清楚您那时的模样，不过……”他想说，自己在她的脸上找不到她童年的模样，虽然眉眼之间肯定有几分相似，可当他这时再次朝她看去时，她脸上又变得空空如也，只剩丘壑，覆盖着叫作皮肤的东西。似乎想要回应他脑海中的想法，她说：“虽然您留着小胡子，但仔细看的话，我还是能看出您小时候的样子。”她笑着说：“这真有趣，我也要在家父身上试一下。”“您还能把我看成白胡子老头？”伊丽莎白仔细地打量着：“咦，奇怪！我竟然不能……等一下，我能的。您会变得更像令堂，长着一张圆脸，看起来和蔼可亲，小胡子变得又密又白……那么我呢，一个老妇人？我看起来会很端庄、很大方吗？”约阿希姆表示自己对此无能为力。“哎，别那么客气，您就直说吧。”“真对不起，但我不想这样。这多别扭，突然看起来像某人的双亲、兄弟或者别人，就是不像自己……那么，许多事情就会变得很无聊。”“您朋友伯特兰也这么认为吗？”“不，据我所知，没有。您为什么会这么想呢？”“哦，只是觉得他可能会这么说。”“我不清楚，不过我觉得吧，伯特兰一天到晚忙着要处理这样那样的身外之事，根本没空考虑这些。他从来不会真情流露。”伊丽莎白嫣然一笑：“您是说，他总是远远地看着一切？就像旁观者一样？”她想借此说些什么吗？她在暗示什么？他有点鄙视自己的好奇心，觉得自己没有骑士风度，同时又突然意识到，把一个女人托付给另一个男人绝非骑士所为，真正的骑士应该保护她，不让她受到任何男人的伤害。娶伊丽莎白，本来就是他的责任。而伊丽莎白的脸上却没有丝毫不悦之色，她说："聊得挺尽兴的，不过，现在我们得回家吃饭了，家父家母在等我们呢。"

他们骑着马回家，当莱斯托庄园府邸的塔楼就在眼前时，她似乎还在想着他们刚才的谈话，因为她说："可这很奇怪，就像分不清熟悉和陌生一样。也许您是对的，不用知道自己老了的模样。"虽然不明白伊丽莎白话中的意思，但他这时正忙着想鲁泽娜，所以这一次并没有把她的话放在心上。

要问是什么让冯·帕瑟诺老爷神奇地恢复了健康，那一定是邮袋。一天早晨，他还在床上的时候，突然想到："邮袋现在由谁管着？难道是约阿希姆？不对，约阿希姆才不关心这些。"他嘴里虽然嘟囔着，抱怨约阿希姆什么都不管，但看起来却像松了一口气，他挣扎着站了起来，慢慢地踱到书房里。邮差一来便照例开始发信，而且显然从今以后又要每天都来这么一套了。如果冯·帕瑟诺夫人碰巧在场的话，她肯定会听到老头在抱怨没人给他写信。他经常打听约阿希姆是不是在庄园里，可又不想见儿子。听说约阿希姆要去柏林几天时，他说："告诉他，我不准他去。"有时他又忘记了这件事，抱怨连两个亲儿子都不给他写信，所以冯·帕瑟诺夫人就想让约阿希姆写一封信，安慰安慰父亲。约阿希姆还记得在父母过生日时，他和哥哥就得在有玫瑰饰边的纸上写下生日祝福；这对他们哥俩来说简直就是一种可怕的折磨。他不想再受这份罪，所以就说自己要走了。但愿可以瞒住父亲。

他就这么出发了，似乎心如止水，没有思念，没有激情。就像当时反对家里为他指定婚约一样，他现在以同样的方式进行反抗：在柏林停三天，和鲁泽娜过三晚。他觉得，这其实也是在侮辱鲁泽娜。他最想做的，就是推迟他们重逢的时间，至少不要让她到车站来，所以他就没告诉她自己几点到达柏林。在火车上，他忽然想起自己应该给她带个手信，但无论是鹧鸪还是其他野味，显然都不适合，所以他唯一能做的，就是在柏林给她买点东西。她来不了火车站，岂不是正好。于是他绞尽脑汁，想着送什么东西给她比较合适，但他的想象力实在是有限，想了半天还是没什么头绪，就一直在香水和手套之间犹豫不决。算了，到了柏林总有法子的。

到家后，他做的第一件事就是给伯特兰写了一张明信片，心想："伯特兰肯定会很高兴，终于可以一吐为快，把他在斯托平最后一天发生的一桩桩破事告诉我了。"他也给鲁泽娜写了一张，然后让一个跑腿的把两张明信片送了过去，并嘱咐那人要等他们的回复。这里才是他的家，温馨舒适的家。在紧闭的窗户外，炎夏肆虐，余威犹在。他打开一扇窗，舒心地望着安静的街道。天色已近黄昏，晚上可能会下雨，西天满是灰色的云层。红色的葡萄枝叶点缀着前庭的花园篱笆，黄色的栗子树叶铺满了人行道，对面街角有四辆马车，马儿在车前可怜而又认命地弯着前腿。约阿希姆从窗户里探出身去，看着男佣打开其他窗户；要是男佣这时也探出身来,约阿希姆就会顺着外墙朝他点头微笑。男佣从箱子中取出衣物,约阿希姆则继续靠在窗口,看着宁静安谧、渐渐变暗的街道。然后,他离开了窗边。房间里变得凉意盎然,空气中只隐约飘荡着一丝夏意,让他的心中升起一丝淡淡的忧伤。不过,终于又穿上制服了,这种感觉真好。他在重要私人物品间走动着,仔细检查各种物件和自己的书籍。今年冬天他想多看看书。想到这,他又开始心烦了,因为三天后又要离开这里。似乎想要证明自己可以住在这里不用走了,他坐了下来,并吩咐男佣关窗、煮茶。送信的事,他早就忘得一干二净了。过了一会儿,那个跑腿的回来禀报说:"冯·伯特兰先生不在柏林,估计几天后会回来。那位女士没有回复,只说她马上就来。"约阿希姆觉得,似乎有一个小小的希望破灭了。他很想要一个相反的结果:马上来的人是伯特兰。更何况,他本来还打算出去买件礼物的。没过几分钟,门铃就响了。鲁泽娜从天而降。

在军官学校上游泳课的时候,他一直都很害怕跳入水中,直到有一天,游泳教练实在忍不住,一把将他推入水中。那一瞬间,他在水中感到的只有舒服,于是开心地笑了起来。鲁泽娜像旋风一样冲了进来,飞扑过去拥抱着他。他们手拉手坐在一起,互相亲吻,像在水里一样舒服。鲁泽娜不停地说着些鸡毛蒜皮的琐事,让他听得一头雾水。心中所有的忧愁和烦恼都为之而烟消云散,这是一种近乎纯粹的幸福感。"要是没忘记买礼物,那该多好。"他的心里突然又生出一股强烈的懊恼之意。不过,上帝早就做了最好的安排,或至少是妥当的安排,他指引着约阿希姆走到柜子前,里面藏着的蕾丝手帕已经有好几个月没人想起了。趁着鲁泽娜像往常一样准备晚餐,约阿希姆找了一条浅蓝色的细带子和一张薄纱纸,然后把小纸包放到鲁泽娜的碟子下面。可转眼之间,他们就上床睡觉了。

直到第二天,他才想起自己马上就得启程离开,于是有些犹豫地把这个消息告诉了鲁泽娜。出乎意料的是,鲁泽娜并没有突然大发脾气或伤心难过,只是斩钉截铁地说:“不行,留下陪我。”约阿希姆听得一愣。她说得没错,他为什么不留下来?他到底中了什么邪,为什么在老家的院子里毫无意义地躲躲闪闪,故意避开父亲呢?另外,他也确实需要留在柏林等伯特兰回来。也许,这么做并不妥当。鲁泽娜把他变得有一点点像平民,不按计划行事,但这确实给他带来了一点点自由的感觉。他决定拖一晚上再说,于是便陪了鲁泽娜一晚上,第二天才写信给母亲,说军务繁忙,他得在柏林多留一段时间,无法如期回去。他随信又附上一封内容相似的信,叮嘱母亲如果觉得合适,可以把它交给父亲。后来又转念一想,他觉得这样做也没什么意义,反正家里所有信件都由父亲经手,而此时又追悔莫及,那封信已经寄出了。

他已经归队报到,此刻正在马术学校。正在指导上课的是一个中士和一个二级下士,两人手里都拿着长马鞭。穿着帆布夹克的新兵们正骑着马排成一队沿着墙壁跑动。这里的气味闻起来很像是在地窖里，地上铺着一层厚厚的沙子，脚一踩就会陷下去，这让他有些怀念哥哥赫尔穆特，还有他撒在哥哥身上的沙子。中士啪的一声抽响了马鞭，下令小跑起来。墙边帆布上的身影便开始有节奏地上下起伏。这时候，伊丽莎白肯定快要来柏林度秋假了吧。不过，这不太可能。他们还从未在十月份之前来这里，而且这时候房子也不可能准备停当。事实上，让他望穿秋水的人也不是伊丽莎白，而是伯特兰。当然，他指的正是伯特兰。他仿佛看到伯特兰和伊丽莎白骑马小跑着向他奔来，两人都脚踩马镫，身体上下起伏。让他感到惊讶的是，那天伊丽莎白的脸是如何幻化在自然风光之中的，而他又是如何费力地抽丝剥茧一般将它还原的。他想知道自己是否也能这样幻化和还原伯特兰的脸，试着想象伯特兰沿墙骑着马，脚踩马镫，身体上下起伏，但他随后就放弃了；这有点轻渎上帝。让他高兴的是，赫尔穆特的脸再也不会出现在眼前了。这时，中士下令全体慢步前进，随后便有人把白色的跳栏和围栏搬到练马场上。看到这一幕，他的脑海中不禁弹出“小丑”这个词，而且他一下子就明白了伯特兰过去说的话：保卫祖国的是一个马戏团。对于那天被树干绊倒这件事，他至今仍觉得莫名其妙。

他又驾车经过博尔西希机械制造厂。又有工人站在那里。他真的再也无法忍受这一切了。他不属于这里，犯不着用一身军装来划清界限。当然，伯特兰属于这里，也许不太情愿，但这家伙已经习以为常了。而且，他也不想再听到伯特兰的任何消息。兜了一圈，最好的选择还是回斯托平。心里虽然这么想着，他还是把车停在伯特兰的家门口。有人告诉他："冯·伯特兰先生晚上就会到家。"这顿时让他大喜过望："太好了，我晚上肯定会过来拜访。"然后他留了张便条告诉伯特兰。

他们一起去了剧院。合唱团女演员鲁泽娜正在舞台上蹩脚地表演着。在幕间休息时，伯特兰说："这份工作一点都不适合她。我们得给她另找一份。"听到这话，约阿希姆心中又涌起一股暖意。晚饭时，伯特兰转头对鲁泽娜说："说说看，鲁泽娜，您到底会不会成为一个有名的优秀女演员？""当然会，那还用说！""好吧，可要是您改变了主意，把我们踹了呢？我们现在辛辛苦苦地支助您，让您有机会成名、出人头地，可要是您突然过河拆桥，那我们岂不是成了冤大头？那时我们该怎么办？"鲁泽娜沉思了片刻说："那么，去耶格尔夜总会。""不不，别误会，鲁泽娜，人往高处走，不吃回头草。也就是说，得去比剧院更好的地方。"鲁泽娜哭了起来："像我们这样的人，哪有更好的？约阿希姆，他是个坏朋友。"约阿希姆说："伯特兰只是开玩笑，鲁泽娜。"听伯特兰这么说，他心里其实也不是个滋味，认为伯特兰说得有些过了。不过，伯特兰却笑了起来："哭什么呀，没什么好哭的，鲁泽娜，我们是在考虑如何让您名利双收。到时候，那就得您来供养我俩了。"约阿希姆感到非常吃惊；他发现，生意做久了，人就变俗了。

后来他对伯特兰说："您为什么要折磨她？"伯特兰回答："我们必须早做准备，正所谓药医不死病。现在正是时候。""他说起话来，真像个医生。”约阿希姆心想。

约阿希姆的心中悬着两件事，其中一件东窗事发了——他的信落入了父亲的手中。显然，老头又开始折腾吵闹起来，因为母亲回信说“汝父旧病复发”。得知这个消息时，约阿希姆的心中并未起半点波澜，连他自己都觉得很惊奇。他觉得不用着急回家，反正有的是时间。赫尔穆特要求他站在母亲一边，但他几乎什么忙都帮不上；她也只能独自背负自己承担的命运。他回信说“儿将速归”，实际上却毫无动身之意，一切照旧，每天上班下班，完全不想改变什么，总是怀着莫名的恐惧，把所有想要改变现状的想法都抛到脑后。因为有时候真的需要费很大的劲，才能使某些东西保持记忆中熟悉的样子，而这可能会非常糟糕。很多时候他觉得，把这些东西继续摆弄得似乎一切正常的人，很狭隘、很盲目甚至疯疯癫癫的。起初，他还没有意识到这一点，但当他第二次注意到，训练马术就像马戏团表演时，他就觉得，一切都怪伯特兰。甚至制服也不像以前那样服帖了：忽然间，肩膀上的肩章让他觉得如此碍眼，衬衣的硬袖口让他觉得如此心烦。一天早上，他站在镜子前暗想，为什么他一定要把马刀佩在左边。在恍惚之间，他又想起了鲁泽娜，在心里对自己说，他对她的爱，她对他的爱，摆脱了一切模棱两可的传统习俗。然后，当他深情地凝视着她的眼睛，用手指温柔地摩挲着她的眼睑，而她把这看作他对她的爱时，他常常会沉醉于一种让他内心充满不安的游戏中——让她的面容在飘忽不定、模糊朦胧中逐渐消失，直到只差一线就要越过人与物的界限，脸差点不再是脸。许多事情变得像一首曲子，有人自认为无法忘却，可还是会半途忘掉，只得一次又一次绞尽脑汁地重新找寻。这是一场让人心惊胆战而又毫无希望的游戏，他又激动又愤怒地希望，出现这种奇怪的情况，伯特兰也可能难逃干系。他难道没说过那个家伙心里有魔鬼吗？鲁泽娜感到约阿希姆有些激动，她从那晚起就对伯特兰生起猜疑之心，在长时间的隐忍和沉默后，便突然不顾一切地爆发了出来："你不再爱我了吗……还是先要问你的朋友你可不可以爱我……还是伯特兰说过不允许？"虽然这些话很不中听，有些置气，可约阿希姆却听得很开心，因为这些话就像春风拂面一般，证实了他自己的怀疑：伯特兰就是罪魁祸首，万恶之源。在他看来，这更像是在最终发泄那种梅菲斯特般充满恶意的虚伪影响。尽管两人都对伯特兰有些反感，但鲁泽娜和约阿希姆两人的心并没有贴得更近。借着彻底爆发的放肆和冲动，她反而变得像伯特兰一样，也说起他那些同样伤人的玩笑话来。无论是朋友，还是情人，都靠不住。夹在这两个平民之间，他感到自己好像陷在两个鲁莽冒失，总是针锋相对的磨盘之间，很无奈地被碾着磨着。遇人不淑，交友不慎。有时候他也不知道，是伯特兰把鲁泽娜带给他的，还是他透过鲁泽娜了解伯特兰的，直到他心惊肉跳地意识到自己再也不能过那种像泥巴一样滑不溜丢、逐渐消失不见的生活，意识到自己总是一不留神就会深深地陷入幻觉之中。一切都变得靠不住了。但当他想在宗教中找到摆脱这种混乱的方法时，他与平民之间不可逾越的深渊又出现了，因为这个深渊的对面站着无神论者平民伯特兰和天主教教徒鲁泽娜，他与这两者有着不可逾越的身份差别，而且他们似乎很喜欢看到他一副孤家寡人的样子。

他很高兴自己在星期天去教堂做礼拜。可就算是军中的宗教仪式，也让他觉得是一群平民在做礼拜。因为按照命令排成两队齐步进入礼拜堂时，所有人的表情和在操场上、马术课上露出的表情并无两样；没有一个人的表情是虔诚的，没有一个人的表情是激动的。这些人一定是从博尔西希机械制造厂中招来的；真正离乡背井来参军的农家子弟，不会如此无动于衷地站在那里。除了那些脸上带着虔诚，全神贯注地往里看着的二级下士外，没有一个人在认真倾听牧师布道。"眼前的这一切也是一场马戏。"一个很古怪的念头冒了出来，怎么拦都拦不住。他闭上眼睛，凝神祈祷，就像他在乡下教堂里凝神祈祷一样。或许他也没有祈祷，但当士兵们同声唱起赞美诗时，他也下意识地跟着大声唱了起来，因为唱的是他小时候唱的赞美诗。这让他想起了一幅画像，一幅彩色小圣像。而当脑海中清楚地浮起这幅画像时，他也记起了那幅画像是那个黑头发的波兰厨娘带给自己的，仿佛还听到了她沉吟的歌声，看到了她用干瘪起皱、指尖龟裂的手指，摩挲着画像的各个部分，指着说："这里是人类生活的尘世，在天上，在不是很高的天上，在银光闪闪的雨云中，耶稣一家非常平和宁静地并肩坐着。"画中的他们穿着五彩华服，衣服上的黄金饰件与圣轮的光晕相得益彰。

即便是现在，他仍然不敢想象自己有多开心，竟然幻想自己就是这个天主教圣家的一员，幻想自己就在那银色云朵之上，依偎在纯洁圣母的怀里，或是在黑发波兰女人的怀里……他现在已经分不清了，但可以肯定的是，那份喜悦已经变成恐惧了，因为那份不把上帝放在眼里的狂妄，因为使拥有这种愿望、这种幸福的天生新教徒犯下过错的异端想法；可以肯定的是，他不敢在那幅画像中给脾气暴躁的父亲腾出地方来。他根本不想那幅画像中有父亲的身影。当他定神冥思苦想，想要更仔细地回忆这幅画像时，泛着银光的云层似乎变得更高了，仿佛开始升腾弥漫，而静坐在云层上的身影，也似云霞一般随之飘散，在赞美诗的旋律之中渐渐消失，消失得轻柔无比。但深刻在记忆之中的画像绝不会就此而不复存在，反而变得更亮、更清，因此在这一瞬间，他甚至认为，按新教教义解决天主教圣像问题的势在必行之举就是这样实现的：圣母的头发看起来也不再是深色的了，她既不像波兰人，也不像鲁泽娜，她的鬈发颜色变得更浅、更有金色光泽了，几乎就像纯洁少女伊丽莎白的金发一样。这一切都稍微有点奇怪，却又让人心头一阵轻松，仿佛从混乱之中射来一道光芒，仿佛在无绪中感到恩典将至。因为，能按新教教义解决天主教的圣像问题，不就是恩典吗？画面渐渐模糊，轻柔缓慢地模糊融合，如潺潺河水，如春夜雨雾。这让他意识到：人脸已变得面目全非，化作一摊摊游动不定的隆起和凹陷，变成一片空白。但这是在准备、在酝酿，最终是为了形成一个更光芒四射，似云一般散发极乐之光的全新整体，不再模仿凡人之脸，而是预示着上帝之像，晶莹的水滴，欢唱着从云端滴落。即使这张高贵的脸上没有世俗的美丽或熟悉的气息，一眼看去甚至有些陌生和惊人，也许比人脸化作如画美景更加惊人，但这正是第一步，既预示了神威可怖，也证实了神圣中容不下俗世，就像鲁泽娜的脸和伊丽莎白的脸一样消失不见，甚至像伯特兰的身影一样消失不见。因此，此刻又浮现在脑海里的，其实不是那幅和父母在一起，看起来傻里傻气的老照片：也许，它仍然在同一个地方飘荡，在同一片泛着银光的云朵中飘荡。在照片下缘，他总是以相同的方式坐着，仍像从前那样坐在母亲跟前，他自己就是儿时的耶稣；但幻象中的自己更加成熟，不再有儿时的愿望，而是有实现目标的坚定信念。他知道自己已经朝着这个目标迈出了痛苦的第一步，已经获准接受考验——尽管才刚刚开始接受这一系列的考验。这几乎是一种骄傲的感觉。可是那让他感动喜悦的幻象渐渐消失了，就像一场越下越小的雨一样不知不觉地停了下来，而伊丽莎白就是宛如轻烟的雨雾中最后一片雨丝。也许这就是上帝的旨意。他睁开眼睛。赞美诗就要唱完了，他觉得有些年轻人像他一样充满信心，怀着不灭的激情仰望天堂。

下午他遇到了鲁泽娜。他说："伯特兰说得对，剧院确实不适合你。要不开个小店铺，卖些讨人喜欢的东西，比如花边和漂亮的刺绣，说不定你会更喜欢呢？"他眼前浮现起一扇玻璃门，门后的煤油灯散发着柔和温馨的光芒。可鲁泽娜只是默默地看着他，黑亮的眼眸里很快便泪水盈盈。现在她动不动就这样。"你们都是坏人!”她抓着他的手说。

由于父亲病情再次复发,医生要求会诊,约阿希姆自然得护送神经科专家去斯托平。他把这看作自己必须接受的部分惩罚;在旅途中医生用和蔼可亲却又置身事外的语气询问病情特点、病史和家庭背景时,他更加坚定了自己的看法,因为医生在问这些问题时虽然语气柔和,可在他看来,这完全不亚于宗教法庭中一场言辞尖锐犀利的审问。他仿佛在等待审讯官突然从眼镜里射出严厉的目光并用手指着他,仿佛听到审讯官用控诉和谴责的语气说出那个让他胆战心惊的字眼:凶手。不过,戴着眼镜的老医生态度非常和蔼,并没有指着他说出那个可怕而又让他感到解脱的字眼,只是说:“虽然病根可能有更深层的原因,但令兄的身故肯定给令尊大人带去了巨大的心理冲击,老爷子也是悲痛难抑才病成这样。真是令人惋惜。”约阿希姆对这位神经科专家的诊断将信将疑,可心情却顿时轻松了不少,尽管他深信会说出这些看法的人是无助于改善病人病情的。

然后谈话就结束了。他看着无比熟悉的田野和树木从窗外不断掠过。火车有节奏地震动着、摇晃着,神经科专家已昏昏入睡,下巴夹在硬领之间,白胡子遮盖住了马甲领口。他无法想象自己以后也会这样苍老,无法想象那个人也曾年轻过,可能被某个女人拨开胡子亲吻过。肯定会有亲吻的痕迹沾在胡子上,例如羽毛或草茎。他摸了摸自己的脸。鲁泽娜临别时的亲吻没有留下任何痕迹，这是对伊丽莎白的欺骗。上帝遮掩人的未来天机，为其赐福，隐去人的过往痕迹，以作诅咒。上帝据此人言行而为其打下烙印，这难道不是恩典吗？但上帝只在人的良心上打下烙印，就连神经科专家都无法发现。赫尔穆特有烙印，所以他在棺材里看不到他；父亲也有烙印，像父亲这样走路的人，肯定心术不正。

冯·帕瑟诺老爷起床了，一副无精打采的样子。不过，没人敢告诉老头约阿希姆在家的事，免得老头又大发雷霆。老头见了那位陌生的医生，一开始还颇有些不以为然，但随即就把医生当作公证人并要求重立遗嘱。"对，约阿希姆品行不端，所以我要剥夺他的继承权。不过呢，我也不是个不近人情的父亲，只希望他和伊丽莎白帮我生个孙子。孩子出生后必须送到庄园里来，然后继承一切财产。"考虑了一会儿，他又说道，"约阿希姆不得前来探望孩子，否则孩子的继承权也同样不保。"母亲在事后吞吞吐吐地把这件事告诉了约阿希姆，说完后一反常态，痛哭了起来："老天爷到底想要怎样啊！"约阿希姆耸了耸肩；他只是又一次感到丢脸，因为父亲竟敢如此出言不逊，要他和伊丽莎白生孩子。神经科专家也耸了耸肩说："不要放弃任何希望，冯·帕瑟诺先生仍然非常康健，目前无须多虑，安心等待即可。只需注意，病人毕竟年事已高，不宜久卧在床，久卧伤身。"冯·帕瑟诺夫人回答说："我家老爷现在总想卧床休息，总是感到冷，似乎还心怀莫大恐惧，倍受折磨，只有在卧室里才会安心一些。""当然，我们必须根据病人的精神状态对症治疗。"神经科专家说。"实际上，我也只能说，冯·帕瑟诺先生在这位医生的治疗下，”那位医生鞠躬表示感谢，“会得到最好的治疗结果。”

天色已晚，在牧师来了之后晚宴开席。冯·帕瑟诺老爷突然站在门口：“一帮人聚在这里开席吃饭，都不知会我一声，显然是因为新主人来了。”约阿希姆想离开房间。“别动，你给我坐下！”冯·帕瑟诺老爷命令道，然后坐在庄园老爷专用的大椅子上。“虽然我不在，但这张椅子倒是仍然没人敢坐。”这么想着，老头心里顿时好受了些。他让下人们再给他上些酒菜：“这里还是老规矩！公证人先生，下人们伺候得还好吗？有人问您喝红葡萄酒还是白葡萄酒了吗？我只看到有红葡萄酒。为什么没有香槟?！立遗嘱必须喝香槟庆祝。”他自顾自地笑着。“嗯，香槟呢，怎么还没到?”他对女佣厉声呵斥道，“难道要我自己去拿吗?”神经科专家第一个缓过神来，赶紧打圆场，说自己很想喝杯香槟。“这里还是老规矩！没一个人有荣誉感……”冯·帕瑟诺老爷得意地环视一周，然后对专家低声说，“赫尔穆特就是为了捍卫荣誉而死。但他不写信给我，也许他还在恨我……”他低头想了想：“或者是这位牧师先生截住了信，想守住自己的秘密，不想让我们这样的人看到什么隐秘之事。但教堂墓地只要一乱，牧师他就会溜之大吉。这一点我可以保证。”“胡说！冯·帕瑟诺先生，那里可是一切正常。”“表象，公证人先生，表象而已，十足的幌子，我们只是因为不懂他们说些了什么，不那么容易发现而已。他们显然都躲起来了。我们其他人都只听说过他们是如何沉默寡言，可实际上他们经常向我们抱怨。所以每个人才都这么害怕，当我有客人的时候，还得我，还得老夫亲自送他出去。”他恨恨地看着约阿希姆，“不知廉耻者，自然毫无勇气可言，还不如滚到牛棚里去。”“好了好了，冯·帕瑟诺先生，您就该经常亲自看看是否一切妥当，到田间地头仔细查看，总之要多出去走走。”“我也这样想，公证人先生，我也这样做。但一走到门口，他们就挡住去路，堵得满满的，水泄不通，声音都穿不过去。”他打了个哆嗦，然后拿起了医生的杯子，在有人劝阻之前，一饮而尽，“您一定要常来看我，公证人先生，我们要重立遗嘱。在此期间，您会给我写信吗？”他哀求着。“难道您也会让我失望吗？”他怀疑地看着医生，“保不准也和他们一样串通一气？……他已经伙同别人骗过我一次了，就是那个人……”他猛地站了起来，指着约阿希姆。然后他抓起一个盘子，闭上一只眼，像是要瞄准一下，接着便高声叫道：“我叫他结婚的……”医生站到他身旁，把手放在他的胳膊上：“来，听话，别闹了，冯·帕瑟诺先生，我们去您房间再聊一会儿。”冯·帕瑟诺先生茫然地盯着医生。医生没有避开他的目光，柔声说：“来吧，就我们两个人，单独聊聊。”“真的单独聊聊？我不会再害怕了……”这时，他无奈地笑了笑，轻轻地拍了拍医生的脸颊，“是的，我们会给他们点颜色看看……”他对着桌子做了个不屑的手势，让人扶着离席而去。

约阿希姆把脸埋在双手之间。是啊，父亲给他打上了烙印。现在应验了，但他仍要反抗。牧师走到他跟前，他听到仿佛从远方传来空洞的安慰：“令尊在这一点上似乎也是对的。我这位教会仆人并没有很好地教牧一方,否则我一定知道,父亲的诅咒对孩子的影响是无法消除的;我一定会知道,这是上帝自己的声音,只是借令尊之口宣布考验结果。哦,为此令尊才变得神志不清,因为没有人能不受惩罚就成为上帝的代言人的。当然,牧师也只能是个平凡之人。牧师如果真的是上帝在人间的代言人,那也一定会胡言乱语。不过,上帝已经指明了没有牧师居间代言的恩典之路。人们不该反对,人们必须自己承受苦难,独自获得恩典。"约阿希姆说:"牧师先生,多谢您善意指点。我们现在可能经常需要您的安慰。"然后医生回来了。冯·帕瑟诺老爷打了一针,现在睡着了。

神经科专家在庄园里又待了两天。紧接着,伯特兰就从柏林发来一封让约阿希姆心急如焚的电报。父亲的病情看来已经稳定了,约阿希姆也可以脱身离开了。

伯特兰回到了柏林。当天下午,他就去看约阿希姆,结果却发现只有鲁泽娜一人在家。她正在收拾卧室,看到伯特兰进来时说:"我不想和您说话。""喂,鲁泽娜,说话怎么这么不客气。""我不想和您说话,知道您的为人。""我又变成坏朋友了吗,小鲁泽娜?""我可不是您的小鲁泽娜。""行行行,到底怎么了?""怎么了?我什么都知道,是您把他打发走了。我对您的蕾丝店一点都没兴趣。""好吧,我不介意我有一家蕾丝店,为什么不呢?但这跟和我说不说话有什么关系?说说看,我的蕾丝店怎么了?"鲁泽娜一声不吭地把衣物放进衣柜里。伯特兰拉来一把椅子坐下,一副洗耳恭听的样子。“如果这是我家，我就把您扔出去，才不会让您坐着。”“说吧，鲁泽娜，好好说，出了什么事了？那位老爷子病情又恶化了，帕瑟诺不得不回去吗？”“别装，好像真的不知道似的。我又没那么笨。”“您不笨才怪，小鲁泽娜。”她没有转身，继续收拾。“我不会让人嘲笑我的……不会让任何人嘲笑我。”伯特兰走到她跟前，双手抱着她的头，看着她的脸。她挣脱了他的双手。“别碰我。您先是把他打发走，然后又来嘲笑我。”除了蕾丝店之外，伯特兰总算明白了她语气不善的原因：“看来，鲁泽娜，您不相信冯·帕瑟诺老爷子生病了吗？”“我什么都不信，你们都欺负我。”伯特兰怒气微生，说道：“照您这么说，那位老爷子也可能会死，因为他欺负小鲁泽娜。”“您什么时候杀他，他就什么时候死。”伯特兰很想帮她，却又无从下手。他知道，在她现在这种精神状态下，他也确实帮不上什么忙，于是便起身告辞了。“该杀的人是您。”鲁泽娜最后说。伯特兰被气乐了。“好吧，”他说，“我无所谓，但这又有何用，于事何补？”“真的，您不介意，无所谓，”鲁泽娜怒气冲冲地在抽屉里翻来翻去，“但还是会嘲笑我，是吗？”她继续翻找着，嘴里念叨着“不介意”，她终于找到了自己想找的东西，约阿希姆的军用左轮手枪。她握着枪，一脸恨意地站在伯特兰面前。“这太荒唐了。”伯特兰心里想着，嘴上说道：“鲁泽娜，赶紧把枪放下。”“您不是不介意吗？”伯特兰的心中冒出几分怒意，夹杂着一丝羞耻，他不想就此离开房间，于是朝鲁泽娜走近一步，刚想夺下武器，便突然听到一声枪响，当左轮手枪从鲁泽娜手中掉到地上时又是一声枪响。“这真是糟透了。”伯特兰边说着，边弯下腰去捡枪。男佣冲了进来。“手枪掉在地上，不小心走火了。”伯特兰解释道，“请您告诉中尉，手枪收藏不用时，子弹不能上膛。”男佣退了出去。“你自己说，鲁泽娜，你是不是个傻丫头啊?”鲁泽娜脸色苍白，呆呆地站在那里，指着伯特兰说：“那儿。”血从伯特兰的袖子里滴下来。“您把我关起来。”她结结巴巴地说。伯特兰扯下外套和衬衫，他刚才什么也没感觉到。他的胳膊中枪擦伤了，他还是得去看医生。他大声地吩咐男佣去叫辆马车过来，然后从约阿希姆的衣物上撕下一小块布做了一条急救绷带，又吩咐鲁泽娜洗掉血迹；她紧张得有点不知所措，所以他还不得不帮她一起处理。“这样吧，鲁泽娜，你跟我一起去，因为我现在不能让你一个人留在这里。如果你承认自己就是个笨丫头，你就不会被关起来的。”她顺从地跟在后面。到了医生门口后，他嘱咐她去马车里等他。

他告诉医生，他由于不小心而导致手臂意外中枪擦伤了。“还好，您很幸运，但不要过于乐观，最好在医院里住个一两天。”伯特兰一开始还觉得这有点小题大做了，但在走下台阶时，才发现自己确实有些腿软。令他吃惊的是，鲁泽娜已经不在马车里了，她真是太不让人省心了。

作为一个有地位的讲究人，他先坐车回家，把住院用得上的一切物品全都带上。在医院安排好床位后，他便让人给鲁泽娜送了张明信片，希望她能来探望自己。送信的人回来说，那位小姐还没回家。这很奇怪，他有点不放心，不过今天实在没有心情再去多管闲事了。第二天早上，他又给她送了一张明信片，可她还是不在家，也没有人看见她在约阿希姆家中。于是他决定发一封电报到斯托平。两天后约阿希姆就来了。

伯特兰觉得没有必要告诉约阿希姆事情的真相。反正，鲁泽娜因不小心而导致他意外受伤的故事听起来相当合理。最后他说："自那以后，我就再也没有打听到她的任何消息。可能没什么大事，但这丫头做事情太冲动，很容易犯傻。""伯特兰这家伙对她做了什么？"约阿希姆心想，随后便突然感到一阵心慌，因为鲁泽娜经常威胁他，说她要跳河自尽，有时候只是开玩笑，但有时候却是认真的。他看到了哈韦尔河畔的灰色柳树，看到了那棵曾经为他们挡雨的树，没错，就在那里，她现在肯定沉在水中。有一瞬间，他甚至为自己这种充满浪漫的幻想而沾沾自喜，但随后就被巨大的恐惧重新淹没。命运天定，在劫难逃！他在启程前仍满怀希望地在教堂里祈祷，愿父亲的病不是对他这个做儿子的惩罚，只是生命中的意外，可上帝这时却告诉他，这种想法就是有罪的。人们不该怀疑上帝的考验，世上没有意外。因为伯特兰也是因为表面的不合而与父亲分道扬镳，现在还想轻描淡写地把左轮手枪闯的祸说成一桩意外，他只不过是想掩盖事实：他是魔鬼的使者，是被上帝和父亲选中的，用来给赎罪者提供赎罪机会的魔鬼；他诱使赎罪者走在前面，将其诱入陷阱，使被诱者不知所措地发现自己和引诱者同样卑鄙，发现自己无论是过去还是现在，总是一再被迫，与那个人一样成为注定会给最亲近的人带来毁灭的扫把星,发现自己从来没有将引诱者的猎物成功救出魔爪。对于已经知晓这一结果的人来说,自杀不是更好的选择吗?要是那颗子弹杀死的人是他约阿希姆而不是赫尔穆特,岂不是更好!但现在已经太晚了,鲁泽娜现在已经沉在哈韦尔河底了,眼神呆滞地盯着灰色河水中的鱼从她身上游过。她溺水的样子又突然与歌剧中那个意大利人的样子融在一起。但当约阿希姆发现水下的那个男人就是他自己时,脑海中的这一切也突然消失了。在他自己的蓝眼睛里,有一道被意大利人认为会带来不幸的邪恶目光。眼睛上面应该有鱼游动才对。伯特兰说:“您怎么看?希望她是直接回家了。她可不缺钱吧?”这个问题有点像医生那种置身事外的询问,让约阿希姆极为不悦,他觉得伯特兰这家伙又在对他乱加猜测:“她身上当然有钱。”伯特兰没有发现他的不悦。“不管怎样,我们还是报警为上。不排除这丫头正在哪里四处乱转。”伯特兰说得没错,警当然是要报的,只不过约阿希姆有些不情愿,因为警察会盘问他与鲁泽娜的关系。他虽然在心里对自己说,这应该没什么关系,但还是担心这种无法解释清楚的事情会给自己带来巨大的麻烦。他与鲁泽娜的关系已经不可原谅地隐藏太久了。也许上帝想借警方之手了解情况,也许这也是考验之一,而且市警总局大楼就在亚历山大广场,他在这个时候就更不想去了。但他还是站了起来:“我坐车去警局。”“不,帕瑟诺,这个我会帮您搞定的;您还是太激动了,而且,警察们马上就会察觉到各种可能的情节。”约阿希姆对伯特兰真的是非常感激:“好是好,但您的胳膊……”“哎呀,没关系,反正我现在就可以出院了。”“那我陪您。”“好吧,如果我撑不住了,您至少还能把我扶到马车里坐下。”伯特兰又变得风趣起来了,这让约阿希姆感到非常踏实。在车里,他请伯特兰最好能让警察在哈韦尔河畔搜索一下。“好吧,帕瑟诺。不过,我认为鲁泽娜早就回到波希米亚了。可惜您不知道她老家村庄的名字,但我们很快就会打听出来的。”约阿希姆自己都感到很惊奇,因为他不知道鲁泽娜家乡的名字,甚至连她姓什么都不知道。她以前经常开玩笑地让他念这些名字,但他总是念不好,而且也记不住这些陌生的词语。这时他才突然想到,自己实际上从来没有了解过它们,也不想记住它们,似乎他有点害怕那些人畜无害的名字。

他陪着伯特兰穿过警局大楼的一条条走廊。他只好在一个办公室的门口等候。伯特兰很快就回来了:“他们已经知道了。”他拿着一张纸给约阿希姆看,上面写着那个捷克村庄的名字。“您提醒他们去哈韦尔河畔了吗?”伯特兰当然提醒过了:“但您,亲爱的帕瑟诺,很遗憾,今晚有一件麻烦事只能您去做了,因为我胳膊不方便,实在没办法。您就穿便装去各个夜场找找看。我不想给警方出这个主意,反正怎么都来得及。否则善良的鲁泽娜最后很有可能就在某个夜场中被捕。”约阿希姆没有想过这种最老套、最让人难受的不虞之事。伯特兰这家伙确实挺会挖苦人,确实很讨厌。他看着伯特兰:这家伙还知道些什么?只有梅菲斯特知道玛格丽特为何而不得不受罪。伯特兰脸色如常,看不出有什么异样。约阿希姆别无他法，只好按伯特兰的吩咐去做，把它当成另一场考验。

他强忍住心中的羞耻，出去丢人现眼地向服务生和酒吧女郎们打听。当耶格尔夜总会中的人告诉他没人见到鲁泽娜时，他心里顿时松了一口气。在楼梯上，他遇到了一个体态丰满的陪酒女郎："在找你的相好吧，小伙子，她溜走了？喂，来嘛，这里多的是。"那女人知道他和鲁泽娜的关系吗？很可能她见过鲁泽娜，但他很讨厌她那种风骚样儿，不想开口问她，于是便从她身边快步走过，走进了下一个夜场。"是的，鲁泽娜来过，"酒吧女郎说道，"昨天或前天，其他的我就不知道了。您问一下洗手间的女清洁工吧，可能她知道得多一些。"他不得不继续他的苦难历程，一次又一次怀着无地自容的心情，向酒吧女郎、洗手间女清洁工打听消息，得知有人见过或没见过鲁泽娜，得知她盥洗过，好像有一次和一位先生一起离去，得知她好像很颓废的样子。"我们都费尽唇舌，苦口婆心地劝她回家。因为就她现在这副样子，会让夜场丢脸的，但她就是坐着，什么也不说。"这些人中有的一开口就叫约阿希姆"中尉先生"，于是他就怀疑鲁泽娜是不是把这些人都当成了知己，把他们俩的爱情故事偷偷说给这些人听了，特别是那些洗手间女清洁工，总是有人指点他去问她们。

果然，他在那里找到了她。盥洗室里点着煤气灯，她就坐在一盏煤气灯下的一个角落里睡着了：一只手戴着他送给她的戒指，软绵绵地搁在湿漉漉的大理石板盥洗台上；靴子的扣子解开了，解开扣子的那部分耷拉在露出连衣裙下摆的脚上，里面露出灰色的亚麻布衬里；帽子向后微微歪斜，连着发夹一起向后扯着头发。约阿希姆很想转身就走，她看起来像个醉鬼。他摸了摸她的手，鲁泽娜费劲地睁开双眼。认出来人是他时，她又闭上了眼睛。“鲁泽娜，我们得走了。”她闭着眼睛摇了摇头。他站在她面前，不知道如何是好。“给她一个热吻。”洗手间女清洁工给他出了个主意。“不！”鲁泽娜吓得尖叫起来，跳起来想要夺门而逃，却因靴子没穿好绊了一下，约阿希姆赶紧把她拽了回来。“小姑娘，这样穿着靴子，头发又没弄好，您可不能出去，”洗手间女清洁工说，“中尉先生又不会伤害您。”“放手，让我出去，听见没有……”鲁泽娜对着约阿希姆的脸吼道，“结束了，你知道的，结束了！”她的口气有股隔夜饭的味道，非常难闻。但约阿希姆还是拦住了她，于是鲁泽娜转身拉开洗手间的门，把自己锁在里面。“结束了！”她在门后号啕大哭，“叫他走！结束了！”约阿希姆坐在盥洗台旁的椅子上。脑子里乱哄哄的什么主意也没有，他只知道，这也是上帝指派的考验之一。他盯着盥洗台上拉开一半的棕色抽屉，里面杂乱无章地堆放着洗手间女清洁工的所有家当：几块手帕、一个开瓶器、一把衣刷。“他走了吗？”他听到鲁泽娜的声音。“鲁泽娜，出来吧。”他可怜巴巴地说。“小姑娘，出来吧。”女清洁工也在劝她，“这是女士洗手间，中尉先生不能待在这里。”“让他离开。”鲁泽娜回答说。“鲁泽娜，求你了，快出来吧。”约阿希姆再次苦苦哀求，但鲁泽娜却躲在锁着的门后，一声不吭。女清洁工拉着他的袖子走到前厅，低声对他说："她听不到中尉先生的声音时，自然会出来的。中尉先生可以在楼下等她的嘛。"约阿希姆接受了她的建议，在邻屋的阴暗处等了整整一个小时。然后，鲁泽娜终于出现了。在她旁边，有一个留着大胡子的肥胖男人蹒跚而行。她谨慎地四下张望着，脸上表情僵硬，似笑非笑，嘴角带着一丝嘲讽，非常怪异，然后那个男人招来了一辆马车，两人便坐车走了。看到这一幕，约阿希姆差点没吐出来。他强忍着恶心，一路拖着脚步，失魂落魄般地走回家，几乎不知道自己是怎么回来的，而让他最痛苦、最烦恼的也许是他无法摆脱"真的很同情这个胖子"的想法，因为鲁泽娜没有洗澡，身上的气味很难闻。左轮手枪还在衣柜上，他检查了一下，少了两发子弹。他双手夹着手枪开始祈祷："上帝啊，就像带走我哥哥那样把我带走吧，你既赐恩于他，也请赐恩于我吧。"随后他又想起自己还得立下遗嘱。他不能让鲁泽娜今后无依无靠，生活没有着落，否则她对他所做的一切都是对的——虽然这有点无法理解。他找来了墨水和纸。当东方泛起鱼肚白时，他正趴在一张几乎空白的纸上呼呼大睡。

他隐瞒了自己和鲁泽娜之间发生的事情，觉得在伯特兰面前很没面子，不想看到那家伙一副"果然不出所料"的样子，所以尽管讨厌撒谎，还是说在她自己家里找到了她。"不要紧。"伯特兰说，"您报警了吗？否则，她可能还有其他麻烦。"约阿希姆当然想不到这一点，于是伯特兰派人到警局提供相关信息。“她这三天都待在哪儿呢？”“她不说。”“不要紧。”这种若无其事和就事论事的态度让约阿希姆恨得牙根直痒痒，几乎忍不住就想开枪自尽，因为那家伙只会说“不要紧”。但他没有自杀，因为他还要为鲁泽娜安排妥当，所以需要伯特兰帮他出主意：“听着，伯特兰，我现在就得接管庄园了；我最先考虑的是鲁泽娜，她毕竟需要工作养活自己，我想给她弄个店铺或者差不多的营生……”伯特兰“噢”了一声。“……但这不太合适。所以我想给她一笔钱。我该怎么做呢？”“您可以给她汇钱。不过，您最好定期逐笔给她生活费，否则，要不了多久，她就会把钱挥霍一空的。”“对对，可这要怎么做呢？”“您知道，这种事情我当然很愿意帮您，不过，最好还是让我的律师来处理。我约他明天或后天见面谈一下。对了，您看起来很颓丧呀，老兄。”“我不要紧的。”约阿希姆说。“得了吧，那您为什么这样浑浑噩噩、萎靡不振的？这事真不用往心里去。”伯特兰随口安慰着。“说话冒失，语带嘲弄，真是可恶！”约阿希姆心里想着，一片疑云又从远方飘来：鲁泽娜近来的行为有些莫名其妙，让人难以放心，这背后说不定就有伯特兰的阴谋，说不定就有某种让人不齿的关联，迫使鲁泽娜做出这种蠢事。让他心头微微暗爽的是，她似乎也背叛了伯特兰和那个胖子。不过，昨晚那股恶心想吐的感觉这时又涌了上来。让他泥足深陷的是何等的罪恶泥淖啊。窗外秋雨顺着玻璃流下。他敢肯定，此刻在煤灰的冲洗下，博尔西希的厂房是黑不溜丢的，铺路石是黑不溜丢的，透过大门可以看到的厂内院子是黑不溜丢的，整个儿就是一片黑得发亮的泥淖之海。红色大烟囱上熏黑了的烟囱口冒着烟，他能闻到被雨水裹挟着飘下来的烟味：带着污浊、腐烂、硫黄的味道。那里就是罪恶泥淖；那里属于那个胖子、鲁泽娜和伯特兰；那里的一切就像有着煤气灯和洗手间的夜场。白昼变成黑夜，正如黑夜变成白昼。他想到了“夜之灵”这个词，虽然不太明白它是什么意思。也会有“光之灵”吗？他听到了“圣洁光精灵”这个词。嗯，这是“夜之灵”的对头。这时，他又看到了伊丽莎白，她气质超凡脱俗，端坐于银色云朵之中，高高地飘浮在所有泥淖之上。或许，在看到伊丽莎白闺房里云朵状的白色花边，想守在她的门前，守护她的睡梦时，他就已经预料到了这一幕。现在她快要和她母亲过来，搬进新家了吧。那里也有洗手间，真奇怪；他觉得，这种事情想一想都是在亵渎上帝。而同样让他觉得亵渎上帝的是，一头金色卷发的伯特兰，像小姑娘一样躺在白色的房间里。黑暗就是这样掩盖了它的真实本质，让人无从得知它的秘密。想着为朋友排忧解难的伯特兰还在继续说道：“帕瑟诺，别老是这么愁眉苦脸的，您应该去度假散散心，出去走走也挺不错的。说不定您会有不一样的想法。”约阿希姆心想：“他是想把我打发走。这家伙已经让鲁泽娜堕落了，现在还想把魔爪伸向伊丽莎白。”“不，”他说，“我现在不能离开……”伯特兰沉默了一会儿，仿佛觉察到了约阿希姆的疑心，这时不得不透露自己对伊丽莎白的不良企图似的，因为他问道：“巴登森家的夫人小姐们已经到柏林了吧？”伯特兰微笑着，神情仍然非常关切，脸上甚至带着光，但约阿希姆却并不领情，一反常态地用生硬的口气冷声回答道："她们可能还要在莱斯托待一段时间。"这时他意识到，自己必须活下去，这也是骑士的责任，不能因为自己的过错而毁了另一个人，使其成为伯特兰的猎物；而伯特兰在约阿希姆告辞时只是一脸轻松地说道："那就这样吧，我会通知我律师的……鲁泽娜的事情解决后，您就给我度假去。您真的需要。"约阿希姆一个字都不想说，他心中已有决断，并且抛开了所有充满忧伤烦恼的念头。一再勾起这些念头的人正是伯特兰。就在约阿希姆·冯·帕瑟诺微微挺直立正，想要甩掉这些念头时，他突然觉得，赫尔穆特好像在握着他的手，仿佛想再次给他指明回归传统、回归严谨之路，使他重新睁开双眼。伯特兰可能因昨天的警察总局之行加重了伤势，今天又发烧了，不过约阿希姆·冯·帕瑟诺没有注意到。

他收到消息，父亲一直卧病在床，病情没有起色。老头一个人都不认识了，每天都在浑浑噩噩度日。约阿希姆心里突然冒出一个虽然极为不孝，但想想就开心的念头：现在大家都可以放心地向斯托平寄信了。他想象着，那个斜挎着邮袋的邮差是如何走进书房的，而老头又是如何糊里糊涂地把一封封信倒出来，即使下面有一张订婚礼帖，老头也看不懂。这是一种如释重负的感觉，也是一种对未来的模糊希望。

"可能还会见到鲁泽娜"的这个想法让他感到十分害怕，尽管有时在下班途中，他觉得自己没在家里碰到她实在太奇怪了。不管怎么说,他现在每天都期待着她的消息,因为他已经和伯特兰的律师解决了给她分期汇去生活费的问题,有理由相信她已经收到汇款通知了。但他没收到她的任何消息,倒是律师给他写了一封信,说汇出去的钱被拒收了。这可不行,他动身去找鲁泽娜。房子、楼梯和公寓,都给他带来一种窒息的感觉,甚至是一种近乎心碎的思念。他担心自己又被拒之门外,甚至有可能被某个清洁女工打发走。虽然非常不愿擅自进入女士的房间,他还是只问了声"鲁泽娜在家吗",敲了敲门便走了进去。房间里乱七八糟,像个垃圾堆。鲁泽娜蓬头垢面、衣冠不整,像个疯女人。她躺在长沙发上,冲他做了个"别过来,烦着呢"的手势,似乎知道他会来这里。她有气无力地说:"你送的东西,我一样没拿。戒指我留下了,纪念品。"约阿希姆无法对她产生一丝同情。在楼梯上时,他还想对她解释,说自己"其实不明白你对我有什么不满",但现在只是感到恼火。他的眼里只看到她变得更加执拗了。但他还是说:"鲁泽娜,我不知道到底发生了什么……"她充满讥讽地大笑起来。她的执拗和使他受到伤害、委屈的鲁莽,让他的心头再次涌起万般的苦涩。不,他不打算说服她,那纯粹是白费力气,所以他只是说:"既然知道你只能勉强度日,那我绝不能袖手旁观,而且我早就打算这样做了,无论我们是否生活在一起,只是现在对我来说更容易一些,因为我……"他故意加上这一句:"现在得接管庄园了,所以手头更加方便了。""你是个好人,"鲁泽娜说,"只是交了个坏朋友。"约阿希姆的内心其实也是这么认为的,可嘴上却不想承认,所以只是问道:“伯特兰为什么是个坏朋友?”“说话不中听。”鲁泽娜回答。和鲁泽娜达成统一阵线共同反对伯特兰,这个想法似乎很诱人,但这会不会是魔鬼的另一个诱惑,伯特兰的另一个阴谋呢?显然,鲁泽娜也是这么想的,因为她说:“你要小心他。”约阿希姆说:“我知道他的缺点。”她从长沙发上坐了起来,于是两人便并肩坐着。“你是个可怜的好人,不知道坏人有多坏。”约阿希姆让她放心,说这些他都知道,自己没那么好骗。就这样,他们聊了好一会儿关于伯特兰的事,但都没有提过这个家伙的名字。两人都不想停下来,所以就一直接着话头聊下去,只是越聊情越悲、话越少,及至无语凝噎,眼泪模糊了鲁泽娜的双眼,顺着脸颊缓缓流下。约阿希姆也是双目含泪。两人都觉得心里空落落的,觉得生无可恋,因为他们意识到,他俩再也不能相互依存、相互慰藉了。两人不敢对视。最后,约阿希姆痛苦地轻声说道:“求你了,鲁泽娜,至少把钱收下吧。”她没有回答,只是握住了他的手。当他想要俯身吻她时,她却低下了头,使他的吻落在她的发夹之间。“你走,现在就走,”她说,“赶紧走。”于是,约阿希姆静悄悄地离开了已经变暗的房间。

他知会了律师,说要重新送交捐与证明,这次鲁泽娜肯定会接受的。然而,他的心里一直还留着鲁泽娜和他分手时的那丝温柔,他感到非常悲伤沮丧,甚至超过了他之前对她不可理喻行为的无奈和愤恨。她现在还是那么莫名其妙,那么让人难以忍受。他对鲁泽娜的思念里充满了迷茫阴郁的渴望,充满了那种在刚到军官学校时对老家和母亲的不情不愿的思念。那个胖子是不是在陪着她？他不由得想起父亲调戏鲁泽娜时开的玩笑，此时此刻也意识到了父亲的诅咒。这个患病、无助的人也派来了自己的代言人。是啊，上帝正在将父亲的诅咒变成现实，而他唯一能做的就是屈服。

有时，他也会犹犹豫豫地去找鲁泽娜，但每次离她家只有几条街时，就会掉头或拐到别的地方去，走到贫民区中或亚历山大广场上熙来攘往的人流中，有一次甚至走到了库斯特林火车站。他又一次深陷网中，无法挣脱，手中失去了所有线索。唯一让他放心的是，至少现在可以正常给鲁泽娜汇生活费了。约阿希姆在伯特兰的律师身上花了很多时间，而且远超过实际所需的时间。不过，他在那里浪费那么多的时间，只是为了给自己一个心理安慰。虽然连律师都有点不耐烦这种没完没了，没意义的拜访，虽然约阿希姆希望落空，没能从律师那里打听到自己想知道的东西，不过律师还是不厌其烦地探讨起这位重要客户间的一些不太相干的、近乎隐私的问题，同时还向约阿希姆展示了律师这个职业应有的关怀——这虽然会让人想起医生的关心，但确实让约阿希姆很享受。这个律师长相清癯，没有胡子，虽然是伯特兰的法务代表，看上去却像个英国人。在耽搁了很长时间，终于收到鲁泽娜的签收单后，律师说："好了，万事俱备。但如果按我的意思办，冯·帕瑟诺先生，我会建议您，让受益人女士自己选择领取相应的全额本金而不是每月的生活费。""话是没错，"约阿希姆插了一句，"但我和冯·

伯特兰先生也就生活费一事谈过，因为……”“我知道您的想法，冯·帕瑟诺先生，而且我也知道，恕我直言，您遇到难事时总是畏手畏脚，但我的建议是为了确保双方的最大利益：对这位女士来说，这是一笔相当可观的钱，与给她每个月生活费相比，这笔钱会让她过上更好的生活；而对您来说，这是一劳永逸的买卖。”约阿希姆感到有点无奈，难道是他想要一劳永逸的吗？律师看到了他脸上的无奈：“如果您不介意我多嘴，掺和您私人问题的话，我的经验告诉我，最好的解决办法就是把过去的关系当作不存在，”——约阿希姆抬起头来——“是的，就是把它当作不存在，冯·帕瑟诺先生。毕竟，传统总是最好的参谋。”“不存在”这个词盘旋在约阿希姆的脑海中，久久不肯消失。只不过奇怪的是，伯特兰想借其法务代表之口改变他的看法，现在甚至还对情感传统表示认可。他为什么这么做？律师接着说：“所以说，您也要从这个角度来考虑问题，冯·帕瑟诺先生；再者，对于您这样有身份的人来说，送一笔全额本金自然不在话下。”以他的身份来讲，没错。那种如同在家一般温暖舒适的感觉浮上了约阿希姆的心头。这一次离开律师事务所时，他的心情非常好，甚至整个人都变得精神焕发、神采飞扬了起来。他还是没有完全洞悉自己的人生方向，因为他仍然有点不知所措，困惑于这一张似乎笼罩着这座城市的隐形之网。一切隐形之物，无法把握的隐形之物，使他对鲁泽娜的迷茫而执着的渴望变得毫无意义，却又给他带来新的焦虑和痛苦，以一种全新的虚幻方式将他和鲁泽娜还有这座城市的一切捆绑在一起,使虚幻的光明之网变成一张恐惧之网围在他周围。这张网充斥着无边的混乱,网中还暗藏威胁,即伊丽莎白也会陷入网中,重新沾染不属于她的都市气息,这个圣洁无瑕的她也会落入魔掌之中,也会羁绊于隐形之物,也会因他之过而受牵连,也会因他之故而深深沦陷,因为他无法摆脱魔鬼的隐形束缚:光明总是面临黑暗的渗透,即使看不见,即使很遥远,即使很零散,即使很模糊,可黑暗就是肮脏的,就像父亲在母亲家里对女佣做的丑事一样。不管怎样,在离开律师事务所时,约阿希姆清楚地感觉到了事情的转机,因为伯特兰似乎借自己的法务代表之口揭穿了自己的谎言。果然是伯特兰,这家伙想要把他拉进这张看不见、摸不着的网中;而现在连这家伙的法务代表自己都不得不承认,只要把整件事当作不存在,那么帕瑟诺的身份,也可以是另一个身份——不在这座城市之中,也不在这里熙来攘往的人群之中。对,这就是伯特兰借其法务代表之口告诉他的。魔鬼终会自我毁灭,即使仍然臣服于上帝的意志;而上帝则借父亲之口,要求毁灭和消除父亲曾经对他的诅咒。魔鬼已经认输,虽然还没有明确放弃伊丽莎白,但还是建议他遵从父亲的意愿。他没有特地请教伯特兰,而是独自决定让律师全权负责本金支付事宜。

同样,在得知男爵一家已经抵达柏林的消息后,他也没有问过伯特兰,就穿上阅兵制服,戴上新手套,择时坐车去拜访他们,希望能够碰到男爵和男爵夫人。一见面,他们就想让他先去看看新房子,可他却想先和男爵私下里谈谈。在和男爵一起走进另一个房间后，他啪的一个立正，就像站在长官面前一样，昂首挺胸、站得笔直，然后请求男爵把伊丽莎白嫁给自己。“非常高兴，非常荣幸，我亲爱的，亲爱的帕瑟诺。”男爵说道，然后把男爵夫人叫了进来。“哦，我一直在等着这一天，做母亲的就盼着能了却一桩桩心事。”男爵夫人说完后轻轻地擦了擦眼泪。“对，您就是我们心目中的如意佳婿，我们也想不出还有谁比您更合适，深信您一定会尽全力让我们的女儿幸福快乐的。”“是的，我保证。”他很有男子气概地回答。男爵握着他的手说：“不过，我们现在得和伊丽莎白谈谈，希望您能理解。”他回答说：“理当如此。”于是他们又半正式半随意地谈了一刻钟，他也没有忘记提到伯特兰受伤一事。随后他便匆匆离去，没有参观新家，也没有见到伊丽莎白。但现在这些已经不重要了，因为往后余生他都可以去做。

约阿希姆自己也发现，对于女方接受求亲的渴望其实并不强烈，心里也不在乎要等多久，只是偶尔才会惊讶于自己竟然无法想象他们未来的生活。虽然他可以想象自己拄着白色象牙柄的手杖，站在庄园庭院正中，站在伊丽莎白身旁，可当他想要看得更仔细一些时，脑海中就会出现伯特兰的身影。他不想告诉伯特兰自己求亲的事，觉得有点难以启齿。毕竟，这事打击的就是伯特兰，为了保护伊丽莎白而要防备的也是伯特兰。严格来说，这有点算出尔反尔了，因为他似乎已经把伊丽莎白托付给伯特兰了。就算伯特兰活该如此，可他依然不忍心再往这家伙的伤口上撒盐。当然，这并不是推迟订婚的理由。但他突然发现，要是不事先通知伯特兰的话，订婚仪式似乎根本无法举行。而且，注意看好伯特兰也是他义不容辞的责任，他不明白自己这些天为什么会把伯特兰忘得一干二净，仿佛自己已经卸下了所有责任。对了，伯特兰可能还在生病呢。他坐车去了医院。伯特兰确实还在那里："我还得动个手术。"对于自己竟能如此忽视伯特兰这个病人，约阿希姆感到异常惊愕，在这个时候，就算他准备说出那件即将发生的大事，也不过就是在为自己的疏忽大意找一个借口而已："亲爱的伯特兰，我可不能总拿自己的私事来打扰您。"伯特兰莞尔而笑，在他的笑容里似乎藏着几分医生或女性才有的关怀："没事的，尽管来，帕瑟诺，这还不算太糟。我挺喜欢听您的那些私事。"于是，约阿希姆便说起自己向伊丽莎白求亲的事。"我不知道她会不会同意。不过，虽然我很期望她会同意，但我更担心她会拒绝，因为这样的话，我会觉得自己又将无可救药地回到最近几个月的那种极度混乱无绪之中了——大多数情况您都清楚。而我却希望能陪着她重新找到一条自由之路。"伯特兰又莞尔而笑："您知道吗，帕瑟诺，这说起来虽然挺美，但我不想您因此而结婚。您不必担心，我相信，我很快就要向您道喜了。""真烦人，又在损我。这家伙真是个损友，他根本就不是什么朋友，喜欢嫉妒，让人扫兴，犯不着找个理由为这家伙开脱。"因此，约阿希姆没搭理这些损话，而是回到自己的思路上，请教伯特兰："要是她拒绝了呢，那我该怎么办？"伯特兰的回答正是他想听的："她不会拒绝。"这话说得斩钉截铁，充满自信，让约阿希姆再次感受到那种经常由伯特兰带来的安全感。在他看来，伊丽莎白宁愿和他这个既不可靠又缺乏自信的人凑合过日子，而放弃伯特兰这个既可靠又自信的佼佼者，简直太没天理了。似乎为了证明自己的看法，他的内心有个声音说："同穿帝国制服的战友。"突然间，他的脑海中浮现出伯特兰当上少校时的模样。"不过，伯特兰的这份自信是从何处而来？这家伙怎么知道伊丽莎白不会拒绝的呢？为何他的笑容里满是嘲讽之色？这个人知道什么？"他心里想着，有些后悔向伯特兰吐露了自己的秘密。

当然，伯特兰本来就有理由在笑容里带上些许嘲讽，或者更确切地说，露出了然于胸的微笑，可这不过就是个表示友好善意的微笑而已。

前一天，伊丽莎白毅然前来探病。她坐车来到医院，然后请伯特兰去接待室。尽管伤痛不便，他还是立刻下楼去找她。这是一次很奇怪的探病，相当不合规矩。但伊丽莎白根本没心思为自己这种离经叛道的行为开脱，她显然有些心烦意乱，开门见山地说："约阿希姆向我求亲了。"

"如果您爱他，那不是问题。"

"我不爱他。"

"那也不是问题，因为您可以拒绝他。"

"也就是说，您不会帮我？"

"伊丽莎白，在这件事上，恐怕没人能帮您。"

“我本以为您可以帮我的。”

“之前我就说过,我不想再见到您。”

“那我们的友情呢?也说没就没了吗?”

“我不知道,伊丽莎白。”

“约阿希姆爱我。”

“很遗憾,爱情需要一定的聪明,近乎智慧的聪明。因此,请允许我对这份爱情持怀疑态度。我已经警告过您一次了。”

“你是个坏朋友。”

“不,有时候,人必须绝对坦率。”

“有没有人因为太笨而得不到爱情?”

“我刚才说过了。”

“大概,我也是太笨了,所以……”

“听我说,伊丽莎白,我们不要考虑这些问题,因为它们不会影响我们的生活。”

“也许我也爱他……曾经有一段时间,我并不反对自己嫁给他。”伊丽莎白坐在这个小接待室里的大沙发椅上,眼睛看着地面。

“您为什么来这里,伊丽莎白?肯定不会是您没了主意,又没人给您出主意才来的。”

“您不想帮我。”

“您来这里,是因为无法忍受有人刻意躲着您。”

“我是认真的……您不要以为我在开玩笑……非常认真,您不可以再对我说那些可恶的话。我以为,您会帮我的……”

“但是,事情的真相我必须告诉您。正因为如此,我才不得不这样说。您来这里,是因为您觉得,我似乎在您的世界之外的某处。您来这里,是因为您认为,除了‘我爱他,我不爱他’这两个没趣的选项之外,在这个‘某处’还有第三个选项。”

“也许是这样,我也不知道。”

“您来这里,是因为您知道,我爱您——我曾经明白无误地告诉过您,您来这里,是因为您想让我知道,我那略显荒谬的爱情观对我有何影响,”他从侧面看着她,“也许是为了证明,把陌生变成熟悉的速度有多快……”

“这不是真的!”

“让我们坦诚点,伊丽莎白,您和我之间的问题其实就是,您愿不愿意嫁给我。或者更确切地说,您爱不爱我。”

“冯·伯特兰先生,您怎么可以这样乘人之危啊!”

“说真的,您不应该这么说,因为您很清楚,事实并非如此。您正处在人生的十字路口,必须做出抉择,不能墨守成规,被传统习俗迷住了眼睛,缚住了手脚。当然,这只取决于一个女人愿不愿意把那个男人当作恋人,而不是取决于她愿不愿意和他一起过日子。如果我有什么要责怪约阿希姆这个家伙的话,那就是他没有坦诚地和您一起解决唯一的要事,而是向令尊令堂提亲,这简直就是在侮辱您。看着吧,下一步他就要向您单膝下跪了。”

“您又想折磨我。我真不该来这里。”

“是的,您真的不该过来,因为我说过不想再见到您。但是,您一定会来,因为您爱……”

她用手捂住了耳朵。

“或者更确切地说,您都不相信自己会爱上我。”

“啊,别折磨我啦,没看到我都快烦死了吗?”她仰起头闭上眼,双手按着太阳穴,躺在沙发椅上。她在莱斯托也经常这样坐着,看到她这种故态复萌的坐姿,他不禁微笑了起来,脸上更是露出近乎温柔的表情。他站到她身后。吊带里的胳膊传来阵阵疼痛,让他的动作看起来很笨拙。但他还是忍痛弯下了腰,把嘴唇贴上了她的嘴唇。她又惊又怒:“您疯啦!”

“不,这只是个离别之吻。”

她脸色苍白,声音也同样苍白:“您怎么可以,您不……”

“谁可以吻您,伊丽莎白?”

“您又不爱我……”

这时,伯特兰在房间里走来走去。胳膊传来阵阵刺痛,他觉得自己有些发烧。她说得对,这真的很疯狂。他突然转过身来,站得非常近,差一点就碰到她:

“我不爱你?”

虽然说者无意,但这话听起来就像是在威胁她。她站着一动不动,双臂下垂,听凭他抬起自己的头。他对着她的脸重复威胁着:“我不爱你?”她觉得他会咬她的嘴唇,但等来的却是轻轻一吻。僵硬的双唇渐渐融化,不可思议地化作嫣然一笑,而那双无力下垂的手也恢复了活力,在感情的奔涌释放下抬了起来,紧紧地抓住他的肩膀，再也不想放开。这时他说："当心，伊丽莎白，我那里有伤。"

她心里一惊，赶紧松手："对不起。"她说完便没了力气，一下子瘫倒在沙发椅上。他坐在扶手上，从帽子中拔出发夹，抚摩着她的金发。"你是多么美丽，我是多么爱你。"她沉默不语，听凭他握住自己的手，感受着他因发烧而发烫的手上传来的热度，感受着他的脸在再次靠近自己时传来的热度。当他用沙哑的声音重复着"我爱你"时，她摇了摇头，却把自己的嘴唇送了上去。然后，她终于忍不住哭了起来。

伯特兰坐在沙发椅的扶手上，轻轻地抚摸着她的头发，说道：

"我思念你。"她柔弱地应道，"这不是真的。"

"我渴望你。"

她没有回答，两眼直愣愣地看着。他松开手不再抚摸她，然后站了起来，又说道："我对你的渴望，难以言表，溢于言表。"

她听了嫣然一笑，说道："那你，要走了吗？"

"是的。"

她抬眼看着他，目光中含着一丝怀疑和好奇。他重复道："不，我们不会再见了。"

她仍然没明白。伯特兰微笑着说道：

"你能想象，我现在就去向令尊提亲吗？你能想象，我现在就矢口否认我说过的一切吗？那将是最卑鄙的花招，最无耻的伎俩。"

她似乎听出了他的意思，但还是不太明白。

“那又是为什么呢？为什么……？”

“我又不能让你做我的恋人，跟我一起走……当然，我可以这样做，你呢，最后也会这么做……也许，是因为浪漫……也许，是因为你现在真的很喜欢我……现在当然……哦，你……”一场热吻，让他们迷失了自我，“但我毕竟不能让你陷入尴尬的境地，即便你可能觉得这样做……坦率地说，比你和约阿希姆这家伙的婚事更值得。”

她惊讶地注视着他。

“您现在还想着我会嫁给他吗？”

“当然，”为了冲淡过于紧张的气氛，他看了一下时间，开玩笑地说，“已经二十分钟了，我们两个一直都在想着。反正，要么在二十分钟之前觉得这个想法一定不可忍受，要么现在觉得这个想法还是可以忍受。”

“您现在就别开玩笑了……”她慌乱地说，“难道，你是认真的？”

“我不知道……也没人知道。”

“你是在逃避，或是你喜欢这样折磨我。您太让人伤心了。”

伯特兰认真地说：“难道要我骗你吗？”

“也许你是在骗你自己……也许是因为你……我不知道为什么……但有些话不是真的……不，你不爱我。”

“我很自私。”

“你不爱我。”

“我爱你。”

她表情严肃地正面打量着他：“那么，我该嫁给约阿希姆吗？”

“不管怎样，我都不能对你说不。”

她松开了他的双手，默默地坐了很长时间。然后她站起身，拿起帽子，夹上发夹：“保重，我快要嫁人了……也许这听起来很讽刺，但你不会对此感到惊讶……也许我们俩都犯下了不可饶恕的过错……保重。”

“保重，伊丽莎白，别忘了这一刻。这是我对约阿希姆的唯一一次报复……我永远不会忘了你。”

她用手摸了摸他的脸颊。“你发烧了。”她说着，快速走出接待室。

这就是先前发生的事，而伯特兰为此付出的代价则是一场高烧。但在他看来，这是正常的、有益的，因为今天不等于昨天。而且，这让他又可以像往常一样，用友善的目光看着此刻坐在他前面、坐在这里、坐在同一座楼——是同-·座楼吗？——里的约阿希姆。不，这太荒诞了。所以他说：“别担心，帕瑟诺，您一只脚已经踏进婚姻的殿堂了。祝您幸福。”“真是一个不讲义气、喜欢挖苦的家伙。”约阿希姆又忍不住这样想着，只不过心里还是很感激、很放心。可能是想起了父亲，可能只是瞥了伯特兰一眼，但结婚的念头很奇怪地和白衣修女们轻盈地在安静的病房走动的景象混在一起。伊丽莎白看起来温柔体贴，像修女一样，在银色云朵中散发着洁白的光芒。然后他想起了一幅圣母像，一幅他认为自己在德累斯顿见过的圣母升天像。他从钩子上取下帽子。他觉得自己是被伯特兰逼着接受这个婚姻的，现在突然有了一个奇怪的想法："伯特兰想用这种手段拖我下水，让我重新过上平民生活。他想夺走我的军装和军职，代替我升任少校。"在和伯特兰握手告别时，他没有注意到伯特兰的手烫得多么厉害。不过，他还是很感谢伯特兰对自己的祝福，然后在一身方正笔挺、棱角分明的长军服衬托下，挺直了腰板，迈着军人的步伐离开了。伯特兰仍能听到靴刺在楼梯上发出的轻微叮当声，心中不禁估算着约阿希姆这时正从楼下的接待室门口经过。

男爵来信了，信中写道：

提亲一事，小女虽已应允，奈何脸薄，既羞愧又胆怯，因此暂时没有订婚的意思。您若有时间，不妨明晚移步寒舍，共进晚餐。

虽然不是正式订婚，伊丽莎白和未来的岳父岳母都没有亲切地用"你"来称呼约阿希姆，席间气氛也相当拘谨，但大厅中却洋溢着浓浓的节日气氛，尤其是当男爵敲了敲酒杯，用很多感人肺腑的话婉转地表达了自己的想法：一个家庭就是一个完整的整体，轻易不会接纳新的成员；但如果这是上帝的安排，他们将遵从天意，附上衷心祝福，并让新成员充分感受这份让家人团结一心的爱。男爵夫人眼中含着泪水，在男爵谈到爱的时候，她感动地牵着丈夫的手。约阿希姆感到心里暖暖的，觉得自己在这里生活会非常幸福。“在家的港湾。”他在心里对自己说，然后又想起了耶稣一家。伯特兰很可能会嘴角泛起一丝冷笑，对男爵的话大加嘲讽，但这种嘲讽是多么蹩脚和无聊。细细琢磨的话，伯特兰以前在席间说的那些令人费解的俏皮话——这都是多久以前的事了——肯定经不起推敲，怎么比得上男爵言语中的真情流露。然后他们都举杯相碰，在清脆的碰杯声中，男爵大声说道：“为了美好未来，干杯！”

晚宴后，男爵夫妇起身离去，留下两个年轻人独处一室，互诉衷肠。他们坐在新装修的乐室里，家具上罩着黑色丝绸，上面还缝着男爵夫人和伊丽莎白做的蕾丝护套。当约阿希姆还在搜肠刮肚，想找些应景的话时，他的耳旁传来伊丽莎白的声音，她似乎很开心地说：“看来您想娶我啊，约阿希姆。您仔细考虑过吗？”他想，这真的太不淑女了，可能伯特兰才会这样说。那他该怎么办？他现在应该单膝跪下，向她求婚吗？他的运气真好，因为他坐着的小板凳非常矮，当他转身面对伊丽莎白时，膝盖几乎就要碰到地上了，如果将就些的话，这勉强可以算作含蓄的单膝下跪了。他仍然保持着这种不太自然的姿势，说：“我能有幸得到您的垂青吗？”伊丽莎白没有回答。他向她看去，她的头往后仰着，眼睛半闭。他此刻凝视着她的俏脸，见有人可以将一段如画美景移到屋内时，心中顿时感到一阵难受；啊，这正是让他心有余悸的回忆，这正是秋树下的正午,这正是那幅融合消逝的画像,为此他甚至希望男爵能再晚一些同意这桩婚事。因为,比女人的容貌更麻烦的是如画美景,是在容貌中蔓生的山水林田,是占有并吸取已无人脸特征的容貌,甚至连赫尔穆特都不能阻止它们消逝和融合的自然风光。她说:“您和您的朋友伯特兰谈过我们的结婚安排了吗?”这个他用不着撒谎,老老实实地说:“没有”。“但他知道这件事,对吧?”“对!”约阿希姆回答说,“我跟他提过。”“那他说了什么?”“他只是祝我幸福。”“约阿希姆,您很依赖他,是吧?”约阿希姆觉得她说的话、她的声音听起来都很舒服。这让他意识到,自己对面坐着的是一个人,而不是什么如画美景。但他心里还是有一种不安的感觉。她对伯特兰有什么想法?她究竟想要说什么?虽然两人都为终于找到了话题,不至于无话可说而松了一口气,但在这本该互诉衷肠的时候提起伯特兰,的确有些煞风景。对于这个问题,他不能避而不谈,同时也觉得自己不应该对未婚妻有丝毫隐瞒,于是有些迟疑地说:“我不知道。我总觉得他在我们的友谊中是主动的一方,但实际上,我才是那个常常主动去找他的人。我不知道这是否可以称为‘依赖他’。”“您对他不放心?”“是的,这话没错……他总是让我不放心。”伊丽莎白说:“他是个不安分的人,因此也可能是个让人放心不下的人。”“对,他就是这样的人。”约阿希姆回答道,然后感到伊丽莎白在看自己。他不禁又惊奇地看到,她琼鼻两旁的两颗穹形星星,清澈透明,还能发出目光这样的光芒。目光是什么?他摸了摸自己的眼睛,眼前立刻出现了鲁泽娜,还有鲁泽娜的眼睛,他在心醉神迷中透过她的眼皮轻轻抚摸过。他根本无法想象，自己有一天也会抚摸伊丽莎白的眼睛。这也许是对的，正如在学校里学到的那样，确实有会让人烫伤的寒冷；他想起了宇宙中的寒冷，星星的寒冷。伊丽莎白就飘浮在银色云朵上，她的面容已四散开，正不断流逝，不可触摸。他觉得，晚宴结束时，她父母亲吻她是一种不可原谅的行为。可伯特兰又是从哪里蹦出来的？她简直都变成那家伙的傀儡和祭品了。如果伯特兰是上帝派给伊丽莎白和他两人的诱惑者，那么把伊丽莎白从这种尘世的诱惑中解救出来，就是他应承受的一部分考验！上帝端坐在绝对寒冷之中，发出冷酷无情的命令，它们就像博尔西希机械制造厂的机器齿轮一样咬合在一起。对于这一切，约阿希姆别无选择，只好勉强接受现实：只看到唯一一条救赎之路，尽己本分的正路，尽管他自己也可能在这条路上烧成灰烬。"他很快就要启程去印度了。"他说。"哦，印度。"她应了一声。"我犹豫了很久，"他说，"因为我只能让您过上平淡的乡村生活。""我们和他不一样。"她说。听到她说"我们"这个词，约阿希姆顿时感到一阵激动。"也许他被迫浪迹天涯，"他说，"也许他很想叶落归根。"伊丽莎白说："每个人都有自己的选择。""但我们不是选了好的选项了吗？"约阿希姆问。"我不知道。"伊丽莎白说。"不，当然知道。"约阿希姆不满地说，"因为他把心血花在事业上，他必须冷酷无情。想想尊亲，想想令尊大人之言。但他将其称为传统，他缺少真挚的情感，真正的基督教信仰。"他突然沉默了下来：呵，他说的也不是真的，因为他对上帝和伊丽莎白的期望,并不等同于人们教给他的对基督教家庭的理解。然而,正因为他对伊丽莎白有着更高的期望,所以他希望把自己的话送到天堂附近——在那里伊丽莎白将向他显现真形:最温润柔和,最飘浮不定,散发着银色光芒的圣母。也许,她只有死了才能这样和他说话,因为她躺坐在那里的时候,看上去就像睡在水晶棺材里的白雪公主,那么优雅华贵、迷人可爱,散发着无穷活力。她的脸几乎迥异于他生平所知的那张脸,那张尚未如此惊人而又不可逆转地交织在如画美景中的脸。但愿伊丽莎白已经死去,但愿她天使般的声音给他带来天国的消息。这一愿望变得越来越强烈,而这一愿望所产生的极度紧张,或者本身就是让他心中萌发出这种愿望的极度紧张,也可能使伊丽莎白遭到了可怕的寒流冲击,因为她说:"跟我们不一样,他不需要相互依偎,不需要用温暖抵御严寒。"她的这些话充满了尘世气息,让他感到十分失望。尽管话中流露出她需要保护的意思感动了他,他的眼前浮现出圣母玛利亚在升天前游历人间的画像,但他知道,自己的力量还不足以保护伊丽莎白。在这样的双重失望中,他怀着双倍的真诚,希望他们两人能够在温柔和安详之中死去。因为在面对死亡,直面永恒气息之时,人的面具会从脸上掉下,所以约阿希姆说:"对您来说,他似乎一直都是个陌生人。"他们俩都觉得这是一个铁一般的重要事实,尽管他们几乎都忘了,他们说的人就是伯特兰。就像黄色锯齿形翅膀上有黑色条纹的黄蝴蝶一样,黑色丝绸灵柩台上方的枝形吊灯灯环中点着一圈煤气灯。约阿希姆仍然一动不动地坐在灵柩台上，上身僵直，膝盖前屈。黑色丝绸上的白色蕾丝罩就像骷髅头的画像。伊丽莎白的话也变得冰冷、僵硬："他比别人更孤独。"约阿希姆回答说："他心有魔鬼，身不由己。"但伊丽莎白微不可察地摇了摇头。"他希望人生圆满……"然后像是在冻僵了的记忆中努力搜索着，她又补充道，"在孤独中实现圆满，在陌生中寻找熟悉。"约阿希姆沉默着，他很不情愿地接受了这个冰冷而又费解地悬在两人之间的看法："他是外人……他把我们都踢开了，因为上帝想让我们孤独寂寞。""是的，的确如此。"伊丽莎白说，也不知道她指的是上帝还是伯特兰。但这如今已无所谓了，因为强加在她和约阿希姆身上的孤独已经袭来，尽管这里的布置舒适华贵，但整个乐室还是仿佛凝滞了一般，变得越来越可怕，死一样的寂静。他们俩坐着纹丝不动，觉得四周好像变得越来越宽敞，而随着墙壁不断向后退去，空气也似乎变得越来越冷，越来越稀薄，稀薄得几乎无法传递任何声音。一切都似凝固了一般静止不动，但家具和那架黑色漆面上映出一圈煤气灯光环的钢琴，却已似不在它们的原先位置上了，而是在外面很远的地方，甚至连角落里黑色屏风上的金龙和蝴蝶都飞走了，仿佛被蒙着黑布不断后退的墙壁吸走了。煤气灯发出嗡嗡嗡的啸声，微弱但刺耳，除了从歪裂开的细缝中充满嘲讽地喷出一丁点机械活力外，没有任何生机。约阿希姆想，她很快就要死了。"他将孤独地死去。"他听到虚空中传来她的声音，仿佛是在确认他的想法。这听起来像是死刑判决，像是预言，一个他可以证实的预言："他病了，可能命在旦夕，也许就在此刻。”“对，”伊丽莎白说道，声音仿佛来自天边，而这个字就像一滴落地成冰的雨珠，“对，就在此刻。”在这凝滞而又无定的一刻，死神就站在他们身边，而约阿希姆不知道死神之手触摸的是他们俩，还是伯特兰或父亲，不知道母亲是否坐在这里，看着他死去，准时、认真而冷静，就像她看着下人在牛棚里挤奶，看着父亲死去一样。这时，他心中也很不可思议地渐渐升起一丝觉悟，明白了为什么父亲会感到冷，会渴望牛棚里隐藏在黑暗中的温暖。与伊丽莎白一起就此死去，让她领着进入水晶般的光明之中，高高地飘浮在黑暗上方，不是更好吗?！他说：“他的四周将充满黑暗，无人前来帮他。”伊丽莎白却冷酷地说：“谁也不准来。”然后没等换一口气，一口已经不再是呼吸的气，她用同样的消沉、单调、冷酷的口气，继续对着虚空说：“我会成为您的妻子，约阿希姆。”说完后，她自己也不确定自己是否这样说过，因为约阿希姆坐在那里一动不动，上身还是半侧着，没有任何反应。什么都没有发生。尽管这只持续了片刻，有人的目光变得黯淡和呆滞，但紧张和激动中仍然弥漫着空洞和不定，于是伊丽莎白不得不又说了一遍：“是的，我会成为您的妻子。”约阿希姆却不想听到这些，因为她的声音是在迫使他走回那条无法回头之路。他使劲把身子转过去面对她，但任凭他怎么努力，还是转不过去，只有那只半弯的膝盖这时真的碰到了地面，他额头冒着冷汗，向前微倾，嘴唇又干又凉，就像羊皮纸一样；他的双唇轻触玉手，她的手是如此冰凉，冰得他碰都不敢碰一下她的指尖，即使当乐室又重新慢慢缩小，家具又重新回到原位时，他还是不敢碰。

他们就这样一直留在乐室里，直到隔壁房间传来男爵的声音。“我们得过去了。”伊丽莎白说。然后他们便走进灯火通明的客厅，伊丽莎白说道：“我们订婚了。”“我的孩子。”男爵夫人忍不住叫了起来，一把搂住伊丽莎白，泪水夺眶而出。男爵的眼里也同样泪花闪闪，他大声说道：“我们现在应该开心才是，还要感谢上帝赐予我们这个快乐的日子。”约阿希姆很喜欢男爵的这番肺腑之言，觉得自己受到了男爵的保护。

在回家的路上，在车轮的咔嗒声中，倦意渐渐上涌，在无精打采的半梦半醒之间，他更清楚地意识到，父亲和伯特兰都在今天去世了，但让他万万没有想到的是，他的房间里竟然没有噩耗等着他，因为这属于他重拾的严谨生活。无论如何，就算朋友已经去世，他也不该对其隐瞒自己订婚一事。这个念头一直盘旋在他的心中挥之不去，到第二天早上甚至变成了一种确定，即使并不能确定死亡，至少能确定不在人世：父亲和伯特兰已经与世长辞。尽管对他们的死负有部分责任，但他仍然神态悠闲，对一切事物漠不关心，甚至不用再考虑自己从那家伙手里抢来的是伊丽莎白还是鲁泽娜。他的使命是跟着那家伙，盯着那家伙，而用来跟踪那家伙的必经之路现在已到尽头，这一秘密已经不复存在了。唯一要做的，只是向死去的朋友道别。“这既是好消息，也是坏消息。”他自言自语道。他有的是时间。他让马车停下来，下车给他的未婚妻和男爵夫人订了一束鲜花，然后才迤迤然前往医院。当他走进医院时，却没有人告诉他任何不幸的消息，还是跟往常一样，有人指引他去伯特兰的病房，仿佛什么事都没有发生；在走廊里碰到护士后，他才知道，虽然那晚的情况很糟糕，但伯特兰现在感觉好多了。约阿希姆机械地重复着："他感觉好多了……是的，这太好了，真是可喜可贺。"似乎伯特兰又一次糊弄和欺骗了他，尤其是听到那家伙打趣似的向他问好说，"我估计，今天就可以向某人道喜了"时，他就更坚定了自己的看法。"他怎么知道的？"约阿希姆心里想，在冒出一丝恼意的同时也稍稍感到自豪，因为他现在身份不同了，作为伊丽莎白的未婚夫，似乎有权这样怀疑。"没错，"他说，"我很高兴能亲口告诉您，我订婚了。"伯特兰却显得很感动。"您知道的，我喜欢您，帕瑟诺，"说了句让约阿希姆心头一阵腻烦的话后，这家伙又说，"因此，我衷心祝愿您和您的未婚妻幸福美满。""这话听起来有一股发自内心的真诚，却又像是嘲讽，"约阿希姆心想，"虽然只是更高意志的一颗棋子，但这个家伙，总能洞烛先机，这个家伙，也正是这件事的始作俑者，现在的情况更是正中他下怀。他现在要撤退了，因为他看到自己的工作已经圆满完成，所以还送上了直白而衷心的祝愿。"约阿希姆似乎有些无精打采。他坐在病房中间的桌子旁，看着长着一头金发，宛如少女一样躺在病床上的伯特兰，严肃地说："我希望一切都会好起来。""您一百个放心，亲爱的帕瑟诺，万事皆会顺心如意……至少合您的心意。"伯特兰随口敷衍着，语气中还带着那份悠然和自信，让他听得忧喜不定、心神恍惚。“对对对，顺心如意……”他附和着，然后有些不明白地问，“但为什么只我一个人顺心如意？”伯特兰微微一笑，有点不屑地摆了摆手，并不回答这个问题：“嗯，我们……我们是迷失的一代……”但他没有进一步解释，而是突然问道：“什么时候举行婚礼？”这一问，倒让约阿希姆忘了继续问下去，立刻回答说：“嗯，看情况吧，顺其自然。最主要的是看家父的病情。”打量着挺直了腰杆，一本正经地坐在桌子旁，扭身对着自己的约阿希姆，伯特兰说：“想要结婚，您不需要立即回到庄园。”约阿希姆感到很吃惊：“也许一切都是徒劳！伯特兰之前总是说我必须接管庄园，又将鲁泽娜推入绝望的深渊，现在却说我不需要回庄园，好像要夺走我继承庄园的乐趣，甚至要抢走我的家一样！伯特兰用了什么卑鄙手段引诱我做了这一切，现在又推卸责任，甚至对成功将我拖下水变成平民这个战果都不屑一顾，还要赶我离开这里！是伯特兰心中的魔鬼在作祟！”他又惊又怒地看着伯特兰。但伯特兰只注意到他眼中的疑惑。“那个，”伯特兰说，“您不久前提过，您快要晋升为骑兵上尉了，既然这样，您就该等到晋升后再退役。退役骑兵上尉比退役中尉好听多了……”他现在感到抬不起头了，这个少尉，约阿希姆心里想着，微微地直了直腰，似乎坐得更端正了。“这几个月来，令尊大人的病情已经明朗了。”约阿希姆本想说，他觉得已婚军官有点奇怪，他渴望回到故乡。但这些话他又不能说出口，所以他只是说，他未来的岳父岳母非常希望伊丽莎白住在西城区的新宅子里，伯特兰想出来的法子倒是挺合他们心意的。“好了，亲爱的帕瑟诺，一切顺利，”伯特兰说道，紧接着又是一句相当不合时宜、相当令人讨厌、相当自以为是的话，“而且，如果告诉您的长官，您在接到委任状后就以上尉军衔退役，您的晋升速度肯定可以加快。”伯特兰说的是没错，但让他恼火的是，伯特兰竟然还对他的晋升和退役一事指手画脚。约阿希姆若有所思地从桌上拿起伯特兰的拐杖，仔细看着弯柄，然后用手指抚过下端黑色橡胶套上弹性十足的凸起；康复期病人用的拐杖。“这家伙为何如此急着催我结婚？”他不禁又心生怀疑，“这里不会又有什么鬼名堂吧？”昨天晚上，他和伊丽莎白一起向她的父母表示，他们不想匆忙结婚，并逐一举出了各种不便；而现在，伯特兰这家伙又想把所有不便化为乌有。“话是没错，但婚礼不能仓促举行。”约阿希姆固执地说。“好吧，”伯特兰说，“那对我来说太遗憾了，我只能从遥远的地方给您发贺电了，可能从印度，也可能从其他地方。因为快要完全康复之时，便是我起程离开之日……这事总归对我有所影响的。”哪件事？中弹擦伤之事？伯特兰真的看起来很虚弱，康复期病人总是拄着拐杖，但之前到底发生了什么事？伯特兰对今晚之事知道多少？在真相大白之前，他真的不该让伯特兰起程离开。他想，光明正大地面对对手的赫尔穆特是不是并不比自己更值得尊敬。这里也是“不成功，便成仁”吗？他既想两者兼得，又想两者全抛。父亲说得没错。他和伯特兰这家伙一样不知廉耻。伯特兰是一个几乎不再算是朋友的朋友。不过，这也算是差强人意吧，因为父亲也肯定会觉得，他们用不着邀请伯特兰参加婚礼。尽管如此，他还是安安静静地听伯特兰说:“还有一件事,帕瑟诺,我觉得您家的庄园,如果令堂大人不操心管理的话,如果它不能自行运转的话,真的是处于无主状态。令尊大人身体有恙,保不准一时糊涂造成重大损失。请您原谅,但我觉得有必要提醒您,如有可能,还是向法院申请禁止财产宣告为妙。您应该聘一个能干的管家。反正管家是拿钱办事的。我觉得,您应该和令岳商量一下,毕竟他也是个农场主。”没错,伯特兰说话时就像个见不得光的密探,但提出的建议确实很为他着想,也很有道理,在这一点上,他必须感谢伯特兰,甚至忍不住说出了自己的希望:“在您康复之前,我仍会经常来探望您。”“好的,”伯特兰说,“代我向您的未婚妻献上我谦卑的敬意。”说完便筋疲力尽地躺回到枕头上。

两天后,约阿希姆收到了一封信,伯特兰在信中说自己身体已经大为好转,即将转至汉堡的一家医院,这样离公司近一点,不过在起程前往东方之前,他们两人肯定还会聚聚。感受着伯特兰信中这种认为他们理所当然会再次碰头的自以为是,约阿希姆决定,一定要避免和他碰头。但这意味着他需要忍受诸多不便:从今往后,他将失去这位朋友带来的那份自信和悠然,还有生活上的指导和建议。

莱比锡广场后面有一家店铺,从外面看起来和左右相邻的店铺几乎没什么区别,除非有人发现,这家店铺的窗口不但没有陈列任何商品,反而装上了磨砂玻璃,上面蚀刻着精美的庞贝古城和文艺复兴时期的图案，让人看不到里面的东西。但这种门面装饰，许多银行营业点和经纪人办公室也都在用，至于那些贴在玻璃上，很讨厌地打断了装饰花纹的海报，其实并不起眼。这些海报上都有“印度”一词，看门上的公司招牌就知道，这家店里有“恺撒环景”可看。

一进门，首先看到的是一个明亮、暖和的房间，里面有一位慈眉善目的老太太在一张小桌子后面充当收银员，出售观看恺撒环景的入场券。但大多数顾客来到收银台边，只是为了让老太太在票簿上盖个戳，再稍微寒暄几句。一位年长的服务员悄无声息地从隔断里屋的黑色门帘后面出现，微微做了一个表示抱歉的手势，恳请顾客们稍等片刻，于是即将轮到的那位顾客轻轻叹了口气，在藤椅上坐下，然后继续闲谈聊天，同时有些不放心地分心观察着那些对着街道的玻璃门。每新来一个顾客，他就会又嫉妒又不好意思地对着那人敌视一番。随后，门帘后面传来轻轻挪动椅子的声音，接着便走出一人，他因光线忽然变亮而微微眯起眼睛，向老太太简单问好后就腼腆地匆匆离去，没顾得上看一眼这些等待观看的顾客，似乎他也感到很不好意思。为了不让别人抢在自己前面，轮到的那个顾客迅速站了起来，赶紧结束谈话，然后消失在隔挡视线的门帘后面。尽管许多顾客多年来相互见过多次，看着都挺眼熟，但他们之间很少交谈，只有一两个厚脸皮的老人主动跟收银台边的老太太，还有其他等待着的顾客闲谈，对里面的风景画赞不绝口，但他们得到的回答也大多只有几个字。

里面很黑、很暗，甚至可以说，这是一种老旧而浓郁的黑，一种在这里积聚了多年的暗。服务员轻轻地拉着你的手，把你带到一个没有扶手和靠背的圆形座位上。眼前是一堵黑色的墙，墙上有两只明亮的眼睛正森然地看着你，眼睛下面是一张四方形的嘴，嘴里发出一片微光，在微光的渲染下，四方形也变得柔和了一些，看起来没那么生硬了。渐渐地，你发现自己的眼前出现了一个类似寺庙的多边形建筑，而你被带到这里后坐在椅子上看到的这堵墙，就是这个建筑的一部分。你也看到自己的左右两侧各坐着一个专心观看的人，他们都把眼睛贴在墙壁的洞眼上，而你看了一眼这个发亮的矩形玻璃，记住上面映着“加尔各答政府大楼”后，也依葫芦画瓢，把眼睛贴了上去。可当你往对着你张开的洞眼里看去时，政府大楼就在一个小铃铛的铃声和机械装置的咯咯声中消失了；就在大楼正要消失但还没有完全消失的时候，另一幅风景画已经接着滑来，让你几乎有一种上当的感觉；接着铃声又响一下，风景画微不可见地晃了一下，好像要移到最佳位置让你观看，然后便停了下来。你看到一排棕榈树和一条平整的小径，在画面背景中的树荫下，长椅上坐着一个身着浅色西服的男子；喷泉向空中猛烈地喷出一股像鞭子一样的水流，而你直到看见磨砂玻璃上映着“加尔各答皇家花园掠影”时才觉得心满意足。接着又是一声铃响，棕榈树、长椅、大楼、桅杆依次滑过，又是一阵晃动，一声铃响，然后便艳阳高照：“孟买港掠影”。刚刚坐在皇家花园长椅上的那位男子，现在正头戴软木遮阳帽，站在画面前景中的防波堤方石上。他拄着手杖，一动不动，因为他被船上的大烟囱、起重机还有紧绷的帆具迷住了，被码头上堆成山的棉花迷住了，入迷地看着。他的脸在阴影中，无法辨认。也许他会走出来进入这个完全是棕褐色的奇妙空间——在你和这幅画之间，隔着一个抽象的小盒子，却也隔着一段旅程；也许他会在木地板上自由而神奇地移动，你会发现他就是伯特兰，他随意而又让人心烦地提醒你，就算他在远方流浪，你的生活仍有他的影子。但这很可能是你的幻觉，因为上帝已经为他送去了铃声，于是他连招呼都不打一声，僵硬地站着一动不动，没走一步就滑走了。你偷眼从你左手边的人那里观察，看看伯特兰现在是不是去了他那里，但他的磨砂玻璃上映着"加尔各答政府大楼"，于是你几乎希望伯特兰只出现在你这里，只向你一个人问候。可你并没有时间想那么多，因为当你赶紧重新透过自己的两个玻璃片向里面看去时，等待着你的是一个令人欣喜的意外场景："锡兰土著母亲"不仅被柔和的金色阳光照亮了，而且还显露出她的自然肤色。她微笑着，红唇中露出明亮贝齿，可能是在等待那个因看不上欧洲女人，而从欧洲来到这里的白人先生。"德里寺庙"也在棕色小盒子的底部散发出东方风情的色彩。那里的非基督徒大概都知道，连低等种族都懂得要服侍神佛。但他自己不是说过，摩尔人要承担起重建基督国度的重任的吗？你惊恐地看着熙来攘往的棕色人群，并不介意听到示意将他们送走并换上"启程猎象"的信号。这里站着巨大的四足动物，其中一只轻轻抬起前腿。那里满眼都是白色细沙，如果感觉耀眼而把目光移开片刻,你就会看到磨砂玻璃上方的一个小按钮,你可以随意拉着玩耍。让你感到开心的是,画面立即变成了溶溶月色,这样你就可以随自己心意让猎人们在白天或夜晚动身出发。这时,耀眼的阳光不再刺痛双眼,你抓住机会观看骑象猎人的脸,如果你的眼睛没有欺骗你的话,那人就是伯特兰,他在皮肤黝黑的骑象人身后,坐在篮子里,右手拿着的步枪随时准备射击,透出死亡的气息。你改变光线,他又变成一个完全陌生的人,含笑看着你。骑象人把长矛放到大象的耳朵后面,提醒它按照指示动身出发。他们从那里离开进入丛林,但你什么也听不到,听不到兽群的踩踏之声,听不到公象的吼叫声,只听到铃声轻响和机械装置发出的几下咯咯声,一张张风景画奇怪而又突然地向前移动、消失。当你觉得那个旅客正是你一心要寻找的人,正是你念兹在兹的人,正是你还握着他的手却消失了的人时,铃声便又响起,你还没来得及做好准备,就发现你之前小心偷看过的、右手边顾客的磨砂玻璃上映着"加尔各答皇宫",于是你就知道,自己剩下的时间也不多了。然后你还是瞥了一眼,确定后面出现的画面中真的是皇家花园的棕榈树。当它们不带半分感情地出现时,你往后挪了一下椅子,服务员赶忙过来,你微微眨了眨眼,竖起了衣领,像一个大开眼界的可怜虫,沉浸在一种从未了解的快乐中,简单地打了声招呼便离开了房间。这里又有其他人在等着,老太太在卖着套票。

约阿希姆和伊丽莎白是在她闺中密友的陪同下,到城里为新家和嫁妆采办东西的时候来到这家店里的。尽管他们知道伯特兰还在汉堡，尽管他们再也没有提到过他，但对他们而言，“印度”这个词听起来就有一种神秘的味道。

他们很低调地在莱斯托举行了婚礼。父亲的病情完全稳定下来了。他终日迷迷糊糊的，对周围的一切人与事物都感到一片茫然。家里不得不做好各种准备，因为这种情况还要持续很久。男爵夫人虽然嘴上说，一个仅限亲近之人参加的婚礼虽然不热闹，但要比大操大办的婚庆活动更符合他们夫妇的性格，不过约阿希姆早已知道，岳父岳母对家庭节日相当看重，所以他觉得，这一切都怪父亲，是父亲让这场婚礼变得如此黯然失色。他自己也许更喜欢广邀各界名流，举办一场盛大而隆重的婚礼，突出这段无爱婚姻的社会特性；但在另一方面，他觉得，如果伊丽莎白和他想要摆脱所有世俗牵绊，走向圣坛[1]，那么这反而更符合这种结合的严肃态度和基督教信仰。因此，尽管莱斯托此时有许多不易克服的外来困难，尤其是他现在没有了伯特兰出谋划策，但他们还是决定不在柏林举办婚礼。约阿希姆拒绝在新婚之夜带新娘回老家。因为老家有人生病，所以他很不情愿在老家度过这个夜晚，但让他觉得更不可接受的是伊丽莎白得当着老家贴身下人的面就寝。因此，他建议伊丽莎白就在莱斯托过夜，然后他次日过来接她。令人奇怪的是，这个建议遭到了男爵夫人的反对，她认为这样做不合礼制：

① 指在教堂结婚。

"就算我们睁一只眼闭一只眼,不计较这些,但家中那些粗鄙的下人会怎么看?"最后他们一致决定,早点举行结婚仪式,确保新婚夫妇还能赶上中午那班列车。"这样你们很快就能抵达柏林,住到你们自己的新房子里了,又舒适,又舒心。"男爵夫人说。但这些事情他也不想知道。不,这和他们的计划截然不同,因为他们一早就会再次离开柏林,甚至可能连夜坐车前往慕尼黑。是啊,要解决夫妻之间的问题,夜间旅行可算是最简单的办法了。因为夜间旅行时,就算他不得不和伊丽莎白同房睡觉,他也用不着担心有人会偷笑。不过,这时他却犹豫起来,不知道他们到底能不能马上继续坐车去慕尼黑。在一天的舟车劳顿之后,他还能让伊丽莎白坐夜车吗?还有,他们如何怀着对未来之事的期待在慕尼黑度过这一天呢?很显然,这种事情他也不好拿去和伯特兰商量,只能自己解决。当然,要是伯特兰在这儿的话,有些事情会简单得多。他想,伯特兰在这种情况下会怎么做,然后得出结论:在柏林"皇家酒店"预订个房间也没有什么坏处,如果伊丽莎白愿意,他们仍然可以坐夜车。竟然一个人就能想出这个妙招,他内心其实颇为得意。他们坐着马车前往教堂。

严冬已至,车厢关得严严实实,路上的雪很厚,马车只能缓慢前行。约阿希姆和母亲同坐一车,她舒舒服服地坐在车厢中,不停地说着让约阿希姆大感心烦的话:"父亲肯定会由衷感到高兴的,真是太遗憾了。""哪壶不开提哪壶!"约阿希姆心头涌起怒火——没有一个人让他有时间静下心来,专心迎接这个喜庆时刻的到来;

他必须静下心来，必须静下心来。对他来说，这段婚姻比组建基督教家庭的婚姻更重要，对他来说，这段婚姻意味着摆脱罪恶泥淖和沼泽，是皈依上帝的信仰承诺。伊丽莎白身穿婚纱，看起来比以往任何时候都像圣母，看起来就像白雪公主一样。他不禁想起了新娘倒在圣坛前死去的那个童话，因为她突然发现，新郎已被魔鬼附身。这个念头一直萦绕在他的脑海中，牵制了他的全部心神，因此无论是唱诗班的颂歌，还是牧师的证言，他都没听到，甚至因为害怕而故意充耳不闻，因为他害怕自己忍不住打断他们，忍不住告诉他们，站在圣坛前的自己是一个道德败坏者，是一个遭人遗弃者，是一个亵渎圣地者。当他不得不说出“我愿意”时，他感到万分惊恐，尤其是这个向他宣告新生活即将开始的婚礼仪式，竟然也在不知不觉中如此快速地结束了。唯一让他略感欣慰的是，伊丽莎白现在只是他名义上的妻子，而不是真正的妻子；但糟糕的是，这种情况不会一直持续下去。坐车从教堂回来的时候，他拉着她的手，称她为“我的妻子”，伊丽莎白则反手握住他的手。但随后的一切便淹没在喧闹的祝福声中，淹没在更换衣服、启程出发的手忙脚乱中，到了车站后他们才知道发生了什么。

当伊丽莎白爬进车厢时，他转过身去，以免自己再次沦为肮脏念头的牺牲品。现在，就他们两个人单独相处了。伊丽莎白满脸倦容地倚靠在一角，冲着他挤出一丝微笑。“你累了，伊丽莎白。”他满怀希望地说，很高兴自己必须体贴地照顾她，也可以体贴地照顾她。“嗯，我很累，约阿希姆。”然而，他不敢说出“我们留在柏林”的建议，担心她会将他误解为色欲熏心之人。她的侧影清晰地映在车窗上，窗外是苍凉灰白的冬日午后。他松了一口气，因为这里并未出现那种令人感到压抑和担心的幻象，她的脸没有变成如画美景。但在依旧注视着她的同时，他还看到了放在对面座位上的行李箱，它在苍凉灰白的地平线的衬托之下，也同样非常显眼。他心头突然毫无缘由地涌起一股强烈的恐惧感，她可能是一件东西，一个死物，甚至连如画美景都算不上。他猛地站了起来，似乎想要摆弄一下行李箱，结果却只是把它打开，然后拿出装着干粮的篮子：这是一个结婚礼物，也是一个时髦的小奇迹，无论是旅行还是狩猎，都用得上。刀叉的象牙柄上饰有狩猎场景的花纹，并且花纹以镂刻方式延伸到金属部分，甚至连酒精炉也不例外；在饰纹之间，每个部分都可以看到伊丽莎白和约阿希姆的纹章交织在一起；篮子中央用来盛放食物，男爵夫人早有准备，把它装得满满当当。他们没能吃到上午的婚礼点心，所以他请伊丽莎白吃点东西补充体力。她欣然从命。“我们夫妻第一次共同进餐。”他边说边把葡萄酒倒进两只银制伸缩杯里，然后伊丽莎白和他举杯相碰。一路上他们就是这样度过的。他又一次觉得，坐火车旅行是过婚姻生活的最佳形式。他甚至开始理解伯特兰了，可能那个家伙的大部分时间都是在火车上度过的。“今晚我们就去慕尼黑吧。”他说。但伊丽莎白回答说：“我累得快不行了，最好休息一晚再走。”他只好告诉她，自己早就料到她会这么想，房间已经订好了。

他在心中不住地暗自称赞伊丽莎白，因为她还是那么落落大方，即使只是在表面上落落大方。她想先吃晚饭，晚一点再休息，于是他们就在餐厅里坐了很久。宴席旁演奏音乐的乐手收好了各自的乐器，餐厅里已经没剩下几个客人了。对约阿希姆来说，无论怎么拖延，他都会欣然接受，只不过他又感觉到房间里的空气变得稀薄起来，又弥漫着那种寒冷，那种寒冷曾在他们订婚那天晚上变成可怕的死亡预感。也许伊丽莎白也感觉到了，因为她说现在该回房歇息了。

这一刻终于来临了。伊丽莎白向他柔声说了声"晚安，约阿希姆"，便离开了，只留下他一人在房间里走来走去。他该去床上睡觉吗？他看着已经拉开被子的床铺。可他曾发誓要守在她的门前，守护她的天堂之梦，让她可以永恒地在银色的云朵中尽情梦想。而现在，他的誓言突然失去意义和目标，因为所有的一切似乎只有一个结果，那就是他应该在这里随便一点、睡得舒服一点。他低头看着自己，觉得那件长军服确实是一种保护，穿着燕尾服参加婚礼确实有伤风化。尽管如此，他还是想到自己必须洗漱，于是便轻手轻脚地，仿佛在亵渎神明似的，脱下制服，把洗脸水倒进棕色抛光盥洗台上的盥洗池中。这一切是多么痛苦，多么愚蠢，除非这是强加在他身上的考验之一；要是伊丽莎白把他身后的房门锁起来，那就不用这么烦恼了。但为了照顾他的感受，她肯定不会这样做。他隐约记得自己以前也经历过这种情形，此刻在惩罚之力的作用下，他不禁想起那盏煤气灯，想起灯下的那个棕色盥洗台，想起那扇锁住的门：这太糟糕了，竟然这时候想起鲁泽娜，而同样糟糕的是,在与天使共同生活时,无论怎么谨慎,事实上他都会不可避免地想起洗手间。在这两种情况中,一种是对伊丽莎白的轻慢,一种是新的考验。他轻轻地、小心地洗了脸和手,以免大理石桌面上的瓷盆发出任何声音。可现在又出现了一件让他没有料到的事情:有谁胆敢在伊丽莎白附近漱口呢?然而,他必须怀着更诚挚的心情浸入液体水晶,必须没入其中荡涤心神,从而像从约旦河中接受洗礼后那般的脱胎换骨。可洗个澡又有什么用呢?鲁泽娜知道了他的为人,一力承担了相应的后果。他又极其迅速地穿上制服,一丝不苟地扣好扣子,然后在房间里走来走去。隔壁房间里一点动静都没有,他觉得,自己在这里肯定让她很有压力。她为什么不像鲁泽娜那样,锁好门站在后面高声大叫,让他走开!那时候,他身边至少还有一个洗手间女清洁工,而现在的他孤立无援。他过早地拒绝了伯特兰,因此也无法找回那份悠然和自信,而且他自以为必须保护伊丽莎白,使她不受伯特兰伤害的想法,在他现在看来,分明就是一个借口。他心中不禁悔恨交加:他曾想保护和拯救的不是伊丽莎白,他只是想借她的牺牲来拯救自己的灵魂。她跪在那里,虔诚祈祷着,是在祈祷上帝重新摘下她出于怜悯而主动戴上的枷锁吗?他不是应该对她说,他会给她自由的吗?就算是今天,只要她有吩咐,他会立刻把她送到西城区,送到那座正等着她光临的漂亮新宅子里去。他忐忑不安地敲了敲伊丽莎白的房门,刚敲完却又心生悔意,希望自己没有这样做。听到她轻轻地叫了声“约阿希姆”,他转动把手把门打开。她躺在床上,床头柜上点着蜡烛。他站在门口，依稀还是站军姿的样子，哑声说道："伊丽莎白，我只想告诉你，我会给你自由。你不需要为了我而牺牲自己。"伊丽莎白感到很惊讶，不过同时也松了一口气，因为他过来时并没有把他自己当作她深爱的丈夫。"你觉得，约阿希姆，我牺牲了自己吗？"她微微一笑，"说真的，你现在才想到这一点，已经有点晚了。""还不算太晚，谢天谢地，还不算太晚……我现在才想起来……要我送你去西城区吗？"听到这话，伊丽莎白禁不住大笑起来。深更半夜的，外面的人会怎么想？"为什么不上床睡觉呢，约阿希姆。这些事情我们都可以放到明天再慢悠悠地讨论啊。你也一定累了。"约阿希姆像倔强的小孩似的说道："我不累。"烛光摇曳，她枕在褪色变白的枕头上，头发披散，俏脸苍白。枕头的一角像鼻子一样翘起，映在墙上的影子和伊丽莎白鼻子的影子一模一样。"伊丽莎白，请压一下枕头角，就是你枕头的左上角。"他在门口朝房间里说。"为什么？"伊丽莎白感到有些奇怪，但还是把手伸了上去。"它的影子很难看。"约阿希姆说；而与此同时，枕头的另一个角翘了起来，墙上又出现一个鼻子。约阿希姆不禁有些恼火，他很想自己把它弄好，于是朝房间里迈了一步。"可是，约阿希姆，那些影子哪里又碍着你了？——现在好了吗？"约阿希姆回答说："你的脸在墙上的影子就像连绵的山脉。""那没什么呀。""我不喜欢。"伊丽莎白有点害怕，以为他找个借口想要熄灭蜡烛，但令她感到惊喜的是，约阿希姆说："在你旁边应该点上两支蜡烛，这样就不会有影子了，你看起来就像白雪公主。"他真的走回自己的房间，然后拿了另一支点燃的蜡烛回到伊丽莎白的房间。"哦，你真有意思，约阿希姆，"伊丽莎白忍不住说道，"你要把第二根蜡烛放在哪里？你总不能把它放墙上吧。而且，我这个样子躺在两支蜡烛之间，看起来就像死人一样。"约阿希姆仔细打量了一番，伊丽莎白说得没错，于是他说道："那我可以把它放在床头柜上吗？""你当然可以……"她停了一下，然后有些迟疑又有些欣慰地说，"你现在是我丈夫了。"他把手伸到烛焰前，拿起蜡烛放到床头柜上，若有所思地注视着那两支蜡烛，然后又想起了那场安静、几乎有些昏暗的婚礼，于是他说："三支会更好。"仿佛他这么说就能消除伊丽莎白和她父母的遗憾，婚礼实在太低调简朴了。她也凝视着那两支蜡烛；她把被子拉到肩上，只露出蕾丝袖口外的一只玉手，软绵绵地搭在床边。约阿希姆仍在想着他们冷冷清清的婚礼，这只手，他在马车里握过。他心情平静了下来，差点忘了自己为何而来。现在他又想起了，觉得自己有责任把自己的意思再重复一遍："就是说，你不想去西城区，伊丽莎白？""你真的很傻，约阿希姆，难不成我现在就起床！我觉得住在这里很舒服，而你却想把我赶出去。"约阿希姆犹豫不决地站在床头柜旁。他突然之间有些无法理解事物是如何改变其性质和用途的。床是让人舒适安睡的家具，与鲁泽娜在一起时，它是倾泻内心渴望和享受醉人甜蜜的地方，而现在，它却是那么遥不可及，令他望而生畏，缩手缩脚。木头就是木头，但让人不敢触摸的棺木也是木头。"这太让我为难了，伊丽莎白，"他突然说，"原谅我。"然而，他之所以请求她的原谅，并不像她可能认为的那样，只是因为他本想劝她就在此刻的午夜时分起床，而是因为他再一次将她和鲁泽娜相比，更是因为他惊恐地发现，自己心里希望躺在那里的人是鲁泽娜而不是伊丽莎白。他知道自己已深陷罪恶泥淖，无力自拔。“请原谅我。”他再次说道，然后单膝下跪，轻轻握起那只搭在床边，露出青筋的玉手，与她吻别。她没有吭声，也不知道，这算不算是让自己一直提心吊胆的亲密接触。他双唇吻在她的手上，他感到自己的牙齿压在嘴唇的内侧，它们就像坚硬的头骨边缘，长在自己头骨下面并延伸到骨架之中。他还感觉到嘴里呼出的暖气，舌头被压在下颌骨之间的凹处。他知道自己这时必须赶快把这些念头抛开，以免被伊丽莎白发现。但他又不想让鲁泽娜这么快获胜，于是便执拗地跪在床边，一声不响，直到伊丽莎白轻轻地握了握他的手，仿佛示意他该走了。可能他有意曲解她的暗示，因为这让他想起很久以前鲁泽娜和他撒娇亲热时的双手。所以他没有放开伊丽莎白的手，尽管他真的快要忍不住离开这个房间了。他在等待奇迹，等待上帝赐予他的恩典之兆，仿佛恐惧就在恩典之门的旁边。他乞求道：“伊丽莎白，说点什么吧。”伊丽莎白回答得很慢，仿佛不是她自己在说话：“我们既非素昧平生，我们又非心心相印。”他说：“伊丽莎白，你想离开我吗？”伊丽莎白语气柔和地回答说：“不，约阿希姆，我相信，我们会一起白头到老的。别难过，约阿希姆，一切都会好起来的。”他很想回答说，“是啊，伯特兰也是这么说的”，但他打住了话头，沉默下来，不只是因为这不适合告诉她，而且还因为伯特兰的话从她嘴里说出来，对他而言就像是妖魔鬼怪发出的恶兆，而不是他期待、希望和祈祷的神迹。有那么一瞬间，伯特兰的幻影似乎就在一个棕色小盒子的底部，既清晰可见又暗中潜藏。这是魔鬼的化身，它的脸和身形在墙上留下了山脉的影子。显现的影子一动不动，似乎在铃声响起的瞬间快速消失，但这是在提醒他：魔鬼尚未被征服，就连伊丽莎白都还在魔鬼的掌握之中，因为她用魔鬼的话把魔鬼召唤而来，却无法用上帝的话驱走鬼魂和幻影。虽然这很令人失望，但也不是坏事，充满了对人类和人性弱点的同情。伊丽莎白是他的天堂目标，但他必须克服自身的巨大弱点，为他们两人找到并铺平从尘世通往这一目标的道路。可是，指引他独自一人发现那条道路的人在哪里？帮助在哪里？他突然想起了克劳塞维茨的一句名言："行动的依据只是对真相的猜测和感觉而已。"心中似有所感，他认识到：在基督教家庭中，他们注定会得到恩典的救助，得到保护，使他们不至于无知、无助、无谓地在尘世中游荡，最终不得不在虚无之中迷失自己。不，那不能称为情感传统。他直起腰来，用手轻抚着盖在她身上的绸被。他觉得自己有点像男护士，恍惚之间，仿佛他要抚摸的是生病的父亲或是父亲的使者。"可怜的小伊丽莎白。"他说，这是他大胆说出的第一句亲昵的话。她抽出手来，放在他的头发上。"鲁泽娜也这样做过。"他心里想。她轻声说道："约阿希姆，我们还不够亲密。"他用力站起来一些，然后坐在床沿抚摸她的秀发。接着，他俯身用肘撑着，仔细看着她那张陷在枕头中的俏脸，那张仍然苍白而陌生的俏脸——那不是女人的脸，也不是妻子的脸。渐渐地，连他自己都没有发现，他躺在了她的身旁。她稍稍向旁边移了一下，仍然只有那只手伸出被子，露出蕾丝袖口。她把手放在他的手里。因为躺着，他的制服有些凌乱，下摆翻起，露出了他的黑色长裤。他发现后，赶紧将衣服整理好、盖好。这时，他把腿也挪了上来，但为了不让自己的漆皮皮鞋碰到床单，他微微用力，把脚搁在床边的椅子上。烛光摇曳闪动，一支蜡烛先熄灭，然后另一支也熄灭了。铺着地毯的走廊里偶尔传来低沉的脚步声，一扇门砰的一声关上了，远处传来大都市中喧嚷吵闹的声音，即使是晚上，城里川流不息的交通仍然没有完全停止。他们一动不动地躺着，看着房间的天花板，百叶窗的叶缝在天花板上留下黄色的光带，有点像骷髅的肋骨。然后，约阿希姆睡着了，当伊丽莎白觉察时，她禁不住莞尔而笑。然后，连她也睡着了。

第四章

大约十八个月后,他们有了第一个孩子。

事情就是这样。至于事情的经过,这里不再赘述。读者也可以根据所提供的人物形象素材,自行想象。

KEY·可以文化

赫尔曼·布洛赫 作品

梦游人

HERMANN BROCH

[奥] 赫尔曼·布洛赫——著

黄勇——译

浙江文艺出版社
Zhejiang Literature & Art Publishing House

青年布洛赫在阳台上，1907 年

来源：耶鲁大学拜内克古籍善本图书馆赫尔曼·布洛赫档案

(Hermann Broch Archive, Beinecke Rare Book and Manuscript Library)

青年时期的布洛赫，1910 年

来源：耶鲁大学拜内克古籍善本图书馆赫尔曼·布洛赫档案
(Hermann Broch Archive, Beinecke Rare Book and Manuscript Library)

由布洛赫作品《1903 年：艾施或无政府主义》改编的影视剧照
主角艾施由演员汉斯·彼得·科夫（Hans Peter Korff）饰演
来源：耶鲁大学拜内克古籍善本图书馆赫尔曼·布洛赫档案
(Hermann Broch Archive, Beinecke Rare Book and Manuscript Library)

21.05

Esch oder die Anarchie

Fernsehspiel: Einer allein gegen Unmoral und Unordnung

Inspektor Korn und Esch: Karl Merkatz, l., und Hans Peter Korff

Fernsehspiel um einen Buchhalter in Köln und Mannheim: ein rebellischer Kleinbürger, der zu Beginn des Jahrhunderts auf seine Weise gegen die Unordnung in einer Welt zerbröckelnder Moral zu Felde zieht.

Es spielen:

Esch	Hans Peter Korff
Mutter Hentjen	Lore Brunner
Korn	Karl Merkatz
Erna Korn	Hilke Ruthner
Lohberg	Ignaz Kirchner
Bertrand	Alexander Kerst
Geyring	Rupert Neudeck
Gernerth	Michael Janisch
Teltscher	Layos Kovacs
Elli	Johanna Tomek
Ilona	Susanne Turrini
Oppenheimer	Willi P. Egger

und Brigitte Swoboda, Ludwig Hirsch und Bruno Thost

《电视周刊》（*Fernsehwoche*）上刊登的《艾施或无政府主义》播出信息、内容介绍和演职人员表

来源：耶鲁大学拜内克古籍善本图书馆赫尔曼·布洛赫档案

(Hermann Broch Archive, Beinecke Rare Book and Manuscript Library)

02

1903年：

艾施或无政府主义

第一章

1903年3月2日这一天，对三十岁的店员奥古斯特·艾施来说，是个倒霉的日子。他和老板吵了起来，还没来得及主动辞职，就被解雇了。生气是肯定的，但与其说是气自己丢了工作，倒不如说是气自己嘴巴不够利索。他为什么不当面把一切都告诉老板？老板根本搞不清自己店里的状况，只会相信南特维希这种煽风点火的人，不知道南特维希这家伙一有机会就吃拿回扣；要么就是老板故意睁一只眼闭一只眼，肯定是因为南特维希知道了老板的一些见不得光的丑事。他真的是笨死了，竟被他们弄了个措手不及：他们无端指责他账目出错，现在想来，那根本就不是什么错误。可这两个人冲着他就是一阵狂吼，吼着吼着就变成了无聊的谩骂，而他一个没留神就发现自己被解雇了。他现在当然知道该如何恰当应答了，可当时他除了说"去你的吧"之外什么都想不起来。他本该低头看着自己脚尖说"老板"，对，"老板"。

“老板，”艾施这时用嘲弄的语气自言自语道，“您知不知道您店里现在是什么情况……”对，他本该这样说的，现在后悔也来不及了。后来，他喝了个酩酊大醉，又找了个姑娘结了段露水姻缘。不过，这没有任何用处，他的心里仍窝着一团怒火，一路骂骂咧咧地沿着莱茵河畔走进城去。

听到身后传来脚步声，他便转过身去，看见马丁拄着双拐，用那条截肢腿的脚尖抵着木头，正一高一低地急速晃荡过来。这个家伙怎么赶在这个时候来添乱。艾施很想冒着被拐杖敲破脑袋的危险，继续赶路，反正自己被打死也活该。不过，就这么让那个瘸子跟在自己后面跑，他觉得有点缺德，所以就停下来不走了。另外，他还得找一份工作，而无所不知的马丁可能已经听到一些风声了。马丁走到他身旁，摇着那条瘸腿，直接问道：“被炒鱿鱼了？”可见，马丁也已经知道了。艾施恨恨地说道：“被炒了。”“你还有钱吗？”艾施耸了耸肩：“还能撑几天吧。”马丁想了一下说道：“我知道有一份工作可能适合你。”“嗯，不过，我不会加入你的工会的。”“我知道，我知道，你才不会干这个呢……嗯，但总有一天你会加入的。我们去哪里？”艾施无所谓去哪里，所以他们向亨畋妈妈酒馆走去。在卡斯特尔巷，马丁停了下来：“他们有没有给你出一份像样的离职证明？”“我还没去拿呢。”“曼海姆的中莱茵航运公司好像需要一个随船出纳……如果你不介意离开科隆的话……”他们走进了酒馆。这是一个相当杂乱、昏暗的场所，可能几百年来一直都是莱茵河水手们爱光顾的小酒馆；当然，现在除了被烟雾熏黑的筒形拱顶之外,看不出哪里还有古老的痕迹。在餐桌后面,墙面的下半部分嵌着棕色墙板,沿墙装了一条长凳。上面的搁板上放着一排慕尼黑大啤酒杯,中间还有一座铜制的埃菲尔塔,塔上插着一杆红黑白三色小旗,如果细看的话,还能辨认出上面已经变得模糊不清的金字:“常客专桌”。在两扇窗户之间,有一个双门已经打开的机械琴,露出里面的打孔音乐纸卷和机械构造。本来那双开门应该关上的,要是有谁想欣赏音乐,就得扔一枚硬币进去。但亨畋妈妈可不想让人觉得自己小气,所以客人只要把手伸到琴里面,拨一下拨杆就行。来过亨畋妈妈店里的客人都知道如何操作。机械琴对面是大堂的后墙,比较窄,整面墙都被柜台拦住了,柜台后面是一面大镜子,两侧放着两个玻璃柜,里面装着五颜六色的利口酒瓶。晚上坐在柜台后面时,亨畋妈妈时不时会不自觉地转过头来,对着镜子拨弄两下她的金发,那发型就像一个硬邦邦的宝塔形小糖块,叠在圆脸多肉的大脑袋上。柜台上放着好几大瓶葡萄酒和烧酒,因为客人们很少点玻璃柜里那些花花绿绿的利口酒。最后,在柜台和玻璃柜之间不起眼的地方还装了一个带水龙头的锌板水池。

大堂里没有暖气,冷得要死。两个男人搓着手,艾施重重地坐在长凳上,马丁把手伸进了机械琴中,寒气逼人的房间里顿时轰隆隆地响起了《角斗士进行曲》。尽管这里嘈杂喧哗,但他们还是很快就听到脚步声和木楼梯发出的咯吱咯吱声,然后亨畋夫人猛地打开了柜台旁的转门。她仍然穿着早上的工作服,在裙子外面围了一条宽大的蓝色印花平布围裙，她还没有换上晚上穿的紧身胸衣，所以她的胸脯就像两个鼓鼓囊囊的袋子一样挺在大方格单面绒布衬衫里。只有头发弄得整整齐齐，一根翘起的头发丝都没有，就像一个宝塔形的小糖块，叠在她那张苍白、没什么表情的脸上。看她的脸，没人猜得出她的年龄。但是每个人都知道，亨畋先生的遗孀格特鲁德·亨畋夫人今年三十六岁了，而且寡居多年——有人刚刚算过，十四年肯定是有了。在埃菲尔塔上方，墙上显眼地挂着三个漂亮的描金黑框，左右两边分别是营业执照和月夜之景，中间则是一张有些泛黄的亨畋先生遗像。尽管遗像上的亨畋先生留着一小撮山羊胡子，看起来像个可怜的穷裁缝，但他的遗孀却一直为他守寡至今；至少她不会让人在背后有闲话可说，而且只要有人胆敢向她求婚，她就会轻蔑地说："是啊，不就是看中了我家的小酒馆嘛。不，我宁愿一个人过日子。"

"早上好，盖林先生，早上好，艾施先生，"她说道，"您二位今天来得可真早。""我们俩已经忙了很久了，亨畋妈妈。"马丁回答道，"辛苦干活，也要吃饭。"然后马丁点了奶酪和葡萄酒；而艾施，昨天的酒劲儿还没缓过来，嘴里依然淡而无味，没胃口再喝葡萄酒，所以就要了一杯烧酒。亨畋夫人坐到他们边上，听他们说些新鲜事儿。艾施不怎么说话，虽然对自己被解雇一事毫无窘意，但像这样被盖林絮絮叨叨说个没完，让他感到十分恼火。"没错，又一个资本主义的受害者，"这个工会干部准备结束自己的谈话，"但现在嘛，我是该回去工作了；当然，这里的男爵可以继续在这里无所事事。”他付了钱，坚持不让艾施自己掏钱为那杯烧酒买单。“……失业者应该得到帮助……”他拿过靠在身旁的双拐，用左脚脚尖抵着横木，然后在咯吱咯吱声中，拄着双拐一荡一荡地走了出去。

在马丁走出酒馆后，剩下的两人沉默了一会儿，然后艾施把下巴冲着门口歪了歪，说道：“一个无政府主义者。”亨畋夫人耸了耸浑圆的双肩说：“这有什么关系，他可是个正直本分的人……”艾施肯定地说：“他很正直、很本分。”亨畋夫人接着说道：“……但是他们很快就会再次收拾他，他们之前已经关过他六个月了……”顿了顿，她又说道：“不过，这不关我们的事。”两人又陷入了沉默之中。艾施在想，马丁是不是从小就是个瘸子，真是个怪胎，他心想着，然后说道：“他想把我也带进他的圈子。但我不会掺和进去。”“为什么不呢？”亨畋夫人毫无兴趣地回应道。“这不适合我。我想往上爬。想要往上爬，就得讲规矩、有秩序，可不能乱来。”亨畋夫人不得不附和赞同道：“对，那倒没错，确实乱不得。不过，我现在得去厨房了。今天您会和我们一起吃饭吗，艾施先生？”艾施对在哪里吃饭没什么意见，毕竟，他干吗要在刺骨的寒风中跑来跑去呢？“今年怎么还没下雪？”他有些奇怪地说，“漫天的灰尘都快把人弄瞎了。”“是啊，外面的天气真差，”亨畋夫人说道，“那您就待在这里好了。”她说完便到厨房去了，转门在她消失后又颤了一小会儿。艾施愣愣地盯着那扇门的颤动，直到它停下来。然后，他想眯一会儿。可屋子里的寒意正毫不留情地向他阵阵袭来，他拖着两条冻得有些麻木的腿，迈着略显沉重的脚步走来走去，拿起柜台上的报纸，却又因为手指冻僵了，怎么翻都翻不开，而且眼睛也很痛。于是他决定去厨房暖和暖和，他手里拿着报纸走了进去。“您肯定是来找吃的吧。”亨畋夫人说，她这时才想起大堂里很冷，而她一般要到下午才在那里生火，并且她一直都守着这条规矩，于是她就让他陪着自己。艾施看着她在灶上忙碌，很想伸手在那鼓鼓囊囊的胸脯上摸一把，但一想起她向来对男人冷若冰霜的名声，就只好把自己的色心扼杀在萌芽之中。当帮助亨畋夫人打杂的小厨娘离开厨房后，他说：“您怎会喜欢如此孤单的生活。”“啊哈，”她回答道，“您现在也开始这个调调了。”“不，”艾施说，“我只是随便说说。”亨畋夫人顿时脸色一沉，似乎被什么恶心到了；因为她浑身都抖了起来，连带着胸部也颤颤巍巍地晃个不停，然后她又继续工作，毫无表情的脸上带着十二分的不耐烦，正是他常见到的那副表情。艾施坐在窗前，读着报纸，最后往院子里看去，看着风在那里卷起一小片尘土。

后来又来了两个姑娘，是上夜班的女服务员，看起来都是一副脸都没洗、还没睡醒的样子。亨畋夫人、两个女服务员、小厨娘和艾施，五个人围着厨房的那张桌子坐下，每个人的胳膊肘都放得很开，他们低头弯腰，就着盘子吃起了晚饭。

艾施已经准备好了去曼海姆工作的求职信，现在他只需要附上一份离职证明就行了。虽然事情变成现在这个样子，但他其实还挺高兴的。树挪死，人挪活。总待在一个地方不动，并不见得是件好事。人就该出去闯闯，走得越远越好，就该出去开开眼界，长长见识。事实上他也一直都是这么做的。

下午，他去施特恩贝格公司办公室拿他的离职证明。这个公司从事葡萄酒批发并拥有好几个酒窖。南特维希让他在木柜台旁等着，自己则挺着个大肚子坐在办公桌前算着什么。艾施显得有些不耐烦，用坚硬的指甲轻轻敲着柜台。南特维希站起来。"别急，耐心点，艾施先生，"他走到柜台前，居高临下地说道，"哦，办您的离职证明，用不着这么急。嗯，出生日期，入职日期?"艾施扭着头说了两个日期。南特维希把它们写了下来，让人按口授的说法打了一份离职证明，然后把它拿了过来。艾施看了一遍。"这不是离职证明。"他说完便把它退了回去。"是吗，那这是什么?""您得证明我是个会计。""您竟然自称会计！您有什么本事我还不知道嘛。"现在正是报仇雪恨之时，他说："我觉得，老板需要请一个专业会计来您这儿盘库。"南特维希听得有些惊疑不定："这是什么意思?""是什么，就是什么。"南特维希脸色一变，顿时变得热情起来："说话做事太冲，只会伤到自己。有了好工作，就不把老板放在眼里了。"艾施感到自己赢了一仗，开始享受起胜利的滋味来："跟老板嘛，我当然还要好好谈谈。""我无所谓，您想跟老板说什么，只管去说就是了，"南特维希恶声恶气地说，"好吧，您想要一份什么样的离职证明?"艾施要求在离职证明中写上"尽职、可靠，精通各类会计及其他商行工作"。南特维希只想快点把这尊瘟神送走。“这虽然有些言过其实,但我没意见。”他又转向打字员重新口授了一份离职证明。艾施的脸涨得通红:“是吗?这言过其实?是吗?……那您可以补上一句‘大家都极力推荐’,您听明白了吗?”南特维希鞠了一躬,说道:“愿意为您效劳,艾施先生。”艾施把新的打字稿仔细看了一遍,感到很满意。“让老板签名吧。”他发话道。这个要求对南特维希来说有些太过分了,他的嗓门一下子提了起来:“难道您觉得由我签名还不够?!”“如果您能全权代表的话,那我无所谓。”艾施故作大度地回答道。然后,南特维希签了名。

艾施走到街上,朝着最近的邮箱走去。他吹起了口哨,他觉得自己沉冤得雪,心头大快。离职证明已经到手,真是太好了。除了离职证明之外,信封里还夹着准备寄给中莱茵航运公司的求职信。南特维希的让步,恰好证明了这个人心里有鬼。由此可见,库存是被人做了手脚的,他一定要把这个人送交警方处理。是的,立即告发不正是公民的义务嘛。那封信掉到邮筒里,几不可闻地发出啪的一声。手指还留在投信口内时,艾施就在想自己要不要马上去市警总局。他犹豫不决地向前游荡着。把离职证明寄出去并不妥,他应该把它退回给南特维希的。前脚逼人写了离职证明,后脚就去告发,显然不是君子所为。但现在为时已晚,而且,要是没有离职证明的话,他也很难在中莱茵航运公司找到工作——那时他又别无选择,只能重回施特恩贝格公司工作了。他幻想着自己因揭开库存骗局而受到老板的赏识,坐上了南特维希的位置,而南特维希则在监狱里忍饥挨饿。想得挺美,可要是老板自己的屁股也不干净,和南特维希沆瀣一气呢?当然,警方在调查后会把整件事情弄得一清二楚的。然后公司就会破产,会计就会找不到工作。报纸上会登出“被炒职员复仇记”之类的文章,疑似同谋这把火最后可能会烧到他的头上。这样一来,他就搞不到离职证明了,而且哪个地方都不会给他工作的。艾施很庆幸自己能够见微知著,推断出事情的所有后果,不过心里还是怒火难消。“什么狗屁公司。”他低声咒骂着。他站在歌剧院前的环形大道前,对着把冰冷的灰尘吹到眼里的寒风咒骂着,心里还在犹豫,最终决定先把这事放一放,以后再说;要是在中莱茵航运公司找不到工作,那他就有的是时间,让警方出来主持公道,严惩不法之徒。他行走在渐浓的暮色之中,双手插在破大衣的口袋里,一直走到市警总局前面——实际上,装装样子的成分居多。他在那里看着执勤岗哨。一辆装着囚犯的押运车开了过来,但等到所有的囚犯都下了车,最后警察猛地关上车门时,南特维希还是没有露面,这让他感到很失望。他又站了一会儿,然后决然转过身来,头也不回地向老集市广场走去。他脸上两条隐现的法令纹变得更深了。“假酒贩子,”他低声怒骂着,“醋贩子。”由于败坏了胜利的喜悦心情,他又变得垂头丧气,一脸不开心,于是只好又去借酒浇愁,喝了个酩酊大醉,然后找了个姑娘胡闹了一番。

亨昖夫人穿了一身通常只有晚上才穿的棕色真丝连衣裙,一下午都待在一个闺中密友家里，直到这时才回家。看到前面那幢房子，看到逼着她虚度这么久的美好时光的酒馆时，她就习惯性地冒出一肚子火。当然，酒馆生意可以让她有点积蓄，尤其是闺中密友们夸她精明能干时，无论是真心称赞还是假意奉承，都会让她微感得意和宽慰，因此也少了几分怨气。不过，她干吗不开一家白色棉麻织物店、紧身胸衣店或者女士发廊呢，干吗每天晚上都要和这帮酒鬼打交道呢！要不是紧身胸衣束得紧，她看到自家的酒馆就会因为厌恶而浑身颤抖起来：她就是如此强烈地讨厌那些经常光顾这里，让她不得不招待伺候的男人。虽然她可能更讨厌那些总是那么愚蠢、飞蛾扑火般追着这些男人的女人们。她的闺中密友们绝不会像这些女人一样，和这些臭男人勾三搭四，跟发情的母狗一样不要脸的。昨天，她就在院子里把小厨娘和一个小伙子抓了个现行，当即就甩了个大耳光过去，那只手到现在还让她觉得麻爽不已：她很想再把那个小姑娘教训一顿。女人可能比男人还要恶心。她最喜欢的还是她的女服务员和所有鄙视男人却又不得不跟他们上床的娼妓；她喜欢和这些女人唠叨个不停，喜欢听她们倾诉自己的往事，喜欢安慰和宠爱她们，想让她们忘记过去的痛苦。因此，亨畋妈妈酒馆的工作也很受欢迎，她们将其视为一种值得追求、值得尽一切努力维护的目标。亨畋妈妈很喜欢她们对自己的这份忠诚和热爱。

她的客厅在上面二楼：里面非常宽敞，临巷的一面，墙上有三扇窗户，宽度等于包括酒馆大堂和走廊在内的整栋房子宽度；后半部分与楼下柜台相对应的地方，是客厅的里间，用一道稀疏的帘子挡起来隔开了。拉起帘子，眼睛适应了昏暗的光线后，就可以看到里面的婚床。但是亨畋夫人不用这个房间，也没人知道有没有人用过它。这么大一个房间很难加热取暖，除非舍得花上一大笔钱，所以难怪亨畋夫人会选择厨房顶上的小房间作为卧室和客厅，而将黑乎乎的，寒冷刺骨的大客厅用来储存容易腐烂变质的食材。每年秋天采购的坚果也放在那里，在地板上零零散散地铺成薄薄的一层。地板上还交叉铺着两条绿色宽地毯。

亨畋夫人，这时仍然一肚子火，上楼走进客厅，准备拿一些晚上要用的香肠到酒馆里，哪知道光顾着生气，一不小心踩到了坚果堆里，于是坚果便发出一连串刺耳的杂音，滚到她的双脚前。有一个坚果被踩裂了，这让她心头更为恼火。为了避免更大的浪费，她俯身捡起这颗坚果，小心地把果仁从裂开的硬壳中剥出来，又把白色的碎果粒连着略带苦味的棕黄色果衣一起放进嘴里，同时嘴里还尖声叫了几下小厨娘。这个不要脸的小骚货终于听到了老板娘的叫声，跌跌撞撞地走楼梯上了楼，迎接她的是劈头盖脸的一顿责骂：会跟小伙子勾三搭四，自然也会偷坚果；坚果本该是在那边的窗户旁的，现在却掉到房门这里了，坚果又没有长脚，是不会自己离开窗户的。亨畋夫人正准备一个巴掌扇过去，小厨娘蜷缩了一下，举起胳膊护着头，恰好这时有一片坚果壳卡在亨畋夫人的牙缝里，于是她不屑地吐了口唾沫，就此揭过此事。随后，她便下楼到酒馆里去，小厨娘则哭哭啼啼地跟在后面。

当她走进已经烟雾缭绕、充斥着烟草味儿的酒馆时，她——几乎每天都是这样——突然感到一阵心慌，身体也随之一僵；她始终无法理解这一刻的心慌，也很难让身体在这一刻不僵。她走到镜子前，木然地摸了摸头上的宝塔形金色小糖块，把裙子拉好，确定自己看起来仍然优雅明艳时，才平复了心情。这时，她看到客人中有几张熟悉的面孔。虽然酒水比饭食更赚钱，但在食客和酒客之间，她仍然更喜欢前者。她从柜台后面出来，一桌一桌地走过去，问他们对酒水饭食是否满意。有客人要求再来一份时，她就会开心地把女服务员叫过来。是的，亨畋妈妈做出来的可都是相当拿得出手的硬菜。

盖林已经来了，他的双拐斜靠在他身旁；他把盘子里的肉切成小块，然后食不知味地吃了起来，因为这时他左手拿着一份宣扬社会主义的报纸——他的口袋里总是会露出一整沓这样的报纸。亨畋夫人喜欢他，一方面是因为他是个瘸子，不是个完全正常的男人；另一方面是因为他不是来欢呼喝彩，也不是来牛饮买醉，更不是来找姑娘们要乐子的，他来只是因为他的工作要求他与水手和码头工人保持联系。但最重要的是，她喜欢他每个晚上都来她的酒馆喝酒吃饭，每次都称赞她的酒水饭菜。她坐在他的身旁。“艾施来过这里吗？”盖林问道，“他在中莱茵航运公司找了份工作，星期一就要开始上班了。”“肯定是您设法帮他弄到的，盖林先生。”亨畋夫人说。“不，亨畋妈妈，我们工会还没有神通广大到这种地步……不，还早着呢……嗯，不过这也是早晚之事。我就是给艾施指了条路。这么好的小伙子，就算不是我们中的一员，我为什么不去帮他一把？”亨畋妈妈对这件事显然没什么兴趣：“您慢用，盖林先生，一会儿我给您免费送一份。”她走到柜台那里送来一盘切得不太厚的香肠片，上面还用一小根欧芹装点了一下。盖林，这个满脸皱纹的四十岁老男孩，露出一口坏牙，感激地朝她笑了笑，轻轻地拍了拍她那只雪白丰腴的手，她微微一愣，赶紧把手缩了回去。

过了一会儿，艾施也来了。盖林放下报纸，抬起头来说道：“恭喜你，奥古斯特。”“谢谢，”艾施说，“看来你都已经知道了——一切顺利，答复和聘用都非常快。因此，我还得好好谢谢你，是你给我指了条明路。”但在那又短又黑的寸头下面，隐藏着一丝恼怒的脸上却是一副木然、空洞的表情。“不用客气，”马丁说，然后又冲着柜台喊道，“这是我们的新会计。”“祝您好运，艾施先生。”亨畋夫人冷冷地回应道，但她还是走了过来，向艾施伸出了手。艾施想证明这一切并不都是马丁的功劳，所以从上衣胸袋里拿出了自己的离职证明：“要不是施特恩贝格公司不得不给我出这么一份像样的离职证明，事情也不会那么顺利的。”他在说“不得不”时加重了语气，然后又补充道：“这家公司很卑鄙。”亨畋夫人心不在焉地看着这份离职证明，然后说道：“挺棒的离职证明。”盖林也看了一遍，点了点头说：“没错，招到了像你这样的一流人才，中莱茵航运公司一定会很满意的……我真的要让伯特兰主席额外付给我一份佣金。”

“出色的会计,很出色,不是吗?”艾施得意扬扬地说。“很好嘛,信心十足的,”亨畋夫人赞同道,“现在您肯定是非常得意了,艾施先生。当然,您也完全有理由这样。您想吃点什么吗?”他当然想了。看着他一副吃得津津有味的样子,亨畋夫人就觉得心满意足,与此同时,他告诉大家,他马上就要动身去莱茵河上游了,希望能得到一份外勤工作,这样他就能去凯尔和巴塞尔了。这时,酒馆里又来了几个熟人,新任会计为他们每个人都点了杯葡萄酒,而亨畋夫人却退了下去。她厌恶地注意到,每次女服务员赫德从桌子旁走过时,艾施都会忍不住去摸她一把,最后更是硬拉着她坐在自己身旁,让她陪他们一起喝酒。不过,看在他们大吃大喝的分上,她也只好忍着。当这帮臭男人在午夜后离开酒馆,还顺手拉上赫德时,亨畋夫人暗中塞给了她 1 马克硬币。

虽然找到了一份新的工作,但艾施仍然开心不起来。他觉得,这个工作似乎是以牺牲自己内心的幸福或至少是以牺牲自己的正直良知换来的。不过,事已至此,他甚至连旅费都已经从中莱茵航运公司科隆分公司预支好了,所以他在心里又开始不停地问自己,到底还要不要举报南特维希。当然,要是这样的话,他肯定得到场配合调查,无法启程离开这里,而这差不多就意味着要失去这份工作。有那么一小会儿,他想给警察写封匿名信,以此解决这个问题,但他随后还是放弃了这个打算:他不能以歪制歪、以邪制邪。最后,良心的谴责也让他对自己痛恨不已;毕竟他不是个不懂事的小孩子，至于那些道貌岸然的牧师和那些伦理道德，和他无关，他好歹也看过许多书，读过许多报。当盖林再次请他加入社会民主党时，他回答说："不，我不想成为你们这样的无政府主义者，但为了不让你过于失望，我可能会成为无神论者。"这个吃力又不讨好的家伙回答道："我无所谓哦。"人就是这样，艾施也无所谓。最后，他做了最明智的事情——准时启程出发。他觉得自己就像无根的浮萍、断线的风筝，一路的旅程也不像以往那么让人开心；不管怎样，他还是把一部分财产留在了科隆，连自行车也没带上。不过，预支的差旅费至少让他手头宽裕、花钱大方起来。他站在美因茨月台上，手里拿着啤酒杯，车票插在帽子上，想着那些留在科隆的人，想做些什么向他们表示一下心意。于是，当卖报纸的人推着小车走过来时，他买了两张风景明信片。在理应得到他问候的人中，马丁绝对排在第一位；不过，他可干不出给男人寄风景明信片这种事儿。所以他先填了一张寄给赫德的，第二张则决定寄给亨畋妈妈。然后，他又想了想，与女服务员同时收到明信片，对骄傲的亨畋夫人来说，可能算是一种侮辱了。由于今天心里没了顾忌，于是他撕掉了第一张明信片，只寄出了给亨畋妈妈的那张。在这张明信片中，他写上了"从美丽的美因茨给亨畋夫人，给所有亲爱的朋友、老相识，还有赫德小姐和图斯奈尔达小姐送上诚挚的问候"。接着，他又觉得有点寂寞，于是喝了第二杯啤酒，然后才坐火车继续前往曼海姆。

他得去公司总部报到。在离米劳码头不远的地方，中莱茵航运股份公司有一栋自己的大楼——高大宏伟的石楼,大门前还有立柱。楼前的路上铺着沥青,很适合骑行。这是一条新铺的马路。大门是用锻铁和玻璃做的,虽然看起来很沉重,但动起来肯定很轻巧,一点声音都没有。大门半开半掩着,艾施走了进去;他很喜欢前厅的大理石,楼梯上挂着一块透明玻璃牌,上面写着金色大字——“董监办”。他径直向楼梯走去。刚踏上第一个台阶时,他便听到身后有人问道:“请问,您要去哪里?”他转过身来,看见一位身穿灰色套装制服的门卫;银纽扣闪闪发亮,帽子上有一条银镶边。这一切都非常不错,可艾施却有点不乐意:这家伙跟我有什么关系?他冷冷说了句“我要在这里报到”,然后便想迈步继续上楼。那个门卫却没有放过他:“去董监办?”“要不然呢?”艾施很没礼貌地回嘴说道。二楼的楼梯口通往一间光线昏暗的大接待室。接待室的中间有一张很大的橡木桌子,桌子四周放着几把软垫椅子。看起来就非常气派。这时又有一个穿着银纽扣制服的人过来问他有何贵干。“去董监办。”艾施说。“先生们都在参加监事会的会议,”服务生说道,“是很重要的事情吗?”艾施只好说明来意。他拿出了自己的身份证明——聘书、差旅费预支汇票。“还有一些证明文件,我也带着呢。”他边说边想递上南特维希开的离职证明。让他略感失望的是,那家伙看都没看一眼离职证明就说道:“您不应该来这里……下楼从一楼穿过走廊,然后到第二个楼梯那里……您再问一下。”艾施站在那里停了一会儿。他不想看楼下门卫那副自以为是的样子,于是再次问道:“哦,不是这里啊?”不过,服务生已经无动于衷地转过身去:“不,这里是主席的接待室。”艾施听得顿时怒从心头起;他们总喜欢用主席、软垫家具和银纽扣服务生自抬身价;南特维希也很想搞这一套,嗯,这么个主席和南特维希也不过就是半斤八两。但无论乐意不乐意,艾施都必须退回去。底下站着门卫。艾施仔细看着他,想知道他的脸上有没有嘲讽之色,但他只是漠不关心地瞥了一眼。“我要去登记办。”艾施说,然后让他指一下路。刚走两步,艾施就转过身来,竖起大拇指往楼梯方向歪了歪:“楼上那位,也就是你们的主席,怎么称呼?”“冯·伯特兰主席。”门卫说道,语气中带着一丝掩饰不住的尊敬。艾施也同样略带恭敬地说了一遍“冯·伯特兰主席”,这个名字他以前肯定听说过。

在登记办,他得知自己被安排在码头仓库里工作。当他走出大楼再次走到马路上时,一辆精致豪华的马车停在了大楼前。天气很冷,路缘石上、墙角之中,都披着一层被风吹到一起的雪沫;其中一匹马在光滑的柏油马路上跺着蹄子。它显然有些不耐烦,但情有可原。“没有精致豪华的马车代步,主席先生他就走不了路,”艾施说道,“但我们这种人可以靠两条腿走路。”不过说归说,他还是很喜欢这副排场,而且也很高兴自己现在已经是这个公司的一分子了。这可是对南特维希的一大胜利。

在中莱茵航运公司的仓库中,在一排长长的简易库房的尽头,有一个玻璃隔间,那就是他办公的地方。他的办公桌在海关工作人员办公桌的旁边,后面有一个小铁炉散发着丝丝热意。当他对自己的工作感到厌倦，或者心头重新涌起一丝孤独，觉得自己像个没有妈妈的孩子时，他总是去车皮那边，在卸货的地方做点什么活。几天后就要启航了，所有小船都在热火朝天地忙个不停。有的起重机在回转着放下吊钩，好像要小心地从船体内吊出什么似的，还有的探出身去伸到水面上，就像已经开工但还没有造好的桥梁。当然，这一切对艾施来说并不新鲜，因为科隆也这样，看起来没什么不同，但对于科隆那里的长排仓库，他已经做到习以为常、熟视无睹了。就算有时难免会想起，也只是把那些建筑、吊车、装卸台当作毫无意义的东西，认为它们只是用来满足人们某些无法理解的需求的。但现在不一样了，他自己也是其中的一分子，所以这一切都很自然地变成了很有意义的设施了。这种变化让他感到很开心。以前最多让他感到惊讶，有时甚至相当让他为难的是，这里竟然有这么多的货运公司，河岸边码头区一大片一模一样的简易库房，配着如此大不相同的公司招牌，现在他却可以根据仓库工头的胖瘦、堆场工头的蛮横或随和、他们手下的工人及个性特点，辨识出各个工厂企业来；甚至连写在封闭码头区入口处的德意志帝国海关地址也是怎么看怎么顺眼：它们让他意识到，他正在异地他乡谋生。在这里，在这个可以免税存放货物的天堂里，人们过着一种既受羁绊，同时也能享受自由的生活；在这里，在海关区的铁栅栏后面，人们呼吸着的是边境的空气。尽管还没有穿上制服，只能算是一个私企职员，但由于与海关关员和火车站职员相处融洽，艾施几乎已经成了公职人员，因为他口袋里还有一张通行证，有了它，他就可以在这个外人禁入区内自由闲逛，走到大门口时门卫就会友好地向他敬礼问候。而这个时候，他就会回礼致敬，用力弹掉手里的烟屁股，表示遵守标语贴得到处都是的禁烟令，然后假装自己是个完全不吸烟的人，随时准备在看到迎面而来的平民百姓违反这里的规章制度时把他们训斥一顿，随后架势十足地大步走进办公室，仓库工头这时已经把清单放在写字台上了。接着，他戴上灰色的羊毛露指手套——要不然，在这个到处都是灰尘、冷得让人绝望的简易库房里，手肯定会冻僵——拿起清单，检查堆叠放置的箱子和货包。要是有箱子放错了地方，他肯定不会错过机会，用带着责备或不耐烦的目光看着负责相关箱包堆放工作的仓库工头，好让工头随后去把下面的仓库工人臭骂一顿。过了一会儿，当巡查的海关关员走进玻璃隔间，先是称赞这里生了炉子很暖和，解开制服的衣领纽扣，然后一边惬意地呻吟着，一边抬起胳膊打着哈欠坐在椅子上时，艾施已经把清单核查了一遍并记录到索引卡中。其实，这种检查并不严格，两个男人只是并肩坐在桌前，有一句没一句地闲聊着到港的货物而已。然后，那个关员像往常一样迅速地用蓝笔在清单上签字确认，把副本拿出来锁在办公桌内。如果没有别的事情要做，他们就一起去食堂。

是的，艾施换了份好工作，虽然在此过程中不免有违正义。他经常在心里想，到底有没有办法能尽自己的义务告发南特维希；只有这样，才能使一切恢复正常。而这正是他心中唯一的遗憾。

海关稽查员巴尔塔萨·科恩出生于德国巴伐利亚和萨克森文化的交界之处，一个非常不起眼的小地方。丘陵起伏的巴伐利亚州霍夫小镇给他的青年时代留下了深刻的印象。他的性格虽粗鲁而不失精明，贪婪而不失理智。在常备兵役中晋升为中士后，他抓住国家专门给忠诚可靠的士兵提供的机会，转业到了海关工作。他至今未娶，和同样未嫁的妹妹爱娜一起住在曼海姆，相依为命。家有一间小客房一直空着无人居住，现在成了他的眼中钉肉中刺，所以他力劝奥古斯特·艾施，与其花那大价钱住在旅馆里，还不如住到他家去，既便宜又实惠。虽然他对艾施并不十分满意，因为这个卢森堡人无法证明自己服过兵役，可这也并不表示他讨厌艾施，否则他也不会给艾施提供住宿，更不会有促成妹妹和艾施俩人好事的想法；他总是利用机会暗示这一男一女，而那个老姑娘听到这些暗示时，总是会露出一副娇羞状，发出咯咯轻笑表示抗议。是的，为了促成好事，他甚至不惜损害他妹妹的清白名声，因为他在食堂里毫不顾忌地当着所有人的面叫艾施"妹夫"，所以每个人都觉得艾施已经是他妹妹的裙下之臣了。不过，科恩这样做可不是单纯为了开玩笑，恰恰相反，他一边是想让艾施逐渐习惯这个称呼，一边又想通过公众舆论的压力，迫使艾施走入他凭空捏造的生活之中，变成他名副其实的妹夫。

艾施搬到了科恩的家里，没有丝毫的不乐意。以前经常过着放荡生活的他，这一次感到非常孤独。也许是因为曼海姆按号排列的街道，也许是因为这里没了亨畋妈妈酒馆中的烟酒味儿，又也许是与南特维希这个恶棍之间发生的往事仍然让他耿耿于怀，总之，他感到很孤独，所以就留在这对兄妹这里。尽管早就发现科恩家的寒风是从哪里吹进来的，但他还是留了下来；尽管没有想过要和这个老处女谈情说爱，但他还是留了下来。爱娜多年来收集了数量众多的各式衣物，还颇为自豪地给他看过，但他不喜欢；就算有一次，她故意把存款超过2000马克的存折拿给他看，他也丝毫没有动心。但看在科恩如此卖力、如此有趣地诱使他上钩的分上，他觉得自己值得稍微冒一点点险；当然，他得事事多个心眼，免得上当受骗。比如，要是在一起回家之前去食堂聚餐的话，科恩一般都会抢着为艾施的啤酒买单；又比如，当他们因为曼海姆啤酒混合饮料的口味太差而破口大骂，把它贬得一文不值时，科恩就会坚持两人再去斯帕滕啤酒店喝一杯。要是艾施先生快速把手伸进口袋里时，科恩就会再次拦住他："您有的是付账机会，妹夫。"然后，当他们在莱茵路上闲逛时，海关稽查员先生就会准时在明亮的陈列橱窗前停下，用他的大手拍拍艾施的肩膀说，"我妹妹一直想要一把这样的伞，我会买一把，在圣名纪念日①那天送给她"，或者说"这样的煤气熨斗，每家每户都应该有一个"，又或者说"要是我妹妹有台洗衣机的话，那她要开心死了"。可无论科恩怎么暗示，艾施一概都是一言不发，所以科恩就像以前面对那些不想知道如何拆解步枪的新兵一样怒不可遏；当两人并肩而行时，艾施越沉默，

---

① 即命名日，指与基督徒同名的圣徒纪念日。

胖子科恩对艾施露出的这副无耻嘴脸就越发恼火。

不过，在科恩出言相探时，艾施并不是因为吝啬才默不作声的。因为，他虽然生活节俭，爱贪便宜，可心中那个会计工作必须规矩、合法的信念，却不允许他无偿接受货物；享受就要回报，买货就得付款，而且他也认为，实在没必要急着买这买那的。在他看来，科恩的怂恿之意这么明显，要是真照做了，那他可就太蠢、太缺心眼了。所以，他暂时想到了一种奇怪的回报方式，既能让科恩得到一些好处，同时还能委婉地表明他并不急于结婚；晚饭后，他通常都会邀请科恩出去稍微转转，先去有女服务员的小酒馆喝两杯，最后必定会去那些花街柳巷鬼混一番。就算科恩叫姑娘的钱是自己买的单，有时两人这样一趟也要花很多钱。不过，之后在回家的路上，只要能够看到身旁同行的科恩一副闷闷不乐的样子，看他把唇上长得又密又黑的小胡子弄得乱糟糟，而且时不时咬几下，嘴里还咕哝着说“都怪艾施勾引我，不能再过这种放荡的生活了”，这钱花得就算值了。另外，第二天科恩总是会冲着妹妹发脾气，张口闭口都是她永远不能俘获男人的心，在她最不愿意被人提起的事情上捅一刀。而当她气急败坏地尖声说自己情史多、爱慕者多时，他就会轻蔑地提醒她：“那你怎么还单身一人呢？”

有一天，艾施终于把自己欠下的大部分人情债给还了。在穿过货运公司仓库的途中，看到一整套刚被卸下的剧院服装道具——一部分散装，一部分装在形状奇特的箱子中——时，他顿时起了好奇之心。一位胡子刮得干干净净的先生站在一旁，捶胸顿足地怒吼着，因为工人卸货时太粗鲁了，简直把他的无价之宝当成了柴火一样。当艾施摆出一副行家的派头，在一旁严肃地观看了一会儿，向仓库工人们提了些无关紧要的建议，以此明白无误地传达出一种信息，使那位先生把艾施当成有身份的专家时，成功地将陌生人滔滔不绝的连篇废话引到了自己身上，并且他们很快就亲热地交谈起来。在谈话中，这位胡子刮净的先生稍稍抬起帽子，向艾施介绍自己是一名经理。“我叫盖纳特[1]，以‘th’结尾的‘盖纳特’，是塔利亚剧院的新承租方，如果货运稽查员先生能携宝眷前来出席盛大隆重的开幕式，我会感到特别荣幸……”这时，货已经卸完了，“……同时，我也很乐意为此向您提供优惠入场券。”当艾施欣然同意时，盖纳特经理更是伸手从口袋里拿出纸笔，当场开出三张赠券。

现在，在杂耍剧院里，艾施和科恩兄妹一起坐在一张铺着白布的桌子前。剧院的开场节目是一个非常叫座的新节目——活动影像，人称“电影画面”。这些画面虽然得到他们三人以及其他观众喝彩的次数寥寥无几，因为人们只是觉得它们看着好玩，只把它们看成真正视听享受之前的开胃菜，但看到上演的那部喜剧中，用泻药搞出如此令人捧腹的滑稽效果，还有在突出紧要关头时制造的震天鼓声，人们还是被这种现代的艺术表演形式吸引住了。科恩

① 在德语中，“Gernerth”和“Gernert”两个名字发音相近。

拍着桌子哈哈大笑；爱娜小姐掩嘴轻笑，从手指缝里偷偷地向艾施投去一道卖弄风情的目光；艾施感到自豪，就好像他自己就是这部成功上演作品的发明者和创作者一样。他们抽着雪茄，烟雾袅袅升起，汇入别人吐出的烟雾，很快就在低矮的观众席顶棚下悬浮起一片烟云，在剧院顶层楼座照向舞台的聚光灯下显出一条银色光带。在一场口技表演之后的休息时间，艾施点了三杯啤酒，虽然剧院里的价格比其他地方要贵很多，但他的心里却非常舒坦；这里的啤酒寡淡无味，喝起来并不爽口，所以他决定不再点了，等演出结束后去斯帕滕啤酒店喝一杯。他又变得慷慨大方起来。当首席女歌手尽其所能唱出激昂、悲痛的曲调时，他意有所指地说："啊，爱情，爱娜小姐。"当送给这位歌手的掌声从四面八方如潮水般响起后，幕布又重新升起，整个舞台银光闪闪，上面放着几张镀镍小桌子和杂耍演员需要的其他镀镍器械。一块红色天鹅绒布的一端悬挂在几个支架上，另一端又盖住另外几个支架，布上放着球、瓶子、小旗和木棒，还有一大摞白色碟子。两头尖尖的镀镍梯子，也同样闪闪发亮，上面挂着二十多把飞刀，它们的长刃散发着冷冷寒光，并不亚于四周所有打磨得锃亮的金属。穿着黑色燕尾服的杂耍演员有一名女助手。他把她带上舞台的目的很明显，就是为了向观众展示她的明艳动人，而且她也可能为此才穿上缀满亮片的针织紧身衣，因为她只需要把碟子和小旗递给杂耍演员，或者在他做动作的过程中，根据他双手互击发出的信号，把它们扔给他。在完成这项任务的过程中，她脸上始终带着优雅的微笑。每次把木棒扔给他的时候,她都会用异国口音短促地大喝一声,也许是为了引起主人对她的注意,也许是为了乞求铁石心肠的他施舍她一点点的爱意。虽然他肯定知道,对她的冷酷无情会让自己失去观众的好感,但他还是看都不看这位漂亮助手,只有在台下掌声响起,台上需要鞠躬致谢时,他才会顺带着向女助手做一个动作,表示观众的掌声和欢呼也有她的一小份功劳。他若无其事地走到幕后,然后,仿佛刚才让她感受的屈辱从未有过一样,两人又一起融洽无间地把放在那里没人注意到的黑色大木板拿来,搬到早就在那的镀铬架子旁,把大黑板放好并固定在支杆上。接着,他们轻喝一声,微笑着相互鼓励,把竖起来的大黑板向前推到舞台前面,用此刻突然出现在地板上和侧幕中的铁丝固定。当他们一本正经地做完这一切之后,漂亮的女助手又短促地大喝一声,向大黑板蹦跳而去。只不过这块黑板太高了,她就算伸起双臂也够不着木板上缘。就在这时,人们也看到了黑板顶部装着的两个把手,看到了女助手缀满亮片的衣服在闪闪发光,看到了她背靠木板,看到了她这时伸手抓住两个把手,看到了她那略显僵硬和不自然的姿势,在黑色大木板的衬托下,显得分外清晰,就像一个被钉在木十字架上准备处死的人。不过,她一直都在优雅自如地微笑着,甚至现在也依然面不改色;那个男人一只眼骤眯,仔细打量了她一番后,走到她的跟前,虽然只是把她的位置稍微调了一下,但每个人都知道,接下来的表演容不得丝毫闪失,出不得半点差错。所有这一切都在轻柔的华尔兹舞曲乐声中完成,然后在杂耍演员的微微示意下,华尔兹舞曲立即停了下来。剧场里顿时变得鸦雀无声；在乐曲隐去之后，舞台上便涌起一种异常的孤独，服务员这时也不再把点心或啤酒端上桌子，而是激动地站在后面，站在被黄色灯光照亮的门旁。正想吃东西的观众，把仍然挑着点心的叉子放回盘中，只有舞台灯光师手中的聚光灯还在发出嗡嗡嗡的声音，稳稳对准像被钉在木十字架上的女助手。不过，杂耍演员已经抽出一把长飞刀，拿在那只要命的手中细细检查；他上身后仰，在用异域口音冷酷地大喝一声的同时，飞刀呼啸着从他的手中飞出，闪电般横越舞台，闷声插在这位像被钉在木十字架上的姑娘身旁。观众们还没有反应过来，他的双手就已抓满寒光闪闪的飞刀，而他的喝声也越来越急促，听起来越来越狠，也越来越狂野，一把把飞刀越来越快地呼啸着依次穿过舞台上方震颤着的空气，在越来越密的撞击声中插入黑板，围着那个窈窕纤细的娇躯，围着那张依然微笑如故的俏脸——脸色僵硬，却又故作镇静，似在求爱，又似在索取，似无所畏惧，又似被吓破了胆子。艾施差点没朝天举起自己的双臂，很想自己就是那个像被钉在十字架上的人，恨不得挺身站在那个柔弱女子的前面，替她挡住那些危险的飞刀；如果那个杂耍演员像经常会做的那样，询问观众中有没有哪位先生愿意上台站到黑板前面，艾施真的会踊跃举手。是的，他的心里冒出一个几乎能让他感到极度快感的念头，希望“自己孤单一人站在那里，然后自己可能就像甲壳虫一样被飞刀钉在黑板上”——当然，这得改一下，不然他只能脸对黑板，因为甲壳虫被钉住时不会腹部朝外。而“自己面对木板的黑暗，不知道致命的飞刀何时从背后飞来，给自己来个透心一击，并把自己的心钉在黑板上”这个念头具有如此非凡和神秘的诱惑，变成对新的力量和成熟的愿望，使他仿佛从梦想和幸福中惊醒一样。恰在这时，乐队用震天的鼓点和定音鼓、铜号的乐声，向甩出最后一把飞刀的杂耍演员致意，而女助手从已经围成一圈的飞刀中一跃而出，两人手拉着手，以身体为轴心，左右对称旋转，用空着的手臂虚画了个半圆，向长舒了一口气的观众鞠躬致谢。这是审判的号角。有罪之人会像虫子一样被踩死；那他们为什么不像甲壳虫一样被钉死呢？死神为什么要拿着大镰刀，而不是大长针，或者至少是长矛呢？他一直都在等待，等待着自己被唤醒去接受审判，因为就算险些成为无神论者，他仍然没有失去自己的良知。他听到科恩说“这真了不起”，这话听起来像是在亵渎神明；即使爱娜小姐说的是，“我，要是问我的话，我可不想这样赤手空拳地站在那里，当着全场观众的面让人向自己扔飞刀呢”，可艾施仍然觉得这话非常刺耳，于是很粗暴地把靠在自己膝盖上的爱娜的膝盖猛然撞开；这种人就看不得好节目，没有良心的无赖，说的就是他们。虽然爱娜小姐不停地表达自己的后悔之心，但他完全不为所动；在他看来，反倒是他在科隆的那些朋友的生活方式，更安全可靠、更老实本分。

在斯帕滕啤酒店，艾施一声不吭地喝着黑啤。他仍然沉浸在这种可以称作思念的心情之中，尤其是现在他正要把这种心情写在一张风景明信片上寄给亨畋妈妈。爱娜想插上一句“爱娜·科恩送上诚挚问候”，这是理所当然的；但巴尔塔萨也想插上一句，并坚持在“海关稽查员科恩送上问候”下面，画了一条加粗的结束线，像是对亨畋夫人的一种敬意。艾施不禁心头一暖，变得不确定起来：他真的体面大方地还清这对兄妹的人情债了吗？为了使这次的庆祝活动完满结束，他应该晚上偷偷摸到爱娜房里去的；要不是他之前这么粗鲁地撞开她，她肯定会给他留门的。是的，恰到好处的结束应该就是这样的，但他什么都没做，没有去迎合她。他觉得身子有点麻，没有继续琢磨爱娜的小心思，没去寻觅她的膝盖。所以，无论是在回家的路上，还是在回家之后，什么事都没有发生。不知怎么回事，他总觉得自己心中有愧，可随后又觉得，反正自己已经做得够多了，而且对科恩小姐付出太多的话，反而会给自己带来麻烦。他感到命运就在自己头顶盘旋，举着长矛威胁自己，要是继续行那猪狗不如之事，他随时会被刺穿；他觉得，自己必须对某人忠贞不贰，只不过，他也不知道那人是谁。

艾施仍然觉得心中非常不安，很清楚地有一种如芒在背的感觉，清楚到他认为自己可能被冷风吹到了，于是决定今晚在后背上凡是自己的手够得着的地方，都要抹上祛风药油。与此同时，亨畋妈妈看着他寄来的两张风景明信片，心中十分高兴，在把它们放到风景明信片纪念册中好好保存之前，临时插到柜台后面的镜框中。到了晚上，她便把它们拿出来，让常客们也看看。她这样做，或许也是为了避免有人在背后说三道四，说她偷偷地跟某个男人有书信往来；因为，如果她把明信片拿出来供客人们传阅，那就意味着，这些明信片不再是寄给她个人的,而是寄给她的酒馆的,她只是碰巧可以代表酒馆而已。因此,她也乐得让盖林去写回信,但不会让他自掏腰包,而是在第二天自己花钱买了一张特别漂亮的全景明信片。这种明信片的长度是普通明信片的三倍,完整展现了深蓝色莱茵河畔的整个科隆,而且下面位置够大,可以留下许多签名。她在最上方写道:"明信片非常漂亮。非常感谢!亨畋妈妈。"然后盖林说"女士优先",于是赫德和图斯奈尔达分别在上面签了名。接着是威廉·拉斯曼、布鲁诺·麦、赫斯特、沃罗贝克、呼尔森施密特、约翰的名字,后面是英国装配工安德鲁、舵手温加斯特的签名,在几个无法辨认的名字之后,最后出现的便是马丁·盖林的名字。然后,盖林写了通信地址:

曼海姆中莱茵航运股份公司
货运部仓库现任高级会计师
奥古斯特·艾施先生收

一切弄妥后,他便把明信片交给了亨畋夫人。在仔细阅读之后,她打开收银柜,从铁丝筐内放有钞票的那个宽格子中拿出邮票。在她看来,弄出这么一张有着许多签名的大明信片,算是非常抬举艾施了,毕竟在这个酒馆中,艾施可绝对算不上尊客。但她是那种做每件事都会力求完美的人,而且那张大明信片上虽然签了很多名字,却依然有一大片空白,所以她觉得这样有些美中不足,不过这也正好可以让一个身份更低微的人在空的地方签名，借机暗示艾施不要太得意。于是，亨畋妈妈把明信片拿到厨房里，让小厨娘签名。她对自己一石二鸟的灵机一动感到分外高兴，这不又送一个顺水人情，给小厨娘也带去廉价的快乐。

当她回到大堂里时，马丁正坐在他的老位置上，在柜台旁的一个角落里，埋首看着一份宣扬社会主义的报纸。亨畋夫人坐到他身旁，像往常一样开玩笑地说："盖林先生，您经常在我酒馆里看这种煽动性的报纸，会坏了我酒馆的名声的。""这些人净在报纸上乱写，我自己都很讨厌他们。"他回答说，"像我们这样的人还能做些实事，而这些家伙只会废话连篇。"对于盖林的回答，亨畋夫人又一次略感失望，因为她一直都盼着他能说些颠覆性的、充满仇恨的言论，借此来满足她对这个世界的怨恨心理。她有时也会拿起宣扬社会主义的报纸看几眼，但发现里面的内容相当温和，所以她希望盖林能说出比印在报纸上的更带劲一些的话。就这样，一方面她很高兴盖林对报社记者们也是一副嗤之以鼻的模样，因为她总是喜欢看到有人瞧不起别人；但另一方面，他仍然无法满足她的期望。不，这些无政府主义者都没什么本事，就这么一个坐在工会办公室里的人，跟坐在警局办公室里的警官没什么两样，成不了什么气候。因此亨畋夫人心中再次坚信，整个世界只是男人之间一场有预谋的游戏，只是为了祸害和辜负女人。她仍不死心地问道："报纸上哪些东西让您心烦了，盖林先生?""他们什么都不懂，就知道大声嚷嚷，"马丁咕哝道，"就知道喊着空洞的革命口号来蛊

惑我们。到时候吃苦头的还不是我们?”亨畋夫人对这个不是很懂,而且也不想再深入了解下去。只不过出于礼貌,她还是叹了口气:“是啊,都不容易。”盖林翻看着报纸,心不在焉地说:“是啊,都不容易,亨畋妈妈。”“像您这样的男人,总是奔走忙碌,起早贪黑……”盖林有些得意地说道:“像我们这样的人,想要每天工作八小时,还早着呢;先人后己,只有别人都有这种待遇了……”“这么好的男人也会被人拳打脚踢,痛揍一顿。”亨畋夫人不禁大为惊奇,摇了摇头,瞥了一眼自己在对面镜子里的发型。“在帝国议会中,在报纸上,这些犹太绅士们会大声疾呼,”盖林说,“可是当工会需要他们发声时,他们却当起了缩头乌龟。”这个亨畋夫人听得懂,她生气地插了一句:“他们无处不在,他们富得流油,他们就像发情的公狗一样,饥不择食。”她的脸上充满了掩饰不住的厌恶。马丁放下报纸抬起头来,忍不住微笑着说道:“或许也没这么糟糕,亨畋妈妈。”“是吗?您现在怕不是也站在他们那边了吧?”她尖刻地说道,声音里透着一丝歇斯底里的恨意,“就知道狼狈为奸、沆瀣一气,你们这些臭男人……”然后又极为突然地加了一句:“什么样的小镇,就有什么样的姑娘。”“也许就是这样,亨畋妈妈,”马丁笑着说,“但除了亨畋妈妈这里,上哪儿去找厨艺又好、上菜又快的酒馆。”听到这话,亨畋夫人的心情顿时好了许多:“可能在曼海姆都找不到。”她说着把明信片递给盖林,让他寄给艾施。

剧院经理盖纳特现在和艾施来往甚密。艾施是个急性子,所以第二天就买了一张票,不仅是为了再次见到那位勇敢的姑娘,而且也是为了在演出结束后去经理办公室看望一下盖纳特。盖纳特对他的到来略感惊讶。艾施说自己是买票看戏的客人,同时再一次为昨天的美好夜晚而感谢盖纳特。盖纳特经理本以为他又是来要免费入场券的,本来已经打定主意拒绝,听到这话后,脸上不禁露出了一抹感动之色。由于盖纳特的热情招待,艾施干脆坐了下来——这样就达到了他的第二个目的,认识杂耍演员特尔切尔先生和他那位勇敢的女友伊洛娜。他们表示两人都出生于匈牙利,至少只懂一丁点德语的伊洛娜是,而艺名为特尔替尼、在舞台上说着一口方言英语的特尔切尔来自普雷斯堡[①]。

盖纳特先生则是埃格尔兰[②]人,所以科恩第一次见到盖纳特先生时感到非常高兴,因为他觉得这实在是太巧了,埃格尔和霍夫是两个离得很近的小镇,两个可以算是老乡的人竟然都来到了曼海姆。不过,他语气中流露出来的喜悦和惊讶之情更像是一种假意的客套,因为他对于这种在他乡遇同乡之类的事情并不乐见,所以心里对此完全不感兴趣。他邀请盖纳特去自己兄妹俩住的地方坐坐,也有可能是因为他不能忍受自己暗中认定的妹夫与别人另有私交。同样,特尔切尔先生随后也被邀请一起去家里喝杯咖啡。

这时,他们几人正围坐在圆桌旁。在桌上的大肚子咖啡壶旁,

---

① 现斯洛伐克的首都布拉迪斯拉发的旧称,在地理位置上紧邻奥地利和匈牙利。

② 捷克西北部与德国接壤的一个地区,后文中的“埃格尔”是该地一座历史小镇,现更名为切布。

艾施提供的糕点被漂亮地堆成一个金字塔。这是个星期日的下午,天色阴沉,雨水不停地顺着窗玻璃流下来。想要挑起话头的盖纳特说道:“您这里可真是个好地方,海关稽查员先生,又宽敞,又明亮……”他向窗外望去,看着楼下那条惨不忍睹的城郊马路,看着路上一大摊一大摊的雨水。爱娜小姐说,就他们的条件来说,这里还是有点简陋,不过呢,金窝银窝,不如自家的草窝。盖纳特先生变得有点悲伤起来:“自家的炉灶,赛过黄金,是啊,您是可以这样说,但对于艺人来说,这是一个无法实现的梦想。唉,我就像一个无家可归之人,虽然我在慕尼黑有一套公寓,一套温馨舒适的公寓,我的妻子和孩子们都住在那里,但我几乎都不认识他们了。那我干吗不带着他们呢?一年四季到处跑,这不是孩子们该过的生活。完全不是。不,我的孩子不会做艺人,我的孩子不会。”他显然是一个好父亲,这番充满爱意和歉疚的话语,让爱娜小姐和艾施两人为之动容。也许是因为觉得有些孤独,艾施说道:“我是个孤儿,几乎都不知道我妈的模样。”“啊,天啊!”爱娜小姐惊呼道。似乎不太喜欢这种悲伤的谈话,特尔切尔先生拿起一个咖啡杯放在指尖上旋转着,使他们全都忍不住笑了起来——只有伊洛娜没笑,她自顾自地坐在椅子上,可能是晚上为了增强表演效果笑得太多了,所以想休息一下。现在近看时,她完全不像在舞台上那么可爱和柔弱,她的身材甚至有些丰满;脸部略显松垮,眼袋浮肿得很厉害,上面长满了雀斑。艾施疑心顿起,觉得她那头漂亮的金发也可能不是真的,而是一顶假发;但因为坐在她的身旁又会禁不住看见飞刀带着破空之声呼啸而过，所以他一下子就打消了这个念头。然后他发现科恩的眼睛也总往她身上瞄来瞄去，于是便问她喜不喜欢曼海姆，知不知道莱茵河，以及一些风土人情之类的问题，想要引起伊洛娜的注意。不过很遗憾，他没有得逞，因为伊洛娜只是偶尔才会搭腔，而且还是在不适当的时候说“哦，不用客气”，似乎根本不想和他或者科恩有任何关系。她认真地大口喝着咖啡，即使特尔切尔用他们老家的方言和她嘀咕着显然不是什么好话的时候，她也是心不在焉地听着。与此同时，爱娜小姐对盖纳特说：“世上最美之事，莫过于有个幸福的家。”她用脚趾轻轻地踢了一下艾施，可能是想鼓励他以盖纳特为榜样，但也可能只是让他不要搭理那个匈牙利女孩，虽然她自己也对匈牙利女孩的美貌赞不绝口：因为她哥哥看向那个女人的炽热眼神，并没有逃过她无时不在留心观察的目光。她觉得，抱得美人归这种好事留给哥哥为好，艾施还是靠边站算了。于是她亲昵地抚摸着伊洛娜的双手，连声称赞它们好白，还捋起后者的袖子，说伊洛娜小姐的皮肤细腻光滑，巴尔塔萨真该自己看看。巴尔塔萨伸出毛茸茸的大手摸了上去。特尔切尔笑着说，每个匈牙利女人的皮肤都像丝绸般光滑。爱娜也不是没有皮肤，她回答说：“皮肤好不好，全看保养，所以我每天都用牛奶洗脸。”“当然了，”盖纳特说，“您的皮肤非常好，简直太国际范儿了。”爱娜小姐那张松弛干瘪的脸笑得像朵花一样，露出几颗黄牙，上排左边还缺了一颗；她有点害羞，脸一直红到有些稀疏干枯的棕褐色的鬓角头发下。

暮色渐渐降临。科恩把伊洛娜的小手握得越来越紧，而爱娜小姐期待着艾施或者至少盖纳特，也如此这般地对待自己。她犹豫着要不要点灯，主要是因为巴尔塔萨根本不允许有人这样打扰，但最终她还是不得不站起来，去拿很显眼地摆在抽屉柜上的那个大肚子蓝色玻璃酒瓶，里面装着自制的利口酒。她一边骄傲地告诉大家，酿酒秘方是她自己的，一边给大家斟酒。这酒喝起来像变味的过期啤酒，但盖纳特却觉得非常爽口，甚至还拿起她的手亲了一下，以示赞赏。艾施记得亨畋妈妈不喜欢喝烧酒的人，心中觉得特别痛快的是，她可能会说出各种理由反对科恩喝酒，因为科恩正一小杯接着一小杯地喝着闷酒，每干完一小杯就咂咂嘴，舔舔唇上长得又密又黑的小胡子。科恩也为伊洛娜倒了一杯，也许她向来就是这样漫不经心和懒得动弹，任由他把杯子送到她的嘴边，并且也没有注意到他也抿了一口，小胡子上还沾了点酒，他还解释说："这算是一个吻。"伊洛娜显然没有明白过来，但特尔切尔肯定知道发生了什么。令人费解的是，他竟然只在一旁冷眼相看。也许他心如刀绞，只是因为太有涵养了才没有大声呵斥。艾施很想替特尔切尔大声呵斥，但他突然想起，特尔切尔在舞台上命令这个打下手的勇敢姑娘做这做那时的语气是多么粗鲁无礼；或者，特尔切尔就是想故意羞辱她？总该做点什么，他应该挺身而出，保护伊洛娜！特尔切尔只是饶有兴致地拍了拍他的肩膀，叫他"朋友"和"兄弟"，当他疑惑地看着特尔切尔时，特尔切尔指了指眼前的两对男女说道：

"喂,我们两个单身汉,必须齐心合力。""那我还真得帮帮您二位了。"爱娜小姐接过话茬说道,随后又换个位置,坐到盖纳特和艾施之间。盖纳特却伤心地说:"可怜的艺人总是遭人这般冷落……是的,就是那些生意人。"特尔切尔说道:"艾施先生可能不同意这么说,因为只有生意人还讲信用、有远见。剧院生意当然也是生意,甚至是最难的生意。我很佩服盖纳特先生,您不仅是我的经理,而且也可以说是我的合作伙伴,有着自己的行事风格。毫无疑问,您是一个非常厉害的生意人,虽然您并不总能以适当的方式充分利用您的成功机会。我,特尔切尔-特尔替尼,对这方面非常了解,因为我在做艺人之前,本身也是个生意人。结果怎样呢?我坐在这里,而我本可以在美国获得很多一流受聘机会的……难道我不是个一流的杂耍演员吗?"艾施脑海里不禁浮起一段模糊的回忆:做个生意人有什么好夸耀的。他们吹嘘的信用也并不是那么好。他就这么直接地告诉他们,然后说道:"当然也不能一概而论,就比如南特维希和冯·伯特兰主席,这两个都是生意人,但前者是个混蛋,后者……后者不是,后者是个好人。"科恩轻蔑地咕哝道:"伯特兰就是个开小差逃跑的军官,这谁都知道,装什么大尾巴狼。"听到这话,艾施并不生气,这也表明了,那两个人之间的差距再大也大不到哪儿去。但这并不重要,相较而言,伯特兰是个好人;况且,这些念头也只是在心里转转罢了,艾施可不敢去深究一番。特尔切尔继续发表自己对美国的看法:在大洋对面,非常好,在那里可以出人头地,不像这里拼死拼活却还是一无所有。接着他又引了一句诗:“美利坚,你更加幸运[1]。”盖纳特叹了口气:“唉,要是我只是一个平庸无奇的生意人,那有些事情现在就不一样了。我也曾富甲一方,尽管特别有生意头脑,但要命的是,我还有着艺人的天真,轻易相信别人,结果,差不多一百万马克的全部家当,一不小心被骗了个精光。是啊,就让艾施先生好好看看,盖纳特经理也曾如此有钱!一切皆如过往云烟[2]。嗯,失去的,我会重新夺回来的。我想搞一个剧院托拉斯,一个大型股份公司,到时候人们就算挤破了头也会抢购它的股份。只要与时俱进,何须为钱发愁。”他又亲吻了一下爱娜小姐的小手,让她把自己的杯子满上,品鉴着说道:“味道好极了。”他握着她的手不放,而她也心甘情愿、心满意足地任由他握着。艾施陷入了沉思之中,满脑子都是他们刚才说的话,几乎没有注意到爱娜小姐的鞋子踩在他的鞋子上,只是从远处看到黑暗中科恩那只黄色的手搭在伊洛娜的肩上,让人很容易猜到,巴尔塔萨·科恩正用他强壮的手臂搂着伊洛娜的肩膀。

最后,爱娜不得不把灯点上,然后众人都七嘴八舌地说着,只有伊洛娜一声不吭。由于这时候剧院已经开演了,他们又不想分开,所以盖纳特便出言相邀,请科恩兄妹俩前去观看演出。于是,他们纷纷做好准备,乘有轨电车去市内。两位女士坐在车厢里面,而男人们则站在电车平台上抽着雪茄。冰冷的雨滴打在他们火热

① 出自歌德所写的抒情诗《致美利坚合众国》。

② 原文为拉丁语。

的脸上,丝丝凉意让他们感到心旷神怡。

雪茄店老板叫弗里茨·洛贝格,奥古斯特·艾施经常去他那儿买便宜雪茄。他是个和艾施年纪差不多大的年轻人,可能这就是总和年纪大一点的人打交道的艾施会把他当成傻瓜的原因。尽管如此,这个傻瓜对艾施的生活还是有点影响的,不过影响不会很大。其实,艾施应该感到诧异:他为什么这么快就习惯,为什么偏偏就在这家店里买烟,成为洛贝格的老主顾。的确,这家店正好就在他上下班的路上,但这并不足以解释,他为什么这么快就在店里找到宾至如归的感觉。当然,店里干净整齐,是个能让人多待一会儿的好地方:空气中飘着浓郁而纯净的烟草味儿,闻起来让人心情舒畅;轻轻地抚摩着擦得锃亮的桌子,手上传来很舒服的感觉,桌子的一头是亮闪闪的镀镍自动收银机,边上总放着一小盒火柴和几个已经启封的样品烟盒,里面装着浅棕色雪茄。买一包烟,免费送一盒火柴。从中可以看出,店主为人慷慨,相当会做人。此外,洛贝格手上总是拿着一把特大号雪茄剪,如果有人想当场点燃雪茄,洛贝格就会咔嚓一声把伸过来的雪茄剪下一段。这地方真好,橱窗玻璃擦得干干净净,里面光线明亮、阳光充足、舒适宜人,在这种寒冷的日子里,白色地砖透着盈盈暖意,与货运部仓库中热浪翻滚、灰尘扑面的玻璃笼子相比,完全是一个天一个地。不过,他也只愿意在下班后或午休时来这里转转,仅此而已。虽然会对这里的井井有条赞不绝口,对自己辛苦干活之地的脏乱差骂不绝口，不过，这也就是嘴上说说，并不能完全当真，因为他心里十分清楚，无论他把账册和仓库清单弄得多么整齐有序，无论仓库工头怎么尽心尽力，箱子、货包和大圆桶也不能这样堆叠。而店里却恰恰相反，是很特别很悦目地处处横平竖直，处处体现出女人才有的仔细，而且这种仔细显得如此奇特，让他很难想象，或者只能很不舒服地想象，卖这些雪茄的可能是个姑娘。尽管店里收拾得非常干净，但这是男人该干的活，这种活会让他想起深厚的友情：男人之间的友情看起来就该这样，而不是像工会书记那样，虽然乐于助人，却又那么随意、草率、不认真。这都是些鸡毛蒜皮的小事，艾施实际上并不在乎，只是顺带着想到而已。另一方面，让人感到奇怪的是，洛贝格对这份命中注定的、本可凭此过上幸福生活的工作并不满意。更奇怪的是洛贝格对此不满意的原因，这些原因恰好很清楚地表明，洛贝格他就是个大傻瓜。因为尽管他在自动收银机上挂了块厚纸板，上面写着“吸烟无害健康”；尽管他在小雪茄盒里附上漂亮的名片，上面不但标明了雪茄店的营业地址和雪茄的特殊品种，而且还写了一句打油诗“每天抽好烟，医生扔一边”，但这些鬼话连他自己都不信。是的，他只是因为责任感和负罪感才抽自己的雪茄，他总是害怕自己会得所谓的烟民癌，总觉得自己的胃、自己的心、自己的喉咙，总之浑身上下都被尼古丁给祸害了。他个子瘦小，唇上稀稀疏疏地长着些似有若无的小黑胡子，一双四白眼暗淡无光。他那略微有些走样的举止动作与他平时的观念形成了奇怪的对比，就像他现在正做着的、也不想换的生意一样：他不仅把香烟雪茄看作毒害同胞和浪费国家财富之物，不停地说、反复地说必须帮助同胞戒掉这种烟毒，而且还特别提倡，人们应该过一种伟大、自然、真正德国式的生活，做一个伟大、自然、纯正的德国人，而他的心头之痛就是长不出健硕胸肌和浓密金发。不过，这一遗憾总还可以用加入禁酒与素食协会来弥补一部分的，所以在收银机旁，他总会放一些多半是从瑞士寄来的相关杂志。毫无疑问，他是个十足的傻瓜。

尽管这傻瓜的话中反复出现“拯救”这个诱人的字眼，但对于一逮到机会就喜欢抽雪茄、吃大份牛肉、喝葡萄酒的艾施来说，要不是发现这傻瓜的立场与亨畋妈妈的立场出奇地相似，他肯定觉得这傻瓜说的都是些无聊的老生常谈。当然，亨畋妈妈可是个理性的女人，甚至是一个特别理性的女人，所以绝对不会这样胡诌乱扯。不过，当信奉瑞士杂志中加尔文教观点的洛贝格，像牧师一样对肉欲享受大加批判，同时又像在无神论者集会上宣扬社会主义的演讲者一样，提倡在大自然的怀抱里过一种自由而简单的生活时，当他谦逊地暗示，这个世界不对劲，有一个可怕的账目错误，而且只能通过偷天换日般的手段重新记账才能解决问题时，在这样的混乱不堪中只有一件明白无误的事，即亨畋妈妈的酒馆和洛贝格雪茄店是一样的：她不得不从喝得醉醺醺的臭男人身上赚钱来维持生计，哪怕她自己也讨厌和鄙视这种生意和这些顾客。这无疑是一个巧之又巧的巧合，艾施脑子里已经在酝酿着，要怎样写信告诉亨畋夫人这件事，让她也对这样的巧合啧啧称奇一番。不过，他随后就放弃了这个想法，因为他想到，把亨畋夫人与一个品行端正的傻瓜相提并论，很可能会让她感到奇怪，甚至有可能心生不快。所以，他觉得还是以后亲口告诉她为妙。反正，他很快就要去科隆出差了。

不过，洛贝格的事还是值得一提的。一天晚上，当艾施、科恩和爱娜小姐三人共进晚餐时，艾施就忍不住把这件事告诉这对兄妹。

当然，兄妹俩都认识雪茄店老板。科恩有时候也会去洛贝格店里买雪茄，不过没注意到这人有什么怪异之处。“没人会注意他。”他默默地想了一会儿，然后附和艾施的看法，说这人确实是个傻瓜。但爱娜小姐却非常讨厌这个和亨畋夫人想法相似的人，特地问道：“莫非亨畋夫人就是艾施先生隐瞒了如此之久的心上人。亨畋夫人肯定是一位非常贤惠的女士，但我认为，与她相比，我也并不逊色。至于洛贝格先生的人品问题，如果有人像我哥那样，把窗帘弄得满是烟味，那当然不好；但另一方面，这至少让人知道家里有个男人。一个除了喝水什么都不干的男人……”她斟酌着字眼：“我会很讨厌的。”然后她问：“洛贝格先生到底有没有享受过女人的爱情?”“他可能还是一个纯情少男吧，这个傻瓜。”艾施说道。科恩想着自己也该凑凑趣儿，所以大声叫道：“纯情约瑟夫！”

无论是因为这个原因，还是因为他想监视自己的房客，又或只是自然而然地，科恩现在也会光顾洛贝格的雪茄店，而洛贝格却十分害怕这位海关稽查员先生，因为这位先生常常人未见声先到，而且到的还是叫骂吵闹声。他的害怕并不是没有道理的。几天后的一个晚上就发生了一件事。就在雪茄店快要打烊的时候，科恩和艾施一起来到洛贝格跟前，科恩吩咐道："快收拾一下，小伙子，今天就是你的告别纯真之日。"洛贝格无助地转着双眼，指着店里一位身穿救世军制服的男人。"蒙面人。"科恩说道。洛贝格显得有点不知所措："我的一个朋友。""我们也是朋友。"科恩说道，然后把大手伸向那个救世军军兵。这是一个脸上长着雀斑和几个青春痘的红发小伙，他已经学会了要友善对待每一个人；他对着科恩灿烂地微笑着，帮洛贝格解围："洛贝格兄弟答应今晚和我们并肩作战。我是过来接他的。""哦，你们要出去战斗啊，那我们也一起去吧，"科恩兴奋地说道，"我们是朋友嘛……""只要是朋友，我们都欢迎。"这个救世军军兵愉快地说道。没有人问一下洛贝格的意见；他的脸上露出一副被人撞破好事的表情，狼狈地把店门关好。艾施饶有兴趣地跟在后面，不过他很看不惯科恩那副颐指气使的嘴脸，所以友好地拍了拍洛贝格的肩膀，就像特尔切尔经常拍他的肩膀一样。

他们一行人步行来到内卡市郊。还在卡费塔勒路上的时候，他们就听到打鼓击钹的声音，当过兵的科恩已经在踩着鼓点走路了。走到这条路的尽头时，他们看见一群救世军军兵披着朦胧的夜色站在公园边上。这里下过一层薄薄的雪，路面湿答答的，在这一小队人聚集的地方，雪已经化成一摊黑乎乎的泥水，冷飕飕地渗入靴子中。少尉站在一张长椅上，在暮色渐染的天空下大声喊道："到我们这里来吧，让你们获得拯救吧，救世主即将前来拯救被俘的灵魂！"应者寥寥。当军兵们打鼓击钹唱起救赎之爱，赞美诗"主啊，万军之神，拯救吾等，啊，让吾永生"响彻全场时，站在周围的平民们没有几个一起合唱的，大多数人肯定只是因为好奇而来看热闹的。尽管这些老实的军兵们使劲唱着，两个女孩用尽全力敲着铃鼓，但天色越来越暗，他们周围的人也越来越少，和他们站在一起的很快就只剩下少尉了，而看客就只剩下洛贝格、科恩和艾施了。也许，洛贝格到现在都很想和他们一起唱，要不是科恩一个劲儿地捅他的腰眼吩咐他"洛贝格，一起唱"，他肯定会这么做，而且在艾施和科恩面前，他既不会害羞，也不会害怕。科恩这么做让洛贝格感到很不痛快，所以当有一个警察走过来要求他们全部离开时，他感到很开心。于是他们全都向托马斯啤酒店走去。不过，要是洛贝格也跟着一起唱就好了，没错，甚至可能会出现一个小小的奇迹，因为这又不是什么难事，甚至艾施都会高声赞美主和救赎之爱，没错，只需要一丁点火星，或许洛贝格的歌声就是那点火星。但这事已经过去，谁也无法确定了。

其实艾施自己也不知道那时那处发生了什么：两个女孩敲着铃鼓，她们的长官站在长椅上，向她们发出开始的信号。这让他很奇怪地想起了特尔切尔在舞台上对伊洛娜下的命令。也许是晚上突然冷得发脆的宁静，夜色在城市边缘戛然而止，就像剧院中的音乐一样，就像黑色枝丫纹丝不动，朝天刺向漆黑夜空一样；后面的广场上，弧光灯已经亮了起来。一切都那么令人费解。雪水带着刺骨的寒冷渗入鞋子；但并不只是因为这样，艾施才想站到没有水痕的长椅上面，宣讲如何才能平安喜乐，获得拯救解脱，而是因为那种很奇怪的，感觉自己像孤儿一样的孤独感又浮上了心头，他突然惊骇地意识到，自己一定会孤独终老。他心中生出某种模糊而又惊人的希望：要是他能站在长椅上就好了，而且好多了；他仿佛看到，伊洛娜就在自己眼前，穿着救世军制服，抬头看着他，等待着他发出敲响铃鼓和高呼"哈利路亚"的救赎信号。不过，科恩却挑衅似的站在艾施的旁边，从湿透了的海关大衣立领中传来一阵嘲笑。看到这一幕，艾施的希望立即胆怯地躲了起来。他撇了撇嘴，脸上露出一抹不屑之色，心里甚至有点庆幸，幸好自己和科恩不是一路人。不管怎样，警察把他们打发走了，这让他松了一口气。

洛贝格、那个脸上长着青春痘的救世军军兵和其中的一个女孩走在前面。艾施慢吞吞地跟在后面。是啊，像这样的女孩，不管敲铃鼓还是扔盘子，只管命令她们去做就是了，反正都一样的，只是衣服不同而已。她们歌颂仁爱，无论是在这里还是在那里，都一样。"完美的救赎之爱。"艾施不禁笑了起来，然后决定为此仔细察看这个勇敢的救世军女兵。当他们快走到托马斯啤酒店的时候，那个女孩停了下来，抬起脚，把湿得不成形的靴子搁在墙裙上，开始系鞋带。当她这时站着弯下身去，黑草帽碰到了膝盖，她看上去根本不像一个人，而是一个怪物，有着某种机械客观性的怪物;要是在别的时候看到女孩做出这种姿势的话,艾施肯定会在她翘起的屁股上拍一下,这时他却有点害怕,好像对此一点都没有兴趣,险些觉得自己和别人之间的又一座桥也断了。他渴望重新回到科隆。那天在厨房里,他很想伸手在亨畋妈妈的胸口摸一把。对呀,亨畋妈妈是可以弯腰系鞋带的呀。不过,每个男人都有相同的想法,就像心情愉快时,对每个人都用“你”来称呼的科恩那样,他指着那个女孩说道:“你觉得,她好弄到手吗?”艾施瞪了科恩一眼,但科恩并不就此消停:“这些救世军军兵们,可能相互之间也会乱搞。”说话间,他们来到了托马斯啤酒店,刚走进明亮吵闹的大堂里,便闻到一股混杂着烤肉、洋葱和啤酒的香味。

不过,科恩对这里感到很失望,因为救世军那伙人没像他们那样坐下吃饭,而是纷纷告辞,聚在大厅里卖他们的报纸。艾施不想和科恩单独坐在一起,所以宁愿他们不要走开:他心里仍然没有完全放弃那个模模糊糊的希望,盼着他们能把他在外面越来越暗的树木下感到却又不能领会的东西带回来。但反过来一想,他们摆脱了科恩的嘲笑也挺好的,要是他们把洛贝格也带过去就更好了,因为没有得逞的科恩现在想转移目标,开始拿洛贝格开玩笑了。科恩拿着一份洋葱烤牛肉和一升啤酒,想让这个无助的家伙破一下戒。但这个懦弱的家伙却坚决不碰,只是平静地说“信仰不是儿戏”,既不吃肉,也不喝酒。又一次失算的科恩只得把怒火发在酒菜上,一顿狼吞虎咽,把饭菜吃了个精光,一滴酒也没剩下。

艾施看着自己大啤酒杯杯底剩下的黑啤。真是奇怪,尽不尽兴,开不开心,竟然取决于干不干杯。不过,他心里还是对这个性子温和而又不失执拗的傻瓜生出一丝感激之情。洛贝格坐在那里,安静地微笑着,有时候让人觉得,他那双四白眼就要开始流泪了。但当救世军军兵在桌子之间来回穿梭又走到他边上时,他站了起来,好像要对他们大声说些什么。没想到的是,他竟然什么都没有说,就这么干站着,然后忽然又毫无征兆、毫无意义地说了两个凡是听到的人都觉得莫名其妙的字。他清楚地高声说出了"救赎"这两个字,然后又坐了下来。科恩和艾施两人面面相觑。当科恩用一根手指抵着额头,转着圈儿表示洛贝格的脑子有问题时,整个情况已经发生了极其奇怪和可怕的变化,就好像"救赎"这两个字自由地飘浮在桌子上,被一个看不见的旋转装置虚托着,甚至也脱离了说出这两个字的嘴巴。虽然对这个傻瓜的鄙视分毫没有减少,但救世之国似乎存在,可以存在,必须存在,或许只是因为科恩,这个撅着大屁股坐在托马斯啤酒店里的死畜生,懒得连下一个路口的事情都不去想,更别提去想什么获得自由,向往远方了。所以,虽然艾施远不是什么一本正经的人,相反他还用大啤酒杯在桌子上敲了敲,又要了一大杯啤酒,却也因此而变得像洛贝格一样沉默了。在酒足饭饱离开后,当科恩提议带"纯情约瑟夫"一起去找姑娘时,艾施却表示自己今天不去了,把满脸失望的巴尔塔萨·科恩一个人留在街上,自己送雪茄店老板回家,心满意足地听着身后传来科恩气急败坏地冲着他们高声咒骂的声音。雪已经停了，在吹面不寒的柔风中，那些不堪入耳的脏话就像彩带一样轻盈地飘动着。

当告别童年，开始担心自己注定会在孤独无助和遍地荆棘之中迎接未来的死亡时，每个人都会陷入这样的特殊困境，在这种其实无比可怕的特殊困境之中，每个人都会寻找一个可以在黑暗隘口携手前进的同伴。如果这个人已经知道，与别人同床共枕显然非常令人身心愉悦，那么这个人就会觉得，两人之间的肌肤相亲、灵肉相合可以延续至死：虽然有些东西看起来令人作呕，因为它发生在没有好好晾晒除味的劣质床单之间，又或是因为有人觉得，女孩在乎的只是年老之时能有个丈夫养活自己。但千万别忘了，每个人，即使像这个脸色微黄、面容瘦削、身材瘦小，嘴里左上角还明显缺了一颗牙齿的女人，也会吵着要寻找可以保护自己永远不会死亡、不会怕死的爱情，因为那种害怕死亡的极度恐惧每晚都会降临在这个孤枕难眠之人的身上，像熊熊火焰一样围着她，舔着她，而这时正是她脱衣之时。就像爱娜小姐现在所做的那样：她脱下搭扣严实的红色丝绒紧身上衣，然后褪下深绿色的布裙和衬裙，接着又脱下鞋子。但她的长筒袜，以及浆洗得发白的内衬裙仍然留着，她甚至连解开紧身胸衣的决心都没有。是的，她很害怕，但她调皮地微笑着，以此来隐藏自己内心深处的恐惧，然后借着床头柜上摇曳闪烁的烛火，没有再脱衣服就钻进了被窝。

这时，她听到艾施多次走过前厅，而且每次他发出的声音，都比他平时做这些家务时该发出的要吵得多。也许，这些家务本身就是可有可无的，因为他为什么要出来打两次水呢？水桶有那么重吗？前厅那么大，干吗把水桶刚好放在她的门前？把水桶放在地上时，需要发出这么大的声音吗？每次爱娜小姐听到这样的声音时，她也不甘示弱地弄出一样大的声响：在嘎吱作响的床上伸个懒腰，甚至故意踢一下床尾，还像困得不行了似的用刚好能让他听见的声音叹一口气“哦，天啊”，有时也会假装咳嗽清清嗓子。艾施可是个急性子，在他俩用这种方式你来我往地打了一会儿“电报”后，果断地溜进了她的房间。

爱娜小姐躺在床上冲着他微笑，露出少了一颗牙齿的牙槽，笑容里带着一丝调皮、奸计得逞的喜气，同时还带着几许亲热。他其实并不怎么喜欢她。尽管这样，对于她嘴里说着“别这样，艾施先生，您这是干什么，您还是赶紧出去吧”这样的违心之言，他还是没有理睬，而是镇静地留在了她的房间里。他这样做，不仅仅是因为他像大多数人一样，都非常好色；他这样做，也不仅仅是因为两个不同性别的人朝夕相处，现在又独处一室，很难抗拒两人身体的诚实反应，并且在“干吗不呢”这个念头的作祟之下，轻率地向身体缴械投降；他这样做，更不仅仅是因为他觉得她也有相同的渴望，并不把她似拒还迎的话当真。也就是说，他这样做，肯定不是仅仅为了遵从下半身的本能欲望，哪怕把嫉妒——就是每个男人看到有姑娘与盖纳特先生打情骂俏时都可能会感到的嫉妒——也算作下半身的本能欲望。对于艾施这种人来说,他这样做,还是为了找乐子而找乐子,有利于实现更高的目标。这个目标,他几乎没有想到;这个目标,让他身不由己;这个目标却又只是为了抑制深入他骨髓的巨大恐惧,即使这种恐惧有时似乎只有远离妻儿,孤身一人躺在旅馆床上的外派职员才有——会找又老又丑的女服务员过夜,有时会讲些动人的下流笑话,常常心怀愧疚的外派职员的恐惧和欲望。当然,在把水桶用力放在地上时,艾施就不再去想,离开科隆后自己心头一再涌起的孤独;也不再去想,在特尔切尔嗖嗖嗖地把一把把寒光闪闪的飞刀甩出之前,弥漫在舞台上的孤独。这时候的他,坐在爱娜小姐的床沿上,正俯身向她凑过去,想要索取,想要发泄,想从她身上得到并不只是普通贪淫之徒在欲望支配下想得到的东西,因为在表面上如此显而易见的举动、如此平庸不堪的念头背后,总是隐藏着某种被俘灵魂的渴望:渴望摆脱孤独,渴望获得拯救,获得他和她,也许所有人,当然也包括伊洛娜,都需要的拯救。但爱娜姑娘无法拯救他,因为无论是她,还是他自己,都不知道他想要什么。因此,当她不让他有进一步的举动,委婉地拒绝他,说出“这要等我们结成夫妻才行”时,涌上他心头的怒气不只是男人觉得扫兴才有的怒气,也不是单纯的怒火——因为他好笑地发现她衣服脱一半穿一半——而是怒气冲天,是彻底绝望,即使当他不客气而又不失冷静地回答说“好吧,那就算了”时,看起来也似乎和高贵两个字沾不上边。虽然在他看来,她的拒绝是天意在告诫他不要拈花惹草，但他还是迅速离开这里，在外面找了一个你情我愿的姑娘。这让爱娜感到很委屈。

从那天晚上起，艾施和爱娜小姐就处于公开的敌对状态。她不放过任何一个可以诱惑他，使他倾心于她的机会，而他也同样利用一切可以利用的机会，一次次地试探着，想把这个他不答应结婚就不情不愿的女人勾引上床。战斗，始于清晨，止于夜晚：在他还没穿上衣服的时候，她就把早餐拿进了他的房间，这种母爱泛滥的举动让他大发脾气；晚上她锁住自己的房门还是给他留门，他都无所谓。他们两人都避开“爱情”这个字眼，即使两人之间还没有公开仇视，只是相互搞些恶作剧，那也只是因为他们还没有占有对方。

他常想，和伊洛娜在一起的感觉肯定会不一样，肯定会好得多，但极为奇怪的是，他竟然不敢想她。伊洛娜是个好人，大概就像主席伯特兰是个好人一样。甚至对爱娜阻挠他和伊洛娜见面这种恶作剧，艾施也从来没有生气过——这其实正合他意，尽管这种卖弄风情的纠缠和混着咯咯声的玩笑让他烦得要命。伊洛娜现在几乎每天都来家里闲逛，和爱娜也顺理成章地成了好朋友。但艾施完全不明白这两个人在搞什么：每次回到家里，只要闻到那种虽然刺鼻却又总让他兴奋不已的劣质香水味，他就知道伊洛娜在这里，就会发现这两个女人又在很奇怪地无声对话着。伊洛娜连半句德语都没学会，所以爱娜小姐也只好闭口不言，只是亲昵地爱抚新闺密，把她推到镜子前，一边啧啧称赞着，一边轻轻拉扯着整理她的发型和连衣裙。但多数情况下，艾施觉得自己都是被拒之门外的。因为爱娜完全不给他任何机会，就是不想让他知道她的闺中密友在这里。有一天晚上，当门厅铃响的时候，他正心无杂念地坐在自己房间里。他听到爱娜开了门，要不是他房门中的钥匙突然转了起来，他也不会想到她们又在搞恶作剧了。艾施一个箭步跨到门前：他被反锁在房间里了！这个臭娘们把他反锁在房间里了！尽管他真的不用理睬这些幼稚无聊的玩笑，但这实在太过分了，于是他开始怒吼起来，砰砰砰地敲着房门，直到爱娜小姐终于把门打开，咯咯咯地笑着溜了进来。“好了，”她说，“现在我可以来陪您了……因为我们来客人了。不过，巴尔塔萨一个人作陪就可以。”艾施怀着一肚子怒火冲了出去。

当他深夜回来时，他在前厅里又闻到了伊洛娜的香水味。也就是说，她又来过这里，或者她肯定还在这里，因为他这时已经看到钩子上正挂着她的帽子呢。只是，她会在哪里呢？客厅里黑咕隆咚的。科恩在隔壁的卧室里打着呼噜。她不会不戴帽子就离开的！艾施把耳朵贴在爱娜的房门上偷听着；一想到里面有两个女人并排躺在床上，他的心里就又兴奋又郁闷。他小心翼翼地把门把手往下按了按，门没开——当爱娜小姐真想睡觉的时候，门总是会锁上。艾施耸耸肩走向自己的房间，丝毫不掩饰自己走路的声音。他在床上辗转反侧，无法安睡；他看着门外的前厅，空气中余香犹在，钩子上帽子仍在。他感觉到，事情有点不对劲，于是轻手轻脚地把家里查探了个遍。他似乎听到科恩房间里有人在低声耳语;不过,科恩可不是个悄声说话的人。艾施竖起了耳朵听着:科恩在呻吟,是科恩在呻吟,这绝对不会听错。然后,艾施,这个铁定不怕科恩的家伙,就光着脚飞似的逃回自己的房间里,好像背后有什么可怕的东西似的。他宁愿自己刚才什么都没听见。

第二天早上,爱娜把他从沉睡中叫醒,在他还没来得及发问之前,说道:"嘘!有个好消息——赶紧起来!"他迅速穿好衣服走出房间,走进厨房时,看到爱娜正在里面忙碌着。她过来拉着他的手,蹑手蹑脚把他带到她的房门前,把门开了一条缝,示意他往里面看。他看见伊洛娜在里面;床沿上垂下一只胳膊,圆润丰满、白嫩如藕,上面依然没有任何刀伤,略显浮肿的脸上挂着两个大眼袋。她还在睡着。

这段时间,伊洛娜经常深更半夜才到这里来,而艾施一直被蒙在鼓里。过了一会儿,艾施才意识到,她晚上是在巴尔塔萨·科恩那里过夜的,而爱娜等于是在用自己的身体为哥哥的奸情打掩护。

马丁来他的仓库办公室看他。很奇怪,照理说马丁在这里该是个不受待见的人,每个库房门卫都应该遵照指令把他赶出去,可他却总有办法混进来,当着大家的面,旁若无人地拄着双拐穿过一个个工作场所,根本没人拦住他,许多人甚至会热情地向他问好,肯定也是因为大家都心有顾虑,不想为难这个瘸子。艾施就是不想工会书记来这里打扰自己。一方面,马丁在外面等他也一样,但另一方面,他也信得过马丁:马丁知道什么时候该来,什么时候该走,是一个懂分寸的人。“早上好,奥古斯特,”他开门见山地说,“我只是过来看看你过得怎么样。你这里挺舒服啊,换了份好工作啊。”“这个瘸子是想提醒我,来这个该死的曼海姆,还得对他感恩戴德?不过,伊洛娜和科恩之间的风流韵事毕竟也怪不到马丁的头上。”艾施心里这样想着,嘴上只能没好气地回答说:“是啊,换得挺合算的。”无论怎么看,这话都没错。虽然马丁又让他想起以前的工作,想起南特维希,但他还是非常高兴自己和科隆没有任何关系了。他就像个窝主一样,仍然遮遮掩掩,没把南特维希的罪行公之于世,而且一想到自己在科隆的每个街头巷尾都可能碰到那个醋贩子,他就一点儿都没兴趣重新回到那里了。科隆或曼海姆,这根本不是什么交换——究竟要住在哪里,才能摆脱这肮脏的一切?不过,他还是问道:“大家在科隆都过得怎么样?”“一会儿再说,”马丁说道,“我现在没有时间。你中午在哪里吃饭?”艾施告诉他后,他就一瘸一拐地匆忙离开了。

对于这次的他乡重逢,艾施心里真的非常高兴,虽然这时候离中午还有一段时间,可急性子的他却几乎一刻都等不及了。一夜春来。艾施把大衣留在仓库里。简易库房之间的铺路石在和煦的阳光下柔柔地散发着温暖的光芒,墙角石缝里也一下子就冒出了嫩草。经过货物装卸台时,他把手放在用来包住坑坑洼洼的木板的铁框上,感到铁框也微微变暖了。要是不调回科隆的话,他一定得把自行车弄到这里来。他轻轻地深吸了口气。饭菜的味道完全不同，也许是因为餐室的窗户是开着的。马丁说："我这次是因为罢工的事情才过来的，要不然就不会这么匆忙了。但南德地区和阿尔萨斯地区的工厂出事了，而且这些事情很容易四处蔓延开来。就我而言，他们想怎么罢工就怎么罢工，但我们现在不能推波助澜了。如今搬运工人的罢工简直是疯了……我们是个没钱的穷工会，总工会一分钱都不拨……这将是一场非同小可的大崩溃。当然，水手们是指望不上的，这样一群傻瓜一门心思想要罢工时，鬼都拦不住他们。他们迟早都会打死我的。"他和颜悦色地说着，语气之中竟不含半点恨意："现在，他们又开始在我背后大声诋毁，说我被航运公司收买了。""被伯特兰？"艾施感兴趣地问道。盖林点头说道："当然，伯特兰也有份。""真是无耻。"艾施忍不住骂道。马丁笑着说："伯特兰？他为人相当正派的。""哦，这样啊，他是个正派人啊……那说他是开小差的军官这个消息是真的吗？""真的，据说他离开了军队——这么说只是为了好听些。""哈，是吗？这么说只是为了好听些？什么都是不清不楚的。"艾施心里很窝火地想着，"什么都是不清不楚的，哪怕春日如此明媚可爱。"他说道："我只想知道，你为什么还要继续做这份工作？""每个人都应听从上帝的安排，各司其职。"马丁说道，沧桑却又孩子气的脸上满是虔诚。然后他转达了亨畋妈妈的问候，告诉艾施，大家都很想艾施快点回去看望他们。

饭后，他们一起向洛贝格的雪茄店走去。他们并不着急。马丁躺在柜台前的橡木椅子上，这把笨重的椅子和店里的其他家什一样,磨得锃亮,而且看起来相当结实。马丁有个习惯,只要转个身就能拿到的书报,他都会拿来看看。这时也跟往常一样,他翻看着提倡禁酒和素食的瑞士报纸。“噢,天啊!”他惊呼道,“简直和我志同道合啊。”洛贝格顿时翘起了小尾巴,但艾施却给他泼了盆凉水:“哦,他也是个爱喝柠檬水的家伙。”为了彻底打击他,艾施又补充道:“盖林今天有个盛大的集会,真正的集会——可不是什么救世军!”“太遗憾了。”马丁说道。洛贝格一向非常喜欢参加公众集会,听别人发表演说,这时便马上建议过去看看。“您最好不要去,”马丁说,“至少艾施不能去,要是被人看见了,他会有麻烦的。而且,事情肯定不会那么顺利的。”艾施不太担心自己会工作不保,让他感到奇怪的是,参加集会似乎就等于在背叛伯特兰。洛贝格倒是大胆地说:“我肯定会去。”这个滴酒不沾的病秧子让艾施感到很惭愧:不,他不能任由朋友毫无防备地身处危险之中;要是这样做了,那他还有何面目再去面对亨畋妈妈!只不过,他只字未提自己的打算。马丁解释说:“我相信,航运公司会派几个捣乱分子过来的;他们非常想把罢工这潭水给搅浑。”虽然南特维希不在航运业,只是一个肥胖的酒行主管,但对于艾施来说,这种下作手段的背后,似乎也有这个油腻恶棍的影子在作祟。

集会照例在一家小酒店的大厅里举行。门口站着几个警察,虎视眈眈地盯着每一个正要进去的人,而正要进去的人都露出一副对门口的警察视而不见的样子。艾施来迟了。当他正要进去的时候,有人拍了拍他的肩膀,他转过身来一看,原来是码头执勤队的片区督察:“是什么风把您给吹来了,艾施先生?”艾施迅速镇定了下来,说道:“说实话,只是好奇而已;我听说,我在科隆认识的工会书记盖林会在这里发言,又因为我现在,可以说也是航运公司的一分子,所以对整件事情都挺感兴趣的。”“我劝您还是就此罢手,艾施先生,”片区督察说道,“正因为您是其中的一分子,这件事情看起来很棘手,对您没有任何好处。”“我就看一眼。”艾施打定了主意,然后走了进去。

低矮的大厅里挤满了人,墙上挂着德皇、巴登大公和符腾堡国王的画像。讲台上放着一张铺着白布的桌子,桌后坐着四个男人,其中一个便是马丁。艾施一开始还有些嫉妒,因为连他也坐不到这么显眼的位置上,但下一刻他便惊讶于自己竟然会注意到那张桌子,因为大厅里人声鼎沸,一片混乱。过了好一会儿,他才注意到,大厅正中有一个人站在椅子上,说着听不懂的话,而且每说一句——他似乎特别喜欢“煽动者”这个词——都会振臂一挥,好像要把这句话扔到讲台桌子上。这是一种气势悬殊的对话,因为从桌子那头传来的回应是几声丁零当啷的,在嘈杂声中几不可闻的铃声,但当马丁一手拄着拐杖,一手扶着椅背站起来时,喧嚣声逐渐消失,铃声最终还是盖过了那人的最后一句话。艾施虽然不能完全理解马丁所说的话,但能感觉到,脸上带着一丝倦意、嘴角挂着一抹嘲意的马丁是个经验老到的集会发言人,与周围那些大声嚷嚷、吵个不停的人相比,马丁一个人就能抵他们全部。看起来,马丁似乎一点都不在乎大家在不在听自己讲话,因为他微微一笑,停了下来，镇静地听凭“资本家走狗”“无耻流氓”“御用社会主义分子”的呼声淹没自己，直到在一片起哄声中突然响起一声更尖锐的哨子声。在突如其来的沉默中，一名警官出现在讲台上，简要地说：“我以法律的名义宣布，本次集会解散，大家全部离开大厅。”被一帮蜂拥而出的人群挤到门外后，艾施还看到，那位警官正转身看向马丁。

大多数人都不约而同地向酒店后院的门口挤去。这当然没用，因为这时整个酒店都被警察包围了，每个人都要证明自己的身份，要不然就会被带去警察局。在大门口还好，人不算多，不是很挤。艾施很幸运地又碰到了那位片区督察，于是急忙说：“您说对了，就这一次，下不为例。”就这样，他逃过一劫，没被追究。但这事还没有结束。大家这时安静地站在酒店前，只是小声咒骂着委员会、工会和盖林。然后，人群中突然传起一条消息，说委员会成员和盖林都被逮捕了，警察只是等着人群散开，好把他们带走。大家的心情一下子跌到了谷底；哨声再次响起，大家准备向警察冲去。那个态度友好的督察，一直停在艾施身旁，这时推了他一下：“您现在还不赶紧走，艾施先生。”艾施明白，自己在这里也帮不上什么忙，于是便偷偷地溜到下一个路口，希望路上至少能碰到洛贝格。

过了好一会儿，当大家还在酒店前吵个不停时，又有六名骑警快马赶到。大家都知道，警马虽然温顺，但指不定也会耍耍马疯，所以它们的到来很神奇地让很多人的神色为之一变。就这样，这支小小的骑警增援队伍起到了决定性的作用。艾施还看见，有几个戴着手铐的工人在其他人的沉默惊慌中被押走了。随后，街上就变得空空荡荡了。凡是还两个人站在一起的，都被失去了耐心的警察毫不客气地赶跑了。艾施有理由相信，自己留在这里的话，也会得到同样的粗暴对待，于是便离开了。

他去了洛贝格的雪茄店。洛贝格到现在还没回来，于是艾施便守在店门前，在微暖的春夜中静静地等着。真希望他们没有把洛贝格也铐起来带走，虽然铐走的话，其实更让人开心。天啊！要是爱娜看到这个总是一本正经的家伙戴着手铐，她会怎么说？就在艾施等得不想再等的时候，洛贝格回来了，脸上满是激动之色，一副快要哭了的样子。“像这样的事情，我还从来没有经历过，简直是闻所未闻，见所未见。”渐渐地，艾施从洛贝格语无伦次的叙述中了解到，集会一开始进行得相当安静，尽管盖林先生说得很好，但大家还是对他高声说着各种污言秽语。“没错，然后有一个人，显然属于盖林先生中午提到的那些个捣乱分子，站起身来做了措辞激烈的演说，猛烈抨击资产阶级、国家甚至皇帝，所以警官不得不出言警告，说如果再有此类言辞，他就要结束集会了。我真不明白，盖林先生一定很清楚自己面对的人有多么狡猾，可为什么不去揭穿这个捣蛋分子的身份，反而保护他，为他争取到自由发言的机会。嗯，然后情况就变得越来越糟，最后集会也被解散了。委员会成员和盖林先生确实被捕了——这我可以保证，因为我是最后一个离开大厅的人。”

艾施感到非常惊愕，甚至比他自己想的还要惊愕。他只知道，自己得喝点酒，才能在微醺之中让世界恢复秩序：马丁，一个反对罢工的人，被捕了，被跟航运公司和开小差的军官穿一条裤子的警方逮捕了；警方，用卑鄙无耻的手段逮捕了一个无辜的人——也许是因为艾施还没有把南特维希这个家伙交给警察！不过，片区督察对他相当友好，甚至还偷偷保护他。艾施心里猛然涌起一阵怒火，很想倾泻到洛贝格头上。这个该死的，手上总拿着柠檬水的傻瓜，这时候一副惊慌失措的样子，可能这家伙原以为自己参加的只是一场无伤大雅、用来励志打气的社团活动，根本没有意识到事情竟然真的会变得如此严重。艾施突然觉得这种社团活动非常讨厌：为什么会有这么多社团、协会？他们只会乱上加乱，很可能就是造成这一切的罪魁祸首。他丝毫不留情面地训斥洛贝格："赶紧扔了这该死的柠檬水，要不然我就把它从桌上扫下来……要是您喝杯正宗的葡萄酒，那您至少还可以头脑冷静地回答问题。"但洛贝格只是睁着那双大得让人无法理解、这时还带着血丝的眼睛看着艾施，根本无法消除艾施心头的疑惑。第二天，当他听说搬运工人、水手因为工会书记盖林被捕而罢工抗议时，他的疑惑变得更大，心里变得更烦了。盖林被检察机关指控犯有煽动罢工罪。

在演出的时候，艾施坐在盖纳特的那间所谓的经理办公室里。这个办公室总是让他想起自己仓库里像笼子一样的玻璃隔间。在办公室外面的舞台上，特尔切尔和伊洛娜正在表演飞刀绝技，他听得出一把把飞刀嗖嗖飞出，又砰砰地钉在大黑板上。在写字台上方有一个小白盒，上面像模像样地弄了一个红十字，里面应该放着绷带。毫无疑问，里面早就没有绷带了，小盒子也几十年都没打开过了，但艾施坚信，伊洛娜随时都有可能被抬进来，用绷带把她流着血的伤口包扎起来。不过，伊洛娜并没有过来，来的是特尔切尔，他头上微微冒汗，脸上略显自豪，用手帕擦了擦手，说道："功底扎实、技艺精湛、表演娴熟……薪水也该与之相当啊。"盖纳特正拿着笔记本算账：剧场租金 22 马克，各项税金 16 马克，灯光照明 4 马克，薪金……"您就不能停一下嘛，"特尔切尔说，"不用说了，我都听腻了……在这桩生意上，我投入了 4000 克朗，而这笔钱可能要打水漂了……为什么要这样对我……艾施先生，您身边有没有人想接手的？我可以给他打八折，另外再给您 10%的佣金。"艾施已经听过这些牢骚和提议了，所以一点反应也没有，尽管他很乐意买断特尔切尔，这样自己就能和伊洛娜一起远走高飞了。

艾施的心情不是很好。自从马丁入狱之后，艾施的生活就彻底变得黯淡无光了：和爱娜的吵闹玩笑，让他越来越无法忍受，越来越觉得讨厌，这倒还在其次，更气人的是，伯特兰竟然和警察沆瀣一气，警察的手段如此龌龊，而伊洛娜和科恩之间的关系，无论是两个当事人还是爱娜，都不再遮遮掩掩，看着就心烦。真让人恶心。这些乱七八糟的事情，他根本不愿意想起。伊洛娜可是个好人啊。是的，她最好杳无音讯，她最好消失得无影无踪，永远不再回来。还有伯特兰主席，还有他的中莱茵航运公司。当伊洛娜换好了衣服走进来，在男人们的无视中，不声不响、一脸严肃地坐下时，艾施才恍然大悟：现在科恩很快就要过来把她带走了；这家伙最近经常在这里进进出出的。

伊洛娜是真心爱上了巴尔塔萨·科恩这个胖子，也许是因为这个家伙让她想起了自己花季灿烂时曾经爱过的某个士官，也许只是因为他与做事精明圆滑、心肠冷漠无情、性格懦弱却透着一股狠劲儿的特尔切尔完全两样。可对于这些事，艾施根本想都不想。这个注定会献身于崇高使命的女人，他正是为此才主动放弃她，现在却屈身于科恩这个家伙，这让他实在无法忍受。最莫名其妙的却是特尔切尔的态度。那家伙显然是个皮条客，但没人会关心这个。再则，整件事情也不会给特尔切尔带来多少好处。科恩花钱大方，穿着科恩送的新衣服，伊洛娜看起来非常漂亮，漂亮得让爱娜小姐心生醋意，对让哥哥花钱如流水的这桩桃色恋情，也不再像起初那样热心了。但无论如何，伊洛娜还是不肯接受科恩塞给她的钱，连礼物也非得科恩硬送才肯收下。她是如此深爱着他。

穿着制服的科恩刚进门，伊洛娜就扑到他的怀里，嘴里亲昵地说着东方情话。不，不能坐视不理！特尔切尔笑着说："就让她好好享受吧。"当他们两人走出门口时，特尔切尔在后面用匈牙利语冲她高声说了几句，说的显然不是什么好话，不但伊洛娜恨恨地瞪了他一眼，连科恩也半开玩笑半认真地扔下一句话："小心再把您打个半死。"特尔切尔没把这句话放在心上，而是把注意力拉回到他喜欢的生意上，想了一下说道："我们得拿出一些成本不高，又能吸引人的节目来。”“哦,他又有重大发现了,这个特尔切尔-特尔替尼先生。”盖纳特说完又在笔记本上算了起来,然后又抬起头来说:“对了,女子摔跤比赛怎么样?”特尔切尔牙齿上下相合,嘴里呲了一声:“可以考虑,当然,一分钱不花也不行。”盖纳特潦草地写着数字:“钱是要花一些的,但不会很多,反正女人们又不贵。不过,要穿针织紧身衣……肯定有人感兴趣的。”“我很愿意教她们,”特尔切尔说,“我也可以当裁判。只是,在曼海姆吗?”他脸上露出不屑之色,“好像有人对这里生意的好坏一点都不上心。您怎么看,艾施?”艾施没有什么明确的想法;但心里却冒出一个念头,希望借着剧院搬迁的机会,使伊洛娜摆脱科恩的魔爪。因为这个办法最简单,所以他说:“我觉得,科隆是举办摔跤比赛的绝佳场所。那里去年就有马戏团摔跤比赛,当然是正经的比赛,里面挤满了人。”“我们也会很正经的。”特尔切尔打定了主意。他们来来回回讨论了很久,最后决定委托艾施,过一阵子回科隆时与经纪人奥本海默好好谈一谈,到时候盖纳特会写信给奥本海默的。除此之外,要是艾施还能为这个计划搞到一笔钱的话,那可就不只是为朋友出力了,艾施也会得到额外好处的。

艾施暂时也不知道谁会出钱,但心里却马上就想到了算得上有钱人的洛贝格。不过,纯情约瑟夫会对女子摔跤比赛感兴趣吗?

虽然警察提前逮捕了相关的工会领袖,让水手和码头工人陷入了群龙无首的混乱之中,但罢工运动至今已经持续十天了。虽然也有工人想去干活，但他们人数不够，没办法完成火车装货工作，而且水上航运本来就有部分瘫痪了，所以他们的作用只是为了救急。仓库里就像星期天一样，一片安静。因为在罢工结束前可能无法调离曼海姆了，所以艾施觉得很恼火，这时他正懒洋洋地在仓库里闲逛，偶尔在门柱上蹭了几下后背，最后给亨畋妈妈写了封信。信中说了马丁被捕入狱的事情，说了洛贝格的事情，但只字未提爱娜和科恩的事情，因为他觉得这一对兄妹做的烂事真恶心。然后他又买了些风景明信片，寄给最近几年和他有过露水姻缘，并且他还记得起名字的所有姑娘。在外面的阴凉处，工头们和仓库保管员们站在一起；在一节空车皮半开着的滑动门后，有人在玩牌。艾施心里盘算着自己到现在为止有多少女人，还有谁自己也可以写封信。但他没有成功，这在他看来就像仓库里的一笔烂账，为了彻底算个清楚，他开始在纸上列出各个女人的名字，并在每个名字后面写上年月，然后再逐个相加，最后得到了一个心满意足的结果，尤其是科恩正好进来，并像往常一样向他吹嘘伊洛娜是一个多么出色的女人，一个热情如火的匈牙利女人的时候。艾施把名单藏在口袋里，任由科恩继续说着；反正这个家伙也没多少机会这样吹嘘了。只要罢工一结束，海关稽查员先生还想纠缠伊洛娜，那就得跑到科隆去，也许会更远一点，甚至得跑到世界的尽头。他在心里为这个家伙感到难过，因为他也不知道，这个家伙将面临什么样的打击。巴尔塔萨·科恩继续眉飞色舞地吹嘘着伊洛娜的芳心是如何被自己俘获的，吹得口干舌燥后才停下来，然后拿出一副扑克牌。他们俩一起热情地找了一个牌友，然后三个人一起打了一整天的牌。

晚上，艾施去找洛贝格，他正坐在自己的店里，嘴里叼着一支香烟，专心地看着宣扬素食主义的报纸。看到艾施进来，他便放下了手中的报纸，开始说起了马丁。“这个世界中毒了，”他说，“不仅有尼古丁、酒精和兽肉，而且还有一种更厉害的毒，而我们却对其所知甚少……就像脓疮一样突然裂开。”他眼角湿润，神色激动，看起来一副有病的样子。也许，他真的中毒了。站在洛贝格面前，艾施看起来身材修长而健硕，可脑袋却在打了一整天的牌后变得空空如也，他听不懂这个傻瓜话里的意思，听不出话里说的是马丁被捕入狱的事；一切都笼罩在一片傻瓜似的迷雾中，他心中只剩下一个念头，赶紧解决让洛贝格投资剧院生意的事情。他说话不喜欢兜圈子，直接问道：“您愿意投资盖纳特剧院吗？”听到这话，洛贝格吃了一惊，睁大了眼睛，只发出一声：“嗯？”“哦，我是说，您愿意合伙做剧院生意吗？”“可我已经在做雪茄生意了呀。”“您一直都在哭丧着脸，说自己不喜欢现在这个生意，所以我才觉得，您做其他生意可能会开心一点。”洛贝格摇了摇头说：“只要我妈还活着，我就得继续经营这个雪茄店，这个店有一半是她的。”“太遗憾了，”艾施说，“特尔切尔觉得，女子摔跤比赛的投资回报率会有100%。”洛贝格根本问都没问摔跤比赛是怎么回事，只是说道：“太遗憾了。”艾施接着说道：“我也挺讨厌我的工作。他们现在搞罢工，这真是太恶心，搞得我们只能傻傻地坐在那里，无所事事。”

“那您想做什么呢？您也要去剧院吗？”艾施在心里盘算着。去剧院便意味着，跟盖纳特和特尔切尔一起，待在某个满是灰尘的经理办公室里。自从他在幕后无事闲逛过几次后，女艺人在他的眼里，也不过就是如此，跟赫德和图斯奈尔达没什么差别。如今的他真的不知道，自己到底想要什么，日子过得如此百无聊赖。他说：“远走他乡，移民美国。”在一份画报上，他见过纽约的景象，它们此时又浮现在他的脑海里。画报上还有一张关于美国拳击比赛的照片——这把他的思绪重新引到摔跤比赛上。“要是能快速赚到足够的车船费，我就去美国。”他自己也很惊讶地发现，自己竟然是认真的，而且还开始认真地算着：他差不多有300马克。把这些钱投入摔跤比赛这个生意中，他确实可以赚上一笔钱。那么，像他这样有力气、有能力、有会计工作经验的人，为什么不在那里碰碰运气，到美国去闯一闯呢？就算看不到全部，至少也能看到世界的一个角落。或许，特尔切尔和伊洛娜已经拿到纽约的聘用合同了，因为特尔切尔经常这么说。洛贝格打断了他的思绪：“您恰好还会说那里的话，可惜我不会。”艾施得意地点着头说：“没错，法语我还行，养活自己总没问题，英语应该也不会太难——可投资摔跤比赛，又不要求您掌握其他语言。”“不，不是说这个，我是说去美国。”洛贝格说。虽然洛贝格无法想象，有人，或者他自己，竟会住在别的城镇而不是曼海姆，但他们两人这时却变得像打算同闯天涯的伙伴一样，讨论起横渡大西洋的费用和攒到这笔钱的办法来。因此自然而然地，他们又重新回到女子摔跤比赛的赚钱机会这个话题上，洛贝格再三考虑之后，决定从店里抽出整整1000马克，投资到盖纳特的生意中。这虽然还不足以买断特尔切尔的股份，但至少是一个非常好的开端，更何况还有艾施的300马克呢。

这一天，以平淡开始，以圆满结束。在回家路上，艾施不断地想着，自己还可以从哪里搞点钱，把剩下的窟窿给补上，然后灵光一闪，他突然想到了爱娜小姐。

虽然爱娜很想借钱给艾施，用债务把他死死地拴在自己身上，但她此时仍然坚持原则，说这笔钱只能交给自己的丈夫。当她打趣似的表明自己的想法时，艾施的鼻子都气歪了："您把我当什么人了！以为这钱真是我自己要的吗？"不过，在说这句话的时候，他就觉得不对劲，这其实根本不关钱的事，爱娜小姐错得极其离谱，别人怎么说她都不明白。这笔钱，当然只会用来买下伊洛娜，当然只会用来防止再有飞刀甩向那些手无寸铁的姑娘，他当然不会把钱占为己有，但这仍远非他的全部想法，因为他除此之外完全不想从伊洛娜那里得到任何东西——绝对不，这钱是别人的——他甚至很高兴自己必须放弃，他对伊洛娜不感兴趣，不想和她有任何牵连！他有更重要的事情要做。所以，他有理由冲着竟然指责他自私自利的爱娜发火，有理由毫不客气地冲着她大声呵斥：不借就不借，你自己留着吧。不过，爱娜却把他的发怒当作他的心虚，很高兴自己戳中了他的痛处，咯咯咯地笑着，一边说着在她面前少来这一套，一边却想起霍夫镇的那个外派职员，那人不仅享受了她的温柔宠爱，而且还让她损失了50马克，她到现在都觉得心痛不已。

总的来说，今天是爱娜小姐的好日子。艾施有求于她，而她可以拒绝；还有件开心事是，她穿了一双新鞋，而且又合脚又好看。她坐在长沙发上。因为有点得意忘形，又想略示嘲弄，她让自己的脚从裙子的下摆露出，让脚尖晃来晃去；皮革轻轻地发出嘎吱嘎吱的声音，让人心情放松，脚背上也传来很舒服的感觉。因此，她一点儿都不想结束这么开心的谈话，尽管艾施很粗鲁地结束了谈话，她还是再次问道："您干吗要这么多钱?"艾施再次回答道："这钱您就自个儿留着吧，能在剧院生意中分一杯羹，洛贝格不知道有多开心呢。""哦，那个洛贝格先生，"爱娜小姐说，"他正好有钱，拿得出来。"在某些情况下，任性正是爱的表现，而借着这股任性劲儿，爱娜小姐现在宁愿自己倾心的是某个无关紧要之人，而不是艾施先生，至于后者，只有结了婚才能得到她的钱。是的，任性的她，现在很想激怒艾施，把钱给洛贝格，而不是他艾施。她把脚尖晃来晃去："嗯，和洛贝格先生合作，那就不一样了。他可是规规矩矩的生意人。""一个傻瓜而已。"艾施说道，一半是因为心里就是这么认为的，一半是因为嫉妒。感觉到了他内心的嫉妒，爱娜小姐不由感到心头大畅，因为这正是她要的结果。她还想在他的伤口上撒把盐："我不会把钱给您的。"奇怪的是，这句话现在却没有任何效果。这跟他有什么关系？他已经放弃伊洛娜了。把她从飞刀下解救出来，本来就是科恩应该操心的事情。艾施看着爱娜晃来晃去的脚尖，要是现在告诉她，她的钱最终都会用在科恩身上，她恐怕会惊讶得目瞪口呆吧。当然，就这样可能还不够。或许，真的该让南特维希出钱。因为洛贝格说过，要拯救整个世界，就得解决毒源；而毒源正是南特维希，甚至有可能是隐藏在南特维希身后的大人物，他不知道的大人物——也许地位非常显赫，就像某位主席一样，匿影藏形。这一切足以让人火冒三丈了。艾施虽然身强力壮，却也不是个容易激动的人，他很想在爱娜小姐不停晃动的脚上踩一下，好让它们停下来。她问道："您喜欢我的鞋子吗？""不喜欢。"艾施答道。爱娜小姐觉得很意外："洛贝格先生肯定会喜欢的……您什么时候带他过来呀？这段时间，您简直是把他藏起来了……说到底，您是嫉妒了吧，艾施先生？""没问题。要是您这么急着见他的话，我可以马上把他带过来。"艾施说道，心里可是希望这对男女在这桩生意上能共同进退。"他用不着马上就过来，"爱娜小姐说，"晚上过来喝杯咖啡正好。""行，我会转告他的。"艾施说完就离开了。

洛贝格来了。他一只手拿着咖啡杯，另一只手心不在焉地不停搅拌着。甚至在喝的时候，他也把匙子留在杯子里，所以鼻子总会碰到汤匙。艾施神气活现地坐在那里，问巴尔塔萨和伊洛娜会不会来，还说了许多惹人生厌的话。爱娜小姐可没心情听这些。她饶有兴趣地打量着洛贝格先生的四白眼和像害了软骨病似的大脑袋。真的，他看上去好像不用别人怎么逗弄就会哭似的。她在心里想，他在点燃心中之火，爱得死去活来时会不会流泪；她恨自己的哥哥乱出馊主意，把自己和艾施扯到一起，造成如今这种毫无希望的局面。艾施这家伙粗鲁无礼，天天让她烦得要命，而离这里没多远的地方，却有一个年少多金的生意人，一个被她看一眼就会脸红的小伙子。他尝过女人的滋味了吗？心中一一转过这些念头后，为了刺激艾施，她不动声色地把话题转到了爱情上："您也是个立志不婚的单身汉吧，洛贝格先生？等尝到年老多病却无人照料的苦之后，您肯定会后悔的。"

洛贝格红着脸说："我只是在等我的真命天女，科恩小姐。"

"她还没出现吗？"爱娜小姐意有所指地莞尔一笑，把脚从裙摆下面伸了出来。洛贝格放下杯子，一副手足无措的样子。艾施不怀好意地说道："他只是还没试过。"

洛贝格再次坚定地说道："一生只爱一次，科恩小姐。"

"哦！"爱娜小姐惊叹一声。

这话说得斩钉截铁，毫不含糊。想想自己过着的放荡生活，艾施真的恨不得找条地缝钻下去，在他看来，这才是堪比金坚的伟大爱情，就像亨畋夫人为她丈夫坚守的那份爱情一样，或许正因为如此，她现在才期望客人自我克制、洁身自好。不过，为了一时的幸福，而付出彻底放弃再爱一次的代价，这对亨畋夫人来说未免太残酷了，因此他说道："说得倒好听，那寡妇怎么办呢？照他的意思，寡妇就不要活了……尤其是还没有孩子的寡妇……"说话间，他又想起在画报上看到的内容，于是补充道："如此说来，这些寡妇就应该被烧死，这样她们……嗯，这样她们才能获得救赎。"

“您真是个冷血的家伙，艾施先生，”爱娜小姐说道，“这么恶毒的话，洛贝格先生是绝不会说的。”

“上帝才有救赎之权，”洛贝格先生说，“获上帝所赐爱情恩典之人，拥有超越死亡的永恒之爱。”

“您是一个聪明人，洛贝格先生，某人最好把您的中肯之言牢记在心，”爱娜小姐说，“为了男人而甘受烈火焚身之苦，岂不是更好！如此卑鄙的话……”

艾施说：“要是世道公平，那还要您那些个无聊的社团协会去救赎吗……是啊，您怎么会想得到……”他几乎是在高声叫喊：“要是警察关押的都是罪有应得的人，而不是清白无辜的人，那还要救世军干吗？”

“我要嫁的男人，必须有钱养老，或在百年之后能留下一些遗产，让遗孀能够轻松度日，也就是说，能够安享晚年，”爱娜小姐说，“这样的男人才值得女人托付终身。”

艾施一脸不屑地看着她。亨畋妈妈绝不会这样说话。洛贝格说道：“不能把身后事安排妥当的人，不是个好丈夫。”

“您一定会把您的妻子宠上天。”爱娜小姐说。洛贝格接着说道：“如果上帝赐福与我，让我遇见美好姻缘，那我希望自己能坚定地说，我们会过上真正的基督徒婚姻生活。我们的世界里只有彼此，我们的生活中只有幸福。”

艾施嗤笑道：“就像巴尔塔萨对待伊洛娜那样……晚上任由她站在疾速而来的飞刀前。”

洛贝格不满地说道："醉饮浑浊劣酒之粗人，怎知琼浆玉液之甘醇，科恩小姐。激情不是爱情。"

爱娜小姐觉得洛贝格是把她比作琼浆玉液，心里感到甜甜的："他送给她的那条连衣裙要 38 马克呢，我去店里问过。这样骗男人的钱……我可不忍心。"

艾施说："世界必须得到整顿。无辜的人身陷囹圄，有罪的人却招摇过市；要么替天行道，要么自杀谢罪。"

洛贝格出言劝慰道："人命关天，岂能儿戏。"

"就是！"爱娜小姐说，"该杀的是对男人没有感情的女人……我，要是我有男人要照顾，我肯定很容易动感情。"

洛贝格说："真正的新教徒夫妻会做到相敬如宾。"

"您也会尊重您的妻子，就算她的文化和教养比不上您……做人，要像女人这样重情。"

"只有重情之人，方能做好准备，真正获得恩典，获得救赎。"

爱娜小姐说："洛贝格先生，您肯定是个好儿子，会报答母亲养育之恩的好儿子。"

听到这话，艾施气坏了，气得怒不可遏："好儿子又如何……我对于这种感恩戴德之心毫无兴趣。路有不平却袖手旁观，那世上何来拯救……马丁舍身入狱，又是为何？"

洛贝格回答道："世界遍地流毒，盖林先生正是流毒的牺牲者。只有回归自然返璞归真，才能消弭戾气，友善待人。"

爱娜小姐插话说道："我也热爱自然，经常出去散步。"洛贝格接着说道:“只有在上帝的空灵自然之境中洗涤身心,才能唤醒人们的崇高情感。”

艾施说道:“说来说去,您连一个人都没有营救出狱。”

爱娜小姐说:“您总爱瞎抬杠……但我认为,无情之人不是人。艾施先生,像您这样不忠不义的人,根本不配发表意见……人都这样。”

“您怎么能把这个世界想得如此糟糕呢,科恩小姐?”

爱娜小姐叹了口气:“人生有诸多不如意呀,洛贝格先生。”

“但我们还有希望,它会让我们充满力量和勇气,科恩小姐。”

爱娜小姐两眼茫然出神,一副若有所思的样子。“对,要不是还有希望……”然后她摇了摇头,“世上男人都无情,而且太聪明了也不好。”

艾施心想,亨畋夫人订婚的时候,是不是也这样和她丈夫说的。洛贝格却说道:“希望都在上帝的怀抱里,在空灵自然之境中。”

爱娜可不想自己表现得不如洛贝格。“谢天谢地,幸好我经常去教堂忏悔……”然后她又得意扬扬地补充道,“我们至圣天主教可能比路德新教更有感情——我,我要是一个男人,我可不想娶一个信路德新教的新娘。”

洛贝格非常有礼貌,没有出言反驳她:“凡皈依上帝之路,皆应得到同等尊敬……遵天意而相逢者,亦可遵天意而结伴生活……有向善之心即可。”

洛贝格的善良品性又一次让艾施感到心烦不已，尽管他经常因此把洛贝格和亨畋妈妈相提并论。他烦躁地说道："废话嘛，每个傻瓜都会说。"

爱娜小姐不屑地说道："当然喽，这个艾施先生嘛，他勾三搭四，什么感情，什么虔诚的信仰，他都无所谓。唯一放在心上的，就是她得有钱。"

洛贝格先生说："这是真的吗？我简直不敢相信。"

"这个嘛，您完全可以相信，他的底细我一清二楚，他是无情之人，根本不为他人着想……洛贝格先生，您这样的想法，不是每个人都有的。"

"那我真为他感到难过，"洛贝格说，"因为这意味着，人世间的一切幸福都与他无缘。"艾施耸了耸肩，心想：这家伙懂什么是新世界吗？他话中带刺地说道："您先整顿世界秩序再说。"

爱娜小姐倒是想了个法子："如果两个人一起工作，比如说您的妻子帮您打理生意，那就没有什么问题了，就算丈夫是路德新教徒，而妻子是天主教徒也可以。"

"没错。"洛贝格赞同道。

"尤其是，如果这两个人有共同的，比如说，有共同的利益……那么他们就必须同舟共济，不是吗？"

"没错。"洛贝格赞同道。

无时不在留心观察着的爱娜小姐瞥了艾施一眼，说道："如果我也在艾施先生所说的剧院生意中插上一脚的话，您会反对吗，洛贝格先生？我哥哥做事轻佻，花钱大手大脚的，那我至少得设法挣点钱，好养家糊口。”

洛贝格先生又怎会反对！当爱娜小姐说她会把自己的一半积蓄，也就是 1000 马克左右的钱，拿出来做投资时，他不禁大叫了起来，这让爱娜小姐听得很受用：“哎哟，那我们不就是合伙人了吗？”

虽然事情进展出奇地顺利，艾施却开心不起来。在这件事中，他掺杂了自己的私心，但现在这一下子就变得毫无意义了，也许是因为他本来就放弃了伊洛娜，也许是因为事关更重要的目标，但也可能只是因为——这是他唯一想明白的——他突然踌躇不决起来：“您先和剧院经理盖纳特谈谈。我只是告诉大家有这么一桩生意，不承担任何责任的。”

“嗯，”爱娜小姐说，“我早就知道，您是个不负责任的人，您不用担心我们追究您的责任。”然后又对洛贝格说：“他根本就不是一个基督徒，艾施先生整个人都比不上您的一根小手指。您会常来我家喝杯咖啡的，对吧，洛贝格先生？”因为天色已晚，他们也都已经站了起来，她顺势挽住了洛贝格的胳膊。顶上的白炽灯在他们的头上洒下一片柔和的光芒，那两人就像一对新婚宴尔的夫妇一样站在艾施面前。

艾施脱下外套，挂在衣帽架上。然后，他用刷子在外套上刷了刷，拍拍干净，仔细看着磨破了的衣领。他心里又觉得哪里似有不妥。他已经放弃了伊洛娜，现在又只能眼睁睁地看着爱娜移情别恋，把一颗芳心暗许给了那个傻瓜。这完全违反了会计准则。众所周知，借贷必须平衡。当然——他拿着外套用力甩了甩——要不是他故意相让，洛贝格也不会那么快取而代之，不过他现在仍敢和洛贝格再较量一次，不，还是不要，奥古斯特·艾施还不至于这么让人讨厌。朝门口走了几步，但在打开门之前，他又停了下来：哼，他根本就不想这么做。否则，对面那个女人就会认为，他是为了区区 1000 马克才向她卑躬屈膝，对她感激涕零。他走回床前，坐下来解开鞋带。总的来说，一切顺利。不能和爱娜缠绵一夜，其实他心里觉得挺遗憾的，不过，这也没关系。牺牲就是牺牲。不过，他应该还有一处账目错误没有处理好，可一时又想不起来：无所谓，不就是不去那个浪蹄子那里，不就是少一点点乐子嘛；只是他为什么要这么做？莫不是为了不想结婚？为了避免做出真正的牺牲，为了不至于整个人都赔进去，所以他就两害相权取其轻，做出牺牲较小的选择。他说："我真是一头猪。"是的，他是一头猪，跟同样推卸责任的南特维希相比，半斤八两。唉，混乱无序，只有鬼才弄得清楚。

账目混乱，也就意味着世界混乱；只要世界还没有恢复秩序，伊洛娜就得继续充当飞刀靶子，南特维希将继续无耻虚伪地逃避惩罚，马丁将永远身陷囹圄。他左思右想，当他脱下衬裤时，心中顿时有了答案：别人是拿真金白银用到摔跤比赛这个计划上，所以他这个没钱的穷光蛋，现在只好以身作偿，虽然不用娶她，但也要为这个新计划献出自己。遗憾的是,这和他在曼海姆的工作无法两全,所以他必须赶快辞职。这样,他就可以还债了。就在这一刻,仿佛是在证明自己的想法,他突然意识到,自己不能继续在这个把马丁送进监狱的公司工作了。所以,谁也不能挑剌指责他见异思迁;就算主席先生也得承认,他艾施是个做事规矩的人。这时,艾施不再去想爱娜了,而是心平气和地躺在床上。而且,回到科隆,回到亨畋妈妈的酒馆里,不也很好吗?这么一想,他觉得自己的牺牲似乎少了一点,却也少得极其有限;亨畋妈妈一封信都没给他回过。况且,曼海姆的酒馆也足够多。不,回到科隆,回到那个肮脏的城市,只意味着把他的牺牲减少一丁点儿,充其量就是付款时获得的现金折扣,而付现折扣肯定是合法的。

为了快点把好消息告诉盖纳特,他第二天一早就赶过去见他:这么快就搞到2000马克,这份功劳可不小!盖纳特拍拍他的肩膀,夸他是个大能人。这话艾施听得浑身舒坦。对于他放弃航运公司的工作,转而投身于摔跤比赛这个生意的决定,盖纳特感到极为惊讶;不过,他也不能反对。“我们会成功的,艾施先生。”他说道,于是艾施就去了中莱茵航运公司的总部。

中莱茵航运公司办公大楼顶上几层,都配有长长的走廊,走廊上铺着棕色地毡,非常安静。门上都装着式样统一、时尚的小牌子;在每条走廊的尽头,在落地灯照着的桌子后面,都坐着一个服务生,看到有人过来就会问一声“您有何贵干”,然后把来人的名字和来意记到一本复写簿上。艾施穿过走廊,因为这是最后一次来，所以他认真打量着眼中看到的一切。他认真看着每一间办公室门上的名牌，每当惊讶地发现门上有女人的名字时，便停下来，猜想着门后之人的情况：她是一名普通职员吗？那种带着黑色袖套，在斜面桌上计算着的职员？就像别的人一样，冷静又冷漠地和来客说着话？他突然对门后那位素未谋面的女子生出一股欲望，心里想象出一种全新的、简单的，甚至可以说是公事公办的、理想的爱情形式，一种必须像这些铺有平滑地毯的走廊一样平滑凉爽却又宽阔深长的爱情。但他随后看到，一长排办公室的门上都挂着男人的名牌，不禁心想，刚才那个女人一定很讨厌这种周围有这么多男人的工作环境，就像亨畋妈妈讨厌自家的酒馆一样。他心头怒意又起，他恨这种工作环境，恨这个公司，在整洁有序、走廊光滑、账目一笔不差的表象之下，隐藏了多少卑鄙无耻的肮脏勾当。这就是所谓的规矩，所谓的信用，所谓的正派！无论是主管还是主席，都是生意人，没什么区别。如果说，之前还有那么一瞬间，艾施心生悔意，后悔自己不再属于这个声誉卓著、实力雄厚的大公司，不再属于那些不会受到服务生阻拦询问、不用登记即可在此自由出入的人，但现在，他不再后悔了，只觉得每一扇门后都坐着一个南特维希，所有人都是南特维希，他们全都在密谋策划着，合伙算计着，让马丁入狱。最好下楼去会计处，最好告诉那些看不出假账的睁眼瞎，告诉他们是时候逃出虚假数字和表格行列的牢笼，像他一样摆脱枷锁，获得自由了；是的，他们应该这么做，即使冒着不得不和他一起移居美国的危险。

“您可真像来我们这儿做短期巡演的，溜一圈就走。”当他在人事经理的办公室里办完离职手续，并表示自己还需要一份离职证明时，人事经理这样和蔼地说，而艾施已经准备像倒豆子一样，逐一说出自己要从这个藏污纳垢的公司离职的真正原因。但话刚到嘴边，他又不得不咽了下去，因为这位态度和蔼的人事经理很快就把注意力转到其他事情上，只是嘴里又把“短期巡演……短期巡演”重复了几遍；人事经理相当惬意地重复着，好像他特别喜欢这个词，好像他想用“短期巡演”这个词暗示，与艾施现在打算放弃的工作相比，剧院生意其实没什么两样，并不见得就更有前途。“可人事经理又怎么会知道这些？难道他想在最后指责我见异思迁，在背后捅我一刀？下绊子让我找不到新的工作？”艾施用怀疑的目光盯着人事经理递来的离职证明，尽管他非常清楚，做摔跤比赛这个生意，没人会问他要离职证明。剧团生意的念头一直在他脑子里转着，甚至在经过铺着棕色地毯的走廊走向楼梯时，还在盘旋着，所以他完全没有注意到大楼的安静有序，完全想不起自己经过的那扇挂有女人名牌的门，也不再去看“会计处”的牌子，甚至连前面主楼中富丽堂皇的董监办办公区和主席办公区，他也毫不在意。回到街上后，他才回头望了一眼。“最后一眼。”他在心里说，不过大门口没有精致豪华的马车停着，这让他感到有点失望。那个伯特兰，他真的很想看一眼。“伯特兰总是匿影藏形，就像南特维希一样。当然，最好不要见他，绝对不要见他，不要见他和曼海姆以及与此有关的所有一切。”“永别了。”艾施说道，可是他还无法就此离去,而是停了下来。正午的阳光明晃晃地洒在新铺的柏油路上,他眯着双眼,站在那里等待着,装着铰链的玻璃门也许还会无声地旋转起来,让主席先生走出来。在亮闪闪的阳光下,玻璃门看起来似乎在抖动,让他不禁想起柜台后面那扇转门,但那只是一种错觉,门扉在大理石门框中纹丝不动。门没开,也没人出来。这种落差让艾施觉得相当难受,更何况他还不得不站在热辣辣的太阳下,因为中莱茵航运公司建在一条宽敞阔气的新柏油马路上,而不是在一条像地下室一样阴凉的巷子里。"去你的吧"这句话又出现在他的脑海里,他转过身来,迈着大步一顿一顿地穿过马路,在下一个路口拐了个弯。当一辆有轨电车丁零当啷地开过来,他纵身一跃,站到上下车踏板上,这一刻他终于决定第二天就离开曼海姆去科隆,准备和剧院经纪人奥本海默谈判。

第二章

亨畋夫人从没回过艾施的信，这无疑很伤艾施的自尊心，因为就算是生意往来，信件通常也应该适时回复，更何况私人信件肯定代表了某种不一般的关系。不过，亨畋妈妈的一言不发也是性格所致。大家都知道，只要有男人摸她的手，或者想抚摸她的丰盈柔软之处，她立马就像被恶心到了一样，脸色低沉，又一言不发，以此警告这个色欲熏心之徒不要太过分；也许，拿着艾施寄来的信时，她的感觉就是这样的。毕竟，信这种东西，已经被写信之人的手弄脏了，跟弄脏的衣物差不了多少；而亨畋妈妈很容易相信这种观点。她和别的女人很不一样。别的女人，在他清晨收拾好房间之前，就会走进去，当他站在盥洗盆之前时，也不会感到丝毫尴尬。她不会这样，她不是爱娜，她绝不会要他每天想她一百遍，给她写浪漫抒情、爱意绵绵的情书。她也不是会与科恩这样的家伙有染的女人，虽然她比伊洛娜要俗气得多。当然，亨畋妈妈也是个好人，但艾施觉得，俗气的她只能靠后天的努力才能比得过伊洛娜先天的优雅。可就算这样，她讨厌他写的信，那也是天经地义的事；他差点儿生出让她臭骂一顿的念头：看起来，他干了些什么她好像都知道，而他又感到了她射来的目光，就像他每次和赫德打情骂俏时她都会狠狠地剜他一眼一样；连这种事情她都无法忍受，不过这个女孩毕竟是她自己店里的。

回到科隆后，他立即就去亨畋妈妈店里，只不过迎接他的，既没有期望中的亲近，也没有担心许久的厌恶。她只是说："哦，您回来啦，艾施先生，但愿您能多待一阵子。"他觉得自己就像一个可有可无之人，甚至觉得自己注定会在科恩家里无聊地生活一辈子。不过，亨畋夫人稍后还是来到他餐桌前，但只不过是往他伤了自尊的伤口上再撒了把盐——她只关心马丁的事情："哦，盖林先生他现在算是求仁得仁了。我都不知道提醒过他几次了。"艾施"嗯"了一声说道："我知道的，反正都已经写在信里了。""哦，对了，我也要感谢您的来信。"亨畋夫人说道，说完就没有其他的表示了。虽然感到相当失望，但他还是拿出一个包裹："我给您带了个曼海姆的纪念品。"这是一个曼海姆剧院前的席勒纪念像的仿制品。"放在那上面可能正合适。"艾施指着搁板，搁板上那座插着红黑白三色小旗的埃菲尔塔居高临下地看着他。虽说他只是"上交"个东西，但亨畋夫人脸上却露出了发自内心的惊喜，因为这是可以向她的闺中密友们炫耀的东西。"哦，不，放在这里没人看。它太精美了，我要把它放到我楼上的客厅里……可您真的不应该为我如此破费，艾施先生。”真诚的话语使他又生欢喜，于是他便开始说起自己初到曼海姆时的生活，其间当然也没忘记发表一下看法，虽然这些看法都出自洛贝格那个傻瓜之口，但他认为一定会讨得亨畋妈妈的欢心。由于她时不时就得去一趟柜台，所以谈话被打断了好几次。他向她吹嘘着曼海姆美丽的自然风光，尤其是莱茵河的秀美风光，还有些惊讶地说：“您总是待在科隆，从不出去领略一下周边的风景。”“这种事情，适合情侣去做。”亨畋夫人不屑地说道。艾施毕恭毕敬地说道：“您完全可以一个人，或者和闺中密友结伴出去游玩。”亨畋夫人觉得这话很在理，听着很放心，于是就说有机会自己也许会考虑的。“不过，”她撇了撇嘴说，“莱茵河嘛，我还是个小姑娘的时候就熟悉得很了。”话音刚落，她就放空双眼发起呆来。艾施并不感到惊讶，因为他知道亨畋妈妈有时心情会突然由晴转阴。只不过，这个时候她心情突变，一定有什么特殊原因。艾施当然无法知道，这是亨畋夫人第一次向一位男顾客说起自己的私生活。她心里感到极度不安，魂不守舍地躲到柜台里面，站在镜子前，用手指摸弄着自己宝塔形小糖块似的头发。她觉得艾施骗取了她的信任，诱使她说出心中的秘密，所以心中对他极其恼火，不想走回他那里，尽管席勒纪念像还在他的桌子上。她很想要他把它收回去，尤其是这时有一两个朋友坐到艾施身旁，用男人的眼睛看着，用男人的手指拨弄着这件礼物。于是她躲得更远，躲进了厨房。艾施知道自己犯错了，只是不知错在何处。当她终于又在大堂中露面时，他赶紧站了起来，把纪念像拿到柜台上。她用一块擦玻璃的抹布把它擦拭干净;艾施不知道该不该走开,所以一直站在那里,对她说道:“席勒的剧本是在这个纪念像对面的剧院里首演的。”首演这个词是他和盖纳特聊天时学会的。“我现在和剧院有着好几层关系,要是一切顺利的话,很快就能送票给您了。”哦? 他和剧院有关系? 说实在的,他一直过着的可不就是放荡的生活嘛。对亨畋妈妈来说,与剧院有关系还不就是和那些随便放荡的女演员、女艺人有关系,所以她轻蔑而敷衍地说:“我可不喜欢剧院,里面除了情啊爱啊,还能有什么? 太无聊了。”艾施根本不敢出言反驳,但趁着亨畋夫人把礼物拿到楼上客厅放好的这段时间里,他又开始和赫德搭上腔了,而赫德之前就没怎么搭理他,显然是在气恼艾施没把她放在心上,气他觉得没必要也给自己寄张明信片。赫德看起来心情一点都不好,整个大堂的气氛看起来也很不好。一个讨厌的客人这时候打开了机械琴,大堂里顿时响起了刺耳的琴声。赫德赶紧冲了过去把机械琴关了,因为警察禁止人们在深更半夜播放音乐。看到这么滑稽的一幕,男人们都哄堂大笑起来。从半开半掩的窗户中,送来一缕晚风,艾施深深地吸了一口气,飞快地闪了出去,来到温柔清凉的夜空下,快得赫德还没来得及再次把头转向他,快得保证不会再碰到亨畋夫人;否则,她还会套出他已经从中莱茵航运公司辞职这件事。亨畋妈妈可不好糊弄,不会轻易相信经营摔跤比赛是个正经生意,不会相信这个生意以后一定会大获成功,相反,她会说上几句风凉话,甚至还有理有据。不过,他今天没心思再理会这些,所以便一走了之。

巷子里像地下室一样，伸手不见五指，黑暗中还传来丝丝带着凉意的恶臭，一如以前的夏天。艾施感到一阵莫名的满足。臭臭的空气，黑黑的墙壁，让人有种回家的感觉。他觉得自己并不孤独。他险些希望南特维希此时正向自己迎面走来。那他一定不会手下留情，他会痛痛快快地把这家伙狠狠揍一顿。艾施开心地发现，生活其实很简单，办法就在生活中。但中奖的机会却很少，所以他必须坚定地从事摔跤比赛这个生意。

剧院经纪人奥本海默既没有配着软垫座椅的接待室，也没有拿着登记簿的服务生。原因自然不用多说。不过，人都喜欢往高处走，没人自甘堕落。艾施心里总希望自己找到的下一份工作能与中莱茵航运公司的工作相仿，只不过鬼使神差地竟然转去剧院做生意了。唉，那完全是两码事。他沿着又黑又窄的楼梯向上走到低矮的夹楼，找到挂着“奥本海默办事处”牌子的门，敲了敲却没有得到任何回应，于是只好不告而入了。他走进一间房间，里面有一个铁制盥洗台，里面盛着脏水；各色的架子上散乱地堆着许多废纸。有一面墙上挂着一家保险公司的宣传挂历，另一面墙上挂着玻璃画框，里面的画是哈帕科公司[1]赠送的礼物——五彩缤纷的“奥古斯塔·维多利亚皇后号”，在一群小型船舰的拱卫下离开港口，在碧波万顷、浪花飞溅的北海中乘风破浪。

---

① 是汉堡-美国邮件包裹运送股份公司名称 HAPAG 的缩写。公司于 19 世纪中期在德国汉堡成立，主营跨大西洋的邮寄航运业务。

艾施不想浪费时间去仔细欣赏，因为他是来谈生意的；而且，他的字典里也没有客气这个词，所以尽管有些犹豫，他还是推开另一个房间的门走了进去。里面有一张写字台，与乱成一片的别处相比，唯一不同的就是桌面光秃秃的，连一件文具的影子都没有，只有斑驳的墨水印子，棕色木板上刻痕累累，旧的是灰色的，新的是黄色的，绿色桌布已经撕裂了好几处。这个房间只有一扇门。不出所料，在这个房间的墙上，也有一些值得一看的壁饰，用图钉钉在壁纸上。艾施顿时来了兴趣，因为墙上有许多照片，照片中的女人们都穿着针织紧身衣或缀满金属亮片的衣服，摆着充满诱惑和挑逗的姿势。他上下找了找，想看看伊洛娜是不是也在里面。但随后他就觉得，最好还是离开这里，去问一下奥本海默先生的下落。因为找不到门房，所以他只好一扇门一扇门地敲开，终于有人很不屑地告诉他一个连他自己都不屑一听的消息：奥本海默的上班时间基本上没个准。“要是闲着没事，您也可以等一会儿。”一位女士说道。

嗯，他现在知道了。受到这样的对待，当然令他心生不快。要是新工作中会经常遭到这样的怠慢和轻视，那可不是件开心的事。不过事已至此，没有回头路可走，更何况他是为了伊洛娜才换工作的。想到这，他的心头不禁微微一荡。不管怎样，这就是他的新工作，于是他就耐心地等着。这位奥本海默先生的办公习惯可真让人头疼！艾施禁不住笑了起来；还好，做这份工作，可用不着出示离职证明。他站在正门口，低头望着楼下的马路，直到终于有一个瘦小猥琐、头发金黄、面色红润的男人朝这栋房子走来，然后走楼梯上楼。艾施跟在他后面。他就是奥本海默先生。当艾施说出自己的来意时，奥本海默先生说："是为了女子摔跤比赛的事？我会处理的，我会处理的。不过，您得告诉我，盖纳特还需要您做什么？"对呀，盖纳特还需要他做什么？他为什么来这里？他究竟是怎么来到这里的？既然已经辞去了中莱茵航运公司的工作，那么这一趟来这里，根本就不是他心里一直认为的出差。那么，他为什么要来科隆呢？肯定不是因为科隆离海更近一些吧？

如果有一个勇敢的男人将要移民美国，那么在临行之前，亲朋好友们会来码头，挥着手帕，为离乡背井的他送行。随船乐队奏起《我要出征，为何出征，离乡背井》，虽然有人觉得，轮船经常出海远航，乐队指挥有假戏真做骗取眼泪之嫌，但此曲还是让众人平添了几分离愁。当连着小拖船的钢绳绷紧，远洋巨轮漂浮在幽暗的水面上，水面上便隐隐约约、断断续续地传来一阵轻快欢乐的旋律，担心人们过于伤感的乐队指挥，正使出浑身解数，想为告别亲友的人们消去几分离愁。有的人心里明白，今日一别，从此天各一方，难有重逢之日，他们之间剩下的，唯有如游丝一般的缕缕牵挂。因此，当远洋巨轮从港口破浪而出的时候，船下之水变得清澈透明，河道的水流再也看不清楚，甚至看起来水正在倒流，仿佛海水正涌入港口，远洋巨轮便像这样不时漂浮在虚无缥缈却又让人心神牵挂的漫天愁云之中，让众人生出挽留之念。远洋巨轮经过黑烟弥漫、破败不堪的河岸，经过岸边停靠着的船只，经过船上吱嘎转动着装卸用途不明之物的吊车，顺流而下经过从满眼绿意蒙尘到荒凉萧疏村落的破败河岸，最后经过的是沙丘，人们老远就能看见沙丘上的灯塔。远洋巨轮被小拖船牵引着、控制着，像一个被逐出家门的人。在船上和岸上站着的人们，注视着这一切，举起手，似乎带着不舍，想要挽留，最终却只能带着失望和无奈，不情愿地缓缓挥手示意。当巨轮继续远去，船身隐约可见，几乎消失在天际，当站在岸边眺望海面的人们再也看不到船上的三个烟囱时，有些人问，那船究竟是在归航入港还是在孤独远航，而那种孤独的滋味，岸上之人永远无法体会。如果有人发现，那船正在靠向海岸，那么每个人都会放下心来，就像那船给他送来了他的心上人，或者至少像是很意外地带来了一封让他望穿秋水的信。在水天极目之处，在薄雾缥缈之中，不时有两船相遇，然后又擦肩而过。这一刻，两船温柔纤细的倩影交织融汇、合为一体，这是充满温情的庄严一刻，直到它们再依依不舍地彼此分开，如此平静、如此温柔，一如远方的薄雾轻烟，平静温柔却不挽留，直到它们又孤零零地朝各自的方向继续航行。永远不会实现的甜美希望。

但船上的那位旅客却不知道我们的担心。他几乎看不到那一线如在波涛中起伏的海岸，只有在隐约猜到这里的淡黄色竖线就是灯塔时，他才意识到，岸上还有人在为他担惊受怕。他不明白自己已经身处险境，不知道有一座巨大的水山正把自己与海底、与大地隔开。唯有心有目标之人，才会害怕危险，因为他害怕迷失方向。他在光滑平坦的厚木板上走着，那些厚木板铺在甲板上就像一条自行车环形赛道，比他以前走过的任何道路都要平整。在海上漂泊之人，没有目标，无法成功。他心门紧锁，他心如止水。爱他之人之所以爱他，只是为了他的承诺，为了他内在的一切，而不是为了他将达或已达的目标；他永远不会成功。所以，岸上之人不懂情为何物，误把自己的担心当作爱情。不过，这位海上旅客很快就明白了这一点，在海岸消失不见之前，他与海岸之间的缕缕牵挂便如游丝一般断开了。乐队指挥用欢快的旋律消解这位海上旅客的离愁，但这纯属多余，因为只是用手滑过光滑的棕色抛光木栏杆和闪亮发光的黄铜饰件，就已经让他觉得心满意足了。海水波光粼粼，一眼望不到边际。他很享受这一刻。强力的巨轮带着他前进，隆隆的轰鸣声指向了一条没有前途的路。这位海上旅客的目光变了，目光中流露出孤独之意，他不再认识我们了。曾经的职责，曾经的使命，他已经全然忘却，不再相信表格行列加减是正确的；经过电报员的小房间，听到电报机的滴答声时，他虽然会对电报机的精巧机械结构惊叹不已，却还是无法理解，为什么电报员用它就能接收陆上的消息，就能把消息发送到陆上；如果这位海上乘客不是一个清醒理智的人，他可能会认为电报员正在和宇宙对话。他喜欢在轮船四周嬉戏玩耍的鲸和海豚，他不担心巨轮会撞到冰山。可当远处有海岸线跃入眼帘时，他却不想看到它，也许他会躲进船舱中，直到它消失不见，因为他知道，在那里等着他的不是爱情，不是逍遥，不是自由，而是焦虑，是终点的铜墙铁壁。茫茫大海，何处有爱？他也许仍然会说起大洋彼岸的土地，但他说的并不是真话，因为他认为海上航行是永无止境的。孤独的灵魂，渴望敞开心扉，接纳另一个灵魂，她从薄雾中飘出，注入他这个离群之人的心田，把他认作这样一个现在的、未生的和永生的人。

毫无疑问，艾施肯定不会这么想，尽管他心里也有一个念头：带着中莱茵航运公司的所有会计一起坐船移民到美国。但每次来奥本海默先生的办公室，他都会久久地、细细地看着“奥古斯塔·维多利亚皇后号”乘风破浪。

他又过起了往日的生活，住进以前住过的房间里，中午经常去亨畋妈妈那里吃饭。他去哪里都会骑着他的自行车，不过，他现在每天要去的地方不再是施特恩贝格公司了，而是奥本海默先生的办公室。对于他更换工作一事，亨畋夫人表现得非常无所谓，但目光中却还是流露出不屑、不满之色，甚至还有一点点担心，尽管艾施必须承认，她的担心不无道理，或许正因为如此，他才不厌其烦地向她描绘新工作的种种优点和美好前景。他没有完全打消她的顾虑。她心不在焉地听着他大肆吹嘘着，他的面前会展开怎样波澜壮阔的人生，他此刻正要翻开人生的新篇章，他的生意不仅会做到美国，而且还会遍布各个大陆；他向她描绘了数之不尽的财富、深厚的艺术界人脉、周游世界的乐趣。这个不是由她，而是由别人将要实现的目标，如此美好的未来，唤醒了这个女人，唤醒了这个十五年来饱受流言蜚语之苦却仍困守是非之地、无时不恨自己命运多舛的女人内心深处的嫉妒。可以说，她的内心是极其矛盾的，既想讥讽他，又十分钦佩他，因为一方面，她想让他知道，他的野心是无法实现的，到头来很可能是竹篮打水一场空，另一方面，她觉得他的想法是不如自己的，于是很高傲地给他提了些建议，并规劝他要努力奋斗，成为掌管一大群艺人、演员和经理的老板，或者像他说的那样成为主席。“首先，这帮人必须学会严格遵守纪律和秩序，”他常常回答道，“这是他们最需要的。”是的，他心里一直想着这件事。这种对所有艺人本性的强烈蔑视，不仅是因为他看到了盖纳特那本外表油腻的笔记本和奥本海默那间杂乱不堪的办公室，而且还因为这种蔑视与亨畋妈妈的看法出奇地一致，以至于在达成如此令人惊羡的默契之时——天下之事常为家事——亨畋夫人同意了他的自告奋勇，将她的账目和每日备查记录委托给他进行财务核查；她赏脸似的微笑着同意了，反正心里笃定自己那本简单的记账本中的记账方式特别巧妙、实用，堪为典范。可还没等艾施低头细看账目行列，亨畋妈妈就冲着他凶道：“您完全用不着装得那么不屑一顾，就这么一丁点儿的账我还没放在眼里。您最好在剧院生意上多操点心，我的账目查不查并没那么重要。”说完，她便从他手里夺走了账册。

对，剧院生意！奥本海默把做经纪人这个工作当作副业，不会在上面放多少心思，习惯于守株待兔，顺手为之。这次他实在挡不住艾施锲而不舍的纠缠，于是嘲笑他说，每天早上都有人骑着自行车过来，就像公司的合伙人一样。不过，自从得知艾施会给摔跤比赛项目注入资金后，他也就欣然地听之任之了，甚至连艾施每天指责办公室里乱七八糟的无礼言行，也都忍了下来。他们俩和阿尔罕布拉剧院老板一起商谈六七月份租用剧院的事宜，为了让充满工作热情的艾施有事可干，奥本海默便把准备招聘女摔跤手的任务交给了艾施。

艾施是混迹于酒馆妓院的花丛老手，经验老到，正是这项任务的不二人选。他跑遍了所有楼堂馆所，每当找到愿意从事这项体育工作的合适姑娘时，他就把她们的名字和个人资料写在一本特意买来的笔记本上，而且肯定会留出一列空着，在该列最上面一行工整地写上“备注”一词，然后在每个名字后面按照分类写上自己对求职者是否值得录用的意见。他特别喜欢选那些听起来像外国人名字的和在国外出生的姑娘，因为将来这可是一个国际性的摔跤比赛；只有匈牙利女孩，他一个都不选。有时候，检查姑娘们的肌肉，也是一件赏心悦目的工作；有时候，这也会给他带来强烈的刺激，让他心醉神迷，难以自持。尽管如此，他还是不喜欢这种工作，每次去亨畋妈妈那里，用自嘲的口气顺便说起这事时，他都会坦诚地说：他再也不觉得这种工作值得自己去做了，他宁愿坐在奥本海默那张光秃秃的写字台前，或去操心阿尔罕布拉剧院的事情。

在那里，他经常穿过空荡荡的灰色观众席，听着自己走在木地板上的脚步声在剧场里回响，踏着乐池上方左摇右晃的厚木板登上舞台，看着舞台上灰扑扑、光秃秃、硕大无比的墙壁，觉得这墙实在太笨重了，而快要把它遮起来的贴纸布景又实在太轻了。他大步穿过舞台，仿佛胜利归来，因为这里再也不会扔飞刀了。然后，他看着经理办公室，心里想着，他自己要不要现在就到里面坐坐。甚至还想着，他得带亨畋夫人来参观一下他崭新的王国。外面的餐馆庭院沐浴在灿烂热情的阳光下，闪闪发光，而剧院里则阴沉而凉爽。让人感到意外的是，这个尘封在陌生感中的独立王国，就像已知世界内部的一个未知孤岛，预示和暗示着在苍茫的大海后面有着充满希望的未知之物。有时候，他晚上也会走出去，到阿尔罕布拉剧院看看。那时，餐馆庭院已亮起了灯，一支小乐队正在树下的木台上奏着曲子。剧院黑乎乎地隐藏在灯光后面，几乎无人注意，从地面一直到阁楼都是漆黑一片，没人还能想象得出它的宽敞舒适和设施布置。艾施喜欢在这个时候过来，因为只要想起，这个时候只有他才能让这座黑暗的剧院重现活力，他就会感到心情舒畅。

随后的一天上午，当他再次去阿尔罕布拉剧院时，发现剧院老板在酒吧间的柜台上打牌，于是他也坐了下来，和他们一起玩到日落时分。晚上的时候，艾施感觉自己的脸像木头一样，毫无表情，他自己心里也清楚，这种生活和罢工期间在曼海姆仓库里的生活完全一样。唯一不同的是，科恩不会来这里吹嘘和伊洛娜之间的爱情。那么，他辞去中莱茵航运公司的工作到底有何意义呢？在这里，他终日忙碌却又干不了正事，徒费钱财而已，甚至都没办法为马丁报仇雪恨。要是留在曼海姆的话,他至少可以去监狱看望马丁。

到吃晚饭的时候,他心里觉得很是内疚,说自己太没义气,竟然丢下马丁不闻不问。不过,亨畋夫人却回答说:“自己的人生自己做主,自己的命运自己掌握;而盖林先生,我已经提醒过他好多次了,他不能要求他的朋友放弃前途光明的事业,为了他的事情而留在曼海姆。”听到这话,艾施不禁大为光火,狠狠地把她呵斥了一番,把她吓得躲到柜台后面,假装摆弄她的头发。他迅速付了账,怒气冲冲地离开了酒馆,因为她竟然把这种百无聊赖的生活夸成前途光明的事业。不过,他并不承认自己是为了这个原因而大动肝火,只是批评她对马丁太冷酷无情了。他整晚都在翻来覆去地琢磨,如何才能帮得上马丁。

第二天一大早,他就去奥本海默那里。他找来了纸笔,花了一上午的时间写了一篇措辞辛辣尖刻的报道,文中详细说明了为民请命的工会书记盖林,是如何成为中莱茵航运公司和曼海姆警方鬼蜮伎俩和阴谋诡计的受害者的。写完后,他立刻带着这篇文章去社会民主党《人民卫报》的编辑部。

《人民卫报》总部所在的大楼不是豪华的报业大楼,没有铺着大理石的大厅,没有大铁门,这里的有些东西更是让他想起了奥本海默的办公室,只不过这里看起来更忙碌一些而已;但在星期天报社放假的时候,这里看起来就和奥本海默那里一模一样。楼梯上的黑色铁扶手摸上去黏糊糊的,斑驳脱落的墙面有着明显涂刷过多次的痕迹;站在窗边,可以看到窗外有一个小院子,院里停着一辆车,车上装着一捆捆的纸张。在某个地方,印刷机像得了哮喘似的,喘着粗气不停地工作着。一扇曾经是白色的门,在咯噔咯噔的声响中艰难地转着关上,因为门锁没有咔嗒一声锁上,所以他趁机走进了编辑部。里面挂着的不是保险公司的挂历,而是行车时刻表,不是舞女的画像,而是卡尔·马克思的照片。没有什么不同。他的这一趟报社之行,突然变得完全没有必要,甚至那篇措辞强硬和充满威胁的文章,也突然显得软弱无力和毫无意义起来。天下乌鸦一般黑,艾施忿忿不平地想,一群蛊惑人心的流氓,到哪里都会弄得混乱不堪。不,没有用,把武器塞到这些人或那些人的手里,只是白费功夫而已;武器在他们的手中,也只是银样镴枪头而已,因为没人知道事情的来龙去脉。

有人告诉他该去第二个房间。里面有一张桌子,桌面上以前可能铺过桌布,桌后坐着一个身穿棕色天鹅绒夹克的男人。艾施把手稿递给他。这位编辑飞快地扫了一遍,然后把它折起来,放在身旁的篮子里。“您还没看呢。”艾施急了。“看过了,看过了,我心中有数……曼海姆罢工。能不能用它,我们自有决断。”艾施感到非常惊讶,那人竟然对这篇文章的内容一点都不好奇,而且还装出一副早就了然于胸的模样。“拜托了,里面可都是真人真事,对罢工有着全新的分析和见解。”他不愿就此放弃。编辑重新拿起手稿,但立即又把它放了回去。“什么样的真人真事?我没有看到任何让人耳目一新的东西。”艾施觉得,那人是想吹嘘自己的无所不知。“那是我亲眼所见，我就在集会现场！”“那又怎样？我们的线人也在那里呀。”“那么，你们已经发表过这些内容了吗？”“据我所知，那里没发生什么特别的事情。”艾施惊讶得一屁股坐了下来，尽管编辑根本没让他坐下。“我亲爱的先生和同志，”编辑接着说道，“毕竟，我们总不能干等着，直到您想给我们投稿。”“对，可是，”艾施完全想不明白，“可是您为什么这样无动于衷，您为什么让马丁……”他纠正自己的口误道：“您为什么对盖林无辜入狱一事无动于衷呢？”“原来如此……我非常钦佩您的正义感，”编辑看着那份有艾施署名的手稿，“艾施先生……那您以为，我们用这篇文章就能让盖林无罪释放吗？”他笑了起来。这一阵爽朗的笑声并没有动摇艾施的看法：“该坐牢的是另一伙人……这是明摆着的事情，那天在场的每一个人心里都清楚！”“那您认为，我们应该把中莱茵航运公司的董监办们送进监狱喽？”笑得真无耻，艾施心里想着，没有说话。把伯特兰关起来？也就是说，该关起来的人，不只是南特维希，伯特兰也有份！毕竟，严格来说，主席和南特维希之间并无本质区别。不过，在曼海姆的这位主席是个好人，把他关进监狱不太好。他若有所思地说：“把伯特兰关进监狱。”编辑还在笑个不停。“这个我们可做不到。”“为什么？”艾施激动地问道。“他是一个热情友好、为人随和的绅士，”编辑和蔼地回答道，“一个杰出的实业家，一个值得一交的朋友。”“是吗？您会跟一个和警方穿一条裤子的人来往吗？”“天哪！生意人和警方合作，那可是天经地义的呀！要是我们有朝一日也能出人头地，我们也会这样做……”“冠冕堂皇的正义!”艾施怒不可遏地说道。编辑乐呵呵地举起双手,一副争不过艾施的样子。“那您想怎样?这就是资本主义国家的法律秩序。在我们看来,眼下最需要的是一个可以确保这个公司继续运营,而不是关门大吉的监事会。就算照您的意思来,就算把所有反对我们的工厂老板投入大牢,捅破了天也不过就是弄一场工业危机,但这又何必呢?”艾施实在气不过,倔强地重复道:“就算这样,他也应该被收监入狱。”听到这话,编辑不禁又哈哈大笑起来:“哦,现在我懂了,您的意思是,他是个同性恋……”艾施顿时竖起了耳朵。编辑谈兴越来越高:“……所以,这让您很苦恼,是吧?嗯,关于这一点,您可以放心:这种事情,他会南下去意大利解决。不管怎么说,关押他这样的绅士可不像关押社会民主党党员那么容易。”原来如此:软垫座椅、银纽扣服务生、豪华马车,一个同性恋;南特维希逍遥法外!艾施死死地盯着满脸笑容的编辑:“但马丁还在坐牢!”编辑放下铅笔,微微张开双臂:“我亲爱的朋友和同志,对于这个问题,我们两个是改变不了什么的。曼海姆罢工,真是愚蠢至极。这个时候,除了息事宁人,捏着鼻子认栽之外,别无他法;现在,唯一能让我们高兴的就是,盖林入狱的这三个月正好可以成为我们的宣传材料。就这样吧,我亲爱的朋友和同志,非常感谢您的投稿。要是又有什么新的发现,您得快点送过来,可别再像这次拖这么久。”他向艾施伸出手,艾施忍着心头的怒意伸手相握,并且还不自然地向他鞠了一躬。

六月将近。艾施替奥本海默去了趟印刷厂和海报设计公司。万事俱备,只欠东风。他在广告柱和广告牌的醒目位置贴上广告,告诉这座城市:来自各个国家的最强壮的女人们将汇聚在此,较量谁的力量最大;有谁怀疑的,过来看一下名单就知道所言不虚了。名单上有俄罗斯女子冠军塔蒂亚娜·列奥诺夫、纽约锦标赛女子冠军莫德·弗格森、维也纳杯女子卫冕冠军米尔兹尔·奥伯莱特纳,更不用说还有德国女子冠军伊尔门特劳德·克鲁夫了。大部分名字都是奥本海默凭空虚构出来的,她们的真名大多数都过于平平无奇。艾施不想搞这种鬼把戏,但反对无效;也就是说,他应该头疼和操心的是,如何真的搞到来自各个国家的姑娘们,好让这么个犹太人给她们胡乱配上名字。他把这当作这个世界又现混乱的迹象。在混乱的世界中,没人知道自己在左还是在右,在这里还是在那里,奥本海默先生用这个或那个名字,最终也都无关紧要。对他来说,只要奥本海默不杜撰一个匈牙利名字,他就该谢天谢地了。的确,匈牙利这个国家根本没必要在此存在。而且,在他看来,奥本海默也不应该把意大利列入参赛国名单。确定下面[①]那个地方真的有女人吗?那里可是同性恋出没的地方。想是这么想,但在看着海报上那一串不同国家的名字时,他心里并没有半分不乐意:一个国家紧接着一个国家,辽阔的世界仿佛就是他自己开疆拓土的成果,这成为他坚定踏上未来之路的信心和期望。他

① 这里指意大利。

把海报带到亨畋妈妈的酒馆里,没怎么多问,就把它贴在了埃菲尔塔下面的木板上。

不过,对于他那天为了盖林而凶了她一顿的事情,亨畋夫人仍然余怨未消,她在柜台后面冲着这边喊道:"海报贴在哪里,要先经过我的允许。在这里,我说了算。"艾施早就把这事给忘得一干二净了,这会儿看到她一直拉长着脸才回想起来,听到她的喊声,赶紧十分乖巧地假装遵命。看他这么听话,亨畋妈妈心里的气顿时就消了;她从柜台后面走出来,想仔细看看海报,不过嘴里还是不依不饶地说着他。辨认着这一串女人的名字,她的内心充满了同情和厌恶:她看不起这帮得在臭男人的目光中、在地上翻滚扭打的贱货,但同时也很同情她们。促成这一切的艾施,在她的眼里,就像一个左拥右抱享受着一群女奴伺候的老爷,在她看来,这简直就是伤风败俗、放荡堕落之极,而这又让艾施与围坐在那里、有着些许不堪欲念和龌龊心思的其他男人相比,显得与众不同,甚至高人一等。他那硬气的寸头,黑黑的脑袋,淡黄中带着微红的皮肤,啊,这让她感到有些害怕。不,她不明白,自己为什么还能容忍这个男人和他的海报留在这里,当他这时抓住她的手腕,她更是感到惊恐万分:这一切,不都是在表明他想对她下手,把她弄得酥软无力任他摆布,好在海报上这些女人名字的后面把她也添上吗?可当事情并未如她所想的那样发生,艾施只是拉着她的手腕,让她很听话地伸直了的手指从一个个名字上依次滑过时,她似乎又感到非常失望。"俄国、德国、美利坚合众国、比利时、意大利、奥地利、波希米亚。”他拉着她的手朗读道，他的声音听起来很大度，没有半点危险的味道，于是亨畋夫人又放下心来。她说道：“不过，还是缺几个国家，比如瑞士和卢森堡。”然而，她说完后就立刻转过身来，背对着这张写着女人名字的海报，好像海报上正散发着阵阵恶臭似的：“您怎能与这种女人为伍呢！”“每个人都应听从上帝的安排，各司其职。”艾施借用马丁的话回答，随后又说，“而且，跟这些女子摔跤选手打交道的不是我，而是特尔切尔，我只负责管理。”

特尔切尔来到了科隆，然后让这些被艾施选中的姑娘们到奥本海默的办公室集中。他做事雷厉风行，一上午就淘汰了好多人，然后吩咐剩下的姑娘们到阿尔罕布拉剧院，他将在那里给她们上第一堂课并测试她们有没有上台表演的能力。

这是件让人愉快的事情。特尔切尔立即把针织紧身衣带了过来，在艾施拿着笔记本点了名之后，特尔替尼先生便邀请姑娘们去更衣室，穿上针织紧身衣。姑娘们一开始大多都不愿意这么做，非要等其他人先穿上那身奇怪的服装后看看再说。可当她们光着身子，非常害羞地走出更衣室时，她们全都放声大笑了起来。通向餐馆庭院的门敞开着；枝头绿叶，欢快俏皮地朝里头张望，阵阵晓风，给剧场送去晨曦的温暖。门口站着剧院的老板，站着餐馆的女厨师们。特尔切尔登上舞台，走到铺在那里的棕色软垫上，演示希腊罗马式摔跤比赛的规则。然后，他让两个姑娘出来试试，但没有一个姑娘愿意；她们嘻嘻哈哈地笑着挤作一团，那个推了这个，这个又去推那个，那个拼命抵抗着又躲回人群中。最后，终于有两个姑娘站了出来;但当特尔切尔准备向她们示范摔跤的前几个动作时,她们只是笑着,垂着双臂,根本不敢靠近扭打。特尔切尔只得又请另一位姑娘上场,但同样的一幕再次上演,他便让艾施再次点名,他自己则对她们的名字做些诙谐风趣的点评,想要营造出一种让人胆大无畏、可以奋不顾身的气氛。如果有法国名字,他就会称赞高卢人的勇敢,并邀请"法国的骄傲"上台,同样也会请"波兰女巨人"上台;总而言之,他充分展示了,可以用何等让人豪气顿生、让人热血沸腾的言辞,向观众介绍这些姑娘们。这时,一些姑娘来到舞台上,剩下的则不知趣地尖声高喊着"我们死都不会上台,我们想穿回自己的衣服",而特尔切尔的回应则是一个表示深感遗憾的面部表情和表示伤心绝望的滑稽动作。当然,其间也发生过扫兴的事,例如当艾施点到鲁泽娜·赫鲁施卡这个名字时,特尔切尔插话道:"你上来,哦,波希米亚母狮子。"一个身材圆润丰满,仍然穿着自己衣服的女人,向前挤到舞台前面,用像唱歌似的有着民族特色的生硬语调高声怒骂,说她不会为了几个臭钱而被人当猴耍的。"我已经放弃了许多挣钱的机会,因为我不会让自己被臭流氓消遣取乐。"她对着特尔切尔高声骂着。就在特尔切尔搜肠刮肚,想找个打趣的话来摆脱这个尴尬的局面时,她举起了自己的阳伞,好像要朝他扔过去一样。但她随即陷入了沉默,她圆润柔软的双肩开始急促地耸动起来——看得出来,她哭了。她转过身去,被吓到的姑娘们无声地让出一条通道,让她从中间走了出去。当她的目光落在拿着名单坐在桌旁的艾施身上时,她俯身冲着他骂道:

"您,您是个坏朋友,把我带到这里来羞辱我。"说完她就掩面哭着走了出去。就这一会儿工夫,特尔切尔又掌握了主动,控制住了局面,而且这个意外的小插曲也有好的一面;姑娘们似乎对自己之前的玩闹举动感到万分惭愧,现在准备认真起来了。特尔切尔不时欢快地给她们送上各种赞美,很快她们全都把刚才那个脾气暴躁的捷克女人忘得一干二净了。甚至连艾施也不再理会她的指责了,尽管他也不得不承认自己是个坏朋友;不过,他有信心让那帮家伙放了马丁。他就一路怀着这样的念头走回了家。

亨畋夫人小心地擤着鼻涕,擦完之后仔细看着手帕。也许是因为心中有愧,他把捷克女人在剧院里痛哭怒骂这件事告诉了亨畋夫人。亨畋夫人把他狠狠地数落了一番,还说就算这个可怜的女人把他的眼睛挖出来,那他也是活该。谁让他自甘堕落,终日与这些女人为伍的。他是不是真的什么都不在乎。得到他的帮助,获得赚钱机会的人,应该非常开心才是。对,这才是对他的回报。不过,这个捷克姑娘做得很对,对付臭男人就该这样。他们活该。看到几个又可怜又不要脸的女人穿着针织紧身衣在舞台上翻滚扭打,就神魂颠倒心痒痒!她们比这些让她们曲意逢迎的臭男人好一百倍。她咬着牙说道:"您能不能不要抽雪茄啊。"艾施很乖巧地听凭她对自己发号施令,一是因为她只象征性地收了点钱,就给了他一桌丰盛的午餐,二是因为他拜托过她,要是看到他有不好的生活作风或习惯,只管训他,不用留什么情面。他现在的情况相当不妙，当初他决定用于摔跤比赛项目的300马克，现在只剩下不到250马克了，虽说开始有盈利后，他当天就能获得属于自己的一份，但他不知道下一步该怎么办。为了不让自己做出的牺牲——实际上，他都快忘了自己是为了伊洛娜才主动做出牺牲的——失去控制，最终演变成一场灾难，他很需要一份稳定的工作。他很想谈谈这件事，却因虚荣心作祟而没有说出口，因为亨畋妈妈没心思听，也不明白辉煌始于微曦这种道理的。于是，他很干脆地说道："摔跤总比飞刀好。"亨畋夫人看着艾施握在手中的餐刀。虽然不懂他说了什么，但她听了觉得很不爽，于是淡淡地回答道："也许吧。""这肉好吃。"艾施低头对着盘子说。她以一副美食家的样子神气地回答说："里脊肉。""可怜的马丁现在只能吃些喂牲口的东西……"亨畋夫人说道，"肉只有星期天才有……"顿了顿，她继续说道："平时大多吃些甜菜萝卜，我想。"语气中竟然带着一丝喜悦。为了谁人之故，马丁只能吃甜菜萝卜？为了谁人之故，马丁甘愿牺牲自己？马丁自己知道吗？马丁是一个甘为理想献身的人，这种甘为理想献身的行为，在他眼里只是一种喜忧参半的工作而已；但不管怎么说，他都是一个行得正、站得直的人。亨畋夫人说道："不听老人言，吃亏在眼前。"艾施听了没吭声。说不定，马丁留了一手，有些东西除了他自己之外没人知道；甘为理想献身者必须承受苦难——为了某种信念，为了心中信仰，不得不如此。甘为理想献身的人是高尚的。亨畋夫人说道："都怪那些宣扬无政府主义的报纸。"艾施点头称是："没错，一群不长脑子的猪。现在，马丁坐牢了,他们又扔下他不管了。”不过,马丁自己也嘲笑过那些报纸,尽管人们也觉得,拥护和增强社会主义信念正是那些报纸存在的意义。那么,马丁有社会主义信念吗,还是说根本不信这个？一想到马丁竟然对他有所隐瞒,艾施就觉得心里来气。掌握真理者,可以救大众;这也是基督教殉教者[①]所践行的。为了卖弄一下自己的学识,他说道:“古罗马时期就有竞技比赛,只不过是人狮互搏,满地是血。在南边的特里尔城还有一个古罗马竞技场。”亨畋夫人好奇地说:“然后呢?”但艾施没有回答,所以她继续说道:“您可能也想介绍一下,是吧?”艾施默默地摇了摇头。要是马丁没有信念,没有卓识,不为报恩,就这么稀里糊涂地甘愿牺牲自己,甘愿啃着甜菜萝卜,那么他很有可能只是为了牺牲而牺牲。也许,必须先牺牲自己,才能——曼海姆的那个傻瓜是怎么说的？——才能得到救赎的恩典。但这样的话,也许伊洛娜还要继续迎着飞刀,才能为了牺牲而牺牲;谁说得清呢？于是艾施说道:“我什么都不想。也许,所有这些摔跤比赛就是一场闹剧。”“是的,”亨畋妈妈说,“就是一场闹剧。”听到这话,他心中又油然升起对亨畋妈妈的敬佩和尊重之情,感到非常安心。

空气里飘来阵阵饭菜和香烟的味道,其间还隐约夹杂一丝葡萄酒的甜味。亨畋妈妈说得对,女人们不图别的。正因为这样,伊洛娜才跟了科恩。就算那个阴险狡猾的烂瘸子真有什么卓识高

---

① 在原文中,“殉教者”和“甘为理想献身者”所使用的德语单词相同。

见,他也不会透露半分,不会跟人分享的。因此,他开心地东奔西跑,就像一只三条腿的狗一样,撒着欢儿穿街走巷,然后冷不防地锒铛入狱。不过,牢狱之灾对他来说,也不过就像狗被狠揍了一顿,没什么大不了的。“也许,这些人就喜欢挨揍,就喜欢牺牲。”他若有所思地说道。“谁?”亨畋妈妈好奇地问道,“谁,那些不知自爱的女人吗?”艾施想了一下说道:“没错,她们都是……”见他这么识趣,亨畋妈妈不禁满心欢喜:“要我再给您来一份牛肉吗?”说完她就去了厨房。艾施很同情那个捷克姑娘。她哭了,哭得如此让人生怜。不过,亨畋妈妈对此的看法可能还是对的。那个赫鲁施卡也不图别的。当亨畋夫人端着盘子回来时,他刚好把剩下的吃完:“她肯定还会找一个甩飞刀的搭档,这个捷克女人。”亨畋妈妈“哦”了一声。“可怜人哪。”艾施嘴上这样说着,其实心里也不知道自己说的是马丁还是那个捷克女人。不过,亨畋妈妈却以为他说的是那个捷克女人,于是讥讽道:“既然这样,您不正好可以去安慰她嘛,反正您这么同情她……只管去吧,您赶紧去找她吧。”

他不敢回嘴。他美美地吃了一顿,然后默默地拿起报纸,开始仔细看起广告栏来。自从在报刊杂志上刊登摔跤比赛的广告以来,他最关心的就是广告栏了。然而,他要做个本分会计的想法,要求他也帮亨畋夫人开个账户:要论谁更有权让他出力,难道亨畋夫人还比不上伊洛娜?伊洛娜甚至会把别人的好心当作驴肝肺。他的目光被圣戈阿尔的一条葡萄酒拍卖会广告吸引住了,于是他问亨畋妈妈,她的葡萄酒是在哪里买的。她说是跟一个科隆的葡萄酒商;艾施有些不满地皱起鼻子:“也就是说,您把大把的钱都塞进了这帮奸商的腰包里了!为什么您就从来不会问我一下?我并不是说,到处都像卑鄙的南特维希先生所在的那家醋店一样,但我敢打赌,您肯定吃大亏了。”她摆出一副楚楚可怜的样子:一个无依无靠的柔弱女子,好多事情只能忍让迁就。他自告奋勇地说,他可以去圣戈阿尔走一趟,帮她买葡萄酒。“可来回的费用也不少。”她说道。艾施顿时激动起来:这笔费用可以算到单价里,很容易赚回来的;而且,要是质量确实可以的话,她还可以往里面掺兑些低价酒;他对这里面的弯弯绕绕十分熟悉。毕竟,这点费用他也不会放在心上;沿莱茵河溯流而上的短途旅行——他想起洛贝格说过一些什么享受自然的蠢话,反正他也听不懂——总那么让人心驰神往,而且她也不需要给他报销这笔费用,除非这笔生意真的能让她赚到钱。“那您会带上您的捷克女人吗?”亨畋妈妈狐疑地问道。这个主意确实让他怦然心动,但他生气地大声拒绝了,说那就眼见为实,何不一起过去,反正前两天她还说自己想再享受一下大自然的美好风光的。“这岂不是一举两得。”他激动地补充道。她看着他的脸,看着他浅棕色的皮肤,然后又愣愣地把目光从他脸上移开。“那么谁留下来照看生意呢?……不,这可不行。”

好吧,他对这事也不怎么热心。毕竟,他的钱所剩不多,现在也负担不起两个人的旅行费用,所以艾施就不再提这个话茬了,而亨畋妈妈也恢复了自信。她拿起报纸,看到拍卖会要在两个礼拜后才举行，于是心头一宽，说自己还会再考虑考虑。“对，您可以好好考虑一下。”艾施冷冷地说，然后站起身来。他得去阿尔罕布拉剧院了，特尔切尔正在那里排练呢。去剧院时，他有意途经那个捷克女人工作的酒馆。不过，他只是骑着自行车路过而已。

经理盖纳特现在也到科隆了。由于艾施精通货运事务，所以打听走莱茵河水运的服装道具有没有到港这个工作就交给他了，反正他也闲不住。他每天都会去港口，也许只是为了看看货运公司的简易库房，仔细品味着对从中莱茵航运公司匆匆辞职一事的后悔，也许只是为了看看葡萄酒仓库，再次感受一下他对南特维希这个眼中钉肉中刺的旧恨；他看着、体会着这一切，心中并无半点不喜，因为在他看来，他的牺牲和马丁的牺牲并无高下之分。甚至伊洛娜没来科隆，而是和科恩在一起，也是自然而然的事情，就像冥冥之中自有天意一般。不过，这并不表示艾施是个受虐狂。哦，怎么可能！在自言自语时，他毫无顾忌地把伊洛娜称作婊子，甚至是鄙贱肮脏的婊子，而特尔切尔则是拉皮条的。要是在一堆的酒桶之间碰到南特维希这个凶手的话，那他正好上去把这个家伙打成猪头。不过，他随后路过的是中莱茵航运公司那一排排长长的仓库，然后看到那块可恨的公司标牌，看到在所有小无赖、小凶手的头顶上方有一个看起来气派非凡、比真人还大的身影，一个看起来正义凛然、不似凡人的身影，如此遥不可及，如此高高在上，如此超凡脱俗，可仍然是超级凶手的身影；简直无法想象，伯特兰的画像就这样充满威胁地耸立在那里——对，无耻的伯特兰，就是这个公司的主席伯特兰，就是把马丁送入监狱的同性恋伯特兰。在这个比真人还大、简直无法想象的身影中，似乎还囊括了两个小强盗[1]的身影，有时候，似乎只有打死这个基督之敌，才能消灭世上所有的小凶手。

当然，所有的这一切，在艾施的眼里根本无所谓，因为他还有更头疼的事情，因为他实在无法忍受这种一分钱挣不着却还要窝在港口的日子。没有正当工作，还不如死了算了。其实，亨畋妈妈肯定也会这么说。他想象着她用这种威胁的口吻说话，觉得又好奇又好玩。是的，最聪明的办法，也许就是等这样一个超级凶手过来把他干脆利落地干掉。当艾施沿着码头瞎转悠，又看到对面中莱茵航运股份公司的招牌时，他清晰地大声说道："不是他死，就是我亡。"

这时，艾施正站在拖船旁，监督工人们将服装道具从船上卸下来。他看到特尔切尔和红光满面的奥本海默正朝自己走过来：这两个人走路一顿一顿的，总是走一段停一会儿，时不时还会一个人抓住另一个人的纽扣或夹克翻领。艾施自言自语着，这两个人这么急着说什么呢？等他们走得近一些时，他听到特尔切尔在说："我告诉您，奥本海默，这事我不干——您等着瞧吧，我会让伊洛娜过来。如果在半年内，我没有把这个节目打入纽约，您可以砍掉我

① 在《四福音书》中，耶稣与两个犯罪的强盗一同被钉死在十字架上。

的脑袋。”哟嗬,特尔切尔还没有放弃伊洛娜呢。看吧,等事情办妥了,那家伙就换成另一副嘴脸了。艾施没心情再去想掉脑袋的事情,而是冲着这两个人大声数落道:“您二位到这里干什么?您二位莫不是以为,我以前从来没有管过卸货工作,还是我会搬走什么东西,还是两位先生想来监督我干活?我真的后悔死了,干吗把别人的钱投到这个生意中,更别提我自己的钱了。到现在为止,为了这桩没把握的生意,我干了快一个月了,一分钱没捞着不说,反而把自己的最后一个子儿都贴进去了,为什么啊?就是因为某个叫特尔切尔的人,吹得天花乱坠,把我给说服了,可现在倒好,他自己想打退堂鼓了。”他心中涌起了滔天的怒火,说话时开始半生不熟地夹杂着奥本海默先生的犹太腔。“他是个反犹太分子!”奥本海默先生说道。特尔切尔附和着说道:“等后天第一场演出的票房结果出来,运输大队长先生的心情立马就会好起来。”因为特尔切尔的心情很好,想耍一下艾施,所以他绕着那辆装着服装道具的马车转了一圈,装作清点货物的样子,然后又走到两马跟前,从口袋里拿出几块糖递给它们吃。艾施被这两个犹太人弄得又气又恼,所以早就背过身去记录箱数,这时用余光打量着他喂马的举动,很惊讶他竟然有这么好的心肠;说真的,艾施根本不愿意相信,甚至还希望这些马儿摇头拒绝他的小恩小惠。但马就是马,它们把温润柔软的马嘴凑到特尔切尔摊开的手上,吃掉了掌心的糖块。艾施心里暗恨:“这种事情我为什么就没想到呢,至少可以给它们喂一块面包啊;现在可好,车都装好了,我唯一能做的,就是在它们的马屁股上干巴巴地拍一下。”艾施只好拍了拍马屁股，然后他们三人全都坐在马车的箱子上回城了。奥本海默在莱茵河大桥上下车先走了，特尔切尔和艾施继续往前，准备到亨畋妈妈的酒馆门前再下车。

特尔切尔去过那里几次，这时便摆出一副老熟客的模样。艾施觉得自己干了件坏事，因为这次他带到亨畋妈妈酒馆去的是这种无赖之徒……而不是什么好人。他恨不得在半路上就把这家伙从马车上扔下去。他还坐在马丁的座位上，就像犹大一样，不知道世上有举止高雅、为人正派的好人，不知道有个对他这种飞刀客不屑一顾的男人对马丁下了黑手。这个小丑，这个皮条客，装出一副应该坐到马丁座位上的胜者模样。障眼法而已！弄一些没生命的东西耍来耍去，没用的小把戏，全都是骗人的。

他们到了。特尔切尔抢先从车上爬下来。艾施在他后面喊道：“喂！谁来卸货？需要查探时，您就不请自来；需要真的干活时，您就脚底抹油。”“我饿了。”特尔切尔很干脆地回了一句，然后推开了酒馆大堂的门。唉，碰上犹太人，有理讲不清；艾施耸了耸肩跟了上去。为了不承担带这种客人过来的责任，他开玩笑地说：“这次我可是给您带了一位贵客，亨畋妈妈，前所未有的贵客。”突然之间，他发现自己看开了一切，不再介意特尔切尔坐在马丁的座位上，马丁也可以坐在南特维希的座位上。他有点摸不着头脑，但又说不出哪里不对劲。这似乎不再与人有关，人与人都是一样的，一个人融合成另一个人，一个人坐了另一个人的座位，都没什么关系——不,这个世界不再按正义之人和邪恶之人来划分,而是按某种正义势力和邪恶势力来划分。他恶狠狠地看着特尔切尔,此时这个家伙正用刀叉变着戏法,宣布自己要从亨畋夫人的紧身胸衣里抽出一把餐刀。她尖叫着向后退了一步,但特尔切尔的拇指和食指之间已经夹着餐刀了:“哎呀,怎么搞的,亨畋妈妈,这种东西您也藏在紧身胸衣里!”然后,他还想催眠她。听他这么一说,她立马就呆住了。过了,实在是太过了。艾施愤怒地冲着特尔切尔骂道:“天啊,应该把您关起来。”“新把戏。”特尔切尔答道。艾施气呼呼地说道:“催眠是犯法的。”“真是个有趣的家伙。”特尔切尔说着,下巴冲着艾施歪了歪,示意亨畋夫人也逗一下这个有趣的家伙。但她仍然一副心有余悸的样子,呆呆地用手指拨弄着自己的头发。知道自己为亨畋夫人成功挡下一劫,艾施心中甚喜。是的,上一次他放过了南特维希这个家伙,但不会有第二次的,即使与人无关,即使一个人融合成另一个人,从此两人互不相识,无法区分。错或许不在犯错者,但有错就得罚。

后来,他陪特尔切尔一起去了阿尔罕布拉剧院。一路上,他的心情都很轻松。他有了新的领悟。他心底隐隐有些同情特尔切尔,还有伯特兰,甚至还有南特维希。

在艾施的软磨硬泡之下,盖纳特终于松了口:“鉴于您的积极合作,我保证每个月至少付给您 100 马克的红利。”这才像话,否则他怎么生活,喝西北风吗?不过剧院开张的第一个晚上就给他带来了 7 马克的收入。一直这样下去的话，一个月后他的存款就会翻一番。昨晚没能说服亨畋夫人一起出席开场表演，所以在吃中饭的时候，艾施兴奋地告诉她那场演出是如何如何的成功。正当他说到精彩的地方，甚至可以说是全场最高潮的地方，即特尔切尔如何剪开一个姑娘的针织紧身衣，然后又让人故意不把它缝结实，所以在摔跤的时候，真的每个鼓起绷紧的地方都开裂了，又说这种事情以后每天晚上都会重演。当他此时想起，仍然忍不住笑得前俯后仰，连话都说不出来，只好不断地用手示意，亨畋夫人却突然站了起来说道："我已经受够了。这真是岂有此理，有的人竟然能堕落到如此地步，亏我以前还认为他为人正派，亏他以前还有一份体面的工作。"她转身向厨房走去，把艾施一个人晾在那里。

艾施不禁有些愕然，揉了揉笑出眼泪的眼睛。他觉得有些不安，在内心深处认为亨畋妈妈说得对，在这个舞台上，开裂的针织紧身衣和再也不会出现的飞刀之间，隐约有着某种相似性；但亨畋妈妈肯定对此一无所知，她的怒火来得真是莫名其妙。他非常尊重她，不愿像对洛贝格那个傻瓜那样骂她；但她和洛贝格肯定挺合得来的，而他也不像洛贝格那样彬彬有礼。他仔细端详着搁板上方亨畋先生的遗像，想看看亨畋先生与洛贝格有无相似之处；看了许久后，他觉得，这位已故酒馆老板的容貌和那位曼海姆雪茄店老板的容貌真的渐渐模糊在一起。是的，无论怎么看，他都觉得一个人正在融合成另一个人，甚至都分不清楚哪个已故，哪个健在。他认为自己和他们俩不一样，认为能够自食其力、每天捞金 7 马克、做事随心所欲的自己很了不起。可事实上呢,他一会儿在这,一会儿在那,就算做出了牺牲,可这也不是他本人的牺牲。他心头冒出一个无法抗拒的念头,想要证明事实并非如此,不该如此,就算无法向别的人证明,他也一定要向厨房里的那个女人表明,他就是他,她不能把他错认为别人,无论是洛贝格先生,还是亨畋先生。想到这儿,他毫不犹豫地走进厨房,对亨畋夫人说,不要忘了下周五在圣戈阿尔举行的葡萄酒拍卖会。“您又不缺人陪着。”亨畋夫人在灶台边回答道。她的呛声让他很不痛快;这个女人到底想怎样?难道自己只能说她指定的和她想听的话吗?他不禁想起了那台机械琴,每个人都能伸手进去,让它奏起乐曲。但她却受不了机械琴的音乐声。要不是小厨娘在这里,不然趁着她站在灶台边的时候,他真恨不得直接把她制服,让她看清他是什么样的人。所以他只是说:“我已经安排好了:我们先坐火车到巴哈拉赫,然后坐船到圣戈阿尔。我们十一点到那里,来得及去拍卖会。下午我们可以溯流而上,去洛勒莱看看。”听到他就这么不容置疑地做出了决定,她一时间有些发愣,但仍然不甘示弱地在自己的声音里挤出一丝嘲弄:“非常了不起的安排,艾施先生。”听到这话,艾施心里更为自信:“这才刚刚开始,亨畋妈妈,等到下周,我肯定就能赚到我的100马克了。”他吹着口哨离开了厨房。

在外面大堂里,他仍在翻看着自己带来的几份报纸,用红铅笔标出关于开场演出的报道。不过,《人民卫报》上并没有任何报道,这让他很不满。看着一个舍己为人的党员同志和朋友在牢中受苦，自己却袖手旁观，哼，他们干出这种事情倒也罢了，但不至于连发表一篇巴掌大小的报道也不愿意吧。这方面也真的该好好整顿整顿。他感到内心充满了力量和信心，相信自己一定能看透和解决混乱无序的局面——所有人都痛苦纠缠在一起，朋友和敌人，你中有我，我中有你，眼冒怒火却又不去战斗。

趁着幕间休息穿过观众席时，他冷不丁看到了南特维希，不禁大吃一惊，心里突然冒出“心中之刺”这个词。南特维希和另外四个人围坐一桌，还有一个女摔跤手，穿着针织紧身上衣，披着浴袍，陪着他们坐在一起。浴袍没裹好，留了条缝，南特维希正忙着用肥得像猪蹄一样的双手灵巧地把缝隙弄得更大一些。艾施走过去的时候故意把头扭到另一边，但那个姑娘却大声叫住了他，于是他只好转过头来。“喂，艾施先生，您在这里有何贵干啊？”他听到南特维希在发问。艾施微微犹豫了一下，他只说了声“晚上好”，但南特维希没听出他不想搭理的意思，还向他举杯致意。那个姑娘说道：“您坐我这儿吧，艾施先生，我反正得回舞台了。”南特维希显然已经喝高了，握住艾施的手不肯放开，一边为他倒了一杯酒，一边醉醺醺地抬起头，热情地看着他：“这可真没想到啊，真是太意外啦。”艾施说自己也要上台了，南特维希却不肯放手，扑哧扑哧地笑着说：“哦，这样啊，去台上看姑娘，我也去，我也去。”艾施想让南特维希明白，他是在这里工作呢。南特维希终于听明白了：“哦，您在这里工作？高薪职位吗？”由于自尊心作祟，对于这两个问题，艾施无法点头称是;不,他不是这里的职员,他是合伙人。“真没想到,真没看出来,”南特维希惊讶地喃喃道,“他竟然在做生意,好生意啊,肯定是好生意啊。”他转头四顾,看了看座无虚席的剧场大厅:“而且还忘了他还有一个老朋友南特维希。遇到这样的好事,老朋友怎会放过。”他一下子清醒过来,醉意全无:“葡萄酒供应方面还好吧,艾施?”艾施解释说,他不管酒水供应。这个由剧院老板负责。“嗯,但是其他的,”南特维希做了个包揽观众席和舞台的手势,“都由您来管,是吧? 来,您至少得喝一杯吧。”艾施只好被动地和南特维希碰了杯,不得不和南特维希的同伴握手,不得不和他们一起喝上一杯。尽管南特维希曾用卑鄙手段使他陷入困境,他本该在看到南特维希时心中就瞬间充满仇恨,这时却毫无动静。他努力回忆着这个主管曾经犯下的罪行,但没有用,有人在决算表上动了手脚,而且做得很过分。艾施稍微直了直腰,想找出观众席里的警察。然而,南特维希的罪行已经变得异常遥远和模糊,让艾施立即意识到自己的企图根本毫无意义,于是便有些尴尬,有些笨拙地伸手拿起酒杯。在这期间,南特维希一直醉眼蒙眬地看着这位原先是自己手下的老好人——会计艾施;而艾施觉得,在越发蒙眬的目光中,这个脑满肥肠、浑身滚圆的家伙似乎要消失在无关紧要之中。这个醋贩子曾阴险地指责他做账有误,砸掉了他的饭碗,还想不停地给他使绊子。而现在,他再也不会生这个家伙的气了。从一团乱麻般的恩恩怨怨中伸出一只胳膊,手中拿着匕首威胁;要是他后来发现,这只胳膊是南特维希的,那么这就变成一件愚蠢甚至卑鄙的意外了。死在南特维希手中，几乎算不上什么谋杀，那么，为了一个根本不是错误的账目错误而去审判南特维希，这完全就是最奇怪、最卑鄙的报复。不，把一个主管送交法庭是没有用的，因为废掉一只胳膊解决不了问题，即使这只胳膊拿着要人性命的匕首，只有废掉四肢或者砍掉脑袋才行。艾施心想："舍弃自己利益而帮助他人的，都是品行超凡的人。"于是，他决定不再理会南特维希了。那个矮胖子又陷入迷迷糊糊的微醺之中，当乐队奏响《角斗士进行曲》，女子摔跤手们在特尔切尔的指挥下，跟随着节奏齐步走上舞台时，南特维希没有发觉艾施已经从桌旁离开不见了。

盖纳特正端着一杯啤酒坐在经理办公室里，艾施进来时，刚好听到他在诉苦："让不让人活了，让不让人活了……"奥本海默摇头晃脑，甚至整个人都在摇摇晃晃地走来走去："我就想知道，有什么事能让您如此感慨……"盖纳特的前面放着他的笔记本："利息和租金会榨干我们的骨髓。像我们这样的人，做牛做马累死累活到底为了什么？为了支付利息和租金！"在外面的舞台上，一对长着肥肉的女人浑身冒着汗，捉拿击打着对方身体，发出噼啪的声音。艾施愤愤不平地想，一个坐在这里的人，拿着笔记本写写算算，也好意思说做牛做马累死累活。盖纳特继续诉苦道："现在嘛，孩子们又要去度假。度假当然要花钱……可我上哪儿弄钱去？"奥本海默善解人意地说道："儿女是恩赐，儿女也是烦恼，经理。好了，会好起来的，您别太担心了。"艾施很同情盖纳特这个顾家的好男人；可是，当他想到，为了能让盖纳特的孩子有钱去度假，外面舞台这时就必须有针织紧身衣爆开时，这个世界的是是非非似乎又混乱了起来。在某些方面，亨畋妈妈的厌恶是有道理的，尽管这与她所指的完全是两回事。艾施也不知道，或许，这就是混乱无序，这就是让他心中充满厌恶和愤怒的原因。他走了出去；在舞台的侧面，站了几位女摔跤手，身上散发着汗味。为了能从她们中间穿过去，艾施从后面抓住她们的胳膊，摸一下她们的胸脯，抱住她们并使她们的后臀贴在他的小腹上，有一两个姑娘甚至还意犹未尽地笑了起来。然后他走上舞台，以所谓的秘书身份在评委席就座。特尔切尔嘴里含着哨子，趴在地板上，用锐利的目光盯着腰部受到压制的那个姑娘，而进行压制的那个姑娘正在前者身上来回挪动，看起来是在努力把身下的女孩锁得更紧，当然只是看起来如此，因为躺在下面的是德国姑娘，为了祖国的荣耀，她有责任立即摆脱这种丢脸的困境。虽然艾施心里知道这是事先安排好的表演，但当这位快被打败的姑娘再次站起来时，他还是感到如释重负。但当伊尔门特劳德·克鲁夫向她的对手扑过去，并在观众席间山呼海啸般地响起为德国喝彩的助威声中，用肩膀将对手死死抵在垫子上时，他对后者充满了同情，为后者感到不平。

亨畋夫人起床时，天刚破晓。她打开窗户，想看一下天气。天空微亮，万里无云，灰蒙蒙的寂静仍然笼罩着尚未苏醒的庭院——一个四四方方、四面有墙的小院子。院墙黑乎乎的，墙脚静静地放着一个浅色椭圆形大木桶,里面是今天要洗的衣物。一阵轻风吹来,庭院间多了几丝凉意,也多了几分城市气息。她趿拉着拖鞋走上楼,到小厨娘的卧室前敲了敲门。她可不想饿着肚子出发,早饭可不能少。然后,她开始精心打扮,穿上了棕色的真丝连衣裙。当艾施来接她时,她正怏怏不乐地坐在大堂里喝着咖啡。她无精打采地说:“我们走吧。”刚走到前廊,她突然想到,艾施说不定也想喝一杯咖啡呢。不一会儿,他就在厨房里端着她泡的咖啡,站在那里一小口一小口地喝着。路上早已洒满阳光,长长的围墙落下长长的影子,却掩不住影子之间铺石路面的明亮。可这并没有让他俩的心情变好。艾施无心多言,只是没好气地吩咐道:“我去买票。”后来又说:“五号站台。”他们并肩坐在车厢里,无话可说。但到了波恩时,他探出身去,问有没有新鲜的糕饼,然后给她买了一个小面包。她闷闷不乐地吃着,嘴里还在不停数落着。过了科布伦茨后,当乘客们照例走到窗边欣赏莱茵河两岸的风光时,亨畋夫人也觉得有些坐不住,于是便站起来走了过去。但艾施仍旧坐着一动不动,他对这一带都看腻了。除此之外,他也有意等到上船后再向亨畋夫人详细介绍两岸的自然风光。不过,他现在觉得很郁闷,不仅因为她提前享受了这一乐趣,更因为车厢里的旅客们抢了他的风头,为她做了详细的解说。所以,每过一条隧道,而隧道每挡住一次窗外的美景,都能稍稍纾解他的郁闷和沮丧。但他的心情还是变得越来越烦躁,终于在途经上韦瑟尔时,忍不住把她从窗口叫了回来:“我在上韦瑟尔也工作过……”亨畋夫人看着窗外,车站里可没什么好看的。她礼貌地说道:“哦,您去过很多地方嘛。”艾施继续说道:“那是一份很糟糕的工作,不过我还是坚持了好几个月,为了那里的一个姑娘……她叫呼尔达。”“那您现在就可以下车去找她呀,”亨畋夫人酸溜溜地答道,“您不用为了我而勉强自己。”不过,这时他们也已经到了巴哈拉赫。艾施生平第一次体会到旅客的无能为力。站在火车站里,他还要干等一个小时。按照他的计划,他们本该在船上吃早餐的。为了掩饰自己的尴尬,他建议他们俩去一家他熟悉的旅店坐坐。但当他们披着明亮清澈的晨曦,走在宁静祥和的小镇窄巷中时,亨畋妈妈在一栋桁架木屋前突然说道:“我想住在这里,这是我的梦想。”也许是窗台前的花饰触动了她,也许是她身处陌生之地而感到如释重负,也许只是她的心情由阴转晴了——总而言之,世界变亮变鲜活了。现在,他们融洽地观看着眼前的一切,甚至还一起爬上了教堂废墟,只是上去后又不知道该做些什么,然后再提前赶到码头,以免错过班轮。当得知自己还要等半个钟头时,他们俩也一点都不介意。

当然,在船上他们又吵了好几次,因为亨畋夫人的自尊心不允许总是只有艾施一个人知道周边的风土人情。于是,她搜肠刮肚地想出了几个名胜古迹的名字,然后伸出一只手,连猜带蒙地告诉他,想让他也长点见识。不过,艾施的眼里可揉不进一粒沙子,而每次他指出她话语中的错误时,她都会恼羞成怒。虽然一路吵吵闹闹,但这并不影响他们的好心情。遗憾的是,到达圣戈阿尔后,他们就得下船了。是的,起初他们简直不明白为什么要在这里离船上岸。他们此次出游本来是为了生意，不过这时候也似乎觉得无所谓了，所以在拍卖会场得知，想要购买的物美价廉的葡萄酒拍卖已经结束时，他们并没有感到懊悔恼怒，反而像卸下了肩头的重担一样感到浑身一轻，因为对他们来说，更重要的事是坐着拉渡船，拉着紧绷的钢索，缓缓驶向对岸——沐浴在明媚阳光中的，风光迷人的戈阿尔斯豪森。当艾施装出一副正经生意人关心行情的模样，记下拍卖时的成交价格，并说“以供下次参考”时，这种做生意的态度也是一种略带欺骗的态度，他心里也由此生出一股愧疚，而这种愧疚一方面迫使他故意忽略过于优惠的价格，但另一方面又让他感到心情沉重，所以他在回程坐渡船的时候，又把故意忘记的价格补到了价目表中，而且还目光不善地打量着亨畋夫人。

在渡船上，亨畋夫人坐在被太阳晒得发烫的木座上，悠然自得地把一根手指伸入水中，但又非常小心，以免弄湿她的奶油色蕾丝半指手套。要是按着她的心意来的话，她恨不得在莱茵河上再来回横渡几次，因为看着河水斜向奔涌而过时那种奇怪的轻微眩晕感，让她感到非常惬意快然。只是天色已晚。不过，去河边客栈，坐在庭院树下，也挺不错的。他们吃着鱼，喝着葡萄酒。在雪茄的烟雾萦绕中，艾施在想要不要更进一步，他严肃认真地思考着，体态丰满、仪态端庄地坐在那里的亨畋妈妈是不是也期待着和他的关系能够更进一步呢？当然，她和别的女人不同，于是他只是慎重地说起了洛贝格，觉得自己能够促成这次的旖旎之旅，其实应该感谢洛贝格,所以对洛贝格大加赞赏,想借此自然而含蓄地过渡到大谈素食主义者对真爱的看法;但亨畋夫人这时已经发现他打的是什么主意,所以急忙打断了他的谈话,尽管她自己也很累,恨不得多休息一会儿,仍然主动提及他的安排,说现在得去洛勒莱了。艾施心中十分不快;他努力像洛贝格那样说话,却得不到亨畋夫人的肯定。或许,她仍然觉得他不太绅士吧。

他站起来付了账。当他们穿过旅店庭院时,他看到这里有特地赶在夏季来游玩的游客,其中还有年轻漂亮的女士和小姑娘。一时间,艾施有些想不明白,不知道自己到底为何跟身边这位韶华已逝的女人搞在一起,尽管她穿着棕色真丝连衣裙走过来的时候,看起来非常丰盈漂亮。这些小姑娘们穿着薄薄的浅色夏装,而亨畋夫人穿着的棕色真丝连衣裙,在路上一会儿就变得灰扑扑、脏兮兮了。然而,这一切似乎正合他意,他还是有良心的,而且一想到身陷囹圄不见天日的马丁,竟然为一群可鄙又可怜的忘恩负义之辈甘愿牺牲自己,他就觉得老天待自己实在是太好了!当他这时和亨畋夫人一起顶着飞扬的尘土走在公路上,而不是与某个漂亮姑娘躺在草地上,他甚至觉得,自己所做的牺牲最好不要得到这个女人的感激。舍己为人者,义士也。他心里想着,要不要在适当的时候把自己所做的牺牲告诉她,但随即又想起了洛贝格,于是就此作罢了:绅士受苦,不与人言。以后——也许为时已晚——她总会知道的。他突然感到一阵心痛。他在前面走着,先脱下了外套,然后脱下了马甲。他出了汗,衬衫贴在肩胛骨上。亨畋妈妈厌恶地看着他衬衫上的两大片汗迹。拐入林间小道后,他突然停了下来,让仍然跟在后面往前走着的她,突然闻到他身上的浓浓汗味,吓得连连后退。艾施关切地问道:“怎么啦,亨畋妈妈?”“请您穿上夹克,”她厉声说道,随后又像哄小孩似的补充道,“这里很凉,太阴凉了,您会着凉的。”“走走就暖和了,”他回答道,“您应该把领子解开几个搭扣。”她摇了摇戴着旧式小帽的头:不,她才不想这样呢,这看起来像什么样子呀!“没事的,这里又没人能看到我们。”艾施说道。这让她突然意识到,这里偏僻隐秘,人迹罕至,所以孤男寡女共处一地时,彼此不用害羞。一开始她还有些不明所以,随后就恍然大悟:他当着她的面脱下衣服露出汗迹,却好像一点都不避嫌;虽然仍然感到厌恶,但表面上她感觉不到厌恶,而是木然的,仿佛感觉减弱了一样,只有在内心深处才有隐隐的感觉;甚至连他的大白牙也不再让她感到害怕,而是把他再次笑着说话时露出的大白牙,当作心里莫名认可的“不必害羞”。“加把劲儿继续走,亨畋妈妈,别叫苦叫累。”她听得很不服气,因为他显然不相信她能跟上,于是她便拄着那把弱不禁风的粉红色阳伞,娇喘吁吁地再次向前迈进。艾施现在跟在她身旁,在陡峭的地方就去帮她一把。一开始,她还有些怀疑地看着他,担心他是不是在借机揩油。虽然最后她还是抓住他的胳膊,但还是略显扭捏,只要看到迎面有其他游客,哪怕只是一个孩子走来,她都会立即松手,甚至甩开他的胳膊。

他们慢悠悠地往上爬着,停下来歇口气时,就悠闲地欣赏着周围的景色：天气炎热，林间小道的泥土近乎白色，出现了许多裂缝；原先鲜翠欲滴的植物，仿佛生机不再，垂头丧气地立在干涸的泥土里；树根连同落满尘土的根须，裸露在羊肠小道上。暑气逼人，林间一丝风也没有，弥漫着枯萎凋零的味道；灌木叶子之间，缀着些生机已逝的黑色浆果，灌木也已准备好迎接秋天，迎接枯萎。这一切，他们尽收眼底，却又无法形容。他们到达第一个观景长椅处，眺望眼前的山谷；尽管离登顶洛勒莱之崖还远得很，可在长椅上坐下时，他们似乎觉得，如此美景在眼前，此行已不虚。亨畋夫人仔细地抚平棕色真丝连衣裙的背部，以免靠在椅背上弄皱了。这里静寂异常，他们能听到码头、圣戈阿尔旅店传来的声音，还有渡船撞到大桥时沉闷的撞击声。这种静寂，这些声响，给他们俩带来了迥异于往日的感受，一时间两人都觉得很不习惯。亨畋夫人看着刻在椅背上和身旁座位上的爱心和姓名首字母，压低了嗓音问艾施，他是否也和那位来自上韦瑟尔的呼尔达姑娘在这里留下印记。当他开玩笑地假装要寻找时，她又让他别找了："无论是看得见还是看不见，臭男人走到哪里，都会找到自己浪荡的过去。"艾施却不想就此罢手，继续开玩笑地说："说不定还能在哪个爱心里找到您的名字。"听到这话，她不禁勃然大怒："您这般乱嚼舌头到底想说什么？谢天谢地，我向来洁身自好守身如玉，自觉不比任何年轻姑娘差。当然，一个一辈子都和那些不要脸的女人们鬼混在一起的人，是不会明白的。"这一番话深深刺痛了艾施，让他觉得自己很卑鄙、很无耻，因为他之前一直觉得她比不上旅店里的年轻姑娘，但实际上她们中有些人可能给亨畋妈妈提鞋都不配。他感到很开心，因为这里有一个人，她性格鲜明、意志坚定；这里有一个人，她明辨是非对错，知道善恶美丑。有那么一瞬间，他觉得此刻正是自己盼望已久的一刻，在这无边的混乱无序中显得异常清晰明了、不可动摇，可以让人寄托无限希望的一刻。但一想起亨畋先生和酒馆里的那张遗像，他就觉得心烦意乱，而且心里还有一个心结没解开：在某个地方也一定刻着亨畋先生的爱心，在爱心里他们夫妻俩名字的首字母亲密地交缠在一起。他不敢直接提起此事，而是淡然问道："您老家是哪里的？"她很干脆地说："我来自威斯特法伦州。此外，这跟别人毫不相干。"因为摸不到自己的头发，她只好整了整帽子。不，她完全无法忍受有人总爱多管闲事，打探别人隐私，而干得出这种事情的就只有艾施这样的人，或者那些跟他半斤八两的客人们，他们无法想象并不是所有人都有一段龌龊往事。凡是自己得不到的女人，这帮家伙都会不遗余力地给她凭空捏造一段爱情故事和一段风流往事。亨畋夫人怒气冲冲地从他身旁挪开了一些，而艾施的心里虽然一直都在想着亨畋先生，但这时也能确定，她的过去一定非常不幸。他的脸上流露出一副悲愤交加的表情。很有可能，她是在棍棒相逼之下被迫成亲的。所以，他赶忙说自己并无恶意。而且，按照他的经验，女人嘛，虽然哭哭啼啼的，或者看起来悲伤难过，但只要轻轻爱抚她们的身体，就能渐渐平复她们的情绪，于是他拉着她的手，轻轻地抚摩着。也许是因为天地寂静、万籁无声，又也许只是因为她精疲力竭，她丝毫没有挣扎。她表明过自己的意思，但在说最后几句话时，嘴里就像含着东西一样，差点连她自己都不知道在说些什么。而现在，她觉得自己脑子一片空白，根本感觉不到什么是勉强，什么是厌恶。她好似在看着眼前蜿蜒的山谷，却又似视而不见，好像不知道自己身在何处。多年来，她的生活一直仅限于柜台和几条熟悉的街道之间，而现在，这种千篇一律的生活突然缩成了一个小点，仿佛她一直都坐在这个陌生的地方。于她而言，这个世界是如此陌生，如此无法理解，而她与世界之间也不再有任何联系，除了那根长着多刺叶子的细枝条，垂在椅背上方，她用左手的手指上下摩挲着。艾施心里想着，自己要不要吻她一下，不过他心如止水，根本没有欲望，而且也觉得这么做绝非绅士所为。

所以，他们只是静静地坐着。太阳西斜，阳光映照在脸上，亨畋妈妈却感觉不到她美丽的脸庞在发烫，感觉不到紧绷、发红、蒙尘的皮肤上传来的热辣。仿佛在似醒非醒、似睡非睡之间，有一股梦幻之意向艾施飘去，想要把他拥入怀中，因为他也把山谷里变得越来越宽、越来越长的山影看成是一种冰爽清凉的诱惑，但他还是心有顾虑，不想再有出格举动，迟疑了一会儿，最终伸手拿起自己身旁装有大银表的背心。是时候出发了。这个意志薄弱的女人乖乖地跟了上来。下山时，她半个身子靠在他的胳膊上，他的肩上扛着那把弱不禁风的粉红色阳伞，背心和夹克挂在上面，左右晃动着。为了让她走得轻松一点，他解开了她高领紧身胸衣上的两个搭扣。亨畋妈妈什么都不管了，就算有其他游客迎面而来,她也没有把他推开。她的眼里没有他们。她的棕色真丝裙子在公路的尘土中拂过。到了火车站后,当艾施留下她一个人坐在长椅上,自己去找水喝时,她看起来是那样无助而又心满意足,痴痴地等着他回来。他也给她带了一杯啤酒,她乖乖地顺着他的意思喝完了。在昏暗的客车车厢里,他小心地把她的头枕在自己肩上。他不知道她是睡是醒,她自己也不知道。在他硬邦邦的肩膀上,她的头一阵一阵地来回晃动着。他想把她拉过来一些,但她胸衣硬衬中的硕大胸脯却是个大麻烦,而且她的头摇晃不定,帽针都快戳到他脸上了。他干脆把她的帽子向后推了推,于是她的头发也连带着一起往后滑下,使她看起来像喝醉了酒似的。她的真丝连衣裙散发出一股混着尘土味的温热气息;只是偶尔才会飘出一丝残留在裙子褶皱里的淡雅薰衣草香味。然后,她的脸颊从他的嘴边滑过,他亲了上去。最后,他把她又圆又重的脑袋托了起来,使她面对自己。她用干涩的厚嘴唇回吻着,有点像一头把嘴巴压在玻璃板上的大鼻子牲口。

直到站在前廊,她才重新回过神来。她轻推了一下艾施的胸口,然后仍似身在云端一样,走到柜台后自己的座位前。她在那里坐了下来,看着自己身前仿佛蒙上了一层浓雾的大堂。最后,她总算认出了坐在第一桌的弗罗贝克,于是打了个招呼:“晚上好,弗罗贝克先生。”但她没有看到,艾施刚才也跟着她进了大堂,她也没有发觉,他是最后一批离开大堂的。当他对她打招呼告辞时,她冷声回答道:“再见,先生们。”尽管他心头微有不悦,但一走出酒馆,他的心中就生出一种奇怪的感觉,一种近乎自豪的感觉:他是亨畋妈妈的情人。

男人只要亲过女人一次,其他的一切便如离弦之箭,无法回头了。虽然可以细火慢炖,但不能违背自然规律。对于这一点,艾施深有体会。可他还是想象不出,自己和亨畋妈妈之间的暧昧关系会如何发展,因此,在知道特尔切尔第二天中午会陪自己去酒馆时,他的心里充满了欣喜。有人陪着,和亨畋妈妈的再次见面就变得轻松多了,而且更方便了。

特尔切尔又出了个新主意:他们应该搞一个黑人姑娘过来,这会让决赛变得更刺激。他想叫她“非洲妖星”,那位德国姑娘一定要先两战两平,最后再将非洲妖星打败。艾施有点担心大嘴巴的特尔切尔会把这些非洲计划透露给亨畋妈妈。果然没让艾施失望,特尔切尔刚进门就急不可待地说出了自己想出的新主意:“亨畋夫人,我们的艾施会给我们弄一个黑人姑娘过来。”她一开始没听明白,甚至在艾施如实相告并信誓旦旦地说,自己也不知道该去哪里弄一个黑人姑娘过来时,她还是没明白过来。不,亨畋妈妈根本不想听下去,而是酸溜溜地恨声讥诮道:“女人多一个少一个,某人根本无所谓。”特尔切尔兴奋地拍了拍他的膝盖:“当然,某人可是一个能让女人投怀送抱,无人敢与之争锋的男人。”艾施抬头看了一眼亨畋先生的遗像:那里就有一个敢与自己争锋的男人。

"是的,艾施就是这么厉害。"特尔切尔重复道。对亨畋夫人来说,这正好印证了她对艾施不好的印象,于是她就想进一步巩固和特尔切尔的攻守同盟关系。艾施留着硬气的寸头,就像一把深色的硬毛刷顶在微显淡黄色的头皮上;她看着艾施的寸头,越发觉得自己今天需要一个盟友。她转过身,背对着艾施夸起特尔切尔来:"这还用说嘛,一个爱惜羽毛的男人,根本不想沾上这种女人,以免惹出什么风流韵事,最好把她们全都托付给艾施先生这样的男人。"听到这话,艾施可气坏了:"这种工作呢,有的人会削尖了脑袋争抢,可是呢,有的人就是做不来。"他打心眼里看不起特尔切尔,因为这家伙连伊洛娜都留不住。别着急,很快就没人留得住她了。"嗯,艾施先生,"亨畋夫人说,"加把劲儿,不要让黑人姑娘久等了,您赶紧去干活吧。""好的,我会的。"他回答道。刚吃完饭他就起身离去,留下有些愕然的亨畋夫人一个人陪着特尔切尔。

他在外面闲逛了一会儿。他实在无事可干。他心里有点懊悔,暗恨自己怎么会留下她一个人和特尔切尔单独相处的。最后,心头的这丝懊恼让他掉头向酒馆走去。特尔切尔不可能还在那里了,但他还是想确认一下。大堂里连个人影都没有,厨房里也是空无一人。看来,特尔切尔已经走了,那么他也可以离开了。但他知道,亨畋夫人这会儿通常都在她的卧室里,然后他也突然意识到,自己正是为此才回到这里的。他犹豫了一会儿,然后蹑手蹑脚地走上了木楼梯。没有敲门,他直接走了进去。亨畋妈妈正坐在窗边缝补袜子。猛地一眼看到他时,她轻轻地惊呼了一声,整个人都呆住了。他径直走到她跟前,把她按在椅背上,吻起她的嘴来。一番推挡躲闪,她扭着丰满肥硕的身体,含糊不清地嘶哑地喘道:“您……出去……这里不是您该来的地方。”与他的无礼暴行相比,让她更痛苦的是她心里冒出的念头:刚才还在某个捷克姑娘或黑人姑娘那里的他,现在来到她从未有男人踏足过半步的卧室里。她在为卧室而挣扎。但他把她抱得如此紧,如此紧。最后,她用干涩的厚嘴唇回吻着,也许只是为了用这种温柔感化他,让他走,因为在互吻的过程中,她始终咬紧牙关,不停地重复着说:“这里不是您该来的地方。”到最后,她只是哀求着:“别在这里。”虽然对这种毫无情趣可言的扭抱挣扎非常不耐烦,但艾施仍然记得,自己身前的是一个值得敬佩和尊重的女人。她不就是想换个地方继续嘛,为什么不呢?他松手放开了她,然后她把他推到门外。当他们站在走廊里时,他沙哑着问道:“去哪里?”她一下子没明白过来,还以为他现在就会离开呢。艾施把脸凑过去,再次问道:“去哪里?”她站着一动不动,一声不吭,所以他又搂住了她,想把她重新抱回卧室。她觉得自己唯一要做的,就是守护好自己的卧室。她无助地四下张望着,看到客厅的门时,心中突然生出一丝希望:客厅里雅致讲究的陈设会使他恢复理智,变得斯文有礼。于是,她往那儿使了个眼色。他往后退了一步,伸出一只手搭在她的肩上,让她走在前面,像在押解犯人一样。

走进客厅时,她不放心地说:“好了,现在您总该清醒了吧,艾施先生。”她说完就想去窗边,把遮住客厅光线的百叶窗打开。可他却从背后一把抱住了她，让她一动都不能动。她拼命扭动着，想要从他怀里挣脱出来，结果却往前踉跄了一下，踩到了坚果堆中，差点儿没让两个人都摔一跤。踩在脚下的坚果纷纷裂开。为了不把剩下的坚果也踩裂，亨畋夫人赶紧奋力后退，往里间靠了靠，想在那里找一个落脚点把脚站稳，有那么一瞬间，她好像在梦游，好像在思考：把他勾引过来的，不正是她自己吗？但这个想法只会让她更加羞愤难当，她嘶吼道："滚开，滚去您的黑人姑娘那里……我可不像您的那些女人，花言巧语对我没用。"她想死死抓着里间的某个角落，却刚好带到窗帘。窗帘横杆上的木环咯咯轻响着，她怕弄坏这副好窗帘，所以只好松手，于是艾施这时便趁机把她逼到光线昏暗的里间内，逼到婚床前。他仍站在她身后，把她挣脱出来的双手向后反剪，拉到他的身前，所以她一定能感受到他身上雄性器官的勃起。也许是因为这个原因，也许是因为看到了婚床，她失去了抵抗的意志，呆呆地一动不动，在他的激烈攻势之下，她既无力也无心反抗了。当他喘着气，粗鲁地撕扯她的衣服时，她又在担心自己的衣服被他弄坏，于是他哪里解不开脱不下，她就在哪里帮忙，简直就像他的同伙一样。这一切都是那么顺利，当他们倒在床上时，亨畋妈妈无悲无喜地仰卧着，准备迎接他的进攻，他竟然感到一阵害怕。看到她一动也不动，就这么愣愣地躺着，仿佛她在遵从一项传统义务，仿佛她只是在延续这项习以为常的传统义务，就这样没有娇喘、没有情趣地任他摆弄时，他更是感到深深的恐惧。只有那颗圆圆的脑袋在床罩上左右摇动，好像在不停地说"不要”。感受着她肉体传来的温热，他情欲高涨，而且也想唤醒和征服她的情欲。他双手捧着，紧紧抱住她的头，仿佛要把里面已经僵化的、不属于他的念头硬生生挤出来；同时，他的嘴顺着她那并无美感的肥脸颊和低额头亲吻着。她的脸颊和额头依旧木然和僵硬，如此木然，如此僵硬，就像那些马丁甘愿牺牲自己也要成全的，却仍然没能拯救的大众一样。也许伊洛娜对科恩的肥胖粗壮也有同样的感觉。一想到自己的牺牲媲美于她的牺牲，而且自己的牺牲是正义的，是为了她而牺牲，是为了救赎，为了正义，他一时间感到非常开心。噢，忘却自己，变得越来越孤独，用自己心中忍受和积聚的一切冤屈不平来消灭自己，而且也要忘却正和自己亲吻着的她，忘却时间——也是她的时间，忘却岁月——在她不再年轻的脸颊上留下痕迹的岁月，希望消灭这个女人——活在那时那段岁月中的女人，让她获得新生，让她获得永恒，在身体绷紧和彻底征服中与他合为一体！这时的她，就像一头把嘴巴压在玻璃板上的大鼻子牲口一样，把嘴压在了他正在寻觅索吻的嘴上，但她始终牙关紧咬，不让他的舌头入侵，不让他俘获自己的心神，这让艾施恨得牙根直痒。当她终于粗声嘟囔着张开双唇时，他感到了一阵心醉，在别的女人那里从未体验过的心醉，于是便全身心地沉浸在这种无边的心醉神迷之中。他渴望占有她，她已不再是原来的她，而是一个获得重生的生命，一个夺自未知的生命，一个充满母性的生命；他忘却了自我，自我突破了他的极限，在宣泄和释放中消失不见。心地善良、心存正义之人因而也喜欢绝对。艾施第一次意识到，情欲兴趣并不重要，重要的是合二为一，这种结合高于偶然和悲伤的、甚至可怜又可鄙的理由，重要的是合二为一后的情欲消退，它本身就是永恒的，可以让时光停止；艾施第一次意识到，人的重生如同宇宙一样平静安宁，但人在极度销魂之际的意志战胜它时，它仍会变小，仍会融入人体之内，使他得到只属于他的东西：拯救。

成为亨畋妈妈的情人，那又如何！许多男人认为，人生最重要之事莫过于找个女人做伴。艾施对这种偏见向来嗤之以鼻。现在更是如此，尽管亨畋夫人有时会很奇怪地从他的心头浮现。现在更是如此。他的人生有更大、更高的目标。

走到新集市广场附近时，他在一家书店前停下了脚步。一幅自由女神画像映入他的眼帘，金色的自由女神印在绿色亚麻布上，下方的标题是“美国的现在和未来”。他长这么大就没买过几本书，而现在竟然会走进书店，这让他自己都感到惊讶不已。书店里光滑的柜台和摆放整齐的长方形书本，使他隐约想起了一家雪茄店。他本想多留一会儿，跟人聊聊天，只不过没人注意他，于是他只好付了书钱，手里便多了个不知该怎么处理的包裹。当作礼物送给亨畋夫人？毫无疑问，她对书是不会有半点兴趣的，但他还是鬼使神差地给她买了书。他心下有些犹豫，又站回到陈列橱窗前。在玻璃后面的粗绳上挂着五颜六色的外语学习手册，封面上印着迎风飘扬的各国国旗，像在为勤学上进的人们喝彩加油。艾施去酒馆吃午饭。

他手上拿着拿不出手的礼物，丝毫不敢张扬，偷偷地把书放到窗边。这里是他饭后经常看报纸的地方，所以带本书坐在这里，是很正常的事。没过多久，亨畋妈妈就隔着没人的大堂冲着他大声说道："哟喂，艾施先生，您倒是挺悠闲啊，大白天的也在看书。""对呀，"他开心地大声回答道，"我正要拿给您看呢。"然后他站了起来，把书拿到柜台上。当他把书递给她的时候，她问道："这是干吗呀？"他把头歪了一下，示意她看一下这本书。她把书稍微翻了一下，就几张图片看得仔细些，然后说声"嗯，挺好的"就把书还给他了。艾施感到非常失望。他之前就料到，她对看书没有任何兴趣，像她这样的女人怎么会知道更大、更高的目标。尽管如此，他还是站着没走，不死心地期待着……结果只等来亨畋妈妈的一句话："您不会是想整个下午就靠这玩意儿打发时间吧？"艾施回答道："我什么都不想。"他气呼呼地把书拿回家，留给自己看。并且，他还决定一个人移民，孤零零地一个人。就算这样，他依然经常有一种错觉：他认真看这本介绍美国的书，不仅是为了自己，也是为了亨畋妈妈。

他每天读一部分。一开始，他只看书中的插图，所以现在每次想起美国时，他似乎都觉得，那里的树不是绿色的，那里的草地不是五彩的，那里的天空不是湛蓝的。不，那里的一切似乎都完美体现在色调深浅不一、充满耀眼光芒和摩登气息的棕灰色照片中，或是体现在轮廓线条分明、明暗对比精巧的钢笔画中。看完插图后，他开始专心阅读文章。虽然,书中有许多统计数字,让他不胜其烦,但他没有匆匆略过,而是认真仔细地看了一遍,因此牢牢地记住了许多东西。他对美国的警察和司法机构非常感兴趣。书中强调,这些机构是为了维护民主自由而设立的,每一个善于读书的人都能明白,那里没人会听从航运公司的无耻指令而将一个瘸子投入监狱的。所以,马丁应该和他一起去。艾施翻着书页。古怪到极点的是,在一张以纽约码头大厅前的远洋巨轮为背景的照片上,艾施看到亨畋妈妈穿着棕色真丝连衣裙,双手撑着那把弱不禁风的粉红色阳伞,俯身靠在船舷栏杆上,注视着熙熙攘攘的旅客,而马丁则拿着双拐,坐在一个箱子上,四周都是用英语交谈的声音。

做事细致认真的他,犹豫了一会儿后,还是决定再去那家布置得温馨如家的书店跑一趟。他不在意再花一笔钱,买了本封面上有英国国旗迎风飘舞的英语学习手册,然后立马开始学习英语单词,每个单词都会让他想起那张泛着丝滑光芒的照片,想起照片的灰棕色色调,想起那个透着优雅时尚的字眼"自由",就好像在这个字眼里,曾有的和用陈言旧语说过的一切,都将消散在遗忘之中,都将获得拯救。他甚至决定,他们两人之间也要用英语交谈,因此亨畋妈妈也得学点英语。他有一个优点,那就是鄙视所有没有物质基础的幻想,因此他绝不会光坐着空想:他的那份红利一直在增加,虽然最近几天来看摔跤比赛的人数稍有减少,但 200 马克的盈余却是铁定少不了的——现在他终于下定决心要把这笔钱作为旅行基金。所以,他可以行动起来,可以逃离这里的牢笼,可以开始新的生活。在这个念头的影响下,现在他常常会不自觉地去大教堂。站在台阶上,目光越过大教堂广场,当说着英语的游客映入眼帘时,就像有一丝透着自由的气息扑面而来,轻拂着他的额头,于是他摘下帽子,任由柔和的夏风吹拂。甚至连科隆的街道也渐渐呈现出另一种面貌,几乎是一种无辜的面貌。对于这种变化,艾施乐见其成,但心里也似乎带着一丝幸灾乐祸。只要越过大洋,到达彼岸,这里看起来也会不一样。而且,如果有朝一日重归故里,他会让英语导游带着自己参观大教堂。

演出结束后,他等着特尔切尔。雨夜朦胧,两人呼吸着潮湿温润的空气,并肩而行。艾施停下脚步:“对了,特尔切尔,您总是吹嘘自己拿到了美国的聘用合同:现在就是您大展身手的时候了。”特尔切尔喜欢的就是吹牛说大话:“只要我想,那里的聘用合同我要多少有多少。”艾施出言反驳道:“就凭您那手甩飞刀的本事……嗯,好吧……您不觉得在那边也可以搞一个摔跤比赛或类似的生意吗?”特尔切尔一脸鄙视地笑道:“保不准,您还想把我们的姑娘也都接过去是吧?”“何乐而不为呢?”“您可真是个白痴,艾施,竟想带那批货色去那边!就算带过去了……那里看重的是体育能力,可我们那帮婆娘能做什么……”说完他又笑了起来。艾施建议道:“但我们可以选拔一批呀。”“开玩笑,那边的人正等着我们呢,”特尔切尔说,“而您又上哪儿去弄一批这样训练有素的姑娘过来……”想了想他又说:“……除非这批蠢笨的母牛,看起来有那么一点点像回事,否则根本想都不要想。当然只能在墨西哥或南美洲。"艾施一开始没转过弯来。见他那副呆呆发愣的样子,特尔切尔一下子就火了:"喂! 缺人啊,对面这两个地方……要是摔跤生意不景气,那我们至少已经为这些母牛准备好了牛棚,这么一来,来回路费和佣金就到手了。"这听起来似乎颇有几分道理。对啊,干吗不在南美洲或墨西哥呢? 艾施脑海中棕灰色的照片上顿时换成了一派华丽而庸俗的南方景象。是的,这听起来很有道理。特尔切尔说道:"您这次把事儿干得太漂亮了,艾施。您就睁大了眼睛看着吧,我们会让杂技团焕然一新的,弄一批差不多的女人。我认识几个人,他们会帮我们把那边的事情全部弄妥的。然后,我们就带上所有人,一起出发。"艾施知道,这看起来很像贩运妇女兼做皮条客的勾当。但他不需要想这些,因为摔跤比赛是一种合法生意,虽然这生意看起来就有点不干不净的,可这与他又有何干。这就当是向让无辜者锒铛入狱的警察讨回的一点点旧账吧。捍卫自由、不接受航运公司贿赂的警察,用不着担心被人追讨公道。当然,贩运妇女兼做皮条客的勾当也实非绅士所为,但话又说回来,亨畋妈妈经营酒馆不也同样违背了她自己的信念嘛。还有,洛贝格也不喜欢他自己的生意。更何况,把特尔切尔和整个杂技团带去美国,总比把他留在这里扔飞刀要好。他们从一个警察身旁经过,他正在夜雨中无聊地来回巡逻,艾施很想对他说:"就算下着雨,警察也没什么好抱怨的,我迟早会把南特维希交到你们手中的!”他艾施可是一个守法守规矩,履行自己义务和责任的人,哪怕队友是个下流坯。“猪猡警察。”他咕哝了一声。湿漉漉的柏油路像摄影胶片一样,在黄蒙蒙的灯光下闪耀着深褐色的光芒。艾施的脑海中浮现出那尊自由女神像,女神手中的火炬,会燃烧和拯救留在这里的一切,把所有曾在的,所有已逝的,尽付烟火中。如果这是谋杀,那这就是连警察也无法判断的谋杀。为了拯救的谋杀。他的心中已经暗下决定。当特尔切尔在临别之际冲他大声说“别忘了,那边要的是金发女郎,只要金发女郎”时,他心里明白,自己必须物色金发女郎并把她们送来。他事先要做的,只是把旧账结清,然后他们就会带着所有金发女郎一起漂洋过海,远走他乡;就会从高高的远洋巨轮的甲板上,俯视一群群来来往往的小船;就会向旧世界高声道别,永不再见。也许,巨轮上的金发姑娘们会唱起离歌,会齐声合唱;也许,当拖绳紧绷,巨轮沿着河岸轻轻滑过时,伊洛娜会在岸边漫步,挥手作别——她自己也是金发女郎,却已摆脱了所有危险。然后,水面越来越宽。

其实,艾施应该承认,他的情人与他势均力敌:他要是不珍惜这段爱情,那亨畋妈妈也会就此罢手。在这一点上,他们两人极为相似,虽然他们的动机并不完全相同。对她来说,爱情应该是非常隐秘的,所以她几乎不会说出“爱”这个字眼。她总是忘记自己有了个情郎这件事,但她无法阻止这个刚闯入她心扉的情郎,在她午后小睡之时或是在晚上最后一个客人离开酒馆之后,偷偷潜入她的卧室。每次他出其不意地在她身旁出现时,她总是会被吓呆,直到他们进入昏暗朦胧的客厅和里间时,她才慢慢地从呆愣中恢复过来;然后,体内便会渐渐涌出一股放肆的孤独,她仰卧在昏暗的里间,望着天花板,觉得里间似乎就要飘浮而去,似乎不再属于这个无比熟悉的家,而是像一辆自由悬荡的马车,悬在无边的黑暗中,悬在未知的角落里。直到这个时候,她才意识到,有人在她身旁,正在努力取悦她,唤醒她的欲望,而那个人却不再是艾施,甚至也不再是她所认识的人,而是一个非常奇怪和粗暴地融入这种孤独的人。可她却无法指责那个人的粗暴,因为那个人本身就是孤独的一部分,只存在于孤独之中。那个人,平静地威胁着,要求她温柔对待自己的粗暴:所以她必须乖乖地一起翻云覆雨,这虽然也是被迫的,可奇怪的是,这也是无罪的,因为这里弥漫着孤独,即使是上帝也对此视而不见。但是这个人,这个此刻与她同床共枕之人,几乎感觉不到这种孤独,所以她严加防范,不让他驱散这种孤独。他陷在极度的沉默之中,她不让他抖散这片沉默,即使他认为这种不合时宜的沉默正体现了她的愚蠢或她的粗俗。沉默扼杀了羞耻,因为羞耻正是产生于言语之中。她感受到的,并不是肉欲,而是挣脱了羞耻的束缚:她是如此孤独寂寞,仿佛这辈子只能孤独终老,寂寞到再也不会为自己这具肉体感到一丁点儿的羞耻。她沉默着,脸上没有羞意,像野兽一样面无表情,仿佛在挑衅。他不明白她为什么这样沉默,心头沮丧不已。她没让他听到一声呻吟，他心中唯一的念头就是痛苦地等待和期望：在酣畅宣泄体内的狂暴情欲后，她终于忍不住大叫起来。不过，他的等待通常都是徒劳，然后他就讨厌起她脸上安慰的表情，而她用这副表情要他躺下，靠在她那又丰满又结实的肩膀上入睡。但每次她都会突然翻脸，无情地将自己的情郎打发走，似乎想突然把他消灭，把他所知道的情况全部销毁：她把他推出门外，当他顺着楼梯蹑手蹑脚地走下来的时候，他能感到自己背后传来的敌意。他这才发现，自己刚才去了一个无比陌生的地方，但就算这样，就算知道这一点，他还是强迫自己，忍受着极度的痛苦，怀着渐增的渴望，再次回到她的身边。因为，迷失在极度醉人的欢愉之中，一言不发和不可名状地全心融入对情欲的坦然无羞之中，让他的心升腾起一股不可遏制的欲望，他想迫使这个女人了解他的内心，让这一刻像火把一样在她心中腾然亮起，使过往的一切化为灰烬，让她在火焰的光辉中认识他，在无边的夜深人静中酣畅地发出愉悦的叫声，对他——她心中唯一的他——以“你”相称，就像对她的孩子一样。他再也不知道她有着怎样的容貌，她超越了美丑，超越了老少，于他而言，她只象征着一项沉默的使命——征服她、拯救她。

虽然在许多方面，他都感到十分满意，没有其他念想，甚至不得不承认，在一定程度上，这就是一种让他痴迷不已、超越平凡的理想之爱，但让他觉得难受的是，每次他一走进酒馆，亨畋妈妈就慌得要命，担心客人们会看出什么蛛丝马迹，但事与愿违的是，她对他的刻意冷落反而更显她的心虚。要不是为了不要引人注目或是让人背后讲闲话,要不是因为这里的午餐丰盛好吃又实惠,他才不会过来。因此,他尽量做到好说话好商量,在酒馆时尽量表现得不冷不热、不即不离;但这没有用,反正无论他怎么做,都不合亨畋妈妈的心意:他要是来大堂,她就拉长了脸,显然希望他赶紧滚蛋;但他要是不来,她就会凶巴巴地嘶哑着声音问他,是不是躲在他的黑人姑娘那里。

特尔切尔觉得,对于南美项目,他们一定得拉上盖纳特,否则就显得太不仗义了。在艾施看来,有了盖纳特加入,这个项目就算十拿九稳了。然而,盖纳特却以家庭为由拒绝了。秋季新的租约一到手,他就想把家人接过来。所以,轻浮油滑的特尔切尔就成了唯一的合伙人。这种不靠谱的人当然指望不上,可项目却耽搁不得;艾施立即开始招兵买马,着手寻找适合出口海外的女摔跤手。这一次,或许他真能搞到觅而不得的黑人姑娘;如若事成,那当然是意外之喜。

他又把酒馆妓院走了个遍。在那里,他有时会感到心中不安,原因很简单,要是亨畋夫人知道的话,她绝对不会相信他是为了生意才这么卖力的。可以说,为了证明自己根本没有情欲之念,在一定程度上从道德的角度——虽然毫无意义——为自己的行为进行辩护,他出入花街柳巷招人的范围也扩展到了他以前几乎不敢踏足半步的同性恋出没之地。可他还是隐约觉得,肯定还有别的原因在驱使自己去那里。对于那里发生的事情,他当然可以无动于衷,可奇怪的是,只要看到这些男人脸贴着脸,相互依偎着翩翩起舞,他就会汗毛竖起、脊梁骨发冷。然后,他总是会情不自禁地想起自己第一次去这种藏污纳垢之地的时候,想起自己那时还是一个喜欢四处乱跑的少年,几乎不知道自己的妈妈是谁,想起自己第一次看到有异装癖的男人,穿着紧身绑带胸衣和真丝拖地长裙,捏着嗓子唱着些下流歌曲的时候,自己好想赶紧走开,躲到妈妈身边。要是他现在再看到这里的龌龊,看到这些同性恋,他准会恶心一番,亨畋妈妈这个蠢婆娘就会真的明白,他从这个工作中得到的究竟是何种"快乐"。说真的,他宁愿躲到她的身边去,也不愿受这份罪,在这里四处游荡,就像在寻找失去的纯真一样寻找着什么东西。在这种地方会碰到诸如航运公司主席这样的人物?这真是滑天下之大稽,这些同性恋怎么会入得了这样有身份的主席的眼呢?

无论如何,为了应付这帮家伙,他必须做好万全的准备。忍不住想动手打人时,人们需要控制住自己内心的冲动,所以当这些涂脂抹粉的小少爷们向艾施搭讪时,他并没有冲上去就是一巴掌;相反,他表现得非常友好,为他们点了甜味利口酒,问他们过得是否如意,当他们变得热情起来时,他又问了他们的收入来源和恩客。虽然,他有时候也会感到奇怪,自己为什么要听他们说这些废话,但只要在话中出现主席伯特兰的名字时,他就会竖起耳朵,听得非常仔细。然后,他脑海中的那个风度翩翩的男子,那个几乎看不清但比真人还大的身影,渐渐地染上了颜色,呈现出一种奇特的柔和色彩,同时它还稍微变小了一些,因为它的色彩这时变得更清晰、更浓郁了：那人坐着汽艇在莱茵河中乘风破浪,船员们个个英俊无比;这艘梦幻号上的一切都是白色和天蓝色的;他曾经来过科隆,小哈利非常幸运地在途中遇到了他;他们坐着梦幻号到安特卫普,然后在奥斯坦德过着神仙一样的生活;但他通常不会搭理我们这种人;他的城堡在巴登维勒,坐落在一个巨大的园林里;小鹿在草地上悠闲地吃着嫩草,奇花异草散发出阵阵清香;不在遥远的异国他乡逗留时,他就住在那里;他的宫殿,无人能进,他的朋友都是有着无数财富的英国人和印度人;他有一辆很大的汽车,大得他晚上可以睡在里面。他富可敌国。

艾施差点忘了自己的招人工作,心里只盘桓着找到哈利·科勒这一个念头。当他找到哈利时,他的心跳骤然加快,言谈举止变得毕恭毕敬,似乎不知道这个小伙子跟其他同性恋几乎没什么两样。他忘记了自己的仇恨,忘记了只有马丁忍受痛苦,这些小伙子才能过上精致的生活;是的,他都有点嫉妒了,因为对这些习惯了精致华美、纸醉金迷的小伙子,他什么都给不了,唯一能做的就是,满脸堆笑地邀请哈利先生去观看摔跤表演。但这个小伙子完全不为所动,脸上带着不耐烦和拒绝之意,嘴里只“噗”了一声,让提议不当的艾施感到无地自容。但他也同样有些恼火,于是不客气地说道:“那算了,我可请不起您乘坐游艇。”“什么?请您再说一遍好吗?”哈利用非常温和的语气略带疑惑地问道。阿尔方斯是个肥胖的金发乐师,这时没穿外套,而是穿着真丝花衬衫,在桌旁坐下后，衬衫下面便堆起了一圈圈肥肉，就像女人的胸脯一样。他露出一口洁白的牙齿，笑着说道："他说的确实没错，哈利。"哈利面露羞愤之色："这位先生，请您不要侮辱他人。""绝对没这个意思，"艾施赶紧收了自己的火气，"这种话我绝对不会说的。我只是感到有点遗憾，因为哈利先生习惯了华贵高雅的生活，而我又无以相待。"哈利认命似的淡淡一笑，厌倦地挥了挥手："不说这个了。"阿尔方斯抚摩着哈利的胳膊说道："别难过了，小哥儿，这里有很多人都想安慰你呢。"哈利摇了摇头，带着淡淡的忧伤说道："一生只爱一次。"这话和洛贝格说的一样，艾施心里想着，然后说道："言之有理。"虽然这个曼海姆傻瓜难得说对一次，这话却是没错，于是艾施又说了一遍："没错，言之有理。"见自己所说的话能得到认可，哈利显得非常高兴，看向艾施的目光中，也带着几分感激之色。但阿尔方斯却不想听到这些，不满地说道："那我们对你的情谊呢，哈利，在你眼里难道都是镜花水月吗？"哈利摇着头说道："你们所谓的情谊，就是片刻的欢愉，可那又算得了什么？你们的情谊和那片刻的欢愉，跟爱情半点儿关系也没有！""好吧，小哥儿，你对爱情有自己的看法。"阿尔方斯温情款款地说道。似乎是在回忆着，哈利说道："爱情就是陌生之至，就是天各一方。"艾施不禁想起亨畋夫人的沉默不语，而阿尔方斯却说道："这对一个穷困潦倒的乐师来说，实在太深奥了，我的小哥儿。"乐队发出的声音太大太吵了，哈利不想大声说话，所以半个身子压在桌上，凑过头来，神秘兮兮地低声说道："爱情就是天各一方：两人身在异乡，相隔千里，彼此一无所知,然后在突然之间,空间湮灭,时间停止,他们合为一体,从此两人既不知己,也不知彼,而且也什么都不用知道。这就是爱情。”艾施想起了巴登维勒:超凡脱俗的爱情,远离尘世的宫殿;或许,这些就是为伊洛娜准备的。当他还在就此深思的时候,他突然有种痛彻心扉的感觉——他永远也弄不明白,这究竟是一种高尚的爱情,还是另一种如亨畋夫妇般彼此相爱、情投意合的爱情。哈利继续说着,好像在朗诵《圣经》中的某一小节:“只有在变得极度遥远的过程中,甚至可以说,只有当遥远到无限时,无限之中才会绽放出可望而不可即的爱情目标,而爱情就是:合二为一的神秘……对,就是这样。”“干杯!”阿尔方斯闷闷不乐地说。但艾施觉得这个小伙子似乎挺有学问,心中又重新燃起了希望,希望这个小伙子的学问也能解答他的困惑。尽管他的想法跟哈利在朗诵中所表达的根本不是一回事,可他还是把以前对洛贝格说的那番话说了出来:“既生死相依,又岂能独活。”这话听起来喜恨参半,但意思却相当肯定:亨畋寡妇不可能爱过她的丈夫,因为她还活着。阿尔方斯低声对艾施说:“天啊,在小哥儿面前,您就不要说这些话了。”但说出去的话犹如泼出去的水,想收也收不回来。哈利惊愕地看着艾施,轻声地,仿佛只是嘴唇动了动,用微不可闻的声音说道:“我人活着,但心已死。”阿尔方斯给他推过去一大杯利口酒:“可怜的家伙,发生了那件事以后,他就一直这样自怨自艾……那人算是把他给毁了。”艾施觉得自己又被拉回了现实;他装出一头雾水的样子问道:“谁?”阿尔方斯耸肩说道:“他呀,万能的上帝,纯洁的天使……”“闭嘴，不然我就抠了你的眼珠子。”哈利怒吼道。艾施很是同情小哥儿，于是板起脸对阿尔方斯厉声说道：“别再惹他了！”哈利突然歇斯底里地哭了起来：“我人活着，但心已死，犹如行尸走肉……”艾施心里颇感无奈，因为平时对付姑娘们哭闹的招数，在这里一点儿都用不上。可见，这个小伙子的人生也被那个人给毁了；艾施想哄哈利开心，于是突然说道：“我们会杀了这个伯特兰。”哈利尖叫道：“你不要做这种事！”“为什么不？这是他罪有应得，你应该高兴才是。”“你，你不要做这种事……”小哥儿眼里露出疯狂之意，嘴里发出刺耳的尖叫声，“……你不准碰他……”艾施碰了一鼻子灰，懊恼不已，心想这小子真是蠢得要命，不识好人心。“这种猪猡，不一刀杀了留着干吗？”他不依不饶地说道。“他才不是猪呢，”哈利用哀求的语气说道，“他是世界上最高贵、最优秀、最英俊的人。”反正小哥儿肯定是对的：谁也不准伤害那个人。艾施差点儿就要点头允诺了。“没救了。”阿尔方斯悲哀地说道，然后把利口酒一饮而尽。哈利两手握拳，撑在脸上，像个陶瓷神像一样点着头，开始大笑起来：“他就是猪！他就是猪！”只不过，他话音未落，笑声已变成了哭声。当穿着真丝衬衫的阿尔方斯想把哈利扯向自己丰满多脂的胸口时，艾施不得不居中调解，以防他们扭打在一起。他不容抗拒地让阿尔方斯离开，然后对哈利说道：“我们走吧。你住哪里？”小伙子这时完全失去了主意，乖乖地说出了自己的住址。走在路上时，艾施挽着哈利的胳膊，仿佛与自己并肩同行的是个姑娘，一个似怜香惜玉，一个如小鸟依人，两人心头竟然涌出一丝若有若无的甜意。莱茵河畔，轻风送爽。站在自家的门前，哈利紧贴着艾施，似乎想把自己的脸凑过去索个吻。艾施把他推进屋内，但他又溜了出来，凑过来低声耳语道：“你不要伤害他。”艾施还没来得及反应，哈利就一把抱住了他，匆忙慌乱地吻了一下他的袖子，然后就溜到屋内不见了。

摔跤表演的上座率明显下降了，打广告做宣传刻不容缓。艾施没有征求其他人的意见，而是自作主张，想请《人民卫报》刊载一份关于摔跤表演的报道。可刚走到编辑部那扇脏兮兮的白色大门前，他就清楚地意识到，肯定又是别的什么事情，鬼使神差般地把自己引到这里来。此行毫无意义，也毫无用处：所有与摔跤表演有关的事情，已经激不起他半点兴趣了，因为它连伊洛娜都给不了任何帮助了；为了伊洛娜，他还须做一些更重要、更关键的事情。他心里也知道，如果《人民卫报》出于无产阶级的某些成见，之前没有刊载过报道的话，那么它今天也一样不会刊载。其实，宣传社会主义的报刊所持的态度还是值得称道的，至少它有左派和右派的观点，至少它明确划分了资产阶级世界观和无产阶级世界观。他真应该让亨畋妈妈也关注一下这些人：他们虽然都是普通的社会主义者，却和她一样，都出言谴责摔跤表演。她要是知道这些，也许就再也不会看不起他们了，也许就对社会主义战士马丁正眼相看了。一想起马丁，艾施不禁一愣，鬼才知道，他奥古斯特·艾施今天在这个编辑部这里要干什么！很明显，来这里和摔跤表演无关。他进门时还在琢磨着。直到编辑毫不客气地表示记不起他了，直到他为了帮助健忘的编辑想起自己，不得不把罢工这件事说出来当引子时，他才意识到，自己是为马丁而来。他脱口说道："我有一个重要的消息要告诉您。""哈，罢工吧。"编辑比画了一下做了个不屑一听的手势，"罢工这事，早就过去了。""话是没错，"艾施激动地回答道，"可盖林仍在狱中啊。""哦，那又怎样？他不就坐三个月的牢嘛。""那我们总要做点什么吧。"艾施听到自己说话的声音比自己预期的还要大。"喂，别这样冲着我大喊大叫，又不是我把他关起来的。"艾施可不是个轻易放弃的人。"总得做点什么。"他又气又急地继续说道。"我认识一些小伙子，就是和您那个道貌岸然的伯特兰先生厮混的那些小伙子……他们在科隆，不在意大利！"他得意扬扬地补充道。"这个我们好几年前就知道了，我亲爱的朋友和同志。这就是您想告诉我们的新鲜事？"艾施大吃一惊："真的吗？那您为什么袖手旁观，置之不理呢？他可是在舍己为人啊。""亲爱的同志，"编辑说道，"您的想法似乎有点天真。您总该知道，我们的国家是一个法治国家。"他在等艾施这时主动离去，可艾施却坐着一动不动，所以这两个男人就这样大眼瞪小眼地坐了一会儿，既不知道该说些什么，也不理解对方，每个人都只看到对方的错处和丑陋。由于心中愤恨、激动难遏，艾施的脸上红晕显现，然后又渐渐消失在棕褐色的脸皮下。编辑还是穿着那件浅棕色天鹅绒夹克，略显圆润的脸庞和唇上的棕色八字胡子，看起来柔软与硬朗兼具，就像天鹅绒夹克一样。在这种相似的背后还隐约藏着一丝卖弄风情的痕迹,让艾施想起同性恋出没之地的小伙子。他咄咄逼人地说道:“也就是说,上面[①]那位同性恋,您要护着?别人就该坐牢受苦?”他咬牙切齿,面露厌恶之色。编辑显得有些不耐烦了:“我说,亲爱的先生,这到底跟您有什么关系?”艾施涨红了脸:“您故意下绊子,竭力阻止我们救他出狱……那篇文章,您没有刊登;把他送进监狱的那个家伙,那个伯特兰,您要护着……而您,您假装为自由奔走呐喊!”他突然大笑起来,笑声中有痛苦、有怨恨:“有您在,自由就在!”“显然是个蠢货!”编辑心里想,然后平静地回答道:“您听我说,事情都过去好几个星期、好几个月了,然后您才来告诉我们,那我们怎么还能把它当作新闻发表呢?从报纸出版规定上来说,这是不可能的,这种事情……”艾施跳了起来:“您还会从我这里得到新消息的。”他大声说完便冲了出去,砰的一声关上了身后那扇脏兮兮的白色大门。那扇门却不想马上就关上,而是连续砰砰响了好几下才消停。

回到路上,他有些惊愕地停了下来。他是怎么了,为什么会这样?这样就能改变这些人都是猪猡的事实吗?亨畋夫人又说对了,这帮家伙确实让人瞧不起。“甘做走狗的报纸。”他自言自语道。这一次,他绝对是怀着最大的善意而来,希望给他们一个机会,在亨畋夫人面前还他们一个清白。结果,事情和立场又一次偏离初衷,变得含混不清,让人极为恼火。可以肯定的是,那个编辑

① 这里指伯特兰所在的地方。

的行为简直与猪无异：首先，他的确就是头猪；其次，他竟然想动用一份走狗报纸——没错，一份走狗报纸——的所有资源来保护这个伯特兰主席。而这位主席先生更是一只猪，尽管小哥儿不愿承认这一点，不准别人伤害这位猪主席。话又说来，小哥儿对爱情的看法却又是正确的。一切都是那么地扑朔迷离！顶多只有一件事是清楚的：亨畋夫人不可能爱她的丈夫；她一定是被迫和那头猪结婚的。当艾施像怀着深仇大恨一般回忆起身边的世界，回忆起那些死有余辜的猪猡时，他对伯特兰主席的恨意就越加明显，因其罪而恨，因其恶而恨。他努力地想象着：伯特兰在宫殿里享受着荣华富贵，手上拿着一支粗雪茄，坐在长餐桌旁的软垫椅子上。最后，当这个尽显伯特兰考究气派的幻象，似从烟雾中飘然而出时，幻象中的伯特兰看起来就像一位愚蠢的裁缝师傅，跟挂在小酒馆搁板上方亨畋先生的遗像非常相似。

每逢亨畋妈妈生日，老主顾们都会过来相应地庆贺一番。艾施费了很大劲才搞到了一尊小小的自由女神青铜像，作为今年的生日礼物。在他看来，这件礼物很有寓意，不仅暗示了他们在美国的美好未来，而且也是一件象征如意安康的饰件，正好与上次成功俘获芳心的席勒雕像凑成一对。正午时分，他带着它准时出现。

遗憾的是，事情并不顺利。要是他私下把礼物偷偷塞给她的话，那她肯定会欣然接受，欣赏这座雕像的美丽，雕工的精巧；可问题就在于，每次他在公开场合走到她身边，做出哪怕一点亲密举动，她都会感到惊慌，感到害怕，脑子里一片空白，所以她脸上没有露出半点喜悦之色，就算他抱歉地说这尊雕像也许跟席勒雕像很相配时，她的脸色也没有回暖。“嗯，您觉得相配就好……”她无所谓地说道，然后就没有下文了。她当然也可以用这个礼物来装饰自己的房间；但为了不让他觉得，任何他带来的东西她都会另眼相待，也为了让他彻底死心，证明她仍然非常珍视自己房间的清白，她上楼把席勒纪念像拿了下来，和那个新送来的自由女神像一起放在搁板上，放在埃菲尔塔旁。所以，搁板上现在放着：歌颂自由的诗人，象征着美国的雕像——雕像向上举起胳膊，举起火炬对着亨畋先生；象征着某种思想和信念的法国铁塔——可惜亨畋夫人没有这种思想和信念。艾施觉得亨畋先生的目光玷污了自己的礼物，所以非常希望她至少能把这张遗像拿走。但那又有什么用呢？这是亨畋先生曾经打理经营过的酒馆，虽然亨畋先生已逝，但这里仍会一如往昔，而且他应该更希望这里依然清楚，依然清白，一切如故。既然无法掩饰，那又何必虚伪地掩饰呢！而且他还发现，自己来这里，不仅仅是为了在亨畋先生的注视下享用又好吃又便宜的菜肴，而且也是为了某种无法解释的原因，需要亨畋先生的脸，就像这些菜肴里的一种苦涩的特殊调料：一样的苦涩，无法摆脱的苦涩。品味着这种苦涩，看着亨畋妈妈闷闷不乐的样子，一股无名的伤感袭上他的心头，可当她气呼呼地在他耳旁低声告诉他，今晚他可以过去时，他还是觉得自己无法摆脱对她的迷恋。

他沉浸在对亨畋妈妈欲拒还迎、不解风情式的亲热的浮想中，整个下午都在想入非非。他又一次被这种“三不”态度弄得头疼不已，因为这与她在其他方面的拒绝态度明显相反。是在哪些夜晚，她染上了这种坏习惯？一种连他自己也不相信的希望，在他心中萌生发芽，并让他相信，只要到了大洋彼岸的美国，这一切的一切都会化作云烟，随风飘散。这个希望平息了他心里的烦躁。可当他感觉到口袋里她家那把大门钥匙时，他的心头突然涌起一阵激动，在刚刚平复的心湖上又泛起阵阵涟漪。他拿出钥匙，托在掌心里，摸了摸光滑的铁钥匙柄。她虽然不想学英语，但来自未来的气息又一次拂过大街小巷。“开启自由之门的钥匙。”他默念道。天色已入黄昏，大教堂灰扑扑地矗立在暮色之中，铁灰色的塔尖高耸入云，四周涌动着清新而陌生的气息。艾施计算着还有多久才入夜。比阿尔罕布拉剧院更重要的事情是招到去南美表演的姑娘。整整五个小时后，他就会打开她家的大门。艾施仿佛看到了里间，看到了她躺在那里的床上。他会偷偷向她走去，她会在肌肤相亲之下，在他的挑逗刺激之下，浑身痉挛、战栗不已。想到这，他顿时觉得自己呼吸急促，嘴唇发干。无论是上个星期，还是更早以前，她和他亲热时总是闷不作声，一动不动，尽管这一瞬间的浑身紧绷战栗本身并不重要，却意味着这具熟悉的躯体在某个部位——某个虽然很小，却仍似少女般纯洁的部位——保存完好，而这就像一个预示着未来和希望的信号。艾施觉得，今天是亨畋妈妈的生日，自己去逛妓院的话似乎有点说不过去，于是他便去了阿尔罕布拉剧院。

然后他就向酒馆走去，打老远就能看到，凹凸不平的铺石路面上映着黄色光芒。镶着牛眼形玻璃的窗户全都敞开着，他看到里面的小寿星穿着真丝连衣裙，坐得端端正正，正被一群嬉笑吵闹的客人围在中间，桌上放着波列酒。艾施在黑暗中停下脚步，心中充满了厌恶，一点都不想进去。他转身走了，但不是为了工作，不是去花街柳巷招兵买马，而是怀着怒气，大步流星地走在街上。在莱茵河大桥上，他身靠铁栏杆，看着黑漆漆的河水，望着对岸的简易库房。他的膝盖微微颤抖着，他的心里充满了强烈而炽热的欲望，很想把那层紧身胸衣硬壳撕个粉碎。鲸骨[①]注定会在非常激烈狂野的肉搏中折断。他面无表情，一路摇摇晃晃地回到城里；一边走，一边用手抚着桥边栅栏的细杆。

屋子里漆黑一片。亨畋妈妈手上拿着烛台，在楼上的楼梯口等着他。他上去就吹灭了残烛，一把抱住了她。她早就脱下了紧身胸衣，任由他抱着，没有半点抵抗，反而温柔地吻了他一下。尽管这刚见面的一吻，让他感到极为惊讶，尽管这一吻可能比让他焦急等待着的，她那种瞬间的浑身紧绷、战栗不已更加新奇，但这个吻却非常清楚、让人吃惊却又无可辩驳地表明，在生日庆会之后，柔情似水而热情奔放地享受鱼水之欢是她的旧习之一；当那渴望已久的一刻真的出现时，当那幸福得让她飘上云端的战栗闪电般

① 紧身胸衣也被称作鲸骨胸衣，因为里面塞有鲸骨。

贯穿全身时，艾施突然有种痛彻心扉的感觉，因为亨畋先生的皮囊和躯体，那具艾施在这种情况下根本不愿想起的躯体，也曾用同样的方式让她浑身战栗、飘飘欲仙：这个幽灵，艾施以为从自己心里彻底抹去了，可它这时又复活了，而且比以往更多了几分嘲弄，更加不可征服。为了征服它，为了向这个女人证明，这时只有他一个男人在这里，他纵身扑了上去，用他的大白牙，在她浑圆的肩膀上狠狠地咬了一口。她一定很痛，可她还是忍住没叫，还是一声不吭，只是脸皱成一团，就像咬了柠檬一样。就在疲惫不堪的他从她身上离开时，她伸出一只粗重笨拙的手臂，似乎想向他表示谢意，可却像老虎钳一样，把他紧紧地搂在怀里，让他差点儿就透不过气来，他恼火地奋力挣脱着。但她丝毫没有松开的意思，而是用做生意时习惯了的声音说道："你为什么来得这么晚？……是因为我又老了一岁吗？"这是她第一次在里间和他说话，他的心思要是更细腻一些的话，他一定会从中听出她内心的紧张和害怕。这两句不同寻常的问话，让艾施大感震惊，所以他一下子没明白她话里的意思，事实上，他也根本没有去琢磨她话里的意思：因为对他来说，她此时出乎意料的讲话，仿佛是一种终结，仿佛是一系列漫长而痛苦思考后的灵光一闪，象征着以后一切皆会不同。他说道："我受够了，该结束了。"亨畋夫人肩头的鲜血凝固了。她几乎没有力气松开死死搂着他双肩的胳膊，她感到浑身发冷，浑身瘫软，然后那只胳膊也无力地滑落下来。她只知道，在男人面前，自己绝不能露出狼狈颓丧的模样，在男人主动离开之前，自己必须把他赶走，断绝关系，于是她鼓起全身力气轻声说道："请便，我无所谓。"艾施没有听见，继续说道："下周我要去巴登。""他为什么还非得告诉我这件事呢？"她莫名地感到有点沾沾自喜，"显然是因为他想和我一刀两断，而这么做又会让他非常难受，所以他想要离开这里，去别的地方。不过，要是他想一刀两断的话，那他现在又把嘴压在我肩膀上干什么？这也说不通呀。或者，他只是想放纵自己的欲望，直到最后一刻？臭男人什么事都干得出来！"不管怎么说，她的心中又生出了几分希望，尽管仍然没力气说话，她还是问道："为什么？难道那里也有一个姑娘，就像在上韦瑟尔一样？"艾施笑着说道："对呀，那个姑娘确实和上韦瑟尔的一样。"见他还在取笑自己，亨畋夫人气呼呼地说："嘲笑一个柔弱女子，算什么本事！"艾施仍然以为她指的是巴登维勒的那个姑娘，不禁笑得更开心了："好啦，那个姑娘可绝对没你说的那么柔弱。"这让她心里越发怀疑起来："她是谁？""秘密。"她气呼呼地一言不发，不过并没有拒绝他的再次温存。其间她问道："你为什么还要一个女人？"艾施总不能承认，自己眼前这个女人在亲热时，既喜欢直奔主题，一副公事公办的样子，却又如此古怪地不情不愿，羞涩万分，给他带去的愉悦和让他产生的欲望，远超任何其他女人，所以他真的不需要再勾搭一个女人。她又问了一遍："你为什么还要一个女人？要是觉得我不够年轻，你明说就是了。"他没有搭腔，因为他突然激动和幸福地意识到，她终于肯开口说话了，而之前的她，在他怀里只会一声不吭；只会左右摇晃脑袋的她，仿佛习惯了永恒不变的沉默不语，让他以为，这种沉默不语是亨畋先生时代留下的遗产。她感觉到了他的满心愉悦，然后骄傲地继续说道："你不需要年轻的姑娘，我不会比任何一个差的……""这简直就是胡说八道，"艾施痛心地想着，"还是说，她在撒谎。"然后，他痛苦地想起了哈利。他说道："一生只爱一次。"当亨畋夫人只说了声"没错"，仿佛想以此表明，他艾施就是她所爱之人时，他就知道她在撒谎：假装讨厌男人，却和他们同桌喝酒，接受他们的祝贺；假装只爱他一人，却只是没有感情地为性而性。但也许一切都不是真的，毕竟她没有孩子。他心中对唯一和绝对的渴望，又一次碰到了无法逾越的南墙。但愿这一切都已成往事，都已化成灰！就在这一刻，巴登维勒之行于他而言，就像一首不可或缺的序曲，就像美国之旅前一场必不可少的预演。显然，她觉察到他在想这趟出远门的事，因为她问道："她长什么样？""谁？""喏，那个巴登姑娘？"对呀，伯特兰长什么样？他比以往更清楚地意识到，自己只能通过亨畋先生的遗像来想象伯特兰的模样。他脱口而出："那张像不要放那。"她一时没明白过来："哪张像？""那里下面的……"他心里有些顾忌，不敢说出名字，"在埃菲尔塔上面的那张。"虽然听明白了一些，但她觉得自己的事情用不着他来指手画脚，所以反驳道："以前可没人说它碍眼。""正因如此。"他固执地说，同时心里也越发清楚，这也是他和亨畋先生之间的纠葛，而这笔账必须算在伯特兰头上，于是继续说道，"而且，事情也该有个了结了。""好吧……"她迟疑地说。由于心里有些抵触，她呆呆地接着说道："了结什么？""我们是要去美国的。""哦,对对,"她说,"我知道了。"

艾施站了起来。他本想来回踱步的,这是他有心事时的老习惯。可里间太小,迈不开步子,外间地上又有坚果。于是他只好坐在床沿上。虽然他只是想复述哈利说过的话,但话到他的嘴边却变了样:

"爱情,只在异国他乡。想爱,就得开启全新的人生,斩断一切过往。只有拥有崭新的人生,完全陌生的人生,只有过往一切都已化作云烟,消失在记忆中,无从回忆,两个人才能心意相通,彼此融为一体——他们再也没有过去,只有永远。"

"我没有过去。"亨畋妈妈生气地说。

"只有那时,"艾施做了个凶恶的鬼脸,幸好亨畋夫人在黑暗中没有看到,他说道,"只有那时,才能坦诚,只有那时,才有真相,而真相之光,永远闪烁。"

"做过的事情,我从不否认。"亨畋妈妈不满地分辩道。

艾施根本不为所动:"真相与世界无关,与曼海姆无关……"他用力大声喊道:"它与这个旧世界无关。"

亨畋妈妈叹了口气。艾施用锐利的目光向她看去:"没什么可叹息的,要想拯救自己,就必须摆脱旧的世界……"

亨畋妈妈忧心忡忡地叹了口气,说道:"那酒馆怎么办? 要把它卖掉吗?"

艾施坚定地说:"牺牲是必须的……毫无疑问,因为没有牺牲,谈何拯救。"

"如果要走，我们必须结婚，"然后她又有点担心地说道，"……可是，和你结婚的话，我是不是太老了？"

艾施坐在床沿上，借着摇曳的烛光仔细打量着她。他用手指在被子上写了一个数字"37"。他本来可以给她送一个插有三十七支蜡烛的蛋糕的。不过，这样更好，反正她想隐瞒自己的年龄，否则只会惹她生气，反而不美。看着没表情的她，他心里突然冒出一个念头：她最好看起来更老一些。他也不知道为什么，就是觉得这样心里更踏实一些。要是她一下子恢复了青春活力，穿着缀满亮片的少女装躺在那里，那还能算牺牲吗！牺牲必须有，而且必须随着对这个成熟女人的全心奉献变得越来越大，以此使世界变得秩序井然，使伊洛娜不受飞刀加身之险，以此使所有生者都能恢复最初的纯真，无人再在狱中受苦。嗯，亨畋妈妈早晚会变得又老又丑的，这一点毋庸置疑。在他的眼里，这个世界就像一条平坦光滑、一眼望不到尽头的走廊，他若有所思地说道："大堂应该铺上棕色地毯，那样会很不错。"

亨畋妈妈眼睛一亮，仿佛抓住了救命稻草："是的，墙也要刷一遍；整个酒馆早就破旧不堪了……这么多年，我什么都没做……可要是你想去美国？"

艾施跟着说道："这么多年……"

亨畋妈妈觉得自己必须辩解一下："我得存钱呀，然后就今年推明年，明年推后年……一年年就这么过去了……"然后她又补了一句："……人也老了。"

艾施大为光火，说道："无儿无女的，存钱干吗？太傻了……也没见有人为我存过钱。"

亨畋妈妈没在听他说话。她只想知道，给酒馆里里外外刷一遍到底值不值得；她问道："你是要带我去美国？……还是要带一个年轻姑娘？"

艾施不耐烦地说道："干吗总是扯这些老啊少啊，烦不烦！……到了那时，就没有这些老啊少啊的了……到了那时，根本没有时间，只有永远……"

艾施打住了话头。年纪大的人，生不了孩子。可能这也是牺牲。可保持贞洁的人，是不会有孩子的。贞洁处女就没有孩子。他一边钻到被窝里，一边说道："然后，一切都会变得稳妥可靠的。放下的往事，伤不了人。"

他把被子轻轻拍好，又小心地把它拉上来，帮亨畋妈妈肩膀那儿也盖好，然后伸手抓住挂在烛台上的黄铜灭烛罩子，就像过去亨畋先生做的那样，翻过来扣在摇曳闪烁的烛火上。

第三章

去巴登得经过曼海姆。艾施突然想起，自己还得为朋友办几件事。很长一段时间以来，他总觉得自己心头像压着一块石头似的，现在他终于明白了：这桩生意越来越差了，他不能把朋友的钱扔在里面不管。到目前为止，他们所赚的利润已经超过50%了，确实挺不错的，不过现在嘛，是时候落袋为安了。赶紧甩掉这桩生意。他自己的300马克是另一回事。就算亏了，那也没什么坏处。赚了一半，外加两个月的生活开销，而且还是过得滋滋润润的两个月。那么，为了拯救伊洛娜而要做出的牺牲在哪里？而且，花这么多钱去美国拥抱自由，也同样是个错误！所以，得赶紧让摔跤表演完蛋，把钱赔光。亨畋妈妈很有先见之明，他和这一窝子女人剧院的最终下场就是千夫所指唾沫淹。

而现在，他得先帮洛贝格和爱娜把钱要回来。跟盖纳特商量这事可不是件容易的事情：经理先生晚上总是抱怨观众席空空荡荡，白天那就更难见到他的人影了；他从没去过阿尔罕布拉剧院，而且似乎根本不去他自己的公寓；奥本海默那里有两间脏乱的空房间，但是没人住在里面。要是有人问起他在哪里解决一日三餐，他就回答说："唉，我吃个黄油面包对付一下就行了，上有老下有小的，不能那么讲究。"这话自然不能当真，因为那一次英国旅行团从大教堂走向酒店时，从大教堂酒店的大理石前厅里走出来的人又是谁？正是盖纳特先生本人，一副吃饱喝足的模样，嘴里还叼着根粗雪茄。"排场而已，亲爱的朋友。"他说完就匆匆离开了，生怕别人会嫉妒他租住在大教堂酒店，甚至全家都住在里面。不过，今天就不一样了：艾施是不会让经理先生溜走的！

因此，到了晚上的时候，艾施打开了经理办公室的门，进去后就冷笑着把门锁好，把钥匙揣在裤袋里，又冷笑着向被逮了个正着的盖纳特递上一份做得工整规范的"弗里茨·洛贝格先生与爱娜·科恩小姐投资收益结算"，其中详细列出上述两位投资人的收益：

投资金额：2000 马克整

收益：1123 马克整

应获本金加收益合计：3123 马克整

并在下方写有"以全权代表的名义亲笔确认，奥古斯特·艾施"。此外，他还要拿回自己的钱。盖纳特大呼救命：首先，艾施并未获得合法授权；其次，摔跤表演尚未结束，而生意尚未结束时，无法付清。他们吵来吵去，吵了好一会儿，在不知道多少次的长吁短叹后，盖纳特最终勉强同意把艾施为洛贝格和爱娜索要总额的一半付给艾施，剩下的一半将继续用来投资，并且仍能分享以后可能产生的收益。而艾施自己，除了得到预支的50马克差旅费外，一无所获。也许是因为他太好说话了，但不管怎样，这笔钱去趟巴登是绰绰有余了。

亨畋夫人穿着棕色真丝连衣裙来到火车站，小心翼翼地向四周瞄了一眼，看看是否有熟人在场，免得被人看到传出什么闲言碎语。尽管时间还早，这里却已挤满了人。在另一个月台上，一列反向行驶的火车正在等候旅客上车，里面插入了几节车厢，专供捷克或匈牙利移民乘坐，几个救世军军兵正忙着协助他们上车。亨畋妈妈陪他来这里，这很正常。但她能不能别这么傻傻的，一副鬼鬼祟祟的模样？可在看到移民和救世军军兵时，艾施还是觉得有点心虚。“一帮爱凑热闹的蠢货！”他骂道。天知道他为什么这么生气。大概，他现在也染上她那种爱故弄玄虚的笨毛病。当一个救世军女孩经过时，他赶紧转头望向别处。亨畋夫人注意到了他的举动：“是不是因为我在这里，让你觉得抬不起头？没准儿，她会和你坐一趟车吧，你的小情人？”艾施很不客气地告诉她不要总说这种傻话。可她随后又不知趣地说道：“所以呢，这就是对男人一味忍让的下场……跟狗睡觉满身虱。”艾施又一次想不明白，自己为什么会迷恋上这个女人。当她站在这里，站在他面前，站在阳光下时，她在昏暗里甘受爱抚和爱怜时的一幕幕便全部消失不见。这一幕幕，在他的脑海中萦绕回旋着，可当他远离她时，它们便马上化作一缕轻烟逝去，仿佛从未出现过。那时，他和亨畋妈妈曾乘坐同一列火车前往巴哈拉赫。始于当初——或许，终于今日。她显然感受到了他的不以为意，因为她突然说道："要是你对不起我，我会让你好看的……"他心中暗自得意，想继续听她说下去；同时呢，她的话也惹得他忍不住想刺激她一下："好吧，那我今天就偷偷溜走……看你怎么让我好看？"她张口结舌，一时语塞。他怜意顿生，于是便抓住她的一只手，她就顺势缓慢地把自己的手放在他的手里。"哦，那么，结果会怎样呢？"她茫然地说道，"我会杀了你。"这听起来既像发誓，又像拯救的希望；但他还是勉强笑了一下。不过，这并没有让她分心。"那我还剩下什么？"她顿了顿又说道，"说不定，你就去上韦瑟尔了？……和那个女人幽会？"艾施不耐烦地说道："你烦不烦，我已经跟你说过一百遍了，我必须去曼海姆跟洛贝格把账结一下……我们不是要去美国吗？"亨畋夫人并不买账："你就说实话吧。"艾施不耐烦地等着火车的发车信号，他死都不会透露自己这趟是去看伯特兰的："我不是让你跟我一起去的吗？""你又不是认真的。"这时，就在发车信号响起的前一刻，艾施似乎觉得，自己那时绝对是真心请她同行的。他拉着她胖乎乎的上臂，很想亲吻她，她却一把推开了他："别这样，这里这么多人呢！"可这时，他得上车了。

他原本打算直接去巴登维勒的，直到在看见圣戈阿尔的站牌时才最终决定，今天就在曼海姆稍做停留。是的，他甚至还会在曼海姆寄信给她。这样她就放心了——想起她说“我要杀了你”时，他心中柔情顿生，不禁微笑起来。他真的会耐心等待这一天的到来。不过，巴登维勒之行像是一次孤注一掷的冒险，而在此之前，把钱送到钱主手里，则是因为受人之托，当忠人之事。“人命关天，岂能儿戏”这句话突然出现在他的脑海里，并随着车轮滚动的节奏重复着。他仿佛看见亨畋妈妈举起一把左轮手枪，枪口含情脉脉地对着他，然后他又听到哈利说道：“你不要伤害他。”这时，洛贝格、伊洛娜、爱娜小姐和巴尔塔萨·科恩也排成一排，出现在他的眼前，他很惊奇自己竟然这么久没有看到他们了。或许，他们在这段时间里根本没有活着。他们有节奏地举起双臂向他致意，仿佛有一个看不见的、自以为了不起的木偶戏表演者，拉着突然显露出来的金属细丝指挥着他们。三等包厢就像一个牢房，在平时像缺了颗牙齿的舞台左上方，伸出了一个灰色的侧幕，一个用厚纸板做的侧幕，而侧幕后面除了落满灰尘的灰色舞台后墙之外什么也没有。但侧幕上可以看到“监狱”两个字，尽管人们知道后面什么都没有，却也知道狱中有人，这个人虽然不存在，却是剧中主角。监狱侧幕就像一颗牙齿一样横插到舞台之中，舞台被画着秀丽园林景色的巨幅背景画遮住。小鹿在参天大树下悠闲地吃着嫩草，一个衣服上缀着金属闪光片，闪耀着五彩光芒的姑娘正在采花。园丁戴着宽檐草帽，手里拿着洁净发亮的大剪刀，脚边跟着一条小狗，站在黑水池边，池边的喷泉向空中喷出一道白色水柱，像一条闪光游动的鞭子,送出阵阵清凉。从很远的地方就可以看到宫殿的灯光彩饰和富丽堂皇,看到城垛上飘扬着黑白红相间的三色旗帜。这让他又觉得心里不踏实起来。

曼海姆越来越近了,可就在这时,他心中突然冒出一个念头:爱娜肯定在和纯情约瑟夫睡觉。这是明摆着的事情,用膝盖想想都知道,顺理成章得就像脸上有鼻子,走路用双脚一样。没任何事,也没任何人能动摇艾施的这个想法。这两人除了睡觉还能干出别的事情来?只不过,他还是错了。因为尽管生活简单乏味,一男一女似乎很容易走到一起,但有些东西却跟人们想的不一样,没那么理所当然。像艾施这样仍然过着平凡生活的人,或者日子过得稍好一些的人,很容易忘记世上还有一个救世之国,它的存在使尘世的种种变得不确定,会让人突然怀疑自己是否用脚走路,更有甚者,还会怀疑两个人是否会行那苟且之事。不过,现在的实际情况是,洛贝格一方面因为性格内向,羞于跨越亲密而纯洁的友谊界限;另一方面因为他始终保持清醒,对女人抱着怀疑的态度,尤其是在一场痛不欲生的经历之后,学会了洁身自好,不敢染上可怕的花柳之毒。更何况他还想到,爱娜曾和一个好色之徒比邻而居,遭到各种纠缠诱惑。嗯,洛贝格就是这样。他跟爱娜·科恩小姐在一起时,只是散散步,喝喝咖啡,把这种相处看成是自己的悔过自新,并认为只有自己领受天意,即真正的救赎恩典之意时,才意味着这种相处的终结。

艾施虽然知道这个傻瓜心地善良，却无从想象这个傻瓜到底有多善良，更无从知晓，他自己一直都是那个让爱娜小姐日思夜想、心神不定的混蛋，他就算不在她的心里，也会在她的血液里，她或许因此才不急着向洛贝格给予救赎恩典之意，甚至有可能故意拖延，因为她觉得，这样拖延正是一种正确的结婚准备。是的，这一切艾施都无从知晓，他更加不知道的是，这两个人都喜欢揭他的短，说他的性格如何惹人讨厌，天性易动感情的他们甚至相信，如此趣味相投，正是良好的婚姻基础。

对此一无所知的艾施以为自己会受到友好欢迎和隆重接待。但结果却是：当他出现在门口时，爱娜小姐被他吓了一大跳。"哎哟，"她很快就镇定了下来，"艾施先生竟然再次大驾光临，真是太好了，哎哟，艾施先生简直是太好了，虽然连写一张明信片的工夫都不愿意花，却依然怀着十二分的热情屈尊纡贵，再次仁慈地想起我们。"然后她又说道："对，吃谁的饭，唱谁的歌。"接着就是各种挖苦嘲弄，让艾施连前厅都进不了。听到两人说话的声音，科恩穿着衬衫从客厅里走了出来，因为他比妹妹的神经大条一些，两个月来从未想过艾施，所以根本没有怪罪艾施这段时间音讯全无的意思，对他来说，倒是艾施想起给他写信才是件怪事。他见到艾施回来非常高兴，因为他不但对自己那时跟着艾施出去做的一切荒唐的事念念不忘，而且把艾施的回归立刻看成是生活从此丰富多彩的开始。除此之外，艾施还是那间空房的租客，可以带来一笔不错的收入。他需要赚钱给伊洛娜花。所以，他开心得大喊起来，握着艾施的手上下晃动着,请艾施直接回那间一直空着等主人回来住的房间。这种扑面而来的热情顿时让刚被奚落了一顿的艾施心里好受了一些,当他准备把行李拿进那间一直空着,只等他回来住的房间时,爱娜小姐却把他给拦了下来,半侧着身子对她哥哥说道:“这么做,也不知道好不好。”嘿,这句话顿时让科恩跳了起来:“以前行,为什么现在不行! 我说行,它就行!”毫无疑问,作为一个知情识趣的人,艾施这时候应该说几句表示遗憾的话转身告辞的。不过,哪怕他以前是个知情识趣的人,可现在却绝对不是,因为跟这家人的关系太密切了,所以他先把知趣的问题放一边,先满足一下自己的好奇心再说。“这里怎么了?”他露出一副惊讶的样子,站在那里就是不走。与此同时,一向心直口快的爱娜小姐很快就满足了他的好奇心,因为她对着哥哥骂道:“我都快要结婚了,你怎么能逼着我和一个陌生男人睡在同一幢房子里呢? 你难道想让你妹妹在婚前落个品行不端的名声吗? 反正,我在这个家里的脸都快丢尽了,要不是我未来的丈夫豁达大度,我就得死皮赖脸地倒追了。”科恩随即用家乡话反驳道:“一派胡言,你给我闭嘴。艾施就住在这里!”爱娜小姐语焉不详的寥寥数语,让艾施把其他的事情忘得一干二净,他叫道:“哇,真是令人惊喜呀,衷心祝福您,爱娜小姐,到底谁是那位幸运先生呢?”当然,爱娜小姐这时只好接受他的祝福,并说自己和洛贝格先生差不多已经到谈婚论嫁的地步了。她挽着艾施的胳膊,把他领进客厅。“对了,我的未婚夫也很快就过来了。”当他们说起洛贝格时,科恩突然出了一个馊主意:艾施藏在黑暗的角落里，找个机会像幽灵一样突然插嘴说话，让蒙在鼓里的未婚夫先生大吃一惊。

前厅门铃响起，爱娜过去开门，艾施很配合地躲进了黑暗的角落。留在桌旁的科恩，霸道地示意他再往里躲躲。因为科恩是一个在细节上追求完美的人，要是事情搞砸了，他会很生气。不过，艾施并不是怕科恩生气才安安静静地藏在角落里的，不，他绝对不是一个轻易被人赶到角落里去的人，而且他站的地方也绝对算不上是一个惩罚和羞辱人的地方；他甚至还主动往墙边靠了靠，毫不在意自己的袖子是否会蹭掉墙上的石灰，因为在这个黑暗的角落里，他的心中突然生出一个极其古怪的念头，希望桌边的人和自己之间的距离变得越来越大。没几分钟洛贝格就要进来了，这么短的时间还不足以让他明白过来，可他却觉得自己又一次陷入了一种奇怪的孤独之中，一种与曼海姆有着某种联系，让他无法与这里的其他人好好相处的孤独，一种难以满足，却让他此时感到浑身舒坦、惬意无比，进而让他感到还不够孤独的孤独，而只要他在角落里继续不停地往后退，他就会变成一个获得自由的世外高人，一个遁入自身牢笼而与世隔绝，灵魂高于桌旁这对亲兄妹的隐士。当然，这种感受不可能持续太久，因为只有时间不足以让他想出结果甚至付诸行动时，他才会有这样的想法。当洛贝格果然如期而至，被吓了一跳后还很高兴有客人在时，艾施又早就把这些念头抛之脑后了。当然，艾施并没有完全融入他们，和伊洛娜跟他们的关系一样疏远，但一起围桌而坐时，他们就像一家人一样，彼此间问了许多事情。他们问着问着，很快就问到了钱上面，于是艾施便很自豪地拿出了皮夹子和钱包，点出 1561 马克 50 芬尼放在桌上。爱娜小姐以为这是她的本金加收益，于是开心地伸手去拿；但当艾施向她解释说，她虽然最终会得到这么多钱，但眼下这笔钱需要和洛贝格对分，因为另一半的钱被留了下来时，她不禁大声惊呼起来，说她现在不是赚了，而是亏了。无论他怎样解释，她就是不肯冷静下来，叫嚷着，无论他说什么她都不信，因为她自己也会算，而且也算得很清楚。“看着……”她拿出便条和铅笔，“我亏了 219 马克 25 芬尼，白纸黑字，写得清清楚楚。”她尖声骂着把便条递向郁闷无比的艾施，一直递到他的鼻子下面。洛贝格闭口不言。他是个生意人，一定清楚这笔账该怎么算。不就是不想和未婚妻小姐弄僵关系嘛，这个没胆的傻瓜。艾施不耐烦地说道：“我们这样的人做事也是讲规矩的——显然远比这里默不作声的人要规矩。”他伸手抓向爱娜的胳膊，但不是出于爱情，而是出于愤怒，他十分粗暴地把她的胳膊连同便条一起推回桌上。或许是因为她其实心知肚明，或许是因为艾施抓得太紧，总之，爱娜小姐不再吭声了。科恩之前一直都在作壁上观，这时也只说了声“特尔切尔那个犹太人，本来就个骗子”。“那您就该去告发这个家伙，”艾施说道，“不放过任何一个骗子，不让无辜之人锒铛入狱。”看着洛贝格一副胆小怕事，不敢仗义执言的样子，艾施觉得有必要拿话刺他一下：“谁还记得无辜之人！就比如，洛贝格先生可曾去探望过可怜的马丁？”爱娜仍然低头坐着，心里充满了怨恨，她回答道：“我知道，有的人不但会忘,甚至还会伤害自己的朋友;而为盖林先生操心,大概是艾施先生的责任吧。”“我正是为此而来。”艾施说道。“啊哈,”爱娜小姐说道,“要不是这样的话,我们根本连艾施先生的人影都见不着了。”带着几分犹豫,又像带着一丝胆怯,似乎为了保持吵架不认输,吵就吵到底的习惯,她补充道:“还有我们的钱,也一样见不着影子了。”科恩还在慢吞吞地想着,这时却说道:“您该把那个犹太人送进牢房。”

这确实是一个奇招,尽管艾施自己也曾这么提议过,但他很想反驳说,这不过是一个扬汤止沸的笨办法而已,又不是说没有更好、更彻底,甚至可以说更有智慧的办法,而且他已经有点头绪了。可如果伊洛娜依然会再次面对飞刀加身之险,那把特尔切尔关上几个月又有什么用?他这时才突然意识到,本该在这里的她竟然不在。似乎,在他自己的使命完成之前,他就不应该出现在她的眼前。不过,无论使命如何——他要考虑即将做出的重大牺牲,同时还要承诺会把剩下的收益补给他们!如果秩序之梦成真,那摔跤表演铁定完蛋。一想到都这个时候了,自己还如此过分地要求骂个不休的爱娜把钱放他那儿投资,他心里不由得生出一丝他其实并不厌恶的负罪感。不过,这丝负罪感与其他人无关,所以他说话的嗓门就大了起来:“您就是这样谢我的,您竟然会如此对我,我真的很后悔带着钱来这里。另外,我会就余款一事写信给盖纳特的。”“您想怎样就怎样喽。”爱娜小姐尖刻地说道。“那还是请您自己写吧,因为我明确表示过,不会承担任何责任的。”“我可不写。”“很好，那么我来写，因为我是个正直诚实的人。”“呸！”爱娜小姐不屑地说道。于是，艾施要了墨水和信纸，回到自己的房间里，不再理会在场的其他人。

他在房间里大步来回踱着，就像他心里烦躁不安时经常做的那样。然后他吹了声口哨，这样其他人就不会觉得他在生气了——也许，他吹口哨是因为自己感到孤独。不久，他便听到爱娜和洛贝格在前厅里的声音。他们的声音很轻。显然，生性胆小的洛贝格还在担心艾施余怒未消，一对四白眼无助地左右转动着。洛贝格的样子经常让他想起亨畋妈妈。她现在也很无助，只能听天由命。唉，可怜的女人。他竖起了耳朵，想听听洛贝格和爱娜是不是在骂他。情况不妙啊，都怪亨畋妈妈，都怪她那愚不可及的嫉妒之心。来这里真是多此一举，否则他早就到巴登维勒了。前厅里静悄悄的，洛贝格已经走了。艾施坐了下来，用会计风格的笔迹工工整整地写着：

致科隆阿尔罕布拉剧院现任经理

阿尔弗莱德·盖纳特先生：

请您按随信附上的决算账单，汇出我的结存款项780.75马克。

顺致崇高敬意！

他一手拿着信纸，一手拿着墨水瓶和自来水笔，直接走进了爱娜的房间。

爱娜穿着毛毡拖鞋趿拉地来回走着，正在弄她的床铺。艾施惊讶地发现，她换鞋子的速度竟然这么快。她正要对他的不告而入发火时，看到了他手里拿着的东西，于是问道："您拿这张废纸干什么？"他用命令的语气说道："签名。""我再也不会给您签名了……"她嘴里这么说着，眼睛却盯着那封信，然后走到桌边说道，"好吧……虽然一点用都没有，钱已经飞了、打水漂了、挥霍掉了，我也只能将打落的牙齿和血吞了；当然了，这种小事，怎会放在艾施先生这种人的眼里。"在她的嘲讽声中，他的心里又升起这种古怪的负罪感。"怎么会，我会帮您拿到钱的。"然后他抓住她的手，告诉她该在哪里签名。当她想甩开他的手时，他又火了起来。他把她的手握得更紧了，动作非常粗暴，而爱娜小姐却再次变得沉默不语，任他摆布。一开始，他也没注意，只是握着她的手签名，可就在这时，她在下面抬头用眼角斜看着他，而她的目光就像是一种无声的邀请。他抱住了她，她把脸颊贴在他的胸口。她此时的举动，并没有让他感到伤脑筋，他也不管这是她心中旧日恋情的回响，还是她想报复阴柔有余、阳刚不足的洛贝格，又或是——艾施觉得这最有可能——她只是在顺水推舟，因为他恰巧在这里，因为这注定会发生，因为他们再也不用为结婚一事吵个不休了。他恍然大悟：爱娜有一个追求者，而他自己，他将和亨畋妈妈一起去美国；甚至他对洛贝格的怒意也少了几分，对这个与亨畋妈妈如此相像的傻瓜，他的心中险些生出一丝柔情；又因为爱娜小姐在跟她的未婚夫亲热时肯定会沾染上后者的某种习性，所以无论是现在还是遥远的将来，拥抱着爱娜就像是在拥抱着亨畋妈妈——所以，这算不上是负心薄幸。然而，旧日争吵的一幕幕，仍然留在记忆之中，并没有完全随风散去。两人仍在犹豫，这一刻似乎是用恨意守住贞洁的一刻，而艾施几乎又要像以前一样一无所获地回到自己的房间里了。她突然说“嘘，别说话”，然后便从他的怀里离开：外面走廊上的门吱嘎作响，艾施知道是伊洛娜来了。他们站着一动不动。但当外面的脚步声消失，科恩卧室后面的客厅门锁上时，他们俩也抱在了一起。

后来，当他慢慢地爬到自己的床上时，他情不自禁地想起了亨畋妈妈，想起自己只是为了不让她嫉妒猜疑才在曼海姆稍做停留的。所以，这一切都是因为她那愚不可及的嫉妒之心，是她咎由自取！那天说“今天就做个负心汉”的威胁，当然只是个玩笑。可现在却应验了，不过这不是他的错。而且，这其实也根本算不上负心薄幸；他怎么可能如此轻易地背叛这样一个女人呢？但不管怎么说，这仍然是件烦心的事。为什么呢？因为他应该立刻解决所有问题，因为要是老实本分的话，他早就到巴登维勒了，根本不用考虑这种愚不可及的嫉妒之心。真是自作自受。唉，真是糟透了，但他也无力回天。他翻了个身，面对墙壁。

他睁开双眼，看着自己住的这间旧房间；明亮的晨光透过窗帘，就像长矛一样刺进他的心里：他不用去货运部的仓库了吗？

随即他便想起，自己跟中莱茵航运公司已经没有任何关系了。他像在度假，这仿佛就是自由。没人能让他醒来接受审判。他继续躺在床上。虽然这样很无聊，但他想躺多久就能躺多久。现在看来，亨畋妈妈很有可能会杀了他，因为她永远不会明白，他一直都死心塌地爱着她；她将来会杀了他的，而这也同样充满了美好和自由的希望。将死之人是自由的，赎回自由之人已经死去。他仿佛看到一座城堡的城垛，城垛上的黑旗无声飘扬，但那也可能是埃菲尔塔，因为谁能区分过去和未来！花园里有一座坟墓，一个女孩的坟墓，一个因飞刀加身而死的女孩的坟墓。将死之人，可以随心所欲，可以无所顾忌，要什么都不用付出，做什么都不用负责。将死之人，可以在街上搭讪任何一个女人，邀她共度春宵，而这跟他和爱娜的一夜缠绵一样，同样令人身心愉悦，同样不用负责——今天或者明天，他就会离开爱娜，走进黑暗。他听到她在门外来回忙碌的声音，这个瘦小愚蠢的女人；他在等着她像往常一样走进来，因为趁着还能见到太阳，他必须好好享受。负心许可必须用负心行为换取，他仍然希望自己因此而被人所杀——的确，亨畋妈妈显然无法理解这些；她怎么会知道这么复杂的账目？她怎么能一眼看出这些账目错误？这些错误如此阴险地藏于世间，只有精通计算之人，才能像救世主一样从容赴死。错误哪怕再小，也会使整座自由大厦根基不稳。这时，他听到爱娜小姐的声音从厨房里传来："尊贵的先生，我可以把咖啡端给您吗？""不用，"艾施喊道，"我马上就来。"他从床上跳了下来，嗖地穿好衣服，喝完咖啡，一眨眼就赶到了有轨电车车站。一切都如此迅速,连他自己都觉得很惊讶。当他知道开往监狱的电车还没有到,只能耐心等车时,他才想着究竟是什么原因让他像着火似的起床的?是探监这个念头,还是爱娜的声音?她的声音并不甜美,尤其是当她像昨晚那样大声斥责时。不过,艾施可不是那种被人骂几句就乖乖听话的人。所以,这跟她的声音没关系,否则他早就被扫地出门了,比如那一次被她叫到厨房去看睡着的伊洛娜时。至于伊洛娜,他完全用不着再见一面,无论是这里还是别处。也许,最好与这些事情保持距离,最好不要知道自己可能只是在躲避爱娜及其邪淫好色的欲望,只是在躲避这种你情我愿、不用负责的欲望,一种让他们食髓知味、不顾一切的欲望——但它怕见阳光,因为只有黑夜,才是自由放浪的时光。

在监狱里他了解到,每周只有三天允许探监;他必须明天再来。艾施心里琢磨着,怎么办?马上启程去巴登维勒?他开始咒骂起来,因为计划有变,他无法按照自己的自由意愿行事。不过,他最后却说:“那好吧,就当是缓刑吧。”“缓刑”这个词一直盘旋在他的心头,窝在他的耳中,甚至让他油然生出一股舒适感、自豪感,因为他竟然和一个如伯特兰主席这般有权有势的大人物有着同志般的关系,因为这个人和艾施自己现在都获得了缓刑。不,未见马丁,他怎能启程出发,走进黑暗;更何况,要是此次在曼海姆稍做停留,只是为了和爱娜共度一宵,那就太可笑了,甚至太不值得了。长途旅行之人,身后不该留下未了之事,更确切地说,就是相互间候和道别。于是,他先去了码头,到仓库和食堂里找找自己的熟人。他觉得,自己简直就像一位从遥远的美国回来探亲的亲戚,这时候竟然有点近乡情怯之感,害怕别人再也不认识长了胡子的自己。比如,执勤队就很有可能让他连大门都进不去。但他们的态度却非常热情友好,或许是因为他遇到的所有人觉得,他们再也不能拿他怎么样了;海关执勤员们的脸上马上浮起笑容,热情地向他打了个招呼,然后他就跟他们一起轻松地寒暄了起来。是啊,他们笑着说,既然他都不在航运公司工作了,那这里也就没他什么事儿了。艾施则说,他很快就会让他们看到,他人虽走了,但茶还没凉。当他走进去的时候,他们也丝毫没有阻拦的意思。他随心所欲看着简易库房、起重机、仓库和车皮,根本没人阻止他。当他走到仓库门口,往里面喊了几声后,堆场工头和仓库工头便一起走了出来,站在他的面前,就像兄弟一样。尽管如此,他仍不后悔放弃这一切,只是想把这一切清清楚楚地深刻于心,时不时也会摸一下车皮或者货物装卸台,让摸着干木板的感觉留在自己绷紧的手掌上。只有到了食堂之后,他才觉得有点失望。他的目光寻找着科恩,但科恩不在。科恩又笨又心虚,艾施不禁笑了起来,因为他不会再为伊洛娜的事而怪罪科恩了。伊洛娜会逃离魔爪,消失在无人可进的城堡里。因此,他只是和警察喝了一杯烧酒,然后沿着熟悉的小路,一条在他眼前向远方铺展着,不会比以前更熟悉,却比以前更亲切的小路,一直走到雪茄店旁的路口。雪茄店满怀期待地看着他,仿佛洛贝格早就望穿秋水地等着他过来聊天。

洛贝格也确实就坐在收银机后面,手里拿着大号雪茄剪。见艾施进来,他赶紧放下雪茄剪,显得非常热情,因为他必须向艾施再三道歉。不过两人都没有提起,因为艾施早就原谅洛贝格了,不想把他给弄哭了。洛贝格倒是主动说起了爱娜——也许,这违反了他们之间心照不宣的约定,不过这种小事,艾施根本没有放在心上。只要他不想醒来,谁能把他叫醒?他是自由的!“她是一个非常出色的伴侣,”洛贝格说道,“我们在许多方面都趣味相投。”艾施认为自己是自由的,可以畅所欲言,所以说道:“是的,她不会杀了您。”他一边说,一边看着瘦弱矮小的洛贝格,心里有点同情爱娜,因为亨畋妈妈一个手指头就能把这傻瓜压扁,而爱娜却做不到。洛贝格一脸畏惧,却又硬生生挤出一丝微笑,他有点害怕听到这种不吉利的笑话,而且在客人的阴森目光之下,他变得越来越畏畏缩缩、怯声怯气。不,他根本不是艾施这种人的对手。只有死去的人才强大,尽管他们活着的时候看起来就像可怜的裁缝一样。艾施像个鬼魂似的在店里走来走去,闻着店里的空气,拉开了好几个抽屉,偶尔也会用手掌摩挲着光滑的柜台。他说:“您死了就会比我强大……但问题是,根本没人会杀了您啊。”他语带不屑地补了一句,因为他突然想到,洛贝格就算死了也不足为虑。他太了解洛贝格了,这家伙仍是个傻瓜,只有那些从不露相之人,那些从未活过之人,才是无比强大之人。洛贝格仍然不太相信女人,于是说道:“您这话是什么意思?您指的是遗孀养老吗?我签了保险的。”“这当然是毒死丈夫的好理由。”艾施说道,又忍不住大笑起来,笑声像堵在嗓子眼一样,嗓子都笑痛了。对,亨畋妈妈,她是个女人！她不会下毒,她会把洛贝格这样的人直接用针钉起来,就像钉住小甲虫一样。她是一个值得敬佩和尊重的女人,而他竟会将其与洛贝格相提并论,这让他自己都感到很惊讶。他心里有些感动,因为和他在一起的时候,她总是装成一个楚楚可怜的柔弱女子,甚至她这么做有可能是对的。洛贝格起了一身的鸡皮疙瘩,转着四白眼说道:“毒。”他可是经常把这个词挂在嘴边的,这时却像第一次听到或者是才彻底听明白了一样。艾施的笑声里带着笃定和从容,还有一丝的不屑:“她不会毒死您的;爱娜也干不出这种事。”“没错,”洛贝格说道,“她有一颗金子般的心,她连苍蝇的毫毛都不忍心弄弯……”“钉死小甲虫。”艾施说道。“啊,肯定不会!”洛贝格说道。“不过,要是您对她负心薄幸的话,她还是会杀了您的。”艾施吓唬道。“我永远不会背叛我妻子的。”这个傻瓜说道。这时,艾施才突然意识到,为何自己会将洛贝格和亨畋妈妈相提并论。这一明白无误的发现,顿时让他心中大感快慰,舒爽无比:洛贝格其实只是一个娘娘腔,一个有异装癖的人。所以,他和爱娜睡在一起,又有什么问题?伊洛娜不也在爱娜的床上睡过嘛。艾施站了起来,用力伸直双腿稳稳地站着,然后伸展双臂,就像刚从睡梦中醒来或被钉在十字架上一样。他觉得自己强壮结实、精力旺盛,是一条值得一杀的汉子。“不是他死,就是我亡。”他说道,觉得一切尽在掌握中。“不是他死,就是我亡。”他又说了一遍,在店里阔步走着。“您说什么?”洛贝格问道。“不是说您,”艾施回答道，露出了一口大白牙，“至于您，您会得到爱娜的。”因为，这样正好：这家伙在这里开着洁净整齐、生意不错的雪茄店，又有保险，和小爱娜结婚后，一定会过上无忧无虑的生活；而他自己呢，他已经觉醒，已经扛起使命。就在洛贝格还在不吝溢美之词继续夸着爱娜时，艾施说出了洛贝格想听且真的期待了很久的话：“哎呀，您那一套救世军中的废话……要是您还这样犹豫不决的话，您的姑娘就要溜走了。此时不出手，更待何时。您这个孬货。”“好！”洛贝格说道，“好的，我觉得，悔过自新现在也该结束了。”这是个天色略显阴沉的夏日，店里倒是光线明亮，悦目宜人；黄色橡木家具看起来相当坚固耐用，收银机旁放了一本整齐地画好行列表格的账簿。艾施坐在洛贝格的书桌前写信给亨畋妈妈，信中说，他已平安抵达，正打算解决所有事务。

第二天晚上，他又是和爱娜一起度过的，并认为这是自由之人有权享有的待遇。他们友好和气地说起她跟洛贝格的婚事，然后又怀着近乎渴望和不舍的心情，温柔缠绵共赴云雨，就好似他们之间从未争吵过。长夜漫漫，一夜未眠。起床时，艾施的心情无比畅快：为了让爱娜和洛贝格幸福快乐，他帮了他们一把。因为人有许多能力，凭借自己套在事物上的逻辑链，就能判断事物好坏。

刚吃完早餐，他就又去探监了。路过洛贝格的雪茄店时，他买了包烟，准备暗中塞给马丁；至于其他的，他一时想不起来。天气变得闷热无比，艾施不禁想起在戈阿尔斯豪森的那个下午，那天的高温炎热让自己对马丁的遭遇深感同情。到了监狱后，他被带进了探监室。探监室的铁窗外是光秃秃的监狱大院。墙面涂成黄色的楼房在空荡荡的大院里投下棱角分明的阴影。看起来，院子正中正好可以造一座断头台，行刑时犯人就跪在上面，等待刀斧加身，引颈受戮。得出这个结论后，艾施再也不想看这个院子一眼，于是转身背对窗户，四下打量着探监室。中间放着一张漆成黄色的桌子，从上面的墨水斑痕可以看出，它是从某个办公室里搬过来的；桌旁还有几把椅子。尽管有屋顶挡住阳光，可探监室里还是热得像火炉，因为清晨的阳光像流火一样涌入，而窗户又没有打开。艾施觉得困意上头；他独自一人，他坐了下来；他只能等待。

过了一会儿，他听到铺砖过道里传来的脚步声和马丁双拐发出的嘎吱嘎吱声。艾施站了起来，仿佛领导要来了一样。但马丁走进探监室时的神情，跟走进亨畋妈妈酒馆时没什么两样。要是这里也有一台机械琴的话，他肯定会一瘸一拐地走过去，伸手进去让它奏起乐来。他四下看了看探监室，似乎很高兴艾施独自一人在此，然后走过去和艾施握手："你好，艾施，很高兴你来看我。"就像在亨畋妈妈那里常做的那样，他把双拐靠在桌上，接着便坐了下来。"喂，你也坐下吧，艾施。"那名把马丁带过来的看守按照规定站在门口，他的制服让艾施想起了科恩。"看守长先生，要不您也坐吧？反正没人会来，当着您的面，我也肯定不会越狱逃跑。"那人咕哝着说了些勤务条例，不过还是来到桌前，把一大串钥匙放在桌上。"好啦，"马丁说道，"现在就舒服多了。"话音落下后，这三个人都沉默不语，只是围桌而坐，盯着桌面上的刻痕缺口。马丁的脸色比平时更黄了；艾施没敢问他过得好不好。看到大家一声不吭，场面非常尴尬，马丁忍不住微笑着说道："来，说说看，奥古斯特，科隆有什么新鲜事吗？亨畋妈妈和其他人近况如何？"

尽管本来就脸热，可艾施还是觉得自己满脸通红，因为他突然发现，自己似乎趁着这个囚犯坐牢的机会，拐跑了这个家伙的朋友。而且，他也不知道，在看守面前把这些事情说出来合不合适。毕竟，不是每个人都愿意在监狱探监室里被提到而与犯人沾上关系的。他说道："他们都过得挺好。"

也许，马丁明白他心中的顾虑，因为他并没有坚持要他详细回答，而是问道："那你自己呢？"

"我正要去巴登维勒。"

"去疗养？"

艾施觉得马丁没理由会取笑自己，于是冷冷地说道："去找伯特兰。"

"天哪！你升职啦！这个伯特兰，真是好人哪。"

艾施摸不准马丁是仍然在开玩笑，还是拐着弯儿在冷嘲热讽。伯特兰是个同性恋绅士，这是事实。但这种事情，他在看守面前也开不了口。他咕哝道："哼，他真这么好，你就不会坐在这里了。"

"嗯？"

"你可是清白无辜的。"

"我？我已经失去清白好多次了，那可是白纸黑字，完全按照法院章程来的哦。”

“别开这种无聊透顶的玩笑！如果伯特兰是个好人，那我就要告诉他，当时到底发生了什么事。那他就会让人把你放出来了。”

“所以，你要去找他麻烦吗？这就是你去巴登维勒的原因吗？”马丁开心地大笑了起来，把手递向桌子对面的艾施，“不过，奥古斯特，你太荒唐了！幸好那个人不在那里……”

艾施马上问道：“他在哪里？”

“哦，他总是在出差旅行，在美国或者别的什么地方。”

艾施听得一愣：也就是说，伯特兰在美国，抢在他的前面，比他先到那边，比他先沐浴自由之光。虽然一直都知道，那个遥远国度的伟大和自由一定与那个缘悭一面之人的伟大和自由有着不能全然理解却非常重要的联系，但艾施现在却觉得，自己的移民计划已经被这个主席的美国之旅给彻底毁了。正因如此，正因一切都是那么遥不可及，他不由得怒火中烧，冲着马丁说道：“一个主席，去美国很容易……不过去意大利也一样啊。”

马丁和气地说道：“好吧，意大利也行。”

艾施心里寻思着，自己要不要去中莱茵航运公司总部打听伯特兰的居住地点。不过，他突然又觉得用不着多此一举，于是说道：“他在巴登维勒。”

马丁笑道：“好吧，也许你是对的；反正，他们也不会让你进去……这趟巴登维勒之行，肯定还跟哪个姑娘有关，对吧？”

“我很快就会找到办法，让他放我进去的。”艾施不服气地说道。

马丁似乎觉察到了什么:“别做傻事,奥古斯特,不要去惹这个人。他为人正派,应该受到尊敬。”

“显然,他对伯特兰在背地里干的事情一无所知。”艾施心里想着,却又什么都不敢说,所以只好含糊地说道:“他们个个都是正人君子,甚至南特维希都不例外。”他想了一想又说道:“死人也很正派啊,当然,到底有多正派,得看死者留下的遗产有多少。”

“此话怎讲?”

艾施耸耸肩道:“没什么,我只是想说……对,说到底,一个人是否正派并不重要,正派永远只是他的一面;重要的根本不是他这个人,而是他的所作所为。”然后,他又愤怒地补充道:“否则,真的不知该如何是好了。”

马丁喜忧参半地摇了摇头:“你啊,奥古斯特,你在曼海姆这里有个三句不离下毒的朋友。我觉得,他一定给你下毒了……”

艾施没理会马丁的玩笑,继续说道:“反正,连是非黑白、善恶对错都分不清了。一切都乱套了。你连什么已逝,什么尚在都不知道……”

马丁又大笑着说:“我更不知道什么是未来。”

“你能不能严肃点。你在为未来献身。这是你自己说的……这是唯一的尚在:为未来献身,为已往赎罪;义士当舍己为人,否则何来秩序。”

边上听着的监狱看守不觉起了疑心:“您在这里不能有煽动

革命的言论。”

马丁说道:“他可不是个革命者,看守长先生。您倒是更有可能。”

艾施感到很吃惊,想不到自己的话还能这样理解。也就是说,他现在也是一个社会民主主义者了!也好!他固执地说道:“我无所谓,革命就革命吧。对了,你自己也一直在讲,资本家正派与否并不重要,因为你们要斗倒的是他这个资本家而不是他这个人。”

马丁说道:“您看,看守长先生,还要不要让人探监?这个人的言论让我身中剧毒,深入骨髓。我才刚改过自新呢。”然后转向艾施说道:“你啊,仍是个老糊涂蛋,亲爱的奥古斯特。”

看守说道:“工作是工作。”他本来就热得受不了,所以这时看了看时间,然后宣布探监时间结束。马丁拿起双拐:“那好吧,我又要被押回牢房了。”

他把手伸向艾施。

“我再说一遍,奥古斯特,别做傻事。非常感谢你为我做的一切。”

结束得太突然了,艾施一点心理准备也没有。他握着马丁的手,心里想着,自己要不要和那个充满敌意的看守也握一下手。他最后还是主动和看守握了握手,因为他们刚才还在同一张桌子旁坐过。见他这么做,马丁满意地点了点头。然后马丁就走了。艾施又一次感到惊讶,因为马丁离开探监室时的神情,就跟离开亨畋妈妈酒馆时没什么两样，但马丁此时要去的可是牢房啊！似乎，世上发生的一切，真的都无关紧要。可世上又哪有无关紧要之事：只是不得不如此而已。

站在监狱门外，艾施深深地吸了一口气；他拍了拍衣服，似乎想要确认自己的存在，结果却碰到了口袋里买给马丁的香烟，他心里又冒出这种该死的、莫名其妙的愤怒，又开始破口大骂。他甚至把马丁称为一个可笑的群众集会演说者，一个煽动者，正如人们所说的那样，尽管他真的没什么可责备马丁的，最多说马丁在真正紧要关头时，装得像主角一样。可煽动者不就是这样的嘛。

艾施乘电车回到城里，心里却因看到售票员穿着制服而窝着一团火。他从爱娜小姐那里取了自己的东西。她在他面前爱意弥漫、秋波闪闪。不过，他正恼怒于这个错综复杂的世界，所以对她的示好不屑一顾。随后，他便匆匆作别，急着赶往火车站，想搭上去米尔海姆的夜班列车。

当愿望和目标渐渐靠拢，当梦想带来人生巨变，通往幽洞之路变窄，预兆死之梦降临，笼罩梦中游荡之人：已往的一切，愿望和目标，再次一闪而过，如在垂死之人眼前；倘若不死，侥天之幸。

这个身在远方思念爱人，或只是思念儿时故乡的男人，已经开始梦游。

有些事情，端倪已露，他只是没注意而已。比如，在去火车站的路上，他发现，房子是用砖块分层叠砌而成，门是用锯开的厚木板做成，窗子上装着四方形的玻璃；或者，他想起假装知道左右之分的编辑和煽动者，而知道左右之分的，只有女人，而且还不是所有女人。不过，他也不能总想着这些事情，于是便在火车站里安安静静地喝了一杯啤酒。

当他看到开往米尔海姆的火车呼啸而来，看着这个又大又长的虫形怪兽，如此一往无前地向着目标飞驰而去时，他突然被深深震撼到了，心里突然怀疑起火车头是不是安全可靠，会不会开错了路；他心里充满了恐惧，害怕自己要去履行的那些众所周知非常重要的尘世责任会被免除，害怕自己最后甚至会被劫持到美国去。

心中充满疑惑的他，本来应该像头次出远门的旅客一样，点头哈腰地向身穿制服的站务员打听清楚，可这个站台一眼望不到尽头，不可思议地长，不可思议地空荡，他几乎没办法马上走完，所以无论自己再气喘吁吁，也不管这趟列车开往何处，只要能顺利赶上这趟列车，他就得额手称庆了。当然，随后就得去仔细查看车厢上告知班车终点的牌子了，但他很快就意识到，这纯粹是无用之举，因为写在牌子上的只是字词而已。这个旅客站在车厢前，心里有些犹豫。

毫无疑问，这时扶着腰，气喘吁吁却又拿不定主意的情形，足以让一个脾气暴躁的人咒骂起来，更何况，他看到发车信号后不得不手忙脚乱地赶过去，急匆匆地踏上那个上下不方便的车厢台阶，结果小腿撞在踏板上。他咒骂着，咒骂车厢台阶，咒骂它的蠢笨设计，咒骂这番遭遇。不过，这种粗鲁行为的背后，隐藏着一种更加正确，甚至更加令人气恼的认识，这个人要是头脑清醒的话，也许就能说出来：这一切只不过是人造之物而已，呵，这些与人的腿膝屈伸相对应的台阶，这个长得不可思议的站台，这些写着字词的牌子，火车头的汽笛声，闪闪发光的钢轨——到处都是人造之物，它们全都无法孕育生命。

这个旅客隐约觉得，这样的观察思考能让人摆脱平庸，于是很想把它终生铭记在心。因为，这种观察思考也被称为普通人的观察思考，所以旅客们，尤其是那些脾气暴躁的旅客们，比那些总宅在家里，即使每天也经常上下楼梯，却什么都不想的人，更有可能这样观察思考。宅在家的人不会注意到自己周围充斥着各种人造之物，他们的思想也同样只是人造思想而已。各种念头纷至沓来，他又把它们一一送走，就像派遣忠心耿耿、会做生意的手下去各地出差、环游世界一样，他觉得，这样就可以把整个世界挤到自己的房间里，挤到自己的生意中。

只是，这个不是把自己的念头送出去，而是把自己派出去的男人，已经失去了这种草率鲁莽的自信；他憎恨一切人造之物，憎恨总是这样而不是那样设计台阶的工程师，憎恨对正义、秩序和自由胡说八道，装得好像拥有经世济民之才的煽动者。这个渐渐懂得何为无知的男人，憎恨自以为是之人。

一种令人痛心的自由让他意识到，事情也可以不用这样。在不知不觉中，本该描述或定义事物的字词的意义都已模糊，不再精确；就好像，这些字词都遭人遗弃了似的。这个旅客心里很不踏实，他走过长长的车厢过道，有些惊奇地发现，车上的玻璃窗就像房子里的玻璃窗一样，还用手在冰凉的玻璃上摸了摸。就这样，这个人，这个正在旅行的人，一下子就陷入一种不负责任的淡然之中。火车全速前进着，似乎在一往无前地向着目标飞驰而去，似乎在努力摆脱责任，它似风驰电掣般驶去，只有紧急刹车才能阻挡滚滚车轮；脚下的火车载着旅客急速离去，这个即使在痛苦的白日的自由中也不曾失去良知的他，想要逆向而行。但他走不到尽头，因为这里只有未来。

铁轮将他和坚实的大地隔开，他在过道里想起了巨轮，想起了巨轮中有长长的过道，想起了过道里有一张接一张的铺位，想起了巨轮漂浮在水山之上，想起了水山之下就是海底，就是大地。永远不会实现的甜美希望！要是只有谋杀才能带来自由，那躲进船腹又有何用！啊，巨轮永远不会停靠在心上人栖居的城堡旁边。过道里的这个旅客停下来，不再来回走动，他装出一副在看自然风光和远处城堡的模样，还像小时候那样，贴在车窗玻璃上把鼻子压扁。

自由与谋杀，犹如生与死！纵身跃入自由之怀的人，就像孤儿一样，就像走向断头台向母亲哭泣叫喊的凶手一样。在飞驰而去的火车上，一切都是未来，因为每一刻都处在不同的地方；

车厢里的人都显得很悠然自得，仿佛他们知道自己以后不用赎罪。那些留在站台上的人，仍在大声呼唤着，用力挥舞手帕，想要唤醒匆匆离去之人的良心，要他们回去承担自己的责任，但这些旅客们却再也不想承担，所以以害怕吹进车厢的风会让自己脖子僵硬为借口，匆匆关上了窗户，取出现在用不着与任何人分享的干粮。

在他们当中，有的人把车票插在帽子上，让人隔着老远就能看出他们的清白，而大多数人是在听到良心的呼唤和看到穿制服的乘务员时，才匆忙慌张地寻找车票。心有杀念之人，落网之期不远，哪怕他像孩子一样，吃着各色什锦饭菜和美味甜点，也毫无用处。它仍然是杀头饭。

他们坐在设计师们很不要脸地，或许是很草率地，根据人腰膝折弯两次的身体坐姿而设计的长椅上，他们八个人整整齐齐地坐在一张长椅上，挤在木笼子里，他们摇头晃脑地坐着，听着木头的嘎吱声，听着车轮有节奏的滚动撞击声，听着车轮上方传动杆轻轻发出的吱吱声。顺向而坐之人鄙视逆向而坐之人，鄙视他们留恋过往；他们害怕有风吹进车厢，每当车门被人用力打开时，他们就会因担心有人进来而纷纷扭头缩脖。因为扭头缩脖之人，无法公正地判断何为有罪、何为赎罪，会怀疑二加二是不是等于四，会怀疑自己是母亲的亲生骨肉，还是一个怪胎，所以他们连脚趾都会小心地对准前方，指向心中牵挂着的生意——是生意让他们坐到了一起，组成了一个软弱无力、自信全无却又充满恶意的集体。

唯有母亲才能安慰孩子："你不是怪胎。"旅客们却相反，他们和孤儿们全都断绝了自己的后路，也不再知道自己身边的情况。从纵身跃入自由之时起，他们就必须重建秩序，重塑正义；他们不愿再听工程师和煽动者们满嘴的荒唐之言，他们憎恨国家和工程设施中的人造之物，但他们不敢反抗延续千年的错误认识，也不敢发起会糟糕地导致二和二无法相加的知识革命。因为，这里无人可以向他们保证，失去的清白可以恢复，因为，张开怀抱让他们依偎的人，不会放弃今日的自由而选择快速遗忘。

愤怒让人更加敏感。旅客们小心翼翼地把行李整齐地摆放到行李网架中，然后他们愤怒地批判帝国的政治制度、公共秩序和法律制度。他们毫不留情地对各种事务和机构吹毛求疵，虽然连他们自己都不怎么相信自己会秉公直言。他们虽然获得自由，却又感到心虚，所以害怕听到火车发生不幸事故时的可怕撞击声，害怕铁杆会在这时刺穿他们的身体。这种事情在报纸上屡见不鲜。

不过，他们就像那些为了能及时赶上火车，一大早就被人从梦中唤醒，赶去拥抱自由的人一样。所以他们的话变得越来越不知所云，越来越让人发困，不一会儿就变成含糊不清的嘟囔声了。可能有人还会说，自己宁愿闭上眼睛，也不愿继续看着人生就在眼前匆匆闪过，可同行的旅伴们都躲回了各自的梦中，听不到那人在说什么了。他们拉起外衣遮着脸，握拳而睡，他们的梦里充满了对工程师和煽动者的愤怒：这两者明知自己行为可耻，却仍给各种事物赋予虚假之名。人如此无耻，名如此虚假，让人不得不怀着愤怒，在梦中给各种事物重新赋予极不确定的名字，同时又充满了渴望，渴望母亲说出确切的名字；世界变得确定，就像有根的故乡一样。

各种事物犹如孩子一般，一会儿远在天边，一会儿近在眼前，那位登上了火车，正在远方思念爱人，或者只是思念儿时故乡的旅客，这时就像一个眼前渐渐模糊的人一样，心头涌起些许担忧：他可能要看不见了。在他的眼里，周围许多东西都变得模糊不清了，至少他觉得，只要用外套遮住了脸就会这样，但他的心里却有一丝感悟，一丝他可能已知，却未曾在意的感悟，正在破茧而出：他快要开始梦游了。他仍然沿着工程师们设计、修筑、铺装的道路行走，但只走在路的最边上，让人不得不担心他会不会掉下去。煽动者的声音，依然传入他的耳中，可对他来说，传入耳中的已经不再是话语了。他侧平着向前伸展双臂，就像一个知道如何在远离硬实地面的上方，更好地保持平衡的可怜的走钢丝艺人。在恍恍惚惚、无力反抗之间，被俘的灵魂轻盈地飞翔着，而沉睡之人也向上飘起，飘到自己的呼吸能够轻轻扰动爱人的双翼之处，就像死者的双唇上放着羽毛一样；他希望，别人仍把他当成小孩，问起他的名字，这样他就可以躲到爱人的怀里，深深地呼吸着故乡的气息，陷入无梦的沉睡之中。虽然还没飘到很高处，他却已经站上了第一个小小的渴望之阶，因为他再也不知，自己姓甚名谁。

但愿有人会来，担起殉道之责，拯救世界，使其回归纯真无罪：如果，这种永恒之愿会让人心生杀念，那么，这种永恒之梦就会让人洞见未来。在梦幻的愿望和预见的梦之间，沉浮飘摇着所有领悟，沉浮飘摇着对牺牲和救世之国的领悟。

他在米尔海姆住了一宿。当绿色的黑林山仍然隐约缥缈在凉爽的夏日晨雾中时，他已经登上了开往巴登维勒的小火车。这个世界看起来清晰可见又触手可及，就像一个危险的玩具。火车头喘着粗气，让他很想在它的脖子上解开几个搭扣；但它牵引火车的速度到底是快是慢，却无人知晓。尽管如此，他还是毫无顾虑、毫无保留地相信它。当它停下时，万千树木向它点头示意，四周荡漾着柔和芬芳的气息；火车站大楼旁有一间书报亭，里面陈列着许多漂亮的风景明信片。每一张应该都挺合亨畋妈妈的心意，符合她的收藏条件吧。艾施选了一张印有城堡山迷人风光的明信片，把它插在口袋里，然后在树荫下找了张长椅，想坐在那里悠闲地写信。但他没有写。他静静地坐着，像一个无所事事的人一样，平静地把双手放在膝盖上。他就这样久久地坐着，眯着眼睛看着繁茂的绿树。他久久地坐着，久到他后来走在人来人往、无忧无虑的路上时，一脸惊奇地发现，自己竟然不知道是如何来到这里的。在一幢房子前停着一辆看上去凶气逼人的汽车，艾施仔细地打量着它，看它是否适合用来过夜。他还不动声色地看了看其他东西，因为他觉得，自己这时就像骑手一样，在到达终点后，坐在马鞍上转过身来，轻松自信地看着远远落在身后的其他骑手；他心中的焦虑紧张如冰雪消融般淡去，然后懒散地，似乎有些迟疑地，走完了最后一段，甚至心中还热切地渴望着，自己在到达终点稳操胜券之前，再克服一个特别巨大和艰难的挑战。所以，尽管天气晴好，阳光明媚，不该有任何悲伤之情，可他还是感到心如刀绞，因为他就要怀着这样的自信向伯特兰家奔去：不用驻足停留，不用询问打听，他知道自己要走向何方。他登上起伏平缓、曲折迂回的园林小路；一股树林特有的气息迎面而来，轻拂着他的额头，轻拂着他领口和袖口的皮肤。为了细细感受这股气息，他摘下了帽子拿在手里，解开了马甲的纽扣。这时，他从一个大门走进了园林，眼前的这片园林，远不似萦绕在梦中的那般秀丽壮观，但他似乎并不感到惊讶。虽然在那上面的任何一扇窗户旁，都看不到衣服上缀着金属闪光片的伊洛娜，但与如画美景珠联璧合的她已到达终点，慵懒地倚靠在那里。啊，虽然他非常怀念，可梦中的城堡却不为所动，梦中的景象也无动于衷，仿佛他亲眼所见的，只是一种象征，一种专为应付眼前这一刻的权宜之计，一个梦中之梦。在晨曦下的阴影中，在略有起伏的墨绿色草地上，有一栋风格稳健气派的别墅式大楼。仿佛这丝随性而动的凉风，仿佛那种象征，又会成为另一种象征。斜坡上有一个近乎寂静无声的喷泉，喷出的水就像琼浆玉液一般透亮冰清，让人忍不住想要喝上一口。在大门后面，一个身穿灰色西服的人从爬满忍冬的门房里走了出来，询问来者有什么事情。这人外套上的银纽扣并不是制服或职业装的标志，它们柔和而冷淡地闪耀着光芒，仿佛是为这个耀眼的清晨专门缝制的。如果说，艾施昨天还有一阵子觉得心里没底，怀疑自己到底能不能见到主席先生，那么现在，一切疑虑都已烟消云散了，他几乎可以确定，他在这里也可以自由进出，不会被人盘问。所以，对这个门卫没有把来者姓名和来意登记到复写簿上的疏忽行为，他一点儿都不感到惊讶，而且也没想过自己等在门口也许更为合适，而是与门卫结伴并肩而行。门卫也默许了。他们进了一间昏暗阴凉的前厅，里面有许多漆成白色的门。其中一扇门轻轻打开，又轻轻关上，门卫消失在门后，艾施一边感受着脚下地毯的虚浮柔软，一边等着前去通禀的门卫。门卫回来后，领着他穿过几个小房间，来到另一扇小门跟前，鞠了一躬后让他自行前往。虽然现在没人再领着自己了，但他觉得，要是这一排雅室能再长一些，或许一直延伸到永远，延伸到遥不可及的无尽之地，通向一个核心圣地，或者说王座大殿，那就更合适，甚至更令人神往了。正当他险些以为自己以一种奇妙而又失礼的方式，神不知鬼不觉地匆匆穿过了无数多排、无穷多间房子时，他突然站在了那人跟前，那人向他伸出了手。虽然艾施知道那人就是伯特兰，而且确定无疑，无论是此处还是别处，但在他看来，那人只是另一个人的象征，一个更真实，或许更伟大，却依然不显山露水之人的影子。这一切竟然如此简单，如此顺利，简直不费吹灰之力。这时,艾施也打量着眼前之人:脸庞干净,没有胡须,像演员却不是演员,容颜未老青春依旧,只是鬓发已白。房间里有许多书,艾施坐在书桌旁,像一个前来求诊的病人。他听到那人在说话,声音就像医生那样充满同情和关切。“您为何而来?”

梦中人听到自己轻声说道:“我要向警方告发您。”

“哦!太遗憾了!”回应的声音很轻,轻得连艾施也不敢大声说话。他似自言自语一般,重复了一遍:“向警方告发。”

“难道您恨我?”

“恨!”艾施谎称道,随即又为自己说谎而感到羞愧。

“这怎么可能,我的朋友,看得出来,您很仰慕我。”

“一个无辜者正在替您坐牢。”

艾施感觉对方正在微笑,然后他仿佛看到马丁也在边说边笑。甚至伯特兰的声音里也荡漾着一丝笑意:“哎呀,孩子啊,那您早该告发我了呀。”

谁也不准伤害那人;艾施反驳道:“我可不会暗中杀人。”

听到这话,伯特兰竟然笑了起来,几不可闻地轻笑起来。因为清晨如此清新宜人,是啊,因为清晨如此宁静温馨,所以被人嘲笑理当生气的艾施不仅无法生气,反而还忘了自己刚才说过谋杀这事,要不是担心自己失礼,他甚至都想附和着轻笑几声。尽管这两个念头并不能完全扯到一起,或者两者之间只是有另一种很难理解的关系,他竭力装出一副严肃的样子,继续说道:“不,我不会暗中杀人,您必须放了马丁。”

伯特兰显然对一切都了然于胸，似乎也明白这句话的意思；尽管他的语气这时变得严肃了一些，却依然充满了让人安心，让人轻松愉快的意味："哎呀，艾施，干吗这么胆小？杀人还要找借口吗？"

这个字眼又一次出现在这里，即使只是像一只无声的黑蝴蝶翩翩飞舞而来。艾施心想，伯特兰其实用不着死，毕竟亨畋先生已经死了。但紧接着，他的心头突然有一种蒙蒙烟雨般飘落的领悟：人可以死两次。自己之前竟然没想到这一点，艾施感到很惊讶。"当然，您可以逃走。"他说道，然后又故意诱导道，"去美国。"

"你知道，我亲爱的朋友，我不会逃走。这一刻，我已经等了太久了。"伯特兰说道，仿佛不是在跟艾施说话。

在这一刻，艾施对伯特兰仰慕到了极点，因为他自己只不过是伯特兰公司里的年轻职员，而且还是一个孤儿，而伯特兰却高高在上，令人难以望其项背，这时两人却坐在一起，像朋友一样谈论生死。艾施很高兴自己那时把仓库账册做得毫无差错，工作勤恳老实。他不敢说自己知道伯特兰的情况，也不敢恳求伯特兰杀了自己，只是很识时务地点点头。伯特兰说道："再高高在上，也无权生杀予夺，再卑微弱小，只要灵魂不朽，依然值得敬重。"

在这一刻，艾施突然如梦初醒，前所未有地清醒，同时也知道，他不但欺骗了自己，也欺骗了整个世界，因为伯特兰从他那里得知的，现在又如潮水一般回涌到他的心里：他从不相信，这个人会放了马丁。不过，这个既是审判者又是受审者的伯特兰，略带不屑地摆了摆手，说道："要是我让您不敢说出口的希望成真，满足那个无法满足的条件，艾施，那我们两个不都得羞愧而死吗？您，因为您只是一个要不出什么花样的敲诈者，而我，则因为我把自己送到您这么一个敲诈者手里。"

尽管艾施这个异常清醒的梦中人，将这一切，无论是那个略带不屑的手势，还是伯特兰嘴角笑意中泛起的嘲弄之色，尽收眼底，但他的心头却依然盘踞着这个希望：无论如何，伯特兰都会满足这个条件，或者至少会逃走。艾施不会放弃这个希望，因为他的心头突然涌起一阵担忧：在亨畋先生第二次离世之时，他对亨畋妈妈的思念也会随之消逝。可这是他的私事，就这么把伯特兰的命运和自己的私事扯在一起，他觉得有些不值，还不如敲伯特兰一笔钱呢，而且在这么清新纯净的清晨，这么做实在有些煞风景。所以他说道："我别无选择，只能告发您。"

伯特兰回答道："梦，人皆有之，无论正邪，都该实现。否则，无法享受自由。"

艾施并没有完全听明白，为了弄清楚伯特兰的意思，他又说道："我一定要告发您，否则事情会越来越糟。"

"没错，亲爱的艾施，否则事情会越来越糟，我们必须设法阻止。在我们两个人中，我要做的比较容易；我只需离开即可。外人从不受苦受难，只因置身事外；受苦受难者，必是深陷其中之人。"

艾施以为又会看到伯特兰嘴角的嘲弄之色：深陷在如此冷漠、如此无情、如此堕落的情感纠葛之中，哈利·科勒只能痛苦地死去，可艾施却无法对这个给别人带去不幸的人产生一丝怒意。他自己也很想一脸不屑地挥挥手解决这件事情。“没有赎罪，就没有过去、现在和将来。”他似乎顺着伯特兰的意思说道。

“哦，艾施，你让我感到心头沉重。你太贪心了。纪元[①]何曾自死算起，要算当然从生开始。”

艾施也感到心头沉重。他在等待，等着那人下令在城垛上升起黑旗，他在思考：他必须让位给开创新纪元之人。但伯特兰似乎并不为此感到难过，因为他漫不经心地，似乎在做附注一样说道：“为了给心中有公正、有爱的救世主让位，许多人必须死去，许多人必须牺牲。只有他的献身才能拯救世界，使其重归纯真无罪。但在此之前，必须出现基督之敌——疯狂之人，无梦之人。首先，整个世界必须没有一丝空气，完全抽空，就像在真空容器中一样……一片虚无。”

这跟伯特兰所说的其他话完全一样，听起来很有道理，如此浅显熟悉，他几乎就想把模仿伯特兰脸带嘲讽的这种冒险行为，当成一种义务，一种认可：“对，为了能够从头再来，必须整顿秩序。”

只是话音刚落，他就面露赧颜，为自己的嘲讽表情和语调感到无地自容；他担心伯特兰会再次嘲笑自己，因为在伯特兰面前，他觉得自己就像一丝不挂似的。让他心存感激的是，那人只是轻声批评道：“艾施，谋杀和反杀就是秩序——机械的秩序。”

---

① 此处可能是指以耶稣降生之年为开始的纪元。

艾施心想："要是他把我留在这里，那么秩序有望；一切终将归于遗忘，又是时光如水，岁月静好；但他会把我赶出去的。"要是伊洛娜在这里的话，他必须离开。所以他说道："马丁牺牲了自己，却无人得到救赎。"

伯特兰微微做了一个略带不屑和失望的手势。"黑暗之中，人不见人，艾施！似水如云的光明终究只是梦幻。你知道，我不能把你留在身边，哪怕你害怕孤独。我们是迷失的一代，我也只能做好自己的事情。"

艾施的内心自然非常痛苦，于是他说道："钉在十字架上。"

听到这话，伯特兰的脸上又露出了笑容。要不是伯特兰笑得如此亲切，他恨不得伯特兰赶紧死去，因为他觉得自己会被伯特兰赶走。伯特兰的笑亲切、无声，伯特兰的话也亲切、无声，却能猜中一切："对，艾施，钉在十字架上。被矛刺穿，被醋[①]淋醒，享受临终前的孤独。只有这样，那黑暗才能降临，而世界必须陷入那黑暗之中，才能使光明重现，使人间无罪；在那黑暗中，人与人不碰头，路与路不相通——即使我们并肩而行，却依然互不相闻，彼此相忘；你也一样，我亲爱的也是最后的朋友，你也会忘记我现在对你说的话，就像梦醒无痕一样。"

他按了一个按钮，下了一串命令。然后，他们走进大楼后面那片一望无垠的美丽花园里，伯特兰向艾施介绍了园中的花卉和马

---

① 中世纪早期到18世纪，英国等国家使用公开的鞭笞来惩罚轻罪行为，行刑时往往会用醋或盐抹在伤口上，加剧受刑者的痛苦。

匹。黑蝴蝶无声地在花丛中翩翩起舞，马儿也不嘶鸣。伯特兰步履轻快地走在自己的花园里，但艾施不时觉得，这个步履轻快之人应该拄着双拐行走，因为天上出现了日食。他们坐在一起用餐。桌上摆着银餐具、葡萄酒和水果，他们就像两个对彼此的一切了如指掌的朋友。用过餐之后，艾施知道，离别之时即将到来，因为夜晚可能会突然降临。伯特兰陪着他走到花园前的台阶上，一辆红色的大汽车已经等在那里，平滑的红色真皮软垫在正午的阳光下仍然有些发烫。当他们相互道别，手指相触时，艾施感到心中涌起一股强烈的渴望，想要低头俯身，亲吻伯特兰的手。可汽车司机却在这时按了按喇叭，弄出一声巨响，于是艾施只好匆忙上车。汽车一动，就有一股猛烈的暖风迎面吹来，大楼和花园似乎都被卷走了。这股风一直吹到米尔海姆才停下，那里有一列亮着灯的火车，呼哧呼哧地喷着气，正等着旅客上车。这是艾施第一次坐汽车，这种感觉非常好。

醒来顿觉心惊。勉强离开梦境，忧虑梦境的力量，梦中也许皆是虚妄，心中却已另有所悟。梦的流浪者，在梦中徘徊游荡。纵使怀揣风景明信片，有风景可赏，可这又有什么用。审判席前的他，仍是个伪证者。

内心的思念会在几小时内改变人的容貌，而这经常被人忽视。

可能脸上只有某些细微差别，只有光影的细微差别，那个普通旅客完全不会在意，然而对故乡的思念突然变成了对乐土[①]的渴望和向往，尽管内心充满莫名的不安，为静候游子归来的故乡之夜而担忧，可是眼里却已充满尚不可见的光明；那片光明尚不可见，也不知从何而来，尽管他猜想，这就是大洋彼岸的光芒，那里的黑暗迷雾正在渐渐消散：迷雾散去时，他就会看到那里成行成片沐浴着光明的田野，还有平缓起伏的绿色草场，一片晨曦永在，让心忧者忘却女人的乐土。这片乐土地广人稀，只有为数不多的外国垦殖者。他们完全不会组团结社，而是各自孤独地生活在自己的庄园里。他们做着各自的分内之事，耕地、播种、除草。正义之臂对他们无可奈何，因为他们既不需要公理，也不需要法律。他们开着汽车在草原上驰骋，在没有公路贯穿的处女地上驰骋，而驱使他们前进的唯一动力，就是他们永不满足的渴望。垦殖者虽已在此定居，却仍然觉得自己是外来者；他们的渴望是对远方的向往，向往光明的远方，向往远方那片越来越大、永远无法企及的光明。这其实很奇怪，因为他们可是西方人，也就是说，他们的目光转向了傍晚，好像那里的不是夜晚，而是晨曦之门。他们为何如此向往这片光明？是因为他们深刻而坚定的思想，还是因为他们害怕自己身处黑暗？人们依然无法确定。人们只知道，他们要么在林木稀疏的地方定居，要么毁林建起空旷的园林；他们虽然喜欢丛林的清凉，可也认

① 即“应许之地”。在《旧约·创世纪》中，以色列人祖先亚伯拉罕因虔敬上帝，上帝与他立下约定，许诺他的后裔将会拥有流奶与蜂蜜之地——迦南。

为孩子们应该远离丛林的阴森幽暗。不管这是真是假,它毕竟表明了,这些垦殖者并不是人们心中所想的那种脾气暴躁的殖民者和拓荒者,他们的言行举止像女人的言行举止,他们的渴望像女人的渴望——表面上是对意中男子的渴望,实际上却是对乐土的渴望,因为他会陪她走出黑暗,走进乐土。不过,这些话可不能随便乱说;因为垦殖者内心敏感,容易受伤,受伤后会变得更加沉默寡言,离群索居。在草原却不一样,草原上丘陵绵延起伏,河流密布,河水清凉,喜欢草原的他们活泼开朗,虽然过于害羞,不敢歌唱。这就是远离痛苦的垦殖者生活,他们在大洋彼岸寻找的生活。他们从容而死,他们英年早逝,哪怕死时已经须发皆白,因为他们渴望的是万年的辞别。他们就像遥望迦南乐土的摩西一样骄傲:虽然他心怀神圣的渴望,却只有他一人不准踏入迦南半步。他们也经常做出些无望和略带不屑的手势,就像摩西在山上做的一样,背后是回不去的故乡,眼前是到不了的远方。那人的渴望已经改变,他自己却浑然不知,只是有时会觉得,自己就像一个只是暂时抑制却永远无法全然忘记伤痛的人。无谓的希望!因为谁能知道,他是走向天堂之人,还是迷途孤儿?尽管越深入乐土,回不去的痛苦就越少,尽管有些东西会在越来越亮的过程中散开、淡去,这种痛大概也会越来越轻,越来越淡,甚至可能越发隐约,但这种痛就像男人的渴望一样,如抽丝般缓缓减少,而世界就此消失在他的梦游之中,化作对那一夜的回忆,化作对妻子的回忆,化作对渴望和母性的回忆,最终只留下对如烟往事的一缕淡淡伤痛。无谓的希望,经常无端傲慢。迷失的一代。所以，许多垦殖者虽然看起来乐观泰然，却心怀愧疚，比那些罪孽更深的人更容易悔过。毫不奇怪，有些人甚至再也无法忍受曾经向往的清晰与安宁。尽管有人可能会说，他们永远无法满足对远方的热切向往，所以必须掉转方向，甚至可能要退回原地，但同样可信的是，有人曾见过垦殖者双手掩面哭泣，似乎在思念故乡。

所以，在这个灰雾蒙蒙的清晨，离曼海姆越近，艾施就越觉得焦虑和恐惧，他真的不知道，火车会不会直接把他送回科隆的小酒馆里。又或者，亨畋妈妈会不会为了怀上他的孩子而在曼海姆等他。让他大失所望的是，他只等到了一封信，一封他本来就没指望收到，甚至最好不要拆开看的信。而且，从信封上的斑斑墨迹中就能看出，这封信是在亨畋先生的遗像下写的。或许是因为这个原因，或许是因为害怕，艾施的手哆嗦着，但他仍然伸手接过这封信。

他看都没看爱娜一眼，也毫不理会她一脸的不甘和委屈，一刻不停地进城了，因为他要去市警总局告发某人。但奇怪的是，他居然先到洛贝格那儿打了个招呼，这时又考虑要不要再去码头看看。不过，他已经没这个兴趣了，觉得最好还是乘车去一趟监狱，尽管他知道下午才开始让人探监。孤独从远方向他袭来，最后他站在席勒纪念像之前，要是边上还有埃菲尔塔和自由女神像的话，他一定会觉得心满意足。也许，这只是尺寸有别；对他而言，真人大小的纪念像毫无意义，而且这时候他发现，自己竟然连亨畋妈妈酒馆的模样也想不起来了。于是，他花了一上午的时间，绞尽脑汁地回想着；是的，他要去警局告发他，只不过还无法确定这封告发信里面的内容该如何措辞。不过，当他意识到，把马丁收押在监狱的曼海姆警方没资格接受告发时，他顿时觉得如释重负，长舒了一口气，决定放弃这个打算，反正他还一直欠科隆警方一个代南特维希受过的人。他心里有点懊恼，暗恨自己以前为什么没想到，不过现在好了。中午，在洛贝格的陪同下，他美美地吃了一顿。

然后，他便乘车去了监狱。又是流金铄石的一天，又坐在这间探监室里——他到底有没有离开过？一切仍是原样，两次探监之间一片空白：马丁还是和看守一起走了进来，艾施还是觉得自己脑袋发胀，脑子里还是空空如也，还是想不明白自己为何坐在这里。虽然这并不是仓促草率之举，而是有明确目的的深思熟虑之举，可他还是想不明白。幸亏他感觉到了口袋里的香烟，这次他一定要把香烟塞给马丁，这样一来，这次探监至少就能抵了上一次的旧账。这只不过是一个借口，没错，就是一个借口，艾施心想，然后：脑中空空，脚得勤动。一切都很烦人。当他们三个人再次围桌而坐时，马丁亲切自然的调侃更如火上浇油，让他今天感到特别恼火——因为这种亲切让他想起了一些不想承认的事情。

"哟，疗养回来了，奥古斯特？看起来果然精神焕发。所有老情人都见过了吗？"

艾施老实回答道："我谁都没见着。"

“哎呀,也就是说,你根本没去巴登维勒?”

艾施无法回答。

“艾施,你干傻事了?”

艾施仍然不吭声,于是马丁严肃了起来:“要是你真做了什么傻事,那我们俩就一刀两断。”

艾施说道:“这太奇怪了吧。我能干什么傻事?”

马丁接着说道:“你是不是心里有鬼啊? 肯定有问题!”

“我问心无愧。”

马丁依然用审视的目光看着艾施,让艾施不禁想起那天自己走在路上,马丁跟在后面好像要用拐杖揍他的那一幕。不过,马丁又恢复了之前的随和热情,问道:“那你干吗还一直待在曼海姆不走?”

“洛贝格要娶爱娜。”

“哦,洛贝格……我想起来了,那个雪茄店老板。你留在这里就为这事?”马丁的眼中又露出狐疑之色。

“我本来就打算今天走的……最迟明天。”

“之后你有什么打算呢?”

艾施想离开这里,越远越好,于是说道:“我想去美国。”

马丁那沧桑又孩子气的脸上露出了微笑,他说道:“对对对,你早就想这么做了……或者,你现在有什么特别的原因,不得不离开?”

“没有,我只是觉得,现在那边的前景正好。”

“好吧，艾施，在你去之前，我希望能再见你一面。最好是因为那边前景正好，而不是因为你不得不离开……不过，要是你骗我的话，你就再也见不到我了，艾施！”这听起来简直就是在威胁。在这间闷热不通风的探监室里，三个男人坐在墨迹斑斑的桌子旁，又陷入了沉默之中。艾施站起来说道：“我得赶紧走了，要不然，今天就赶不上火车了。”在临别之际，马丁再次欲言又止，满脸狐疑地看着他，他赶紧把烟塞到马丁手里，而穿着制服的看守装出一副什么都没看见的样子，也许真的什么都没看见。然后，马丁被看守押回牢房。

在回城的路上，艾施的耳旁又响起马丁的威胁，也许这个威胁已经成为现实了，因为突然之间，艾施再也想不起马丁的模样，无论是他一瘸一拐走路的样子，还是他的微笑，甚至他觉得，这个瘸子再也不会踏入那个酒馆半步。他已经变成陌生人了。艾施一顿一顿地迈着大步向前走去，好像他必须尽快远离监狱，尽快远离自己身后的一切。不，那人再也不会跟在他身后，从后面用拐杖揍他了；两人既不能前后相随，他也不能把那人打发走，每个人都注定要走自己的孤独之路，断绝所有关系：为了不再受苦，必须斩断前尘往事。只要走得够快就行了。马丁的威胁很奇怪地变得苍白空洞起来，就像一个为仿效久为人知的神迹而造的糟糕的人间赝品。遗弃马丁，或者说牺牲马丁，也只是像在人间重复一次向上天的献祭而已——为了彻底毁灭过去，牺牲也必不可少。虽然他对曼海姆的街道依然了如指掌，但他却觉得自己正在走向他乡，走向自由;他仿佛走在云端之上,俯视众生。明天抵达科隆时,他不会再被科隆城及其城市景象所震慑,反而会觉得它们相当谦恭温顺,温顺地改变它们自己。艾施晃着双手做了个不屑的手势,甚至还做了一个满含嘲弄之意的鬼脸。

他心不在焉地爬着楼,连错过了科恩家的门口都没在意;一直走到阁楼门口时他才发现,自己还得退下去一层楼。当爱娜小姐开门时,他吓了一跳。他已经把她给忘了。门半开着,她站在门口看着他,淡黄色的脸上露出淡淡的笑意和淡黄色的牙齿,开口向他索要她的那份钱。过去之鬼,堵住了渴望之门,那尘世的丑脸,比以往更不可征服,更多了几分嘲弄,要他不断沉沦,要他卷入逝去的过往之中。此时,问心无愧没有用;此刻,可以随时继续前往科隆和美国也没有用。有一瞬间,似乎马丁还是追上了他,似乎马丁的报复就是把他推下去,推向爱娜小姐。爱娜小姐像马丁一样微笑着,似乎对诸事了然于胸,似乎知道他逃脱不了,似乎暗地里知道一个尚不明确的俗世牵绊,一个无法回避、迫在眉睫且极其重要的俗世牵绊。他仔细打量着爱娜小姐的脸,那是一张干瘦的反基督者的脸,脸上没有任何蛛丝马迹可循。“洛贝格什么时候来?”艾施突然问道,似乎隐约希望借此解开自己心中的疑惑。爱娜小姐狡黠地暗示,她有意瞒着自己的未婚夫。这无疑表明了她更倾心于艾施,这种另眼相待虽然让他非常激动,可也让他非常气愤。他没理会她脸上浮起的怒意,跑了出去,叫洛贝格晚上过来吃饭。

找到那个傻瓜后，他才真的放下心来，立刻拉着洛贝格一起，不仅买了各种食物，而且还买了两束鲜花，并把其中一束塞到洛贝格手里。难怪爱娜小姐看到他们俩时，鼓掌大声喊道："这才是两位真正的骑士！"艾施骄傲地回答道："饯行聚餐。"当她把酒水食物摆上桌子时，他和他的朋友洛贝格一起坐在长沙发上唱道："我要出征，为何出征，离乡背井。"听着这首歌，爱娜小姐频频向他投去不满和忧伤的目光。是的，也许这真的是一场饯行，一场摆脱这种尘世关系的饯行。他本来应该让爱娜不要为伊洛娜放餐具的。因为伊洛娜也应该摆脱了魔爪，到达了终点。这个愿望非常强烈，所以艾施极其认真地希望，伊洛娜现在不要过来，永远不要出现在自己的眼前。除此之外，他心里也有想看科恩失望的小心思。

嗯，科恩看起来真的很失望；当然，他的失望最终化成了对这个匈牙利荡妇下流的辱骂，化成了想要立即敞开肚子大吃一顿的极度不耐烦。而且，他在客厅里极为罕见地灵活挪动着肥硕的身躯；他转身对着利口酒瓶子，转身对着餐桌，伸出一根粗手指捞了几片香肠，被爱娜制止后，又转身对着洛贝格，举起双拳威胁着把洛贝格从长沙发上轰走，说这是他的老位子。科恩这家伙这会儿弄出来的声音非常吵，他的身影、他的声音充斥着整个客厅，而且越来越多，简直无处不在。科恩解馋之举中透露出的所有凡俗肉欲，都在喷涌着漫过客厅，即将充满整个世界，唯有不变的过往涌起，冲走其他的一切，扼杀希望；曾经仰望的闪亮舞台将陷入黑暗，或许根本不存在。“喂，洛贝格，您的救世之国现在在哪儿呢?”艾施大声喊道，仿佛这样才能掩盖他的恐惧，他愤怒地喊着，因为无论是洛贝格还是其他人，都回答不了这个问题：为什么伊洛娜非要堕落沉沦，接触凡俗死亡？科恩撅着大屁股坐着，暴躁地吩咐道：“上饭上菜!”“别上!”艾施大声顶了回去，“伊洛娜还没来，不准上!”虽说他有点害怕再次见到伊洛娜，可现在一切都成问题。他突然觉得心急如焚，盼着伊洛娜快点过来，似乎这就是真相的试金石。

伊洛娜走了进来。她几乎没怎么理会在场诸人，看到正在默默吃喝的科恩给她使了个眼色，她便顺从地走到他身边，一起坐在长沙发上，然后在同样悄无声息的命令下，懒洋洋地用柔若无骨的胳膊搂着他的脖子。除此之外，她的眼里只有她能吃到的好东西。爱娜一直冷眼看着这一切，这时说道：“我，我要是你的话，伊洛娜，我在吃饭的时候肯定不会把手搭在巴尔塔萨身上。”不过，这番话算是对牛弹琴了，因为伊洛娜显然还是连半句德语也听不懂，也绝不该听懂一星半点，正如她不该知道别人为她所做的牺牲一样。听不懂又不会说，她几乎不能算是这对兄妹餐桌上的客人，反而像来到尘世牢笼的探监者，或是一个自愿入狱的囚犯。爱娜今晚似乎知道很多事情，她不再继续说那些俗事，而是拿起桌上的花束放到伊洛娜的鼻子下面，像是在证明某种更隐晦的善解人意。“喏，你闻一下，伊洛娜。”她说道。伊洛娜回答道：“嗯，谢谢。”这声音仿佛来自正在吃喝的科恩永远无法到达的远方，仿佛从云端传来，准备迎接她——只要有人坚持牺牲。艾施的心情很轻松。梦，人皆有之，无论正邪，都要实现，然后才能享受自由。虽然非常遗憾，那个一本正经之人将得到爱娜，虽然伊洛娜不会料到，有一笔账现在已经了结，但这就是结束和转机，就是见证和新悟，因为就在此刻，艾施站起身来，向众人一一举杯祝酒，然后向这对新人送上自己简短的衷心祝贺，并祝颂他们白头偕老，让所有人——除艾施真正的祝贺对象伊洛娜外——都感到惊讶万分。不过，这也正合这对新人的心愿，所以他们表示非常感谢，洛贝格更是眼泪汪汪地握住艾施的双手不停地上下晃着。然后，在艾施的要求下，这对新人彼此送上订婚之吻。

然而，在他看来，这件事还没有成定局，所以在即将散场之前，当科恩和伊洛娜早已回到卧室，爱娜小姐刚想戴上帽子，用针将它别好，然后让艾施和她一起把刚与她订婚的未婚夫送回家时，艾施表示反对：不行，他觉得自己是个单身汉，在洛贝格未婚妻家里过夜不合规矩，他愿意今晚住到洛贝格先生那里，或者换一下，洛贝格先生今晚住在这里；另外，他们还要考虑一下，因为刚刚订婚，他们肯定还有许多话要说。所以，他在回到自己的房间之前，把这两人推到爱娜的房间里。

第一个斩缘之日就这样结束了，第一个不习惯和不愉快的放弃之夜开始了。

无眠者用沾湿了的柔软指尖掐灭了床边静静燃烧的烛火，在这时更显凉爽的房间里等待梦中的清凉；心每跳动一下，他就离死亡近一点，因为虽然夜凉如水，虽然房间已经如此奇怪地向四面扩展出去，但心里的时间还是如此紧张、滚烫和匆忙，如此飞快地使始与终、生与死、昨日与明日都同时出现在唯一而孤独的此刻，塞满了此刻，险些撑爆了此刻。

“洛贝格到底会不会把我接回他家呢?”艾施想了一小会儿。他做了个满含嘲弄之意的鬼脸，确定自己可以上床睡觉了，于是仍然咧嘴笑着开始脱下衣服。借着烛光，他把亨畋妈妈的来信浏览了一遍，信中说了很多关于酒馆内的无聊琐事。不过，其中也有一小段让他看得很开心：“别忘了，亲爱的奥古斯特，你是我世上唯一所爱之人——现在是，将来也是；要是没你，我怎能活下去，而你，亲爱的奥古斯特，我定会与你在清凉的坟墓里同穴而眠。”是的，这段话让他看得很开心，而且这个时候，他也很得意自己为了亨畋妈妈而把洛贝格打发给了爱娜。然后他弄湿指尖，掐灭了烛火，四仰八叉地躺在床上。

无眠之夜开始了，无聊的念头一个个冒起，有点像杂耍演员一开始表演一些平平无奇的简单技巧，然后再逐步表演更难更精彩的绝活。在黑暗中，一想到洛贝格会钻到被窝里和总是咯咯轻笑的爱娜睡在一起，艾施就会忍不住咧嘴而笑，而且也很高兴自己根本不用嫉妒那个一本正经之人。毫无疑问，他对爱娜的情欲已经彻底消失，但这样不是更好、更令人满意吗？实际上，他这时想着隔壁房间里的事情，只是为了验证他对他们有多不在乎，他对爱娜的双手在这个傻瓜羸弱瘦小的身上上下游走爱抚，对她竟忍受和这么个怪胎同床共枕有多无所谓，他也丝毫不关心她的心里还有哪些恩爱印象和哪些阳具形态——他用了另一个词。这一切想起来非常简单，所以看起来似乎并不重要，而且他根本无法确定，在这个纯情约瑟夫身上会不会真的发生这些事情。要是这一切让他对亨畋妈妈也这样漠不关心，那么生活就会轻松多了——不过，只要一有这个念头，他就会心如刀绞，浑身紧绷战栗不已，就跟亨畋妈妈在某些瞬间表现的没什么两样。要是没什么挡路的话，他倒是很愿意带着这些念头一起逃回爱娜那里；但那里有一个看不见的东西，他只知道，那就是下午爱娜话中透露的迫在眉睫、无法回避之事。所以，他只好去想伊洛娜；为了整顿秩序，他只需从她的记忆中抹去飞刀夹着破空声呼啸而来的那段回忆。就像践行艰巨使命前的预演一样，他竭力去想她，却没有成功。然而，当他最后愤怒而厌恶地想到，她现在正强忍心中不适，慵懒乖巧地躺在科恩这个畜生身旁，根本没有注意到她自己，正如她微笑着站在刀雨之中，等着有一把飞刀击中她的心窝一样——哦，这时他也突然想到了完成使命的办法：自杀。她用一种女人的方式，一种特别让人琢磨不透的方式自杀；自杀把她拉下云端，使她沾染凡俗。所以，他必须拯救她，不能让她自杀！这是完成使命的办法，也是新的使命！的确，要不是那迫在眉睫之事挡路，他就能轻而易举地把伊洛娜放一旁，就能走到爱娜的房里，揪起洛贝格的衣领，直接把这傻瓜扔到外面去。然后，他就可以安安稳稳地一觉睡到大天亮了。

然而，就在他开始憧憬起从此平静安宁的人间，内心却又春情勃发，遏制不住对女人的渴望，无眠者的心头突然冒出一个念头，一个既有些可笑，又有些可怕的念头：他不能回到爱娜身边了，否则就再也分不清谁是孩子的父亲了。所以，这就是他内心深处无法言明的俗世牵绊，这就是他今天被爱娜吓到的迫在眉睫之事！这么算应该没错；因为只有走掉一个人，才会给开创新纪元之人空出一个位置，而且，救世主之父必须是纯情约瑟夫，这也不会有错。无眠者又想做个满含嘲讽之意的鬼脸，但这次终究没有成功；他的眼皮合得太紧了，而且也没人能在黑暗中偷笑。因为，黑夜正是自由放浪的好时光，而笑声正是不自由者的报复。啊，这样正好，他就这么躺在这里，就这么彻夜清醒无眠，就这么怀着冷静而异样的兴奋，而非是情欲的兴奋；就像假死者一样，躺在自己的墓穴之中，因为那人正酣睡无梦、一动不动地在那人的墓穴中安息。然而，他怎能相信，只要牺牲掉那人，就能从那个叫作爱娜小姐的瘦小凡人之躯中孕育出新的生命呢？这个无眠者咒骂着，就像别的无眠者有时候做的那样。可就在咒骂的时候，他突然意识到，如果神秘的死亡时刻必须是诞生一刻，那他刚才的想法并不对。没人可以同时出现在巴登维勒和曼海姆；所以，这是一个草率的结论，或许一切都比想象中的更复杂、更值得。

房间里很黑很凉。急性子的艾施纹丝不动地躺在床上，让自己的心锤炼时间，把它千锤百炼成一层稀薄的虚无，再也找不到理由，为什么要把死亡推迟到本来就是现在的未来。在守夜者的眼里，这似乎并不合逻辑，但他忘了自己大部分时间都处于半梦半醒之间，忘了只有无眠者才会在极度清醒之中真正合乎逻辑地思考。无眠者双眼紧闭，好像他不想看到自己躺在阴凉的黑暗墓穴之中，可心里仍然担心，拉开像女裙一样挂在窗前的窗帘，就会让自己的无眠骤变为与平日完全一样的清醒，担心自己一睁眼，所有东西都会摆脱黑暗，跃入自己的眼帘。然而，他要的是无眠，而不是清醒，否则就无法和亨畋妈妈一起在此与世隔绝，安全地同穴而眠；他心中充满了渴望，不再是情欲的渴望：是的，他已经失去了渴望，这也挺好。“在死亡之中合二为一，”无眠者心想，“两个貌似被杀的人，是的，在死亡之中合二为一。”这个念头本来会让他心情平静，可他偏偏又忍不住想，爱娜和洛贝格这时也在死亡之中以某种姿势合二为一。什么姿势！这时，无眠者没兴趣再开什么恶意的玩笑，转而想体验一下事情的玄奥，想正确估计一下自己的床铺与楼里其他房间之间极其遥远的距离，想极其认真严肃地思考如何才能实现灵肉相融，思考如何让美梦成真，实现圆满；由于这一切超出了他的理解能力，他变得郁闷、苦恼和愤怒，然后只好更多地去思考，如何才能实现死中育生。无眠者用手轻抚自己的寸头，手心感到一阵凉爽和刺痒；这就像一个危险的大胆尝试，他不会再来一次。

当他就这样做完更困难、更值得的尝试后，他的心中怒火渐起，也许是因为无能为力而失去了兴趣，让心中的渴望化作了熊熊怒火。伊洛娜用一种女人的方式，一种特别让人琢磨不透的方式自杀，夜夜忍受着一个死畜生的折磨，所以她的脸现已肿得似乎快要腐烂了。每个夜晚都会在她的身上多烙下一个淫乱的印记，使她的脸更肿胀一分。所以，这就是他今天不敢看伊洛娜的原因！无眠者的领悟将变成洞见未来的兆死之梦；他意识到，亨畋妈妈现在已经死了，没死之前的她不能怀上他的孩子，所以不能亲身来到曼海姆，只是在遗像的注视之下给他写了一封信，而她以前就是任由遗像中的人杀害自己的，正如伊洛娜现在任由科恩这个死畜生杀死自己一样。亨畋妈妈的脸也是浮肿的，岁月和死意都留在了她的脸上，那些夜晚的欢愉恩爱早已成为过往，就像只需伸手拨弄一下，就会隆隆作响的机械琴一样，毫无生气。

艾施心中的怒意越来越盛。无眠者不知道自己的床在哪条街上、哪座房子中的哪个位置上，而且也不愿去想。大家都知道，无眠者们大多暴躁易怒；在寂静的夜晚，要是有有轨电车孤零零地缓缓行驶在街上，它的隆隆声响，能瞬间点燃他们的怒火。如果他们的抗议非常激烈，非常可怕，几乎无法被仅仅当作账目的纰漏，那么他们的愤怒会比这种抗议强烈多少呢？为了找出这个问题的意义，无眠者心急如焚，绞尽脑汁地思索着这个从某处而来，从远方而来，也许是从美国而来，却从他心里冒出的问题。他感到自己的心里有一个地方：这个地方就是美国，就是自己心中的未来之地；但是，只要过去闯入未来，已灭闯入新生是如此毫无阻碍，那么这个地方就无法存在。在这场从天而降的风暴之中，他身不由己，随风而去，但卷走的并不止他一个人，而是周围的所有人都跟着他一起被冰冷的飓风卷走了,他们所有人都跟着第一个纵身投入风暴的人被卷走,于是时间重新流动。这时已经没有时间了,只有一片巨大的空间:这个过度清醒的无眠者,听出他们已经全部死去。即使仍然双眼紧闭,不想看见这一切,但他心里知道,死亡总是谋杀。

这个词这时又出现了,但并没有像蝴蝶一样悄无声息地倏忽而过,而是像夜间行驶在街上的有轨电车一样,"凶手"这个词在咔嗒咔嗒的声响中出现了,而且还尖叫着。死者传递死亡。无人可以幸存。似乎死亡就是个孩子,亨畋妈妈从死去的裁缝师傅那里怀上死亡,伊洛娜从科恩那里怀上死亡。也许,科恩也是个死人;他像亨畋妈妈一样肥胖,对于救赎一无所知。或者,就算现在还没死,他也会在完成谋杀后死去——令人欣慰的小希望——像那位裁缝师傅一样死去。谋杀与反杀,一环扣一环,过去和未来飞速交融,融入死亡的瞬间——现在。这一切都必须非常清晰和认真地深思熟虑一遍,否则很快又会出现这样的账目错误。因为,牺牲和谋杀已经很难区分了!在拯救世界,使其重归纯真无罪之前,一定要毁灭一切吗?一定要洪水滔天吗?有一个人牺牲,有一个人让位,难道还不够吗?无眠者仍然活着,尽管他像所有无眠者一样都是假死,伊洛娜仍然活着,尽管她已被死亡碰过。只有一个人愿意牺牲自己,为了孕育新的生命,为了恢复秩序井然的世界——不允许有人再扔飞刀的世界。这种牺牲已成事实,无法挽回。因为所有抽象普适的认识,都是在过度清醒的无眠状态下获得的,所以艾施得出结论：死者就是杀死女人的凶手。但他还没有死，还有拯救伊洛娜的使命在身。

他心里又满怀希望，又迫不及待地想要死在亨畋妈妈的手中，同时却又怀疑，是否已经有人死在她的手下了。如果他坦然面对源于死者的死亡，从容赴死，那他就会抚慰死者，死者也会因为有人牺牲而感到安慰。这的确是个令人欣慰的想法！正如无眠者比半梦半醒的守夜者更容易大发雷霆，所以他幸福起来也更容易满心欢喜，几乎就像心花怒放般的无忧无虑。是的，这种无忧无虑、无拘无束的幸福感会变得非常明亮，哪怕他双眼紧闭，也能感觉到它刺破了黑暗。因为现在可以肯定，他这个活人可以让女人怀孕，他要向亨畋妈妈和她的死亡献身，他用这种特殊方式不仅要拯救伊洛娜，不仅要让她永远避开飞刀加身之险，不仅要让她恢复姣好的容颜，帮她消除所有死气，恢复贞洁之身，还必须以此救活亨畋妈妈，让她再次能够怀孕，生出开创新纪元之人。

然后，他觉得自己仿佛和床一起，从无尽遥远之处回来，仿佛床这时重新停在某个里间的某个位置上，无眠者在重新觉醒的渴望中重生，知道自己已经到达终点，虽然还不是那个使象征和本体重新合二为一的最后终点，却是那个一定让尘世之人满足的临时终点。这个终点，他称之为爱，就像海岸上最后一个可以到达的固定点，与不可及之地隔海相望。与象征和本体相反的是，两个女人很奇怪地合二为一，却又一分为二；亨畋妈妈可能在科隆等着他，这个他知道，伊洛娜可能已经到达不可及、不可见之地，他知道自己和她再无后会之期——但在外面的那片海岸上，可见与不可见合二为一，可及与不可及合二为一，两者变幻着，两者的侧影渐渐模糊相融，合二为一，即使两者彼此分开，两者仍共存于永远无法实现的希望之中。为了用完美爱情拥抱亨畋妈妈，把她的生命当作自己的生命，在自己的怀里拯救和唤醒她这个已死之人，他，当他充满爱怜地怀抱这个容颜渐老的女人时，将从伊洛娜身上卸下岁月之痕和往事回忆的重担，为恢复伊洛娜姣好容颜和贞洁之身的渴望将更进一步；是的，两个女人彼此界限分明，却又合二为一，救世主的影子，那个不可见的影子，他不能回头张望的不可见，就是故乡。

无眠者到达了终点。虽然他在极度清醒中已经预先知道了答案，但他心里明白，自己只是用一根逻辑线在这个答案上绕了几圈，只是为了让这根丝线变长，才不得不坚持不睡；不过，现在他可以打上最后一个结了，这就像一项棘手的做账使命，他终于解决了。这甚至并不只是一项做账使命：他已按爱情的完美决定承担起这项真正的爱情使命，因为他会把自己在尘世的一切都交给亨畋妈妈。他很想和伊洛娜一起分享这个答案，但由于她的德语实在太烂，所以只得作罢。

无眠者睁开双眼，认出这里是自己的房间，然后心满意足地睡着了。

他决定与亨畋妈妈共度余生。至死不悔！艾施没有转头看向车厢窗外。当他把自己的念头转向完美的绝对爱情时，这就像一个实验：朋友和客人们坐在灯火通明的酒馆里举杯痛饮；他正要进去，而亨畋妈妈毫不顾忌众人的目光，向他飞奔过去，扑到他的怀里。然而，当他抵达科隆时，这场景很奇怪地发生了变化；因为这里不再是他所熟悉的城市，只需穿过几条街巷的近路在夜色中长了许多，变得异常陌生。令人费解的是，他只离开了六天。时间停止了，酒馆的大门向他敞开着，但他不确定这是不是记忆中的酒馆，大堂看起来好像很大又好像很小，他也不确定这是不是记忆中的大堂。艾施站在门口，看着对面的亨畋妈妈。她端坐在柜台后面。在镜子的上方，点着一盏彩色的郁金香形油灯；空气中沉默暗涌，昏暗的大堂里，一个客人也没有。什么都没发生。他为什么来这里？没有任何反应；亨畋妈妈仍然坐在柜台后面，最后和往常一样淡淡地说了声“晚上好”。说话的时候，她还胆怯地四下扫了大堂一眼。他心头怒意顿起，突然间，他有点不明白自己为什么会选这个女人。于是他也只是淡淡地说了声“晚上好”，因为尽管心中莫名地欣赏她的傲然和冷淡，尽管知道自己不应该与她针锋相对，但他还是感到愤怒：心中决定毫无保留地付出真爱的人，无论如何都有权得到同等的对待。于是，他突然使出撒手锏：“谢谢你的来信。”她又扫了一眼空空荡荡的大堂，气呼呼地说道：“您就不怕别人听到？”艾施气坏了，故意大声说道：“那有什么关系……别再这么傻傻的，别再这么偷偷摸摸了好不好！”这话说了跟没说一样，因为大堂里空无一人，他自己也不知道为什么要坐在这里。亨畋妈妈吓得不敢说话，装模作样地捋着头发。自从陪他去了火车站后，她心里就一直感到非常后悔，觉得自己不应该那么放肆、那么轻易、那么彻底地沦陷，在把那封措辞有欠考虑的信寄到曼海姆之后，亨畋妈妈简直每天都惶惶不可终日；要是他不提这事儿，她一定会感激不尽的。但是现在，当他板着一张木然无情的脸，公然以此相胁时，她觉得自己又被铁夹子夹住了，觉得自己毫无还手之力。艾施说道："当然，我也可以现在就走。"要不是第一批客人恰好在这个时候进来，她真的会从柜台后面跳出来。于是，他们两人都站着没动，沉默了一会儿；然后，亨畋妈妈压低了嗓音悄悄说道："你今晚过来。"语气中带着一丝轻蔑，似乎在暗示，她只是为了结束争吵才这么好说话的。艾施没有回答，只是要了一杯葡萄酒，找了张桌子坐了下来。他觉得自己很孤独，就像孤儿一样孤苦伶仃。他昨天那笔账明明算得清清楚楚，现在却又变得不清不楚：为了伊洛娜是没错，可他为什么要选择这个女人？他四下看了大堂一眼，还是觉得这里很陌生；这里跟他再也没有半点关系了，这里的一切似乎都已远在天边了。他还待在科隆干什么？他早该到美国了。就在这个时候，他的目光掠过挂在自由女神像上方的亨畋先生遗像，于是他仿佛突然想起了什么；他要来了墨水和信纸，用最漂亮的会计笔迹写道：

告发信！

尊敬的市警总局领导：

居住于巴登维勒的曼海姆中莱茵航运股份公司监事

会主席爱德华·冯·伯特兰先生，与某些男人存在淫乱关系。我怀着遗憾的心情向您告发他，我也愿意出庭作证。

正要签上自己的姓名时，他又停了下来，因为他想先写上“以沉痛哀悼的亲友之名”。虽然想对此取笑一番，但他终究还是没敢这么做。最后，他在信上署了自己的姓名，写了通信地址，把信仔细叠好后放进了皮夹里。“明天寄吧，”他自言自语道，“缓刑一天。”皮夹里还放着从巴登维勒带回的明信片。他心里琢磨着，今晚他可不可以把它送给亨畋妈妈。他觉得自己像孤儿一样孤苦伶仃。就在这时，他看到了里间，仿佛又看到她的激动和痛苦，看到她怀着混杂的心情做着晚上与他和好如初的心理准备。他走到柜台前，声音嘶哑地说道：“那就晚上见。”她呆呆地坐在椅子上，似乎什么也没听到。看到她这副模样，他心中又燃起了满腔怒火，一种不同于之前的怒火，于是他走了回来，毫无顾忌地高声说道：“上面那张遗像你最好给我拿走。”她还是坐着一动不动。他走了出去，砰的一声关上门。当他半夜回来，想要用钥匙开门时，却发现大门被反锁了。也不管小厨娘能不能听到，他就按响了门铃，见里面什么反应都没有时，更是起劲地猛按门铃。这果然有效，他听到了脚步声；他心里非常希望来人是小厨娘：那他就可以告诉她，自己有东西忘在大堂了，更重要的是，小厨娘也不会撇着嘴拒绝他，这对亨畋妈妈来说，是一个很好的教训。来人不是小厨娘，而是亨畋夫人本人;她仍然穿着之前的衣服,流着眼泪。这两个因素合在一起,让他怒意更甚。他们一声不吭地走上楼,刚进屋他就把她推倒了。当她躺在下面,开始温柔地吻他时,他凶巴巴地问:"那张像会拿走吗?"她一开始不知道他在说什么,反应过来后,更是想不明白:"那张像……哦,那张遗像,为什么?你不喜欢它?"见她还是不明白自己的意思,他失望地回答道:"对,我不喜欢它……而且还有好多东西我也不喜欢。"她恭顺地说道:"既然你不喜欢,那我就把它挂到别的地方吧。"她真是蠢得要命,不揍她一顿看来是不会明白的。艾施叹了口气,忍住想动手的冲动:"把那张遗像烧了吧。""烧了?""对,烧了。要是你再装傻,信不信我一把火烧了这个破店。"听到这话,她吓得往后一缩。他很满意她的反应,说道:"怕不是正中你下怀吧?反正你也不喜欢这个小酒馆。"她没有回答。不过,即使她可能什么都没想,只是在看屋顶上可能蹿起的火苗,还是让人觉得,她似乎想要隐藏什么。他呵斥道:"说话呀,哑巴啦?"严厉的口吻把她完全吓呆了。难道真的没有办法让这个女人撕下面具,坦露真心吗?艾施站起身来,恶狠狠地站在里间门口,似乎想防止她逃跑。他必须单刀直入,直言相问,否则根本无法从这个胖女人的嘴里问出任何东西。但他只能犹豫着嘶声问道:"你为什么嫁给他?"因为,这个问题一直梗在他的心头,让他平添了许多愤怒和绝望,让他的心逃到爱娜那里寻求安慰。他已经离开了爱娜,尽管她从未让他感到烦恼,也完全不在乎她的记忆中都有过哪些阳具形态。至于她是怀上了孩子,还是用什么方法避免怀孕,他都觉得无所谓。虽然心里害怕亨畋妈妈的回答,什么都不想听,但他仍然大声喊道:“喂,快点行不行?”亨畋夫人却担心自己会坦露太多的心事,或许还担心有些事说出来就不灵了,说出来艾施就不爱她了,所以犹豫再三后才回答道:“这都过去很久了……你又何必在意。”艾施微微扬起下巴,露出了大白牙。“我应该不在意……我会不在意……”他吼道,“是的,我已经不在意了……我无所谓!”这就是他在承受万般痛苦,毫无保留地向她付出真心后,她对他的报答。她又笨又蠢又顽固。他,把她的命运扛在了自己的肩上;他,想照顾她一生一世,不在意她这一生已被死亡催老、玷污;他,奥古斯特·艾施,准备遵从天意,为她付出一切,想把自己的所有陌生融入她的体内,以此把她的所有陌生和想法——不管它们会让他有多么痛苦——以交换的方式融入他的体内:这样,他就不用在意了!噢,她又笨又蠢又顽固,正因为这样,他才不得不动手打她。他走到床边,一巴掌扇在她那张木然、没有表情的肥胖的脸上,好像这样就能触动她僵化的脑筋似的。她没躲闪没抵抗,只是一动不动地躺着,就算他拿起飞刀向她甩去,她可能都不会动一下。她的脸上渐渐显出红印,当一滴眼泪从她眼角顺着鬓角滴下时,他的怒气顿时消了不少。他在床边坐下,她往里面挪了一下,给他让出位置来。然后,他不容置疑地说道:“我们结婚吧。”她只说了声“好”。艾施差点又要发火,因为她竟然没有说“我太开心了,终于可以不用那个讨厌的姓氏了”。但她根本不知道该如何回答,只是伸出双臂搂住了他,把他拉到自己怀里。他有点累了，正好顺势躺下。也许，这样正好；也许，这并不重要，因为面对救世之国，一切都是不确定的，每一刻都是不确定的，每一个数字、每一次相加都是不确定的。虽然他心头怒火又生：她对救世之国知道些什么？她到底想知道什么？很可能跟科恩一样，所知甚少！但想要让她明白这些，他肯定要花不少时间。但眼下他也只好忍着，只好等着有一天她能明白这些，只好让她做酒馆的账，正如她正在做的那样。在正义之国，在美国，就不一样了——在那里，逝去的、过往的，会像导火线一样迅速燃成灰烬。当她鼓起勇气，问起他是否在上韦瑟尔稍做停留时，他并没有生气，而是认真地摇了摇头，咕哝道："绝对没有。"他们就这样庆祝他们的"新婚之夜"，商量着要卖掉酒馆，亨畋妈妈很感激他没有放火烧掉任何东西。一个月后，他们可能就在公海上了。明天，他会去找特尔切尔，重新商谈一下在美国做生意的事情。

这一晚，他留在这里的时间比以往都长。他们也不再踮着脚尖下楼了。当她让他出去的时候，街上已经有人了。这让他的心里充满了自豪。

第二天，他一大早就去了趟阿尔罕布拉剧院。那里当然还没有人。他翻遍了盖纳特桌上的信件，找到了一封还没拆开，但有他自己笔迹的信。他感到很吃惊，因为他竟然差点没有看出来，这是他自己在曼海姆替爱娜写的信。嗯，这么久都没有收到回信，她又要大声哭骂不休了。不过，这也真的不冤。剧院里的这帮混蛋做事不认真。

终于,特尔切尔不紧不慢地走了进来。再次见到他,艾施还是很开心的。特尔切尔亲切地说道:“哟,您终于回来啦!个个都在做私活,特尔切尔只好一个人忙着做脏活累活。”“盖纳特在哪里?”“哼,在慕尼黑和他的宝贝家人们在一起……他家里好几个人病得很重,伤风感冒。”“那他很快就会回来。”艾施说。“经理先生是得快点回来,昨晚观众席上连五十个人都不到。我们得和奥本海默商量一下。”“好啊,”艾施说道,“那我们就去找奥本海默吧。”

他们和奥本海默一致同意:安排决赛。“我不是警告过你们吗?”奥本海默说道,“摔跤表演是好看,可也不能天天都是摔跤表演啊!看多了谁还想看?”这正中艾施下怀;他唯一要做的,就是让盖纳特回来后把他的那份收益结清,越早关门,他们就越早动身去美国。

这一次,他主动要求和特尔切尔共进午餐,因为现在正是要启动美国计划的时候。刚走到街上,艾施就从口袋里掏出一份名单,算了一下他事先记下一起去美国的姑娘总数。“对了,我这里也有一些,”特尔切尔说道,“不过,盖纳特必须先把钱还给我。”艾施有些惊讶,因为特尔切尔从洛贝格和爱娜的投资中得了不少好处,应该感到满意才是。特尔切尔气鼓鼓地说道:“我们花在摔跤表演上的钱,您以为是谁的?他可是欠了一屁股债,您难道不明白吗?他已经把那些服装道具都抵押给我了,但我在美国要这些东西干吗?”这听起来虽然让人有些惊讶,但在摔跤表演这桩生意清算完毕后,盖纳特手上不就有钱了吗?特尔切尔不就可以去美国吗?“伊洛娜也得去。”特尔切尔决定。“那你就错了,我亲爱的朋友,”艾施心想,“伊洛娜再也不会掺和这些事情了。”虽然她现在还跟科恩搅和在一起,可那也不会持续多久的,她很快就会住进城堡,那里遥不可及,还有小鹿在城堡园林里吃着嫩草。他说自己还得去一趟市警总局,于是他们便绕道而去。艾施在一家文具店里买了几份报纸和一个信封;他把报纸塞进口袋,然后立即用非常花哨的字体写好通信地址。接着,他从皮夹里取出那封叠得整整齐齐的告发信,把它塞进信封后向市警总局走去。从市警总局的大楼回来后,他就接着之前的话茬继续说道:“没必要带上伊洛娜。”“那可不行!”特尔切尔说道,“首先,我们会在那里获得极好的聘用合同;其次,要是白跑了一趟,那么我们还得在这里干活。她成天无所事事的,也该歇够了。而且,我已经给她写信了。”“胡闹,”艾施毫不客气地说道,“要贩卖妇女,要做皮条客,就不要带着女人。”特尔切尔笑着说:“哟,如果您觉得我该就此作罢,那您就是在毁我在那边的财路,您就得赔我。您现在可是个大富翁了……出一次差,通常都会带一大笔钱回家吧?”艾施不禁一愣;特尔切尔似乎往市警总局那边瞥了一眼——这是什么意思?莫非这个变戏法的犹太人知道了什么?可他自己都对这趟美国之行一无所知;他冲着特尔切尔骂道:“滚!我可没带钱回来。”“无意冒犯,艾施先生,您别见怪,我只是随口说说而已。”

当他们走进亨畋妈妈的酒馆时，艾施心里又觉得，特尔切尔好像知道些什么，有可能会叫他“凶手”。他不敢在大堂里四下张望。最后，他抬眼看到原来挂着亨畋先生遗像的地方有一个白斑，白斑边上挂着蜘蛛网。他瞥了一眼特尔切尔，但特尔切尔什么也没说，因为这家伙显然什么都没察觉到，是的，毫无察觉！艾施顿时心头一宽，差点儿手舞足蹈起来；一是因为有些忘乎所以，二是想要转移特尔切尔对遗像的注意力，他走到机械琴跟前，使它奏起轰响吵闹的乐曲。听到轰闹声，亨畋妈妈赶紧走了过来，这时艾施心中生出一股强烈的欲望，很想情真意切地大声向她问好：他真想把她当成艾施夫人介绍给大家，虽然他强抑冲动，不开这种充满爱意的玩笑，但那不仅是因为他感激她，愿意维护她的矜持，而且也因为特尔切尔-特尔替尼先生还不配得到这样的信任。不过，艾施觉得完全没有必要过分谨慎地保守秘密。当特尔切尔吃完饭准备离开时，艾施并没有像往常一样陪着他走，之后再绕弯路回来，而是大大方方地说自己还要留下来看一会儿报纸。他把报纸从口袋里取出来，又重新塞了回去。他干坐着，平静地把双手放在膝盖上。他不看报纸。他凝视着墙上的白斑。当一切重归寂静的时候，他上了楼。他很感激亨畋妈妈，他们度过了一个愉快的下午。他们又聊起出售酒馆一事，艾施认为，奥本海默可能会帮他们找一个买家。他们温情脉脉地聊起了他们的婚事。里间的天花板上有一个看起来像黑蝴蝶的斑点，但它只是一个污迹。

晚上,他心里念着自己的工作,想出去找找姑娘。然而,他又转念一想,觉得自己应该先去看看那个小伙子哈利在干吗。他没找到人,白折腾了一番,正要离开这个乌烟瘴气的地方时,阿尔方斯来了。这个胖子看起来很滑稽:油光可鉴的头发凌乱地粘在脑壳上,真丝衬衫敞开着,露出白花花的无毛胸脯,让人莫名地想起弄得乱七八糟的软垫子。艾施忍不住笑了起来。这胖子在门口的一张餐桌前坐下,唉声叹气。艾施走到他跟前停下,口中仍然笑个不停,似乎想要用笑声赶走什么似的:"喂,阿尔方斯,别来无恙?"潦倒失意的胖乐师脸色阴沉,充满敌意地盯着他。"喝点酒,消消愁,然后说说发生了什么事情。"阿尔方斯喝了一口法国白兰地,一声不吭,过了好一会儿才说:"天哪……真是不要脸啊……有人自己作了孽,竟然还问发生了什么事!""别胡说八道,到底怎么了?""天哪!他死了!"阿尔方斯双手托腮,愣愣地看着前方;艾施也在桌前坐下。"死了,谁死了?"阿方斯结结巴巴地说:"他太爱他了。"这又是一句奇怪的话。"谁爱谁?"阿尔方斯的口气突然一变:"您干吗这副样子,哈利死了……"哦,哈利死了,艾施真的不愿相信,有些茫然地看着这胖子;泪水在胖子的脸上缓缓流下:"听了您上次说的话之后,他就变得痴痴癫癫了……他太爱那人了……在报纸上看到消息后,他就把自己锁了起来……今天下午……我们才找到了他……服了那安眠药。"哦,哈利死了;这似乎自有道理,似乎必定会如此收场。艾施只是不知道其中的道理是什么。他说了句"可怜的家伙",然后突然明白过来,心中涌出无限喜悦，因为他中午把信送到了市警总局；这里总算像账目一样，谋杀和反杀相抵，借贷平衡了，这里的账目终于正确无误、结算清楚了！奇怪的是，他仍然觉得自己并非全然无过；他再次说道："可怜的家伙……他为什么这么傻？"阿尔方斯呆呆地瞅着他："报纸上都报道了，他看到了……""什么？""喏。"阿尔方斯指着从艾施外衣口袋里露出的那卷报纸。艾施耸了耸肩，他忘了看报纸了。他取出报纸：最后一版上有许多重复的内容，都是黑框大字，因为无论是他的下属公司，还是他的职员和工人，都悲痛难抑，纷纷发出讣闻：

高级骑士、监事会主席爱德华·冯·伯特兰先生不幸身患重病，今日与世长辞。

但在前面几版中，除了几篇高度颂扬伯特兰生平事迹的讣告之外，还能看到"逝者可能因神经突然错乱而开枪自杀"这样的文章。艾施把报纸前前后后都看了一遍，对这些并不太感兴趣。他只是觉得，今天拿走遗像的决定实在太英明了。奇怪的是，一个全然无关之人，就如这位乐师这样，竟然也会这般悲痛欲绝。他面带嘲弄之色，微微做了个鬼脸，亲热地拍了拍这胖子虚胖的后背表示安慰，付了胖子的酒钱，然后向亨畋夫人家走去。他悠闲地迈着大步，心里想着马丁，想着这个瘸子再也不会拄着坚硬的双拐跟在后面威胁他了。这又是一桩好事。

艾施离开后，胖乐师阿尔方斯独自一人坐着，双手握拳抵住鬓角，两眼发呆。在他看来，艾施就是个坏人，跟所有喜欢勾搭、占有女人的男人一个德性。经验告诉他，这种男人都是祸害。他觉得，他们就像杀人狂魔一样，四处狂奔肆虐；狭路相逢时，人们只能向他们点头哈腰、卑躬屈膝。他鄙视这些男人，这些愚蠢地匆忙奔跑而来的男人，这些贪得无厌的男人：他们贪图的不是生命，生命显然根本不在他们的眼里，他们贪图的是超出生命的东西，不惜以爱之名毁灭生命也要得到的东西。胖乐师阿尔方斯悲痛欲绝，无心细想；但他知道，这些男人虽然非常热衷于谈情说爱，但说的想的都只是占有，或者“占有”一词的常有之意。当然，也没人瞧得起他，因为他顶多就是一个没有想法的人，一个颓废潦倒的乐队乐师；但他知道，决定选择女人的人，离绝对纯粹还远着呢。他也原谅这些男人的恶意与愤怒，因为他也恰好知道，这种愤怒源自恐惧和失望，他知道，那些又狂热又恶毒的男人追求零星的永恒，就是为了让他们不再感到恐惧，那种让他们感到如芒在背、死到临头的恐惧。没错，他是个笨蛋，是个没有想法的乐队乐师，但他可以脱谱演奏奏鸣曲，而且消息灵通、见多识广，尽管悲伤遗憾，却仍然可以淡然一笑，笑人们终日忧心忡忡，渴望绝对纯粹，想要永远相爱，自以为这样他们的生命就永无尽头，他们就能永生。尽管还得演奏乐曲集锦和急速波尔卡舞曲，尽管可能因此被人瞧不起，但他仍然知道，这些人终日忙乱奔波，在尘世中寻找不朽永恒和绝对纯粹，却又无法说出所寻之物的名字，只能找到所寻之物的象征和替代：他们看到别人的死亡时，不会同情怜悯，不会悲伤遗憾，因为他们心里只想着自己的死亡；他们追求"占有"，是为了让自己被"占有"所占有，因为他们希望在"占有"中，找到充实和保护他们的永恒，而且他们恨自己盲目所选的女人，恨她只是一个象征，他们在发现自己再次面对恐惧和死亡时，会在愤怒中把它打得粉碎。胖乐师阿尔方斯同情女人；因为尽管她们不想过得更好，但她们并没有受制于这种极其愚蠢的占有欲，她们也不那么害怕，听到音乐时更容易兴奋、陶醉，更亲近死亡：在这几点上，女人和乐师完全一样，即使他只是乐队中的一个同性恋胖乐师，但他可以感到自己与她们是同类，可以让她们感受死亡的凄美，知道她们哭泣的原因并不是别人夺走了她们占有的东西，而是夺走了她们可以使用、可以欣赏的善良和温柔。噢，生命是何等迷惘、幸福，嗜好占有的人不明白，其他人也所知甚少，但音乐知道，因为音乐是一切意念、思想的悦耳象征，可以使时光停止，让时光记在每个节拍之中，可以使死亡消散，让死亡在乐声中再次复活。就像女人和乐师一样，隐约意识到这些的人，可能不会介意自己被别人当成没有想法的傻瓜。胖乐师阿尔方斯摸了摸肚子上堆起的一圈圈肥肉，仿佛它们是质地上乘的软薄被，仿佛透过它们可以摸到什么让人爱不释手的宝贝似的：人们可以鄙视他，骂他是娘娘腔，没错，他只是一个可怜虫，但与那些辱骂他，却又只把微不足道的凡俗当作苦苦追求的象征和目标的人相比，他仍然可以更幸福、更随意、更将就地沉溺在永恒的多姿多彩之中。他才是可以鄙视别人的人。他甚至还有点同情艾施。他不由得想起了角斗士走入竞技场时响起的,用来激发角斗士勇气,让他们在搏斗中舍生忘死的英勇战斗曲。他心里想着自己要不要为哈利守灵,但又怕看到那张涂蜡的脸,于是决定先喝醉了酒,看看在这里来回走动,脸上死气弥漫的客人和服务员。

就在这个晚上,就在同一时间,伊洛娜从床上坐起,借着圣母像下红色小油灯的灯光,看着熟睡的巴尔塔萨·科恩。他打着呼噜:粗重的鼾声停止时,就好像在她表演之前,剧院里的音乐声突然停止一样;呼气时发出的嘘声,听起来就像飞刀脱手后发出的微弱呼啸声。当然,她并没有想着这事,虽然特尔切尔写信叫她回去干活。她看着科恩,想要想象出他还是个小男孩,还没长黑色大胡子时的模样。她并不清楚自己为什么这样做,只是觉得这样的话,墙上的圣母似乎会更容易原谅她的罪过。因为,她的罪过是在圣母眼前利用他来满足她的淫欲;要不是年轻时染上疾病,她可能也有孩子了。要不要抛弃科恩,她根本无所谓,因为她知道,没了科恩,还有后来人;要不要回到特尔切尔身边,她也无所谓;她根本不在乎他是不是在科隆等她,也不在乎他是不是迷恋她,只知道他需要她做飞刀靶子。甚至要不要去美国,她也无所谓。她去过很多地方,见过形形色色的人,在她看来,美国也只是个城市,跟别的地方没什么两样。她只为活着而活着,没有希望,也没有恐惧。她知道如何离弃别人,但今天,她觉得自己仍然是科恩的占有之物。她的脖子上有一个伤疤,那是她以前的男人想杀她的时候留下的,但她并不恨他,因为她背叛了他。要是科恩背叛她的话,她可不会杀他,而是要用硫酸淋他下体。是的,她觉得这种区别取决于嫉妒之心,因为占有之人想毁掉被占之物,而利用之人将被利用之物变得无用就知足了。这适用于所有人,包括英国女王。因为人都是一样的,谁都做不到善待他人。当她站在舞台上时,灯火辉煌,当她躺在男人身边时,灯火幽暗。活着就是吃饭,吃饭就是活着。曾经有人为她自杀过:这事虽对她并无多大触动,却让她甘于回味。其余的一切,全都沉入阴影之中,在阴影之中活动的人就像更暗的阴影,彼此融合后又彼此分离。每个人都只会带来不幸,仿佛他们彼此寻欢作乐就是在彼此惩罚。她心中微感骄傲,因为她也带来了不幸,那个男人的自杀,就像是一种赎罪,一种上天因怜悯她不孕而判给她的补偿。很多事情都说不清楚,实际上全都说不清楚。人们无法思考事情的意义;似乎仅当孩子出生时,那丝隐约,那片朦胧,才会变得清晰,变得具体,然后就好像一首甜美的乐曲永远充满整个阴影世界一样。也许正因为如此,上面红色小油灯上的玛利亚才会抱着襁褓中的耶稣。爱娜会结婚生子:洛贝格为什么不选自己,而要选个身材单薄瘦小、肤色蜡黄的人呢?她看着科恩,他的脸上没有她要找的东西;他双手握拳放在被子上,他的手毛茸茸的,从未柔滑年轻过。看着他红润多肉的圆脸、嘴上的大胡子,她觉得有些害怕,于是便光着脚轻轻地走到爱娜房里,懒洋洋地把柔若无骨的娇躯滑进被窝,躺在爱娜身边,温柔地贴着那具瘦骨嶙峋的身体,就这样睡了过去。

现在,艾施简直就像一个未婚夫,或者更确切地说,就像一个护花使者,因为他们虽然还对结婚一事守口如瓶,但艾施知道这时候该如何关心一个柔弱女子,而她也顺势同意由他来维护自己的利益。他不仅可以与卖矿泉水和冰块的人谈生意,而且还可以与奥本海默商谈酒馆转让事宜,而奥本海默也在他的建议下接受了委托,负责处理此事。因为奥本海默精力旺盛,除了剧院生意之外,要是有机会的话,也做不动产中介生意,另外还有各种各样的代理生意,当然了,他也愿意全力做好这桩生意。不过,眼下他担心的是别的事情。他过来看房子。在楼梯上走到一半的时候,他停了下来,说道:"盖纳特这件事,真是莫名其妙;希望他平平安安的,千万不要出什么事……不过,这跟我有什么关系,又不是我的事。"虽然一遍遍地重复着这番话,竭力安慰自己,但他还是时不时就说:"盖纳特现在已经离开八天了,现在正是你们想要结束摔跤表演,但还需要钱来支付报酬及拖欠的租金的时候。万万没想到,盖纳特这样体面的人,竟然也会拖欠租金。另外,这桩生意自始至终都做得很好,简直是非常出色。当然,现在有点入不敷出了。那么,也该结束了。特尔切尔这个畜生就这么让他走了,连钱箱钥匙都没让他留下,现在连一分钱也没有了。他不是把钱存在达姆施塔特银行了嘛! ……在这件事上,特尔切尔先生,太不上心了,这个杂耍演员。"

艾施只是听着，一直都没有插话，他心里特别明白，特尔切尔心里想得更多的是美国，而不是即将寿终正寝的摔跤表演。但这时他却竖起了耳朵：钱存在达姆施塔特银行？他对着奥本海默怒吼道："存在达姆施塔特银行的那笔钱里有我朋友的投资款；这笔钱必须交出来！"奥本海默摇头说道："说真的，这跟我没什么关系。但不管怎么说，我都会给在慕尼黑的盖纳特发电报的。他应该来，把事情摆平。您说得对，做事情干吗不爽快一些。"艾施对这个办法表示赞同。电报发了出去；他们没收到任何答复。他们实在放心不下，于是两天后又给盖纳特夫人发了一封预付了回电的电报，然后得知盖纳特根本没回家。事情很蹊跷。而到这个周末，他们必须结清所有账款！他们只好报警。警察在达姆施塔特银行取证后得知，大概三个礼拜之前，盖纳特就提取了账户上的全部余款，所以现在可以断定：盖纳特卷款潜逃了！直到最后一刻还在为盖纳特辩护的特尔切尔，这时直骂自己是世界上最愚蠢的犹太人，因为他又被这样一个恶棍给骗了。不过，特尔彻尔有勾结盖纳特，故意放水的嫌疑。他说了服装道具抵押一事，尽一切努力证明自己是清白无辜的；但是，成功证明了清白又有何用——他囊中羞涩，怎么熬过接下来的日子。无助的他，就像孩子一样，怨天怨地怨自己，只是不停地重复着"伊洛娜必须过来"，天天没完没了地缠着奥本海默，想要马上签订聘用合同。奥本海默很快就重新振作了起来，因为丢的钱又不是他的；他安慰特尔切尔：事情并没那么糟糕，有服装道具在手的特尔切尔-特尔替尼会成为一名出色的剧院经理；只要他能弄来一笔周转资金，那就万事大吉了，他跟老奥本海默也还有生意可做。这番话让特尔切尔眼前一亮，他立马恢复了斗志，脑筋转得飞快，迅速想到了一个新计划，然后火急火燎地向艾施跑去。

艾施被突如其来的变故弄得非常恼火。尽管他早有所料，甚至知道自己的美国之旅绝不会成行；尽管或许正是这样他才没把招募姑娘真当回事，只是随意为之；尽管他甚至还有一丝满足感，因为他内心的判断是对的，但他的人生轨迹却一直都指向美国计划，此刻他的内心更是感到无比震惊，因为他觉得自己与亨畋妈妈之间婚姻关系的基础似乎已经土崩瓦解了。他该带着她去向何方？他该如何面对这个女人？在她的眼里，他是整个艺团的老板，可他却如此不争气地上了这帮家伙的当！他觉得自己无颜面对亨畋妈妈。

正当他情绪低落的时候，特尔切尔突然带来了自己的计划："听好了，艾施，您现在可是个大富翁了，您可以做我的合伙人了。"艾施目不转睛地看着他，就像看着疯子似的："合伙人？您怕不是疯了吗？您我都心知肚明，美国计划已经泡汤了。""在欧洲也可以赚钱呀，"特尔切尔说道，"要是您还想用钱生钱……""哪来的钱！"艾施大声喊道。"喂喂喂，您也用不着大喊大叫吧；据说某人继承了一些遗产。"特尔切尔说道，这话让艾施听得火冒三丈。"您真是无可救药了，"他怒声吼道，"胡说八道，有个屁用！您骗了我一次还不够吗……""您不能把盖纳特那个恶棍卷款潜逃这个锅甩我的头上……”特尔切尔委屈地说道，“我的损失比您的大，好吧？而且我已经够惨的了，您犯不着再训我一顿，亏我还想着送您一桩好生意呢。”艾施咕哝道：“我不是说我的损失，而是我朋友的损失……”“我可以让您把钱再弄回来。”这当然是一线希望。艾施问特尔切尔对这件事有何计划。“嗯，有服装道具在手，总能做点什么，奥本海默也是这么认为的。您自己也看到了，只要手法巧妙，挣钱不是问题。”“万一不呢？”“那当然没辙了，我只好拍卖那些服装道具，然后跟伊洛娜一起随便签份聘用合同。”艾施若有所思地想：“这样啊？这样的话，特尔切尔一定又跟伊洛娜一起受聘……甩飞刀？……哦……我要考虑考虑……”

第二天，他到奥本海默那里打听情况，因为跟特尔切尔打交道，他必须慎而又慎。奥本海默证实了特尔切尔说的话。“果然如此？……也就是说，他以后一定还会跟伊洛娜一起受聘……”“这我可以拍胸脯保证，我很快就会给他弄一份聘用合同，”奥本海默说道，“要不然，特尔切尔他还能怎样？”艾施点了点头：“他自己租的话，钱哪里来……”“那就是说，您是拿不出几千马克的喽？”奥本海默问道。是的，他可没有。奥本海默来回摇着头：“没钱可不行；也许会有别的人对这生意感兴趣的……您觉得亨畋夫人怎么样？您也说了，她想卖掉小酒馆，这样就有很多钱了。”“我可做不了主，”艾施说道，“不过，我会转告亨畋夫人的。”

他不想这样做,这又是一项使命,一项绕不开的使命。他觉得自己被阴了一把。再怎么说,奥本海默仍有可能和特尔切尔沆瀣一气;这两个犹太人!为什么这样一个家伙除了甩飞刀之外什么都不会?好像这里没有正当体面的工作似的!什么死啊和遗产啊,净会胡说八道!他们把他逼进了死胡同,仿佛他们知道,如果伊洛娜没有飞刀加身之险,世上没有冤屈不平之事,如果伯特兰没有白白牺牲,亨畋先生的遗像没有白白移走,那么一切都将成为定局!不,什么都不能撤销,什么都不准撤销,因为事关正义和自由,事关再也不能交给煽动者和报界走狗的自由。那才是他的使命。把洛贝格和爱娜的钱讨要回来,似乎就是那项崇高使命的一个部分和一个象征。要是特尔切尔租不成,那这笔钱将彻底无望讨回!绕不开,躲不过,避不了。

艾施在心里反复盘算着各种利害得失,最后得出一个明确的答案:他必须说服亨畋妈妈,像他一样肩负起这项使命。想明白之后,他的心也定了,气也消了。他骑着自行车回到家里,给洛贝格写了一份报告,详细叙述了盖纳特经理的罪行,称其难以置信、令人愤慨,并补充道,为了讨回这笔投资,他已经火速采取了可靠的预防措施,并恳请尊敬的爱娜小姐放心。

美国之行已经泡汤了,彻底无望了。现在只好待在科隆了。笼子的门已经关上。他在笼中。自由之炬已经熄灭。奇怪的是,他无法生盖纳特的气,反而宁愿把罪过归于某个大人物,一个尽管受到诱惑，尽管心怀希望，却依然礼貌地拒绝逃往美国的人。是啊，欲舍己身，就得先舍自由：这大概就是铁律，虽然不是正义。尽管如此，这依然让人难以置信。艾施重复着“我在笼中”，似乎非得让自己相信一样。他几乎信以为真地，怀着一丝极淡极淡的歉意，告诉亨畋妈妈，他们必须推迟美国之行，因为盖纳特已经先去了那里，为做生意打前站。

当然，在亨畋妈妈那里，他想怎么说就怎么说；对摔跤表演或盖纳特经理，她从未有过丝毫兴趣，对外面发生的事情，她完全只关心合她心意的。所以，她现在听进心里的也只是他们将放弃可怕的冒险天堂之旅；这个消息就像抚慰身心的温水澡一样，让她感到喜出望外，她默然享受了好一会儿，才恋恋不舍地打破沉默：“明天我让人把粉刷工人叫过来，否则就要入冬了，墙面不好干。”艾施听得一愣：“刷墙？你不是想卖掉酒馆的吗！”亨畋妈妈双手叉着腰说道：“不是啊，反正还要好久我们才能成行呢——我让人粉刷一下，家里要漂亮一点。”艾施耸了耸肩，无奈地说道：“也许，我们还会以卖价买回[①]来的。”“没错。”亨畋妈妈说道。可她心中仍有一丝不安挥之不去——谁知道那个美国幽灵是不是真的被驱散了。她觉得，为自己能有容身之所，为了让自己过得安心，稍微破费一些，完全值得。因此，艾施和奥本海默惊喜万分地发现，他们还没劝几句，亨畋夫人就意识到，在找不着盖纳特的这段时间里，

① 考虑到20世纪初德国经济发展、通货膨胀的社会情况，此处“以卖价买回”实际是赚了的。

必须有人为剧院生意提供资金;而她也当即同意填好酒馆抵押申请书,这是奥本海默为了万无一失而直接带过来的。这桩生意非常成功,奥本海默得到了1%的佣金。

就这样,亨畋妈妈成了特尔切尔的新剧院生意的合伙人;多亏奥本海默介绍,他们在繁华的杜伊斯堡租下了一个剧院,亨畋妈妈有望分享丰厚利润。艾施提出了三个条件:第一,他保留查账权;第二,在赎回服装道具之前,应将剩余资金偿还给洛贝格和爱娜(这非常公平合理,即使亨畋妈妈不需要知道这件事);他向有些吃惊的特尔切尔先生和奥本海默先生提出要求,希望在合同中增加一条,即第三,如有杂耍表演,应从中删除最精彩的甩飞刀节目。"疯啦!"两位先生说道,但艾施丝毫不为所动。

总的来说,事情进展确实相当顺利。亨畋妈妈所做的牺牲让他永远心存感激,使他永远无法反悔。诚然,这个可恶的酒馆还没有转让出去,但把它抵押出去,就已经相当于迈出了毁灭过去的第一步。在亨畋妈妈的举止中,也有了一些可算是开始新生活的迹象。她满口同意他的结婚计划,就像那时没怎么反对他抵押酒馆一样,而且她浑身洋溢着一种温柔顺和的气息,一种迄今无人在她身上见过的气息。今岁秋来早,天气渐转凉;她又穿起了那件灰色单面绒布衣服,不怎么再穿紧身胸衣。甚至她那硬邦邦的发型似乎也变松软了;毫无疑问,她再也不会像以前那样,不再在意自己的外表看起来是否干净利落了,这也表明了,她的现在正在告别过去。

艾施脚步沉重地走过酒馆。人要是无事可做、要是身在笼中，那像这样走走，至少可以消磨时间。不过，这可算不上什么新生活。早餐时，他坐在酒馆大堂里，晚餐时，他仍坐在那里。亨畋妈妈絮絮叨叨、说东道西，说某个游手好闲的小流氓，在这里占着位置，摆着架子，不过她还是心甘情愿地喂他吃饭。艾施对早餐和晚餐都很满意。他仔细看着报纸，偶尔看看镜框里的风景明信片，很高兴里面没一张是他写的。为了避免油漆工和粉刷工干活不老实，他得监督他们。亨畋妈妈嘴上说得倒轻巧。她好在乎新生活啊！女人们都想得特别简单——艾施不禁笑了起来——她们可以把新的生活带到任何地方，甚至还可以孕育新的生命。大概，这就是她们不想出去，不想走进新世界的原因了，因为她们家里已经有了一切，觉得自己只要坐在笼子里，就能变得纯真无罪！她们在家里洗刷擦扫，以为有一丁点的机械的秩序就万事大吉了！笼子里的新生活？似乎新生活就这么简单！

不，光使些小手段，光做些小改动，牢笼之中不会有新的生活，不会有纯真无罪。永恒不变的，过往逝去的，尘世凡俗的，都不是那么好对付的。酒馆依旧，丝毫看不出抵押成巨额资金的痕迹。街道依旧，秋风呼啸中的塔楼依旧，未来气息荡然无存。他真的很有必要在科隆城里四下放火，把它夷为平地，这样才能毁掉一切，唤醒亨畋妈妈心中尘封的往事回忆。亨畋妈妈现在的头发梳得没那么漂亮了，可这又有什么用：她依旧趾高气扬地走在路上，人们依旧向她脱帽致意，依旧知道她姓甚名谁。当他为了牺牲而接受她渐老的容颜和渐逝的韶华时,他确实没想到,事情竟会这样。她应该一夜白头,她应该在顷刻之间变成腰弯背驼的老妇,她应该想不起任何事情,也没人认得出她,她应该变成与左邻右里毫不相干的陌生人——对,这才是新的生活!艾施不禁想到,每个孩子都会使母亲变老,没有孩子的女人不会变老:她们容颜不老,她们毫无生气,她们岁月静止。但当她们期待新生时,她们会充满希望,希望纪元重开,而这就是韶华渐逝又青春永葆,就是希望所有生者都能纯真无罪,虽是兆死之梦,却是新的生活,旧世中的救世之国。永远不会实现的甜美希望。

当然,这不合亨畋妈妈的口味。她会称之为无政府主义思想。这也许还很有道理。坐牢的人本来就有革命的思想,革命的言论。做而不自知。艾施在楼梯间里上上下下,骂房子,骂台阶,骂手艺人。这里的新生活看起来可真够好的!墙上拿掉酒馆老板遗像后露出来的白斑,现在已被涂刷掉了,这让他觉得,好像只是为了刷墙才拿走那张遗像的,没有其他原因。艾施抬眼凝视墙壁。不,现在开始的根本不是新的生活,恰恰相反,时光正在倒流。这个女人简直想要撤销一切、挽回一切。一天,她把楼上打扫完后走进楼下大堂,气喘吁吁、汗津津的,不过看起来很开心:"呼,你肯定不相信酒馆有多么急需装修。"艾施心不在焉地问道:"上次装修是什么时候?"刚说完,他就突然意识到,这肯定是在她嫁给亨畋先生时的事;他一掌拍在桌子上,拍得桌上的碟子都跳起来,当啷作响。"每捉一只新鸟,才刷一次笼子!"他喊了起来,差一点没在大堂里把她痛打一顿。他不想再被人牵着鼻子，不想被迫一再回望过去。但她仍然希望他先向自己求婚了再说，因为她似乎一点都不急着结婚。处处都有那种熟悉的感觉，避无可避、挡无可挡。重新变得闲适温柔的她，身上明显流露出浓浓的恋家之情；一切都在表明，她不仅想重新拥抱并永远过着她的旧生活，而且还似乎不再把爱情和爱人放在心上，只把它们当成可有可无的点缀，当成身心寄居之所的墙壁彩绘。甚至当初她满足他的那种，算是他们结合保证的半正式亲密关系，现在也在她三番五次的推托之下逐渐疏远起来。当他去杜伊斯堡检查特尔切尔的账目时，她一句赞许的话也没说，当他请她一起去时，她说道："真是太过分了。随便你，想留就赶紧留那儿好了，因为那里正适合你。"

亨畋妈妈是对的！这次也是！她有权告诉他，在她家里，他不过就是一个还能让她容忍的陌生孤儿，一个什么都不懂的陌生人，一个绝对不能托付终身的人。可她还是错了！也许这是最糟糕的。因为，在似乎是合理拒绝的背后，在似乎是适当惩罚的背后，一次又一次地显露出她过去那种愚蠢的恐惧，甚至他——他，奥古斯特·艾施——都有可能只是为了钱而娶她。当抵押文书送达时，这就再一次变得非常明显了；亨畋妈妈生气地翻看了一会儿文书，最后用责备的口气说道："亏了，利息竟然这么高……这笔钱我完全可以用我储蓄银行里的钱还掉的呀。"这句话清清楚楚地表明，她藏有私房钱，而且有意隐瞒，宁可抵押酒馆也不想让他知道，更不用说真的让他查账了。对，这个女人就是这样。她不学无术，对救世之国一无所知,也没兴趣知道。新生活对她来说是个索然无味的字眼。哦,她又喜欢上那种公事公办、照方抓药的爱情模式,他曾经十分迷恋,现在却万分讨厌的爱情模式;这是一个循环,他无法逃脱。所有过往逝去的,他都无法回避,无法改变,无懈可击。就算毁掉整个城市,死者仍然无可匹敌。

这时,洛贝格也冒了出来。他一脸怀疑之色,因为他只收回了本金,却没有拿到艾施答应过的收益。艾施恰好付不出这样的债款。不过,当这个傻瓜有一点点尴尬,又颇有几分骄傲地表示,他们十分缺钱,一个硬币恨不得掰成两半花,因为爱娜现在已有身孕,所以必须认真考虑结婚之事,这在艾施的耳中,听上去就像是来自彼岸的声音,他知道,自己的牺牲还没有完成。他隐约浮在心头的无耻希望,即“这个孩子——他早就否认是自己的——仍有可能是洛贝格的”消失了,因为冥冥之中似乎有个声音告诉他,他需要赎罪,为他选择的完美爱情赎罪,为亵渎而赎罪。谋杀在亵渎中叫嚣恫吓,诅咒着他的完美爱情不会结果,而那个在罪恶和无爱中怀上的孩子却注定会出生。尽管亨畋妈妈让他火冒三丈,因为她一无所知,一心只扑在家中的粉刷事情上,而不去分担他的惊恐,但他渴望这样的赎罪,心中再次强烈地冒出一个愿望:亨畋妈妈举起手臂杀了他。但不管怎样,他都得祝贺洛贝格,于是握着洛贝格的双手说道:“收益会尽快补上的……就当是洗礼银币吧。”他还有什么要做?他用手轻抚着自己的寸头,手心里传来一阵凉爽和刺痒。从洛贝格那里他还得知,伊洛娜很快就要搬到杜伊斯堡去了。于是他决定,从下个月的第一天开始,特尔切尔必须把每个月的账簿寄到科隆来。

是的,还有什么要做的?一切都挺好。爱娜会有一个婚生的孩子,他会娶亨畋妈妈为妻,大堂会重新涂刷一遍并铺上棕色地毡。没有人会猜到隐藏在光鲜亮丽背后的一切,没有人知道这个小洛贝格的生父是谁,也没有人知道,他一心向往并用来拯救自己的完美爱情,只是欺骗和谎言,只是不加掩饰的骗局,只是为了掩盖事实:他是以裁缝师傅任意的某某继承人的身份在这里到处乱跑,在这个笼子中到处乱跑,就像一个想着逃跑,想着无边自由,却只能在笼中摇晃笼栅的人。天越来越黑,大洋彼岸的迷雾从不消散。

他现在经常有意避开这个家,觉得它变得狭小而陌生。他在莱茵河两岸闲逛,细看着一排排简易库房,查看着缓缓顺流而下的船只。他来到莱茵河大桥,继续溜达着经过市警总局,经过歌剧院,走进人民花园。站在长椅上——姑娘们拿着铃鼓在身前——唱歌,对,也许这样才是正确的:歌颂被俘的灵魂,用救赎之爱的力量解放它们。也许他们是对的,这些救世军傻瓜,人们必须先找到完美真爱之路。连自由之炬都有可能无法闪耀,拯救世人,所以那人在美国和意大利时,虽然能到的地方都到过,可最终还是没有获得拯救。欺骗本来就没用,他仍然像个孤儿一样孤苦伶仃,仍然站在雪中冻得瑟瑟发抖,等待着爱情恩典的温柔降临。然后,对,然后奇迹也会降临,奇迹般地实现圆满结局。

孤儿回家。拥有两个世界、两种命运的奇迹——这个以那人的离去为代价而降生的孩子，不是爱娜的孩子，而是那个她的，是那个无论如何都会过上真正新生活的她的孩子！雪快要下了，洁白柔软的鹅毛大雪。被俘的灵魂将获得拯救，哈利路亚，将站在长椅上，比以前那个高高在上的人还要高。而对于那个将因他而成为母亲的女人，他第一次在心里叫起她的教名：格特鲁德。

每次回家，他都会仔细看着她的脸。她脸上笑意盈盈，嘴里认真地报着自己上午做的饭菜。要是觉得不太想吃，奥古斯特·艾施就会转身离开。一想到她不能生育，或更糟的是，她可能会怀上一个怪胎，他就会不寒而栗，而且也知道这是不可避免的。他毫不怀疑这个诅咒，毫不怀疑那个已故者正要、将要杀死这个女人。这个问题再次让他感到心如刀绞，让他不敢提问……是他们无法生育，还是他们只顾自己享乐，沉溺在肉欲之中？对亨畋妈妈的怒火，在贪婪地熊熊燃起，而他又张不开嘴用那个已故者喊她时用的名字叫她，甚至发誓自己再也不会用这个名字叫她了，除非她明白这是怎么回事。但她不明白。她乖巧而又冷静地同他欢好，让他独自一人品味孤独。他努力顺应命运：也许这跟孩子无关，重要的是她有没有决心。他在等待她下定决心。即便都到这个时候了，她仍是让他一人孤独等待，当他为了鼓励她而拐弯抹角地说，他们结婚后想生孩子时，她只是冷静地淡然说了声“好”，但他最想听到的话她却没说，在他们共度的夜晚中，她没有对他大声喊出“给我一个孩子”。他揍了她，但她不明白，依然惜字如金。直到他意识到,再怎么揍她也都毫无用处;即使那样,有一片疑云仍会涌上他的心头,挥之不去:她是否也曾求过亨畋先生给她一个孩子,而他渴望自己让她怀上的孩子会不会碰巧就是亨畋先生让她怀上的。男人心有怀疑,却又无法证明,对于这样的痛苦,女人帮不上什么忙。于是他越来越痛苦,而她却只能茫然地看着:不过,就算揍她,也只是徒劳,也似乎只是个象征和暗示。他厌倦了,不想抵抗了。

因为他认识到,在现实中永远无法成就梦想,他越来越清楚地认识到,就算是无边的远方,也依然跳不出现实,无论逃到何方,都无法摆脱死亡、寻得圆满和自由——甚至这个孩子,虽然它也是从母体中出生,但它只意味着在欢愉中偶然发出的叫喊,是让它生命开始的叫喊,是逐渐减弱和早就消散的叫喊,是对着爱人叫喊,却又无法证明爱人存在的叫喊。孩子是陌生的,陌生得有如消失的声响,陌生得有如过往,陌生得有如逝者,陌生得有如死亡,木然而无物。因为人间不变,虽然它表面上也会变;就算整个世界再次重生,就算救世主死亡,人间也不会恢复纯真无罪,除非末日来临。

这种认识虽然并不非常透彻,却足以让艾施做好在科隆过平凡生活的准备,找一份体面的工作,做自己分内的事情。由于拥有出色的工作资历,他获得了一个比以前更令人满意、责任也更大的职位,现在他又满满地感受到了亨畋妈妈曾经对他的自豪和钦佩。她让人给大堂铺上了棕色地毯,既然移居海外的危险很可能彻底不在了，那她自己也就放心地说起美国这个空中阁楼了。他同意她的看法，一是因为他觉得，她以为谈论这些话题能够取悦他，二是出于责任感：因为尽管他几乎再无看到美国的希望，但他绝不放弃美国之路，不会转身回望，哪怕身后有不可见之人拿着长矛准备刺来。有一种领悟徘徊在希望和预感之间，告诉他，他的路只是崇高之路的象征和暗示，他必须在现实中走上这条路，而那人在这条路上只是尘世之影，就像黑水池中的倒影一样摇晃不定。他对这一切并不完全明白，甚至也不懂可能论及圆满和绝对的那些智者之言。但他认识到，如果表格行列相加的结果正确，那只是偶然，毕竟他可以俯瞰尘世，就像从云端之上俯瞰一样，就像从一座拔地而起、与世隔绝却又如镜子般向世人敞开的光明城堡之上俯瞰一样，他常常觉得，似乎所作所为、所言所语、所见所闻不过就是在灯光昏暗的舞台上演出的一幕，一出将被遗忘、从未有过的戏。啊，逝去过往，如不加重尘世之苦，无人可以寄望于此。因为在现实中总是无法成就梦想，但渴望和自由之路永无尽头，充满坎坷，像梦游者之路那样狭窄偏僻，尽管这条路也通向敞开双臂、散发着浓浓气息的故乡之怀。就这样，艾施虽不熟悉自己的爱情，却比以前更熟悉尘世，所以这并不重要，实际上仍然是非尘世的，哪怕是为了正义，还要为伊洛娜处理一些尘世之事。他和亨畋妈妈说起自由的美国，说起酒馆转让，说起结婚一事，就像跟一个他想要讨好的小孩说话一样，有时他也会再次叫她格特鲁德，即使在两人共享鱼水之欢的夜晚里，他仍然不会叫她的名字。他们携手而行，尽管两人各走各路——无尽之路。他们随后结了婚,并贱卖了酒馆,而这就是象征之路的车站,更是走向崇高和永恒之路的车站;要不是他是个无神论者,他甚至会把这称之为朝圣之路的车站。但他仍然知道,在这里我们都得拄着双拐,走在自己的人间小路上。

第四章

当杜伊斯堡剧院破产，特尔切尔和伊洛娜再次面临失业时，艾施夫妇几乎把自家剩下的所有财产全都投入到剧院生意中，不久就亏了个精光。不过，艾施现在回到了卢森堡的老家，在一家大型工业企业中担任高级会计，他的妻子更钦佩他了。他们携手而行，彼此相爱。有时候，他仍会打她，但打得越来越少，到最后再也不打了。

赫尔曼·布洛赫 作品

KEY·可以文化

梦游人

[奥] 赫尔曼·布洛赫——著
HERMANN BROCH

黄勇——译

晚年的布洛赫

写作中的布洛赫

H u g u e n a u

von

H.J.B.

I.

Wurde Odysseus in vorgerückten Jahren, als er nur sehr täglich vor den Palast bringen liess, um sein erkältendes Blut auf der besonnten, verwitterten Steinbank neben dem Tore zu wärmen, nach seinen Lebensschicksalen gefragt, da war es ihm, als wäre das wechselvolle und lärmende Geschehen, in dessen Mittelpunkt er doch einst gestanden, irgend eine überflüssige und vergessenswürdige Geschichte, die in müssiger Stunde einem der orientalischen Märchenerzähler gehört haben mochte. Ja, wenn er etwas über sich aussagen konnte, so war es wohl, dass er stets ein Kerl gewesen sei, der sich in der Welt zurechtfand, dem an allerlei Klugheit nicht fehlte und dem es auch auf die Dauer nicht auf einem Fleck liess : und in seiner Greisenweisheit war es ihm --- sprach er es auch nicht aus ---, dass das zufällige Geschehen als rechte Nebensächlichkeit zum Karakter hinzutrete, dass mit Recht jenes vergessen werde, dieser aber unantastbarer Bewusstseinsbesitz bleibe, ja, dass man nicht einmal eine Art Wechselwirkung zwischen jener äusseren und dieser wahrhft menschlichen, inneren Welt annehmen könne. Wären jene etwas dummen, homerischen Ereignisse, deren er sich eigentlich irgendwo schämte nicht gewesen, so hätte er gewiss (~~er dachte an Hamsun~~) auch sonst allerlei Landstreicheres, dessen er sich nicht minder geschämt hätte, begangen : aber die Gespräche zwischen dem Sau- und dem Rinderhirten wären schon die nämlichen geblieben und schliesslich wäre er, von seinem Dämon getrieben, zur Scholle und ins Bett Penelopes zurückgekehrt,

《1918年：胡桂瑙或现实主义》原稿

来源：耶鲁大学拜内克古籍善本图书馆赫尔曼·布洛赫档案

(Hermann Broch Archive, Beinecke Rare Book and Manuscript Library)

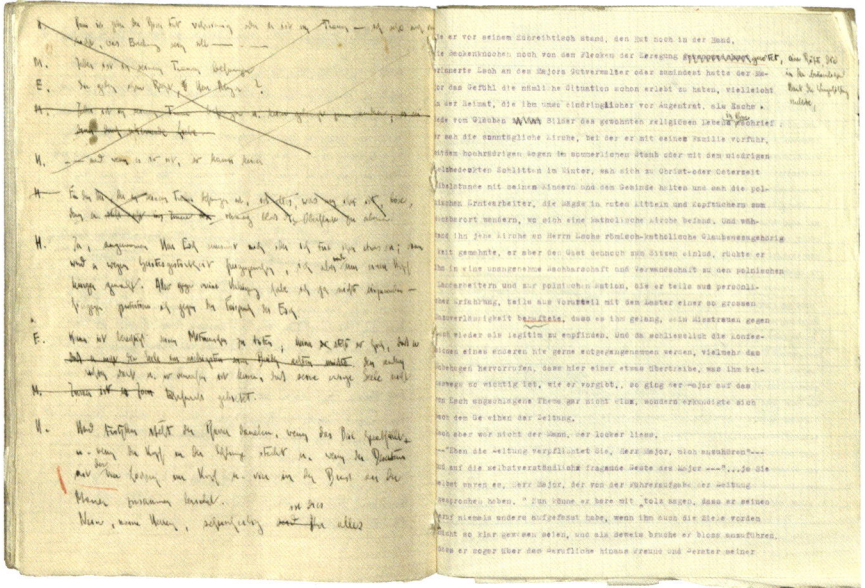

布洛赫在《1918 年：胡桂瑙或现实主义》原稿上的修改

来源：耶鲁大学拜内克古籍善本图书馆赫尔曼·布洛赫档案

(Hermann Broch Archive, Beinecke Rare Book and Manuscript Library)

03

1918 年：

胡桂瑙或现实主义

第一章

胡桂瑙的祖辈，在孔代亲王的大军于1682年占领阿尔萨斯地区之前，很可能姓哈格瑙。从言谈举止上来看，胡桂瑙完全就是个普通的阿勒曼尼人，他长得矮胖壮实，年纪轻轻就戴起了眼镜，或者更确切地说，从他在施莱特镇商业学校上学的第一天起，就戴起了眼镜。到战争爆发时，他快三十岁了，无论是容貌还是举止，都已褪去了所有的青涩痕迹。他在巴登和符腾堡地区做生意，一部分是以他父亲安德烈·胡桂瑙经营的阿尔萨斯科尔马纺织品公司的分店形式，一部分则是自担风险，做起阿尔萨斯地区的工厂代理生意，把各个工厂的产品放到那个分店里销售。在行业圈子里，他素来以有抱负、慎言行、讲信用而出名，是个响当当的生意人。

毫无疑问，以他的商业头脑，他应该去走私，发战争财，而不是去学什么作战本领。可当军方于1917年完全无视他高度近视这一事实，征召他入伍时，他却毫无异议地答应了。虽然在富尔达接受培训期间,他仍然抽空做做这个或那个烟草生意,但也很快就罢手不做了。这也不全是因为军务繁重,让他对其他事情都有心无力,或者没了兴趣。原因很简单,什么都不用操心的感觉简直太好了,这让他想起遥远的学生时代。威廉·胡桂瑙同学仍然记得,当时在施莱特镇学校的毕业典礼上,校长深情激昂地宣布:这些拥有商业抱负的年轻人即将毕业离校,体验生活的艰辛,体验生活的不易;虽然之前他们都表现得很好,但为了接受新的教育,他们不得不再次放弃这种生活。于是,他又陷入了一整套经过这么多年早就忘得精光的义务之中:他像小学生一样,被人高声呵斥,就连上厕所也跟少年时代一样;食物又成为大家的关注重点,而人人参与的致敬仪式和对抗比赛,让这一切都变得非常幼稚可笑。此外,他被安置在一栋教学大楼里,入睡前可以看到头顶上方两排罩着绿白双色灯罩的电灯,以及留在教室里的一块黑板。所有这一切都把战争时期和青年时期混在一起,成为一个无法分开的整体,甚至当整个兵营终于开赴前线,唱着傻气可笑的歌曲,装饰着小旗,住在科隆和列日[1]的简易营房里时,轻步兵胡桂瑙仍然无法摆脱这是一次学生郊游的想法。

一天晚上,他们连队被调往前线。这是一个开挖了战壕的阵地,他们必须通过一条条长长的加固交通壕摸到这里。掩体里面脏得要命,地面上到处都是干的和刚吐的烟草唾沫,墙上尿

---

① 比利时列日省省会。

痕斑斑，一股臭味，分不清是人尿还是死尸散发出的。胡桂瑙太累了，无论是看到的还是闻到的，真的一点都想不起来了。当他们一个接一个慢腾腾地走过战壕时，他们可能都有一种离开了战友和连队保护的感觉。即使他们对满眼皆是污浊肮脏的环境变得毫无感觉，即使他们并不缺乏想要驱除死亡气息和腐烂恶臭的文明习惯，即使这种抑制恶心的感觉无疑是体现英雄气概的第一步——由此与爱情产生一种奇怪的联系——即使他们中的某些人在多年的战争中已经习惯了这种恐怖的环境，即使他们发着牢骚、开着玩笑整理好自己的床铺，可他们全都知道，每个受命来此之人，都是孤独之人，他们将孤独地活或是孤独地死在无法抵抗的毫无意义之中，一场他们无法理解或者最多只能骂一句"该死"的愚蠢的战争之中。

当时，各参谋总部纷纷报告说，佛兰德斯[①]一带安静无比，就连刚刚换防的连队也向他们保证，那里没有任何敌情。可天刚黑，双方的大炮就开始一顿乱射，隆隆炮声大得足以将这些新兵全都从睡梦中惊醒。胡桂瑙坐在木板床上，肚子隐隐作痛，过了很久才发现自己浑身打战，牙齿咯咯作响。其他人也没好到哪里去。还有一个更是号啕大哭起来。老兵们当然会哈哈大笑：他们很快就会习惯的，这不过是小孩子过家家而已，炮兵连每天晚上都会来一场，没什么大不了的。然后，老兵们也不再继续安慰这些胆小鬼

① 西欧历史地区名，位于今比利时西部、法国西北部和荷兰南部，是一战时期的主要战场。

们,没几分钟就又鼾声一片了。

胡桂瑙很想抱怨一番:这一切跟事先说好的完全不一样。他心情糟糕,脸色苍白,渴望自由呼吸,所以在感觉到膝盖抖得不那么厉害时,他便拖着麻木的双腿慢慢走到掩体入口,蹲坐在一个箱子上,茫然地盯着漫天烟火。他的眼前一再浮现出一个画面:有一个人举着一只手,被炸飞到天上的橙色云层中。然后,他想起了科尔马,想起有一次他们全班去参观博物馆,听了些无聊的讲解。但有一张画像,就像圣坛一样放在正中,让他感到十分害怕——那是《耶稣受难像》。他讨厌《耶稣受难像》。几年前,有一次他去拜访两个客户,中间有个星期日他在纽伦堡实在无事可干,于是便去参观了刑讯室。这很有趣!那里也有大量的画像照片。在其中一张照片上,可以看到有个男人被链子绑在一张木板床上,他——就像照片介绍的那样——曾用匕首将萨克森地区的一名牧师连捅数刀,致其死亡。他这时躺在这张木板床上,等着接受车裂之刑。至于车裂的过程,人们可以在其他展品中深入了解。这人看起来一副人畜无害的好人模样,万万没想到竟然会刺死牧师并被处以车裂之刑,正如胡桂瑙也万万没想到自己要在这里强忍着扑鼻的尸臭,睡在木板床上一样。毫无疑问,这个男人一定也腹痛如绞,因锁链加身而浑身污秽不堪。胡桂瑙啐了口唾沫,骂道:“该死的!”

就这样,胡桂瑙像个哨岗一样坐在掩体的入口处。他把头靠在一根柱子上,立起大衣领子,他不再觉得寒冷,他没有睡着,他也没有醒着。刑讯室和掩体越发沉入那幅格吕内瓦尔德[1]的圣坛作品绚烂而又略显肮脏的色彩之中。外面的炮弹和照明弹像闪电一般划破夜空，在那橙色光芒之中，光秃秃的树木举着残枝败叶对着夜空，一个男人一手高举着，轻轻地飘到光芒闪耀的苍穹之中。

当天刚破晓，洒下一片寒冷似冰、沉重似铅的光芒时，胡桂瑙看到，战壕边上有一束小草和一些去年存活下来的雏菊。他爬出来后就离开了这里。他知道，躲在这里很容易挨英军的枪子儿，而且德军岗哨也会给自己带来很大麻烦。这个世界仿佛位于真空容器之中——胡桂瑙不禁想起那种有钟形玻璃盖的乳酪盘来——这个世界是苍白的、生蛆的、死绝的，它的寂静牢不可破。

① 马蒂亚斯·格吕内瓦尔德，德国文艺复兴变革时期坚持哥特式绘画的最后代表。

第二章

沐浴着清新空气,感受着触手可及的春意,这个手无寸铁的逃兵正穿行在比利时的乡村之中。放缓速度为宜,从容谨慎为上,就算武器在手也护不住他。可以说,他就像一个赤身裸体的人,游走在各支部队之间。落落大方的表情就是他最大的保护,远比武器、仓皇出逃或伪造文件有效得多。

比利时农民生性多疑。四年的战争并没有让他们的脾气变好。他们的谷子、土豆、牛马肯定都被祸害过了。要是有逃兵想逃到他们这里避避风头,他们就会倍加狐疑地看着他,怀疑他是否就是那个用枪托砸过自家院门的士兵。就算他法语说得还过得去,就算他冒充自己是阿尔萨斯人,十有八九也没多大帮助。要是在穿过村子时只说自己是难民或悲惨的求助者,那可更要倒霉了。但是,像胡桂瑙这样,中听的笑话张嘴就来,走进农院时满面灿烂的笑容的人,便很容易获得在干草棚里打地铺睡一晚的待遇,他甚至可以在晚上和那家人一起坐在昏暗的房间里，说说普鲁士人的暴行，说到他们在阿尔萨斯如何如何时，更是会得到大家的赞同。虽然人家藏的粮食也少得可怜，但他也会分到一份，运气好的话，甚至还会有年轻女佣来看望他这个睡在干草中的陌生人。

当然，要是混进牧师大公馆就更好了。胡桂瑙很快发现，去教堂忏悔就能达成这一目的。他用法语忏悔，很机灵地把违反士兵誓言的罪行和自己编造的悲惨命运联系在一起。当然，结果并不总是那么如意：有一次，他碰到一个长得高高瘦瘦的牧师，这位牧师眼里充满狂热，看起来一副禁欲苦行之相，吓得他险些不敢在晚上忏悔后去牧师大公馆。到了之后，他看到这位不苟言笑的牧师，竟然在果园干着春季的农活，于是他更加觉得，自己最好还是离开这里。可就在这时，牧师却迅速向他走来，毫不客气地说了声"跟我来[①]"，就把他带到了公馆里。

就这样，胡桂瑙就着少量伙食，在牧师大公馆的阁楼里住了将近一个星期。他穿着牧师给的蓝色短上衣，在果园里干活；他每天都被按时叫醒，做完弥撒后就和寡言少语的牧师一起在厨房里同桌而食。他逃亡一事两人都没提起，而这整个星期就像考验期，让胡桂瑙很不舒服。他甚至已经考虑离开这个相对安全的避难所，再续危险之旅。但就在这时——到这里之后的第八天——他发现阁楼上放着一套便服。"您可以穿走这套便服，"牧师说道，"是去

① 原文为法语。

是留,您自己决定。只有一点,我不能再为您提供食物了,因为我也快没得吃了。"胡桂瑙决定继续徒步前行,当他准备巧舌如簧地表达自己的谢意时,牧师打断了他的话,说道:"憎恨普鲁士人和神圣宗教之敌。愿上帝保佑您。[①]"牧师举起两根赐福之指,画了个十字。这张农民的脸瘦得皮包骨头,双眼带着满腔的仇恨凝视着远方——大概是普鲁士人和新教徒居住的地方。

离开牧师大公馆时,胡桂瑙清楚地意识到,自己现在得拟定一个真正的逃跑计划了。从前,他还经常出没在各个高级指挥所附近,可以混在大群的士兵之间,但现在这已经不可能了。这一身的便服真的让他感到无比沮丧;它就像是一种劝告,催他回归和平安宁,回归简单平凡,而按牧师的吩咐穿上它的举动,如今在他看来简直是愚不可及。这是对他隐秘生活的擅自干涉,而这种隐秘生活是他付出了高昂代价才换来的。虽然他不认为自己是皇帝麾下的战士,但作为一名逃兵,他跟这支军队有着一种奇怪的,甚至可以说是不好的联系,而且毫无疑问,他是支持并参与这场战争的一员。他绝对无法忍受,人们在食堂和酒馆客栈里痛骂战争和报纸,或者声称克虏伯[②]收购了多家报社,就是为了延长这场战争。因为威廉·胡桂瑙不仅是一个逃兵,而且还是一个生意人,他对任何工厂主都钦佩有加,因为他们能够生产各类商品,供他人买卖交

① 原文为法语。

② 阿尔弗雷德·克虏伯,德国军火大王,其庞大的家族企业从事军工业生产,是德国军国主义的重要支持,深受当局重视。

易。既然克虏伯和煤炭大亨们收购了多家报社,那么他们当然知道自己在做什么,而且这是他们的正当权利,就像他只要愿意,也有穿制服的权利一样。因此,没有任何理由表明他应该回到后方,虽然牧师显然想把他和那套便服一起打发回后方;也没有任何理由表明他应该回到故乡,回到那个没有假日,意味着简单平凡的故乡。

所以他留在了战时给养区。他掉头往南,避开城镇,专找村落,穿过埃诺省,进入阿登山区。在那个时候,发动这场战争的正确性已经大大缩水,军方也不像以前那样把逃兵盯得那么紧了——逃兵太多,军方又不想承认。但这仍然不能解释胡桂瑙是如何顺利逃离比利时的;确切来说,这可能是由于他在穿越危险区域时梦游似的那种自信:他走在冬春之交的清新空气里,就像走在让人无忧无虑的钟罩之中,既在世界之外,又在世界之中,而他什么都不担心。他从阿登山区进入德国,进入林木幽森的艾费尔山里。那里依然寒冬凛冽,不便行走。当地的居民完全不会给他半分温暖,他们态度粗暴,性格内向,仇视任何会拿走他们一丁点儿食物的人。迫不得已之下,胡桂瑙只好乘坐火车,动用他之前攒下来的钱。生活的艰辛向他走来,只不过换了一副面孔,换了一种形式。为了保证和延长假期,他总得干点什么。

第三章

这个小镇坐落在摩泽尔河的一个支流山谷里,四周都是葡萄园。葡萄园往上一直到山顶都被森林覆盖着。一片片葡萄园都已经打理过了,葡萄树的根株都被矫得笔直,这里或那里的一些地方被浅红色岩石隔断。胡桂瑙皱起了眉头,因为他看到有些田块上的杂草没有除掉,一个如此缺乏打理的果园在其他果园灰粉色的泥土之间,就像一个黄色的方形岛屿一样显眼。

在最后几个冬日过完后,艾费尔山突然迎来了真正的春天。就像永恒秩序的象征一样,太阳微笑着把欢乐舒适、轻快无忧送到每个人的心头;也许暗藏在心里多时的忧虑,可能就此一扫而空。胡桂瑙很满意地看着小镇前的国立地区医院:这个医院的立面很长,在和煦的晨曦中投下了长长的阴影,所有窗户都敞开着,就像南方疗养院里的一样,他觉得这样挺好,想象着缕缕春风轻盈地吹过白色的病房,他越发开心起来;医院屋顶上有一个大大的红十字，他觉得这也挺好。经过医院门口时，他友好地看了一眼那里正在康复中的士兵，他们身穿灰色病号服，有的在阴影中，有的在花园里晒着太阳。在河的对岸，有营房——从这种国库拨款修建的常见建筑风格中就能看出它是营房；还有一座类似修道院的大楼——后来胡桂瑙才知道，这是一座监狱。脚下这一段路是下坡路，让人可以轻松地走进小镇。当他手里提着个硬纤维小行李箱，就像他以前用的样品箱一样，穿过中世纪的小镇大门时，他心里没有一丁点儿不快，虽然这很容易让他想起自己以前为了拜访客户而去过的符腾堡各地——这是多久以前的事了？

古色古香的街道，也让他不禁想起那年被迫在纽伦堡度过的假日。普法尔茨战争[①]在特里尔选侯国[②]这里还不算严重，并不像莱茵河以西的地区那样被弄得满目疮痍、生灵涂炭。那些 15 和 16 世纪的房屋仍然完好无损，集市广场上文艺复兴时期的建筑、哥特式的镇公所、塔楼和塔前的刑柱也都完好无损。胡桂瑙以前出差时就到过不少美丽而古老的城镇，只是还从未认真看过，这时他心里突然涌起一种感觉，一种虽然陌生得既叫不出名，又不知从何而起，却让他感到异样亲切的感觉：如果这被称为美感，或者一种源于自由的感觉，那他会充满怀疑地笑笑，笑得像一个对世间之美一

① 发生在 1620 年—1623 年德意志普法尔茨地区的战事，是欧洲三十年战争中的一场战役。

② 一个存在于 9 世纪末到 19 世纪初的神圣罗马帝国采邑主教的领主国，由特里尔总主教兼任教区领袖和世俗意义上的领主，国境包括特里尔总教区及其周边的教会领地，首都为德国历史名城特里尔。

窍不通的人。就这点而言,他甚至是对的,因为无人能够确定,究竟是自由让灵魂之花为世间之美而绽放,还是世间之美让灵魂之花懂得自由。但无论怎样,他还是错了,因为连他都知道,世上必定会有一种更为深刻的认知,一种向往自由的渴望——正是在自由之中,世界始发万道光芒,世人在安息日圣化生者。因为这就是如此,因为这只能如此,所以当胡桂瑙爬出战壕,第一次放下人性束缚的那一刻,一丝来自上天的自由光辉,落在他的身上,也送到他的心里,而他也在这一刻,第一次被献给了安息日。

胡桂瑙不想这样静思冥想,于是他在集市广场上的旅馆里订了一个房间。仿佛要真正享受一次自己的假期一样,他开始想着如何过一个愉快的夜晚。摩泽尔葡萄酒不需要凭票定量供应,而且哪怕战火纷飞,它的口味依旧醇美。胡桂瑙自斟自饮了三小壶,一直喝到深夜。本镇的镇民们三五成群,围桌而坐,而胡桂瑙是外人,时不时就有人瞥他一眼,向他抛去充满疑惑的目光。他们都有活可干,有生意可做,而他自己却一无所有。不过就算这样,他还是很开心、很满足。其实,他自己也很惊讶:没有生意可做,还那么满足!满足到他甘愿一直想着所有这些注定会出现的困难,一个像他这样的男人,一个没有身份证明、没有客户圈子的男人,想要在陌生小镇上白手起家,找到贷款。光是想想自己竟会遇到这类困境,就让他觉得实在太有趣了。可能是酒喝多了。不管怎样,当胡桂瑙带着八九分醉意晕乎乎地爬上床的时候,他觉得自己不是一个心事重重的出差之人,而是一个无忧无虑、开心的游客。

第四章

当泥瓦匠战时后备兵路德维希·戈迪克被人从塌陷的战壕挖出来时,他张开的想要呼叫的嘴巴里填满了泥土,脸色青里带黑,心脏已经停止了跳动。要不是接手的两个卫生员赌他是死是活,可能他转眼就要被重新埋葬了。他万分感谢那作为赌注的十根香烟,是它们让他再次看到太阳,看到这个充满阳光的世界。

虽然这两人做人工呼吸不太在行——尽管满头大汗地拼命努力着,也没能把他救醒——但是他们还是把他带上了,悉心看护着他,有时也会骂他几句,因为他始终不愿意揭开他的生死之谜,而他们也不死心地一次次把他送到一个个医生那里。就这样,他们打赌的对象在野战医院里一动不动地躺了整整四天,皮肤都变黑了。是潜藏着的最后一丝生机在此期间微微萌发,或是疼痛和梦魇将一丝微弱生机刺入这具虚弱不堪的身躯,还是万丈深渊边上出现了一下令人欣喜若狂的微弱心跳,我们不得而知,战时后备兵戈迪克也无法告诉我们。

因为他的生机只是一点一点地，好像每次只有半支烟一样回到他的体内。不过，这种缓慢和谨慎却是适当和自然的，因为这具破碎的身躯最需要的就是静卧不动。在漫长的时间里，路德维希·戈迪克一定把自己当成了四十年前那个尚在襁褓之中的婴孩，被一种无法理解的束缚绑住了手脚，而且除了这种束缚什么都感受不到。要是可以的话，他肯定会哭闹着要找乳房吮吸，而不久之后，他真的开始呻吟了。那时正是在运送过程中，他疼痛难忍，不住地呻吟着，像新生儿一样呻吟着；没人愿意躺在他的旁边，有一天晚上，一个隔壁床的病人甚至向他扔了东西。在那段时间里，每个人都觉得，他最后一定会饿死，因为医生们也束手无策，不知道该如何给他喂食，但他还是不可思议地活了下来。少校军医库伦贝克认为，他的身体全靠皮下瘀伤中的血液滋养着——这几乎连见解都称不上，更不用说理论了。尤其是下半身，他受伤特别严重。他们给他做了冷敷，但这能否减轻他的苦楚，他们也无从知晓。也许，他痛得不再那么厉害了，因为他的呻吟声渐渐消失了。直到几天后，呻吟声突然再次变大起来：现在——或者人们也可以这样想象——路德维希·戈迪克似乎在逐个收回自己的灵魂碎片，仿佛每一块碎片都在滔天的痛苦巨浪中翻滚着向他冲来。灵魂变成齑粉，变成飞雾，又被迫重归一体，这种痛苦，比任何痛苦都剧烈，比大脑在不断痉挛中颤抖的痛苦更难受，比在此过程中的所有肉体折磨更难熬。可能就是这样，即使无法证实。

战时后备兵路德维希·戈迪克就这样躺在床上的充气橡胶圈上。当他们别无他法,只能给他那具形销骨立的躯体慢慢灌入营养物时,他的灵魂开始聚集。在少校军医库伦贝克的疑惑不解中,在中尉军医弗卢尔施茨的大惑不解中,在卡拉护士的百思不解中,他的灵魂以自我为核心,在无限痛苦之中聚集着。

第五章

胡桂瑙是个勤奋的人，醒得很早。一间像样的房间，不是像牧师那里给用人住的下房，一张好床。胡桂瑙挠了挠大腿，然后想要辨识一下方向。

旅馆，集市广场，对面是镇公所。

实际上，他心里有许多声音劝他回到当初应征入伍的地方重新开始生活；有的声音则赞成他做生意，做倒卖黄油和纺织品的中间商，不费吹灰之力就能赚到钱。然而，连他自己也感到惊讶的是，他竟然很厌恶地打消了任何会让自己想起一桶桶黄油、一袋袋咖啡和一匹匹纺织面料的念头，对于一个从小所思所想只有金钱和生意的人来说，这可真令人吃惊。同样奇怪的是，他又想起学校假期这事。胡桂瑙心里还是宁愿念着眼前这座小镇。

小镇后面就是葡萄园。嗯，有些地方杂草丛生。可能丈夫战死沙场或被俘入狱，妻子无力独自劳作，或者跑去跟别的男人厮混了。而且,葡萄酒的价格受国家监管。死脑筋,不肯走后门卖葡萄酒的人,根本无法靠葡萄园挣钱。但酒的质量的确很棒!喝了都会微微上头。

其实,这种阵亡战士的遗孀很乐意廉价出售这种葡萄园的。

胡桂瑙想着,哪些买家会考虑购买摩泽尔葡萄园,必须找到他们。促成交易之后,佣金肯定少不了。葡萄酒买卖可以考虑。科隆的弗里德里希斯、法兰克福的马特尔(合伙)公司,他以前给他们供应过酒囊。

他从床上跳了下来。他的计划制定完毕。

在镜子前,他整理了一下自己的仪容,梳了个大背头。自从上次让连队的理发师剃了光头后,他的头发已经长得很长了。可那是什么时候?这似乎是上辈子的事了——要不是冬天头发长得慢,他现在肯定是一头长发了。尸体上的头发和指甲还会继续生长。胡桂瑙揪起一缕头发拉到前额。它都快碰到鼻尖了。不,这副样子可不能出去谈生意。他一般都在节假日前理发。现在虽然不是节假日,却很像节假日。

这是个晴朗的早晨,有点冷。

理发店里有两把黑色皮椅面的黄色沙发椅。理发师是个摇摇晃晃的老头,给胡桂瑙围上有点脏兮兮的围布后,又在他衣领里塞了点纸。胡桂瑙用下巴稍微蹭了一下,心想这纸可真扎人。

钩子上挂着一份报纸,胡桂瑙让理发师傅拿了过来。这是一份镇上发行的《特里尔选侯国导报》,里面还夹着副刊《摩泽尔地区农业与葡萄种植》。这正是他要看的。

他静静地坐着,仔细看着报纸,然后抬头照照镜子,觉得自己看起来简直就像一名本地乡绅。他的头发现在如愿以偿地理得又短又体面,德国范儿十足。头顶上留着一缕长发,用于分出发缝。然后就是刮胡子了。理发师搅出一点点肥皂沫,弄了一点儿凉凉地抹在他的脸上。这肥皂真差劲。

“这肥皂不好用。”胡桂瑙说道。

理发师没有回答,只顾着把剃刀在荡刀布上噼啪噼啪地磨了几下。胡桂瑙心中有些不悦,过了一会儿却抱歉地说道:“战争物资。”

理发师开始刮胡子了,刮得发出短促的吱吱声。他刮得很差劲。不过,刮胡子还是很舒服的。自己刮胡子也是在战争中才有的事,不过更加省钱。当然了,偶尔让人刮刮胡子也很舒服,很像过节。墙上挂着一张海报,上面有一个衣领深开、袒胸露肩的姑娘,下面写着“霍比格恩特乳液”。胡桂瑙仰起头,闲着的双手拿着报纸。这家伙现在给他刮下巴和脖子,好像永远刮不完似的。胡桂瑙倒无所谓,反正他有的是时间。为了再多享受一会儿,他要求来点“霍比格恩特乳液”。他得到的是科隆香水。

刚刮过胡子,一个胡子刮得干干净净,看起来容光焕发,身上带着科隆香水味道的人。他阔步走回旅馆。脱下帽子时,他闻了闻帽子的衬里,有一股润发油的味道,这也让他感到很满意。

餐厅里没人。胡桂瑙要了杯咖啡,女服务员还拿来了一张面包票，并从上面撕下了票根。没有黄油，只有糖浆状的灰黑色果酱。咖啡也不是真正的咖啡。他一边咂咂地喝着这杯热饮，一边算着厂家可以靠咖啡替代品赚取多少利润。他毫无嫉妒之心地计算着，最后发现价格还算合理。毫无疑问，在摩泽尔地区低价购买葡萄园，也是一桩不错的生意，投资前景非常广阔。吃完早餐后，他开始起草一份廉价葡萄园收购广告，写完后便带着广告前往《特里尔选侯国导报》报社。

第六章

地区医院完全变成了军医院。中尉军医弗里德里希·弗卢尔施茨博士正在巡房。他戴着军帽,穿着白大褂。亚雷茨基少尉觉得,这样搭配看起来很可笑。

亚雷茨基被安排在三号军官病房。这纯属意外,因为两个床位的病房是专门留给校级军官的,但他现在已经住进去了。弗卢尔施茨进来时,他正坐在床沿上,嘴里叼着香烟,裹着胳膊的绷带已经解开了,那只胳膊就搁在床头柜上。

“喂,怎么样,亚雷茨基?”

亚雷茨基指着那只胳膊说道:“少校军医刚来过。”

弗卢尔施茨仔细看着它,小心翼翼地触摸着:“情况不妙……又恶化了?”

“对,又多了几厘米……这老头想让我截肢。”

它搁在那里,略显红色,手掌肿胀,手指像红肠,手腕上还有一圈黄色脓疱。

亚雷茨基看着它说道:“可怜的胳膊,无精打采地躺着。”

“别担心,左臂而已。”

“是啊,你们只会截啊割啊。”

弗卢尔施茨耸耸肩:“那您想怎样,这是外科的世纪,在世界大战的炮火之中走向了巅峰……现在我们开始改学腺体了,在下一场战争中,我们就能轻松地治疗这些该死的毒气病了……但眼下嘛,除了截啊割啊,真的没有其他办法。”

亚雷茨基问道:“下一场战争?难道您也相信,这场战争会有结束的一天?”

“不要太悲观了,亚雷茨基,俄国人已经停止进攻了。”

亚雷茨基苦笑道:“但愿上帝保佑你们的天真信念,给我们送来像样的香烟……”

他用正常的右手从床头柜抽屉下打开着的一层中拿出一包香烟,递给弗卢尔施茨。

弗卢尔施茨指着塞满了烟屁股的烟灰缸:“您不应该抽那么多烟……”

玛蒂尔德护士走了进来:“好了,我们把它重新包起来吧……您说呢,博士?”

玛蒂尔德护士看起来很精神。她的发际处有一些雀斑。弗卢尔施茨说道:“毒气弄的伤,真难弄。”他看着护士包扎那只胳膊,然后继续巡房。在宽阔的走廊两头,窗户敞开着,却散不了医院里那股难闻的气味。

第七章

菲舍尔街是一条通向河边的弯曲小巷,小巷里有一幢采用桁架建筑式样的房子。几百年来,显然有各种手艺人在这里谋生过。正门旁有一块巨大的黑色铁皮招牌,上面有一行模糊的金字:《特里尔选侯国导报》编辑出版社(院内)。

胡桂瑙走进穿廊一样的狭窄过道,在黑暗的过道中被地窖楼梯的活门绊了一下,走出过道后从住宅楼梯入口旁经过,最后来到一个宽敞得出乎意料的蹄铁形院子里。院子连着花园;那里有几棵樱花树正开着花,花园后面视野开阔,远处美丽的山地尽收眼底。

从总体上来看,前任房主算得上是半个农民。房子的两翼以前可能有仓库和棚圈;左边有一楼一底,在外墙上有一个又窄又陡的木楼梯,楼上以前大概是用人住的下房。右边的棚圈没有二楼,而是在底楼顶上建了个高顶干草棚用来贮藏草料,底楼有一扇圈门被换成了一个普通的大铁窗，窗后有一台印刷机在工作。

胡桂瑙从印刷机旁的工人那里得知，要见艾施先生得去对面的二楼。

于是，胡桂瑙小心翼翼地从鸡棚梯子[①]上楼，跨出楼梯口就到了一扇写着“编辑出版社”的门前，《特里尔选侯国导报》的所有人兼发行人艾施先生就在那里工作。这是一个身材瘦削的男人，脸上胡子刮得干干净净，两条法令纹又长又深，中间有张灵活的演员嘴，做着饱含嘲讽之意的鬼脸，还露出一口大黄牙。他有点像演员，有点像牧师，还有点像马。

他拿着胡桂瑙递过来的广告，脸上一副预审法官的表情，仿佛在审核一份即将付印的底稿。胡桂瑙拿出皮夹，从中抽出一张 5 马克的钞票，似乎在暗示，他想要付这笔钱来刊登广告。但对面的人却看都不看，而是突然问道：“看来，您想要剥削这里的人，是吧？我们葡农的贫苦，是不是已经传开了……嗯？”

胡桂瑙被这番话打了个措手不及，觉得对方的下马威就是为了抬高广告刊登价格，于是又拿出 1 马克。可结果却与他所想的恰恰相反：“谢谢……广告不会刊登的……显然您还不知道，什么是无良报刊[②]……您看，您收买不了我，无论是 6 马克，还是 10 马克，还是 100 马克！”

---

① 即前文提及的外墙上又窄又陡的木楼梯。

② 指“可以被收买的”。在第二部中，艾施将被资本家收买的报纸称为“甘做走狗的报纸”和“走狗报纸”。

胡桂瑙心里越来越确定，自己面前的是一个非常狡猾的生意人。可越是这样，他就越要寸步不让；也许，这个人的目的就是想分一杯羹，这也未必不合算。

“嗯，我听说，有人也愿意按百分比参股这种广告业务……半个百分点的佣金怎么样？不过，这样的话，您至少要刊登三次广告……当然，次数再多一些也可以，完全随您的便，行善不受限制……”他朝艾施会心一笑，然后坐在后者用作办公桌的粗制厨桌旁。

艾施没有听他说话，而是拉着一张又气又恼的脸，迈着与这副瘦削身材颇不相符的沉重脚步，一步一顿地在房间里走来走去。擦洗过的地板在沉重的脚步下嘎吱作响。胡桂瑙打量着楼板间的小孔和瓦砾，还有艾施先生加厚的黑色低帮鞋。奇怪的是，这鞋子没有鞋带，而是用马鞍状的带扣扣紧，紧得在带扣边上都隆起露出了灰色针织袜子。艾施自言自语地说道：“现在，吸血鬼已经盯上穷人了啊……可要想让公众关注贫困，就不得不和审查官打交道。”

胡桂瑙跷起了二郎腿。他看着桌子上的东西。一个空咖啡杯，上面有干掉的喝咖啡时留下的棕色痕迹，一个青铜做的纽约自由女神像仿制品——啊哈，竟然用作镇纸——一盏煤油灯，从远处看去，玻璃罩子内的白色灯芯让人依稀想起胎儿或泡在酒精中的绦虫。这时，从房间的一个角落里传来艾施的声音：“审查官应该来亲眼看看人间的悲惨和穷苦……这些人反倒来查我……这简直就是背叛……”

在一个摇摇晃晃的架子上放着一些文件信札和几沓捆起来的报纸。艾施又开始来回踱起步来。这房间有一面墙刷成了黄色，在墙壁正中随意选择的一个钉子上，挂着一张已经泛黄的黑框小相片——“巴登维勒城堡山”；可能是一张旧的风景明信片。胡桂瑙心想，自己办公室里要是也放上这样的相片或小铜像的话，看起来也会很漂亮。可当他想要回想起那间办公室以及在那里做的工作时，他却怎么想都想不起来，因为这是那么遥远和陌生，所以他只好放弃，于是他的目光又落在情绪激动的艾施身上。艾施的棕色天鹅绒夹克和浅色布裤跟这双做工粗糙的鞋子很不相配，就像桌上的小铜像跟这张厨桌一样，很不协调。他一定感觉到了胡桂瑙的目光，因为他大声叫道：“该死的，您干吗还坐在这里？”

胡桂瑙当然可以走——只是，去哪里呢？再想一个主意？这可没那么容易。他觉得，有一股陌生的力量正在把自己推上无法轻易离开，也无法幸免于惩处的轨道。于是，他静静地坐着，擦着眼镜，就像他在棘手的商务谈判中，为了保持冷静而习惯做的那样。这一次也同样没让他失望，因为艾施被激怒了，挑衅似的站在他面前，再次脱口而出：“您究竟是从哪里来的？是谁派您来的……您不是本地人，您也不要糊弄我，说什么想在这里做葡农的鬼话……您来这里就是想刺探情报的。应该把您抓起来！”

艾施站在他面前。棕色天鹅绒夹克下面露出一条皮带，裤腿有些褪色变白。“不应该干洗，”胡桂瑙心想，“他该让人把裤子染黑了。我应该对他说，他到底想从我这儿得到什么？要是真想把我赶出去，那他没必要先挑起争吵……所以，他想让我留下来。这可有点奇怪。”胡桂瑙对这个男人生出一种惺惺相惜的感觉，同时也嗅到了由此带来的利益，所以他决定放低姿态，先把事情弄清楚了再说：“艾施先生，我是诚心诚意来和您做生意的。您想要拒绝，那是您的事。但如果您只是想辱骂我，那我们也没必要继续谈下去。”

他把眼镜折拢，趁势从座位上微微抬起屁股，表示自己走或不走，全凭艾施的一句话。

不过，艾施这时似乎真的不想就此结束谈话，他抬起了手，劝胡桂瑙不要冲动，于是胡桂瑙便顺势重新坐下。“对，您猜得没错，我自己在这里当不当葡农，还是个问题——尽管这也并非全无可能。我只想平静地生活，不想剥削任何人。”他激动地说着，“经纪人跟其他人一样，也应该得到尊重，我只是想促成一桩让双方都满意的生意，并从中获得乐趣而已。另外，我想请您在使用‘间谍’之类的词语时，稍微小心一点，这是战争时期，这么说还是有危险的。”

艾施不禁有些赧然：“好了，我也无意冒犯您……但有时候心有不平，不吐不快……有个科隆建筑商，一个彻头彻尾的骗子，以跳楼价买了好几块地皮……把人们赶出了家园……这里的药店老板也有样学样……药店老板保尔森要葡萄园干什么？也许您能告诉我？”

胡桂瑙生气地重复着:“刺探情报……”

艾施又开始来回踱起步来。“我该移民,该向何方,该去美国。要是还年轻的话,我会抛开一切,重新开始……”他再次停在胡桂瑙面前,“可是您,您是个年轻人——您怎么不在前线？您怎么会在这里闲逛?”忽然间,他的语气又变得咄咄逼人起来。嗯,胡桂瑙不想在这个问题上纠缠下去,他答非所问地说,这真的很不可思议,一个德高望重的人,同时还是一家报社的老板,生活环境优美,备受同乡敬重,况且现在已经上了年纪,竟然还有移民的念头。

艾施做了个鬼脸,嘲笑道:“同乡的敬重,同乡的敬重……他们就像一群饿狗,盯着我不放……”

胡桂瑙看了看巴登维勒的城堡山,然后说道:“真是不敢相信……”

“哼！就算您支持他们,我也不会感到惊讶……”

胡桂瑙故作愤慨地说道:“又来指桑骂槐,艾施先生,要是您对我有什么不满的话,您至少该说得清楚一些。”

然而,艾施先生那跳脱的想法和暴躁的性子却不是那么容易控制的。“说得清楚一些,说得清楚一些,这不又是一句废话……好像什么都能讲似的……”他冲着胡桂瑙大声说道,“年轻人,除非您懂得所有的名字都是假的,否则您什么都不懂……甚至,您身上的衣服也不叫衣服。”

胡桂瑙听得有些害怕。他说,这些话他听不懂。“您当然听不懂……但药店老板花点小钱大量囤积土地,是的,这您听得懂……

您也应该听得懂，讲真话的人会受到迫害，会被人弄得声名狼藉……会受到审查官的特别对待——怎么，您觉得这样好吗……难道您也认为我们生活在一个法治国家吗？”

胡桂瑙说，这些情况都非常让人厌恶。

“厌恶！我应该移民……唉，厌了倦了，不想跟他们再纠缠不清了……”

胡桂瑙问艾施，打算怎么处理报社。

艾施有点不屑地摆了摆手，说他已经跟妻子说过好几次了，他想把整个报社业务打包卖了，不过房子他想留下——他还想开一家书店。

“报社一定被整得很惨是吧，艾施先生？我觉得，它的销路也一定是越来越差了吧？”

“不，没那么糟，《导报》有固定订户，小酒馆、理发店，尤其是周边的村庄；对报纸的打压仅限于镇上的某些圈子。不过，我已经厌倦了和他们纠缠。”

“不知道艾施先生对报社有没有一个大概的售价？”

“哦，这倒有的……报纸和印刷车间肯定值 20 000 马克，不占一点便宜。此外，我还愿意向报社长期免费提供办公场所，比如说五年左右；这对买方来说，也是一项有利条件。我就是这样想的，这样才公道合理，我不想占任何人的便宜，我只是感到心累。我对我妻子也是这样说的。”

“好吧，我不是出于好奇才问的……我不是对您说过嘛，我是一个经纪人,也许能为您做点什么。您看,亲爱的艾施,"他一副以恩人自居的模样,拍了拍现任报社老板瘦得皮包骨头的后背,"我们还得一起做一桩小生意,所以,您绝不应该急着把人赶走的。不过,20 000 马克,您还是算了吧。如今,可没人会为空想掏腰包了。"

胡桂瑙自信而又愉快地从鸡棚梯子下了楼。

印刷车间前坐着一个小女孩。

胡桂瑙仔细打量着她,打量着印刷车间的门口。门牌上写着"外人禁入"。

20 000 马克,他心里想着,这个小女孩算作赠品。

他是外人,但从现在起,没人会禁止他入内;居间促成买卖之人,有权事先看货。艾施其实应该过来带他参观印刷车间的。胡桂瑙寻思着,自己要不要把艾施叫下来,但后来一想,还是算了,反正自己过几天又会过来,甚至有可能带来具体的购买建议——胡桂瑙对此非常肯定,而且现在是吃饭时间了。于是他就回旅馆了。

第八章

汉娜·温德灵醒了。她没有睁眼,这样她就可以稍稍留住即将消逝的梦境,多温存片刻。可它还是渐渐消散了,只留下一丝梦境消失后的惆怅。甚至这一丝惆怅也在逐渐变得淡薄,就在它完全消逝的前一刻,汉娜主动放弃了它,眯起眼睛向窗户瞥了一眼。一道乳白色的光芒正从百叶窗的缝隙间透下来。天色一定还早,要么就是阴雨天。条纹状的光线就像梦境的延续一样,也许是因为它进来得悄无声息。汉娜断定,天色一定还很早。百叶窗在打开的两个窗扇间轻摇慢摆;那一定是晨风在吹。鼻尖传来一丝清凉,她探鼻轻嗅,仿佛她的鼻子能嗅出时间的味道。然后,闭着一只眼,她把手伸到左边的床上;它没有打开,枕头、小鸭绒盖被、毯子分层叠放,收拾得整整齐齐,并用长毛绒床罩盖着。在把手缩回并和裸露的肩膀一起重新躲回暖和的被窝之前,她又伸过手去摸了摸柔软而微带凉意的长毛绒,仿佛要确认自己是孤独一人。薄薄的长睡衣从大腿上滑下，在腰部讨厌地皱成了一圈。唉，她又没睡好。仿佛为了弥补自己的失眠，她把右手放在温热光滑的胴体上，指尖难以察觉地轻轻抚摸着小腹的柔嫩肌肤和细软耻毛。她不禁想起某幅法国洛可可风格的香艳画作；接着，她又想起了戈雅的《裸体的玛哈》。保持着这个姿势，她又躺了一会儿。然后，她把睡衣往下理了理——好奇怪，一件薄如蝉翼的睡衣能立刻让人感到如此暖和——她想着自己该向左还是向右翻身，随后决定向右翻身，仿佛那张床上用品叠放整齐的床会抽走她的空气似的。她又凝神倾听了一会儿马路上的静寂，然后便重新做起梦来，就在听到外面传来的声音之前，溜进了新的梦境之中。

一个小时后再次醒来时，天已大亮，她再也无法自欺欺人了。对于一个与自己或他人所谓的生活，差不多或几乎完全脱离了的人来说，早晨起床总是那么艰难，甚至可能需要一点点的强迫。每天无处躲避的时刻又来了，汉娜·温德灵感到头好痛。疼痛从脑后开始。她双手交叉放在脖子后面，当手伸进秀发，感觉到发丝柔和地缠在指上时，她不由得一时忘记了头痛。然后，她按着疼痛部位；那是一种从耳后开始一直向下延伸到颈椎的抽痛。她已经习惯了。有人相伴时，头部偶尔也会突然一阵剧痛，让她感到天旋地转。她突然下了决心，把毯子往后一甩，迅速穿上高跟便鞋，没有拉起百叶窗，而是让窗片翻起一些，然后拿起带柄的小镜子，想借此对着梳妆台上的大镜子察看阵阵疼痛的脖子。那里为什么会痛？什么也看不出来。她把头转过来转过去；颈椎在皮肤下扭动——脖子真漂亮！肩膀也很美！她很想在床上吃早饭，不过现在是战争时期，起得这么晚，就已经够可耻的了。其实她应该把儿子送去上学的。她每天都下决心这样做。但做了两次后，她又把这个任务交给了女佣。当然，儿子也早就应该有一个来自法国或英国的女家庭教师了。英国女教师教起来更好一些。战争结束后，她一定要把儿子送去英国。当她像他那么大的时候，对，就是七岁的时候，她的法语就比德语说得还好了。她找了一小玻璃瓶美容醋，蘸了一些抹在脖子和太阳穴上，在镜子里仔细看着自己的眼睛：这是一双金棕色的眼睛，左眼有一根红色血丝。那是因为昨晚没睡安稳。她把晨服披在肩上，然后按铃叫女佣过来。

汉娜·温德灵是律师海因里希·温德灵博士的妻子。她出生于法兰克福。两年来，海因里希·温德灵一直在罗马尼亚或比萨拉比亚，或是它们周边的某个地方。

第九章

胡桂瑙在餐厅里找了个位置坐下。邻桌的是一位白发少校。女服务员刚把汤端到老先生面前，老先生就做了一个奇怪的动作：他双手合拢，微红的脸上神态虔诚而严肃，微微向着桌子低头，在结束了这场绝不会让人认错的默祷之后，他才进食。

看到这种不同寻常的举动，胡桂瑙不禁目瞪口呆；他招手叫来女服务员，非常随意地问起这个奇怪的军官是谁。

女服务员凑到他的耳旁说："这是镇警备司令官，一个被重新征召复职应战的西普鲁士贵族地主。他的妻儿留在老家的庄园里，他跟他们每天都有书信往来。司令部在镇公所里，但少校先生从战争开始就一直住在这个旅馆里。"

胡桂瑙满意地点点头。突然，他感到胃里一阵发冷和麻木，这时他也突然意识到，那里坐着一个手握军权的男人，这人只需伸出那只拿着汤匙的胳膊，就能让他粉身碎骨，也就是说，他似乎与自己的刽子手比邻而居。他再也没有胃口了！他难道不该退掉饭菜，赶紧逃走吗?!

可就在这个时候，女服务员把汤端了过来，当他食不知味地用勺子喝起汤时，那种发寒发麻的感觉消失了，转而变成一种几乎是让人高兴和冷静的虚弱无力。他根本不能逃跑，他还得促成《特里尔选侯国导报》那笔生意。

他的心里似乎放下了一块石头，因为他虽然相信自己的决定和决心游移不定、变化无常，可实际上，它们只是在逃避和渴望之间徘徊，而所有逃避、所有渴望的终点都是死亡。在这种灵魂和精神从一个极端走向另一个极端的左右摇摆中，胡桂瑙，刚才还准备脚底抹油的威廉·胡桂瑙，觉得自己很奇怪地被邻桌的那位老者吸引住了。

他心不在焉地吃着，甚至都没有注意到今天是肉食日，他心不在焉地喝着。在更极端、更明确的，在他已享受了好几个星期的现实中，万物崩散，彼此分离，退至极点，退至世界尽头。在那里，所有散碎重聚一体，在那里，彼此之间再无距离——恐惧变成渴望，渴望变成恐惧，《特里尔选侯国导报》与那个白发少校结成一个极难分割的整体。这无法说得更准确或更合理了，因为胡桂瑙的行为也是在这种距离完全消失的情况下做出的，在某种程度上就像下意识的不需要反应时间的非理性行为。所以，胡桂瑙其实不是怀着等待少校用膳结束的心情等待，而是因果的同时出现：就在他站起身来的同一刻，少校在再次默祷后向后推开椅子，点了一根雪茄。胡桂瑙落落大方地径直走过去，走到少校身边，举止非常自然，即使他还不知道，对于这样的冒昧举动，自己该找什么借口。

还没礼貌地自我介绍一番，他就自顾自地坐了下来，然后就口若悬河地说了起来：“冒昧打扰，敬请少校海涵；我受新闻社的委托来到这里，因为这里似乎有一份叫《特里尔选侯国导报》的本地报纸。关于这家报社的立场，各种令人担忧的谣传甚嚣尘上，所以我受到委托，来此全权负责此地调研事宜。嗯，还有……”现在我该说什么呢？胡桂瑙心里想着，嘴里却仍然滔滔不绝地说着，好像说话都不用经过脑子似的：“……嗯，在某种程度和某种意义上，报纸审查问题属于镇警备司令部的管辖范围，因此我觉得，自己有责任前来拜见并就此事报告少校先生。”

在他说话期间，少校猛地微微挺直身体，摆出一副军人的坐姿，然后想要插言反驳，认为常规的官方途径似乎更适合处理这种事情。但胡桂瑙的话却如滔滔江水一般停不下来，他也似乎没听少校讲了什么，毫不犹豫地打断了少校的反驳，说道：“我不是以官方身份，而是以半官方身份拜见少校先生，因为之前所述的全权委托并非来自政府，而是来自大型爱国工业企业。至于这些企业的名字，就算我不提，大家也都知道。他们委托我，在价格合适的情况下，出手购买立场可疑的报纸，以此防范危险思想深入民间。”胡桂瑙反复说着“危险思想深入民间”，就好像回到起点，他就能获得绝对安全一样，仿佛这句话就是一张温暖舒适的床，可以让人酣然安睡、舒心入眠一样。

显然,少校不明白这会有什么后果,但他还是点了点头。胡桂瑙接着刚才的话题又继续信口说道:“嗯,问题就在于立场可疑的报纸,在我看来,《特里尔选侯国导报》十有八九就是一份立场可疑的报纸,我是绝对赞成把它买下来的。”

他得意扬扬地看着少校,用手指敲着桌子,仿佛在等待镇警备司令官对他这番精彩说辞表示赞赏和赞扬。

“毫无疑问,非常爱国,”少校最终赞同道,“谢谢告知。”

得到少校首肯,本来可以就此离去了,可胡桂瑙觉得这还不够,于是他再三感谢少校对自己的亲善友好,并因此而提了一个请求,一个小小的请求:“我背后的出资人表示,收购这样一家或多或少算是发行地方报纸的报社,本地有意收购的各方也应该参与进来;这完全可以理解,为了便于管理控制嘛……少校先生,您明白我的意思吗?”

“没错,这完全可以理解。”少校一头雾水地说道。

“那么,”胡桂瑙说道,“我的请求是:希望您,少校先生,镇上当之无愧的最有威望的人,能指点我一下,告诉我几个可能有意于这个项目,并且有钱又值得信赖的本地乡绅——当然,我会保守秘密的。”

少校则说:“这事其实归民政管理所而不是警备司令部,但我可以给胡桂瑙先生提一个建议,您星期五晚上来这里,因为这天晚上,您总能在这里遇到一些镇议员和其他乡绅。”

“太好了!可少校先生也要来这里哦,”胡桂瑙得寸进尺地说道,“太好了！要是有少校先生为这个项目保驾护航,我就能拍胸脯保证我们能大获成功了,尤其这还是一个所需资金相当少的交易。一定有许多绅士非常感兴趣,就此和大型工业企业搭上关系并有了一定的合作基础……太好了,真是太好了……少校先生,请允许我抽口烟……”

他把椅子移过来一些,从雪茄盒里拿出一支雪茄,擦了擦眼镜,开始抽起烟来。

少校说道:“能够提供支持,这当然很好,不过很遗憾,我对这种生意上的事情一窍不通。”

“哦,没关系,”胡桂璐说道,“这都是小事。”因为他还想迂回兜转着再获得些好处,也许是出于相信自己的谈话技巧,也许是为了让自己的信心更足一些,也许是出于纯粹的任性,他又把椅子向少校挪近了一些,恳求少校允许他再说条消息,但这条消息只能说给少校先生一个人听。“我以前跟那份报纸的发行人——好像叫艾施,少校先生肯定听过——闲谈时发现,在这份报纸的背后,肯定有人在策划一场——我该怎么说才好呢——一场由危险的颠覆分子参与的地下活动,有些事情似乎已经传开了。但是,只要这个报社收购项目真的能够实现,那么,就算这个活动再隐秘、再神秘,我也能完全了如指掌,而为了全体人民的利益,这是值得的,也是必要的。”

老先生还没来得及回答,胡桂璐就站起身来,说出了自己最后要说的话:“求您了,哦,求您了,少校先生,这只是我——一个有着拳拳爱国心之人——的义务和责任……这当然不值一提……那么，恭敬不如从命，我就厚颜接受您星期五晚上的邀请了。”

他脚后跟“啪”地一并，步伐轻盈地走回自己的餐桌，险些忍不住手舞足蹈起来。

第十章

奥古斯特·艾施先生在做编辑工作时极其偏狭,容不得半点异议,而且只要一坐在这个位置上,他就会感到非常不舒服。究其原因,很可能是他做了一辈子会计工作,甚至还在家乡卢森堡的一家大型工业企业里做了好几年的高级会计,后来——那时战争已经开始了——因为意外继承了一笔遗产才有了《特里尔选侯国导报》及其附属地产。

因为会计,特别是高级会计,是生活在极其精准、独有的规章守则中的人。这些规章守则的精准,在其他工作中是无法感受得到的。在这些规章守则的帮助和支持下,他习惯于生活在一个强大而又谦卑的世界里。在那里,众人各司其职,万物各安其位,他的内心不再迷茫,他的目光坚毅镇定。他把总账一页页翻开,跟流水账和往来账一一核对;绵延不绝的桥梁连过去通过来,为日常的生活和工作提供保障。每天早上,勤杂工或某位小姑娘从通信科把记账凭证送过来，然后高级会计签字确认，以便年轻的会计们随后将其录入流水账中。这样一来，高级会计就能安安静静地思考更为棘手的问题，做出指示，让人查账。在心里把某个棘手的会计问题安排和处理妥当后，他就会看到牢固的新桥梁横跨大陆，从一个大陆延伸到另一个大陆。而这种账目和账目之间牢固而又错综复杂的关系，这张虽然无法解开，但在他眼中却是一目了然，一个结点都不少的网，最终显化为一个唯一的数字，一个虽然要在几个月后才会出现在收支平衡表中，但他现在就已预见到的数字。啊，收支平衡，多么令人兴奋，至于盈亏，何必放在心上，因为每笔交易、每项业务，都会给会计带来好处，带来满足。即使是每月的试算表，也都是能力和技巧的战果，但与年终结算的大会战相比，也算不了什么：在结算的那些天里，他就是手不离舵的舵手；科里的年轻小会计们就像在各自岗位上划桨的奴仆，在没有结清轧平所有账目之前，没人顾得上午休和睡觉。不过，损益表和资产负债表账户的编制工作，他还是留给自己做，当他填入结余，斜着画上结束线后，就会在报表上签字盖章。可要是有一分钱轧不平，那就惨了。只好痛苦并快乐地再来一遍。在首席助理会计的陪同下，他用侦探的眼光审查着有算错之嫌的账目，如果一无所获，那么过去半年的所有账目都要毫无疏漏地重新核算。被发现算错的年轻人可就惨了，迎接他的将是滔天的怒火和无情的鄙视，甚至是开除免职。不过，要是发现这个错误并非会计科疏忽所致，而是在仓库盘货时出现的，那么，这个高级会计就只能耸耸肩，在嘴角泛起一丝带着遗憾和嘲讽之意的微笑,因为盘库工作不在他的管辖范围之内,而且他也知道,仓库跟生活一样,永远无法像他的账册那样整整齐齐、井然有序。他不屑地挥了挥手,回到自己的办公室。当日子变得越来越悠闲时,高级会计也会经常碰碰运气,打开一本大开本账簿,一边用大拇指迅速地把账页抹平,一边试着把表中的一列数字相加,沾沾自喜于自己的计算能力——在毫无差错地快速计算的同时,还能浮想联翩,享受着虽在意料之中,却仍让人心醉的惊喜,因为计算的奇迹依然如磐石般存在于不确定的世界之中。然后,他的手会从账簿上滑过,他的心里会渐渐涌起悲伤,想着每一个现代会计都有责任提倡和推广的新式会计制度。一想到新式会计制度将用淡而无味的卡片取代大而厚实的账簿,将用机械计算器代替个人技能时,他的心里就充满了悲伤。

不在工作时,会计是多愁善感的。因为无论身在何处,谁也无法分清现实和虚幻,在关系自成一体的世界中生活的人,绝对不会允许另一个世界中有自己想不明白、看不清楚的关系:主动走出或被动脱离自己固有世界的人,都会变得心胸狭窄、不容异议,成为苦行僧一般的狂热者,甚至成为反抗者。死亡的阴影已经笼罩在他的头上,这个曾经的会计,要是已经垂垂老矣,那就真的只能像退休者一样做做日常小事,两耳不闻窗外之事、意外之事,只管在自家花园里给草坪浇浇水,种种果树;可要是他依然精力旺盛,闲不下来,那么他的生活就会变成让人心力交瘁的艰苦抗争,反抗他认为是虚幻的现实。更要命的是，命运或遗产还让他从事像报纸发行人这样容易招惹是非的工作，即使他拥有的只是一份地方小报！因为，肯定没有一种职业比报纸主编更依赖于世道的变幻无常，特别是在战争时期，正面消息和反面消息、希望和绝望、乐观和悲观，都只有一线之隔，绝对无法有条有理地记录到账簿之中：只有在审查机构的帮助下才能确定，什么一定是真，什么必定为假，而每个民族都生活在自己的爱国主义现实之中。会计做主编是极不合适的，因为他很容易也很乐意写下“我们英勇善战的军队仍然驻扎在马恩河的左岸，等待继续前进的命令”，可法国军队其实早就挺进右岸了。如果审查官指责报纸所写内容不实，那么会计，尤其他还是一个行事急躁的人，必然会跳着脚地指出，总参谋部军需官虽然通报了左岸建造桥头堡一事，但从未谈及撤军一事。这仅是众多例子中的一个，甚至可以说是数百个例子中的一个。然而，这些例子一再表明，想以严谨的态度把事件分毫不差地载入史册是痴心妄想，而这种严谨的态度和分毫不差的精度在记录商业交易时却被视作重中之重；就像在一场无法确定走向的战争中，一个小小的错误就能引发一场叛乱。就算是在和平时期，也并不缺乏能让一个小心谨慎、举止得当之人兴起这种叛乱之心的因素，更何况是在这个时候，这种叛乱必定会成为一场政府和正义之间无法避免的战斗，成为一场两种虚幻之间的战斗、两种压迫之间的战斗，成为一场注定永不停息的战斗，堪比堂吉诃德参加十字军，去征伐一个不愿服从建立秩序的世界。会计总是会为公正而战，只要他的账册中确实有某项应收账款，哪怕只有一分钱，他都会向各级法院提出诉讼。他其实并不是好人，但只要发现或注意到某人有错误违法行为，他就会以法律维护者自居，不屈不挠和怒火冲天地奋起战斗。他是一个瘦长的骑士，他必须紧握长矛，一次又一次地冲锋，为了捍卫算账的荣誉，让世上没有糊涂账。

所以说，艾施先生的编辑工作绝不像人们所想的那样容易。当然，在这份每周两刊的报纸中，所有材料都由科隆的一家通讯社提供，主编其实什么都不用做，就是从每天的热点新闻中挑出焦点新闻，只需从文艺小说和散文诗歌中选出写得最美的作品，他自己最多就是找一些大部分都属于"读者来稿"之类的地方新闻。不过，这一切虽然看起来很简单——实际上也很简单，只需要艾施专心做好他为《特里尔选侯国导报》（当然不是美式的，而是糟糕的意式的）新设的会计制度的管理工作——但在前任主编应征入伍后，艾施先生，一是因为天性吝啬，二是因为会计都喜欢精打细算，三是因为形势越来越困难，不得不担起报纸的编辑工作时，所有困难一下子都出来了。然后斗争就开始了！他开始力争精确呈现世界形势，反对提供虚假和伪造的记账凭证，开始反对某些政府机构，因为这些政府机构不允许《特里尔选侯国导报》公开报道前线情况、后方的不良现象、水手起义和弹药厂骚乱，甚至拒绝听取该报关于如何有效克服这种弊端的建议。他们反而认为，艾施先生竟然能得到这些消息，这事很可疑——尽管只有心怀恶意的人才会这么认为——并且已经在考虑，应该禁止像他这样的外国公民

（卢森堡人）从事编辑工作；他多次受到警告，而且他与特里尔审查机构的关系也一周比一周僵。因此，与世界为敌的艾施先生，也就顺理成章地对受屈辱和压迫的人民产生了兄弟情谊，成为一个反对者和反抗者，但他自己并不承认。

第十一章　柏林救世军女孩的故事(1)

战前时期颁布了诸多禁令和限制,今天回首再看时,我们当然会感到无地自容,但它们之所以存在,也可能是因为我们对某些现象完全缺乏理解,即那些稍微超出自以为完全理性的世界边缘的现象。因为,我们当时习惯于只尊崇西方的思想文化,而贬低一切非西方的思想文化,所以我们很容易把一切非理性的现象归入低于欧洲和低劣的一类。甚至,如果这时出现这样一种现象,例如救世军,极不起眼地披着和平与恳求的外衣,它就会遭到无尽的嘲笑。人们想要看到的是明确和英勇,换句话说,是美感,人们相信这才是欧洲人应有的态度,人们囿于被世人误解的尼采思想,虽然大多数人从未听过尼采的名字;直到世上涌现出如此多的英雄事迹,让世界再也看不到纯粹的英雄主义时,这场闹剧才落幕收场。

如今,只要在街上遇到救世军集会,我都会加入进去,很高兴地在募捐盘上放一些零钱,而且还经常和军兵们聊天。这并不是说，那些有点原始的救世教义改变了我的看法，而是我觉得，曾经囿于成见的我们，在道德上有义务尽量弥补我们的过错，尽管这些过错可能只是表面上的审美堕落，而且还可以用我们当时心智未成熟为借口。当然，我也是逐渐才有了这种认识，尤其是因为，在战争期间，我很少见到救世军军兵。我虽然听说他们正在推广一项广为传播的慈善工作，但在舍内贝格区的一条偏僻马路上遇到那位救世军女孩时，我还是感到相当惊讶。

我肯定是一副衣着不整、需要帮助的模样，不过我那惊喜的神情和灿烂的微笑给了她莫大的勇气，她找了个顾及我面子的借口，跟我攀谈起来，并从夹在腋下的一包传单里拿出一份给我。要是我仅仅只是买了一份传单的话，也许她会很失望，所以我说："很抱歉，我没有钱。""没关系，"她回答道，"您来我们那儿吧。"

我们穿过几条有着城郊特色的马路，路过一片闲置的土地。我边走边聊起了战争。我觉得，她把我当成了一个不想工作的懒汉，甚至像是个在被迫招供的逃兵。她明显不想在这个话题上纠缠，而我却继续聊着战争，继续怨天怨地地骂着，至于为什么，我现在不能再说了。

突然，我们发现自己迷路了。我们沿着一条狭路在一大片厂房边上绕着。走到路口时，我们发现，眼前仍是一片厂房，一眼望去，没有尽头。于是我们向左拐进一条小路，小路的入口处用一道耷拉在地，几乎没什么作用的铁丝网拦着——不明白这里为什么要拦着，因为铁丝网后面只是堆着垃圾和废料，堆着瓦盆、或瘪或凸的喷壶,此外还有各种各样的坛坛罐罐,也不知道为什么把它们送到这个交通不便的偏僻之地来。这条小路的尽头是一片开阔的田地,虽然不是真正的田地,因为现在里面光秃秃的,寸草不生,但至少也是耕种过的田地,也许是在战争之前,也许就在去年。看起来像冻住的泥浪般的土地纹路,是变硬的犁沟——这就是证据。可在此之后,显然再也没有播种过。远处,一列火车从田野间缓缓驶过。

身后,是厂房,是大都市柏林。因此,我们的处境并不绝望,尽管午后的阳光如此无情地炙烤着我们。我们商量着该怎么办。继续徒步到下一个村庄?“就我们这副样子可不好见人。”我说道。她很顺从地想要拍掉黑色制服裙上的尘土。这种裙子的料子跟女售票员制服的料子一样,都很粗糙,是用纸纱线织成的替代料子。

然后我发现那里竖了一根桩子,就像界标一样。我们向那里走去。我们轮流坐在那根桩子的细影下。我们很少说话,只提到了我口渴一事。当天凉如水的时候,我们回到了城里。

第十二章　价值崩溃（1）

这种扭曲的生活还是现实吗？这种过度的现实还有生命吗？伟大的牺牲精神，充满激情的手势，最终化作肩膀一耸——它们不知道自己为何消亡；它们虚幻地陷于虚无之中，却又被某种现实包围和杀害，而这种现实正是它们的现实，因为它们明白现实的因果关系。

虚幻就是不合逻辑。这个时代似乎无法再超越不合逻辑、反逻辑的顶点：似乎可怕的战争的实在已经消灭了世界的实在。幻想已成为逻辑现实，而现实却成为最无逻辑的幻觉。这是一个比过往任何时代都懦弱、怕痛的时代，它正在血海中被淹死，在毒气中窒息；一群群银行职员和唯利是图者扑入铁丝网中；精心打扮的人性和博爱，不去阻止战争发生，而是摇身变成红十字会，为战争制造假肢；城镇路上有饿殍，有人却利用饥饿的民众发财；戴着眼镜的学校老师带领突击部队；大城市的市民们藏身于防空洞内；工厂工人和其他平民成为匍匐前进的侦察兵；最后，当他们幸运地返回后方时，又有人靠贩卖假肢发财。任何形式都已烟消云散，冷漠不定的暮色笼罩着阴森恐怖的世界，每个人都像迷路的孩子，借助某一条气若游丝的逻辑线索，摸索着穿过一片梦境——他们称之为现实的梦境，其实只是他们的一场噩梦而已。

这种充满激情的惊恐，这个时代因其而疯狂；这种充满激情的满足，这个时代因其而伟大，两者都通过事件的过度不可思议和不合逻辑来证明自身的合理，而这些事件在表面上构成了自身的现实。表面上！因为，"疯狂"或"伟大"这两个词永远和时代无缘，只能适用于个人命运。然而，我们的个人命运却一如既往，完全正常。我们的共同命运是我们个人命运的总和，任何这种个人生活的轨迹都完全"正常"，可以说符合个人生活的"内裤逻辑[①]"。虽然我们认为整体形势是疯狂的，但我们轻易就能报道个人命运的逻辑动机。我们疯狂，是因为我们没疯狂吗？

最大的问题在于：一个思想一向真正专注于其他事物的个人，如何理解并适应死亡的意识形态和现实呢？有人会回答说，大多数人反正不会做，只是被迫而已——这在厌倦了战争的今天，也许是对的，但真正的战争和屠杀狂热过去有，今天仍然有！也有人会回答说，普通人的生活就在饲槽和床铺之间，完全没有任何思想，因此很容易赞成仇恨思想——至少这是最合理的，无论这种思

---

① 德语原文为 Unterhosenlogizität，这个词是布洛赫自己造的。

想现在是民族仇恨还是阶级仇恨。甚至有人会回答说，这种可怜的生活服务于一种超越个人的事业，即使这种思想是一种让人堕落，却有着社会生活价值表象的思想。然而，即使这有可能是对的，可这个时代在某个地方仍有着其他的更高价值，个人的平均人性再不堪也依然有份的价值。这个时代，总会在某个地方有一种纯粹的求知欲望，总会有一种纯粹的艺术意志，有一种至少可以说是非常准确的社会情感。创造并分享所有这些价值的人，要如何才能“理解”、不加抗拒地接受和赞同战争思想呢？如何才能手握钢枪，如何才能走进战壕，要么死在里面，要么活着出来重操旧业而不疯狂呢？这种转变是如何形成的？战争思想究竟是如何出现在这些人心里的呢？这些人究竟是如何理解这种思想及其现实领域的呢？更不用提——完全有可能——兴奋地肯定了！他们疯狂，是因为他们没疯狂吗？

对别人的痛苦漠不关心！那种在监狱大院里有人倒在断头台上或吊死在绞刑柱上时，还能让附近的镇民安然入睡的漠不关心！那种只需成倍增加，就可以让在家的镇民漠视成千上万人死于铁丝网之前的漠不关心！无疑，这是同一种漠不关心，但又不只是漠不关心，因为这里不再是一个现实范畴陌生并冷漠地排斥另一个现实范畴的问题，而是一个独一无二的个人，集刽子手和牺牲者为一体的问题，所以是一个独一无二的区域可以集参差不一的元素为一体的问题，是作为这种现实载体的个人仍然完全自然且绝对必然地进入其中的问题。这不是战争支持者，这不是与之针锋相对的战争反对者,这也不是因四年的食品匮乏而“变成”了另一种人的,从自己成为异己者的个人内心转变:这是一种全体生活和全体经历的分裂,是一种比个人之间的分道扬镳更为深刻的分裂,是一种向下触及个人及其统一现实本身的分裂。

啊,我们知晓自身的分裂,但我们无法解释原因,我们想把责任推给我们所处的时代,但这是个让人无力反抗的时代,我们无法理解它,只能将它形容为“疯狂”或“伟大”。至于我们自己,我们认为是正常的,因为尽管我们灵魂分裂,但内在的一切仍然合乎逻辑。要是有一个人,在他身上清晰地体现出这个时代的所有痕迹,而且他自己的行为逻辑就是这个时代的痕迹,那么,就可以说,这个时代不再疯狂了。也许,正是为了这个原因,我们才如此渴望“领路人”,渴望他能激励我们成就一番事业,而没有他的领导,我们只能被形容为“疯狂”。

第十三章

从外部看来,汉娜·温德灵的生活是一种慵懒闲适、景况优裕的生活。奇怪的是,从内部看来,也是如此。也许,她自己也会这么形容。这是一种悬在晨起和暮息之间的生活,就像一根松弛的丝线,因为没有绷紧而松弛摇荡。生活本来有多重维度,但在她这种特殊情况下,生活的维度却一个接着一个消失了,甚至都填不满三个维度的空间:人们完全有理由说,汉娜·温德灵的梦境比她的苏醒更生动、更有血肉。尽管这也可能是汉娜·温德灵自己的看法,但这种看法没有点到问题的核心,因为它只对这个年轻女士的宏观生活状况做了说明,对极其重要的微观生活状况却几乎一无所知:没人知道自己灵魂的微观结构,当然也不应该知道。在这种明显有气无力的生活方式中,生活的细节之间就这样保持着稳定的张力。只要从这根看似柔软的丝线中剪下极小一段,就会发现这段丝线扭曲得极其厉害,就好像每个分子都在痉挛一样。

这种状况的外在表现，通常可以用“神经质”一词来形容，只要把它理解为令人疲于奔命的游击战：在每个瞬间，自我都必须与其表面接触的那些微小至极的经验碎片作战。不过，就算这与汉娜的情况非常贴近，但她生性紧张的原因，并不在于她对生活的随机与偶然的烦躁不耐，无论这些随机与偶然是在漆皮皮鞋上的灰尘中，还是在手上戒指的压力中，甚至只是在一个未煮熟的土豆中。不，原因不在于此，因为这一切只不过是不可捉摸的微微扰动，就像微微荡漾的水面在阳光下轻轻泛光；她不想错过这一切，这一切似乎可以让她摆脱无聊。不，原因不在于此，而在于这个有着如此多重明暗浓淡变化的表面，与她在过去、未来永远无人可见的深处，坚定、镇静地向远处绵延伸展的灵魂海底之间的差异：这是可见的表面和不限制任何东西的不可见表面之间的差异；这是在自身的无限中上演的，最紧张的灵魂游戏；这是晨昏蒙影正反面之间的无量，是一种失去平衡的张力，也可以说是一种起伏波动的张力，因为一边是生命，另一边却是永恒，是灵魂和生命的海底。

这几乎是一种没有任何实质的生活，或许也因此是一种无关紧要的生活。这是一个乡下律师的夫人的生活，它其实不值一提，因为这对夫妇都默默无闻。因为就人类命运的重要性来说，这种生活没有任何出奇之处。在炮火纷飞、暴行泛滥的战争年代中，尽管懒女人道德不道德的问题几乎无人关心，但我们也不能忘记，在所有或自愿或被迫承担英勇作战义务的人中，几乎所有人都想把自己道德的命运与那个懒女人的不道德命运交换。也许，哪怕只是也许，汉娜·温德灵在战争逐步展开和日益激烈时表现出的麻木，正反映了她对人类残暴行为的最道德的惊骇。也许，这种惊骇已经在她心中掀起了滔天大浪，让她自己再也不敢多想。

第十四章

几天后的一个下午，胡桂瑙又来找艾施先生。

“怎么样，艾施先生，您怎么说？事情进展很顺利哦！”

艾施正在审阅校样，听到这话便抬起头来：“哪件事？”

蠢货！胡桂瑙心想，但口中却说道：“就是报纸的事啊。”

“我干不干还是个问题呢。”

胡桂瑙不禁怀疑起来：“喂，您听着，您可不能让我丢脸……还是说，您已经在和别人谈了？”

然后，他看到了上次在印刷车间前见过的小女孩：“您女儿？”

“不是。”

“哦……我说艾施先生，要我帮您卖掉报社的话，您总得为我介绍一下这里……”

艾施指了指这个房间，胡桂瑙想让他脸色好看一点，于是说道：“也就是说，这小女孩也算在里面……”

“不。”艾施说。

胡桂瑙不肯松口。其实，他自己也不知道为什么会对此感兴趣：“不过，印刷车间应该算在里面……这个我得看看……”

“可以，”艾施说完便站起身来，牵着小女孩的手，“我们去印刷车间吧。”

“你叫什么名字啊？”胡桂瑙问道。

小女孩说道：“玛格丽特。”

“法国小女孩[①]。”胡桂瑙说道。

“不是，”艾施说道，“只有她爸爸是法国人……”

“有意思，”胡桂瑙说道，“那她妈妈呢？”

他们从鸡棚梯子下楼。艾施低声说道：“她妈妈已经不在了……她爸爸是电工，在这里的造纸厂工作，现在被关押起来了。”

胡桂瑙摇了摇头：“不幸的一家，非常不幸……那您领养了她吗？”

艾施说道：“您是不是什么都想打听啊？”

“我？不……但她总要有个地方住吧……”

艾施没好气地说道：“她住她姨妈家……只是偶尔过来吃顿午饭……都是些可怜人。”

胡桂瑙很满意，因为现在他什么都知道了：“所以你是法国小女孩吗[②]，玛格丽特？”

---

①② 原文为法语。

她抬起头看着他，脸上闪过一丝回忆之色，她放开了艾施，抓住胡桂瑙的手指，但她没有回答。

“她一句法语都不会……她爸爸已经被关了四年了……”

“现在她到底几岁了？”

“八岁。”小女孩说道。

他们走进了印刷车间。

“这就是印刷车间，”艾施说道，“光是印刷机和排字设备就值几千马克。”

“老式印刷机。”从未见过印刷机的胡桂瑙说道。右边是排字室。他对那些老旧的灰白色铅字盒不感兴趣，但很喜欢这台印刷机。地面是瓷砖铺就的，许多地方都用混凝土打了大补丁，印刷机四周已经被机油浸透，变成了褐色。印刷机立在那里，沉稳地立在那里，铸铁部件漆成黑色，锻铁杆闪闪发光，活接头和支座上都箍有黄铜圈。一个穿着蓝色工作服的老工人正在用一把碎纸屑擦拭着裸露的锻铁杆，根本不理会有客人在场。

艾施说道：“好了，就这些了，我们走吧……来吧，玛格丽特。”他径直走了出去，把客人晾在那里，连个招呼都没打。胡桂瑙盯着这个没礼貌的家伙，但这正中他的下怀；现在，他就可以在这里悠闲地细细察看了。这里的环境宁静中透着安稳，非常舒服。他拿出雪茄盒，挑了一支外层烟叶有些破烂的雪茄，递给印刷机旁的工人。

印刷工人不解地看着胡桂瑙，因为烟草制品可是稀缺品，雪茄到哪里都可以当礼物送人的。他在自己的蓝色工作服上蹭了蹭手，接过雪茄，因为不知该如何感谢他，于是说道："这可是稀罕物。""没错，"胡桂瑙回答道，"烟草制品很难搞到。""什么都缺。"印刷工人附和道。胡桂瑙顿时来了兴趣："您的老板也是这么说的吧？""大家都这么说。"

这不是胡桂瑙想要的回答，于是他催促道："您快点上抽几口呗。"那人有点像胡桃夹子，他用深棕色的牙齿咬掉了雪茄烟嘴儿，点燃后抽了起来。他的工作服和衬衫敞开着，露出了白色的胸毛。胡桂瑙本来是想用那支雪茄获得一些回报的；这个老工人总该透露些消息。他想撬开老工人的嘴，于是问道："小机器很精巧，对吗？""还行。"回答得非常简洁。胡桂瑙对这台印刷机很有好感，这个勉强表示赞同的回答让他感到很不舒服。因为想不出别的办法打破沉默，所以他只好问道："您怎么称呼？""林德纳。"然后，他们就一直无话可说。胡桂瑙心想，要不要现在就走呢？可就在这时，他的手指又被一只小手抓住了；玛格丽特光着脚悄无声息地走了下来。

"哟[①]，"他说道，"你从他手里逃出来啦[②]。"

小女孩听不懂，抬起头来看着他。

"哦，对了，你听不懂法语……羞不羞啊，法语你一定得学。"

小女孩做了一个胡桂瑙见艾施也做过，用来表示不屑的手势：

①② 原文为法语。

“楼上那个人也会说法语……”

她说：楼上那个人。

胡桂瑙听得很开心，低声问道：“你不喜欢他吗？”

小女孩顿时沉下了脸，噘起了嘴，但随后就发现林德纳在抽烟：“林德纳先生在抽烟！”

胡桂瑙笑着打开雪茄盒：“你要不要也来一支？”

小女孩推开雪茄盒，慢吞吞地回答道：“给我点钱。”

“什么！你想要钱？你要钱干什么？”

林德纳说道：“现在的孩子都早熟。”

胡桂瑙拉了把椅子过来，坐下后把玛格丽特拉到两腿间：“你知道吗，我自己也需要钱。”

小女孩依然慢吞吞地重复道：“给我点钱。”

“我给你一些夹心巧克力。”

小女孩不吭声。

“你要钱干什么？”

尽管知道“钱”是个非常重要的字眼，尽管他也离不开钱，但对于钱，他突然什么都想不起来了，不得不专心想着：“要钱干什么？”

玛格丽特双臂撑在他的膝盖上，身体在他的两腿间挺得笔直。

林德纳咕哝道：“哎呀，您就让她走吧。”又对玛格丽特说：“快点，赶紧出去，印刷车间可不是给孩子玩的地方。”

玛格丽特生气地白了一眼。她又抓住胡桂瑙的手指，想要把他拉到门口。

“欲速则不达，”胡桂瑙站起身来说道，“心静则事成，对吧，林德纳先生？”

林德纳又开始一声不吭地擦拭印刷机。这时，胡桂瑙突然觉得，小女孩和印刷机之间有一种莫名其妙的亲戚关系，有点像兄妹。在走到门口之前，他赶紧对小女孩说“我给你 20 芬尼”，好像他这样说就可以安慰印刷机似的。

当小女孩伸出手来时，他心头又很奇怪地涌起“要钱干什么”的疑惑，小心翼翼地把孩子拉到身边，弯腰凑到她的耳边，似乎要和她说一件只跟他们两人有关的秘密，这个秘密不能让任何人听到，甚至连印刷机也不行：“你要钱干什么？”

小女孩说道：“给钱。”

但胡桂瑙根本没理她，于是她就板起脸琢磨着。然后她说了声“我告诉你”，从他怀里挣脱出来，硬是把他从门口拉了出来。

当他们站在院子里的时候，外面已经明显变凉快了。胡桂瑙很想抱着小女孩，这样他刚好能感到她传来的温暖；在这个季节里，艾施不应该让一个孩子光着脚到处跑。他有点尴尬，于是擦起了镜片。当小女孩再次伸出手说“给钱”时，他才想起自己有 20 芬尼。但忘了问她要钱干什么了，他直接打开钱包，用手指拈出两枚铁币。玛格丽特拿到钱就跑掉了，被撇在那里的胡桂瑙无事可干，只好再次仔细打量了楼院一番。然后，他也走了。

第十五章

就在战时后备兵路德维希·戈迪克以自我为核心，聚集起他灵魂中最重要的碎片后的那一刻，他就不再感到这种痛苦了。有人可能会对此提出质疑，说戈迪克这个人一生都是一个原始人，再怎么寻找灵魂碎片也不会使他的灵魂变得丰富多彩起来，因为他的自我从未有过更多的灵魂碎片，哪怕是在他人生最辉煌的时刻。只是，人们既不能证明——而这一开始就驳倒了这种质疑——戈迪克这个人是个原始人，也不能将获得新生后的他称为原始人；至少，人们可以设想，原始人的世界和灵魂是缺乏建筑材料的，就像用斧子建造的。只需思考一下原始人与文明人在语言结构上的不同复杂程度，人们就会明白，这种质疑是多么荒谬。因此，我们完全无法判断，战时后备兵戈迪克选择的灵魂碎片是多还是少，他用了多少碎片来重塑自我，又放弃了多少碎片；只能说，他只是跟着感觉信步而行，他失去了一些曾经拥有的东西，一些对他的新生而言，虽然不一定需要，失去了他会遗憾，可为了活下来，又必须拒绝的东西。

他确实失去了一些东西，这很容易从他少说少动的行为特点中看出来。他能走路，虽然很困难；能吃饭，虽然没食欲，只是他的消化能力，就像被压碎的下腹波及的所有部位一样，仍给他带来极大的痛苦。也许，这种痛苦也包括他说话的艰难，因为他常常觉得，压在胸口和压在内脏上的压力是一样的，那个箍住肚子，也套住胸口的钢圈会妨碍他说话。他连最简短的话也说不了，说不出，这当然是因为他必须少说话，他就是靠着少说少动才重塑了现在的自我，而且只有少说少动才刚好维持少之又少、微乎其微的新陈代谢，任何其他费力之举，哪怕只是多说一个字，都意味着无法补偿的损耗。

于是他拄着两根拐杖在花园里走来走去，棕色的大胡子弯曲着垂到胸口，长着灰黑色睫毛的眼窝凹陷，棕色的眼睛直勾勾地发愣，他穿着护士为他准备的医院病号服或是制服外套，他肯定不知道，自己是在某所军医院里，而且还是在某座他不知道名字的城镇里。可以说，泥瓦匠路德维希·戈迪克为他的灵魂之屋搭好了一个脚手架，当他拄着两根拐杖走来走去时，他觉得自己完全就是一个有着好多立柱和斜撑的脚手架。与其说，他还无法决定，或更准确地说，他还无法自己弄来砖瓦盖房子，倒不如说，他所做的一切，或者更准确地说，所表达的一切、所想的一切——因为他还什么都做不了——重点都在于搭建脚手架本身，在于布置这个有许多梯子和跳板的脚手架，这个日益复杂、需要注意加固的脚手架。脚手架的本身，依然是真正的目的，因为，无论是悬在脚手架的中心，还是悬在任何一个单独承重的部件中，泥瓦匠路德维希·戈迪克的自我都是不可见的，“他”必须防止眩晕。

弗卢尔施茨博士多次想把这个人送去精神病院。但少校军医库伦贝克认为，病人的休克[1]只是被塌陷的战壕所埋导致的后遗症，并非器官受伤所致，因此会逐渐消失的。又因为他是一个安静的病人，护理起来非常容易，所以他们同意留下这个战时后备兵，直到他的肉体损伤完全康复为止。

---

① 这里应该是指灵魂或心理意义上的休克。

第十六章　柏林救世军女孩的故事(2)

许多事,只能借诗传意,
平常之人,总觉得多此一举;
诗歌可解几许无奈,
有些事,可以借歌诉苦,
白天浸透了夜晚的黑暗,
心中的苦痛,犹如白日之鬼,
就像救世军所唱之歌:
敲起铃鼓之时,没有笑意荡漾——
玛丽落落大方,穿过许多街巷,
穿过柏林的许多酒馆;
制服不合身,草帽不合头,
她是个女孩,容颜憔悴,
她唱起歌时,歌声低微,

虽然毫无意义,但她身有双翼。
她是女孩玛丽,住在济贫所里,
那里走廊灰白,气味酸鼻,
像烂掉的白菜,似熏黑的炉壁。
那里每道裂缝,都散发纯净气息,
那里夏天很冷,双肩冻得战栗,
老人们坐在接待室里,
口臭扑鼻,脚汗味令人窒息……
她就住在这里,她从这里进去,
床在这里的棕色棚屋里,
床头挂着棕色耶稣受难像,
她跪在这里,感恩苦难,
抬头仰望,静候命运降临,
耶稣在天堂里给她指引。
她在这里入眠,夜里有钟声相伴。
然而早上,她必须用冷水洗脸,
在济贫所里用暖水,会惹人鄙嫌;
天色依然灰蒙,
空气安静,似充满了耐心,
像一张悬挂的湿软帆布,
不时发出隆隆之声。
这个时代,如此无望可怕:

谁能指望喜乐伴随自己,或在这新的一天里,

留下不朽的痕迹,让自己更加美丽?

指望这一天,在孤独中破晓,

久盼的友谊入了怀抱?

她对此一无所知——她得煮咖啡,

洒扫清洁完毕,然后倚窗小憩:

心中所愿,在梦中几近成功,

满街祝福,万物称颂。

第十七章

汉娜·温德灵很少到镇上去。她很讨厌去镇上的路,不仅讨厌尘土飞扬的公路——这毕竟也可以理解——而且还讨厌河边的小路。走河边小路用不了二十五分钟,走公路甚至只要一刻钟。说到底,她从来没喜欢过去镇上的路,哪怕是在她还要每天去事务所接海因里希的那个时候。后来,他们有了汽车,但没过几个月,战争就爆发了。今天是凯塞尔博士驾着单驾马车把她带到镇上去的。

她买了些东西。她的新裙子仅到脚踝,她能感到别人停留在自己脚上的目光。她对时尚有一种敏锐的感觉,而且向来把握得很准;她能感到时尚的气息,就像时间到了就会醒来,都不用看钟表一样。于她而言,时尚杂志始终只是一份迟到的证明而已。而现在,人们正盯着她的脚看,这也像一种证明。当然,许多人也能准时醒来,许多女人都对时尚的内在逻辑有着敏锐的感觉。不过,拥有这种能力的人多数都认为,世上只有自己才有这种能力。因此,汉娜·温德灵现在觉得有些骄傲,尽管她只是在怀疑自己没有理由骄傲,可当她看到站在面包店前排队的憔悴女人时,她心里突然又生出一丝的内疚。当她想到,那边任何一个女人,只需要一丁点的时尚敏锐感,就可以把裙子改短,因为这几乎一分钱都不用花——会点针线活的女佣花一个小时就能搞定,虽说还要给裙子重新镶边——她又重新觉得,她的骄傲也不是没有道理的。因为骄傲会让人心情愉悦,所以汉娜·温德灵并没有因为蔬果店老板的指甲缝又黑又脏而感到恶心,也没有因为蔬果店里苍蝇飞舞而感到心烦,在这一刻,就连鞋子上沾满了灰尘,她也觉得无所谓。当她就这样沿街一路闲逛,一会儿停在这个橱窗前,一会儿停在那个橱窗前时,她无疑有着少女或修女般的神情,而这种神情——在战争期间,人们经常这样观察女人——只有在那些与丈夫长期分居两地且对丈夫忠贞不渝的女人身上才可以看到。就因为汉娜·温德灵这时稍微有些骄傲,所以她姣好的脸顿染明媚,仿佛那层看起来朦朦胧胧,似韶华将逝之兆般遮住脸庞的纤薄面纱,被一只看不见的手摘了下来:她俊俏的脸就像漫漫寒冬离去后,迎来的第一个春日。

凯塞尔博士先去镇上出诊探视,然后驱车离镇去军医院,到时再顺便把她带回家;她和他约好了在药店见面。当她走到药店时,那辆单驾马车已经停在那里了,凯塞尔博士正在和药店老板保尔森聊天。大家怎么看待药店老板保尔森,汉娜·温德灵不需要别人告诉自己。没错,她可能知道许多小道消息,而且远不止保尔森一个人的,所有知道自己被戴了绿帽子的男人,都会别出心裁而又言之无物地奉承别的女人;不过,当他对着她说"夫人亲自光临,真有如明媚春日降临"时,她还是一阵窃喜。对于这种人,汉娜·温德灵平时是断然不会理会,也不会多看一眼的,不过今天例外,因为她感到很轻松、很自由,甚至接受了一个只会说空话的药店老板的奉承——这就像钟摆一样,从一个极端晃到另一个极端。这是一种在心扉紧锁和自我放飞之间的摇摆,这是一种态度的极端,就像它经常出现在局促不安的人身上那样,而且肯定不是文艺复兴时期教皇们的那种极端,但可能是缺乏价值直觉的小市民的意志薄弱和无足轻重。至少可以肯定的是,正是由于缺乏价值直觉,才促使这时坐在药店中红色长毛绒长椅上的汉娜·温德灵,喜滋滋地向药店老板保尔森投去一瞥,从而激发了他抒情咏叹的灵感,但她心里却听得将信将疑。就在这时,凯塞尔博士得回军医院工作了,所以不得不催着她快点离开这里,这让她感到非常生气。当她上车坐在他身旁时,那层面纱又蒙住了她的脸。

一路上,她寡言少语,到家后更是半句话都没有。她还是无法理解,自己在战争期间为何如此抗拒回法兰克福的老家。一来是在这个小镇上更容易获得食物,二来是不放心自家别墅空着无人居住,三来是这里的空气对儿子的健康更有利。不过这些都是借口,只是为了掩盖那种奇怪的不合群心态,一种无法否认的不合群心态。她对凯塞尔博士说过,她怕见生人;她重复着说"怕见生人”，说着说着，仿佛就把自己怕见生人的责任推给了海因里希，正如她责怪他把厨房里的黄铜研钵拿去上交到金属征集点一样。这种神秘的疏远感甚至还蔓延到了自己的儿子身上。夜里醒来时，她很难想起儿子就睡在隔壁房间里。在钢琴上弹下几个音符时，她似乎觉得不是自己的手在弹奏，而是别人的僵硬手指在弹奏，于是她知道，连音乐也离开了自己。汉娜·温德灵走进浴室，想要洗去上午到过镇上的痕迹。然后，她仔仔细细地照着镜子，想看看这脸是否还是自己的脸。她看到了它，却很奇怪地发现，它竟然蒙着面纱，虽然心里其实很喜欢，但她还是为此而怪罪海因里希。

此外，她现在常常发现，自己想不起他的名字，独自一人时对他的称呼就跟平时在用人面前对他的称呼一样，都是“温德灵博士”。

第十八章　柏林救世军女孩的故事(3)

我已经好几个星期没看到救世军女孩玛丽了。当时的柏林很像——嗯,像谁,或者像什么?天很热,柏油马路都晒软了,经常看到路上有窟窿眼,可就是没人把它们修补好;女人们说着大话吹着牛,做着乘务员、检票员之类的市政服务工作;街上的树木在春天就已枯萎,看上去就像个满脸皱纹、像老人一样的孩子;一阵风吹来,尘土和报纸碎片便在空中回旋打转;柏林变得更像农村,更加自然了,可也正因如此变得不自然了,很像它自己的复制品。在我租住的寓所里,有两三个房间住着罗兹[①]地区的犹太难民,但我其实一直搞不清楚,他们有多少人,他们之间的关系怎样。里面有几个脚穿直筒靴子、两鬓留着卷发的老头,有一次我也碰巧遇到一

① 今波兰第三大城市,是重要的犹太文化中心,二战时期纳粹曾在罗兹建立规模庞大的犹太隔离区。

个,他穿着卡夫坦式长袍大衣①,下面露出长及膝盖的白色袜子和搭扣式鞋子,就像人们在18世纪穿的那样;里面有几个中年男子,他们只是用长款外套来代替卡夫坦;里面还有几个年轻小伙子,他们的脸色很奇怪,像牛奶一样白皙,脸上留着绒毛状的金黄色胡子,就像演戏时贴上去的假胡子一样。有时,我也会看到有个男人穿着军灰色制服,甚至那制服似乎也有一点卡夫坦的味道。有时,会走过来一个看不出几岁的男人,穿着城市里流行的衣服,棕色的胡子剃成方框形,就像克留格尔总统②的胡子一样,只留着鬓角的胡子没剃。他总是拄着一根老式钩柄拐杖,戴着一副拴着黑线的夹鼻眼镜。我马上就把他当成医生了。当然,里面也住着女人和孩子,有戴着假发的已婚妇女,有穿着特别时髦的年轻姑娘。

渐渐地,我学会了几句他们的意第绪德语。当然,我从来没有真正理解它们的意思。但他们却觉得很不可思议,每次我走近他们时,从这些威严老者口中发出的如此奇怪的带着喉音的叽里咕噜声就会戛然而止;他们心慌地看着我。晚上,他们通常坐在一间没灯的房间里。清晨,每当走进总是堆满了各色衣服,里面还有一个女佣在擦鞋的前厅时,我经常看到有个老头站在窗前。他的额头上和手腕上都戴着皮质经文匣③,上身随着擦鞋子的节奏前后

① 一种宽袍大袖,长至脚踝,多做外套使用的传统服饰。

② 保罗·克留格尔,南非共和国总统,因领导布尔人在布尔战争中争取摆脱英国统治、争取独立自治而闻名。

③ 一组黑色小皮匣,内部装有《摩西五经》章节的羊皮纸。其中一个绑在前额,另一个绑在上臂,犹太教会在平日晨祷时佩戴。

晃动,偶尔会亲吻披肩上的流苏,干瘪的嘴唇微微开合、飞速抖动,对着窗户飞快地送出一连串干瘪的祷词。也许是因为窗户朝东。

我对犹太人的活动非常着迷,每天都要花好几个小时静静地看着他们。前厅里挂着两幅带有洛可可式景象的仿油画石版画,我不禁心想,他们是否真的能认出,并用和我们一样的眼力鉴赏这些画作和许多其他艺术品。我整天忙着观察他们,完全忘记了救世军女孩玛丽,尽管我与她之间似乎有着某种关系。

第十九章

亚雷茨基少尉的手臂被锯掉了，锯到肘部以上。库伦贝克做事向来不留后患。截肢后的亚雷茨基坐在医院花园里，坐在小灌木丛旁，看着正在开花的苹果树。

正好镇警备司令官过来视察。

亚雷茨基站起身来，想伸手去抓那只受伤未愈的手，却抓了个空。然后，他啪地立正。

“早上好，少尉先生，恢复得挺好吧？”

“是，少校先生，就是少了个好用的零件。”

冯·帕瑟诺少校似乎觉得，自己应该对亚雷茨基的胳膊负责，于是说道：“这是一场不幸的战争……您还是坐下吧，少尉先生。”

“遵命！谢谢，少校先生。”

少校说道：“您是在哪里受伤的？”

“我没有受伤，少校先生……毒气。”

少校看着亚雷茨基剩下的一小截胳膊:“我不是很明白……毒气不是让人窒息的嘛……”

“毒气也有这种后果,少校先生。”

少校沉思了一会儿,然后他说:“非骑士式的武器。”

“是的,少校先生。”

他们两人都想到,德国也在使用这种非骑士式武器。但他们没有说出来。

少校问道:“您几岁了?”

“二十八岁,少校先生。”

“战争刚开始时,还没有毒气。”

“是,少校先生,我也这么认为。”

太阳照耀着医院的明黄色长墙。蔚蓝色的天空中飘着几朵白云。花园小径上的鹅卵石牢牢地嵌在黑色泥土中,草坪边上有一条蚯蚓在慢慢地爬着。苹果树就像一捧鲜艳的大花束。

穿着白大褂的少校军医走出屋子,朝他们走来。

少校说道:“祝您早日康复。”

“遵命! 谢谢,少校先生。”亚雷茨基回答道。

第二十章　价值崩溃(2)

在这个时代中,让人最为惊讶的恐怕就是建筑艺术风格了。徒步走过这些街道后,我总是会带着满身的疲惫回到家里。我根本不用特意观看房屋的正面;它们让我感到不安,哪怕我不抬眼看。有时候,我会躲到那些为人称颂的新建筑中,但——这肯定不公平,梅塞尔[1]无疑是一位伟大的建筑师——我总觉得,他设计的哥特式百货商店看起来有些可笑,而且是一种令人厌恶和疲惫的可笑。这让我感到非常疲惫,几乎让我对古典风格的建筑失去信心。但我还是喜欢申克尔[2]建筑风格的恢宏粗犷和简洁纯粹。

我相信,人们怀着讨厌和憎恶之情欣赏建筑艺术表现形式的

---

① 阿尔弗雷德·梅塞尔,德国著名建筑师,他的建筑在历史主义向现代主义的过渡中起到了桥梁作用。其代表作品是位于莱比锡广场上的韦特海姆百货商店。

② 卡尔·弗里德里希·申克尔,18 世纪末、19 世纪初普鲁士王国著名的建筑师、城市规划师,被誉为德国古典主义的代表,其典雅的建筑风格极大影响了柏林等城市的面貌。

时代,历史上从未有过;这都留给了我们的时代!在古典主义兴起之前,建筑是一项自然功能。也许,人们根本不会去看新建筑,就像人们用不着去关心一棵新栽的树一样,但只要看到了,人们就会知道,有什么美好自然的事情发生了;歌德时代的建筑在歌德眼中就是这样的。

不,我不是唯美主义者,也肯定从来都不是,尽管有些方面可能给人留下了这种印象。我同样也很少对往事多愁善感,为过往时代涂脂抹粉。不,隐藏在一切厌恶和疲惫之后的,是一个非常可靠的传统认识,即对于一个时代而言,最重要的就是时代风格。在人类历史上,每个时代都有鲜明的风格,尤其是建筑风格,而且也只有拥有鲜明风格的时代,才称得上是一个时代。

也许有人会反对我的观点,认为我是营养不良才会如此疲惫和敏感的;也许有人会对我说,这个时代有非常简洁的机器、大炮和钢筋混凝土风格;也许有人会对我说,这个时代的风格要隔几个时代才会被人理解。嗯,每个时代都有一种风格,甚至连折中主义盛行的德国经济繁荣时期,也都有自己的风格。我也承认,风格意志已经被技术抛在身后,新材料还没有获得相应的表现形式,所有令人担忧的比例失调问题目前仍然无法解决。毕竟,无人可以否认,新的建筑形式,无论是取决于新材料,还是取决于个人的无能,都已经失去了一些东西,甚至是故意放弃和肯定有理由放弃的东西,是使新的建筑形式截然不同于以前任何风格的东西:装饰的特点。当然,人们也可以将其誉为优点,并坚持认为,人们现在才懂得如何使建筑设计符合材料特性，从而可以放弃画蛇添足式的无用装饰。但“符合材料特性”这个术语不就是个现代的流行语吗？难道哥特式风格或其他某个时代的建筑风格都不符合材料特性吗？把装饰看作画蛇添足之举的人，不明白建筑的内在逻辑。“建筑风格”是一种逻辑，一种贯穿于整个——从平面图到空间的顶部轮廓——建筑体的逻辑，而在这个逻辑内部，装饰仅居末尾，只能在细微之处体现统一的整体主导思想的细微差异。无论是不能还是拒绝使用装饰，在这里并没有任何区别，它仅意味着这个时代的建筑艺术表现形式与所有早期风格都截然不同。

只是，明白了这一点又有何用！装饰形式既不能通过折中主义塑造出来，新的装饰形式也不能在不沾染凡·德·费尔德[①]式可笑风格的情况下，通过人为方式创造出来。我心里剩下的，只是深深的担心——我担心，我知道，这种建筑风格不再是一种风格，而是一种征兆，是一种思想状态的不祥之兆，而这种思想一定是这个不成熟时代的野蛮思想。唉，看到这种风格，我就感到疲惫。如果可以，我再也不想走出家门。

---

① 又译作亨利·范德费尔德，比利时建筑师，是德国新艺术运动的领导者，其建筑设计风格以理性、实用为导向，主张技术与艺术相结合，反对繁饰。

第二十一章

因为旅馆的饭菜有些贵，胡桂瑙想在自己有了新的收入之后再在这里享受。除此之外他还相信，偶遇少校的次数过于频繁，很可能会搞砸不久之后的交易。继续商谈，百害而无一利，在星期五会面之前让少校忘掉自己，似乎比较好。于是，胡桂瑙就在一个比较简陋的小饭馆里，将就着解决自己的一日三餐，直到星期五晚上才再次出现在餐厅里。

情况果然如他所料。少校已经坐在那里了。当他脸上迅速换上十二分的真诚表情，快步走向少校，说少校的热情邀请让他倍感荣幸，并再三表示感谢时，少校感到十分惊讶。“哦，”终于想起是怎么回事的少校说道，“哦，对对对，我一会儿把您介绍给在场的绅士们。”

胡桂瑙再次表示感谢，然后谦逊地坐到另一张餐桌前。当少校吃完晚饭，抬起头来时，胡桂瑙朝少校笑了笑，微微站起身来，表示他可以听从少校的安排。随后，他们一起走进隔壁的小房间，乡绅们星期五的定期聚会就在里面。

镇上的乡绅们一个不缺，镇长也在场。胡桂瑙完全没办法记全乡绅们的名字。他一进来，就有一种自己很受欢迎的感觉，一种大功即将告成的预感。感觉不会骗人。大多数乡绅已经知道他来到镇上，住在旅馆里了。很明显，他已经成为人们茶余饭后的话题了，而且正如他后来告诉艾施的那样，他们对他的提议表现出极大的兴趣。晚会最后他获得了一个令他极为满意的结果。

毕竟，这也不算什么。这些乡绅看起来像是在参加一个秘密会议，这个会议同时也是一种专为反抗者艾施私设的刑庭。能够让这些乡绅如此津津有味地倾听胡桂瑙发言，绝不只是因为他极其渴望他们注意倾听，也不只是因为他像梦游一般出奇的自信，还因为他不是一个反抗者，而是一个只顾自己和自己腰包的人，更因为他说的话别人都听得懂。

胡桂瑙本来能毫不费劲地让这些乡绅按艾施要求的20 000马克认购，但他没有这么做。他的心里隐约升起一种莫名的恐惧，他告诉自己，做任何事情，都不能太刻意，刚好不脱离控制就行，因为真正的自信总是超脱或高于现实的，因为过于稳妥，就像某种无法解释的罪证一样，也是危险的。也许，这看起来有些蠢，但再怎么愚蠢，也能从中想出一丝合理之处，所以胡桂瑙这时的想法完全合理，并令人惊奇地得出同样的结论：要是他向这些乡绅们要钱或拿钱太多的话，说不定有人就会生出打听他身份的念头；但如果他不为钱财所动，拒绝参股的占比过高，而只为他自己胡诌的集团保留主要的认购份额，这样就没有人会起疑心，怀疑他是否真的是德意志帝国资本最雄厚的克虏伯工业集团的代表了。确实没人怀疑，最后连胡桂瑙自己也相信了。他表示："我最多只能将认购总额 20 000 马克的三分之一，共计 6600 马克，转让给各位尊敬的绅士们。不过，我愿意与集团公司磋商一下，看看能不能将三分之二的绝对多数股份换成 51%的简单多数股份；同时，我也很乐意定好下一次商谈提高出资比例的时间——不过现在嘛，真的非常抱歉，各位绅士只能先认购三分之一的份额了。"

乡绅们自然感到有些遗憾，不过也无可奈何。双方同意，在胡桂瑙完成《特里尔选侯国导报》收购事宜后，他们应付款获取临时股权凭证；在与集团总部进一步取得联系之后，独立出来的企业应采用有限责任公司，甚至是股份公司的经营形式。怀着对未来监事会会议的美好憧憬，晚会在"盟军万岁"和"皇帝陛下万岁"的欢呼声中结束。

第二十二章

胡桂瑙一醒来，就把手伸到枕头下面；晚上睡觉时，他总是把皮夹子藏在那里。他有一种 20 000 马克在手的心花怒放感，虽然他也知道，皮夹子里连 6600 马克——这笔钱只有在完成《导报》收购事宜后，他才能从本地乡绅手里获得——也没有，而是只剩下 185 马克了，但他坚持认为 20 000 马克已是囊中之物了。他有 20 000 马克，就这么定了！

他一反常态，仍然赖在床上。就算 20 000 马克到手，他也不会把它全部都给艾施，那简直傻到家了，难道就因为艾施为这份不值钱的小报开出了这么高的价格？漫天要价，就地还钱，无论艾施出什么价格，他都会让艾施出一把血的，艾施就等着吧。这个小报社 14 000 马克他都嫌多，不过这样的话，他就有 6000 马克落入自己的腰包了。只需使些小花招，就能把事情办妥，不让人知道艾施没有足额拿到 20 000 马克。这笔钱可以叫作储备资本，或者说，工业集团目前只需掌握简单多数股份即可,不需要三分之二的绝对多数股份,或者诸如此类的借口。找这种借口,还不是手到擒来!胡桂瑙快活地从床上跳了下来。

当他走进编辑室时,天色还很早。他对着一脸吃惊的艾施劈头盖脸就是一顿痛骂,说他把报纸的名声弄得那么差:“我,威廉·胡桂瑙,完全不用对艾施先生您负责的威廉·胡桂瑙,这几天不得不出去打听,结果我发现,报纸的名声实在太糟糕了。作为一个经纪人,我当然无须为此操心,但这种情况让我感到非常痛心,是的,眼睁睁地看着一桩好生意被人有意毁掉,我真的非常痛心;报纸的生命在于名声,名声倒了,报纸本身也就离死不远了。就目前而言,艾施先生您已经让《特里尔选侯国导报》变成了一份口碑差到卖不出去的小报了。您心里应该清楚,亲爱的艾施,您真的应该给收购报社的人打个折扣,不要尽想着高价脱手。”

艾施苦着脸,然后不屑地做了个鬼脸。不过,胡桂瑙并没有因此露出慌乱之色:“没什么好冷笑的,艾施,我亲爱的朋友,情况非常严重,可能比您自己想象的要严重得多。想要大赚一笔,根本就是异想天开,如果您仍不死心,那就只能找一个傻到家的冤大头,对,冤大头,我亲爱的艾施先生。如果——正如我愿意认为和希望的那样——在我的朋友当中,有一群甘愿做冤大头的人,愿意接受这个因过于理想而毫无意义的计划,那么只能说艾施先生您运气太好了,这种运气,也许一辈子只能碰到一次,因为现在的情况非常有利,又因为我这个能力无疑非常出众的经纪人,我仍有可能给您带来10 000马克的利润。可要是您自己不抓住机会，那么我也只能怪自己瞎了眼，竟然这么无私地为您的事情奔走忙碌，更何况这些事情跟我没有关系，没有半点关系。”

“那您就别管了！”艾施大声说完后在桌上猛地一拍。

“拜托，我当然可以撒手不管……但我不明白，别人没有当即接受您那不切实际的报价时，您为什么会如此愤怒。”

“我没有提出任何不切实际的要求……凭良心讲，这家报社卖20 000马克非常公道。”

“嗯，但您没有搞清楚，别人到底会不会接受您的估价？因为您得承认，想要把这家报社搞好，甚至更上一层楼，至少还得花10 000马克才行……30 000马克，实在太贵了，不是吗？”

艾施沉思不语。胡桂瑙觉得自己的想法果然没错：“现在，您应该冷静一些……我当然不会逼您……您可以好好想想，明天再做决定……”

艾施在屋子里踱来踱去，然后说道：“我想和我妻子商量一下。”

“您只管去吧……只是，不要考虑太久了……钱在微笑，我亲爱的艾施先生，但它不会等人。”

他站起身来：“我明天再来听您的好消息……顺便代我向尊夫人问好。”

第二十三章

弗卢尔施茨博士和亚雷茨基少尉正从医院出来，一起到镇上去。路上坑坑洼洼的，全都是载重卡车的钢圈留下的痕迹，因为现在没有橡胶了。在一家停业的油毡厂里，几根细细的黑色铁皮烟囱耸立在宁静之中。鸟儿在树林里叽叽喳喳地欢叫着。亚雷茨基的袖子用一个别针别在军装的上衣口袋上。

“奇怪，”亚雷茨基说道，“自从左臂截肢后，我总觉得右臂像秤砣一样挂在右肩上……最好右臂也截了算了。”

“您就是个对称的人……工程师们喜欢对称。”

“您知道吗，弗卢尔施茨，有时候，我会全然忘记，自己曾是一名工程师……您不会明白的，因为您还在继续做着自己的工作。”

“喂，话不能这么说……其实吧，我更像个生物学者，而非医生……”

“我已经向通用电气公司递交求职申请了，现在到处都缺人……只是,我真的无法想象,自己又会坐在制图板前……您猜猜看,这场战争一共死了多少人?”

“不知道,五百万,一千万……也许,在战争结束时会达到两千万。”

“我相信,这场战争永远不会结束……它会永远这般残酷地打下去。”

弗卢尔施茨博士停了下来:“您说,亚雷茨基,您明不明白,为什么我们能在这里如此悠闲地来回散步,甚至能继续过着如此平静的生活,而就在离这几公里的地方,却是战火纷飞、炮声隆隆?”

“咳,有些事我想不明白……不过,我们俩都在前线流过血受过伤……”

弗卢尔施茨博士不由自主地摸了摸帽舌下的子弹疤痕:“我不是这个意思……刚开始是这样,那时候,大家都会奋勇向前,因为怕自己丢人……不,现在大家肯定都疯了。”

“还没到那个地步……谢谢,还不如醉死……”

“您必须严格按照处方吃药。”

一阵风把停业的油毡厂的焦油味吹了过来。

弗卢尔施茨博士又瘦又驼背,留着淡黄色的山羊胡子,戴着夹鼻眼镜,穿着制服,看起来有些笨手笨脚。他们沉默了一会儿。

眼前这一段路是下坡路。近来,镇门外零零散散地建起了好多平房,它们挤在一起连成一排,显得很是宁静祥和。每个屋前小花园里都长着矮小瘦弱的蔬菜。

亚雷茨基说道:“烦死了,一年四季都得闻着焦油味。”

弗卢尔施茨说道:“我到过罗马尼亚和波兰。您知道吗……房屋处处,也是这般宁静祥和……也有一样的布告牌、泥瓦匠、锁匠等等,在阿尔芒蒂耶尔的一个地下防空洞里,在加固的厚木板下有一个布告牌写着‘女装裁缝[①]’……也许有些矫情,可就是在那里,我才第一次真正完整意识到战争的疯狂。”

亚雷茨基说道:“现在,只剩下一只胳膊了,不过我仍然可以在哪个兵工厂里找一份工作,做工程师。”

“与通用电气公司相比,您更喜欢去那里,是吧?”

“不,我哪里都不喜欢去……也许,我会带着剩下的这只胳膊,再次走向前线……扔手榴弹,一只胳膊就够了……麻烦您帮我点一下烟。”

“您今天喝了什么酒啊,亚雷茨基?”

“我?别提了,我可留着肚子,等着喝葡萄酒呢,现在就带您过去。”

“那么,通用电气公司呢?”

亚雷茨基笑道:“老实说,我想——虽然有些伤感——回归普通生活,打算找一份工作,不再寻花问柳,结婚……但您和我一样,都不怎么相信这些。”

“我干吗不相信?”

---

① 原文为法语。

亚雷茨基叼着香烟一字一顿地说道："因、为、战、争、永、远、不、会、结、束，我还要跟您说多少遍啊？"

"这也是一个答案。"弗卢尔施茨说道。

"这是唯一的答案。"

这时，他们走到了镇门口。亚雷茨基把脚搁在路缘石上，从口袋里掏出手套，然后——嘴里斜叼着香烟——拍掉鞋子上一路的尘土，接着又捋了捋乌黑的小胡子。他们穿过荫凉的拱门，然后走进安静的窄巷中。

第二十四章　价值崩溃(3)

建筑风格在时代特征中独占鳌头是最为奇怪的现象之一。但从历史上来看,却是造型艺术获得了这种非常奇特的优越地位!毫无疑问,在充满整个时代的大量人类活动中,造型艺术只是极小的一部分,而且肯定不是特别彰显人文精神的一部分,但在特征刻画的塑造力方面,它超越了所有其他人文精神领域,超越了诗歌,超越了科学,甚至超越了宗教。能够历经数千年的洗涤与沉淀的,正是造型艺术品,它依然是时代及其风格的代表。

这其中的原因不仅仅只是所用的材料结实耐久,毕竟近几个世纪中,有大量手稿保存了下来,但任何一座哥特式雕像都比整个中世纪的文学作品更“中世纪”。不,这是一个非常糟糕的解释——如果可以解释,那就必须在“风格”这个概念本身的本质中寻找解释。

因为,风格肯定不会局限在建筑和精美艺术之中,风格会以同样的方式渗透到一个时代所有能体现生活、表现生命的艺术作品中。把艺术家看作另类，看作一种引领风格中的独特存在和创造这种风格的人，而其他的则被排除在外，这是非常荒谬的。

不，如果存在风格，那么所有能体现生活、表现生命的艺术作品都会有这种风格的烙印，那么一个时代的风格，不仅存在于这个时代的思想之中，而且也存在于这个时代的每一种人类行为之中。只有从这个“必须如此，因为只能如此”的事实中，才能对这一惊人事实做出解释，即正是那些通过立体空间表现出来的行为，已然变得如此不同寻常——从真正字面意思上来说——又如此显而易见地重要。

如果没有使一切哲理推究都合理化的那个问题——对虚无的恐惧，对时光催人老的恐惧——也许，思考这个问题本就是多余的。也许，所有的担心都来自糟糕的建筑结构，让我吓得躲在自己的屋子里；也许，这种担心也正是那种恐惧。因为，人无论做什么，都是为了消灭时间，为了让时间停止，而这种停止就叫作空间。即使是只存在于时间中，在时间中跳跃飞翔的音乐，也会将时间转化为空间，而最有可能的理论是：所有的思维活动都发生在立体空间之中，思维过程就是多维逻辑空间的一系列无法描述的纠缠组合。但如果是这样的话，那么也就弄清楚了，为什么所有与空间直接相关的表现形式，都有任何其他人类活动都不具备的意义和明了。于是，装饰的特殊和典型意义也就变得很清楚了。因为装饰，虽然源于合理形式，但在脱离一切合理形式后，将成为抽象的表现形式,成为整个空间思维的“公式”,成为风格本身的公式,从而也成为整个时代及其生活的公式。

在我看来,其中蕴含着那种——我很想说——神秘的意义。重要的前提是,一个完全与死亡和地狱息息相关的时代,必定存在于一种无法再产生任何装饰的风格之中。

第二十五章

要不是当时打算盖房子,汉娜·温德灵也许永远也不会爱上这位年轻的乡下律师。但是,在1910年的时候,上等中产阶级家庭中的年轻女孩都在看《工作室》《室内装饰》《德国艺术与装饰》,都有《英国古董家具集》,她们对婚姻的情欲幻想都与建筑艺术问题密切相关。温德灵家或者说"玫瑰之家"——正如它的山墙上可以看到巴洛克式字母——在一定程度上和这些理念非常契合:它的斜顶屋檐很低;家门口的马约利卡陶瓷小天使雕像象征着爱情美满和多子多福;英式客厅里有一个原色砖砌壁炉,壁炉架上有一个不值钱的黄铜摆件。让她既开心又辛苦的是,把每件家具摆在合适的位置上,从而处处都能彰显建筑结构的平衡。大功告成之时,汉娜·温德灵觉得,只有她自己才知道这种平衡的完美无瑕,尽管海因里希也参与其中,尽管他们婚姻幸福的一个很大的原因,就在于两人都明白家具与画像之间隐秘的和谐与平衡的布置。

从那时起，这些家具就再也没有挪动过，恰恰相反，家里所有人都非常小心，不使家具离开原先位置一丝一毫。只不过，这一切还是变得不一样了；这是怎么了？平衡会失衡吗？和谐会失谐吗？一开始她并不知道，隐藏在这背后的是冷漠——一切积极、热情一下子就消退归零，直到一切骤然变成消极、冷淡时，她才忽然明白：让她突然感到讨厌的，并不是这个家，也不是家具的位置，这在必要时调一下家具位置就能解决。不，是隐藏得更深的东西，是偶然和随意的诅咒，已经弥漫在事物之上，弥漫在事物彼此关系之上，但她实在想不出，还有哪种布置不会像现有的布置那样偶然和随意。毫无疑问，这是某种困惑，某种阴郁，甚至是某种挥之不去的危险，尤其是因为看不到任何理由，为什么建筑艺术的不确定会止步于情感之事，甚至时尚问题；这种想法特别让人害怕。尽管汉娜·温德灵非常清楚，还有更重要、更困难的事情，可让她最为害怕的，也许是想到甚至连时尚杂志都吸引不了她，想到有一天，哪怕是面对《时尚》这份在四年的战争中都让她念念不忘的英语杂志，她也没了热情、没了兴趣、不会欣赏。

当她发现自己有这种想法时，她告诉自己，这些都是幻想，然而这些想法与其说是离奇的，倒不如说是清醒的，充满了离奇的清醒——不是从迷醉状态清醒过来，而是在清醒之后把本来就清醒的、几乎正常的状态再度清醒一次，从而使这种状态变得更正常，并陷入消极、冷淡状态之中。当然，这种评价在某种程度上总是相对的；清醒和迷醉之间的界限并不总是那么清晰可辨，俄国式的博爱可否称作迷醉，可否应用于人与人之间的普通社会关系，甚至事情的概观可否视作迷醉或清醒，说到底这些都是无法判定的。然而，清醒并不意味着不可能有无序状态或绝对零点——所有关系必然且不可阻挡地趋向绝对零点。汉娜·温德灵颇有可能出现这种趋势，而从原则上讲，这种趋势也许只是她超前的时尚品位：人的无序状态意味着绝对孤独，而之前所说的和谐或平衡也许只是一种映像，一种为自己从社会结构中提炼的，而且只要仍然身属这种社会结构，就不得不提炼的映像。然而，人越是孤独，就越是觉得事物也是散碎、孤僻的，对事物之间的联系也必定会越无所谓，最终几乎再也看不到它们了。就这样，汉娜·温德灵穿过自己的家，穿过自家的花园，走过碎石板铺就的仿英式小路，然后，她就再也看不到自家的房屋，再也看不到蜿蜒曲折的白色小路了，尽管这会很痛苦，可她似乎不再感到痛苦，因为这是必然的。

第二十六章

胡桂瑙现在每天都去菲舍尔街缠着艾施先生。按照自己养成的做生意习惯,他常常只字不提自己的来意,而是等对方先开口了,他才会谈谈天气,说说收成,聊聊胜仗。在发现艾施对打不打胜仗一点兴趣都没有时,他就不再聊起这个话题,而是只谈天气了。

有时候,他也会在院子里碰到玛格丽特。她一点也不怯生,举手抓着他的手指,想要跟他一起去印刷车间。

胡桂瑙说道:“啊哈,你以为,这样就又能拿到20芬尼了吗?只不过,胡桂瑙叔叔还不够有钱,一切都需要时间。”

嘴上虽然这么说,可他还是给了10芬尼让她存着。

“说说看,当我们两个都很有钱的时候,我们会做什么呢?”

她没有回答,低头看着地面。最后,她犹豫地说:“离开这里。”

不知道为什么,胡桂瑙听到这话后感到非常高兴:“哦,原来如此……嗯,等我们有钱了,我们就可以一起离开这里……我带你一起走。”

“好。”玛格丽特说道。

在他上楼去艾施办公室时,她经常偷偷地跟在后面,坐在地板上认真地听着,或者,至少会在门口探头微笑。

每当这个时候,胡桂瑙就会说“我很喜欢孩子”,因为这本身就是一个话题。

艾施似乎很喜欢听这句话,他会心地微微一笑:“她是个淘气鬼……会烦死人的。”

“憎恨普鲁士人[①]。”胡桂瑙心里不由得这样想着,虽然艾施不是普鲁士人,而是卢森堡人。艾施接着说道:“我经常有收养这个小淘气鬼的念头……因为我们没有孩子。”

胡桂瑙很惊讶地说道:“人家的孩子……”

艾施说道:“人家的还是自家的……不都一样嘛……否则,这日子没法过了。”

胡桂瑙笑道:“说实在的,自家的又能怎样,谁知道啊。”

艾施说道:“她爸爸被关起来了……我跟我妻子说过,我们可以收养她……她跟孤儿没什么两样。”

胡桂瑙说道:“嗯,要是收养她的话,您得好好照顾她。”

“那当然。”艾施说道。

---

① 原文为法语。

“要是您手上有点可支配的资金或者可变现的资产，比如变卖家产，那您就可以为家人买一份人寿保险……我和几家保险公司都有联系。”

“哦。”艾施说道。

“谢天谢地，我还是个单身汉，在如此艰难的岁月里，这是一个非常大的优势……不过，要是我成了家的话，我会动用资金或其他方法给我的家庭提供保障的……瞧，您正好可以这么做，真让人羡慕啊……”

胡桂瑙走了出去。

玛格丽特正在院子里等着他。

“你愿意一直留在这里吗？”

“哪里？这里？”她问道。

“嗯，这里，住在艾施叔叔家里。”

她充满敌意地看着他。

胡桂瑙眨了眨眼，然后浑身抖了抖：“对吗，不对吗？”

玛格丽特也笑了起来。

“那就是说，你不愿意……”

“对，我不喜欢。”

“你一点都不喜欢他……他对你很严厉，嗯？”胡桂瑙做了个打屁股的动作。

玛格丽特做了一个轻蔑的嘴型：“不……”

“那么，她呢……艾施阿姨呢？”

她耸了耸肩。

胡桂瑙对她的表现相当满意:“那好吧,你不留在这里……我们两个一起走,去比利时……来,我们现在去林德纳先生那里,去印刷车间。”

他们俩亲热地一起走到印刷机前,看着林德纳先生给它放上纸张。

第二十七章　柏林救世军女孩的故事(4)

事实证明我的感觉是正确的,犹太人确实在偷偷观察我。我那两天感觉有些不舒服,几乎没怎么吃早饭,两天就只出去过半小时。第二天晚上,有人敲我的房门,令我吃惊的是,来的人是我一直以为是医生的小个子男人。他也表明自己确实是个医生。

“听说您生病了。”他说道。

“没有,”我说,“就算病了,也用不着别人操心。”

“您不用花钱,我不是为钱而来,”他腼腆地说道,“别人有难,我必须帮忙。”

“谢谢,”我说道,“我很好。”

他站在我面前,把拐杖紧紧地夹在胸前。

“发烧?”他用恳求的口气问道。

“不,我很好,我正要出门。”

我站了起来,然后两人一起走出房间。

前厅里等着一个年轻犹太人，他的脸颊上像贴着演戏时用的那种绒毛状假胡子。

这位医生现在自我介绍说："我叫利特瓦克博士[1]。"

"伯特兰·米勒，哲学博士。"我向他伸出手去，那个年轻犹太人也向我伸出手来。他的手又干又凉，跟他的脸一样光滑。

他们跟在我身后，仿佛这是世界上最自然不过的事了。我虽然无所谓去哪里，但走得很快。一行三人我居中，他们两个一边步调一致地走着，一边用意第绪语交谈着。我非常生气地说："我一个字也听不懂。"

他们笑道："他说他一个字也听不懂。"

过了一会儿，他们又问道："真的吗，您真的不懂意第绪语吗？"

"不懂。"

我们走过莱兴伯格路后，我示意向里克斯多夫方向走去。

然后，我们就遇到了玛丽。

她靠在一根路灯柱上。天已经很黑了，但瓦斯还是用得很省。

尽管光线很暗，我还是一眼就认出了她。而且，对面酒馆的窗户也送来了一丝光明。

玛丽也认出了我，对着我微笑。然后她问道："他们是您的朋友？"

---

① 在德语中，博士头衔属于名字的一部分。

“邻居。”我回答道。

我提议去酒馆看看，因为我觉得玛丽似乎有点累了，需要吃点东西。但这两个犹太人却不想进入酒馆。也许，他们害怕被迫吃猪肉，也许，他们害怕被人嘲讽或遇到其他的麻烦。无论如何，这正是摆脱他们的好借口。

可奇怪的是，玛丽这时竟站在了犹太人一边，说她一点都不饿。然后，仿佛是命中注定一般，她和那个年轻的犹太人走在前面，而我和利特瓦克博士则跟在后面。

“他是谁？”我向医生问道，手指指着那个年轻犹太人，他的灰色下摆在我面前晃来晃去。

“他叫努歇姆·苏辛。”利特瓦克博士说道。

第二十八章

少校军医库伦贝克和凯塞尔博士正在做手术。凯塞尔博士虽然还在军医院提供战地服务,但平民医保诊所里的事情就已经让他忙得够呛了,所以一般情况下,库伦贝克也不来打扰他;不过,现在又开始进攻了,军医院里多了许多病号,库伦贝克也没有办法。幸运的是,送到军医院的都只是受了轻伤的人。人们也把他们叫作轻伤兵。

这两人都是真正的医生,所以随后就坐到库伦贝克的房间里讨论起这些病例了。弗卢尔施茨也过来了。

“很遗憾,您今天不在那儿,弗卢尔施茨,要不然您准会开心的,”库伦贝克说道,“真是大开眼界……如果我们不动手术的话,那人一辈子就会是个病秧子……”他笑着说道:“但现在不一样了,六个星期后,他就可以去战场上再死一回了。”

凯塞尔说道:“我只希望,我们那些可怜的医保病人也能得到良好的治疗,就像这里的人一样。”

库伦贝克说道:“您知道那个给吞了鱼骨头的犯人做手术,为了在第二天把他绞死的故事吗?这大概就是我们的工作。”

弗卢尔施茨说道:“要是所有参战国的医生都罢工,那战争很快就会结束。”

“嚯!弗卢尔施茨,您可以起个头。”

凯塞尔博士说道:“我是很想把绶带那玩意儿送回去的……调侃一个老同事,您不觉得害臊吗,库伦贝克?”

“我能做什么?我必须给您提个醒儿……黑白色衣服是给平民穿的。”

“是的,而您却穿白黑色衣服跑来跑去……另外,该轮到您了,弗卢尔施茨。”

弗卢尔施茨说道:“可问题其实在于,我们只是坐在这里,多多少少讨论一些有趣的病例,完全不去考虑其他事情……也根本没时间去考虑……到处都是这样,都被工作累垮了……直接累垮了。”

凯塞尔博士说道:“天啊,我已经五十六岁了,还有什么好想的……我最开心的时候,就是每天晚上摸上床的时候。”

库伦贝克说道:“您要不要来一口?算在团里的账上……两点钟,我们又会接到二十个伤员……您会留下来接收吗?”

他站起身来,走到窗边的药柜前,从里面拿出一瓶法国白兰地和三只玻璃杯。当他侧身站在窗边,把手伸进药柜时,灯光把他的胡子照得立体感十足，让他看上去很是威武。

弗卢尔施茨说道："我们都被自己的工作弄得筋疲力尽……做军官和爱国主义者，也无非就是这样的工作……我完全搞不懂其他工作领域中的事情。"

"谢天谢地！"库伦贝克说道，"医生不需要探讨哲理。"

玛蒂尔德护士走了进来。她身上有股刚洗好澡的味道。或者没有的话，别人也一定会觉得她身上是有这股味道的。她的长鼻子和瓜子脸，与她的一双女用人一般的红手形成鲜明对比。

"少校军医先生，火车站打来电话说，运送伤员的列车已经到了。"

"那好吧，再抽一支烟就出发……护士，您要不要一起去？"

"不了，反正卡拉护士和艾米护士已经去火车站了。"

"那也行……那就走吧，弗卢尔施茨。"

"带上弓箭[①]。"凯塞尔博士说道，不过不是真的有这个心情。

玛蒂尔德护士站在门口没走，她喜欢留在医生的房间里。当他们全都走出去的时候，弗卢尔施茨无意中看到她洁白如玉、润泽耀眼的脖子，看到她发际处的雀斑，觉得有些触动。

"再见，护士！"少校军医说道。

"再见，护士！"弗卢尔施茨也说道。

"上帝与我们同在！"凯塞尔博士说道。

---

① "弗卢尔施茨"这个名字也有"农田警卫"的意思。

第二十九章

树木和房子出现在泥瓦匠戈迪克的眼前,四季轮换,昼夜交替,有人走动,有人说话。有人把食物放在一个用铁皮或陶土做成的近似圆形的物体上,然后送到他身前。这一切他都知道,不过,想让他的嘴碰到这些食物,或者把这些食物送到他的嘴里,却是一件非常麻烦的事: 泥瓦匠戈迪克觉得,以前哪怕再辛苦,做什么都没有现在这么费劲。因为在喂食者不知道自己喂的人是谁,心里却又强迫自己弄清楚时,要想让他把汤匙放到被喂者的嘴里,可完全不是件手到擒来的事情,这会变成对喂食者的折磨,变成一种无望的工作,变成一项无法履行的义务;因为没人可以对代表同一个戈迪克灵魂的那个灵魂之屋的构件形成一套理论,至少戈迪克本人做不到。因此,错误的说法有: 戈迪克这个人是由各种各样的戈迪克拼成的,比如一个在路上玩耍,和小伙伴们一起玩小鸡鸡,在垃圾场和沙坑里挖地道的小男孩路德维希 · 戈迪克;比如这个被妈妈叫去吃饭,然后把饭菜送到在工地上同样做泥瓦匠的父亲手中的小男孩戈迪克。也有这样的错误说法:这个小男孩路德维希·戈迪克是他现在自我的一个组成部分,就像有人认为那个少年戈迪克是他现在的另一个组成部分一样。那个少年戈迪克非常嫉妒汉堡木匠的宽檐帽子和珠光马甲,所以不顾惹怒众人,在河边的灌木丛中逼迫木匠格兹纳的未婚妻就范,得偿所愿后才肯罢休;少年戈迪克,只是个一根筋的泥瓦匠学徒。还有这种错误的说法:另一个人也是他的一个组成部分;那人在罢工期间松开了混凝土搅拌筒,弄坏了混凝土搅拌机,可当他与女佣安娜·兰普雷希特——就因为她有了身孕而痛哭流泪——结婚时,那人还是离开了工会。不,这样一种人格的纵向剖面,一种算是历史的分裂,永远也不能得出人格有哪些部分组成的结论,因为人格无法超越人生。由此可见,戈迪克必须克服的困难,肯定不在于他觉得这一系列人活在自己心中,而在于这个序列突然断开了,在于人生在某个点中断了,在于和这根链条的最后一个链节之间没有了联系,在于他就这样,摆脱了几乎不能再称为他的人生的东西之后,失去了他的"自我存在"。那些人影,他就像是隔了一层熏黑的玻璃看到的,虽然在汤匙送到嘴边时,他很想喂给那个和格兹纳的未婚妻在灌木丛中偷欢的男人——是的,虽然这种滋味也确实让人回味无穷——但他还是无法架起桥梁,他仍然止步于对岸,无法抓住此岸的这个男人。尽管如此,只要他能确切知道,究竟是谁记起了格兹纳的未婚妻,也许他就能架起桥梁:当时看到河边灌木丛的那双眼睛，不是在这里看着路边树木的那双眼睛，也不完全是在这房间里四处张望的那双眼睛。肯定有一个戈迪克，既不能忍受，也不会允许那个男人喂他，那个仍然想要和格兹纳的未婚妻偷欢的男人。不得不忍受下腹疼痛的戈迪克，既可能是那个禁止此事发生的人，也同样可能是那个被伤害的人，但情况也可能完全两样。这种情况非常复杂，泥瓦匠戈迪克根本搞不清楚。也许，造成这种情况的原因在于，正在恢复知觉的戈迪克不愿意召回自己的灵魂碎片，但也许，这种情况正是他无法召回自己灵魂碎片的原因。当然，要是他现在能够向内看，那他显然会在每个获得许可的自我灵魂碎片中发现一个独立的戈迪克，比方说，这些碎片中每一片都能以自己为核心，构成一个独立自主的区域。因为，灵魂在这方面很可能与原生质完全一样，分割原生质可以增生细胞核，从而形成由一个个功能正常的独立个体生命组成的区域。无论如何，无论已经如何，在戈迪克的灵魂中存在着各种各样功能正常的独立个体生命，每个个体生命其实都可以算作戈迪克，而使它们全部重新融为一体，是一个非常艰难，几乎无法完成的工作。

这个工作只能靠泥瓦匠戈迪克独立完成，没人帮得了他。

第三十章

两天后，胡桂瑙觉得艾施也该考虑好了，于是又来到艾施的办公室里。他到办公室后却发现，艾施办公桌旁的柳条安乐椅中坐着一个水桶腰，大屁股，看不出年龄性征，看不出丝毫魅力的人。这位就是艾施夫人，胡桂瑙这时知道，成功在望！他只需在她面前好好表现即可："哦，夫人是见我们谈判得如此艰难，所以前来帮我们了。"

艾施夫人微微往后一靠："生意上的事我一点都不懂，都归我丈夫管。"

"没错，您丈夫当然是个令人敬佩的生意人！据说，他是个足智多谋的人，很多人费尽了心思对付他，结果都是铩羽而归。"

艾施夫人微微一笑，胡桂瑙觉得心中一阵振奋：

"他的主意妙极了，利用有利行情，摆脱报纸束缚，反正报纸只会给他带来麻烦和苦恼，反正生意也是每况愈下。"

艾施夫人礼貌地说道:“没错,报社的事肯定把我丈夫弄得焦头烂额的。”

“再怎么样我也不会放弃的。”艾施说道。

“唉,怎么搞的,艾施先生,就算您一点都不在意自己的健康,可您的夫人也会有意见啊……另外,”胡桂瑙想了想,“……要是实在不想辞职,那您也可以要求继续留任合作。给收购报社的集团公司弄到如此优秀的人才,我相信他们一定会赞同的。”

“这事好商量,”艾施说道,“不过,要是少于18 000马克,我可不干。这是我们夫妻俩刚才说好了的。”

“不管怎么说,艾施先生您总算不像之前那样狮子大开口了,这非常明智。只不过,要是您还想留在报社任职的话,那您肯定还要做些让步。”

艾施先生问,还要让多少。

胡桂瑙觉得,自己得赶紧把这事给敲定。

“艾施夫人,艾施先生,最简单的办法就是,起草一份试行合同,顺便讨论一下各项条款。”

“可以!”艾施说道,然后拿出一张纸,“您来口授。”

胡桂瑙摆了个姿势:“那好,就开始吧。标题:合同备忘录。”

经过一上午的来回拉锯,讨价还价,他们达成了以下合同:

第一条

威廉·胡桂瑙先生,作为联合股东集团的执行人和受托管理人，以公众股东的身份加入《特里尔选侯国导报》无限责任公司，且公司资产划分如下：

10%　仍归奥古斯特·艾施先生持有；

60%　归由胡桂瑙先生代表的“工业集团”持有；

30%　归同样由胡桂瑙先生代表的本地股东集团持有。

艾施先生原先想持有一半股权的要求被胡桂瑙拒绝了：“这样做，对您没有好处，亲爱的艾施，您占的股份越多，您的现金收益就越少……您看，我是在为您的利益着想。”

第二条

公司资产包括发行权和其他权利，以及所有办公设施和印刷设备。临时股份凭证按新的资产占比发售。

艾施先生认为，自由女神像和巴登维勒风景图是私人财产，应从公司资产中剔除。“可以。”胡桂瑙不介意地说道。

第三条

净利润应按各方持股比例进行分配，转入备用基金的利润除外。亏损也应按同样比例由各方分担。

这条关于亏损的规定是应艾施先生的要求写入合同的,因为胡桂瑙先生根本没有考虑亏损。备用基金也是艾施想出来的。

第四条

作为新股东集团的执行人和受托管理人,胡桂瑙先生将20 000(大写:贰萬)马克资金注入公司。这笔资金的三分之一应立即到账;根据付款方要求,可每隔半年或最多一年,各支付占总额三分之一的余款。如延期付款,则每半年应给公司支付4%的利息。股份凭证按付款比例发放。

因为股份凭证应在付款后立即发放,且高达4%的利息足以起到威慑作用,所以胡桂瑙并不怎么害怕本地参股者行使分期付款的权利。就算他们这样做了,他也一定会找到办法,解决这个问题的。他也不担心自己该如何为这个凭空捏造的工业集团筹措到分期支付的资金——第一笔反正要半年后,即1919年新年时才到期。反正时间足够,这么长的时间里可能会发生很多事情:战况会带来各种各样的混乱局面,也许随后就是和平,也许他光靠报纸本身就能赚到所需资金,甚至很有必要虚构一些亏损,隐匿并偷偷弄走这些收益,又或许艾施那时候已经不在人世——总有办法战胜困难的。

第五条

威廉·胡桂瑙先生应付款项总计 20 000 马克,应记入两个账户,即 13 400[①] 马克记入"胡桂瑙工业集团"账户,6600 马克记入"本地集团"账户。

现在,谈判中最困难的时刻到了。因为艾施坚持自己应得到 18 000 马克,而胡桂瑙认为,该价格中必须先扣除 10%,用于支付艾施的剩余股份,然后再扣除 2000 马克,用作增资后艾施应支付的合伙资金,总计 4000 马克,因此,就算他接受艾施的估价,艾施也只能得到 14 000 马克。"即便是 14 000 马克,我仍然觉得太多太多了,经纪人必须实事求是、不偏不倚,我绝对无法让我的集团接受这个价格,哪怕我再想帮助艾施先生和可亲的艾施夫人。不,那简直是不可能的,因为我必须给委托人提供可靠的建议,而且我也不想闹出笑话。在这件事上,我肯定不会偏袒任何一方,而是会保持客观公正,而作为一个客观公正的评估人,我会建议,将售价的 90%作价 10 000 马克,多一分钱都不行。"

不,艾施叫了起来,他想要 18 000 马克。

"怎么就有人听不明白呢?"胡桂瑙转过身来对着艾施夫人,"我刚才可是当着他的面算的,按照他自己的估价,他只能拿到

---

① 小说中的许多数字都是估算的,例如 20 000 马克的三分之一是 6600 马克,18 000 马克的十分之一是 2000 马克,14 000 马克的 90%是 12 000 马克,剩下的 2000 马克加上作价后的 10 000 马克,正好等于 12 000 马克,否则金额对不上。

14 000 马克。”艾施夫人叹了口气。

最后，他们达成一致意见，即艾施应得到 12 000 马克和一份聘用合同：

第六条

作为前任独资所有者，奥古斯特·艾施先生将获得：

（1）清偿费用 12 000 马克，其中三分之一，亦即 4000 马克，应立即到账，其余三分之二应分两次，即于 1919 年 1 月 1 日和 7 月 1 日，等额付清；付款方为本公司，收款方为艾施先生；如有拖欠，将对这两笔分期支付的资金收取 4%的年息；

（2）一份聘用合同，即聘用艾施为报社编辑兼总会计师，月薪 125 马克，聘用期两年。

或许艾施仍然不会让步，尽管胡桂瑙灵机一动，把两人的争议焦点转移到分期付款利息这个次要话题上，刻意装出谈判艰难的情形，然后顺势将利息定为 4%，可或许艾施还是不会让步，要不是他禁不住有望获得复杂会计工作的诱惑，迷了心窍似的全然忘了这两笔未清款项——他当然不会知道，可能要等太阳从西边出来了，这两笔款项才会到账。换句话说，这两笔未清款项大概到不了账了，甚至 12 000 马克和 20 000 马克之间的差额，都会在胡桂瑙的欺骗手段下流入他自己的腰包。不过，胡桂瑙其实没有想得如此龌龊，他并没有意识到，在本地股东集团付款完毕后，《特里尔选侯国导报》事实上就是他的囊中之物了。他强压下一切真诚的念头，竭力争取虚构委托人的利益，用疲惫的口气说道："唉，好吧，那就12 000 马克吧，如您所愿，4%就 4%吧，那我们就这样说定了。这个亏我认了……不过，现在也该轮到我了……"

第七条

双方的权利和义务：

(1) 胡桂瑙先生担任发行人。公司一应商务财务事宜均由他全权负责。除此之外，他还有权自行决定接受或拒绝报纸文章。公司每月向他支付不低于 175 马克的月薪，即年薪 2100 马克。

(2) 艾施先生，在其聘用合同有效期间，有负责公司一应会计相关事宜的权利和义务，并担任副主编。

为了确保工业集团的利益，艾施不得不同意缩减自己的各项编辑权；与会计职务相关的各项权利只是一种补偿。

第八条

报社到目前为止在艾施先生家中所用的办公场所，应交由本公司继续使用三年。在此期间，艾施先生还应向发行人提供早餐及上述房屋前侧中两间家具配备齐全的房间。由于这两项服务，艾施先生每月将获得公司提供的25马克补贴。

第九条

如本无限责任公司以后变更为有限责任公司或股份公司，上述条款的相应内容依然有效。

在有预谋地将公司变更为需要财务审计的公司后，这个空中楼阁自然就会轰然倒塌。但胡桂瑙一点儿都不担心；对他来说，这一切就是一桩完全合法的生意而已，至于这桩生意给他带来的免费住宿和早餐，在他看来就是个小小的恶作剧，却让他从心底里感到高兴。艾施却还在鸡蛋里挑骨头，说这份合同还没到十个条款。他们想了一会儿，然后一致同意：

第十条

由本合同引起的任何争议，应在法庭公开解决。

这样，胡桂瑙就在极短的时间内——那天是5月14日——宣布：交易顺利完成。本地乡绅毫不犹豫地足额支付了6600马克的资金；其中，4000马克按合同规定交给艾施先生，而作为一个谨慎、讲信用的生意人，胡桂瑙把1600马克用作报社运营费用的保证金，剩下的1000马克则用作自由支配资金，供自己开销。在将临时股份凭证发放给认购者之后,他们没过几天就正式宣布:本报喜迎新一届报社领导,自6月1日起发行新版面。胡桂瑙成功说服少校,让后者写一篇社论,以此宣布新时代[①]的到来。同样,作为社庆特刊,这一期报纸刊登了宣扬爱国主义的文章和探讨国家经济的文章,但大部分都是分析爱国主义经济的文章,这些矫揉造作的文章都是认购参股的本地乡绅所写。

为了欢庆新纪元的到来,胡桂瑙搬到了艾施家中,正式住进为他准备的两个房间中。

---

① 在德语中,报纸是“Zeitung”,时代是“Zeit”,故说报社的易主象征着时代的转折。

第三十一章　价值崩溃(4)

毫无疑问,时代风格不仅会影响当时的艺术家,毫无疑问,风格也会渗透到同时代人的所有行为之中;毫无疑问,风格不仅体现在艺术作品中,而且也体现在构成时代文化的所有价值中,艺术作品仅占其极小的一部分。只不过,在面对“这种风格在普通人身上,例如在威廉·胡桂瑙这种经纪人身上,能体现多少”这样具体的问题时,人们还是束手无策。这个做酒囊或纺织品生意的男人,与至少出现在梅塞尔百货商店大楼或彼得·贝伦斯[①]汽机房中的风格意志有无共同之处?他本人肯定更喜欢上有城垛、尖顶,内有许多小摆设的别墅,而就算没有这种喜好,他仍然是大众的一员,尽管大众与艺术家之间总是存在着巨大的鸿沟。

然而,进一步仔细观察像胡桂瑙这样的人时就会发现,他和艺

① 德国现代设计之父,在现代工业、工艺美术、建筑设计方面颇具影响力。

术家之间有没有鸿沟完全无关紧要。也许可以认为，在风格意志鲜明的时代中，艺术家和同时代人之间相互缺乏理解的现象并不像今天这么明显，所以即使是那个时代的胡桂瑙们，在看到圣塞巴尔德教堂中一幅丢勒的新作时，也都会涌起喜悦和钦佩之心。因为有许多证据表明，那个时代的艺术家及其同时代人生活在一个完全不同的环境中，画家对剪布匠和马刺匠的理解，至少和后两者欣赏画家画作时感受到的喜悦一样深刻。当然，这是无法证实的。也许有些变革性的东西并不怎么得到同时代人的认可；也许格吕内瓦尔德的情况就是如此。但这种变化并没有特别明显。中世纪艺术家和同时代人之间是否相互理解，其实也无关紧要，因为无论是理解还是缺乏理解，一样表达了传说中的“时代精神”，就像艺术作品本身或同时代人的其他行为一样。

但这样的话，胡桂瑙这类经纪人的建筑艺术审美观和其他审美观的取向也就无所谓了，胡桂瑙是否从机器中获得了某种审美享受，也同样不重要了。唯一重要的是，他的其他行为、他的其他思想，是否受到那些能在生活的另一个地方催生出一种无装饰式风格、产生相对论或新康德主义思想的相同规律的影响——换句话说，一个时代的思想是否也承载着这种风格，也受到那种以可理解的形式体现在艺术作品中的风格的影响；也就是说，作为思想的艺术作品，在这个时代发现且在这个时代有效的真理，是否完全一样承载着这个时代的风格，是否等同于这个时代的一切其他价值。

只能如此！因为从某种角度来看，真理不仅是一切价值中的一种价值，而且人的行为也在真理的指导之下，可以说是事事处处彰显真理：无论做什么，他在任何时候都觉得是合理的，他用自认为是真理的理由解释自己行为的动机，他将自己的行为置于逻辑证据链下，他的行为总是正确的——至少在行为发生的那一刻。如果他的行为受到这种风格的影响，那么他的思维也不例外：从实践和认识论的角度来看，在这种情况下，用不着判定是行为先于思维，还是思维先于行为，是生命至上先于理性至上，还是理性至上先于生命至上，是我在先于我思[①]，还是我思先于我在[②]——只有理性的思维逻辑仍然可以理解，而体现各种风格的非理性的行为逻辑，只能体现在创作完毕的作品中，只能体现在成果中。

但由于逻辑思维的本质与行为所产生的价值和无价值之间有着极其密切的联系，这种思维模式同样也支配着胡桂瑙这种人，并迫使他这样而不是那样行事，给他规定了做生意时需要考虑的各个方面，让他这样而不是那样拟定合同——胡桂瑙这类人的所有内在逻辑都能被归入时代的整体逻辑之中，并与渗透到时代的创造精神及可见风格中的那个逻辑产生本质联系。即使这种理性思维，即使这种理性逻辑，在某种程度上可能只是一条绕在多维生活上的一维细线，但在逻辑空间的抽象中飘荡的这种思维，依然是多维事件及其整体风格的缩写，相当于立体空间中的装饰是可见风

①② 原文为拉丁语。

格效果的缩写,是所有体现这种风格的作品的缩写。

胡桂瑙是一个务实的人。他务实地安排好自己的每一天,务实地做着自己的生意,务实地拟定和签订合同。所有这一切都基于一种完全没有任何装饰的逻辑,而“这种逻辑要求处处无装饰”这一结论,看起来并非大胆,甚至又好又正确,就像一切必需之物都又好又正确一样。然而,这种无装饰与虚无相关,与死亡相关,背后隐藏着吞噬时代的死亡巨兽。

第三十二章

反抗者并不是罪犯，两者不可混淆，虽然人们经常给反抗者贴上罪犯的标签，虽然罪犯有时也会冒充反抗者，以此美化自己的罪行。反抗者独来独往：他虽然反对并反抗某个集体，但他同时也是这个集体最忠实的儿子；对反抗者来说，这个被抗争的世界就是大量有效关系的集合，只是这些关系的脉络被一些卑劣的恶毒行径弄得混乱不堪，而他的任务就是把它们理出头绪，并按照自己更好的办法将它们理顺理清。路德就是这样反抗教皇的，而艾施也完全有理由被称为反抗者。

与此相对的是，把胡桂瑙辱为罪犯的理由却很不充分。这不仅是在侮辱他，而且也是在严重冤枉他。从军方的角度来看，逃兵当然是罪犯，信念坚定的战士肯定会憎恨逃兵，几乎就像农民憎恨偷鸡贼一样，他们也会像农民一样，认为只有死刑才是对这种罪行的公正惩罚。不过，这里仍然有一个原则性的客观区别：犯罪的本质在于它可以重复;又因为可以重复,所以它不过就是一种普通职业而已。犯罪行为只是以极为松散的形式祸害社会,即使它与中产阶级的斗争是美国式的;小偷和伪造票据者不会知道那些在夜间穿着胶底鞋施展自己行窃手艺的窃贼也是手艺人,和其他手艺人完全一样,和所有手艺人一样保守,哪怕是嘴咬钢刀、飞檐走壁的杀手,他们的职业并不祸害整个社会,而他们的行为只是杀人者和被杀者之间的私事。没什么在挑战、破坏现状。改进或降低刑法处罚力度的建议从来就不是由罪犯提出的,虽然他们与此最为相关。如果把建议权交给罪犯,那么人们仍会把小偷和伪造票据者吊死在绞架上,他们甚至连蓄意杀人和过失杀人都分不清,尽管罪犯在作案时对小细节非常敏感,并希望司法程序针对他们改良后的细微差别和诉求做出相应调整。他们要求把犯下这种罪行的人判处绞刑,把犯下那种罪行的人判处车裂和火钳之刑,把犯下另一种罪行的人判处鞭刑和监禁。这些无益的愿望,其实就是未受教育之人的笨拙话语,这些人无法正确表达自己的意思,迟钝地、连比带画地,渴望着心中向往却几乎无法理解的,只有一小部分属于自己的东西;然而,正是因为如此,人们才清楚地知道他们的愿望:他们所在的国家,应该在一个秩序井然的世界边缘,应该融入那种让人仰望、让人倾心的美好秩序之中——如果罪犯只能通过公正严明的严刑峻法认识到这种包容与结合,那么从中就能看出,他们天生喜欢群居社交,喜欢思慕念想,只是心中充满了渴望,渴望避免边境冲突,渴望在和平安宁中从事自己的职业,渴望越发没有怨言、越发悄无声息，甚至越发敏感地使自己的服务适应整个制度和现状。

反抗者和罪犯，他们两者都会给当前社会带来他们的秩序，他们自己的价值观。但是当反抗者想要征服现状时，罪犯却不知思变，想与之共存。逃兵既不属前者，也不属后者，或者他同属这两者。胡桂瑙可能已经觉察到这一点，因为他现在的任务是，把他自己的小世界和小现实建立到大世界和大现实的边缘，并使小的适应大的。即使他同意逃兵应该被枪决，但这暂时也无关紧要，而且这个想法并不荒谬，并不比他的梦话更荒谬：对他来说，《特里尔选侯国导报》就像大型机器的一个零件，就像传动杆咬合处的一个黄铜活接头，就像他的法律之国和邻国之间的一个接壤点——他尊重和喜欢邻国的法律，所以想从这个接壤点越境并住到邻国。在所有这些动机的影响下，胡桂瑙觉得必须把《特里尔选侯国导报》收入自己囊中，而这也正好可以解释，这笔交易为何会如此成功。

第三十三章

1918 年 6 月 1 日《特里尔选侯国导报》社论

德国人民的命运转折点
——镇警备司令官约阿希姆·冯·帕瑟诺少校的几点思考

“于是魔鬼离了耶稣，
有天使来伺候他。”
《马太福音》第四章第十一节

虽然本报社领导的变更只是一件微不足道的小事，毕竟我们随后即将迎来第四个周年纪念日，但我认为，按照常例，我们在此也有必要把这件小事看作一件大事的镜子。

因为我们，还有我们的报社，都面临重大转折，我们也希望走上一条引领我们走向真理、走向光明的新道路，我们也坚信，只要齐心协力，我们就能…… 要被我们赶出这个世界的魔鬼何在？我们想要召唤过来帮助我们的天使何在？我，一个老兵，应该直言不讳地说出自己的心里话，即使这些话有时候听起来有些不合时宜…… 冲破敌军的包围，而且也要去除污染祖国的思想糟粕，并与祖国一起，将污染全世界的精神糟粕荡涤殆尽，使人间…… 毫不奇怪，这些民族会受到百次纷争、千次分裂的惩罚。因为有错必惩，手错断手，足错断足。

我听到有人反对，说我们不该如此轻易地接受惩罚，忍受鞭笞，把另一面脸也向施罚者凑过去…… 正如路德与腐朽堕落的罗马教廷之间的斗争是正义的斗争。我们的兵法大师克劳塞维茨[1]教导过我们,正义精神正是战争的武器之一,而……
…… …… …… …… …… …… …… …… …… …… …… ……
…… …… …… …… …… …… …… …… …… …… …… ……
…… …… …… 我们的战斗应该这样:“不法之人惧怕他而退缩,凡行不法的都惊惶失措;拯救的事在他手中顺利。”(《马加比一书》第三章第六节),但我们绝不能注重于追捕逃敌,而是要注重于拯救,拯救自己的人民,拯救他国的人民。我们目光短浅。的确,任何牺牲都是徒劳的,如果这种牺牲是草率的,上帝的……
…… …… …… …… …… …… …… …… …… …… …… ……
…… …… …… …… …… …… …… …… …… …… …… ……
…… …… …… 拥有我们必须争取的外在自由的唯一条件是,他同时获得内在崇高的和真正神圣的自由。尽管在战场上,我们可能战无不胜,但这种自由,我们无法在战场上获得,而是只能在我们心中找到。因为,这种内在的自由,与世界正要失去的信仰是平等的。所以,这场战争并不只是 …… …… …… …… …… ……
…… …… …… …… …… …… …… …… …… …… …… ……
…… …… …… …… …… …… …… …… …… …… 根据《圣经》?“虔诚善良的好人绝对不是劝人虔诚的好作品教出来的,而是虔诚善良的好人做出劝人虔诚的好作品。”路德在《论基督徒的自由》中这样写,并且他还进一步阐述道,“如果作品无法使人虔

① 卡尔·冯·克劳塞维茨,普鲁士名将兼军事理论家。

诚，而人在创作之前必须先有虔诚之心，那么很显然，只有源于基督所赐的纯粹恩典的信仰…… …… …… …… …… …… ……
…… …… …… …… …… …… …… …… …… …… …… ……
…… …… …… …… …… …… …… …… …… 约翰说过，“他必兴旺，我必衰微”（《约翰福音》第三章第三十节），战争也是如此，战争规模一定会变大，因为信仰之心会变小，在信仰之心不重生和壮大之前，这场战争不会结束。为了邪恶而邪恶 …… …… ……
…… …… …… …… …… …… …… …… …… …… …… ……
…… …… …… …… …… …… …… …… …… …… …… ……
…… 在我们看来，似乎首先必须让黑人军队占领全世界，这样才能从《启示录》的火焰中产生新的友爱和教区，这样才能重新建立基督之国，获得新的辉煌 …… …… …… …… …… …… ……
…… …… …… …… …… …… …… …… …… …… …… ……
…… …… …… …… …… …… …… …… …… 黑人军队带着非骑士式武器，向我们挺进，但他们只是先遣部队。他们的身后是响应征召组建的黑色地主军，是《启示录》中的恐怖。因为只要白人无法克服情感惰性，从中 …… …… …… …… …… …… ……
…… …… …… …… …… …… …… …… …… …… …… ……
…… …… …… …… …… …… …… …… …… 为了荣耀，这是迷失的一代，他们的四周将充满黑暗，无人前来相助，而他们 ……
…… …… …… …… …… …… …… …… …… …… …… ……
…… …… …… …… …… …… …… …… …… …… …… ……

…… …… …… 无神论者和投机者的有害言行，不但在繁华的敌国大都会中肆虐，而且也没有放过我们的祖国。就像一张挣不脱、看不见的巨网，笼罩在我们的城市上空 …… 正如在1870年，为了统一四分五裂的各个德意志邦国，我们必须打一场伟大的战争一样，眼前这场规模更大、更可怕的战争会为人称道的原因，不仅在于它团结了所有邦国的友情，而且同样也 …… 信仰和自由的恩典也将再次属于我们。然后，我们才可以说“基督徒是万物之仆，众人皆可使唤”，以及“基督徒是万物之主，无人可以使唤”，这两种说法都对，我们应该从中认识真正的自由。

我不知道，我能否让人理解我的意思，因为我自己也花了很长时间，才明白这些道理，但我相信，它们仍然是残缺不全的。不过，克劳塞维茨将军的观点在这里也仍然适用：“充满危险而又让人心碎的悲惨场面，很容易使感情战胜理智，而所有现象都隐藏在朦胧不清之中，让人很难得出深刻而清晰的见解，因此改变见解的行为，在这个时候就更加可以理解和原谅了。行动的依据**经常只是对真相的猜测和感觉而已**。”

冯·帕瑟诺少校就这样对战争的问题和德国的未来做了深入阐述,写这篇文章费了他好大的工夫。为了应对战争,他从小就接受职业军人教育,为了应对战争,他整个青年时代都穿着军装,而且在四年前再次披上战袍,可这时他却突然发现,战争已经不再是军装的问题,不再是蓝裤子和红裤子的问题,不再是战友敌对和像骑士一样挥剑砍杀的问题。战争既不是戎马一生的辉煌顶点,也不是戎马一生的圆满结束,战争不动声色却越来越明显地动摇了这种生活的基础,削弱了生活的道德束缚;透过网眼,有罪之人咧嘴而笑。在库尔姆军官学校培养的精神力量不足以克制心中的邪念,不过,这也不足为奇,因为连有更多手段的教会也无法彻底解决原罪自相矛盾的问题。但是,尘世救星奥古斯丁的心中所想,在他之前的斯多葛派的梦寐以求,以及包罗人间百态的神权政体的思想,这种崇高的思想,它的光芒连充满危险而又让人心碎的悲惨场面也挡不住,它——与其说是理智,倒不如说是情感,与其说是深刻清晰的见解,倒不如说是朦胧不清的现象——也在这个年老军官的灵魂中生根发芽,并因此而画出一条虽然模糊不清,有时候歪歪扭扭,但至少有头有尾,可以连得起来的线条——从芝诺和塞涅卡,甚至从毕达哥拉斯一直到冯·帕瑟诺少校的思想。

第三十四章　价值崩溃(5)

逻辑杂谈

不可否认,库尔姆普鲁士皇家军官学校的思维风格不同于罗马天主教神学院的思维风格,然而,“思维风格”这个概念极易让人想起哲学和历史学概念的模糊不清,因为这两个学科在方法论上的困难之处都可以用“直觉”一词道出。由于思维和逻各斯的先验唯一性,不允许在风格上有任何细微差别,所以它除了在自我心中的先验理解之外,不需要任何其他直觉;它把其他一切都归入与哲学研究无关,而与心理学和医学研究有关的经验偏差、病理偏差领域。面对自我的绝对逻辑,面对上帝的绝对逻辑,源于经验和尘世的人脑思维相形见绌。

或者也可以质疑:绝对的形式逻辑依然存在,连人脑也无法改变它——改变的只是思维内容,改变的是对世界本质的见解,因此这最多就是个认识论问题,绝对算不上是逻辑问题。逻辑和数学一样,是没有风格的。

逻辑形式真的和内容完全无关吗?因为奇怪的是,有时候逻辑形式本身就是内容,最明显的是人们关注的所谓形式证据链,因为这些证据链的每个环节都是公理或与公理相似的定律——如矛盾定律。也就是说,能构成高不可攀的可信界限(直到它有一天还是被攀越,例如在排中律中)的陈述,它们的自明只能从内容上加以理解,但无法从形式上加以证明,而且更重要的是,如果没有超越逻辑,再怎么将形式的界限提前,最终都是形而上的,想要其内容原理在自身的应用过程中保持整个机制有效,那么这种逻辑链可能根本无法提出,整个逻辑推论和证明机制也会立即陷入困境。形式逻辑的体系以内容为基础。

直觉心理学的唯心主义以"真实感"为前提,每条提问链都根据真实感的自明,从惊讶地问"这是什么"开始,继而反复提问"为什么",最终不再提问,并得出一个公理性的可信结论:"正该如此,而非如彼。"这时,即使由于某个纯形式的先验逻各斯的不变性,真实感只是多余的引子,但由于逻辑中的内容要素,真实感将获得新的、更合理的荣耀。因为,在提问链和证明链末端的自明项,虽然已经脱离了形式的不变性,但这时仍会对逻辑证明过程本身及其形式产生决定性影响。由此产生一个问题:"内容——无论是逻辑公理性的还是非逻辑性的——可以通过何种方式影响形式逻辑,从而在保持形式不变的同时改变思维风格?”这个问题不再是心理学和经验论的问题,而是方法论和形而上的问题,因为在它的身后,先验地存在着一切伦理道德的首要问题:上帝怎么会允许犯错?疯子怎么能活在上帝的世界里?

可以想象,人们从提问链中根本得不出任何结论:所有关于存在的提问链显然都有这种特性——物质问题,即从一个范畴发展到另一个范畴,从元素发展到原子,从原子发展到电子,从电子发展到能量子,且每次的止步不前都只是暂时的。这就是这种无休无止的提问链的例子。

这种提问链会止步于何处,其实就是真实感和自明感的问题,即有效公理的问题。如果按照泰勒斯的学说,关于存在的提问链应选择物质“水”作为可信点,则表明在一个适用于泰勒斯学说的公理体系中,物质中水的特性似乎是“可以证明”的。在这里,终结提问链的是内容公理而非形式逻辑公理,是现行宇宙论的公理——但这些内容公理与形式逻辑公理之间必定存在某种关系,至少不自相矛盾,因为如果证据的内容发展与形式发展不一致,那就表明结论并不可信。然而,在双面真理论中可以看到,内容公理和逻辑公理可能相互矛盾。不过,即使抱着完全怀疑的态度认为“不知[①]”，否认宇宙论可信性及其公理体系的存在，认为提问链不可终结，并将提问链的终结看作一种非常务实却又是虚构的随意，但“不知”本身也明显具有一种特定的可信特点，而且这个可信特点明显又得到一种特定逻辑和一套特定逻辑公理体系的支持。

也许，对这些情况的某种超越纯粹直觉范畴的理性构想，可能产生包含在某种世界观中的有效公理的集合。当然，这个集合的基数既不能论证也不能核算——只能在极端情况下看清公理个数的多寡。例如，原始民族的宇宙论是极其复杂的：世上任何事物都有独立生命，在一定程度上都是自因[②]的，每一棵树中都住着它自己的神灵，任何事物中都住着它自己的恶魔；这是一个有着无限公理的世界，每条提问链都会涉及世间事物，每条提问链在没走几步，甚至有可能在第一步后就会碰到其中的某个公理。与如此繁多的，短到只有几个的，甚至只有一个环节的存在论提问链相比，一神论世界中的这种提问链已经很长了，就算不是无限长，但也已长到与作为唯一根源的“上帝”相交了。因此，如果只考虑存在论的宇宙论公理，而忽略其他公理，例如纯逻辑公理，那么在由原始巫术和一神论这两个截然相反的宇宙论代表的极端情况下，公理

① 原文为拉丁语 Ignorabimus。引自德国生理学家杜布瓦·雷蒙的名言：吾等不知，永远不知。

② 原文为拉丁语。

的个数就从无穷多减少到一。

只要语言是逻辑的表达形式，只要逻辑内在地体现在语言结构中，那么就可以从语言之中得出关于存在论公理个数、关于逻辑性质和逻辑“风格”可变性的结论。因为，正是原始民族的复杂存在论体系，正是他们广泛的公理体系，反映在他们语言极其复杂的结构和句法中。正如形而上世界观的改变很少被归因于实用一样——没人会认为，欧洲形而上学比至少处于相同文明发展高度的中国形而上学更“务实”——语言的简化和语言风格的根本改变（即使语言习惯用法的消失是毋庸置疑的）也同样不能只注重方便，除非目的不足以解释一连串的变化和句法特点。

公理体系——无论是关于存在的还是关于逻辑的——对实际的逻辑结构有哪些作用，在这种形式的不可变性中仍然以哪种方式清楚地表现为“风格”，这两点至少都可以借助一张图像想象出来：对于某些几何结构，假定无限远点在有限图像平面内的任意处，然后设定这个假定的无限远点真的在无限远处。在这样的结构中，图形各个部分之间的位置保持不变，就像那个点真的位于无限远处；只是所有尺寸全都失真，挤在一起。同样可以设想，当逻辑可信点从无限远处移至有限远处，移至尘世中时，逻辑结构就会发生变化：形式逻辑本身，其推理形式，甚至其内容上的邻近关联关系都保持不变——改变的是其“尺寸”，是其“风格”。

超越一神宇宙论后仍需迈出的一步，几乎是微不可察的一步，却比之前任何一步都重要。根源从一个至少是人格化上帝的“有限”无限，被推入真正抽象的无限，提问链不再终结于这个上帝观念，而是确实延伸至无限（它们不再交于一点，而是相互平行），宇宙论不再基于上帝，而是基于永恒的提问探究，基于意识，即世上不存在任何静止点；问题永远可以进一步提出、必须提出；既没有元素也没有根源；每一个逻辑的背后，仍然有一个元逻辑；每个答案都只是临时的答案；剩下的只是提问行为本身。宇宙论已经彻底成为科学，它的语言和句法已经抛弃了它的“风格”，转而有了数学的特征。

第三十五章

6月4日,星期二,雨。艾施和胡桂瑙正穿过集市广场。又胖又壮的胡桂瑙敞着大衣,神气活现地走着。像只得胜的公鸡,艾施恨恨地想着。

经过镇公所后拐入另一条路时,两人遇到了一支神情悲伤的押送队:一个德国士兵戴着手铐,左右两侧各有一人持枪押送,枪上装着刺刀;他可能是从火车站或法院来的,现在正被押送到监狱去。天上正下着雨,雨滴打在那人的脸上。要擦掉雨水,他必须时不时地举起铐在一起的双手擦脸;擦脸的姿势笨拙而又让人同情。

“他怎么了?”艾施问同样感到吃惊的胡桂瑙。

胡桂瑙耸了耸肩,咕哝着说什么谋财害命、猥亵儿童:“或者他刺死了某个牧师……用菜刀。”

艾施跟着说道:“用刀刺死了。”

“要是逃兵,就会被枪毙。”胡桂瑙结束了这个话题。艾施仿佛看到军事法庭在熟悉的刑事陪审庭中开庭，看到作为审判长的镇警备司令官，听到他的无情判决，看着那人被押到监狱院子里，站在噼里啪啦的雨点中，看着那人在面对行刑队时，最后一次用铐着的双手擦去混着雨水、泪水和冷汗的脸。

艾施是个急性子；他的眼中，这个世界黑白分明，分别被善恶势力把持。但他的性急经常让他只见人而不见事，他差点就认为，该为这个可怜的逃兵所遭受的残忍刑罚负责的是少校，而不是冷酷无情的军国主义。但就在他打算对胡桂瑙说，少校是头猪时，他突然觉得不对劲：他突然懵了，因为少校和那篇文章的作者竟是同一个人，这太突然、太难以置信了。

少校不是猪，少校是个好人，少校突然从黑的一边跳到了白的一边。

艾施能一字不差地回忆起那篇社论，少校的崇高思想虽然并不十分清楚，但于他而言却透彻而伟大，在他的眼里，它们就像崇高使命的一部分，是为了捍卫世界的自由和正义。当他在其中找到自己使命的一部分和这个目标时，它们就更值得他关注了。当然，它们在少校的笔下变得如此崇高、明亮和自然，让他觉得，自己以前为此所想所做的一切，都是那么模糊、狭隘、平庸和短视。艾施停下了脚步。“报应不爽。”他说道。

听到这话，胡桂瑙的心里很不痛快：“说得倒轻巧，挨枪子儿的又不是您。”

艾施摇了摇头，不屑而又有些许失望地摆了摆手：“如果问题仅在于此……在于是否正派……您知道吗，曾经有一段时间，我想加入无神论者组织！”

“想加入，那就加入啊。”胡桂瑙说道。

“您不该这么说，”艾施说道，“《圣经》还是值得一看的。您该看一下少校的文章。”

“文章写得很漂亮。”胡桂瑙说道。

“嗯？”

胡桂瑙想了一会儿说道：“再写一篇文章，他可能不愿意了……现在得写点别的了……不过，这个当然又得我一个人弄了，您反正什么主意都没有，光想着要出报纸！”

艾施失望至极地注视着他；跟这种人显然是没什么好多说的，这家伙不是真不懂就是装不懂。艾施很想把他揍一顿。他冲着他大声说道：“如果您要过去做侍奉他的天使，那么我宁愿做魔鬼。”

“我们都不是天使。”胡桂瑙故作高深地说道。

艾施不想争下去，反正他们都走到家了。在过道里，玛格丽特正在和几个邻家小男孩玩耍。她生气地抬头看过来，因为他俩妨碍她玩耍了，但艾施没有把这放在心上，而是把她抱起来骑在自己脖子上，然后抓住她的双腿。

“小心头碰到门！”他喊了一声，然后弯腰屈膝跨过门槛。

胡桂瑙跟在后面。

当他们走楼梯上楼，高高地悬在扶手上方的玛格丽特，向下看到奇怪地变大了的院子和摇晃不停的花园时，她觉得很害怕；她两只小手紧握，伸向艾施的前额，想抠住他的眼眶稳住自己。

“在上面安静点，”艾施命令道，“小心头碰到门。”他虽然弯下了腰，但还是没用：玛格丽特绷直了身体，上身后仰，一头撞在门楣上，号啕大哭起来。艾施向来习惯于用身体接触来安慰哭泣的女人，所以这时便让孩子往下滑到可以亲吻的高度，可她却挣扎个不停，又想去抠他的眼睛，所以他只好乘势或者说是恼火地把她放下，让她自己走。玛格丽特想溜走，但胡桂瑙挡住了去路，而且作势要抓她。他笑眯眯地看着小女孩挣扎着离开艾施，但要是她这时候不走了，而是留在他的身边，那他可就要高兴坏了。不过，当他看到她板着脸的样子时，他不敢把她拦住，而是分开双腿说道：“门在这儿呢。”小女孩明白他的意思，笑嘻嘻地从这个“门”里慢慢爬了出去。

艾施的目光一直跟着她。“她啊，杀人不眨眼的，”语气好像很感慨，“简直就是个黑黑的小淘气鬼。”胡桂瑙坐在他的对面：“嗯，她似乎很合您的口味呀……我现在可得赶紧在这里给自己弄一张办公桌了。”“我又碍不着你，”艾施咕哝道，“反正也是该您操心编辑工作的时候了。”胡桂瑙心里仍然想着小女孩：“那小女孩也总是闲坐在这里。”艾施微微一笑：“儿女是恩赐，也是烦恼，胡桂瑙先生，您还不懂。”“您对孩子的宠溺之情，我会慢慢明白的……要不然您怎么会收养别人家的小讨厌鬼呢。”“亲生的还是收养的，我都无所谓，这个我早就跟您说过。”“要是让别人爽快了，那就不那么无所谓了。”“您不懂。”艾施跳了起来大声说道。

他在房间里快步来回踱了几次，然后走到堆着一摞摞报纸的角落里，从中取出一份——这是社庆特刊——仔细看起少校的那篇文章来。

胡桂瑙饶有兴趣地看着他。艾施双手抱头，灰白色的短发蓬乱地穿过指缝——他看起来很狂热，一副近乎苦行僧的模样。胡桂瑙不想回忆起某些让人抑郁不快的往事，于是故作开心地说道："您就看好了，艾施，看我们是如何把报纸做得更好的。"艾施答道："少校是个好人。""没错，"胡桂瑙说道，"不过，您最好还是想想怎么拿这份报纸做点文章吧。"他走到艾施跟前，拍了拍艾施的肩膀，好像要把艾施叫醒似的："《特里尔选侯国导报》，一定要卖到柏林和纽伦堡，还有法兰克福的豪普特瓦赫[①]咖啡馆，法兰克福您肯定知道的，它在那里也必须有售……它必须成为畅销全球的报纸。"

艾施的心思不在上面。他指着文章中的一个段落："'如果作品无法使人虔诚，而人在创作之前必须先有虔诚之心……'您知道这是什么意思吗？这是说，重要的不是孩子，而是态度，收养的还是亲生的，都无所谓的，您听好了，都是无所谓的！"

胡桂瑙不觉有些失望："我只知道，您就是个蠢货，就是您这种态度把报纸给毁了。"他说完就离开了房间。

门早已关上了，艾施却依然坐在那里，眼睛愣愣地盯着房门，

---

① 原法兰克福城防军和监狱所在地，后改为警察局(监狱仍保留)。这栋于1729年—1730年建造的巴洛克式建筑在1904年改为咖啡馆，至今仍在。

坐着冥思苦想。他听得当然不是很明白,但觉得至少在“态度”这一点上,胡桂瑙可能是对的。然而,秩序之梦现在似乎有望成真了。这个世界一分为二,分为善恶,分为借贷,分为黑白。账目错误即使是因疏忽大意所致,也必须得到纠正,而且也会得到纠正。艾施的心情平静了下来,他平静地把双手放在膝盖上,静静地坐着,眯着眼睛看着房门,眯着眼睛看着整个房间,觉得这个房间这时很奇怪地变成了一幅风景画,或是一张风景明信片,房间这时就像绿树掩映下的书报亭,而树是巴登维勒城堡山上的树,他看到了少校的脸,那是一张伟大高尚者的脸。艾施坐了很久,久到他惊讶地发现,他都不知道自己身在何处了;他费了好大的劲才回过神来,继续阅读。虽然,这篇文章他都能逐字逐句背出来,但他还是迫使自己继续读下去,读着读着,他又知道自己属于这个世界的哪一边了。因为少校针对德国人民的思考和研究,影响了这个国家的一部分民众,即使不是很大一部分,而艾施先生就属于这一部分。

第三十六章

四个女人在病房里擦拭打扫。

少校军医库伦贝克走了进来,看了她们一会儿:“喂,你们怎么样啊?”

“我们还能怎样,少校军医先生……”

女人们叹了口气,继续擦拭打扫。

其中一个抬起头:“我丈夫下周休假。”

“太好了,蒂尔登……到时候,床要荡秋千了。”

蒂尔登夫人棕色的脸上顿时透出了几许红晕。其他人都哈哈大笑。蒂尔登夫人也扑哧笑了起来。

突然,从一张病床上传来一声吼叫。这不是真正的吼叫声,而是一种很急促、很用力、很痛苦地从身体的最深处喷出来的,几乎不是声音的声音。

战时后备兵戈迪克坐在自己的床上,他的脸因为剧痛而显得扭曲狰狞。他正以这样奇怪的方式笑着。

如果不算他刚入院时的呻吟声，这是他入院以后，人们听到他发出的第一个声音。

“真是个下流坯子，”少校军医库伦贝克说道，“这下可把他乐坏了。”

第三十七章　柏林救世军女孩的故事(5)

律法无情,使春天凋零,

犹太新娘,觉春光不媚,

城市里的噪音,已经枯萎,

隐形之网,化作囹圄,

夏日如冷酷的磐石,未能融化内心的坚冰,

天空暮色萧索,俯瞰沥青广场,

石头铺在像峡谷一样的街道中,

像疥癣侵染着大地灰色的皮肤。

啊,城里充满虚假之光,啊,城里充满虚假怪声,

忏悔之人,不喜欢看到树木,

他想要的,只是简陋的忏悔之所,

在那里,律法将显救恩之力,

从思想中,从圣书中,

从怀疑中，从动摇中泉涌而出
这是流浪者、惶恐忏悔者和禁欲者的城市，
是上帝选民之城，
他们，无欲而繁衍，只为壮大家族，
他们，老态龙钟，在窗边祈祷，
他们，留着修道士的大胡子，
用斋戒、皮带、祭器，永远与上帝相交，
而女人们，做出营养丰富的圣餐面包，
在纪念逝者的弥撒上，油灯微亮，青烟袅袅；
他们，娶了这些女人，
生下留着唱戏胡子、脸色苍白的少年，
让天使折腰的雅各布少年，
真相指引着他，
前往有天使降临的井，
前往有拉结[①]的羊群饮水的井。
啊，灰色的城市，脸色苍白的漂泊之人的歇脚处，
在通往上帝居所的锡安[②]之路上，
不敬上帝的城市，束在空网之中，
空荡荡的石室，充满诅咒和疼痛，
救世军在此轻击薄鼓，

① 《旧约圣经》中记载的以色列祖先雅各的第二任妻子。

② 一般指圣城耶路撒冷，有时也泛指以色列。

让罪人寻得正道，
回归充满恩典的真相之路，
回归爱人所选的锡安之路——
在柏林这座城市里，在那些春日里，
努歇姆·苏辛邂逅救世军女孩玛丽，
一阵甜蜜的犹豫，
他们的灵魂跪地；
他们没有感到命运的巨爪，
锡安就在眼前，心中充满感激。

第三十八章

海因里希·温德灵将近两年没休假了。不过，当汉娜收到海因里希的来信，说他即将回家时，她还是感到惊讶，而且是非常惊讶，似乎发生了极其荒谬的事情一样。从塞萨洛尼基回来至少要六天，甚至可能更多，但再怎么说，也只是天数多少而已。自从知道他要回家后，汉娜就一直提心吊胆的，好像她有个秘密情人，想要瞒着他似的。她觉得，行程每拖延一天都是老天爷的恩赐；每天晚上起夜上厕所时，她都比平时更小心，而且每天早上她赖床的时间也比平时更长。她等待，她害怕，想着这个归家者是不是蓬头垢面、胡子拉碴的，会不会急匆匆地把她占为己有。尽管对于这种想法，她其实也感到非常羞耻，也正因此而希望赶紧来一场进攻战或者出现其他灾祸，让他的休假计划泡汤，但在此期间她仍会感到一种更为强烈、非常奇怪的希望，一种她不感兴趣，也一无所知的预感，就像做大手术之前的那种感觉：若不想无可挽回地死去，就得动手术，否则死亡的脚步就无法阻挡。这就像最后一个可怕的避难之所，虽然黑暗，却能让人避开更深的黑暗。如果把这样的态度，这种忐忑不安和惧怕期望，看作逆来顺受，那就意味着，我们只看到了灵魂的最表面。汉娜对自己身体状况的解释——如果她完全清楚——与老太太的那种愚蠢观点并没有本质差别，后者认为结婚是一劳永逸解决贫血的年轻姑娘所有痛苦的唯一良药。不，她不敢再细想下去了，这是一片灌木丛，她不想进去探索，尽管她似乎有些期待，希望海因里希回来后，一切都会恢复正常，但她也同样有一种预感，这样的正常生活再也不会有了。

夏天真的来了。“玫瑰之家”名不虚传，尽管在换季后优先培植的是蔬菜，而不是鲜花，尽管那个体弱多病的临时园丁根本忙不过来，但是，鲜红色藤本蔷薇的那股攀爬劲儿是战争也阻挡不了的，它们向上一直爬到家门口的小天使雕像旁，一簇簇的牡丹花有白的、有粉的，草坪边上的一排排天芥菜和紫罗兰正在怒放盛开。屋前绿景平静如画，山谷坡地陡然向下，一直延伸至林木边缘；对面的护林员小屋，冬天的时候可以看到它的所有窗户，现在又掩映在茫茫绿意之中；葡萄园也变绿了，林木苍翠欲滴，在山头涌起乌云时更显幽暗。

午后，汉娜把她的躺椅搬到了屋前。她躺在栗子树下，望着远处飘来的云朵，望着它们的阴影掠过田野，望着淡雅明净的绿色在阴影下变成异常清静的微微发黑的绿紫色；当阴影飘到花园里，这里突然凉爽得像地窖一样，那些热得合拢起来的花朵，突然又开始吐露芬芳，仿佛它们又可以呼吸了一样。或许，正是这阵突然的凉爽，让汉娜闻到了一丝芬芳，然而这一丝芬芳，来得如此突然，如此稀罕，如此强烈，这阵突如其来的浓郁芬芳，如此凉爽，如此神奇，就像南国花园的傍晚，就像第勒尼安海多岩海滨的黄昏。大地就这样躺在云海之滨，云海浮起朵朵云浪。雷雨绵密。汉娜站在敞开的阳台门口，闻着南方的气息。尽管她有些近乎贪婪地呼吸着这股温润的湿意，鼻子中感到一阵清新凉爽，但随着这股气息的回忆一起来刮来的，还有她第一次感到的那丝恐惧。那是在蜜月旅行时的一个雨夜，她站在西西里岛海岸边：酒店就在她身后，酒店花园花香四溢，她却不知道站在自己身旁的陌生人是谁——他叫温德灵博士。

她非常害怕，园丁急忙走小路过来，把花园桌椅放到淋不到雨的地方；她非常害怕，禁不住想起破门闯入的盗贼，尽管她心里很清楚园丁要干什么。要不是沃尔特出来陪着她，她一定会逃进屋里锁上门。沃尔特坐在门槛上；他把光着的两条腿伸进雨中，忙着小心翼翼地从膝盖上揭下一块干疤，然后心满意足地抚摩着新长出来的粉红色嫩皮。汉娜也坐在门槛上；她抱着双腿，双手握住美丽纤细的腿——她在自家花园里也不穿长筒袜——光滑的小腿摸上去很凉。

雨水刚唤醒了花香，这时又把它们冲淡，空气中只留下一股潮湿的泥土味。园丁小屋的屋顶上，有棕色斑点的瓦片在淋了雨后变得闪闪发光，当园丁再次走上小路时，他脚下的卵石不再因为干燥而嚓嚓作响,而是发出透着湿意的沙沙声。汉娜搂着儿子的肩膀——为什么他们不能一直这样坐着,安安静静地融入这纯净凉爽的世界中!她只有一丁点儿害怕了。可她还是说道:“沃尔特,要是晚上还这样打雷下雨,你可以和我一起睡。”

第三十九章

当少校军医库伦贝克和凯塞尔博士走进旅馆餐厅时，少校已经坐在他的老位置上了。他正在看刚到的《科隆报》。后到的两人先打了个招呼，然后少校站起身来，请他们过来同坐一桌。

少校军医很冒失地指着报纸说："我们是否有幸在其他报纸上看到您的文章，少校先生？"

少校只是摇了摇头，把报纸递给少校军医，指着战争报道："坏消息。"

少校军医飞快地看了一下报道："其实也不比往常差，少校先生。"

少校疑惑地抬头看来。

"说到底，好消息只有一条，少校先生，那就是和平。"

"您说得对，"少校说道，"但我们要的是光荣的和平。"

"没错！"库伦贝克说着举起了酒杯，"那么，为了和平，干杯！"

另外两人和他碰了杯,然后少校又重复道:“为了光荣的和平……否则,所有的牺牲还有什么意义?”他似乎还想说些什么,一直端着酒杯,却又一言不发。最后,他打破了沉默,说道:“荣誉不只是传统……以前是禁止将毒气用作武器的。”

三人都默默地喝着酒。

然后凯塞尔博士说道:“战时营养理论再好又有什么用……晚上回到家时,我几乎站都站不住了;对于一个老头来说,这点营养根本不够。”

库伦贝克说道:“您是一个悲观主义者,凯塞尔。事实证明,糖尿病患病率已经降至最低水平,癌症的情况似乎也是如此……您不是糖尿病患者,这只是您个人的不幸……另外,我亲爱的同事,如果您能感觉到自己的两条腿……我们都不再年轻了。”

冯·帕瑟诺少校说道:“荣誉不是情感惰性。”

“我不太明白,少校先生。”少校军医库伦贝克说道。

少校两眼茫然:“啊,没什么……您知道的……我儿子在凡尔登战役中牺牲了……要是还活着,他现在快要二十八岁了。”

“但您还有家人的吧,少校先生?”

少校没有立即回答,也许是觉得这个问题有些冒失。最后他说道:“对,我还有个小儿子和两个女儿……我小儿子现在也快入伍了……是国王的,必须还给国王……”他顿了顿,然后继续说道:“您看,是上帝的,却没有还给上帝,这就是灾祸不绝的原因。”

库伦贝克博士说道:“连人吃的,都不给人了……我觉得,我们必须先从这方面着手。”

“上帝至上。”冯·帕瑟诺少校说道。

库伦贝克抬起了下巴，他的灰黑色胡子翘了起来：“我们医生就是可怜的唯物主义者。”

少校委婉地反对道：“您不该这样说。”

凯塞尔博士也不同意这个观点：“真正的医生总是唯心主义者。”库伦贝克笑道：“对，我忘了您的医保诊所了。”

过了一会儿，凯塞尔博士说道：“只要一有机会，我就会重拾我的室内乐。”

少校说，他的妻子也喜欢弹奏。他想了一会儿，然后补充道：“施波尔，一位出色的作曲家。”

第四十章

自从戈迪克笑了这个消息传开后，同病房的病友们就一直想方设法，想让他再次笑起来。大家轮着给他讲最粗俗、最下流的笑话，当他躺在床上时，凡是从他身旁走过的人无不满怀期望，希望自己的笑话能让床架子摇晃起来。但这没用。戈迪克不再笑了。他一直默不作声。

直到有一天，卡拉护士给他送来一张战地明信片："戈迪克，您妻子写给您的……"戈迪克一动也不动。"我读给您听吧。"卡拉护士念了起来，他忠诚的妻子很久没有收到他的音讯了，她和孩子们一切都好，希望他快点回家。"我会替您回信的。"卡拉护士说。戈迪克看起来没听明白，甚至可以说，他真的什么都没听懂。也许，他是真的能在每个观察者的眼皮底下隐藏自己灵魂中的狂风暴雨，隐藏这种吹散了、抖乱了自我的碎片，随后迅速把它们卷到灵魂之海的海面上，并再次迅速使它们淹没在黑暗波涛之中。也许，他是可以如愿以偿地平息灵魂中的狂风暴雨，并慢慢地使风雨停歇，可病房里那个爱开玩笑的轻骑兵约瑟夫·萨特勒，恰好在这个时候过来看他，并像往常一样抓住床尾，使它稍微摆动了一下。于是，战时后备兵戈迪克突然叫了起来，那叫声绝对不是大家期望他发出的，且他也真的应当发出的笑声。他愤怒地大声吼叫着坐了起来，动作一点都不像大家习以为常的那样缓慢而艰难，他从卡拉护士手中夺过那张战地明信片，把它撕了个稀碎。然后他向后躺倒在床上，因为刚才的动作太快，扯痛了伤口，于是他用手捂住下腹。

他就这样躺在那里，仰望着屋顶，想要让自己稍微清醒一点。他知道自己刚才做得没错，觉得自己完全有理由把闯入者拒之门外。这些闯入者是女佣安娜·兰普雷希和三个孩子，但这几乎是无关紧要之事，很快就可以抛诸脑后。他真的很开心，自己让那个和女佣安娜·兰普雷希结婚的男人如此迅速地安静下来，并将那个"他"赶到了"他"在黑暗栅栏后面的位置上——"他"应该等在那里，直到他叫"他"出来。但这不是办法：来过一次的人，还会再来，就算没有叫"他"，有一扇门开过一次后，其他门都可以自行打开。他感到毛骨悚然，尽管他不知道怎么说清楚这件事，即每一次强行闯入任何一个灵魂碎片之中，都会导致别的碎片受伤。对，它们全都会因此而发生变化。这就像他耳边的嗡嗡之声，灵魂的嗡嗡之声，自我的嗡嗡之声，这嗡嗡之声非常强烈，他浑身上下都能感觉到；但这也像舌头下面塞了个泥布团，一个让人喘不过气来，让人改变所有想法的布团。或许不是这样，但不管怎样，这都是他无法反抗的，他只能乖乖地听凭摆布。这就像他想把砂浆抹在一层砖上，而砂浆已经在抹子上变干巴了。这就像这里有一个工地工头，逼着手下工人以不可能的速度违规加快施工，把砖块迅速堆在脚手架上，从而导致脚手架上的砖块堆积如山，根本来不及用完。要是不立即停下搬运砖块的绞车和混凝土搅拌机，制止这种行为，脚手架肯定会塌掉。最好眼睛能重新长成那种没有缝的，耳朵重新堵起来；戈迪克这个人什么都不准看，什么都不准听，也什么都不准吃。要不是现在还是痛得那么厉害，他肯定会去花园里抓一把泥土，堵住七窍。当他捂住自己阵阵作痛的小腹时，当他双手按住曾有精血流出的小腹，好像他再也不准任何东西从中流出来时，当他咬紧牙关抿紧嘴唇，甚至连疼痛呻吟声也不想从中漏出丝毫时，他觉得似乎这样就能让自己的力气变大，似乎力气每大一分，脚手架就能搭得更高一点、更敞亮一点，就好像每一层楼、每一层脚手架上无处没有他的身影，就好像他最后终于站在、能够站在、有权站在、独自一人站在楼房的最顶层，站在脚手架的最顶端，没有痛苦，完全放松，唱着歌谣，就像他在上面经常唱的那样。木匠们会在他下面干活，敲敲打打，钉上扒钉，他会像往常一样往下吐痰，痰从他们头顶飞过，远远地落在下面地上，发出啪的一声，所落之处会长出树木，但树木哪怕长得再高，也依然够不着他。

当卡拉护士拿着洗脸盆和毛巾过来的时候，他正安安静静地躺着，然后也同样安安静静地让她用纱布把他裹好。整整两天，他不吃不喝。直到不久后发生了一件事，他才开始说话。

第四十一章　柏林救世军女孩的故事(6)

让我自己都感到惊讶的是,我又开始写起关于价值崩溃的历史哲学论文来了。虽然我几乎足不出户,但工作进展仍然相当缓慢。努歇姆·苏辛有时也会过来看我,来了就坐在他那件双排扣长礼服的灰色下摆上。他从不解开扣子,可能是因为害羞。我经常问自己,这些人怎么会信任利特瓦克博士的,因为他不但喜欢穿休闲短上衣,而且无论他们有什么观点,他都会嘲讽一番。最后我得出结论:他没有及膝的长上衣,所以他拿在身前的手杖可能就是一种替代物。这当然只是猜想。

我花了很长时间,才知道苏辛到底想干什么。当他坐下的时候,他从来不会忘记说声"多有叨扰",在尴尬地沉默一小会儿后,他会提出某个法律问题:政府是否有权没收已在家中或碗里的荤素食物,军人妻子所获生活费是否可以和人寿保险挂钩等等。我根本不知道他是什么意思,他似乎是在东一榔头西一棒子地胡乱发问,但这给我的感觉却是,似乎这样就会从中得出真正的问题,或者他的心中正在展开一幅需要通过这种复杂的人造望远镜观察的法律画卷。

就算拿起一本书放在他弱视的眼睛前,他似乎也能品出完全不一样的意思出来。他虽然极其喜爱书、尊敬书,但在看到康德的某一行文字时,也会纵情大笑,要是我不跟着一起笑几声,他就会感到惊讶。所以当他看到黑格尔说的“变戏法的原则在于,不能让人看出手法和结果之间的联系”这一句话时,他就觉得非常好笑。他肯定会鄙视我,因为我不能像他那样一眼就能看出文章的精彩和幽默之处。奇怪的是,我倾向于认为,他的理解更为正确,虽然有时候也更为复杂。当然,只有在这些时候,我才会看到他的笑容。

还有,他挺喜欢音乐的。我的房间里挂着一把有许多品位的琉特[1]。我猜它是我女房东的儿子留下的,她儿子不是坐牢就是失踪了。苏辛每次来都会对我说“来一曲”,他不相信我不会弹,只是觉得我太扭捏了。最后,他还是以这种方式说出了他真正想问的问题:“您听过他们演奏吗?……就是那些穿制服的……非常好听。”

他说的是救世军,被我猜对后,他偷偷地笑了笑。“我今晚去听一下。您要不要一起去?”

---

① 一种拨奏弦鸣乐器,现存最古老的拨弦乐器之一。

第四十二章

报纸带给胡桂瑙的乐趣并没有持续很久，甚至一个月都不到。还没到七月，胡桂瑙就已心生厌倦。一开始，他满怀热情并做出了巨大成绩，成功发行了庆刊号，刊登了庆刊社评；但后来，他一时半会儿也想不出什么新点子来，所以也就失去了兴趣。这就像个玩具，他把它扔到角落里，不想再玩了。虽说背后的原因有可能是他有了更清醒的认识，发现乡下小报真的无法成长为影响力巨大的报纸，但实际上他只是感到无聊，只是什么都不想了解，觉得报社工作的实际情况真伤脑筋。如果说他以前从不急着去上班，那他现在就是喜欢赖床，一顿早餐能吃半天，然后不情不愿地走到后院，是的，他甚至经常溜到厨房去陪着艾施夫人，和她闲聊食品价格。就算最后到了办公室里，他通常也会很快就重新下来，偷偷溜进印刷车间。

玛格丽特在花园里玩耍。胡桂瑙隔着院子向她喊道："玛格丽特，我在印刷车间里。”

小女孩赶紧跑过来，然后两人一起走了进去。胡桂瑙冷冷地说了声“早上好”，因为自从林德纳和助理排字工人成为他的下属后，他就尽量冷淡地对待他们。不过，这两个人并不太在乎。他再次感到他们眼中浓浓的不屑之意，因为他对机器一窍不通。现在，他们正在排字室里干活，胡桂瑙牵着小女孩的手，尽量装出一副专家的模样从他们肩头看过去，但在走出排字室，重新来到外面的印刷机旁时，他又开心起来。

印刷机他还是喜欢的。因为，要是有一个人，一辈子都在销售机器生产的产品，总觉得工厂和机器的所有者高人一等，是一个遥不可及的概念，然后有朝一日，这个人突然变成了机器所有者，那他肯定会觉得这是一个很特别的经历；也许，他的心中会生出几乎每个少男少女都对机器怀有的那种深情，这种深情让人把机器视作英雄，寄托了他们自己崇高而自由的愿望，寄托了他们对崇高而自由的英雄壮举的梦想。小男孩可以一连几个小时待在火车站里看着火车头，为它可以把一节节的车厢从一条轨道牵引到另一条轨道上而雀跃不已；威廉·胡桂瑙也可以一连几个小时坐在他的印刷机前，戴着眼镜像小男孩一样严肃而又茫然地深情注视着它，为它可以自动吞吐报纸而感到心满意足。他非常非常喜欢这种生机勃勃的东西，喜欢到心里容不下半点好胜之心，甚至提不起半点兴趣去弄清这种无法理解却又奇妙无比的机械功能；他的眼里有惊叹、有柔情，甚至还有一丝不安，他觉得它无可挑剔。

玛格丽特爬到了纸包上,胡桂瑙坐在那里的糙面长凳上。他看着机器,看着小女孩。机器是他的,它属于他,小女孩属于艾施。他们互相扔了一会儿纸团。然后,他就玩厌了这个游戏,于是跷起二郎腿,边擦眼镜边说道:“广告上还有油水可捞啊。”

小女孩还在扔纸团玩。

胡桂瑙继续说道:“真没想到,竟然如此糟糕。这笔买卖亏了……不过,我们至少还有印刷车间……你可是喜欢印刷机的,对吧?”

“对啊,我们来玩印刷机吧,胡桂瑙叔叔!”

玛格丽特从纸包上下来,又爬到了他的大腿上。然后他们相互抓住对方的胳膊,上半身有节奏地前后摇摆,并随着动作有节奏地发出“嘭嘭”的声音。

胡桂瑙停了下来。玛格丽特仍然坐在他的大腿上。胡桂瑙有点气喘:“买报社时的出价高了。弄得好,报纸的发行量会增加到四百份……不过,要是广告弄两个版面的话,那岂不是财源滚滚,那我们可就有钱了。对不对,玛格丽特?”

玛格丽特在他的大腿上欢腾着,胡桂瑙抖起腿,让她像骑马小跑一样;她开心地笑着,因为他把她晃得连话都说不清楚:“对,你会有钱的,你会有钱的。”

“我有钱了你开不开心,玛格丽特?”

“那你要给我很多很多的钱。”

“真的吗?”

“很多很多钱。”

“你知道吗，玛格丽特，我们会招一批小伙子，让他们去拉广告……到村庄里……遍地开花。做广告代理。”

小女孩严肃地点点头。

“我已经想好了，征婚广告、销售广告等等……你到林德纳先生那里拿些样张过来，”然后他又冲着对面的排字室喊道，“林德纳，广告样张。”

小女孩跑过去把样张拿了过来。

“你看，我们会给广告代理提供这种样张……你会看到这有多么吸引人。”他又把小女孩抱到怀里，一起研究起广告样张来。然后胡桂瑙说：“所以，拿到钱后你想逃离他们……那你想去哪儿呢？”

玛格丽特耸了耸肩：“离开就行。”

胡桂瑙想了想说：“越过艾费尔山可以去比利时。那里有好人。”

玛格丽特问：“你一起去吗？”

“也许……也许以后，嗯。”

“以后？什么时候？”

她向他撒着娇，但胡桂瑙突然不耐烦地说道：“行了，别说了！”说完他便把她抱起来放到印刷机上。他的心里又异常清晰地浮现出那个杀人犯的照片，那个猥亵儿童的人，那个被人用链子绑在木板床上的人。这张照片让他心神不定起来。“一切自有定数。”他一边说，一边打量着小女孩。她虽然灵巧活泼地坐在坚实稳固的机器上，却也似乎属于机器。要是机器这时开动起来，玛格丽特也会像报纸一样被它一口吞下。他检查了一下，确定皮带真的卸下了。他有些害怕地重复道：“一切自有定数，时机终会到来……他反正不会来这里打扰我们的。”

他正琢磨着为何时机终会到来时，突然想起了艾施这个一口大黄牙的家伙，这个又瘦脾气又坏的师傅总让他不得安生，总是搬出合同条款，想把编辑工作推到他的头上。唉，坚持合同条款，要求他整日陪着坐在办公室里，也许还会要求他穿上蓝色工作服。这个人，借口一大堆，想法却什么都没有！不过，一想到这个想要赶鸭子上架的师傅一次都没有得逞，胡桂瑙就乐不可支。

把广告样张收拾好后，他说道：“师傅那里，我们还要报复一下，对吧，玛格丽特？”

“抱我下来。”小女孩说道。

胡桂瑙走到印刷机前，但当小女孩搂住他的脖子时，他停下来沉思了一会儿，因为他这时想明白了：在暗地里，这个师傅就是他的猎物！他可是主动提出要监视和暗中侦查这个可疑分子的，少校也已经同意了！胡桂瑙觉得，自己流落到这里，就是为了找到自己人生的真正目标，似乎只要彻底揭开艾施先生的阴谋，他胡桂瑙的人生就会彻底圆满。对，就是这样。胡桂瑙在玛格丽特被油墨弄脏了的小脸上狠狠地亲了一下。

艾施先生却坐在楼上的编辑室里，很高兴自己不得不继续做着编辑工作，而不用把它交给胡桂瑙。因为他深信，胡桂瑙绝对不会按照少校做出的那些指示办报的，于是他决心自己来做，好为少校和有益的事业服务。

第四十三章

弗卢尔施茨博士正在手术室里检查亚雷茨基的那截残臂："看起来非常好……少校军医过几天也会让您出院的……您肯定没意见吧……转去某个疗养院。"

"我当然同意,也该离开这里了。"

"我也这么认为,否则您准是天天烂醉如泥。"

"除了喝酒还能干什么……说真的,我是到了这里才得了这个坏毛病。"

"您以前从来不喝酒的吗?"

"对,从来不喝……好吧好吧,就喝一点点,就像其他人一样……您知道吗,我以前是在不伦瑞克高等综合技术学校念书的……您是在哪里读博士的?"

"埃尔兰根。"

"哦,这么说来,您那时候也肯定没少喝……小镇里就是这样……就像这里一样,只要闲下来,酒虫就会爬上来……”弗卢尔施茨还在用手指摸着那截残臂,“……您瞧,这个鬼地方总好不了……我的假臂呢?”

“已经订购好了……没有假臂,我们也不会让您出院的。”

“太好了,那您就让它快点送来吧……要不是在这里工作,您又要小酒不断了。”

“不知道……我也会有其他事情要做吧……说真的,我还从没见您看过书呢,亚雷茨基。”

“您就说实话吧,您真的看过您房间里那堆乱放的书吗?”

“真看过。”

“厉害,厉害……这有什么意义或用处吗?”

“啥都没有。”

“那我就放心了……您知道吗,弗卢尔施茨博士……好,好,我不动,我不动……好多人可都是在您手里魂归天国的,这当然是您的工作,不过,要是真杀过几个人的话……您看,这一辈子还用得着看什么书啊……这是我的感觉……已经没有后路了……所以战争也不会结束的……”

“想法很独特,想象力很丰富,亚雷茨基,您今天喝了什么酒啊?”

“哪有,我像婴儿一样清醒……”

“好了,搞定……最多再过十四天,我们就要试着给您装上假臂了……然后嘛,其实您应该去上学的……您可是想学画画的……”

“是啊,说是这么说,可我真的无法想象。”

“那通用电气公司呢?”

“照我看来,就是个假肢学校吧……我有时候会想,你们其实完全没必要给我截肢……可以说,你们这么做,只是出于正义感,因为我曾经把手榴弹扔到法国人的裤裆下……”弗卢尔施茨认真地看着他:“听着,亚雷茨基,别胡说八道了,您真让人担心啊……您今天到底喝了多少酒?”

“不值一提……我真的很感谢您的正义感,手术也做得很出色……现在我觉得这个世界顺眼多了……真他妈的好,大功告成……通用电气公司就等着我一个人呢。”

“说真的,亚雷茨基,您应该去那儿。”

“但我只想告诉您……您截错胳膊了……这只胳膊,”亚雷茨基用两根手指敲着器械台的玻璃板,“这只才是我用来扔手榴弹的胳膊……也许正是这样,这只胳膊才一直像铅锤一样挂在我身上。”

“很快就会好的,亚雷茨基。”

“反正,现在就很好了。”

第四十四章　价值崩溃(6)

把手榴弹扔到敌人裆下,是士兵的逻辑。

必须以最坚定、最极端的方式,充分利用一切军事政治手段,在必要时灭绝种族、拆毁教堂、轰炸医院和手术室,是军队的逻辑。

以最坚定、最极端的方式,充分利用一切经济手段,消灭一切竞争对手,帮助自己的经营对象,不论是商行、工厂、集团公司还是其他经济实体获得绝对垄断地位,是商人的逻辑。

以最坚定、最极端的态度,冒着创作出的作品深奥得只有作者才能理解的危险,自始至终遵循作画原则,是画家的逻辑。

以最坚定、最极端的方式,激发调动革命热情,直至革命成功,是革命者的逻辑,正如让政治目标变为绝对独裁,是政客的逻辑。

以绝对坚定、绝对极端的态度，贯彻落实“富起来[①]”这一宣传口号，是资产阶级实干家的逻辑。西方世界的成就来自这种方式，来自这种绝对坚定、绝对极端的态度——为了从这种自我废黜的绝对中推导出荒谬：战争归战争，为艺术而艺术[②]，从政需心坚，在商言商。所有这一切都是同样的意思，所有这一切都是同样的激进极端，都有那种令人害怕的，几乎可以说是形而上的肆无忌惮，都有那种不左不右的无情逻辑。啊，所有这一切就是这个时代的思维风格。

人们无法摆脱这种源自于这个时代所有优缺点的无情激进逻辑，哪怕甘愿忍受孤独寂寞，躲在某座城堡或某座犹太住宅中；然而，对这种认知心生恐惧的人，即追求完美世界观和价值观，崇尚昔日世界观和价值观的浪漫主义者，有充分的理由回眸中世纪。因为中世纪拥有理想化且重要的价值中心，拥有一项至高无上的价值：对基督教上帝的信仰。不仅宇宙论取决于这一核心价值（更确切地说，宇宙论可以用经院哲学从这个核心价值中演绎出来），而且人类本身也是如此，人类及其所有活动，是世界秩序的一部分，而这个世界秩序仅仅反映了一种教会等级制度，独立而有限地反映了一种永恒和无限的和谐。中世纪商人没有“在商言商”一说，他们不允许竞争；中世纪艺术家不知道“为艺术而艺术”一说，只知道艺术服务于信仰；中世纪战争实现其绝对威严的唯一条

---

①② 原文为法语。

件是，战争服务于唯一、绝对的价值，服务于信仰。这是一个寄托在信仰之中的、没有因果的终极世界整体，一个完全建立在存在而非成长之上的世界。它的社会结构，它的艺术，它的社会凝聚力，简而言之，它的整个价值结构，都从属于信仰的全面人生价值：信仰是终结任何提问链的可信点，信仰是贯彻逻辑的主体，赋予逻辑特殊色彩和风格创造力，而风格创造力不仅表现为思维风格，而且——只要信仰不灭——还表现为时代风格。

思维敢于从一神论走向抽象，而上帝，这个在三位一体的有限无限中可见的人格化上帝，却变成了讳名、无像的上帝，升到和降到绝对的无限平淡中，消失在不再停息，而是遥不可及的无情存在之中。

在这场由逻辑的极端化，甚至可以说，逻辑的解放带来的暴力变革中，在将可信点移到新的无限平面这一过程中，在使信仰脱离尘世影响这一过程中，存在静止将不复存在。尘世中立体风格的创造力似乎消失了，除了康德思想体系的冲击和燎原的革命烈火之外，仍然有窈窕妩媚的洛可可，有帝国时期一夜之间掉落凡尘[①]的流行艺术风格。因为，即使在法兰西第一帝国时期流行的艺术风格和随后的浪漫主义风格中，能够意识到文化艺术革命与尘世立体表现形式之间的差异，即使在回望它们时把古典风格和哥特式风格当作救苦救难者，但历史的滚滚车轮无法阻挡；当存在已分

① 这里指当时的艺术风格沦落为毕德麦耶尔风格。毕德麦耶尔派是1815—1848年间德国流行的一种文化艺术流派，表现资产阶级远离政治、附庸风雅的俗世生活。

解成纯粹的功能，甚至连物理世界观都已分解，分解得如此抽象，以至于在两代人后，连空间都有可能不复存在时，能够做出的决定就是选择纯粹抽象。由于点在无限远处，且现在任何提问链与可信链都必须趋向该点本身所在的遥不可及之处，各个价值领域无法在突然之间向某个核心价值靠拢；抽象会无情地渗透到每个价值创造活动的逻辑中，对逻辑内容的剥离不仅禁止与合理形式有任何偏离，无论是建筑的合理形式，还是其他活动的合理形式，而且还使各个价值领域更为极端，从而使这些价值领域自立而绝对，相互分离、相互平行，并且因为无法构成一个共同的价值体而变得相互平等——它们相互并立，仿佛素昧平生。“在商言商”的经济价值领域挨着“为艺术而艺术”的艺术价值领域，军事价值领域挨着技术或体育价值领域，每一个都是自主的，每一个都是“自在”的，每一个都在自身的自主中“解放”，每一个都在努力通过各种使自身逻辑极端化的手段得出最终结论并打破自己的纪录。糟糕的是，如果在刚好保持平衡的各个价值领域之间出现了这种冲突，且有一个价值领域获得了优势并发展壮大到超越所有其他价值，就像现在战争中的军事优势或者甚至可以支配战争的经济世界观——真是糟糕！因为这种优势会席卷世界，席卷并消灭所有其他价值，就像一群蝗虫掠过庄稼地一样。

但是人不一样，上帝按自己形象塑造的人，是普世价值的镜子，曾经的普世价值的承载者，可现在再也不是了；虽然他仍会感到曾经的安全舒适，虽然他会思考，是何等高级的逻辑扭曲了他的思维。被逐入对无限的恐惧之中的人，虽然会感到毛骨悚然，虽然会充满浪漫，多愁善感，渴望重新获得信仰的庇护，但他还是会在变得独立的价值中不知所措地随波逐流。他唯一能做的就是向已经成为自己职业的单一价值低头弯腰，他唯一能做的就是成为这个价值的功能——一个职业人，陷入这个价值的魔爪之中，最终被这个价值的极端逻辑所吞噬。

第四十五章

胡桂瑙和艾施夫人谈妥了中午的伙食问题。在这吃午饭，无论怎么看都是划算的，而且艾施夫人也为了他的伙食费尽了心思，这一点必须承认。

一天，他过来吃午饭时，发现艾施坐在摆好饭菜的餐桌前，全神贯注地看着一本黑皮书。他好奇地站在艾施背后瞅了一眼，发现这是一本木刻版《圣经》。因为他很少会感到惊奇，除非在生意上极为罕见地被人骗了，所以他只是“啊哈”了一声，然后就坐等自己的饭菜端上来。

毫无魅力也不存一丝风韵的艾施夫人扭着水桶腰穿过房间，略带金色的头发胡乱地盘成一个发髻。但当她从旁边走过时，会多此一举地突然碰一下她丈夫硬邦邦的后背。胡桂瑙突然觉得，她在每晚如何享受夫妻同房之乐上一定很在行。这个念头让他觉得有些不痛快，所以他问道：“喂，艾施，您准备去修道院吗？”

艾施从书中抬起头来:“问题在于能不能逃避。”然后又习惯性地不客气地补充道:“不过,您不会明白的。”

艾施夫人把汤端了进来。胡桂瑙的心头一直盘旋着那个让他不快的念头:这两个人就像一对无子的情侣一样生活在一起,也许因此才想收养那个小女孩玛格丽特,借此弥补心中缺憾,而他所坐的位置,其实应该是他们儿子的。想到这,他故作轻松地又开了个玩笑,告诉艾施夫人,她丈夫要进修道院了。于是艾施夫人便问,所有修道院里的修道士之间是不是真的会有淫乱关系。想到那种放荡丑陋的画面,她不禁笑了起来。但随后,她慢慢转过目光,一脸狐疑地看着自己的丈夫:

“你肯定什么事都干得出来。”

这句话显然让艾施很难堪。胡桂瑙看到,艾施的脸涨得通红,狠狠地瞪了她一眼。但为了不在女人面前失态,艾施强忍冲动,说这毕竟只是习惯问题,而且大家都知道,即使做修道士,也完全没必要做个同性恋,他更是认为,他就算穿上了修道士长袍,也能经受住考验。

艾施夫人一脸严肃,还有些发愣。她下意识地摸了摸头发,最后说道:“味道怎么样,胡桂瑙先生?”

“太美味了!”胡桂瑙说完用调羹舀起汤喝着。

“要不再来一盘?”艾施夫人叹了口气,“反正,我今天没有做什么特别的,只有玉米饼。”

当胡桂瑙让她把盘子添满时,她满意地点了点头。胡桂瑙仍然接着刚才的话题说:“显然艾施先生已经吃腻了战争期间的这种饭菜;虽然修道院里没有肉票和面粉票,但那里仍然可以让人像天下太平时一样生活着。不过,只要想想牧师拥有的土地,就不会感到奇怪了。那里能让人吃撑肚子。这是我在莫尔布龙的时候,修道院的一个工人告诉我的。”

艾施打断了他的话:“要是所有人都能重获真正的自由,那大家就用不着再吃牢饭了……”

“白菜萝卜。”艾施夫人说道。

“白菜干,”胡桂瑙说道,“您说真正的自由是什么?”

艾施说道:“基督徒的自由。”

“当然,”胡桂瑙说道,“但我想知道,这跟白菜干有什么关系。”

艾施拿起《圣经》:“我这是教堂;你们却用它做了匪窝。”

“嗯,杀人犯吃白菜干。”胡桂瑙嘲笑道,然后脸色严肃起来,“也就是说,您认为战争是一种谋杀,在某种程度上就是谋财害命,正如社会主义者所说的那样。”

艾施没理他,继续翻阅着:“此外,《历代志》……下……第六章,第八节……这里:你立意要为我的名建殿,这意思很好。只是你不可建殿;唯你所生的儿子必为我名建殿。”艾施的脸涨得通红:“这节非常重要。”

“可能吧。”胡桂瑙说道,“为什么呢?”

“谋杀和反杀……必须牺牲许多人,才能使建殿之子,即救世主降生。”

胡桂瑙小心翼翼地问道:“您是说未来国度?”

“单靠工会是不够的。”

“哦……这句话也是少校那篇文章中的吗?”

“不,这句话是《圣经》里的,只有还没人明白它的意思。”

胡桂瑙指着艾施吓唬道:“您真是老奸巨猾啊,艾施……您以为少校那个老家伙看不出来,您现在打着《圣经》的幌子做的事吗?”

“什么?”

“哼,宣传共产主义。”

艾施咧嘴笑了,露出满口大黄牙:“您真是个白痴。”

“可别惹火我……您说的未来国度到底是什么意思?”

艾施认真地想了想:“跟您真的什么都讲不清楚……但有一件事我可以告诉您:只要重新懂得如何研读《圣经》,就连法兰西共和国或德国皇帝都不会有了。”

“嗬,也就是说,我们还是会革命的……这您一定得告诉少校。”

“这我也会平心静气地跟他讲的。”

“他听了一定会很高兴……那么,在您废除帝制之后又会发生什么呢?”

艾施说道:“救世主统治万民。”

胡桂瑙向艾施夫人眨了眨眼睛:“也就是说,您的儿子?”

艾施这时也在看着他的妻子，听到这话，他似乎吓了一大跳：“我的儿子？”

“我们可是无儿无女的。”艾施夫人说道。

“您可是说过‘你所生的儿子建殿’的。”胡桂瑙冷笑道。

艾施觉得这话说得太过分了：“这位先生，您在亵渎上帝……您蠢得竟会亵渎上帝，血口喷人……”

“他又没那么坏，”艾施夫人劝慰道，“再吵下去，饭菜都冷了。”

艾施一声不吭地接过艾施夫人递来的玉米饼。

“嗯，我以前经常和一个不爱说话的牧师一起用餐。”胡桂瑙说道。

艾施仍然没有搭腔，胡桂瑙又说道：“那么，救世主统治又是怎么回事？”

艾施夫人的眼里也充满了期待：“告诉他。”

“象征。”艾施嘀咕道。

“真有意思，”胡桂瑙说道，“那就是说牧师统治喽？”

“天啊，这不一样嘛……您真是个榆木疙瘩，啥都学不会……教会统治您可能听都没听过……竟然还有脸做报社发行人。”

这时轮到胡桂瑙梗脖子红脸了：“所以这就是您的共产主义……如果它真是这样的话……您想把一切都交给牧师。所以您才想去修道院……这样牧师的日子就过得更滋润了……而我们却连白菜干都吃不着……他想用辛苦赚来的钱满足这伙人的欲望……不，这样的话，我真的还是老老实实做我的生意好了，我可不想掺和您的事情。”

“见鬼去吧，然后滚去做您的生意！可要是什么都不想学的话，您就不要赖在这里，用您的那些狭隘的——对，我再说一遍，狭隘的！——观点发行报纸了。要么滚，要么学！”

听到这番话，胡桂瑙自吹自擂道：“找到我，艾施先生就该偷笑了；看一下广告生意，正如那个艾施先生所做的那样，用膝盖想想都知道，《特里尔选侯国导报》可能一年都撑不过。”他充满期待地朝艾施夫人眨了眨眼，以为她会在这个实际问题上附和支持他。然而，艾施夫人正在收走桌子上的玉米饼，似乎心情不错。胡桂瑙又忍不住皱起了眉头，因为他看到她把手放在她丈夫的肩膀上了。她没在听他们说什么，只是说：“有些东西，像我们这种人——您，亲爱的胡桂瑙先生，和我——都不容易学会。”

艾施一本正经地起身离席，用“您必须学习，年轻人，学会睁开眼睛”这句话结束了这场讨论。胡桂瑙离开了房间。都是些牧师说的废话，他想。憎恨神圣宗教之敌[①]。对，他妈的，牛皮大王[②]，他恨得要命，但是恨谁，他心中还没有确定。况且，我又不在乎[③]。咔嗒咔嗒的洗盘子声和厨房脏水的混浊气味顺着木楼梯跟着他一直到楼下，让他异常清晰地想起了自己的老家和厨房里的妈妈。

---

①②③　原文为法语。

第四十六章

几天后,胡桂瑙亲笔写道:

谨呈　镇警备司令官少校

约阿希姆·冯·帕瑟诺先生阁下

本地事由:一号密报

尊敬的少校阁下!

非常荣幸与您就相关问题做了面谈,我谨向您汇报昨日与提到过的艾施先生及若干人士的会晤结果。如您所知,艾施先生每周都会在行宫酒馆多次会见颠覆分子,此人昨日也热情地邀我同行。除了一个造纸厂工头,一个叫李贝尔的人之外,那里还有一个造纸厂工人,他故意含糊其名,所以我没听明白;另外还有军医院的两个获准外出的病人，一个是叫鲍尔的军士，一个是有着波兰名字的炮兵。稍后又来了迫击炮炮兵营的一个志愿兵，他叫贝特格尔、贝茨格尔或类似的名字，他被上述的艾[①]称为博士先生。话题都用不着我挑起就转到了战事上，谈得最多的就是有无停战的可能。上述的那个志愿兵尤其表示，战争已接近尾声，因为奥地利人已经无力再战了。他是听经过的一列我们盟国的装甲列车上的人说的，维也纳附近最大的火药厂被意大利空军或者说叛徒炸毁了，奥地利舰队在杀害了自己的军官后向敌人投降，只是被德国潜艇阻止了。那个炮兵说自己不相信这个消息，因为德国水兵也厌倦了战争。当我问及这些消息的来源时，他说自己是从镇上的春楼里听来的，那里有个姑娘说，有个海军军需官曾在休假时光顾过她。她，或是那个军需官，或是那个炮兵说，在享有盛誉的斯卡格拉克海峡战役之后，水兵拒绝继续服从命令，而且全体水兵的伙食都很差。因此大家都觉得战争必须结束。另外，那个工头坚持认为，除了大资本家之外，战争没有任何赢家，而最先认识到这一点的是俄国人。艾也引用《圣经》中的话赞成这些乱国思想。但以我跟艾先生打交道的经验来看，我可以明确地说，他正以此谋求实现伪善的目标，教

① 艾施的简称。

会的财产是他的眼中钉、肉中刺。显然,为了掩盖正在酝酿之中的阴谋,他建议创办《圣经》公会,但这遭到了在场大多数人的嘲讽。一方面是为了进一步了解他,另一方面是为了进一步了解军需官,在医院的两个病人和工厂工人离开后,在我的建议下,我们一起去了春楼。虽然我得不到更多关于军需官的消息,但我觉得艾先生的行为越发可疑了。毫无疑问,那个博士是春楼的常客,他在介绍我时说:"这位先生是政府官员,你们应该免费招待他。"据此我可以断定,艾对我有一定的怀疑,并因此提醒他的同伙要小心提防我,所以我无法诱使他吐露真言。尽管我出钱请艾先生喝了很多酒,尽管我极力劝说,但他还是不肯上楼快活,显然仍旧清醒无比,而且他还趁着头脑清醒,在大厅里大声谴责这种藏污纳垢之地中违背基督教教义的行为和罪恶。直到志愿兵博士向他解释说,为了防止军队里疾病的传播,这些春楼得到了陆军总后勤部的支持,因此属于陆军军事机构,必须受到尊重时,他才放弃了自己的反对立场,但在回家的路上,他又重申了自己的这一立场。

今日就此搁笔,但仰慕之心不绝,期待再次为您效劳。

顺致崇高敬意

威廉·胡桂瑙

另：

我想再补充一点，在行宫酒馆开会期间，艾施先生还提到，在本地监狱中，有一个或多个逃兵将被枪毙。随后，他们所有人都表示，现在战争快要结束了——这些人肯定都是这么想的——枪毙逃兵没有任何意义，毕竟流的血已经够多了。这也得到了艾施先生的赞同。艾施先生认为，他们应该对此采取行动。至于是暴力行动还是其他行动，他都没有说。我想再次补充强调一点，我认为上述的艾是一只披着羊皮的狼，表面言语虔诚，实则包藏祸心。

再致崇高敬意

知名不具

写完这封密报后，胡桂瑙照着镜子，细看自己能否做一个满含嘲讽之意的鬼脸，就像艾施脸上经常让他感到恼火的鬼脸一样。是的，这封密报可是一件大功；很好，终于在艾施身上挑出了一个毛病。一想到少校收到这封密报时满意的样子，胡桂瑙就倍感激动。他心里想着要不要自己私下送去，但随后又觉得，似乎以正式邮寄的方式送到少校手中更为合适。于是，他就以挂号信的方式将密报寄出，寄出前在信封上用大字标注了“亲启”字样，并在下面画了三条横线。

不过,胡桂瑙的如意算盘落空了。在办公桌上的公文下发现这封密信时,少校并无半点喜色。

那是一个雷声隐隐作响,阴沉闷热的早晨,雨水顺着办公室的窗玻璃流下,空气中弥漫着硫黄味或煤烟味。这封密信的背后隐藏着几分丑陋和粗暴,隐藏着一丝隐晦,虽然少校不知道,虽然他也不需要知道,在某些人想要把自己的现实绑定并渗入别人的现实时,一定会有暴力和压迫发生,但他的心里突然冒起“夜之灵”这个词,似乎他必须保护自己,他必须保护妻儿,不是远离他的世界,而是不要掉入罪恶的泥淖。他犹豫着又拿起了这封密信。其实也不能怪这个人,可以说,这个人的行径只是有一点点阴毒而已,这个人只是履行了自己的爱国义务,秘密告发而已,虽然这个人像奸细一样,做法卑劣令人反感,但他也不能把责任推到这个没教养的人身上。不过,少校对于这一切,其实也说不清楚、想不明白,所以他只觉得一阵惭愧,暗想自己竟然会信任一个品格如此低下之人,于是满头白发下的脸变得更红了。尽管如此,镇警备司令官仍然认为,自己不应该把这封密信直接扔到废纸篓里,而是有义务以适度的怀疑继续观察嫌疑人,比如远远地跟着,以防出现意外的祸乱,也许艾施先生还是有可能会危害到国家的。

第四十七章

少校军医库伦贝克打电话给凯塞尔博士:“嘿,伙计,您今天下午三点能来做手术吗?取子弹的小手术……”

凯塞尔博士说他不太可能过去,因为实在忙不过来。

“取颗子弹而已,对您来说还不是手到擒来,对我也是如此……人得知足……当然,没有一种生活,没有一种工作能长此下去的,我也很无奈……但今天实在没有办法……我命令您过来,一会儿就有车来接您,用不了半个小时我们就能做完。”

库伦贝克把听筒放了回去,然后笑了起来:“好了,他得忙活两个小时了。”

弗卢尔施茨坐在旁边:“我反正是挺好奇的,您竟然为了这么一点小事就让凯塞尔赶过来。”

“老实巴交的凯塞尔被我骗了一次又一次。我们一会儿顺便割了克内泽的阑尾。”

“您真的打算给他动手术?”

“为什么不呢?他应该感到高兴……我也不例外。”

“那他想做手术吗?”

“嗬,弗卢尔施茨,您现在怎么也像我们的老凯塞尔一样天真了——我做手术哪一次先问过病人的?做完之后,他们不都很感激我的嘛。我给他们每个人弄到四个礼拜的病假……您看,对吧?”

弗卢尔施茨刚想说点什么,库伦贝克便示意他不用说了:“啊呀,您就不要用您的分泌理论来烦我了……我亲爱的朋友,要是能直接看到肚子里面,那我还要什么理论啊……您听我的话没错,做个外科医生吧……这是保持年轻的绝招。”

“那我在腺体方面的工作呢,难道要全部放弃吗?”

“云淡风轻地放弃……您做手术已经是非常老到了。”

“我们得帮一下亚雷茨基,少校军医先生……这家伙快崩溃了。”

“我们试着给他做个环钻手术。”

“可您已经让他出院了……这家伙神经太紧张了,应该送去特殊治疗机构。”

“我已经安排他去克罗伊茨纳赫了,在那他很快就会振作起来的……你们这一代人,真是!喝点小酒,就会崩溃,就得送到精神病院……传令兵!”

传令兵出现在门口。

“告诉卡拉护士，三点钟做手术……对了，二号病房的马维茨和三号病房的克内泽，今天不能吃饭……就这样……您说，弗卢尔施茨，其实我们根本不需要可怜的凯塞尔过来，光我们两个人就能做得漂漂亮亮的了……凯塞尔反正会认为来这一趟不值得，只会抱怨自己的腿疼。唉，把他给拖下水，我真是个虐待狂啊……喂，您怎么看，弗卢尔施茨？”

“恕我直言，少校军医先生，我还行，但长此下去可不行……以后可不能再这么粗暴地命令医生过来做手术了。”

“抗令不遵，弗卢尔施茨？”

“只是从理论上说，少校军医先生……不是，我认为，用不了多久，医学研究方向就会分得更细，内科医生和外科医生或皮肤科医生之间的会诊根本得不出任何结果，就因为再也没有办法使不同研究方向的医生相互理解。”

“错了，完全错了，弗卢尔施茨，很快就只剩下外科医生了……这是整个可怜的医学里唯一剩下的东西……外科医生就是个屠夫，无论在哪里，他都是个屠夫，其他的什么都不懂……而这一点，他从第一次失败就懂了。”库伦贝克博士看着自己毛茸茸的灵巧大手和剪得很短的指甲。

然后他若有所思地说道：“您知道吗，不能接受这个事实的话，人真的会疯掉的……我们只能听之任之乐之……所以，弗卢尔施茨，您听我的没错，改行做外科医生。”

第四十八章

每一包纸都来之不易，虽然艾施手上有官方出具的《特里尔选侯国导报》纸张配额证明，但他还是每周都得去一趟造纸厂。而几乎每次去，他都会和克勒尔老先生或厂长吵一架。

当他离开造纸厂的时候，正是下班时间。他在路上追上了工头李贝尔和机工芬德里希。说实在的，他不喜欢李贝尔，不喜欢这个人的尖脑袋、淡黄色的头发和额头上凸出的青筋。

他说道："晚上好。"

"晚上好，艾施，您一直在那老头跟前祈祷吗？"

艾施没听明白。

"嘿，这样他才会给您供应纸张呀。"

"尽是胡扯。"艾施说道。

芬德里希停了下来，指着磨出了破洞的鞋底说道："这鞋要6马克……涨工资的好处就在这里。"

艾施正好接着这句话说道："光涨工资是不够的，所有工会都会犯这个错误。"

"怎么会这样，艾施，您也想用《圣经》给芬德里希补靴子吗?"然后他又发现，"《圣经》，靴子[1]，挺押韵嘛。"

"尽是胡扯。"艾施又说了一遍。

芬德里希正发着烧，两眼在暮色中闪着光；他有肺结核，喝的牛奶又太少。他说道："也许，信仰也是一种奢侈品，只有富人才享受得起。"

李贝尔说道："少校和报纸发行人。"

"我在报社中，也只是个小职员而已。"艾施似乎有些抱歉地说道，可随后就突然发起火来，"这根本就是胡说八道，好像工会发誓要贫穷似的！"

芬德里希说道："要是可以相信的话，那就太好了。"

艾施说道："我发现，信仰也必须与时俱进，也必须获得新生……《圣经》有言，唯子建殿。"

李贝尔说道："下一代当然会过得更好，这又不是什么新发现……单靠着我那140马克，我是再也活不下去了，就算再加上奖金也没用……那老头又拎不清……我好歹还是个工头。"

"我挣的也不比你多，"艾施说道，"即使把房子算上……我虽然有两个房客，但为了面子我都不好意思收租金，两个都是穷

---

① 在德语里，"圣经"(Bibel)和"靴子"(Stiebel)韵脚相同。

鬼……我的房屋账户上一分钱都没有。”

晚风越来越大。芬德里希咳嗽起来。

李贝尔说道:“没办法。”

艾施坦率地说道:“我去过牧师那里……”

“为什么?”

“为了《圣经》中的一段经文,那白痴连听都没听过……光胡扯些祈祷和教堂的事,别的什么都没说。那个愚蠢的牧师……人得靠自己啊。”

“没错,”芬德里希说道,“没人会帮别人。”

李贝尔说道:“团结起来,互帮互助……这是工会的优点。”

“医生说我必须到山里去,而且他也向医疗保险公司申请过十次了……但不是从前线下来的人,现在可有得等呢,我就只好这么一天天咳嗽着。”

艾施一脸嘲讽地说道:“工会和医疗保险公司给您的帮助,不会比牧师给我的帮助多的……”

“人总得孤单地死去。”芬德里希咳嗽着说道。

李贝尔问道:“您到底想干什么!”

艾施想了一下说道:“以前我认为,只要出去闯荡就行……去美国……坐船横渡大洋……这样就能开始新的生活……但现在……”

等着他继续说下去的李贝尔问道:“那现在呢?”

艾施出乎意料地说道:“也许做新教徒会更好一些……少校

也是新教徒……不过,我们自己先得好好想想……必须坐在一起阅读《圣经》,这样才能读懂读透……只是一个人的话,即使想得再多,也还是会理解不准的。”

“有朋友的话,那就容易多了。”芬德里希说道。

“您去我那儿吧,”艾施说道,“我给您看《圣经》上的那段经文。”

“好吧。”芬德里希说道。

“那您呢,李贝尔?”艾施觉得有必要问一下。

“你们得先告诉我,你们一起想出什么名堂来了。”

芬德里希叹了口气:“每个人都只能亲眼看到。”

李贝尔笑着走了。

“他肯定会来的。”艾施说道。

第四十九章　柏林救世军女孩的故事(7)

我记不太清楚自己陪着努歇姆·苏辛去看救世军表演的那个晚上了。我忙着做更重要的事情。虽然可以随心所欲地评价哲学实践,但外部世界却变得无足轻重,不那么值得关注了。而且,即使是最值得关注的事情,出现在人们身边和眼前时也是容易被人忽视的。总之,我只知道努歇姆·苏辛是如何走到我身边的。他上身穿着扣紧了扣子的灰色长礼服,下身穿着一条短得一直在飘动的裤子,头上戴着一顶小得可笑的丝绒帽子。这些犹太人,只要不戴黑色鸭舌帽,都会戴上这种很小的丝绒帽子,甚至号称时髦人士的利特瓦克博士也不例外。我忍不住冒昧地问努歇姆,他是从哪里弄到这种帽子的。"买的。"他答道。

再说了,那些事情也根本不值得一提。我也是因为利特瓦克博士昨天来看我,才发现事情并不简单。他有一个进屋不敲门的坏习惯;在我"被"生病期间,他也是这般直进直出。我正躺在沙发榻上呢,他就又出现在我的面前,手里拿着出门必带的手杖,头上戴着一顶小得可笑的丝绒帽子。也就是说,这顶帽子其实没那么小,它是有宽边帽檐的,只是戴得太上了,盖不住脑门。除此之外,我还发现,利特瓦克博士年轻时脸上的皮肤一定也像牛奶一样白皙。现在的脸色则让人想起没有瑕疵的黄色奶油。

“您可以跟我说说苏辛的事吗?”

我说道:“他是我朋友。”这也是实话。

“朋友,很好……”利特瓦克博士给自己拉了把椅子,“……大家都很担心,所以叫我过来……您明白吗?”

我其实根本没必要明白他说什么,但为了快点把他打发走,于是说道:“他有权想去哪就去哪。”

“哦,谁有权,谁没权……我当然不是在怪您……但他干吗要和那个女异教徒[①]到处乱跑?”

这时我才突然想起,那天晚上我把玛丽和努歇姆带到我房间这件事。没钱当然不能上馆子了。

我忍不住笑了。

“您还笑,他妻子正在对面家里哭着呢。”

这倒没听说过;不过,至少我应该知道,这些犹太人十五岁就结婚了。要是我知道努歇姆的妻子是谁就好了;是其中的一个时髦女孩?还是戴着假发的已婚妇女?后者似乎更有可能。

---

① 犹太人对非犹太人的称呼,含冒犯之意。

我拉着利特瓦克博士夹鼻眼镜上的黑线："他也有孩子了吗？"

"他还能有什么？猫吗？"

看着利特瓦克博士一副气急败坏的样子，我不禁问起他的名字来。

"西姆松·利特瓦克博士。"他又自我介绍一下。

"那么，西姆松博士，您到底想要我做什么？"

他想了一会儿："我是个开明的人……但这太过分了……您得拦着他点。"

"拦着不让他做什么？不让他有去锡安的念头？您就让他开开心心地玩吧，这又没什么危险。"

"可他会受洗的……您必须拦着他。"

"无论他是以犹太人还是基督徒的身份去耶路撒冷，都无所谓啊。"

"耶路撒冷。"他像嘴里含着棒棒糖似的说道。

"那就这样吧。"我说道，希望他现在就离开。

他显然还在这上面纠结着："我是一个开明的人……但从来没听说过，有谁是一路唱着歌、说着废话去的……那不是他该干的事儿……我是个医生，看病不会挑人，无所谓病人是犹太人还是基督徒……到处都是老实听话的人……您会拦着他吗？"

他一直这么纠缠不休让我心里很烦："我是著名的反犹太主义者……"他笑了笑，表示不信，"……我是救世军特务，我是耶路撒冷的军需官……"

"玩笑，"他说道，虽然看起来很不开心，但刚才这些话还是让他感到好笑，"玩笑，没关系[1]。"

他当然是对的：玩笑，没关系。这大概就是我当时的生活态度。是谁让我这样的呢？是战争吗？我过去不知道，也许现在仍然不知道，虽然从那以后有些事情都变了。

我仍然拉着利特瓦克博士夹鼻眼镜上的黑线。他说道："您也是个开明的人……"

"嗯，那又怎样？"

"难道您就那么在乎人们的……"他艰难地说道，"……人们的偏见？"

"哦，您竟然称之为偏见！"

这时他的脑子乱成一团。"其实也不是偏见……偏见到底是什么……"然后他终于平静了下来，"这真的不是偏见。"

在他走后，我回想了一下那个救世军之夜。正如前面所说的那样，我已经完全想不起那个晚上了。在那个晚上，我时不时地看着努歇姆·苏辛，他坐在那里听着歌声，他的脸像牛奶一样白皙，有犹太人特征的嘴角向上翘起，略显讶然地微笑着。随后，我把他们俩带进我的房间，或者更确切地说，只带了玛丽一个人，因为努歇姆本来就住在这里——嗯，接着他们俩就坐在我的房间里，静静

① 原文来源于意第绪语。

地听着我说话。直到努歇姆再次指着琉特说道:“来一曲。”玛丽闻言拿起琉特唱了起来:

挺进锡安之门,
军容整肃威武。
沐于耶稣之血,
欢迎来此居住。

努歇姆认真地听着,脸上又露出略显讶然的微笑。

第五十章

胡桂瑙等了八天,却没有等到少校的嘉奖,甚至连个回信也没有。等了十天后,他就有点担心了。那封密报显然没能让少校满意。但这能怪他吗?要怪就怪艾施那个白痴没有提供证据。胡桂瑙心想,要不要再写一份密报?可写点什么呢?写艾施还是跟往常一样跟葡农和工人们瞎聊?这可不是什么新闻,肯定会让少校感到厌烦!

不能让少校感到厌烦。胡桂瑙绞尽脑汁想着自己可以给少校写些什么东西。做是肯定要做的;在编辑室里,艾施独揽大权,全然没把他这个发行人放在眼里,印刷车间里又无聊得要死,他实在难以忍受。胡桂瑙在各大报纸中寻找灵感,当他发现这些报纸到处都在为国家慈善事业服务,而《特里尔选侯国导报》在这方面什么都没做,根本就是一片空白时,他突然找到了灵感。不是说艾施先生有一副见不得葡农生活悲惨的好心肠嘛!他现在知道自己该干什么了。

星期五晚上，他又来到阔别已久的旅馆里，然后直接走进了贵宾室，因为他现在属于贵宾了。少校正坐在餐厅前几排的餐桌前，胡桂瑙从他旁边经过时得体而利落地打了个招呼。

幸运的是，贵宾室里已经有好多位乡绅了，胡桂瑙表示很高兴遇到他们，因为他有重要的事情需要讨论，而且最好在少校进来之前尽快讨论。他在长篇大论中说道："其他各地早在多年前就已纷纷成立慈善协会，以期降低战争损失，而本镇到现在都没有正式的慈善协会，真是令人痛心；我提议尽快成立一个。至于这个协会的目的，我觉得主要是维护烈士坟墓，照顾阵亡战士的遗孀、遗孤等等。此外，为了实现这些崇高目标，我们还必须筹措资金；我们可以，例如，在集市广场上立一个'铁血宰相俾斯麦'的木雕像，上面每钉一个钉子就收 10 芬尼，而镇上竟然没有这样的雕像，这真是岂有此理；最后还要举办各种慈善活动，更不用说募捐了，总能充实库存现金的。我建议这个协会取名为'感恩摩泽尔'，并希望由镇警备司令官先生担任名誉会长。我本人和我的《特里尔选侯国导报》愿随时免费为这个协会及其崇高目标贡献绵薄之力——当然是在力所能及的范围内。"

结果自然不用多说，该项目得到了大家的赞成，并且毫无争议地获得了一致通过。大家推举胡桂瑙和药店老板保尔森先生向少校先生转达这项提案。于是他俩穿上并整理好各自的外衣，一脸郑重地走进餐厅。

少校有些诧异地抬起头来，然后猛地微微直了直腰，听这两位先生你一句我一句地说着，他听得很认真，但实在听不懂。因为他们的话既相互抵触，又各自夸大，少校听到了“铁血宰相俾斯麦”“阵亡战士遗孀”和“感恩摩泽尔”，可就是听不明白。胡桂瑙终于很明智地让药店老板保尔森一个人说，觉得这样比较合适。于是他静静地坐着，看着墙上的时钟，看着《格拉沃洛特战役后的弗里德里希王储》画像，看着王储画像旁的一根绳子，看着挂在绳子上印着铁锹图案的“斯帕滕啤酒”商标纪念牌。现在哪里还能找到斯帕滕啤酒啊！这时少校总算听懂药店老板保尔森话里的意思了：他认为，从军人的角度，他没有任何理由反对接受名誉会长一职，他非常赞同这一爱国行为，他对此唯有最诚挚的感谢。然后他站起身来，走向隔壁房间去向其他乡绅们表达自己的谢意。不负众望的保尔森和胡桂瑙骄傲地跟在后面。

他们在一起待了很长时间，因为这可算得上是一场成立庆典。胡桂瑙想找个机会巴结奉承一下少校。不一会儿，这个机会就来了：大家举杯为新协会的兴盛发展及其名誉会长的身体健康、官运亨通干杯。当然，他们也没有忘记这个美好计划的倡议者——报社编辑胡桂瑙先生。

胡桂瑙端着酒杯，绕过餐桌走到冯·帕瑟诺少校跟前：“希望我今晚的表现能让少校先生满意。”

少校回答说，他从无不满意之理。

“哪里哪里，少校先生，我的密报根本没多少价值……只是条件非常困难，请您见谅。而且，重组报社事务繁多，这也让我有些力不从心；虽然还没能给您送去第二份密报，但我从未忘记自己的爱国义务，还请您多多包涵……”

少校拒绝道：“我认为，这件事就不必继续调查了；您已经完美、充分地履行了您的义务。”

胡桂瑙吃了一惊：“哦，过奖过奖。”可他嘴里却咕哝着，打算从现在起认真继续他的监视工作。

见少校打住了话头，胡桂瑙继续说道：“我们明天会立即刊印‘感恩摩泽尔’呼吁版……我们报社收购一事还是由少校先生好意促成的……希望您能大驾光临我们的报社……对新协会来说，这肯定是最好的宣传。”

少校说道：“我非常乐意去报社看看；不过，明天的日程已经安排满了，哪天去其实无所谓。”

“越早越好，少校先生，”胡桂瑙大胆地说道，“少校先生虽然不会在那里发现什么特别之处……一切都平平无奇……重组报社这项工作从外面当然看不出什么，但印刷车间肯定毫无问题，可以很谦虚地说……”

突然，他心里冒出了一个新主意：“印刷车间的效率非常出色，比如说印刷陆军总后勤部的印刷品。”他顿时激动起来，恨不得抓住少校的大衣扣子：“您看，少校先生，您看艾施做事情是多么不上心……只有我才会放在心上。既然报社，可以说是在您的直接庇护之下，既然我们已经投入了这么多钱，那么我们就应该获得军方订单……要不然,我怎么为股东谋取红利呢……现在的状况还跟我发现这桩生意时一样!”他悲愤地说道,似是真情流露。

少校有些无奈地说道:“这不归我管……”

“当然,当然,少校先生,但少校先生真愿意的话……要是少校先生看到印刷车间,您一定也会愿意的……”

他看着少校,目光中带着几许劝诱和蛊惑,但同时也露出一丝绝望。但他又想了一下,擦了擦眼镜,向四面环视了一眼:“这显然也符合在座各位参股绅士的利益……当然,各位也都在受邀视察报社之列。”

嗯,他们大多数人都知道艾施的住所在哪,只是不说而已。

第五十一章

距海因里希·温德灵来信告诉汉娜，他将回家休假，已经过去三个多星期了。尽管汉娜每天早上仍会赖床，但她心里似乎不再相信海因里希真的还会回来。可突然之间，他就到家了，既不是在晚上，也不是在早上，而是在大白天正中午。他在科布伦茨火车站等了半晚，然后乘坐军用列车慢悠悠地回来。他在讲，她在听，两人面对面站在花园里的铺石小路上。正午阳光，热辣似火。在草坪的正中间，在她之前躺着的折叠躺椅旁，红色的花园阳伞闪闪发光，空气中散发着红热的棉花的味道。她的书滑了下来，午风徐徐，翻动着书页。这个归家者没有碰她，他甚至连手都没有和她握过，然而他的目光却是一刻也离不开她的脸，她知道，他一定是在寻觅，寻觅一个在他心里藏了两年多的倩影。她静静地站在那道寻觅的目光之中，她也在看着自己面前的那张脸，她也在寻觅，但不是寻觅陪伴过她的画面，因为她的心中已经没有任何画面了，而是在寻觅曾经让她不由自主地爱上这张脸的容貌特质。让她觉得非常奇怪的是，这张脸似乎没有任何改变，她知道和熟悉他嘴唇的线条、牙齿的位置和形状，下巴上的凹陷还是相同的凹陷，由于前额较宽，鼻根处两眼之间的距离有点大。“我得看看你的侧面。”她说道，他顺从地转过头去。上唇还是那么长，鼻梁还是那么挺，只是柔弱之气一扫而空。必须承认，他其实是一位英俊男子，但她却找不到曾经让她那么迷恋和顺从的东西。海因里希问道：“儿子在哪儿呢？”“他在学校……你不想进屋吗？”他们一起走了进去。就算到了现在，他仍然没有碰她，仍然没有吻她，只是看着她。“我得先洗一洗……离开维也纳后就没洗过澡。”

“好的，让我们去放洗澡水吧。”

两个女佣过来向男主人问好。汉娜不太喜欢这样。她和他一起上楼走进了浴室，她自己摆好浴巾。

“东西都在原来的位置上，海因里希。”

“哦，什么都没变。”

她离开了浴室。事情很多，有的要整理，有的要重新整理。她做得很累。

她在花园里剪了用来装点午餐餐桌的玫瑰。

过了一会儿，她轻轻地回到浴室门前，听着他在里面水花四溅的洗澡声。她感到后脑勺又渐渐痛起来了。她扶着栏杆，又下楼走到大厅。

儿子终于放学回来了。她拉着他的手。走到浴室门口，她喊道:“现在可以进来吗?”“当然可以。”传来的声音中透着几分惊讶。

她把门开了一条缝,往里瞄了一眼,看到海因里希半裸着站在镜子前;她让儿子拿着一朵玫瑰花,可他却不太情愿,于是她把花塞进他手里,把他推进浴室后自己跑开了。

她在餐室里等着他们父子俩,当他们进来时,她禁不住移开目光。他们俩长得很像,一样的眼距,一样的动作,一样的棕色短发,只不过海因里希的头发现在理得非常短。儿子似乎跟她一点儿都不像。真是一个可怕的机械复制品;噢,爱果真是太可怕了。在这一刻,她觉得自己的生活就像一种独特的神经错乱,令人绝望的神经错乱,永远无法治好的神经错乱。

“又回到家了。”海因里希说完就坐在他的老位置上。也许,连他自己都觉得这句话很蠢;他心虚地笑了笑。小男孩陌生地注视着他。

他坐在那里,像是一家之主,却是一个捣乱者。

连女佣也一直看着他,目光里流露出一丝羞怯、惊讶和羡慕。当女佣再次进来时,汉娜很大声地说道:“我要不要打电话给罗德斯……说今晚去?”

律师罗德斯是温德灵在事务所的同事,五十多岁,不用服兵役。

英式桃花心木钟座里的钟敲了一下,发出深沉的锣声。

汉娜用小指轻轻地碰了一下海因里希的手背,仿佛想用这种爱抚请求他原谅“晚上去罗德斯那里”的这个想法,但同时也是在提醒,两人不要有身体接触。

海因里希说道:“我当然得打电话给罗德斯……我一会儿就去打。”

汉娜说道:“我们下午和爸爸一起散散步,露个面。”

“好的,我们一起。”海因里希说道。

“爸爸又和我们住一起了,不好吗?”

“好啊。”小男孩犹豫了一下说道。

“你一定要看看他的学生练习本……他已经会写会算了。他的信都是自己一个人写的。”

“这些信写得太棒了,沃尔特。”

“只是些明信片而已。”沃尔特腼腆地说道。

孩子坐在中间,他俩的目光越过孩子的棕色头发碰撞相缠,他俩觉得,这就像偷情一样。当然更准确的说法是:只有渴望难抑之时,我们才会相互亲吻。但这种渴望并不是渴望,只是无法忍受的期望。

他们走进儿子的房间,房间里的护墙板上画着一幅好玩的儿童雕饰花纹画。也许是因为期望过高,也许是因为阵阵头痛袭来,汉娜凭着自己差人一等和略显迟钝的苍白理解能力,知道这些耐磨的清漆家具和所有这些白色家具也同样会荼毒儿子的心灵,知道这与儿子自己的身心和性格无关,知道这里竖起并布置了一个象征——象征着她的白皙酥胸,象征着她会在成功受孕后分泌的白色乳汁。她双手捧住疼痛的后颈。这个念头虽然非常隐约、非常模糊，却是她从来不愿待在儿子房间里，而是宁愿让儿子去她那里的原因所在。她说道："你也应该给爸爸看看你的新玩具啊。"沃尔特拿来了新积木和军灰色的玩具军人。里面有二十三个士兵和一个单膝弯曲，拔剑指向敌人的军官。三个人都没有注意到，海因里希·温德灵博士也穿着军灰色的军官制服。当然，没有注意到这一点的原因每个人都不一样：沃尔特，因为他觉得父亲是闯入者；海因里希，因为他不可能把锡制玩具军人的英勇姿态等同于真正的军人气质；汉娜，因为这时的她心头正涌起惊涛骇浪，她似乎看到这个男人赤身裸体地站在她面前，一丝不挂，赤裸裸地茕茕孑立，而她四周的家具也同样茕茕孑立，也像赤身裸体一样，与这个房间格格不入，彼此之间毫无关系，显得既陌生又奇怪。

他也一定感觉到了。当他们出去散步的时候，他俩把儿子夹在中间，儿子就是他俩的隔阂，尽管汉娜牵着儿子的手，开心地来回甩着胳膊，尽管海因里希也时不时牵住儿子的另一只手。他俩也不对视，他俩似乎有些害羞，他俩目视前方，或是看着长着蒲公英和紫三叶草、林生石竹和淡紫色山萝卜的草地。天气暖和，汉娜又不习惯下午散步。但她并不只是因为走得热了，才在回家后如此迫不及待地想要洗个澡。很奇怪，现在每一个愿望都是从心底的更深处冒起：仿佛有一种无边的孤独，吞噬着浸入水中的身躯，仿佛这是孤独者对水中神秘重生体验的想象。当然，比这些念头更清晰的是羞涩，因为海因里希回来了，而她晚上又不得不当着他的面到浴室去洗澡。可是，如果她在白天洗澡的话，女佣就会觉得很奇怪，于是她借口必须先换好晚上穿的衣服，又请海因里希一会儿帮她叫一辆马车并照顾好沃尔特。然后她才走进浴室，至少也要淋浴一下。当她踏入浴缸时，却发现浴缸中仍然挂着一些上午留下的水滴，因为花洒上仍然沾着水，她突然觉得一阵腿软，于是不得不一直让冷水顺着自己的身体流下，直到她的皮肤变得像玻璃一样，她的乳头变得坚硬挺立。接着就好受多了。

他们坐车去罗德斯家的时候已经很晚了；海因里希把马车打发走了，夜晚如此美好。汉娜对走路回家毫无异议，甚至有些庆幸——越晚回去越好。他们离开罗德家的时候已经是半夜了。当他们穿过寂静的集市广场时，广场上除了在司令部前站岗的哨兵外空无一人，广场周围是一片黑暗模糊的房子，里面几乎没有一盏灯亮着，呈现在他们眼前的，仿佛是一个孤独寂寞的火山口，一个寂静无声的火山口，从中不断吐出安宁平静的浪花，倾泻在这个沉睡的小镇之上。这时海因里希·温德灵挽起妻子的胳膊，就在他第一次碰到她的身体时，她闭上了眼睛。也许，他也闭上了眼睛，既看不到阴郁的夏日夜空，也看不到像沾满尘土的白线一样在他们脚下蜿蜒而去的公路；也许，他们两个人都看到了不同的苍穹，两个人都心扉紧闭，就像他们的眼睛一样，每个人都沉浸在孤独寂寞之中，却在碰到熟悉的身体时合二为一，最终水到渠成地亲吻起来。脸上面纱隐去，欲火熊熊燃起，却又痛苦地在无尽陌生之中被浇灭——再大的温柔也化不开彼此的陌生。

第五十二章

在萨姆瓦尔德的葬礼之后，戈迪克便不再闭口不言了。

志愿兵萨姆瓦尔德是钟表匠弗里德里希·萨姆瓦尔德的弟弟，后者在罗马街上有自己的钟表店。在一阵猛烈炮火和冲锋之后，年轻的萨姆瓦尔德突然开始咳嗽，随后便晕了过去。他才十九岁，是个可爱又勇敢的小伙子，大家都很喜欢他，所以他才得以回到老家的军医院治疗。他甚至连救护车都没乘，而是像休假士兵一样独自一人过来的。少校军医库伦贝克那时说道："喂，你，我的孩子，我们很快就会让你恢复健康的。"尽管凯塞尔博士非常关心他，而且他看起来也已完全恢复了健康，但突然之间他又开始大量咯血，三天后就躺在那里再也醒不过来了。而天气依旧晴朗，太阳当空微笑。

这是一家接受轻症伤员的医院，所以并不像大医院那样让病人悄悄离世。相反，这里的葬礼非常隆重。在送去墓地之前，人们把灵柩停放在军医院的大门前，在那里为他祈祷。军医院里没有卧病在床的病人纷纷穿上军装，排着整齐的队列，镇上也有许多人闻讯赶来。少校军医为英雄致了悼词，牧师站在灵柩前，一个身穿红色教士长袍和白色祭披的年轻人摇着香炉。然后女人们全都跪了下来，有些男人也跟着跪下，接着大家再次祷告。

戈迪克刚才一直在花园里。当他看到一堆人站在那里时，他拄着两根拐杖，走过去站到了人群之中。眼前的这一幕他非常熟悉，因此他不想多看。他认真地思考着；他想毁掉眼前的这一幕，把它撕成碎片，就像撕碎一张纸或一张厚纸板一样——为此他不得不仔细而又专注地思考着。当女人们像女清洁工一样扑通跪下时，笑声堵在他的喉咙口，但他又不敢笑出声来。他拄着两根拐杖，站在一群跪倒在地的妇女中间，他就像脚手架一样站在那里，用力把拐杖插在地上，用力把笑声咽回喉咙里。可当女人们念完《主祷文》和三遍《圣母经》后，念到“下了地狱，三日复活”这里时，似乎从脚手架的低层，从他曾听过的某个腹语者那里，从如此剧烈抽缩、疼痛难忍的小腹上方传来一个声音——泥瓦匠戈迪克疼得硬生生地憋出一句话来，但他没有吼叫，也许是无声吼叫，因为这句话仍然死死地卡在里面：“死而复活……”然后他又立刻沉默了下来，脚手架低层中的这种情况让他感到非常害怕。没有人理会他，他们把灵柩抬起来，系着十字架的灵柩在抬棺人的肩上摇晃着。有点驼背的小个子钟表匠萨姆瓦尔德，和其他亲戚一起跟在抬棺人的后面，随后是医生，再后面是剩下的所有其他人，最后是泥瓦匠戈迪克，穿着医院病号服，拄着两根拐杖，一瘸一拐地走着。

走到马路上的时候，玛蒂尔德护士看到了他。她从人群中挤出来走到他跟前："戈迪克，您可不能这样跟着一起去……您想，穿着医院病号服……"但他不听她的话。哪怕她把少校军医也请了过来，可他就是不听劝，只是眼望前方，径直向前走着。最后库伦贝克说道："唉，随他吧，战争就是战争……如果他累了，他身边会有人把他带回来的。"

就这样，路德维希·戈迪克走了很长一段路；他周围的女人们祈祷着。路旁河岸上全是灌木丛。一批人接着一批人轮着念《圣母经》。树林里传来布谷鸟的叫声。有些男人，也包括小个子钟表匠萨姆瓦尔德，都像木匠一样穿着黑色套装。许多人都挨得很近，尤其是在马路拐弯处，队伍放慢了脚步，大家更是挤作一团；女人们的裙子就像他自己的病号服一样，他走一步，腿就碰一下裙子；走在前面的一个女人低着头，拿手绢挡着脸。虽然戈迪克什么都不看，只顾着目不转睛地盯着车轮印子，甚至时不时想要闭上眼睛，就跟他咬紧牙关，想要把他灵魂的各个碎片挤压得更紧，好扼杀掉他的自我一样。是的，虽然他很想停下来，把拐杖插在地上，很想让这些人全都闭嘴止步，很想看到他们各奔东西，但他还是被人流带着、裹挟着前进，在此起彼伏地翻涌于他耳旁的祈祷声浪中，他漂浮着，他自己就是一个灵柩，颠簸着摇晃着。

当人们在墓地里对着遗体又祈祷了一番，在挖开了的、准备安葬遗体的墓穴上方再次响起“死而复活”的连祷时，当小个子钟表匠萨姆瓦尔德目不转睛地看着墓穴抽噎着，每个人都走到墓穴边上，往战士身上铲些土并与钟表匠握手时，所有人的视线中突然出现一个人，一个拄着两根拐杖，大胡子在风中飘动，穿着灰色长款医院病号服的男人——高大威武的戈迪克。他站在墓穴边上，站在小个子钟表匠萨姆瓦尔德面前，没有理会后者向他伸出的手，而是用尽了力气说了一句大家都能清楚听见的话，他的第一句话；他说：“死而复活。”然后，他把拐杖放在一边，却不是为了拿起铁锹，往墓穴里铲些土下去，不，他没有这样做，而是出人意料地做了一件完全不同的事——他想要自己爬到墓穴里，他正哆哆嗦嗦地奋力挣扎着准备爬下去，而且一条腿总算跨过了墓穴边缘。大家当然都不明白他想干什么；他们以为，走路向来手不离拐的他是因为无力而瘫倒在地了。少校军医和几个前来送葬的宾客一起快步走了过去，把他从墓穴中拉出来，抬到墓园里的一张长椅上。也许，戈迪克这时真的已经浑身无力了；他没有丝毫反抗，只是静静地坐在那里，闭着眼睛，把头歪向一边。刚才也跟着一起跑过来，本想帮着托一把的钟表匠萨姆瓦尔德留在了戈迪克的身边；因为巨大的痛苦会让人松开紧锁的心扉，所以萨姆瓦尔德感觉到这里发生了什么特别的事情。他坐在泥瓦匠戈迪克身旁，不停地安慰着，仿佛在安慰死者家属，仿佛在安慰痛不欲生的人一样，他说起了自己的亡弟，说弟弟虽然英年早逝，但死得伟大，死得安详。戈迪克闭着眼睛认真听着。

这时，本地乡绅们也来到了墓前，其中当然也少不了胡桂瑙，他身穿蓝色正装，一手拿着黑色圆顶硬礼帽，一手拿着花环，此刻正极为不悦地四下张望着，因为死者的哥哥不在这里赞赏他手上的花环。这个漂亮的橡叶花环是由“感恩摩泽尔”协会赠送的，系着的漂亮饰带上写着：“卫国英雄。”

第五十三章　柏林救世军女孩的故事(8)

仿佛未来镜海初生,
银色的泡沫,映着彩虹,
海天之间,尽是湿润的气息,
金色的阳光,宛如颤动的长矛,
在那无尽遥远的边缘,
海天一线,
天空如镜,悬于镜海之上,
沉入阿芙洛狄忒的梦中:
他是那时出的事?
他是那时才得知,
在异常甜美的束缚下,
在分娩的阵痛中被高高抛起?
草甸四周的片片丛林,

在被诅咒者脚下沉没？

因为，他在火花四溅中怒吼，

他被声浪抛起，

眼中映现可怕红光，

黄色峡谷中熔岩翻滚，

他旋转着坠落，

重重地摔在岩石上，

肢体破碎，无法动弹，却仍不放弃，

试图逃离遍地的火焰，

重新回到柏树林中，

回到消失在洪水之中的灌木丛，

昼夜在影子里合二为一，

夜色曙光互吐芬芳，

石松和山毛榉，静立在晨昏蒙影中——

他，永远在寻找此刻，

因为他已永远忘却此刻，

他已被这声音吓坏，

他的意识被突然唤醒，

继而将他自身充满，

毁灭却又剥夺了他的存在意义，

疑云升起，像荒漠一样无垠：

那时有海吗？有过柏树吗？

但耳旁只有那个声音在回响，

那声音曾把他抛起，

那声音曾让他低头；

只要能重新找到它，他就会改过自新，

被遗忘的会再次来临，

在浓浓的海腥味中，

在草甸树林和山毛榉映着海岸之时重现——

但他的新生意识，

使他陷入一疑未解一疑又生的痛苦，

驱使他穿过片片荒漠，

去追逐他始终找不到的声音，

他在逃离它，却总发誓要追上它，

他发的是伪誓，

向他曾经选择的救世主发的伪誓，

他是个叛徒；他张嘴尖叫，

盖过意识的尖叫，

峡谷原始怒号中的尖叫，

在荒漠余晖中粉碎的尖叫，

没有躯壳的牲畜的尖叫，

火谷中野兽的尖叫，

啊，惊讶的尖叫！受袭者的尖叫！

我感到惊讶！惊讶的奇迹？还是我的自我感到惊讶？

你,从哪个边疆来,
思想,最深的迷雾?
我,在死亡地带尖叫着,
永远漂泊着,阿赫斯维[①]!
在无眠的血黄色地狱之光中,
我,双手干瘪,容颜枯老,
为尖叫而生,我,阿赫斯维!
被逐出发源地,被驱入绝谷中,
在意识中滋长,在怀疑中腐烂,
撒下果核,以泥土滋养,
从意识中锻造,在渴望中煎熬,
被声音祝福,被声音诅咒,
受到祝福的禁果播种者。

---

① Ahasver,基督教传说中的人物,指永远流浪的犹太人。

第五十四章

当传令兵过来报告说,报社编辑艾施先生前来拜见时,少校感到有些为难。这个办报人是胡桂瑙派来的吗?是罪恶泥淖的使者,还是地下的使者?少校险些忘了,胡桂瑙已经和这个据说是在政治上有嫌疑的艾施划清界限了,他忍着不快沉吟了一会儿,但还是拿不定主意,最后说道:“好啦,无所谓了……传他进来。”

艾施看起来既不像来自地狱的使者,也不像政治上有问题的可疑分子;他看起又狼狈又尴尬,就像一个事到临头却心生悔意的人:“我此次前来,少校先生……简单来说,少校先生的大作让我深受感动……”

虽然艾施不吝溢美之词,对这篇文章的观点、影响大加称赞,但冯·帕瑟诺少校心里明白,信以为真确实会让自己浑身舒坦,可自己绝不能因此而晕了头。

“如果少校先生把我称为人人喊打的魔鬼……”

听到这里，少校觉得有必要解释一下："我引用的《圣经》经文绝对没有嘲讽或影射个人的意思；这种做法根本就是在侮辱《圣经》。如果一心向善，那么在人生的每个转折点，我们都必须抛弃一点魔性。因此，如果艾施先生此次前来，是为了要我事后辩解或赔礼道歉，那我这番解释应该可以让您满意了吧。"

艾施在少校讲话时又恢复了自己的倔强："不，少校先生，我不是这个意思。我甚至会主动把'魔鬼'这顶帽子戴在自己头上……当然不是因为我的报社被多次查抄，"他做了个不屑的手势，"不，少校先生，我不能让人背后议论，说我以前的报社工作没有现在的规矩。我来是为了另一件事。"他只是想让少校为他和他的朋友们——或者正如他激动时说的那样，教友们——指明一条信仰之路。

看着他站在办公桌前，帽子放在两手之间，激动得颧骨上都出现了红晕，然后红晕又渐渐消失在脸颊凹陷处的棕褐色皮肤下，少校想起了自己的地主管家。地主管家也配谈论信仰？少校觉得，关心信仰问题似乎是地主的一项保留权利。常规宗教生活的景象在他脑海中浮现：他看到自己和家人一起，在夏日尘土中，坐着四轮大马车去教堂，在皑皑冬雪中，坐着铺着毛皮的低矮雪橇去教堂；看到自己在圣诞节和复活节跟孩子们和下人们一起诵读《圣经》祈祷；看到波兰女佣戴着红色头巾，穿着红色罩裙漫步走向邻村的天主教堂。当他因为那个教堂而想起艾施先生是罗马天主教的信徒时，他心下涌出几分不快，觉得这个人有点像波兰的农场工人,更是有几分不安,觉得这个人看起来有些靠不住;就像他,一部分是因为个人经验,一部分是因为他们的政治观点,还有一部分是出于纯粹的偏见,常常觉得波兰民族靠不住一样。因为质疑别人有无良知常常会让人感到不快,仿佛故意要在鸡蛋里挑骨头似的,所以少校虽然请艾施就座,但并没有就刚才的话题继续讨论下去,而是问起报社的经营发展情况。

但艾施却不是个轻易放弃自己想法的人。"正是关于报社的事情,少校先生,您有必要听我说完……"看到少校似乎有些不解,他说,"……嗯,少校先生,您为《特里尔选侯国导报》指定了一条新路……尽管我自己也一直说,世界需要整顿秩序,而且编辑——如果不想做一个无政府主义者和一个没有良心的混蛋的话——也必须为此做出贡献……少校先生,人人都想获得救赎,人人都怕毒、惧毒,人人都在等待救赎到来,等待不公的消除。"

他越说越大声,少校惊讶地看着他。艾施见状又冷静了下来:"您看,少校先生,社会主义只是众多迹象中的一种……但自从庆刊号的那篇文章发表以来……少校先生,这关系到这个世界的自由和正义……人命关天,岂能儿戏?我们必须做点什么,否则,任何牺牲都是徒劳的。"

"任何牺牲都是徒劳的……"少校重复了一遍,仿佛在回忆着。随后他便疑惑地问道:"艾施先生,难道您想把办报方向掉转到社会主义航道上来吗?甚至还想得到我的支持?"

艾施的脸上不但毫无恭敬之色,甚至还露出了一丝鄙薄:"重要的不是社会主义,少校先生……重要的是新的生活……是公道,是合理,是规矩……是共同寻找信仰……我和我的朋友,我们已经组织起《圣经》研读班了……少校先生,写那篇文章的时候,您肯定是认真的,所以您现在不能撒手不帮我们。"

很明显,艾施是来找他算账的,即使只是精神上的。少校不禁又想起了在办公室中坐在自己对面算账的管家,也再一次想起了那些挖空心思骗他的波兰农场工人。他们不也是威胁过他吗?"总有人在赶我们走,艾施先生。"他说道,说的也许是早已忘却之事。

艾施站起身来,习惯性地在房间里一步一顿地走来走去。他嘴角两侧的法令纹比平时还要深。少校心想,他看上去愁眉苦脸的,真不可思议,这个严肃的人竟然是一个酒馆常客,竟然是一个混迹花街柳巷的老手,一个来自地下世界的使者。他是这种伪君子吗?这和那个世界本身一样不可想象。

艾施突然挑衅地站在少校面前:"少校先生,坦率地说……如果我连新教信仰会不会让我们的道路更加平坦都不知道,那我如何才能履行我的天职……"

这时,少校虽然可以回答说,解决神学问题肯定不是报社主编的职责,但他对艾施直截了当提出的问题感到非常吃惊,根本不知道如何回答:这和胡桂瑙请求获得军方订单没多大区别。一时之间,这两个人的形象似乎又要融合在一起了。少校摸着胸前的铁十字勋章,他的态度变得严肃起来:他是一个位高权重的高级军官，怎能劝诱他人改变信仰？不管怎么说，天主教会毕竟也算是盟友，而且他也不会唆使一个奥地利人、保加利亚人或土耳其人为了德国而放弃自己的国家。这个艾施一副振振有词的样子，真的很烦人，可又让他觉得很喜欢、很诱人：在这个要他说出心里话的敦促中，不正是令信仰永葆青春和不断重生的恩典吗？但少校仍然连连推辞，认为有必要告诉艾施："我是个新教徒，我觉得自己没有资格在信仰问题上成为天主教徒的领路人。"

艾施又做了一个不屑的手势："这不要紧；少校您在文章中称，基督徒必须帮助基督徒，也就是说，天主教和新教之于基督的信仰没有区别。对于这些疑惑和问题，镇上的天主教神父了解得更少。"

少校没有回答。他自己的言语真的变成了一张网，把他网住了吗？那人想用这张网把他拖进罪恶泥淖，拖进黑暗世界吗？似乎有一只柔软的手把他领了出来，带到水流无痕的寂静岸边。他不禁想起了约旦河中的洗礼，不想说却还是忍不住说道："信仰之事，没有规定，艾施先生；正如《圣经》所言：信仰乃天然喷涌之泉。"然后他一边思考一边补充道："神之恩典，须各自感悟。"

艾施无礼地背对着少校；他站在窗前，额头顶着窗玻璃。这时，他转过身来，他表情严肃，几乎用哀求的语气说道："少校先生，这不是规定的问题……而是信任的问题……"过了一会儿，"否则就会……"他找不到合适的话，"否则，我们的报纸也不会比其他报纸更好……一份无良的报纸……尽发表些蛊惑人心的废话……但您，少校先生，却不想这样……"

冯·帕瑟诺少校又一次感到了那种随波逐浪、顺流而去的欣喜，仿佛有一片银色云朵托着他，在潺潺春水上漂荡。信任的温暖和踏实！不，这个人，这个严肃地站在他面前的人，不是冒险家，不是叛徒，不是靠不住的人，不是会把他的信任带到另一方世界里毫无羞耻而又不加掩饰地展示的人。因此，少校起初还有些犹豫，但随后就变得越来越热情，开始说起路德的领导，说在路德的跟随者和继任者中肯定没有一个人会绝望，没有人，艾施先生！因为每个人的心底都有小火花，而且——哦，冯·帕瑟诺少校也说不清自己的感觉有多强烈——没有一个人落到恩典之外，每一个沐浴恩典的人都可以走出去，宣扬救赎；每一个专注于自己内心的人都会看到真相，看到道路，而他也会找到并踏上这条通往澄澈清净的道路。“放心吧，编辑先生，”他说，“一切都会好起来的。只要您愿意，而我又抽得出空来，我也很高兴再次与您相谈……”少校站起身来，艾施隔着办公桌把手伸了过去：“另外，我很快就会去《特里尔选侯国导报》的印刷车间视察的。”他向艾施点了点头。艾施站着没动，显得有些犹豫，少校以为艾施会对自己感谢一番。出乎意料的是，艾施没有感谢少校，而是有些不客气地问道：“那我朋友呢？”少校又稍微打起了一丝官腔：“以后吧，艾施先生，也许以后吧。”艾施不自然地鞠了一躬。

然而，艾施这种性子极其急躁的人，做事往往不留后路。为了表达对少校的敬意，心头火热的他，没过几天就加入了新教，这让得知此事的人全都诧异万分，不久后全镇的人都知道了。

第五十五章　价值崩溃(7)

历史杂谈

那个被称为文艺复兴的罪恶而叛逆的时代,那个基督教价值观被分成两半,一半是天主教,一半是新教的时代,在那个时代,随着中世纪工具论的瓦解,持续五个世纪的价值解体过程开始,现代的种子被播下,这是播种的时代,同时也是第一次绽放的时代。明确概括这个时代的既不是新教,也不是这个时代的个人主义、民族主义、享乐主义,同样也不是这个时代在人文主义和自然科学方面的革新。如果这个时代具有明显的统一风格且自成一体,如果这个时代具有与这种统一风格相符的时代精神和风格载体,那么这种风格不可能体现在任何一种现象当中,即便是如新教这般影响如此深远的革命暴力现象;更确切地说,所有这些现象一定会统一起来,它们一定有一个共同的根源,而这个根源一定在思维的逻辑结构中,取决于渗透和充斥所有时代活动的某种特定逻辑。

这时我们就有几分理由说，思维风格的彻底革命——所有生活现象的革命都指向这种彻底的思维骤变——总是发生在思维碰到自身的无限之极限时，总是发生在思维无法再用旧有方法解决无限二律背反，因此不得不修正自身基础之时。

最明显——因为近在眼前——的方法是，观察对现代数学基础理论研究的思维转变；这种研究从无限二律背反出发，推动了数学方法的革命，带来了一场其影响力至今仍然无法估量的变革。当然，我们无法区分，这到底是一场新的思维革命，还是对中世纪逻辑的最终清算，或者两者兼而有之。因为，残留的中世纪价值观不仅留存到我们这个时代，而且还让人假设，与此有关的残留思维依然有效；二律背反，和无限二律背反的本质是，它们都源于演绎，但因此也可能是源于神学：没有任何一个神学的世界体系不是演绎的。换言之，它并没有尝试从至高原则，即从上帝出发，合理地推导出所有现象，由此可见，任何柏拉图主义最终都是演绎神学。因此，即使现代数学体系中柏拉图式的神学内容并不能轻易看到，甚至——只要这种数学是主要逻辑或主导逻辑的相应表达方式——有可能必须隐而不显，但数学中的无限二律背反和经院哲学中的无限二律背反之间有着惊人的相似。当然，中世纪的无限讨论并不涉及数学领域（或最多只是在涉及宇宙方面的考虑时顺带讨论一下），但“伦理的”无限——正如人们可能会称呼它的那样，正如它在类似上帝的无限属性这一问题中所显露的范围那样——包含了所有关于实际无限和潜在无限的问题，在结构上代表了现代数学的二律背反和困境所在的边缘领域。在这两种情况下,自相矛盾的事实源自逻辑功能的绝对化,一种只要主要逻辑不自行放弃就无法避免,且只有达到矛盾极限时才会为人所知的绝对化。在经院哲学中,这种有缺陷的绝对化主要表现在对符号的解释上:教会的显现,即世俗和有限的教会存在形式,虽然依旧要求绝对,但无限远的柏拉图式逻辑点的亚里士多德式"有限化",必定会导致所有符号形式的有限化。虽然令人惊叹的符号映射体系——一个从符号映射到符号的体系——会变得黯然失色,会被超越世俗的、无限有限的圣礼符号联结成一个神奇的整体,但思维向无限的转变却再也无法阻挡。在自相矛盾式的无限极限处,经院哲学式思维必须掉头转向,才能辩证地再次消除变得有限的柏拉图思想,也就是说,准备转向实证主义并任其自然发展——其发展势头在亚里士多德式教会结构中已现端倪且势不可挡,尽管经院哲学抛出多种学说著作(双真论、唯名论者与唯实论者之争、奥卡姆的认识论新解)力图挽救。经院哲学注定败于绝对化和无限二律背反——逻辑性被抛弃了。

然而,一切思维只有在其逻辑性毋庸置疑的前提下才与事实相符。这适用于任何思维,而不仅仅适用于演绎式的辩证思维(尤其是无法判定,在某个思维活动中有多少演绎内容)。要是因为突然学会了用不同的、更好的眼光来观察事实,就说演绎无法取信于人,那就错了。恰恰相反:仅当辩证法失灵之时,人们才会用不同的眼光看待事实,而这种失灵并不能归咎于被现实打败,即败于还要长期持续纠正的现实,而是必定事先就已发生在最独特的逻辑领域中,即在面对无限问题时。人们对逻辑权威的宽容简直是没有限度的,甚至可以和对医术的永恒不变的宽容相提并论,正如人会深信不疑地接受最荒谬的疗养方法,甚至还会获得痊愈一样,因此现实也会容忍最不可能的理论体系——只要不是理论自己宣告失败,理论就有信任基础且高于现实。只有在理论宣告失败后,人们才会擦亮眼睛,然后才会重新审视现实,才会将其认知来源从理性推论领域转移到有效经验领域。

在中世纪末期,思想革命的这两个阶段清晰可见:经院哲学辩证法宣告失败,接着就是——真正哥白尼式地——转向直接客体。换而言之,这是从柏拉图主义转向实证主义,从神的语言转向物的语言。

然而,在从集权式教会工具论转向多样的直接体验方式,在从中世纪神权政治的柏拉图模式,过渡到关注无限运动的经验世界的实证主义角度,在割裂原先整体的过程中,只要价值领域与客体领域相互重合,保持一致,价值领域就必然遭到割裂。简而言之,价值观不再由某个中心主导,而是会受到客体的影响。问题不再是对《圣经》中所载宇宙论的维护,而是对自然客体的"科学"观察和可以对自然客体进行的实验;问题不再是神权政体的建立,而是一个变得独立的政治客体,需要一种合适的马基雅维利主义式的新政治方法;骑士的意义不在于绝对的战争——譬如十字军东征中具体的战争——而在于用非骑士式的新型火器进行的世俗战斗;不再是为了基督教世界,而是为了某些以外在民族语言为标记纽带团结在一起的经验主义下的人类群体;新兴的个人主义关注的不是作为教会工具论环节的人,而是具有自身意义的人类个体;对于艺术而言,唯一的终极目标不再是追随及颂扬圣徒,而在于如实观察外部世界,在于构成文艺复兴时期自然主义的"如实"。然而,尽管转向直接客体这一转变看起来如此世俗,如此名副其实地"异教",以至于人们很乐意把新发现的古希腊罗马文化典籍和艺术珍品当作证物,但与外部客体的强势登场相比,内部客体也不遑多让。是的,文艺复兴时期的直接在这种反思中也许最为直接:迄今为止只能以教会柏拉图式的等级体系为媒介出现的上帝,他通过注视内心,通过发现内心深处的火花,成为直接的神秘认知,他成为失而复得的恩典。而"极其异教的尘世和神秘新教最坚定的内向性"这种引人注目的共存,这种南辕北辙的价值倾向在一个唯一的风格领域内的共存,如果不能归结到"直接"这个共同点上,肯定是完全无法解释的。新教——与文艺复兴时期的所有其他现象一样,也许还更甚于其他现象——是一种直接现象。

但是,这个时代的另一个非常关键的组成特点可能会在这里找到它的原因:"行为"现象,它如此明显地出现在文艺复兴时期的各种生活表现形式中,尤其是在新教中。起初那种对语言文字的轻视态度,希望尽可能将语言表达限制在诗歌和修辞的自主领域,但拒绝让语言表达渗透到其他领域,而是将行为人当作唯一因素来替代;这种谋求缄默的努力,应该为整个世界的缄默做好准备。所有这一切与世界瓦解成各个独立价值领域这一现象存在着不可低估的关系,取决于那种向"物的语言"的转变,而为了保持真相,物的语言是一种缄默之语。这几乎就像是以此表明,各个价值领域之间的理解是多余的,或者这种理解可能会歪曲物的语言的严谨和明确。现代主义的两大理性沟通工具,数学中的科学语言和会计中的货币语言,都发端于文艺复兴时期,都源自那种独有且唯一的价值领域指向,源自一种严苛到几乎可称为禁欲主义的深奥表达方法。然而,这种感官倾向与天主教修道士的禁欲主义没有多少共同之处,因为它并不像这种工具,不想成为助人迷醉的"辅助手段",而是源自行为的唯一性,而行为从此以后应被视作唯一的明确语言且唯一高于感官的倾向。因此,新教在起源和本质上也是一种"行为",以传道之人、寻道之人、悟道[①]之人为前提,而且这些人的行为正好和新型自然科学研究者、新型战士和新型从政者的特有行为相同。路德的虔诚完全是行动果断之人的虔诚,实际上完全不是靠静思冥想、忏悔祈祷得来的。然而,正是在"行为"中,在这种"真实"中,也存在着严谨,存在着对绝对命令[②]的尽职,存在着对一切其他价值领域的禁绝,存在着完全反圣像崇拜的加尔文式的禁欲主义,存在着一种甚至让伊拉斯谟要求将音乐排除在礼拜仪式之外的禁欲主义认识论。

---

① 《约翰福音》所载,道即上帝。

② 又译为"定言命令",由德国哲学家康德提出,是表达普遍道德规律和最高行为准则的术语。

当然,中世纪也了解“行为”。尽管新实证主义可能从经院哲学式的柏拉图主义中脱颖而出,但它在将个人主义引向孤独的自我时,同样也揭露了所有柏拉图哲学的“实证主义根源”。新基督教不仅反抗,而且也改革,它自始至终都把自己当作基督教思想的复兴;虽然它起初没有神学,但后来还是在自主而更狭隘的基础上发展出了一种纯柏拉图式的唯心主义神学:因为康德哲学可以这样理解。与中世纪相比,“价值取向”即对行为的伦理要求,并没有改变,也不可能改变,因为价值只能建立在价值及其绝对的行为意志之中——不存在非绝对价值。改变的是对价值假定行为的界定:以前,绝对化的强度与基督教工具论的总价值有关,而现在,独立逻辑的极端,独立逻辑自主的严谨,都分别归入各个单一领域,任何这种单一领域都被绝对化为自身的价值领域,世上产生了那种应使绝对化的价值领域互不相通、独立并存的狂热,那种给文艺复兴时期赋予了特色的狂热。

我们当然可以反对说:时代的总体风格均匀地包含了所有不同的价值领域,甚至路德的人格绝不会严格限于一个领域;更确切地说,宗教因素和世俗因素恰好以独特的方式融合在他的身上。但我们也一样可以说:这里出现的只是个发展苗头,离它的鼎盛时期还需要五百年;这个时代仍然充满了全面总结中世纪的渴望,并且正好有一种像路德这样的人格——它虽然不再合乎逻辑,却凭借其充满人性的光辉综合体现了最为不同的价值倾向,在迎合了这一时代需求的过程中,使这个时代成为他的时代,对这个时代产生的影响必定远超“更合乎逻辑”的加尔文的时代。似乎这个时代仍然对“严苛”和即将开始的沉默充满了恐惧,似乎它想抑制这种即将到来的可怕沉默,似乎它可能因此才不得不成为新的“神的语言”的诞生时代,成为新复调音乐的诞生时代。但这都是无法证明的猜测。与此相反,我们可以肯定,这种时代状态,这种使天主教有机会反对宗教改革的初期混乱,对即将开始的孤独和隔绝的恐惧,让人下决心发起一场有望恢复统一的运动。因为反宗教改革所担起的重任,是重新汇合被禁欲式新教的“唯独”信仰所排斥的价值领域,试图重新合并世界及其所有价值,并在新耶稣会的经院哲学的指导下,再次努力恢复中世纪的完整,从而使柏拉图式的教会作为凌驾于所有其他价值领域的至高价值,永远保持其神圣地位。

第五十六章

钟表匠萨姆瓦尔德现在经常跑到医院里来。他来看看弟弟接受护理时待过的地方,还想表达一下自己的谢意,不仅免费调校了军医院的时钟,而且还愿意为所有病人免费修表。

然后,他会去看望战时后备兵戈迪克。戈迪克可是一直盼着萨姆瓦尔德来看望自己。自从那次葬礼之后,他觉得有些事情变得更清楚、更平静了:他生命的躯壳尽管变得更加密实了,可看起来变得更高、更轻了,而且还是那么牢靠。他现在很清楚地知道,自己不用再害怕过去后面站着另一个戈迪克,或者更确切地说,是站着许多个戈迪克的黑暗了,知道自己不用再害怕这个黑暗的屏障了,因为那也只是在他被活埋的那段时间存在而已。就算现在有人过来想提醒他,想让他想起被活埋之前发生的事情,他也用不着再害怕了,可以耸耸肩表示自己不在乎,因为他知道,这已经不重要了。他现在要做的就是等待,因为他再也不用害怕如今聚在他周围的生命，即使它紧紧地贴在他的身上：他已经把死亡抛在脑后，而现在到来的一切，只是用来不断加高脚手架而已。虽然他仍然沉默不语，在护士和同室病友跟他说话时充耳不闻，但他的装聋作哑，与其说是为了捍卫他的自我，捍卫他的孤独，倒不如说是对扰乱他内心平静之人的鄙视和惩罚。钟表匠萨姆瓦尔德是他唯一欢迎的人，甚至是翘首以盼的人。

不过，萨姆瓦尔德也确实让他很开心。尽管走路时弯着腰拄着拐杖，但他还是能居高临下地看着小个子钟表匠；不过，这一点儿都不重要。重要的是，萨姆瓦尔德似乎知道自己面对的人是谁，根本不想问他或是让他——路德维希·戈迪克——想起什么不快之事。其实，萨姆瓦尔德根本不是一个话多的人。当他们并肩坐在花园长椅上时，他会给戈迪克看自己拿来修理的手表，把盖子打开，让戈迪克看到里面的齿轮结构，并设法解释哪里坏了。或者，他就说说死去的弟弟，说自己羡慕弟弟，因为弟弟已经脱离苦海，生活在美丽的彼岸了。但是，如果钟表匠萨姆瓦尔德说起天堂和天堂之乐，那么一方面，这可能会遭到拒绝，因为这涉及失踪少年戈迪克的坚信礼课，另一方面，这像是在致敬，像是在询问那个心中了然、已经在彼岸漫步的成年男人戈迪克。当萨姆瓦尔德谈到自己经常上《圣经》研读课并从中获得诸多启示时，说到这场战争的苦难最终必定会使灵魂的救赎更加光明时，戈迪克早就不在用心听了，但这些话却从远处而来，像是证明生命的失而复得，像是请求在这一生中占据一个应有的、似乎在彼岸的位置。在他看来，这个小个子钟表匠就像一个把砖块搬到墙边的小伙或女人，他虽然不屑于跟这些人说话，最多也就不客气地呵斥几声，但他仍然需要他们。或许，这也是他有一次打断小个子钟表匠的唠叨并随口吩咐“给我拿杯啤酒来”的原因，而当后者没有及时拿啤酒过来时，他就莫名其妙地怒目而视。戈迪克一连好几天都在生萨姆瓦尔德的气，看都不看他一眼，而萨姆瓦尔德则绞尽脑汁，想着如何和戈迪克和好如初。这真的很难。因为戈迪克实际上并不知道自己在生萨姆瓦尔德的气，而只要萨姆瓦尔德出现，他就不得不在未知命令的强迫下背过脸去，真是难受至极。他深恨萨姆瓦尔德的原因，倒不是他认为萨姆瓦尔德就是这道命令的下达者，而是这道命令还没有因他而取消。这就像两个男人在费劲地你找我、我找你。在一个天高气爽的日子里，钟表匠突然想出一个了好主意，于是便抓住了戈迪克的手把他拉到自己身边。

下午天气晴暖，钟表匠萨姆瓦尔德扯着曾经的泥瓦匠戈迪克的袖子，一步一步小心翼翼地避开路上有棱角的玄武岩碎石。他们时不时停下来休息一下。休息一会儿后，萨姆瓦尔德就拉起戈迪克的袖子，等戈迪克站起来后两人继续前行。就这样，他们来到了艾施家里。

通往编辑室的梯子对戈迪克来说太陡了，所以萨姆瓦尔德就让戈迪克坐在花园前的长椅上，他自己一个人上楼。下楼时，他身边还有艾施和芬德里希两人。“这是戈迪克。”萨姆瓦尔德说道。戈迪克没打招呼。艾施想带他们去凉亭，但当走到两个苗床前时，戈迪克却停了下来。苗床的玻璃窗开着，因为艾施趁着秋种季节播好了种子。戈迪克看着里面的凹坑，凹坑里装着棕色土壤。艾施说："喂？"可戈迪克还是继续盯着苗床。于是他们全都停了下来——他们头上没戴帽子，身上穿着深色套装，好像正聚在一个挖开的墓穴四周。萨姆瓦尔德说道："艾施先生开办了《圣经》研读班……我们都想寻找天堂之路。"听到这话，戈迪克笑了，这不是狂笑，也许只是有些使劲的微笑，然后他说道："路德维希·戈迪克死而复活了。"他说得不是很大声，他得意扬扬地看着艾施，他也不再谦卑地弯着腰，而是挺直了身子，看起来几乎和艾施一样高。芬德里希把《圣经》夹在腋下，睁着因肺结核而显得有些发红的眼睛看着他，然后轻轻地摸了摸戈迪克的制服，似乎想要确定戈迪克真的还活着。但戈迪克觉得事情已经完成了，能做的他都做了，虽然一点儿都不觉得累，但他现在可以休息了，于是他就在木苗床边上坐了下来，等着萨姆瓦尔德坐到身边来。萨姆瓦尔德说道："他累了。"艾施大步走回院子里，向上冲着厨房窗口喊了一声，要艾施夫人送几杯咖啡下来。艾施夫人随后就把咖啡端了过来，然后他们把林德纳也从印刷车间叫过来一起喝咖啡。他们围站在苗床边坐着的戈迪克的四周，看着他咂嘴喝着咖啡。只有戈迪克看着别的东西。等戈迪克喝完了咖啡，觉得精神一振之后，萨姆瓦尔德又拉着他的手，一起走回军医院。他们小心翼翼地走着，萨姆瓦尔德一直留神注意着，不让他踩到有棱有角的碎石。他们时不时停下来休息一下。当萨姆瓦尔德冲着他微笑时，他的目光不再躲闪了。

第五十七章

是的，胡桂瑙的心情很差。刊印出来的《关于树立“铁血宰相俾斯麦”木雕像的呼吁书》简直糟糕透了。说印刷车间没有铅版俾斯麦头像，还可以原谅，但总不至于连一块合适的月桂镶框铁十字架都没有吧。因此没办法，他只好在呼吁书的四个角上各配上一个小铁十字架，可这种小铁十字架通常是用来装饰阵亡将士的讣告的。要不是还有好消息在手，他肯定不会拿着这张废纸去找少校的：吉森有一家雕刻作坊，他发现它的广告后立即发了封电报过去，那边回复说，可以在两周内提供俾斯麦雕像。不过，少校显然对这份有失体统的呼吁书深感失望，一开始根本听都不想听，只是厌烦而又冷漠地说“没关系”来表示自己并不介意。虽然他最终勉强宣布今天去报社视察，但胡桂瑙还是因为他问起了艾施而马上对这次视察失去了兴致。这就更不公平了，因为印刷车间没有像样的铅版，要怪也是怪艾施。

胡桂瑙双手插在裤袋里，在院子里直挺挺地走来走去，等着少校。至于艾施，反正好糊弄得很。昨天，在艾施想出门去造纸厂时，他把艾施拦了下来，这事做得非常漂亮，嗯，可今天，这事却刚好搞砸了。今天很奇怪，仓库里的纸张太少了，然后他就把编辑先生派了出去。只可惜，这家伙非要骑自行车过去，如果少校还要很久才出发，那整个计划可就要泡汤了，这样他们俩还是会在这里碰头。

这是一个暖和的阴天。胡桂瑙看了好几次手表，然后走进花园，看了看枝头尚未成熟的水果，估计了一下产量。当然，在这种年代，水果根本来不及长熟，老早就被偷光了。总有一天，艾施早上起来，会发现自家花园里的水果被偷了个精光。要不了多久的。在向阳的一面，李子已经变红了，胡桂瑙举手抓住李子，轻轻捏了捏。艾施应该在果园四周拉一道铁丝网；不过，就这么点产量，肯定不值得。战争结束后，铁丝网会变便宜的。

等待，就像一团铁丝网在心里慢慢松开。胡桂瑙又往枝头看去，眯起眼望着天上的灰云。云背后藏着太阳的地方，发出耀眼的白光。他吹了几声口哨，想叫玛格丽特过来，但她没有出现，胡桂瑙有些生气：她肯定又和那些小男孩一起到下面的河边去了。他很想把她叫回来，但他还得等少校。正当他想再吹一下口哨时，玛格丽特突然出现在他的身旁。他严厉地说道："你又躲哪里去了！我们今天有客人。"然后他拉起她的小手，两人一起穿过院子，穿过过道，来到菲舍尔街上，静候少校的到来。"我太早把艾施打发走了。”胡桂瑙忍不住一遍遍地想着。

少校终于在路口处出现了;陪少校同行的是一位年迈的军需官,同时也是镇司令部的副官。胡桂瑙虽然期望自己能与少校单独会面,但还是感到受宠若惊,因为少校此行竟然如此正式。让艾施出门这个主意实在太蠢了,报社全体员工应该排成两队夹道欢迎,然后由穿着白色小裙子的玛格丽特献上一束鲜花。但不管怎么说,艾施也应该为这种疏忽和怠慢负责。不过事已至此,当两位军官在屋前停下时,胡桂瑙就只能连连鞠躬表示欢迎了。

幸运的是,军需官随后就告辞了,少校此行便从正式视察变成了私访。当少校走进大门时,胡桂瑙浑身散发着亲热和顺从的光芒。“玛格丽特,行个屈膝礼。”他命令道。玛格丽特目不转睛地看着这个陌生人的脸。少校摸了摸她的黑色卷发:“来,说声‘您好’,鞑靼小姑娘。”胡桂瑙一脸歉意地说道:“小姑娘是艾施家的……”少校托起玛格丽特的下巴:“哦,那你是艾施先生的女儿啰?”“她只是住在这里……算是养女吧。”胡桂瑙纠正道。少校又抚摸了一下她的卷发。“黑黑的鞑靼小姑娘。”当他们穿过过道时,他重复道。“出生在法国的法国姑娘,少校先生……艾施可能想收养她……但那是多此一举,她本来就住她姨妈家……少校先生要不要现在就去印刷车间看看?请,就这边往右……”胡桂瑙快步走在前面。“好啦好啦,胡桂瑙先生,”少校说道,“但我想先跟编辑艾施先生打个招呼。”“艾施会尽快赶来的,少校先生,我以为在视察报社设施的过程中,少校先生不想受到妨碍呢。”“艾施先生完全不会妨碍我的。”少校说道，语气略显不快。这让胡桂瑙吃了一惊。他怀疑艾施使了什么诡计，哼，他很快就会识破这套鬼把戏的，然后就会有一封添油加醋的二号密报。想着自己会弄一份这样的密报来，胡桂瑙感到心头一阵畅快：因为没有人能够忍受，自己密谋的计划被外部力量耽误或阻碍的。于是，胡桂瑙从容不迫地说道："真抱歉，艾施先生不得不去造纸厂了……我必须确保纸张供应……趁着这段时间，少校先生不妨去参观一下印刷车间。”

为了表示对少校的欢迎，印刷机已经开动起来，为了表示对少校的尊重，胡桂瑙还多此一举地让人放入了一批“感恩摩泽尔”的呼吁书。他仍然牵着玛格丽特的小手，当林德纳分层堆放第一批呼吁书时，胡桂瑙拿起最上面的一份递给少校。他觉得自己又得道歉了：“呼吁书的版面也非常简单，上面至少应该配上合适的月桂镶框铁十字架的……这可是由少校亲自坐镇的活动！”

少校伸手抓住自己铁十字勋章的扣眼，似乎很欣慰它仍然挂在那里。“哦，铁十字架，这要拿来干吗？不是多此一举嘛。”胡桂瑙鞠着躬说道：“是，少校英明，时局如此艰难，简朴的版面也必定够了，我非常赞同少校的意见。不过，简朴的小版面应该不会带来额外开支的……当然，艾施先生会觉得这无所谓。”少校似乎并不在听。但他过了一会儿说道：“我认为，胡桂瑙先生，您在冤枉艾施先生。”胡桂瑙乖巧地笑了笑，笑容中还带着一丝轻蔑。但少校没有看他，而是看着玛格丽特：“我差点把她当成了小女奴，这个黑黑的鞑靼小姑娘。”胡桂瑙觉得有必要再提醒一下少校，她是个法国小姑娘:“她只是来这里玩的。”少校弯腰对着玛格丽特:“我家里也有一个你这样的小女孩,她稍微比你高一点,十四岁……也没有黑得像一个鞑靼小姑娘……她叫伊丽莎白……”过了一小会儿,他说道:“那好吧,法国小姑娘。”“她只会说德语,”胡桂瑙说道,“什么都忘光了。”少校问道:“你肯定很爱你的养父母,对吧?”“是的。”玛格丽特说道。胡桂瑙见她竟能如此睁着眼说瞎话,心里感到很惊讶;不过,少校似乎有些走神,于是他又清楚地重复道:“她住她的亲戚家里。”少校说道:“无家可归……”这话听起来确实有点心不在焉,但他毕竟是一位老先生,于是胡桂瑙附和道:“说得太对了,少校先生所言甚是,无家可归……”少校专注地看着玛格丽特。胡桂瑙建议道:“排字室,少校先生,排字室您还没有看过呢。”少校抚摸着小女孩的额头:“你不要这么凶巴巴地看着我,不要弄出抬头纹来……”小女孩认真地想了想,然后说道:“为什么呢?”少校微笑着,用手指轻轻地抚摸着她的眼皮,感觉到静静地在眼皮下的硬硬的眼珠,笑着说道:“小女孩不要弄出抬头纹来……这是一种罪恶……既隐又显,罪恶总是这样。”玛格丽特向后退了一步。胡桂瑙突然想起她是如何从艾施身边逃脱的。她做得对,他心里想着。这时,少校抚摸着自己的眼皮:“好啦,无所谓了……”胡桂瑙觉得,少校虽然去意未决却也想尽快离开这里,所以在看到艾施抬着两腿,骑着略微显小的自行车进了院子,在木楼梯旁跳下来时,胡桂瑙不禁心头大喜。

他们全都走了出来,到院子里迎接艾施,少校站在胡桂瑙和小女孩之间。

艾施把自行车靠在鸡棚梯子下的墙上，慢慢地向他们走去。看到少校也在时，他的脸上没露出半分惊讶，他显得非常从容，很自然地向客人打了个招呼。看到这一幕，胡桂瑙心里倒是怀疑起来：这个瘦弱的师傅，是不是早就知道少校今天会来这里视察。于是他郁闷地说道："少校突然大驾光临，您怎么看？难道您一点都不感到惊喜吗？"

"我很高兴啊。"艾施说道。

少校说道："我很高兴您还能及时赶回来，艾施先生。"

艾施认真说道："也许是赶了个晚场，少校先生。"

胡桂瑙说道："现在还不算太晚……少校先生也正好还想看看其他的办公场所，只是楼梯有些不方便。"

艾施说道："路很远。"

小女孩说道："他骑自行车来的。"

少校沉吟着说道："路很远……他还没有到达终点。"

胡桂瑙说道："最困难的时期已经过去了……我们已经有两个版面的广告了……要是我们还能得到陆军总后勤部的订单……"

艾施说道："这不是广告的问题。"

胡桂瑙说道："我们连铁十字架的铅版都没有……这肯定也没放在您的心上！"

小女孩指着少校的胸口："这里有一个铁十字架。"

少校说道："眼中所见，没有什么勋章，只有罪恶。"

小女孩说道："撒谎是最大的罪恶。"

艾施说道："不可见盯着我们，我们摆脱了谎言。如果找不到路，我们就会迷失在不可见的黑暗中。"

小女孩说道："说谎的时候，没人会听到。"

少校说道："上帝会听到。"

胡桂瑙说道："没人会听逃兵的话，没人认识他，哪怕他说的都是对的。"

艾施说道："黑暗之中，人不见人。"

少校说道："可见，却又不让人见。"

小女孩说道："上帝听不到。"

艾施说道："孩子们的声音，他以后会再次听到的。"

胡桂瑙说道："最好没人听到，有困难得自己解决……我们一定会成功的。"

少校说道："我们抛弃了他，他撇下了我们……如此孤独，我们再也无法相遇。"

艾施说道："囚在孤独之中。"

小女孩说道："没人找得到我。"

少校说道："我们抛弃的，我们必须找回来，永不言弃。"

胡桂瑙说道："你想躲起来。"

"对啊。"小女孩说道。

天上乳灰色的云层开始散去，蓝天渐露。小女孩光着脚，悄无声息地溜走了。然后，这几个男人也都走了，方向各不相同。

第五十八章　柏林救世军女孩的故事(9)

昨天，努歇姆和玛丽，他们俩又来看我，还和我一起唱歌。在我的建议下，我们先唱了一曲：

信念坚定，勇气无双，
意气风发，奔赴战场，
无惧撒旦的恐怖，无惧撒旦的怒狂。
旌旗猎猎，我心激昂，
枕戈待旦，胜利有望；
高高飘扬，在最前方，
带领我们，战斗打响！
（合唱）
献上我们的忠诚，至死不渝，
献上我们的生命，蓝黄红旗。

我们按着《安德烈亚斯·霍费尔[1]之歌》的曲调唱着，玛丽用琉特伴奏，努歇姆一边轻声哼唱，一边用光滑的双手平稳地打着节拍。在演奏过程中，他们不时地四目相对。但我有这种感觉，也可能只是因为利特瓦克博士上次说的话让我有些疑神疑鬼。不管怎样，我扯着嗓子怪声怪气地唱着，我这么做的原因很多。一方面，我想让努歇姆的家人放心，此刻他们肯定聚在我们门外：孩子们正用力挤到最前面，也许还把耳朵贴在门上，白胡子老爷爷身体前倾，手在耳边虚握作听筒状，而女人们大多都在后面，她们中有人在无声地哭泣着，这一家人渐渐地向前挪动，却不敢开门——是的，一方面我想让他们放心，另一方面，明知他们在外面，故意引诱却又不搭理他们，这样折磨别人让我感到很开心。不过，我这样扯着嗓子怪声怪气地唱着，其实也是想借此告诉努歇姆和玛丽：别害羞，孩子们，你们看，我正忙着又唱又跳；解开你的外衣纽扣，努歇姆，拎起你的外衣下摆，向这位姑娘鞠躬；而你，玛丽，别再扭扭捏捏了，伸出两指拎起你的裙摆，然后你俩一起跳舞，面向耶路撒冷跳舞，在我床上跳舞，就像在你们自己家里一样，不要拘束。然后，我就不再一起唱玛丽的歌词了，而是唱起更合适我自己的歌词："义士霍费尔，带枷曼图亚。"可惜，后面的歌词我就不知道了，但我把这行转了一下调，发现曲子很和谐、很优美。

---

[1] 奥地利爱国英雄，第五次反法同盟战争期间抵抗拿破仑入侵的战斗领袖。

玛丽这时把这支歌演奏完了，和用琉特演奏完的所有曲子一样，她最后也以锵锵声结尾，然后说道："配合得不错，现在我们也祈祷一下，就当是奖励吧。"

说完她就从椅子上滑了下来，双手合拢举到眼前，开始唱起《诗篇》第一百二十二篇："人对我说：'我们往耶和华的殿去。'我就欢喜。耶路撒冷啊，我们的脚站在你的门内。耶路撒冷被建造，如同连络整齐的一座城。众支派，就是耶和华的支派，上那里去，按以色列的常例称赞耶和华的名。"

我没办法让她停下，除非把琉特琴砸到她头上。于是我也跪了下来，张开双臂祈祷："我们愿为以色列儿女泡茶，我们愿把朗姆酒倒入茶中，战争的朗姆、英雄的朗姆、备用的朗姆，以此忘却我们的寂寞，我们的孤独，因为无论身在锡安还是圣城柏林，我们都无比寂寞，无比孤独。"就在我这样一边祈祷，一边双手握拳击胸时，努歇姆站了起来，背对着我站着，满脸虔诚地对着敞开的窗口——窗前又破又脏的薄印花平布窗帘，像一面褪色的黄红蓝旗，在晚风中微微晃动着——他的上身前后摇摆着。哦，这太下流了，努歇姆这样做太下流了，他可是我的朋友啊。

我冲到门前，猛地把门打开，冲着外面喊道："进来吧，以色列人，和我们一起喝茶，看我朋友的下流动作，看我这位女性好友的真容。"

可是，前厅里空空荡荡的，竟然没人。像被一阵狂风卷走了一样，他们连滚带爬地回到各自的房间里，女人们绊倒在孩子们身上，老爷爷唉声叹气，直不起腰来。

“很好。”我说道，关上门后转过身来，重新面对我屋子里的胡闹，“很好，孩子们，现在你们相互来个锡安之吻吧。”

但他们俩垂着双臂，不敢碰对方，不敢跳舞，只是傻傻地微笑着站在那里。最后，我们一起喝了茶。

第五十九章

关于救赎的座谈或对话

无法向人倾诉衷肠，无法挣脱孤独，注定只能做虚伪的自己，做自己本性的代表——凡是能从别人那里得知的，都只是象征，一个不可理解的自我象征，超不出象征本身的价值：凡是能说的，全都变成象征的象征，变成第二个、第三个、无数个派生象征，并且要求根据言词真正的双重含义加以想象。因此，想象一下艾施夫妇是如何与少校和胡桂瑙先生一起出现在舞台上，并且无法避免地卷入一场演出之中的，他们像演员一样表演起来，而这不会给任何人带来麻烦，最多是会让故事的讲述简明一些。

［在艾施的凉亭内，艾施夫人坐在桌前，少校在她右边，胡桂瑙在她左边，她的对面坐着艾施先生（背对观众）。晚餐已经结束。桌上摆着面包和葡萄酒，这酒是艾施先生从一个在报纸上登过广

告的葡萄酒厂老板那里买来的。

［夜幕缓缓降临。在背景中，山脉的轮廓仍然依稀可见。两支蜡烛在吊灯的玻璃罩内燃烧着，四周蚊虫飞舞。印刷机在工作，断断续续地喘着气，像得了哮喘一样。

艾施　再来一杯吗，少校先生？

胡桂瑙　这酒真好，挑不出任何毛病，比我们的阿尔萨斯葡萄酒好喝；少校先生知道我们的阿尔萨斯葡萄酒吗？

少校　（心不在焉地）我可不觉得。

胡桂瑙　好吧，这种葡萄酒没有副作用……我们阿尔萨斯葡萄酒完全没有副作用……可以说是良心酒，没有半点弄虚作假（他笑了起来），喝了最多让人自然而然地醉意渐起……喝到位了，便酣然入睡，仅此而已。

艾施　醉意从不是自然发生的，醉意便意味着醉酒。

胡桂瑙　哟，瞧瞧，我可记得您那些豪饮而醉酒的事儿……比如……艾施先生，我就说行宫酒馆吧……而且（他仔细地看着艾施）我也不觉得您现在很清醒啊。

少校　真的太遗憾了，胡桂瑙先生，您干吗总和我们的朋友艾施针锋相对呢？

艾施　您别理他，少校先生，他在开玩笑。

胡桂瑙　谁说的？我可是认真的……我总是有什么说什么……我们的朋友艾施是一只披着羊皮的狼……是的，我就这么想的……而且,恕我直言,他暗地里认为喝醉也无所谓。

艾施 (轻蔑地)能让我喝醉的酒,这世上还没有呢……

胡桂瑙 对对对,总是保持头脑清醒,艾施先生,这样就不会泄露秘密了。

艾施 ……我可能也会喝上一杯,嗯,然后这个世界,就会变得如此简单,仿佛世上只有真,没有假……如此简单,就像在梦中一样……简单却又无耻,到处都是假名……真名却不知所踪……

胡桂瑙 您得喝弥撒酒,然后您就能找到您的名字……或者未来的国度,这得看情况。

少校 玩笑归玩笑,但不要亵渎上帝……葡萄酒和面包中也有寓意。

[胡桂瑙意识到自己的失言,脸红了起来。

艾施夫人 唉,少校先生,胡桂瑙先生和我丈夫在一起的时候,总是这样……当然了,俗话说"相亲相爱,你踢我踹",但有时真是忍无可忍,凡是我那可怜的丈夫视如珍宝的,都被他说成粪土。

胡桂瑙 虚伪!(他又是一脸的气定神闲,装模作样地把熄灭了的雪茄重新点上。)

艾施 (继续思索着)梦中的真相扶杖而来……(他敲着桌子)整个世界都拄着双拐……一个一瘸一拐的怪胎……

胡桂瑙 (好奇地)残疾人?

艾施　……如果世上只有一个错误，如果唯一的虚假之处其实是真实的，那么……嗯，那么整个世界都是假的……什么都是虚幻的……像变戏法一样残忍地消失不见……

胡桂瑙　赫库斯坡库斯①，没了！

少校　（没听胡桂瑙说什么）不，艾施，我的朋友，正好相反：一千个罪人中，只需要一个义人……

胡桂瑙　……大巫师艾施……

艾施　（不耐烦地）您懂什么巫术……（冲着他吼道）您更像一个变戏法的，一个杂耍演员，一个飞刀客……

胡桂瑙　艾施先生，这里不是只有您一个人，您说话小心点。

艾施　（冷静了些）巫术戏法，有如恶魔，它们是邪恶的，只会让这个世界越发混乱……

少校　无知无识处，便是邪恶出没处……

艾施　……首先得有人来改正错误，拨乱反正……担起殉道之责，拯救世界，使其重归无罪……

少校　接受考验……（神态坚定）他已到来：正是他，消灭了伪知，驱除了巫术……

艾施　……黑暗仍在，在黑暗中，世界已经崩溃……钉在十字架上，在最后的孤独中，被长矛刺穿……

胡桂瑙　哼，真讨厌。

---

① Hokuspokus，戏法咒语。

少校　他的四周暗得可怕，朦胧冷漠，让人不安；在他孤独时，无人前来相助……而他，把邪恶加诸己身，洗脱世界的邪恶……

艾施　……依然是谋杀和反杀，当我们醒来之时，才是秩序恢复之日……

少校　接受考验，从罪恶中觉醒……

艾施　……一切尚未决定，我们只是身在牢笼，必须等待……

少校　……我们深陷罪恶重围，思想是野蛮思想……

艾施　……我们等待审判，我们尚有宽限之期，我们可以开始新的生活……邪恶尚未获胜……

少校　……摆脱野蛮思想，获得恩典，获得解放……然后，邪恶就会消失，就像从未有过……

艾施　……这是一种邪恶的巫术，肮脏的巫术……

少校　……邪恶总在人间之外，总在人间的界限之外；只有跨过人间的边界，将真相抛在身后之人，才会堕入邪恶深渊。

艾施　……我们站在深渊之前……无底洞边……

胡桂瑙　这对我们来说太高深了，对吧，艾施夫人？

［艾施夫人向后捋了捋头发，然后竖起手指放到嘴前，示意胡桂瑙不要说话。

艾施　还要逝去很多人，还要牺牲很多人，才能为建殿之子腾出位置……唯有如此，迷雾才会渐渐消散，新的生活才会到来，光明而纯洁……

少校　邪恶仅仅是好似在我们中间，其化身千万，但它本身从未真正来过……譬如虚无——唯有恩典是真。

胡桂瑙 （不甘心做个沉默的听众）喂，要是偷窃、猥亵儿童、当逃兵或假装破产都只是假象，那可真让人心头大快啊。

少校 邪恶并不存在……恩典已经洗脱世界的邪恶。

艾施 苦难越深重，黑暗越深浓，飞刀越锋利，救世之国就越接近。

少校 唯有善是既真实又实在的……罪恶只有一种：不求善，不求知，不从善……

胡桂瑙 （迫不及待地）对，少校先生，这话没错……就比如我吧，我当然不是天使……（沉思）不过，这样的话，根本无法惩处啊……一个逃兵，比方说，有善心的逃兵，他可不能被人枪毙，就只为了树个榜样。

艾施 再高高在上，也无权生杀予夺，再卑微弱小，只要灵魂不朽，依然值得敬重。

胡桂瑙 对，没错！

少校 求恶之人，也可以同时求善，但不求善之人，却已失去蒙受恩典的机会……这是固执之罪，是情感惰性。

艾施 这不是为善为恶的问题……

胡桂瑙 恕我直言，少校先生，您这话可有些不对……有一次在罗伊特林根，我因为某人无力偿付而亏了600马克，那可是一大笔钱啊，为什么？就因为那人是个狂热教徒，这我当然想不到……他也果真被无罪释放，安置在疯人院里。但我的钱没了。

艾施　您的意思是？

胡桂瑙　哈，一个好人，却做了坏事……（嘲笑着）如果您杀了我，艾施先生，您会因为是狂热教徒，而被无罪释放，但如果我杀了您，那我就会掉脑袋……对此您怎么看，您，道貌岸然的艾施先生？嗯？（他似是想要得到肯定一般地看了少校一眼。）

少校　疯子就像做梦者；他看到的是虚假的真相……他咒骂亲生儿女……不受惩罚，无人可做上帝喉舌……他是天选之人。

艾施　他活在虚假现实之中……我们大家依然活在虚假现实之中……其实，我们都是疯子，孤独的疯子！

胡桂瑙　对，但会被枪毙的人是我，而不是他！恕我直言，少校先生，这正是他的虚伪所在……（变得激动起来）啊，去他妈的圣宗，还有在断头台旁鞠躬的牧师，啊，去他妈的[1]……我是一个开明的人，但这话说得太过分了！

少校　唉，怎么这样？胡桂瑙先生，您这种脾气可不能喝摩泽尔葡萄酒（胡桂瑙做了一个手势表示道歉）……自愿接受审判和惩罚，正如我们犯下了罪过，所以才不得不发动战争一样……那不是虚伪。

艾施　（心不在焉）是的，赎罪……在最后的孤独中……

［印刷机停了下来；有节奏的机器声停了下来；蟋蟀的啾啾声

① 原文为法语。

清晰传来。晚风吹动了果树的叶子。月亮周围有一些被照得白茫茫的云朵。沉默突如其来,谈话戛然而止。

艾施夫人 静下来了,真好。

艾施 有时,世界似乎只是一台独一无二、永不停息的可怕机器……战争和一切的一切……按照我们不懂的规则发展运行……厚颜无耻而又自以为是的法律、工程师守则……每个人都必须遵章办事,每个人都必须面向前方……每个人都是一台隐藏内心但怀有敌意的机器……哦,机器就是邪恶,邪恶就是机器。它们的秩序就是注定到来的虚无……就在时代可以重启之前……

少校 邪恶的象征……

艾施 对,象征……

胡桂瑙 (侧耳听着印刷车间那边的声音,脸上露出满意之色)现在,林德纳要放新纸了。

艾施 (突然害怕起来)天哪,人与人不能相互来往!没有交情,没有理解!难道每个人对别人而言,都只是一台邪恶机器吗!

少校 (把手放在艾施的胳膊上安慰他)不过,艾施……

艾施 哦,天哪,对我而言,有谁不是邪恶的?

少校 识你之人,我的孩子……唯有识你之人,才能消除陌生。

艾施 (双手合拢举到眼前)上帝,你要识我啊。

少校 唯有识者得识,唯种爱者得爱。

艾施 （依然双手合拢举在眼前）我识你，哦，上帝，所以你不会再生我的气了，我可是被你从孤独中抱出的爱子啊……从容赴死之人，被爱环绕……唯有迈向陌生和死亡之极点的人……才会合一。

少校 恩典降临其身，消除恐惧——无谓地在世上漂泊，无知、无助、无谓，注定走向虚无……

艾施 所以，因识而爱，因爱而识，如果恩典识人，那么每个注定承载恩典的灵魂都是神圣的；融入了爱中，团结着灵魂，每个灵魂都神圣而孤独，却因识人而合一——“识”的最高信条是不伤生：如果我已识你，上帝，那我就在你身内永生。

少校 就让面具逐个掉落，直到露出你的真心，你的真容。
直面永恒气息……

艾施 我会变成一个空壳，
离群索居，无欲无求，
我领受惩罚，在虚无中死去。
可怕，啊，可怕的恐惧……

少校 恐惧是萌芽之讯，
神恩浩荡，恐惧是救赎之门上的上帝诫命——走过去……

艾施 识我吧，主啊，识我吧，在我艰难窘迫之时，
当兆死之梦降临我身，让我在梦中游荡之时，
死亡的恐惧，在头顶呼啸，我被抛弃，孤立无依，
离群索居，孤独老去……

[胡桂瑙听得一头雾水，艾施夫人听得胆战心惊。

少校　虽然死于虚无，但你并不孤独，
摆脱邪恶，恐惧消除，
你越微小，主越崇高，
必先被识，方能识人，
瑰丽世界，万物复新。

艾施　他识我，充满慈爱，我因他而识你，满心欢喜，
荒漠成为我的花园，散发永恒之光，
牧场一望无垠，太阳永不落山……

少校　恩典之园，人间处处是花园，
春风柔和心安处，即是吾家……

艾施　我有罪，我邪恶，虽知害怕却仍作恶，
明知是歧路，在深渊边追逐，
双手干瘪，容颜枯老，在荒漠和深谷中东奔西逃，
仓皇逃离飞刀加身之险，背上是阿赫斯维的担忧，
脚下是阿赫斯维的恐惧，眼中是阿赫斯维的贪婪，
想要的是我总失去的他[①]，想要的是我未见过的他，
我背叛了他，可他还是选中了我，
身陷风暴之中、星群之中的冰冷风暴——
恩典的种子落下，破土，啊，萌芽，

---

① 这里指救世主。

长成拯救,让我得救……

少校 做我曾经的兄弟,我失去的兄弟,

和我手足相亲……

[他们俩开始对唱,曲调接近救世军歌曲。少校是男中音,艾施先生是男低音

主啊,万军之神,

带我们沐浴神恩,

让我们万众一心,

你的手指引我们,

主啊,万军之神,

让我们改邪归正,

带我们前往迦南,

主啊,万军之神。

[胡桂瑙之前一直敲着桌子打拍子,这时也加入进去,唱男高音

让我们不再刀斧加身,不受车裂之刑,

让我们免遭暴君毒手,主啊,万军之神。

[三人合唱

主啊,万军之神。

[艾施夫人也加入进去,她不在任何声部

请你来我家用餐,

餐桌因你而放满,

主啊,万军之神。

合唱 ［胡桂瑙和艾施敲着桌子打拍子

主啊，万军之神，

拯救我的灵魂。

让她获得永生，

让她永无烦恼，

让她沐浴信仰，

让她免于受伤，

让她避开琐事，

扇燃她的小火花，

啊，火红的小火花，

主啊，万军之神，

拯救吾等，让吾永生。

［少校用一只胳膊搂着艾施的肩膀。仍然敲着桌子的胡桂瑙，这时正慢慢地放下拳头。蜡烛已快烧完。艾施夫人把剩下的葡萄酒分别倒进男人们的玻璃杯里，倒的时候很小心，让每个人的杯中酒一样多；最后一小口酒倒在她丈夫的玻璃杯里。月光黯淡了一些，从夜景中吹来的晚风，这时更加凉爽了，仿佛从地窖中吹拂而来。印刷机又开始有节奏地工作起来，艾施夫人摸着她丈夫的胳膊："我们该上床睡觉了吧？"

场景转换

在艾施家前，少校和胡桂瑙

胡桂瑙用大拇指指着艾施夫妇卧室的窗户："现在他们上床睡觉了。艾施本来还可以多陪我们一会儿……但她知道自己想要什么……嗯，少校先生，我可以再陪您走几步吗？少许运动，有利健康。"

他们穿过寂静的中世纪风格的街道。家家户户的大门就像一个个黑洞。在其中的一家大门口，站着一对恋人，正紧紧地靠在门上，从另一家的大门里溜出来一条狗，撒开三条腿沿街向前跑去，一会儿就消失在街角。一些窗户后面仍有微弱的灯光——可那些没有灯光的窗户后面有什么呢？也许，后面躺着一个死人，四仰八叉地躺在床上，鼻尖朝天，床单盖在竖起的脚趾上像搭了个小帐篷。少校和胡桂瑙都抬眼看着窗户，胡桂瑙很想问少校，他是不是也忍不住想起了死人，然而，少校只是默默地走着，脸上流露出几分忧伤。"他的魂很可能还在艾施那里。"胡桂瑙心想，不相信这老头是因为艾施这时正和妻子睡在床上才闷闷不乐的，"不过，真他妈见鬼了，这老头有什么不开心的？这么快就和艾施成了朋友，竟然没有防住这个伪君子的纠缠！这两人之间就这么建立起这种让人讨厌的友谊，这两个人显然都忘了，要是没有我，他们绝对不会凑到一块儿去。所以说，到底谁有权先和少校做朋友？如果少校现在为此而闷闷不乐的话，那他活该如此。可要是照道理来说，这还是远远不够的，少校先生连同其心爱的艾施先生还须为这种背叛付出特殊代价……”想到这儿，胡桂瑙愣住了，他突然灵光闪现，心里萌发出一个离奇而刺激的想法：与少校结成一种新的冒险关系，在一定程度上和少校一起，欺骗这个正和老婆同床而眠的艾施，并设法让少校陷入耻辱的境地！对，这是一个十拿九稳的好主意，于是他说：“少校先生应该记得我的第一份密报，里面我报告了我去妓……”他赶紧掩住嘴，又说：“对不起，去春楼的事。别看艾施先生现在正老老实实地睡在婚床上，但那次他也去了。从那以后，我就一直在进一步调查这件事，而且我觉得已经找到了线索。我现在想再去春楼看一眼……如果少校先生对此事，对——我想说——那里的撩人氛围感兴趣的话，我将非常恭敬地建议，少校先生您现在就去视察一下。”

少校的目光再一次飘过房子正面，飘过好似黑色地窖入口的门，然后，让胡桂瑙感到吃惊的是，少校毫不犹豫地说：“我们走吧。”

他们往回走去，因为春楼在另一个方向，不在镇上。少校又默默地走在胡桂瑙身旁，也许比之前还要忧伤，胡桂瑙虽然很想让气氛变得轻松、亲切起来，但他根本不敢开口说话。然而，等着他的是一个让他更为恼火的意外：当他们走到门上挂着一盏大红灯笼的春楼前时，少校突然说了声“不”，然后和胡桂瑙握了握手。胡桂瑙瞬间懵了，目瞪口呆地看着少校，后者脸上挤出一丝笑容：“您今晚最好还是一个人调查一下。”老头再次掉头往镇上走去。望着少校远去的背影，胡桂瑙心中又气又苦；不过，他随后就想起了艾施，耸耸肩，打开了门。

不到一个小时，他就离开了春楼。他的心情又好了起来；压在他心头的恐惧消失了，他捋清了一些想法，虽然不知道该怎么说，但他确实清楚地感觉到，自己已经恢复了自我，恢复了冷静。别人爱怎么样就怎么样，就算别人不搭理他，他也无所谓。他浑身带劲儿地向前走着。一首他肯定在哪里听过的救世军歌曲，突然浮现在心头，于是他每走一步，就用手杖在地上点一下，嘴里吟唱着：“主啊，万军之神。”

第六十章

“感恩摩泽尔”协会在“小镇礼堂”啤酒馆
庆祝亚眠大捷暨纪念坦能堡战役胜利

亚雷茨基在“小镇礼堂”的花园里四处溜达。礼堂里，大家正在跳舞。当然，独臂人也可以去跟着跳舞，但亚雷茨基却觉得很不自在。他在礼堂门口碰到了玛蒂尔德护士，于是非常高兴地说：“哟，您也不去跳舞啊，小护士？”

“谁说的，我当然跳啊，要不我们一起，亚雷茨基少尉？”

“在我装上那玩意儿，装上假臂之前，我做什么都不对劲……除了抽烟、喝酒……抽根烟吗，玛蒂尔德护士？”

“啊哟，您想到哪儿去了，我可是在这里上班呢。”

“哦，我明白了，您是因公跳舞，那就请您照顾好可怜的独臂残废吧……您就坐下来陪我一会儿嘛。”

亚雷茨基慢悠悠地坐到最近的一张桌子旁。

“您觉得这里怎么样,小护士?”

“啊,挺好的。”

“可我不喜欢。”

“大家都玩得很开心,您可不能嫉妒他们。”

“您知道吗,护士,也许我已经有些迷糊了……但这没关系……我告诉您,这场战争永远不会停止……您怎么看?”

“别担心,它终究会停的……”

“要是再也没有战争……要是再也没有成批的伤残战士让您看护,那我们该怎么办呢?”

玛蒂尔德护士想了一下:“在战争过后……嗯,不用说,您肯定也知道自己以后要干什么。您可是说过要应聘什么工作的……”

“我跟别人不一样……我上过前线……我杀过人……请您原谅,这听起来可能有点乱,但我心里非常清楚……对我来说,该做的已经做完了……但那里还有许多人……”他指着花园,“他们以后全都得上……据说俄国人已经组建女兵营了……”

“您会吓到别人的,亚雷茨基少尉先生。”

“我?不……我的事已经做完了……我要回家……找个老婆……每晚都睡同一个女人……不再眠花宿柳了……我觉得,我真的醉了,护士……但您知道,孤身一人不好,孤身一人不好……《圣经》上也这么说。您可是非常看重《圣经》的哦,护士。”

“怎么样,亚雷茨基少尉,要不您现在就回去吧?我们有些人已经想走了……您可以和他们一起……”

一阵酒味扑面而来。“我,我跟您说,护士,战争是不会停止的,因为前线的人都变得很孤独……因为每个人都会轮到孤独……每个孤独的人,必定会杀死另一个人……您以为我喝多了是吧,护士?但您知道的,我酒量还行……真的没理由送我去上床睡觉的……我对您说的,可都是实话。”

他站起身来:“这音乐很怪,是吧?……真不知道,他们到底在跳什么,我们要不要去看一会儿?”

志愿兵佩尔泽尔博士和匆匆赶来的胡桂瑙撞在一起:“当心点,大司仪先生……您啊,可真是个小旋风……总是跟在女人后面。”

胡桂瑙根本没注意听;这时,刚好有两位身穿男士小礼服的先生走进庆典花园,胡桂瑙兴奋地指着他们说道:“镇长先生来了!”

“啊哈,有更好的猎物了……好吧,祝您猎物多多,满载而归,霍里多,呼撒撒[1],尊贵的猎人……”

“谢谢,谢谢,博士先生。”胡桂瑙没有仔细听他说话,只扭过头高声回了一句话后,就大步走开去,准备正式致欢迎辞。

少校军医库伦贝克其实应该坐到贵宾席上的,但他在那儿没坐多久。

---

① 德语音译,原文为 Horridoh und Hussassa,表示欢呼声,有时可作猎人之间的问候语。

“尽情享受吧,”他说,“我们是雇佣兵,在被占领的小镇上。”

他向一群年轻姑娘走去。他昂首挺胸,胡子几乎直刺前方。轻步兵克内泽又难过又无聊地靠在一棵树上,库伦贝克从他身边经过时,拍了拍他的肩膀:“喂,还在悼念您的阑尾吗?在我眼里,你们都是热血的雇佣兵,你们来这里,是为了让女人们怀上孩子的……你们这帮胆小鬼,真是丢尽了我们的脸……前进,懦夫!”“遵命,少校军医先生!”克内泽回答道,站得笔直。

库伦贝克挽住贝尔塔·克林格尔的胳膊,使她紧紧地贴在自己身上:“现在,我要和你们每个人都跳一场……跳得最好的,奖励一个吻。”

姑娘们都尖叫了起来,贝尔塔·克林格尔想要摆脱库伦贝克的纠缠。但当这个小镇姑娘的小手落入他柔软的掌心时,他感到她的手指一下子没了力气,紧贴在他的手心里。

“哦,你们不想跳舞……都怕我是吧……好吧,那我带你们去玩抽彩……小孩子们都喜欢玩。”

莉丝贝特·沃尔格喊道:“您就会逗我们玩,少校军医先生……少校军医可不跳舞。”

“喂,莉丝贝特,你会看到我的厉害的。”

少校军医库伦贝克也抓住了莉丝贝特的胳膊。

当他们站在抽彩桌旁时,保尔森夫人,药店老板保尔森的妻子走了过来,站在少校军医库伦贝克身旁,轻启苍白的双唇低声说道:“你还要脸吗……跟这些小女孩嬉闹。”

这个戴着夹鼻眼镜的大个子男人，有些畏惧地看着她，然后笑着说道："啊，夫人，您会中大奖的。"

"谢谢。"保尔森夫人说完就走了。

莉丝贝特·沃尔格和贝尔塔两人头碰着头在窃窃私语："你看到了吗？她眼睛都绿了。"

虽然海因里希回来在一定程度上打破了她的隐居生活，但汉娜·温德灵还是不想过来参加庆典活动，可作为一位优秀的镇民和军官，温德灵律师觉得自己必须出席这次活动，所以他们和罗德斯一起坐车过来了。

他们坐在礼堂里，凯塞尔博士陪着他们。礼堂的最前面放着贵宾席，桌上罩着白色桌布，摆放着鲜花和枝叶编成的花环；那里的正中间坐着镇长和少校，编辑胡桂瑙先生的席位也在那里。看到有人刚刚到场，他赶紧迎了上去。他的纽扣眼里别着委员会徽章，但他脸上的"徽章"更是闪亮明显。没人会忽略胡桂瑙的身份。胡桂瑙当然早就知道眼前之人是谁；让人眼前一亮的温德灵夫人，他在街上经常看到，至于其他的，他稍微打听一下就知道了。

他向凯塞尔博士走去："尊敬的博士先生，我能否有幸请您为我热情地介绍一下诸位朋友？"

"好的，没问题。"

"非常荣幸，非常荣幸，"胡桂瑙先生说道，"夫人一向深居简出，要不是这么凑巧，尊夫回来休假，我们今晚肯定不会有幸能在这里欢迎您的到来。”

“因为战争,我怕见生人。”汉娜·温德灵回答说。

“您这样做是不对的,夫人。如此困难时期,我们更要保持乐观……我希望诸位都留在这里跳舞。”

“不,我妻子有点累,所以很抱歉,我们很快就得走了。”

胡桂瑙心中极为不快:“但是,律师先生,如果您和尊夫人能够赏脸,如果这么迷人的女士能为我们的庆典增色……而且这是为了慈善事业,中尉先生难道不该睁一只眼闭一只眼吗?还请您大发慈悲。”

尽管汉娜·温德灵夫人非常清楚这些都是场面上的客套话,但她还是展颜一笑说道:“那好吧,悉听尊便,主编先生,那我们就再多待片刻。”

在花园中央,人们给士兵们拼了一张长餐桌,“感恩摩泽尔”协会赠送了他们一小桶啤酒,就搁在旁边的两个四角架上。啤酒早就喝光了,但仍有几个人懒洋洋地围坐在空餐桌前。克内泽也坐到了他们中间,这时正用指尖在厚木板桌上的啤酒渍里乱画:“少校军医说,我们要让她们怀上孩子。”

“让谁?”

“这里的姑娘们。”

“告诉他,他应该给我们做示范。”

一阵狂笑。

“他已经在示范了。”

“还不如让我们回去找我们的妻子呢。”

灯笼在夜风中摇摆。

亚雷茨基独自在花园里漫步。遇到保尔森夫人时,他微微鞠躬致意:“如此孤单,美丽的夫人。”

保尔森夫人说道:“您也一样,少尉先生。”

“对我来说没任何意义,过去了,就放下了。”

“要不,我们去抽彩那里试试手气,少尉先生?”保尔森夫人挽上亚雷茨基那只健全的右臂。

胡桂瑙碰到了少校军医库伦贝克,他正跟莉丝贝特和贝尔塔一起在树下散步。

胡桂瑙上前问候道:“庆典快乐,少校军医先生,庆典快乐,年轻的女士们。”

说完他就走了。

少校军医库伦贝克仍然用自己温暖的大手握着小镇姑娘小小的双手:“你们喜欢这个举止优雅的年轻人吗?”

“不……”两个姑娘哧哧地笑着。

“哦?为什么不?”

“又不是只有他一个男人。”

“那么,谁这么幸运呢,比方说?”

贝尔塔说道:“亚雷茨基少尉和保尔森夫人在那边散步呢。”

“别管他们,”少校军医说道,“我和你一道。”

乐队吹出响亮的喇叭声。胡桂瑙站在乐队指挥身旁,乐队平台的一侧在礼堂里,另一侧则像凉亭一样伸到花园中。

胡桂瑙把双手合拢做成喇叭状,隔着餐桌冲着花园大声喊道:“安静。”

花园和礼堂里顿时鸦雀无声。

“安静。”寂静之中再次响起胡桂瑙的喊叫声。这时,住在六号病房,肺部枪伤已经痊愈的冯·施纳克上尉,登台走到胡桂瑙身边,打开一张纸:“亚眠大捷。俘虏三千七百名英军,击落三架敌机,其中两架被伯尔克上尉击落,他也因此获得了他第二十三次空战胜利。”

冯·施纳克上尉举起手臂:“万岁,万岁,万岁!”乐队奏起《德意志之歌》。全体起立,大多数人都跟着唱了起来。当场上再次静下来时,有人在某个黑暗角落里喊道:“万岁,万岁,万岁,战争万岁!”

大家纷纷转头循声望去。

亚雷茨基少尉坐在那里。他前面有一瓶香槟酒,他正试着用那只健全的胳膊搂住保尔森夫人。

礼堂墙壁上挂着盟军统帅和君主的画像,装饰着橡叶形勋章和彩色纸带,四周还悬挂着打裥的旗布。庆典活动中代表爱国主义的部分结束了，胡桂瑙可以尽情跳舞了。他从小就很会跳舞，向来认为自己虽然矮胖，但舞姿着实不错；不过，这里可不一样，这里要展示的并不只是一个小胖子的活力和敏捷，因为此时此刻，舞会在统帅的眼皮底下，变成了大捷庆典。

这个舞者已经脱离了这个世界。他沉浸在音乐之中，不再随心所欲地舞动，可他的舞姿却更自然、更自如。他随着节奏，分毫不差地舞动着、享受着，在享受中尽情地释放着，尽情地挥洒着。就这样，音乐将统一与秩序带入生活的纷乱和无序之中。它让时光停止，让死亡消失，然后又在每个节拍中，甚至在无聊乐曲集锦的节拍之中让死亡重现。这个乐曲集锦竟然叫作“各国音乐荟萃”，没完没了地随机奏响爱国旋律，配上的却是步态舞、玛琪希舞和探戈等敌国舞蹈。女舞伴先是哼唱着，在渐渐适应后便大声唱了起来。她用未经雕琢的动人嗓音，唱着这些没有她不会的俚俗歌词，她的迷人芬芳气息，在他跳着探戈向她俯身之时拂过他的脸庞。但他很快又挺直了身子，坚毅的目光透过镜片，严肃地凝视着远方，而当乐曲突然以英雄进行曲的速度演奏时，他和女舞伴一起，用舞姿表现反抗敌人暴行的英勇无畏；这时，他们又跟着节奏跳起了来回巧妙扭动的一步舞，不停地奇怪摇摆着，几乎不再走动，停驻不前，直到场上再次旋起探戈的大波浪，舞步再次变得轻柔似猫，身姿柔韧，大腿柔软。贵宾席的桌上摆着花瓶，花瓶后面坐着少校与镇长，每当胡桂瑙经过贵宾席时，他就会伸出浑圆粗壮的胳膊，从桌上拿起酒杯——因为他自己的座位也在这里——时也不停下舞步，就像在高空漫不经心地含笑嚼食美餐的走钢丝演员一样，举杯为席上的各位祝酒。

他几乎没在引导女舞伴，只是一只手很有风度地卷在手帕里，放在她裙子后背精致的开口下方，左手却随意地垂着。当乐曲变成华尔兹时，空着的手才会相握，双臂伸直相贴，手指交叉，两人回旋转圈。他环顾礼堂，发现跳舞的人已经走了不少。除了他们之外，就只有一对舞者还在跳着，翩翩而来，擦肩而过，沿着墙壁滑步而去。其他舞者都退到了观众中去；他们驾驭不了敌国的舞曲，只好羡慕地看着。一曲终了，观众和舞者纷纷鼓掌，然后一曲又起。这很像一场比赛。胡桂瑙没有看他的女舞伴，她的头很配合地向后仰着，沉醉在他高超却又几乎不露痕迹的掌控能力中；他没有发觉，乐曲让他的舞伴变得更加妩媚撩人，浑身散发出一种勾魂夺魄的女人味，一种好像她的丈夫、她的情人、她自己本人，永远不会知道的女人味；他也没有看到，另一位女舞伴倚在她舞伴身上，露齿微笑时的陶醉神情；他只看着这个对他怀有敌意的男舞者，这个身材瘦削，身着燕尾服，打着黑领带，胸前挂着铁十字架的葡萄酒代理，与只有一套蓝色正装的自己相比，他更显优雅，更有英雄气概。身材瘦削的艾施在这里也可能这样跳舞，因此，为了夺走他身边的女舞伴，胡桂瑙这时便一直盯着这位从自己身旁掠过的女舞者的眼睛。他就这样一直盯着，直到她也看过来，盯着他的眼睛，这样一来，他威廉·胡桂瑙这时便有了两个女舞伴。拥有她们而又不必对其有所请求，因为他认为自己并不是在向这两个女人献殷勤，虽然他现在正在讨她们的欢心——他认为自己不是在寻欢作乐，更确切地说，他觉得这个庆典现场和这个大礼堂变得越来越小，渐渐集中到铺着白色餐布的贵宾席那边了，他的念头总是不由自主地飘到少校身上。白胡子少校端端正正地坐在鲜花后面，正看着礼堂中央的自己：他是个战士，正在自己的长官面前跳舞。

可是，少校眼中的骇然之色却越来越浓。礼堂里的这两个男人，无耻地摇摆着，无耻地蹦跳着，甚至比与他们对舞的女舞伴还无耻，这里就像一家声名狼藉的妓院，这里就是地狱。如果与战争相伴的就是这样的大捷庆典，那么战争本身也就成了邪恶堕落的血腥漫画。世界仿佛变得面目模糊，变得千人一面，这是一个无法分辨的罪恶泥淖，一个再也无法拯救的罪恶泥淖。惊恐万分的冯·帕瑟诺少校突然发现，他，一个普鲁士军官，最好把这些打裥的旗布从墙上撕下来，不是因为它们会被盛大的恶心场面所玷污，而是因为它们难以置信地跟这种恶心场面和地狱般的氛围联系在了一起，而在这难以置信的背后，则是非骑士所用的武器、背信弃义的朋友和四分五裂的同盟，一切都非骑士所为。他似冻住了一般，一动不动地坐着，心里却翻腾着生出一个可怕的念头，想要消灭这帮疯狂的杂种，想要把他们斩草除根，想要看到他们化为齑粉散落在他的脚下。但朋友的模样，也许是艾施的模样，并没有与这帮杂种混在一起，而是卓尔不群得像崇山峻岭一样岿然不动，像山顶在墙上留下的巨大阴影一样静止不动，庄严而稳重。冯·帕瑟诺少校觉得，为了这个朋友，必须让邪恶之人化作齑粉，散入虚无之中。冯·帕瑟诺少校很想念他的哥哥。

玛蒂尔德护士在找少校军医库伦贝克。她在一群行业的头面人物中找到了他。那里坐着杂货商克林格尔、旅馆和熏肉店老板昆特、建筑师萨尔泽先生和邮政所所长韦斯特里奇先生,他们的妻女坐在旁边。

"稍微打扰一下,少校军医先生。"

"又来一个女人找我。"

"只耽误您一小会儿工夫,少校军医先生。"

库伦贝克站起身来:"怎么了,我的孩子?"

"我们得把亚雷茨基少尉送回去……"

"行,他也快喝够了。"

玛蒂尔德护士莞尔一笑,表示同意。

"我去看他一下。"

亚雷茨基把那只健全的胳膊搁在桌子上,搂着头正在睡觉。

少校军医看了看表:"弗卢尔施茨快来接我的班了。想必,他随时都可能开车出现在这里。到时候,就让他把亚雷茨基捎回去吧。"

"那就让他这样睡在这里吗,少校军医先生?"

"反正没有别办法。战争就是战争。"

弗卢尔施茨博士眯着有些发红的眼睛望向花园,然后走进礼堂。少校和其他贵宾们已经走了。长长的宴席桌已经撤走，整个礼堂现在都用来跳舞，人们在这个拥挤不堪、烟雾弥漫的礼堂里，冒着汗拖着拽着舞动着。

过了好一会儿，他才看见少校军医；库伦贝克正表情严肃地翘着胡子，和药店老板保尔森的妻子跳华尔兹。等这段舞曲结束后，弗卢尔施茨向库伦贝克报到。

“总算来了，弗卢尔施茨。您看，就因为您拖拖拉拉，才把您敬爱的长官逼得找这种幼稚的消遣……但现在嘛，什么都帮不了您了；上尉军医跳舞，中尉军医必须跟着跳。”

“少校军医先生，我拒绝服从命令，我不跳。”

“果然是年轻人啊……可我觉得，我比你们所有人都年轻……不过，我现在要走了，车子过会儿给您送来。您把亚雷茨基捎回去；他眼下喝得烂醉如泥的……我带走一个护士，另一个您带回来。”

他在花园里找到了卡拉护士：“卡拉护士，我带您和四个脚上有伤的病人一起回去。您去把他们找来，不过要快。”

然后他让他们都上了车。三个人坐后排，卡拉护士和另一个人坐前排，他自己坐在司机旁边。七根拐杖朝天对着漆黑的夜空，第八根在车里的某个地方。星星挂在漆黑的天幕上。鼻尖闻到了汽油和尘土的味道。但偶尔，尤其是在拐弯处，会感觉到树林就在身旁。

亚雷茨基少尉站了起来。他觉得自己好像在火车车厢里睡了一觉。这时火车在一个大车站停下来了;亚雷茨基想要去车站餐厅。站台上,人多灯也多。“周日乘车,就是人多。”亚雷茨基自言自语道。他感到有些冷,胃冷。喝点什么暖和的会好些。突然,他发现自己的左臂不见了。一定是放在行李网架上了。他在桌子和人群间挤出一条道来。在抽彩摊前,他停了下来。

“来一杯格罗格。”他说道。

“您在这儿呀,这可太好了!”玛蒂尔德护士对弗卢尔施茨博士说,“亚雷茨基今晚比较难伺候。”

“我们会搞定他的,护士……玩得开心吗?”

“那当然,非常开心。”

“您是不是也觉得有点阴森森的,护士?”

玛蒂尔德护士心里正琢磨着这话的意思,所以没有回答。

“喂,以前您想得到会有这种活动吗?”

“这倒是让我想起了我们教堂落成的纪念日了。”

“有些歇斯底里的纪念日。”

“嗯,也许吧,弗卢尔施茨博士。”

“徒有其表的老古董礼仪……看起来像教堂落成的纪念集会,但人们很快就不知道自己怎么了。”

“很快就会恢复正常的,博士先生。”

她笔挺地站在他面前,显得很精神。

弗卢尔施茨摇了摇头:“恢复正常?还从未有过……起码末日

审判不会……这看起来很像末日审判,不是吗?”

“您在想什么呢,博士! ……我们必须让病人集合。”

在音乐台旁,正在四处游荡的亚雷茨基被志愿兵佩尔泽尔博士拦了下来:“少尉先生,您似乎急着找什么东西。”

“对,在找格罗格。”

“好主意,少尉先生,冬天到了,我去拿格罗格……您就坐在这里,可不要走开哦。”他快步走开,亚雷茨基坐在桌子上,晃着两条腿。

温德灵博士和妻子想离开这里,这时正好从这里经过。亚雷茨基向他敬礼:“中尉先生,请允许我,因在阿尔芒蒂耶尔中毒气而失去左臂的,王储军团黑森狙击手第八步兵营,亚雷茨基少尉,向您问好。”

温德灵惊讶地看着他。“幸会幸会,”他说,“中尉温德灵博士。”

“工程硕士奥托·亚雷茨基。”亚雷茨基觉得有必要补充一句,而且这时他也立正站在汉娜面前,表示自己也是在向她做自我介绍。

汉娜·温德灵今天收到了许多赞美。她亲切地说:“您少了一只胳膊啊,这真让人难过。”

“是,夫人,这让人难过,但很公正。”

“瞎说,战友先生,”温德灵说,“这可说不上公正不公正。”

亚雷茨基竖起一根手指:“不是法律上的公正,战友先生……我们有了一种新的公正,孤单的人,用不着那么多手足……您肯定也会同意我的看法的,夫人。”

“晚安。”温德灵说道。

“可惜啊,太可惜了,”亚雷茨基说,“不过毫无疑问,每个人都应该与孤独为伴……晚安,两位。”说完他又转身坐回桌子旁。

“这人好古怪。”汉娜·温德灵说道。

“喝醉酒的笨蛋。”她丈夫回答道。

志愿兵佩尔泽尔拿了两杯格罗格过来,然后立正敬礼。

胡桂瑙匆匆走出礼堂。他擦去额头上的汗水,把手帕塞进衣领里。

玛蒂尔德护士把他叫住:“胡桂瑙先生,您能帮我们一下,把病人召集过来吗?”

“非常荣幸,小姐,要我让人吹响喇叭吗?”他嘴里说着,脚就想往乐队那边走去。

“不,不,胡桂瑙先生,用不着那么大张旗鼓,这样就行了。”

“那行……今晚活动很精彩对吧,小姐?少校先生也是赞不绝口。”

“当然啰,活动非常成功。”

“少校军医先生似乎也很满意……兴致很高……您能不能代我向少校军医先生问好……他走得太快,我都没来得及送他。”

“行，胡桂瑙先生，请您通知礼堂里的士兵，弗卢尔施茨博士和我在入口处等他们。”

“好的，我马上就去……只不过，您不应该这么快就离开我们，小姐……希望这并不是表示您没玩开心……我可不希望这样。”

衣领里塞着手帕，胡桂瑙又匆匆走进舞厅。

“军官们呢，护士？”弗卢尔施茨问道。

“啊，我们用不着再为他们操心了，他们都有着落了，会自己搭车回去的。”

“很好，看起来确实一切都恢复正常了……就是亚雷茨基还是那么不省心。”

亚雷茨基和志愿兵佩尔泽尔博士仍然坐在乐队台下的花园里。亚雷茨基转着棕色的格罗格酒杯，想透过它看灯笼。

弗卢尔施茨过来坐在他们旁边：“睡觉去了好不好，亚雷茨基？”

“有女人就睡，没女人就不睡……问题就出在，睡觉时男人没有女人，女人没有男人……这真是太糟糕了。”

“他说得没错。”志愿兵说道。

“也许吧，”弗卢尔施茨说道，“您现在才想到吗，亚雷茨基？”

“对，刚刚想到……但我早就知道了。”

“那您肯定会以此拯救世界了。”

“他啊，拯救德国就够了。”志愿兵佩尔泽尔说道。

"德国……"弗卢尔施茨说完看着空荡荡的花园。

"德国……"佩尔泽尔说道,"当时,我报名当志愿兵上前线……现在我很高兴能坐在这里。"

"德国……"亚雷茨基开始哭着说道。"太晚了……"他擦掉眼泪,"弗卢尔施茨,您是个好小伙儿,我喜欢您。"

"您真乖,我也喜欢您……要不,我们现在就回去吧?"

"我们已经无家可归了,弗卢尔施茨……我想结婚。"

"结婚这事,今天也太晚了。"志愿兵说道。

"对,很晚了,亚雷茨基。"弗卢尔施茨说道。

"结婚永远不嫌晚,"亚雷茨基号啕大哭,"但你,你把我的胳膊给截了,你这只猪。"

"喂,亚雷茨基,都什么时候了,您该醒醒了。"

"你截我的,我就截你的……所以战争必须永远打下去……你也扔过手榴弹吗?"他严肃地点了点头,"我,我扔过……好鸡蛋,手榴弹……臭鸡蛋。"

弗卢尔施茨挽着他的胳膊:"好好好,亚雷茨基,也许您是对的……嗯,也许这真的是唯一的沟通方式了……来,听话,我的朋友。"

在入口处,士兵们已经在玛蒂尔德护士身边集合了。

"冷静点,亚雷茨基!"弗卢尔施茨说道。

"是!"亚雷茨基回答道,然后走到玛蒂尔德护士面前立正报告。"一名少尉、一名中尉军医和十四名士兵报到……我谨向您报告,他把我的胳膊给截了……”他故意稍做停顿,然后从口袋里拉出空袖管,在玛蒂尔德护士修长的鼻子前来回摇晃,“纯洁而空荡。”

玛蒂尔德护士喊道:“想坐车的去坐车,剩下的和我一起走回去。”

胡桂瑙冲了出来:“希望一切顺利,小姐,我们都到齐了……祝您一路平安……”

他与玛蒂尔德护士、弗卢尔施茨博士、亚雷茨基少尉以及十四个士兵一一道别,并一一告诉他们,他叫“胡桂瑙”。

第六十一章　柏林救世军女孩的故事(10)

我到底想对玛丽做什么？我邀她做客，我请她唱歌，我为她撮合——必须说，我是正儿八经地撮合她与努歇姆这个变节的《塔木德》学者——而我又让她离开，搬到灰色的济贫所里去。我想对她做什么？她为什么如此配合？是想拯救我的灵魂？甚至决心承担这项没有尽头，也根本无法完成的任务，俘获这个信奉《塔木德》的犹太人的灵魂，使他信奉耶稣？那么，这个努歇姆会怎么想？这两个人似乎完全在我的掌握之中，但我对他们却一无所知，不知道他们在想什么，也不知道他们今晚要吃什么：他们是如此孤独，谁也不懂他们，甚至连造人的上帝都不懂。

这让我感到极为不安，尤其是在我眼里，玛丽就是一个赞美诗张嘴就来，三句话不离《圣经》格言的姑娘。我怀着这种不安的心情，踏上了去济贫所的道路。我去了两次都没碰到她。她出去为病人布道，总是晚上才回来。于是，我就坐在接待室里，看着墙上的《圣经》诗句，看着布斯[1]将军的画像，再次考虑各种可能。我想起了自己与玛丽的第一次相遇，还有与努歇姆的偶遇，我回忆起自那以后的点点滴滴，我把一切都丝毫不差地深深刻进脑海里，甚至连此刻的情形也不肯错过。我认真仔细地打量着接待室，在暮色渐染的接待室里走来走去，因为天色已渐渐阴沉。外面下着大雨，天黑得更快了。我心里想，要不要记住这两位和我一样坐在这个接待室里的老人？我把他们记在心里——小心为妙。他们满身疲惫，他们心思深沉，他们的眼中看不到我。

玛丽回来的时候，天已经很晚了。在此期间，两位老人都被领了出去，我有些害怕，担心自己会受到同样的对待。接待室里灯光昏暗，一开始她没认出我，随口说道："上帝保佑您。"我回答说："这是个寓言。"她认出了我，反驳道："这不是个寓言，愿上帝赐福于您。"我说道："对我们犹太人来说，一切都是寓言。"她接着说道："您不是犹太人。"我回答说："面包和葡萄酒也同样是寓言；而且，我和犹太人住在一起。"她说道："主是我们永远的家。"对，就是这样，这就是她给我的印象，总是用《圣经》里的格言对话。现在，她又落到我手里了，于是我大声说道："我不准您再来我的犹太居所。"只不过，这话在这里听起来很空洞，可能我得先让她到我那里去，才能跟她开诚布公地谈谈，于是我哈哈一笑，说道："玩笑，没关系[2]，玩笑。"虽然我想用外语，嗯，用外语来掩饰话里的意思，想

---

① 威廉·布斯，基督教救世军创始人。

② 原文为意第绪语。

躲到异族之神的羽翼之下，但这没用，我依然十分心虚。也许是因为我真的等得太久太累了，变得像那两个最后被领出接待室的老人一样衰老；因等待而受辱的我，不是造物主，而是个造物，是个被废黜的神。我不得不恭顺地说："我不想您受到伤害，利特瓦克博士提醒过我你们这样做的后果。"当然，我并没有实话实说，因为他只是担心努歇姆承担的后果。拿如此可笑的半无神论者为自己的话做证！真的，我算是把我的自尊踩到脚底了。她回答得非常天真，话中却含责备之意："心有喜乐，何来伤害。"这句羞辱之言让我失去了耐心，我没有发觉自己此刻其实揽下了那位老爷爷和利特瓦克博士的事。"你不能再和那个犹太小伙子来往了，他有一个胖老婆和一大群孩子。"哦，要是会读心术，我就能知道，我刚才这句话有没有侮辱到她、伤害到她，有没有撕裂了那颗假装充满喜悦的心——但在表面上什么都看不出来，也许她根本不懂我在说什么。她只是说："我想去您那儿。我们会唱歌。"我只好举手投降。"我们现在就可以过去。"我这么说着，心里怀着最后一丝希望：希望仍能由来我决定她怎么去。她说："虽然很想去，但我还得去病人那里一趟。"

就这样，我只好一无所获地走上回家之路。此时只是下起了蒙蒙细雨。有一对年轻恋人走在我前面；他们手挽着手，随着行进的节奏摆动着手臂。

第六十二章　价值崩溃(8)

宗教源于教派,又再次分裂为教派,在完全瓦解之前回到从前。在基督教中,早期有少数几个基督教派和密特拉教派,末期则有怪异的美国教派,还有救世军。

新教是在基督教衰落过程中分裂出来的第一大教派。它是一个教派,并不是新的宗教,因为它缺乏新宗教的主要特征,即能把新的宇宙论与新的上帝体验融合成一个新的世界整体的新神学。但是,由于本身的非演绎和非神学的本质,新教拒绝走出自主的、内在的上帝体验的范围。

作为后新教神学的康德革新,虽然担起了给新实证主义科学内容赋予柏拉图式宗教内涵的重任,但远没有按照天主教模式建立起整个神学价值体系。

反对宗教改革的耶稣会信徒采用一种无情的甚至是军事化的价值集中手段，防止天主教不断分裂成各个教派。那是一个连仅剩的非基督教的古老民俗也为教会服务的时代，是一个民间艺术转向天主教的时代，是一个耶稣会获得空前发展的时代，是一个追求和实现迷醉的统一的时代，虽然这不再是哥特式的充满象征的统一，但一定是哥特式的充满英雄浪漫主义的对立。

新教不得不放弃这种防止教派继续分裂的保护行为。它对非宗教价值领域的态度不是吸收，而是容忍。它鄙视非宗教的“辅助手段”，因为它的禁欲主义要求追求极端向内的上帝体验。虽然对它来说，令人迷醉的价值是宗教的源泉和至高意义，但这种价值应以绝对严苛的方式纯粹、完整、自主地从宗教价值领域本身中获取。

严苛的关系决定了新教与非宗教的世俗价值领域之间的关系，而新教本身也力求以此保证自己在世俗和教会中的存在。由于纯粹和专一地敬拜上帝，新教必定会依靠唯一流传于世的上帝精神，即《圣经》——因此忠于《圣经》，便成为尘世中能够完整体现新教方法的一种激进而严苛的至高义务。

新教思想：义务的绝对命令[①]。与天主教完全对立：外在的生活价值既不包含在信仰之中，也不列入神学的教规之中，而是仅受到手捧《圣经》者们严苛而近乎冷静的监视。

如果新教走上另一条道路，即天主教的道路，以期实现一种新教价值工具论，比如像莱布尼茨所设想的那样，那么在有效防止教派继续分裂方面，新教做得也许不会比天主教差，但这样一来，新教就只好放弃自己的本质特征了。新教过去和现在都属于革命派，一旦采取所敌对的旧政府的统治手段，就会不得不陷入与旧政府同流合污的危险。地下天主教对莱布尼茨的指责并非无稽之言。

严苛的背后必定隐藏着恐惧。但是，这个惧怕教派分裂的动因还不足以解释新教为何如此严苛。拘泥于条文，托庇于《圣经》，是因为惧怕上帝。那种恐惧产生于路德的悔罪皈依，那种对绝对"无情"的"绝对"恐惧，克尔凯郭尔就曾体会过，上帝就"悲伤地端坐"其中。

在物的语言沉寂，陷入绝对沉默和无情之中的世界里，新教好像是依靠忠于《圣经》来维持神的语言的最后一口气——在对上

---

① 康德道德哲学中的核心伦理原则，在其著作《道德形而上学基础》中有所阐释。

帝的惧怕之中，新教徒认识到，自己害怕的正是自己的目标。因为在排除所有其他价值领域，极端地回归自主的上帝体验时，最终将会形成抽象概念，这种抽象的逻辑严谨性会清楚无误地废除任何世俗宗教的信仰内容，绝对地剥夺掉所有内容，只留下纯粹的形式——"宗教本身""神秘主义本身"的纯粹、空洞、中立的形式。

与犹太教的宗教结构惊人一致的是：也许，上帝体验的中立化过程、褪去所有直觉世俗的神秘、消除助人迷醉的"外部"辅助手段在这里有了进一步发展；也许，这里已经达到世俗之人所能忍受的绝对冷酷的极限——但是，作为忠于世俗宗教的最后一丝痕迹，这里仍然存在着最严苛和最严酷的律法。

这种内化过程中的一致，这种甚至会影响到"东正教犹太人与瑞士加尔文主义者或英国清教徒的某些性格特点上的一致"，这一对常见看法在信仰形式上的一致，这种一致当然也可以归因于某些相似的外部环境：新教是革命派，犹太教是受压迫的少数派，两者都是反对派；甚至可以说，连变成少数派的天主教，例如在爱尔兰，也都具有相同的特点。而这种天主教与罗马天主教的共同之处，和原始新教思想与高教会派[①]内部的罗马倾向的共同之处一样少。逆转的征兆已经出现。虽然这种经验事实总会得到解

① 基督新教的一种信仰模式和教会传统，该派主张大量恢复天主教传统，崇尚古老繁华的礼仪，也被称作"盎格鲁公教派"。

释,但解释的意义却很小——因为如果背后没有关键的上帝体验,那么这些事实就是不存在的。

就是这种沉默、极端和朴实的虔诚,就是这种受制于且仅受制于严苛的无限,形成了新时代的风格吗?在这种神圣严酷中,存在可信点移向了无限远处的征兆吗?在这种毁灭一切内容世俗的过程中,可以看到价值解体的根源吗?答案是肯定的。

犹太人——由于对无限且抽象的严苛——是现代人,而且简直就是"最先进"的人:正是他们,一旦选择了价值领域与职业领域,就会以绝对激进的态度投身于此;正是他们,把"志业",把偶然选择的谋生职业,提升至前所未有的绝对地位;正是他们,不受制于任何其他价值领域,全然一丝不苟地专注于自身的行为,或升华至最高精神境界,或堕落至极度贪图物质享受——善与恶,他们一直都处于两个极端。仿佛那条绝对抽象的河,一条流经犹太人居住区的细小到难以察觉的小溪一样,两千年来一直流淌在红尘大河旁,现如今就要汇入主流;仿佛新教思想的激进,把两千年来一直保存在最不显眼之处并缩减至最低限度的,极其糟糕的抽象化全都变成了让人避之不及的瘟神;仿佛新教思想在一瞬间释放了潜在的,存在于且只存在于纯粹抽象之中的绝对膨胀能力,从而使这个时代崩碎了,并把这个不起眼的思想守卫者变成这个腐朽时代的典型化身。

显然,基督徒只有两种选择:要么是临时存留于天主教的普世价值中,留在充满慈爱的教会怀抱的温暖和安全之中;要么是借助一种绝对的新教教义来获得敢于直面抽象上帝的勇气——不做出这个决定,就会惧怕未来。事实上,在所有不果断决定的国家中,这种惧怕一直都是潜伏存在的,尽管它可能仅表现为惧怕犹太人,因为他们的思想和生活方式是令人讨厌的未来形象,虽然看不到,却会感觉到。

在新教价值工具论的观念中,肯定存在着对重新统一所有基督教信仰的渴望,莱布尼茨也曾有过那种追求重新统一的渴望:他出于无奈而拥抱他那个时代的所有价值领域,这在现在几乎被视为必然之举;同样,他预见了未来数百年,预见了逻辑通用语言[①],在那最后的统一过程中,也肯定想到了普世宗教[②]的抽象——这种抽象的冷酷,也许只有他才能忍受,因为他是见识最深的新教神秘主义者。然而,新教路线首先要求毁灭一切。新教神学产生于康德哲学,而不是莱布尼茨哲学;而对莱布尼茨的重新发现,很典型地是由天主教神学研究者完成的。

许多教派接二连三地从新教中分裂出来,而在所有这些教派的形成过程中,新教在表面上所持的容忍态度是每场革命运动所

---

①② 原文为拉丁语。

特有的。这些教派都有相同的发展方向，是新教价值工具论旧有思想的模仿、简化、肤浅化，都具有“反宗教改革”倾向：撇开怪异的美国教派不谈，救世军，比方说，不仅显示出与反宗教改革的耶稣会教义相符的军事特点，而且还非常清楚地展示出集中价值、汇集所有价值领域的倾向，展示出下至流行小调在内的所有民间艺术是如何重新回流到宗教中，重新进入“迷醉辅助”的纲要中的。感人的徒劳。

从绝对恐惧中拯救新教思想，只不过是感人的徒劳，骗人的希望。这是感人的呼救，呼吁某个神圣集体施以“援手”，尽管这个集体可能只是某个貌似曾经很伟大的集体。因为，即将来临的是沉默无声，是残酷无情，是一丝不苟的不偏不倚，所有无法扛起未来的人都会发出越来越急切的呼救声。

第六十三章

在小镇礼堂举行过庆典之后的星期日下午,冯·帕瑟诺少校决定——虽然他自己也很惊讶——接受艾施的邀请,去参观《圣经》研读班。事实上,他根本没有想起艾施,也许只是因为他突然看到了靠在衣架铁丝圈中的散步手杖。不知怎么回事,这根白色象牙柄的散步手杖竟然夹在行李中,而且显然之前一直都藏在柜子里。当然,他一直都记得这根手杖,不过心里还是觉得它很陌生。一时之间,冯·帕瑟诺少校觉得,自己似乎有必要换上便装,去一个军官不能穿军装入内的声色场所。同样,他也没带佩刀,而是拿着手杖离开了旅馆。他在旅馆前面稍微犹豫了一会儿,然后转身向河边走去。他拄着手杖,慢悠悠地散着步,有点像在疗养胜地疗养的伤病军官——他一定还模糊地记得,手杖上少了个橡胶套。就这样,他悠然自得地来到了郊外,心头微微有种自由的感觉,觉得自己随时可以回头,就像一个正在休假的军官。他也确实很快就回来了——

就像一场既快乐从容却又近乡情怯的回家之旅——仿佛有一个迫切的承诺需要他马上兑现一样，他走最短的捷径来到艾施家前。

自从艾施的追随者增多后，又因为在宜人的季节里，本来就不需要用到暖气房，研读班就放在以前用作杂物房的一间空仓库里。他们中的一个木匠提供了简陋的长凳；房间正中摆着一张小桌子和一把椅子。由于没有窗户，所以大门敞开着。少校一走进院子，就知道自己该往哪个方向走。

少校出现在门口并稍做停留，让自己的眼睛适应光线的朦胧。这时大家都站了起来，几乎就像他们在等着上级军官前来视察军营一样，而且在场的军人身上穿着的军装，进一步加深了这种印象。这虽然只是象征性地转换回自己更熟悉的身份，却让少校觉得，这种场合也没什么特别之处；就像有一只轻柔而有力的手，不让他滑入黑暗之中，就像他在电光石火中隐约感知自己刚刚战胜了某个危险。他举手敬礼。

艾施和其他人一样早就跳了起来，这时陪着客人走到了小桌子后面的椅子前。他自己站在旁边，似乎像一个走过去守护少校的天使。少校也有相似的感觉，就好像他此行的目标已经实现，就好像他此刻正徜徉在安全的氛围之中，行走在愿意把他当作归家游子接待的简易生活场所。就连他周围的沉默也像他此行的目的一样，但愿能一直如此沉默下去。没有人说话。充满了沉默，却又奇怪地因沉默而显得空空荡荡的仓库，似乎超越了本身的边界。在敞开的大门外，金色阳光像一条永不枯竭的河流，从坐在河畔的他身旁流过。没人知道他们沉默不语、纹丝不动了多久,仿佛此刻已然凝固,仿佛此刻仍不可决断,仿佛此刻死亡就在身边。虽然少校知道站在自己身边的是艾施,但他却能完整地感受到死去的兄弟们的情谊,感受到死亡的威胁就像一种甜美的支持。他用尽了全身的力气,想要转向艾施,虽然期待决定性一刻的到来,但他仍然知道,在最后时刻到来之前自己必须保持风度。他使劲转过身来对艾施说道:“请您继续。”

但艾施根本没有反应,因为他正低头看着少校的白发,他听着少校轻声说话,仿佛少校对他了如指掌,仿佛他也对少校了如指掌,两人就像熟识的朋友一样。他和少校,他们在那里一站一坐,就像在又高又亮的舞台上。他们在首席,底下的人一声不吭,好像有钟声敲响,要求大家保持沉默一样。艾施不敢把手放在少校肩上,于是便搁在椅背上,尽管这其实也很失礼。他觉得自己强壮结实、精力旺盛,就像风华正茂之时一样强壮;他觉得自己依然安全、善良,仿佛他已经摆脱了一切人造之物,仿佛房间不再是用砖块分层叠砌而成,门也不再是用锯开的厚木板做成的,仿佛一切都是神造之物,仿佛他的口中之言就是上帝之言。他打开《圣经》,读起《使徒行传》第十六章:“忽然地大震动,甚至监牢的地基都摇动了,监门立刻全开,众囚犯的锁链也都松开了。禁卒一醒,看见监门全开,以为囚犯已经逃走,就拔刀要自杀。保罗大声呼叫说:‘不要伤害自己!我们都在这里。’”

艾施把《圣经》合上,但手指仍留在书页之间,然后小心地清了清嗓子，他在等。他在等房子的地基震动，他在等重大的裁决降下，他在等那人下令升起黑旗，他在思考：他必须让位给开创新纪元之人。他想着、等着。然而，这些经文落在少校的耳中，却像落地成冰的水滴；少校一言不发，于是大家都跟着沉默不语。

艾施说："再怎么逃，都是徒劳，我们应该束手就擒……那不可见之人正拔刀站在我们身后。"

少校有一刻看得非常清楚，艾施对这段经文的理解有一部分是正确的，有一部分是非常模糊、非常离奇的，但少校并没有在这个问题上多想，而是想着想着就被眼前的这一幕吸引住了。这一幕虽像回忆，却并非回忆，因为这一切是他亲眼所见：年老的战时后备兵和年轻的新兵，他们就像使徒和门徒一样，就像聚在蔬菜地窖里或昏暗墓穴中的教众一样——说着听不懂的陌生语言，可这语言却又像儿语一样易懂——他们在天上银色云朵的映衬下熠熠生辉。门徒们像他一样充满信心，怀着不灭的激情仰望天堂。

"我们唱吧。"艾施说，然后便开始唱了起来：

主啊，万军之神，
带我们沐浴神恩，
让我们万众一心，
你的手指引我们，
主啊，万军之神。

艾施用靴底打着拍子;许多人也有样学样,他们唱着,随着节奏摇摆着。或许,少校也在跟着一起唱,他不知道,这更像是他在心里歌唱,更像是他在闭着眼睛歌唱。晶莹的水滴,欢唱着从云端滴落。然后,他听到有个声音传来:不要伤害自己!我们都在这里。

艾施示意大家不要唱了,等歌声渐渐消失后说道:“逃离监狱的黑暗根本没用,因为我们只能逃到新的黑暗之中……时间一到,我们就得重新建殿。”

一个声音又传了过来:

扇燃她的小火花,
啊,火红的小火花,
主啊,万军之神。

“闭嘴。”第二个声音说。

第三个声音唱起了第二部分:

用火洗礼我们。
耶稣基督,
降下烈火!
我们渴望烈火。
降下烈火!

主啊，上帝，
我们求你，
降下烈火！
只有这样，
才能一切妥当。
降下烈火！

“闭嘴。”第二个声音又说道，说得很慢，却像来自拱顶、地窖一样嗡嗡作响。说这话的人穿着战时后备军的制服，留着长胡子，这时正拄着两根拐杖站着。尽管说话很费劲，可他却不想就此沉默，所以继续说道：“没死的人，给我闭嘴……死了的人，已经受洗，活着的人还没。”

然而，第一个唱的人也跳了起来，用歌声回答：

拯救吾等，
让吾永生。
主啊，万军之神。

“降下烈火。”少校这时也说道，尽管声音很小，但艾施还是听得很清楚，于是他对着少校弯下腰来。这几乎是一种无形的弯腰，至少给少校的感觉就是如此；这是一种隐藏在弯腰靠近中的微微肯定，让人既放心又不安。少校看着身前小桌子上放着的手杖的白色象牙柄，看着露出制服外套袖子的白衬衫袖口；这几乎是一种无形的宁静，几乎是一种空灵、明亮、近乎白色的宁静，在昏暗的房间里慢慢散开，盖过所有嘈杂的声音，就像一张叮当作响，奇怪地抽象了、简化了的透明大网。屋外，骄阳似火，流金铄石；屋内，如避难所，如墓室，如地窖，如坟茔。

也许，艾施希望少校再说点什么，因为少校举了两次手，仿佛随着颂歌的韵律节奏在唱和，仿佛在向艾施表示赞赏——艾施屏住呼吸，但少校又把手放了下来。"自由之炬……璀璨之火……真正的自由之炬。"这时艾施说道，仿佛说了就能让人死而复活一样。

可少校却觉得，这是一种融合，他也不知道，是该说自己看到了头顶上方火把的夺目光环，还是该说自己听到了那个不断吟唱赞美诗叠句"降下烈火"之人的声音，又或是该说这是艾施的声音或隐隐约约地从后面传来的小个子钟表匠萨姆瓦尔德的哭泣声："拯救吾等，摆脱黑暗，引领吾等，乐往天堂。"

然而，战时后备兵一边气喘吁吁地站直了身子，一边挥舞着一根拐杖，扯着沙哑的嗓子号叫道："死而复活……没被埋葬过的人，给我闭嘴。"

艾施露出了大黄牙，笑道："该闭上臭嘴的人就是你，戈迪克。"

这话很粗俗，艾施自己也忍不住哈哈大笑起来，笑得喉咙发痛，却又似乎笑不成声，就像在梦中大笑一样。不过，少校既没有听出话里的粗俗，也没有听到艾施的哈哈大笑，因为以他高人一等的见识，他一眼就看穿了这表面上的粗鲁，甚至根本不在意；更确切地说,他觉得,艾施似乎可以轻松摆平所有问题,艾施的容貌在暮色中似乎是不可辨的,与整个房间奇怪地融合成一幅朦胧的画卷。在嗡嗡的笑声中,他看到了一个微微闪光的灵魂,正从邻家窗口探出来微笑着,那是哥哥的灵魂,却不是单个灵魂,不是在附近,而是像在无限遥远的故乡。他对艾施微微一笑。艾施也会意,也同样知道,两人一起的会心一笑让他们的心神一同凌空而起。他觉得自己就像乘着呼啸着荡尽一切逝去过往的狂风,从无尽的远方飞来,就像乘着一辆冒火的红色战车来到这里,到达终点,到达巅峰。在巅峰的终点处,一个人叫什么无所谓,一个人是否正在融合成另一个人也无所谓;在这个终点处,不再有今天和明天——他感觉到自由的气息扑面而来,轻拂着他的额头,一个梦中之梦。艾施解开了马甲的纽扣,在那儿站得笔直,似乎想要踏上城堡的露天台阶。

当然,他再怎么样也镇不住路德维希·戈迪克。这家伙这时一瘸一拐地,几乎走到桌子前才停下,气势汹汹地喊道:“想说的人,先给我钻到地下去……这儿……”他把拐杖的尖头戳进泥土里:“这儿……自己先钻进去。”

艾施忍不住又笑了起来。他觉得自己强壮结实、精力旺盛、身体硬朗,是一条值得以命相搏的汉子。他伸展双臂,就像刚从睡梦中醒来或被钉在十字架上一样:“喂,难不成你还想把我打死啊……用你的拐杖……你走路还要靠拐杖呢,你这个怪胎。”

有些人喊道:“别惹戈迪克,他是个圣人。”

艾施不屑地摆了摆手:“没人是圣人……只有建殿之子才是圣人。”

“各种房子我都会造,”泥瓦匠戈迪克吼道,“各种房子我都造过……而且越造越高……”他不屑地吐了一口唾沫。

“美国的摩天大楼。”艾施嘲笑道。

“摩天大楼他也能造。”钟表匠萨姆瓦尔德哭着说。

“嘿,你别多管闲事……他啊,也就会把墙刮刮干净。”

“拔地而起,直刺云霄[①]……”

戈迪克双臂举起两根拐杖,他看上很可怕,很强大:“……死而复活!”

“死!”艾施大声叫道,“死人认为自己很强大……是,他们很强大,但他们唤不醒黑屋中的生命…死人就是凶手!他们是凶手!”

他顿了一下,因为“凶手”这个词这时就像一只黑蝴蝶一样,在空中翩翩起舞,把他吓了一跳,而且少校的行为也把他吓得说不出话来——少校站了起来,非常僵硬地猛然挺直了身子,然后重复了那个词,呆呆地重复说着“凶手”,似乎在等待可怕之事似的,向外看着敞开的大门和院子。

大家全都静静地看着少校。少校一动不动,仍像着了魔似的继续看着大门,艾施也看了过去。那里看不出有什么特别的;空气

① 此处是一语双关,也可以理解为“离开尘世上天堂”。

在阳光下颤动，在阳光长河另一岸的屋墙——码头的墙，少校不禁想到——在由大门及两扇门板构成的棕色盒子中，显现出一个长方形的白色亮孔，发出耀眼的光芒。然而，这种相似却失去了让人高兴的直接性。当艾施想抓住这一刻的寂静，再次朗读经文“监门全开”时，少校觉得大门又变回了普普通通的谷仓大门，除了外面的院子让他遥想起故乡，遥想起圈厩棚舍间的庄园大院之外，什么都没有留下。当艾施读完“不要伤害自己！我们都在这里”时，那片寂静也消失得无影无踪，留下的只是害怕——害怕在寓言和象征的世界中，只有邪恶才能具体地存在。“我们都在这里。”艾施又说了一遍。但少校却不敢相信，因为他眼前的这些人不再是使徒和门徒，而是战时后备兵、新兵和普通人。他还知道，内心同样充满孤独的艾施，这时正像他一样惊恐万分地盯着大门口。所以他们并肩站着。

然后，在那黑乎乎的盒子底部，在大门的门框里出现了一个人影，一个矮胖壮实的人影，走在院子里的白色卵石上，而太阳并没有变得黯淡无光。胡桂瑙，他背着双手，像个路人，悠然自得地踱步而来。他穿过院子，停在门口，眯起眼睛往里看。少校仍然一动不动地站着，艾施也站着一动不动，因为虽然他们觉得这就是永恒，但这也就是几秒钟而已。当胡桂瑙弄清楚这里是怎么回事后，他摘下了帽子，踮着脚尖走了进来，向少校鞠躬后谦逊地坐在凳子的一头。“魔鬼的化身，”少校喃喃地说，“凶手……”也许他根本什么都没说，因为他的喉咙好像被堵住了，于是他用近乎求助的目光看着艾施。艾施却微笑着,近乎嘲讽地微笑着。虽然他自己觉得胡桂瑙的不请自来就像一种阴险的袭击或暗杀,一种无法避免的死亡,哪怕手持匕首的只是一个卑鄙无耻的特务,也依然让人热切期盼着的那种死亡。艾施微笑着,因为将死之人已经赎回自由,可以随心所欲,于是他碰了碰少校的胳膊:“我们中间总有个叛徒。”少校同样低声回答道:“他应该滚出去……他应该滚出去……”艾施摇了摇头。少校继续说道:“……赤裸裸……是的,我们在另一边是赤裸裸的……”最后他又说:“……无所谓了……”因为一股厌恶之情就像波浪一样,在他心中突然涌起。波浪中,正势不可挡地流动着无边的冷漠,流动着疲惫。他无力地慢慢坐回小桌子旁。

艾施很想什么都不听,什么都不看。他很想宣布散会。但他不能让少校如此败兴而归,于是有些不礼貌地用《圣经》敲了敲桌子,然后叫道:“我们继续读经。《以赛亚书》第四十二章第七节:开瞎子的眼,领被囚的出牢狱,领坐黑暗的出监牢。”

“阿门。”芬德里希应道。

“这是一个很好的寓言。”少校这时也说道。

“一个救赎的寓言。”艾施说。

“是的,一个劝人悔改赎罪的寓言,”少校说道,然后猛地微微挺直身子,“一个很好的寓言……我们今天就到此为止吧?”

“阿门。”艾施说,然后扣上了马甲的纽扣。

“阿门。”众人说道。

当他们离开简易仓库,大家仍然犹豫不决地站在院子里小声交谈时,胡桂瑙穿过人群,径直走到少校跟前,却见到少校脸色阴沉,心下不禁有些忐忑。可他还是不愿意放弃能跟少校问候的机会,尤其是他还为此编了个笑话:“少校此次前来,是为了庆贺我们新鲜出炉的牧师先生第一次主持弥撒的吧?”对于他的这番话,少校只是陌生地微微点了点头作为回应。这让他意识到,他们的关系很糟,让他更心凉的是,这时少校转过身,用大家都能听到的声音大声说道:“来吧,艾施,我们一起去郊外走走。”胡桂瑙茫然地留在那里,心里充满了不解、愤怒和隐隐约约的心虚。

两人穿过花园。太阳已偏近西边的山岭。

那一年的夏天似乎没有尽头。金光闪闪的静谧时光,日日相同的灿烂阳光,仿佛它们想用美好的和平安宁加倍衬托出战争最为血腥阶段的毫无意义。当太阳沉入山脉背后,当碧空越显柔和明朗,当公路越发宁静地伸向远方,当处处喧闹渐隐,宛如入梦的呼吸,那种宁静就变得越来越明显,越来越为人的灵魂所接受。德意志大地上处处洋溢着礼拜天的祥和宁静。少校心中突然涌起一股强烈的思念,他想起自己的妻子和儿女,他看到他们正披着夕阳的余晖,漫步在田野上。“但愿,这一切很快就会过去。”艾施不知道该怎么安慰他。在他们两人看来,无论怎样生活,都没什么希望,唯一微不足道的收获,就是漫步在让他们俩的目光依依不舍的傍晚风光中。这像是一种缓刑,艾施心想。就这样,他们默默地走着。

第六十四章

认为汉娜日思夜想,就盼着海因里希快点结束休假,这显然是不对的。恰恰相反,她很害怕他休假结束。每天晚上,她都是这个男人的情人。她的白天,虽然以前只是稍微有些精神恍惚、魂不守舍,到了晚上,躺到床上,她就会清醒过来。但现在,这种趋向可就明显多了,一切都以一种几乎不能再称为热恋的极端的直率,如此无情、如此不幸地认识到她是女人,他是男人:这是一种笑不出的幸福,一种完全源于人体结构的幸福。这种幸福对于律师夫妇来说,一部分过于神圣,一部分过于不值。

她无疑是在昏昏沉沉地过日子。不过,这种昏昏沉沉却是分层的,它从未让汉娜失去意识,而是像一个无比清晰而又痛苦地意识到自己意志瘫痪的梦;她觉得“梦境”中的自己越不自由,欲望越是真正地蓬勃或是衰弱,上面的意识层就越是清醒。她只是说不出口而已,并且不只是因为羞耻之心横亘在中间,更是因为言语永远不如行为那般赤裸,就像白天挡不住黑夜一样——可以说,话也至少分为两层,一层是夜话,是从属于“梦境”的语无伦次;一层是昼话,是脱离了“梦境”,远远绕开并遵循着永远不失理性的迂回方法,直到她最终在绝望的呼叫和哭泣声中投降。她说的话经常是一种试探和寻找,试图找出她得病的原因。“战争结束之后,”海因里希几乎每天都这样说,“一切又会两样……不知道为什么,战争让我们变得更原始了。”“我不懂这些。”汉娜通常都是这样回答的,或者说,“费这心思干吗?人算不如天算。”她根本不想平等地和海因里希就此讨论;他是有罪的一方,其实他应该为自己辩护,而不是一副高高在上的模样。当她照着镜子,把淡黄色的玳瑁梳从稀疏的头发中取下时,她说道:“小镇礼堂里的那个怪人说到了孤独什么的。”海因里希否定道:“那家伙喝醉了。”汉娜一边梳着头发,一边禁不住想到,抬起胳膊后自己的乳房就绷得更紧了。她能感觉到它们在修身的真丝衬衣下的紧绷,感觉到它们正在衬衣里顶起两个尖尖的小帐篷,她照镜子就能看到。镜子两旁各点着一盏蜡烛灯,粉红色灯罩上有着精致图案。然后,她听到海因里希说:“我们好像被筛子筛了出来……像粉末一样飞散。”她说道:“在这样的年代里,实在不该生孩子。”她想起长得很像海因里希的儿子,让她觉得不可思议的是,她那有着金发的身躯竟然是用来接受男人的那个东西的;做个女人。她忍不住闭上了眼睛。他说道:“也许,新一代罪犯正在成长……没什么能保证我们的今天或明天不会步俄国人的后尘……嗯,希望不会……但唯一能指望的是,仍然存在一种异常稳定的意识形态……”他们两人都觉得,这么谈下去很无聊。这种感觉几乎就像听到有个被告说“今天天气真好,法官大人”一样。汉娜沉默了一会儿,任由恨意在心中翻腾。在这种恨意的汹涌冲击下,她的夜晚变得更无耻、更深入、更淫荡。然后她说:“我们只能等着……这可能取决于战争……但又不是那样……似乎战争才是次要的。”“有多次要?”海因里希问道。汉娜皱起眉头:“我们是次要的,战争是次要的……首要的是某些看不见的东西,是某些离开了我们的东西……”她想起自己曾经多么渴望蜜月结束,以便她——她当时相信——可以赶紧回去布置新家。毕竟,现在的情况是如此相似;蜜月也是一种休假。那时她心中涌现的,一定也是离群感和孤独感——也许,她现在渐渐明白,孤独才是首要的,孤独才是病根!因为在结婚后,她立即有了这种感觉——汉娜推算着:对,这种感觉在瑞士时就开始了——又因为一切都如此分毫不差,她越来越怀疑,海因里希当时一定犯了一个无法弥补的错误,要不就是对她做了某件错事,那件错事不但永远无法挽回,而且只会酿成大错,正是这样一个大错才导致了战争的爆发。她抹上润肤膏,用指尖小心地抹开,然后照着镜子,万分仔细地看着自己的脸。当初的那张清纯少女脸消失了,转而变成了一张成熟女人的脸,脸上只微微透出一丝年轻姑娘的容光。她不知道,为什么所有这些念头这时会纷至沓来,但她决定不再默默思考,于是说道:“战争不是起因,战争只是次因。”然后她便意识到:另一张脸就是战争,是一张夜晚的脸。这是世界在瓦解,是一张夜晚的脸,化成喷雾变成轻飘飘的冰冷的灰;这是她自己那张脸在瓦解,就像在海因里希吻她腋窝时她感到的这种瓦解。他说道:“当然,战争当然是由我们的错误政策造成的。”也许,他甚至能够理解,只要有更深层的起因,政策也只是次因。但他对自己的解释很满意。而汉娜一边节省地给自己轻喷着这个时候不可多得的法国香水,一边闻着香味,不再听他说话。她低下头来,让他亲吻自己后颈的银色头发。他乖乖照做。“不要停。”她说。

第六十五章

艾施是个急性子，所以任何鸡毛蒜皮的小事，都能激起他舍己为人的念头。他渴望清清楚楚，他想造就一个世界，里面是非分明、善恶分明。他的孤独可以绑定在这里，就像绑定在一根铁柱上一样。

胡桂瑙是个见过世面的人，即使走进空无一物的房间里，他也能闻出点什么来。

曾经有一个人，因为孤独而逃到印度和美国，他想用世俗的方法来解决孤独的问题——但他是个唯美主义者，因此不得不自杀。

玛格丽特是个小女孩，是性交的产物，背负着原罪，独自生活在罪恶之中。也许有人会朝她点头，问她叫什么名字——但这种点头之间的关心和同情，根本无法拯救她。

任何寓言，都需要另一个寓言来表达——直接寓言是在寓言序列之首还是末？

中世纪的诗歌：寓言序列始于上帝，又终于上帝——寓言序列飘浮在上帝之中。

汉娜·温德灵希望万物有序，在有序飘浮的平衡状态中，寓言回归本身，就像在诗歌中一样。

一个要辞别，一个当逃兵——他们全都想逃离混乱，却只有无所顾忌之人，才能幸存。

没什么比小孩更令人绝望的了。

精神孤独者，还可以靠浪漫主义来拯救自己；内心的孤独，依然可以通过两性的亲密关系加以消除。但对于孤独本身来说，对于切肤的孤独来说，依靠寓言获得拯救不再可行了。

冯·帕瑟诺少校是一个极其热切地思念故乡的人，他思念故乡的熟悉感，思念可见之物中不可见的熟悉。他的思念如此强烈，使可见一层一层地沉入不可见之中，不可见却一层一层地沉入可见之中。

“啊,”浪漫主义者披上另一个价值体系的外衣说道,“啊,现在我和你们是一伙了,我不再孤独了。”“啊,”唯美主义者披上同一件外衣说道,“我仍然孤独,但这件衣服很漂亮。”唯美主义者在浪漫主义内部代表邪恶的原则。

小孩很快就能熟悉每一样东西:对于小孩来说,它既是直接的,但同时也是寓言。因此小孩是极端的。

玛格丽特哭,只是因为她生气了。她甚至都不会同情自己。

人越孤独,他的价值体系越不牢固,他的行为受到非理性的影响就越明显。依附于某种外来教条主义价值体系的浪漫主义者是——令人难以置信的——完全理性和成熟的。

非理性的理性:像胡桂瑙这样一个似乎绝对理性的人,分不清善恶。在一个绝对理性的世界里,没有绝对的价值体系,也没有罪人,最多只有祸害。

唯美主义者也不分善恶,而这却是他的魅力所在。但他肯定很清楚什么是善,什么是恶,只是不愿分清而已。他因此而堕落。

一个时代如此理性,故而只能逃个不停。

第六十六章　柏林救世军女孩的故事(11)

我尽量避开犹太人,但还是和以前一样,不得不继续观察他们。因此,我不得不再一次惊讶于他们对半无神论者西姆松·利特瓦克的信任。利特瓦克这个人明显就是个笨蛋,人们之所以让他上大学,只是因为他不适合从事正当职业——只要把他假胡子后面那张光滑的,历经五十多年岁月的脸,与布满皱纹、深谙世事的老犹太人的脸比一下就知道——但在他们的眼中,他就像预言者一样,只要有事,他们都会求教于他。也许,这是对说话含糊不清的、作为上帝喉舌的人的残存信仰,因为这不可能是对知识的尊重;他们都非常清楚地意识到,他们要掌握更高级的知识。很难相信我会弄错。利特瓦克博士显然想掩盖这桩事情,只是事与愿违。他之前说自己"开明"什么的纯属捏造;他异常崇拜那个白发犹太老者的渊博知识,如果他不顾我对他的恶劣态度,仍然一再友好地和我打招呼,那无疑是因为我拒绝把犹太老者的《塔木德》世界观斥为

“偏见”的缘故。而且很明显，他还由此生出让我把努歇姆引上正路的希望；因此，他只好容忍我一次又一次拒绝他，拒绝他的示好。

今天，我在楼梯上遇见了他。我正要上去，他正要下来。要是反过来的话，我就直接从他身边溜走了；要拦住一个飞奔着下楼的人可不容易。但我向上爬得太慢了，一是因为大城市里又闷又热，二是因为我营养不良。他开玩笑地用手杖挡住我的去路。也许，他想让我像哈巴狗一样跳过去（这时我发现，自己最近很容易生气，简直是一点就着；这也有可能是营养不良所致）。我用两根手指抬起手杖，好让自己过去。唉，我好讨厌这股露齿而笑的亲热劲儿。他向我点了点头。“您现在怎么说？大家都很不开心。”“嗯，天太热了。”

“要是因为天热就好了！”

“对了，奥地利人被困在七镇[①]。”

“别开七镇的玩笑……好吧，这事您真的怎么说？他说，心中须有欢乐。”

走又走不了，我只好硬着头皮和他做一番最愚蠢的讨论：“至少，这听起来很像大卫的诗篇……您不会反对吧？”

“反对？反对……我只能说，那位老爷爷是对的，老人永远是对的。”

“偏见，西姆松，偏见。”

“您不要挖苦我！”

---

① 指特兰西瓦尼亚，一战时期曾是奥匈帝国的一部分，战后划入罗马尼亚，德语名意为“七座城堡”。

“好吧，那位老太爷怎么说？”

“您听好了！他说，犹太人不该乐在心里，而是这里……”他用手轻轻地拍了拍自己的额头。

“哦，乐在头中？”

“对，乐在头中。”

“那么，你们乐在头中的时候，你们的心在干吗？”

“我们用心侍奉……uwchol lewowcho uwchol nawschecho uwchol meaudecho[1]，就是全心全意全力的意思。”

“那位老爷爷也这么说？”

“不只是那位老爷爷这么说，而是本来就是这样。”

我想同情地看着他，但结果并不是很成功：“您自诩开明，西姆松·利特瓦克博士先生？”

“我当然是一个开明的人……就像您是一个开明的人一样……当然……但您会因此而想要废除律法吗？”他笑了起来。

“上帝保佑您，利特瓦克博士。”我说完便继续上楼。

他回答道：“不过一百年。”他仍然笑着，“但是，没有人能废除律法，您不能，我不能，努歇姆也不能……”

我继续在贫民楼的楼梯间里往上爬着。我为什么留在这里？住在济贫所里岂不是更好。举例来说，那里墙上挂着的是《圣经》格言，而不是仿油画的石版画。

---

① 意第绪语。

第六十七章　柏林救世军女孩的故事(12)

他说：我的骡子,健步如飞,

铃铛叮当,紫色缰绳飞扬,

驮着我俩,圆梦锡安。

他说：我召唤你来。

他说：在我心中,有伟大奇迹,

看那庙宇,有台阶千级,

看那城市,有祖辈功绩。

他说：我们盖个小屋。

他说：蹉跎岁月,等待至今,

只能等待,埋首读经。

他说：静心等待,欢乐今来……

他虽不言,心中暗言。

她也不语,埋首不语。

就这样双人一骑，意乱情迷。

就这样朝暮成双，心神摇荡，

醉于沉默，醉于想慕，

醉于隐藏的壮观华丽。

就这样一路前行，余事不管，

流落街头，租住破房。

她说：我心深处，宛如深巷，

火花蹿起，变成亮光，

变成灯火，变成辉煌。

他说：我心想你。

她说：我心闪光。

我是忏悔者，

你和颜相望。

他说：锡安之路，虔诚明亮。

她说：你为我们，忍受苦难。

他们不言：话已说完。

他们不动：此行圆满。

第六十八章

“什么？您这个时候还想出去，亚雷茨基少尉！”玛蒂尔德护士坐在军医院门边，亚雷茨基少尉站在灯火通明的门口，点了一支烟。

“这不是今天太热了嘛，还没出过门……”他啪的一声合上打火机盖，“……这发明不错，汽油打火机……我下周就要走了，您已经知道了是吧，护士？”

“对，我听说了。去克罗伊茨纳赫休养……您肯定开心坏了，终于可以离开这里了……”

“算是吧……不过，少了我这个不省心的，您也一定很开心吧。”

“老实说，您的确不是个好病人。”

一阵沉默。

“走，一起散散步吧，护士，现在挺凉快的。”

玛蒂尔德护士犹豫了一下："我马上就要进去了……要是您愿意，我们就在医院前稍微走走。"

亚雷茨基安慰她说："我很清醒，护士。"

他们一起走到马路上。医院右侧的两排窗户都亮着。下面小镇的轮廓依稀可辨，小镇比黑夜的黑还略微深一些。那里有几盏灯在亮着，山上也有三两盏灯火在闪烁着，仿佛是有几户偏僻的农舍。镇上的钟敲了九下。

"您不想一起离开这里吗，玛蒂尔德护士？"

"哦，我对这里很满意……我有自己的工作。"

"说真的，护士，您真是太好了，还会陪我这么一个又嗜酒又冷淡的德国佬散步。"

"我为什么不该跟您散步呢，亚雷茨基少尉？"

"对呀，到底为什么不呢……"过了一会儿，"看来，您想一辈子都留在这里喽？"

"这倒不会……等战争结束了再说。"

"然后您就回家？回西里西亚？"

"您竟然连这都知道？"

"啊哟，这又不是什么秘密……您以为，这么简单就能重新回到家里……就像什么都没发生过？"

"说实话，我从来没有想过……反正想也没用。"

"您知道吗，护士……我现在很清醒……但我深信：再也没人能真正回家了。"

“我们都想重回故里，少尉先生，要不是为了家园，我们为何而战？”

亚雷茨基停下了脚步：“我们为何而战？我们为何而战……您最好不要问，护士……而且，您说得很对，反正想也没用。”

玛蒂尔德护士沉默着。然后她说：“您这是什么意思，少尉先生？”

亚雷茨基笑了起来：“咳，换作以前，您肯定不会相信自己竟会跟一个喝醉了的独臂工程师出去散步……您可是伯爵夫人啊。”

玛蒂尔德护士没有回答。她虽然不是伯爵夫人，但无疑也是个贵族小姐，她的祖母就是个伯爵夫人。

“也许，这也无所谓……就算我是个伯爵，那还不是一样，我肯定还是醉生梦死……您知道吗，我们每个人都太孤单了，这样的事情可以看开些……您不会是生气了吧？”

“哈，怎么会……”她在黑暗中看着他侧面的身影，害怕他会抓住她的手。她走到马路对面。

“现在该回去了，少尉先生。”

“您也一定很孤单，护士，否则您受不了的……我们该庆幸战争不会结束……”

他们回到了军医院的铁栅栏门前。这时，大部分病房都熄了灯，窗户黑乎乎的。病房里的应急灯发出微弱的光芒。

“好了，现在我要去喝点什么了，不过……您反正不会一起去的，护士。”

“我得进去了,亚雷茨基少尉。”

“晚安,护士,非常感谢。”

“晚安,少尉先生。”

不知道为什么,玛蒂尔德护士感到有些失望和难过。她冲着他叫道:“别回来太晚了,少尉先生。”

第六十九章

自从那天和艾施一起披着夕阳的余晖在田野里漫步之后，少校在下班后经常路过菲舍尔街。是的，他经常在隔不了几条巷子远的地方停下脚步，犹豫不决地站一会儿，然后又折了回去。完全可以说，他就是在绕着《特里尔选侯国导报》报社转来转去。要不是害怕碰到胡桂瑙，也许他真的会走进去；他真的不想遇到胡桂瑙，哪怕是在路上，甚至想想就觉得心慌不已。可是，当这时候突然出现在他眼前的，是艾施而不是胡桂瑙，他不知道这是否就是更让他胆战心惊的相遇。因为他，身穿军装、腰佩军刀的镇警备司令官，和一个身穿便装的办报人站在那里；他身穿军装站在公路上，主动和这个男人伸手相握。而且这样还不算，当这个男人准备陪他走走，他竟会感到喜出望外，忘乎所以。不过，艾施还是很恭敬地摘下了帽子。少校看着这张额头布满皱纹、满是严肃的脸，看着又短又硬的白发。这像是一种安慰，像是突然回想起在家诵读《圣经》并祈祷的记忆，同时，这也是那天下午的兄弟情谊此刻在心中的又一次萌生。心里念着这种情谊，他觉得应该对这个可算是朋友的男人说些祝福的话，也许只是为了让自己给这个朋友留下一段美好的回忆。犹豫了一会儿后，他才说道："来吧。"

在这之后，他们经常一起散步，当然也没有少校或者艾施希望的那样频繁。因为，不仅是时局变得越来越动荡不安——军队驻扎又撤走，车队隆隆地驶过大街，镇警备司令官有时不得不彻夜不眠，连续工作——而且冯·帕瑟诺少校也没有勇气再次前往《特里尔选侯国导报》报社。过了一段时间之后，艾施才意识到这一点。然后，他也开始随机应变：悄悄地等在司令部附近，如果条件允许，就带上玛格丽特。"小淘气鬼坚持要跟着一起来。"他说。虽然少校不是很清楚，小女孩这么黏人算是讨喜还是讨厌，但他还是亲切地把她抱了起来，抚摸着她的黑色鬈发。然后，他们三人便一起在田野里或沿着河边灌木丛旁的小径散步，有时仿佛有一种辞别的渴望正在苏醒，有一股温润柔和的暖流正在心间荡漾，有一池春水正被风吹皱，这就像在证实，始源于终，现又归于终。不管这有多么温和，都藏不住其中的一丝不满，也许是因为艾施没有分担这份离愁，也许是因为艾施不能分担，又也许是因为艾施什么事情都闷在肚子里，总令人失望地保持着沉默。这总归有些可疑和不可告人，因为他心中仍然隐约希望，只要艾施开口说话，那么一切都会变好、变得简单。唉，令人惊讶的是，他也不知道，自己到底希望艾施说什么，虽然艾施肯定知道。他们就这样默默地走着，默默地走在日落后的暮光之中,走在不断发酵的失望之中。走着走着,田野上的明亮便成了一种虚假又疲惫的明亮。当艾施摘下帽子,让风拂过硬气的短发时,这可能会变成一种非常不得体的亲昵举动,差点让少校同情起这个小女孩来,因为她竟然落入这么个男人的手中。“小女奴。”他说了一遍。但这句话也消逝在疲惫的无动于衷之中。玛格丽特却只顾着在前面欢跑,根本不在意这两个人说些什么。

他们爬到了山谷的坡顶,沿着森林边缘而行。短短的干草在他们脚下沙沙作响。山谷里一片寂静。他们听见山脚下的马车在路上嘎嘎作响,收割完的庄稼地露出褐色的土壤,阵阵凉风从幽暗的树叶深处吹来。山坡上有一片片绿色的葡萄园,林木的沙沙声中已经混杂着银子般清脆、尖锐的声音,森林边上的灌木点缀着黑色和红色浆果,已准备好迎接秋天,迎接枯萎。夕阳沉到西坡顶上,谷中屋舍的窗户上闪着刺眼的光芒。每间屋舍都向东落下长长的影子,监狱楼群的屋顶上满是红黑混杂的斑点,荒芜的庭院里光秃秃的,里面也有棱角分明的黝黑影子。

一条田间小路沿着山坡而下,在监狱附近并入马路。在前面奔跑着的玛格丽特,这时拐了个弯,少校把这看作是天意。“我们回去吧。”他说道,语带倦意。但当他们快走到山腰时,少校和艾施都停了下来,侧耳听着:奇怪的嗡嗡声一阵一阵地从下面传了上来,但他们根本分不清这声音究竟从何而来。什么都看不见,只见一辆汽车从镇上飞驰而来,发动机照例低沉地吼叫着,喇叭不停地鸣叫着，车后扬起一片长长的尘雾。那可怕的声音和汽车没有关系。“邪恶的声音。”少校诧异地说。“是机器声。”艾施说，虽然这听起来一点也不像机器声。那辆汽车沿着蜿蜒曲折的马路，一路不停鸣笛地开到监狱门口。艾施的视力很好，他看得很清楚，这是司令部的车，当发现这车没有再在监狱后面出现时，他就变得紧张起来。他什么也没说，但脚步变得匆忙起来。那声音变得越来越刺耳，越来越清晰。当他们看到监狱大门时，发现这车停在一大帮群情激奋的人中间。“出事了。”少校说道。这时他们已经听到从焊着铁栅栏、钉着木板的监狱窗户后传来让人胆战心惊的齐声呼喊，三词一组有节奏地喊道：“饥饿，饥饿，饥饿……饥饿，饥饿，饥饿……饥饿，饥饿，饥饿……”呼喊声时不时被一个公共屠宰场的号叫声打断。司机急忙向他们跑来：“报告，少校先生，前面发生叛乱……我们到处在找少校先生……”说完，他便跑回去叫岗哨出来。

大家纷纷为少校让行，可少校却停下了脚步。空中依然回荡着三重唱似的口号声，玛格丽特这时也随着节奏手舞足蹈着。“饥饿，饥饿，饥饿。”她欢呼着。少校看着监狱，看着目光根本无法穿透的窗户，看着手舞足蹈的小女孩，觉得她的笑容特别狰狞。笑声异常邪恶的小女孩，少校心头的惊骇犹如洪水涌起。命数天定，在劫难逃！司机仍在拉着铁索打铃，用佩刀敲打大门，直到门上的猫眼终于打开，大门在铰链的嘎吱声中慢慢地转动。少校靠在一棵树上，嘴里喃喃地说：“末日来临。”艾施动了一下，似乎想要帮他。

少校摇了摇手:“末日来临。”他重复着,可随后就站直了身子,把手伸到胸口,抚摸着铁十字勋章的绶带,然后手扶刀柄,快步走向监狱大门。

少校消失在大门之后。艾施坐在路边小山丘的斜坡上。耳旁依然传来顿挫起伏的口号声。一声枪响,跟着又是一声耳熟的号叫。随后便是最后几声口号,就像水龙头关上后的最后几滴水。接着便是寂静。艾施看着在少校进去后一直紧闭的大门。“末日来临。”这时他也这样说道,然后继续等着。然而,末日并没有来临,没有地震,没有天使,大门也没有打开。小女孩懒洋洋地蹲在他的身旁,他很想把她抱在怀里。监狱的围墙就像舞台背景一样耸立在明朗的夜空之中,又像漏风的牙齿一样。艾施觉得自己的心神正在远离自己,远离此刻,远离一切;他不敢改变自己的姿势,也不知道自己是怎么来这里的。大门旁挂着一块看不清字迹的牌子;上面写着的当然是探监时间了,但这些都是空洞的字词而已。因为,连关押在此的煽动者、凶手和怪胎都会走出监狱,走进乐土,走向新的、更光明的集体。这时,他听到小女孩说:“胡桂瑙叔叔来了。”艾施看到胡桂瑙从自己身旁快步走过,他看着胡桂瑙,心中没有半分惊讶。这一切都是那么悄无声息,胡桂瑙的脚步悄无声息,监狱大门前人们的动作也悄无声息,这一切就像马戏演员和走钢丝演员在音乐停止时的动作一样悄无声息,就像失去生机的明朗夜空一样悄无声息。在这似梦非梦者的眼前,在这从未找到回家之路的孤苦伶仃者眼前,远方似乎遥不可及。他,就像一个渴望已然改变却浑然不知的人，就像一个只是暂时抑制却无法全然忘记伤痛苦楚的人。几颗星星率先出现在天上。艾施在那里仿佛已经坐了几天、几年了，周身被一片幽灵一般，似棉花絮的寂静笼罩着。然后，人们的动作变得越来越少，越来越朦胧，直至完全消失。于是，大门前便像有一团黑乎乎的东西在悄无声息地等待着。最后，艾施只感到了掌心里湿漉漉的青草。

小女孩不见了，也许她和胡桂瑙一起走了。艾施没把这放在心上，他盯着大门。少校终于回来了。他走得很快，极不寻常地走起了直步，看起来很像是他的腿脚稍有瘸跛，却又想极力掩饰。他径直走向汽车。艾施跳了起来。这时，少校站在车里，在那儿站得笔直，目光越过艾施的头顶，飘过默默聚在汽车周围的人群，看着前面的白色马路，看向已是百家灯火的小镇。那附近有一盏红灯亮起来了；艾施知道那是哪里。也许，少校也注意到了，因为他这时正向下看着艾施，严肃地向他伸出手，说道："好啦，无所谓了。"艾施没说什么，他迅速从人群中挤了出去，拐入了田间小路。然而，要是他转过头来，要是天没那么黑，那他就可以看到，少校正停在那里，目送着他消失在夜色之中。

过了一会儿，他听到发动机点火的声音，看到汽车的前灯顺着蜿蜒曲折的马路前行。

第七十章

胡桂瑙以急行军的速度从监狱赶回家里，玛格丽特跑在后面。在印刷车间里，他让人把印刷机关了:"再刊登一条重要消息，林德纳。"然后，他去自己房间里写了些东西。写完后，他说了声"再见"，朝艾施夫妇的居室方向吐了一口唾沫。经过厨房门口时，他又说了声"再见"，然后把一篇粗制滥造的文章交给林德纳。"放在小镇要闻栏里，用八点活字[①]。"他吩咐道。第二天，在《特里尔选侯国导报》的小镇要闻栏中以八点活字刊出了一条新闻:

监狱骚乱

昨晚，我镇监狱发生了几起恶性事件。一些囚犯认为，他们有理由控诉监狱伙食质量达不到以往标准，一些

---

① 印刷专用单位，一点活字等于一磅字体大小。

叛国分子乘机作乱，以高呼口号的方式羞辱监狱管理处。镇警备司令官冯·帕瑟诺少校迅速赶到事发现场，沉着、果断、小心地采取措施，很快平息了骚乱。据说，被关押在此且又期望获得公正判决的逃兵想要越狱。这都是子虚乌有之事，纯属谣言。据可靠消息，监狱里根本没有在押逃兵。无人受伤。

这又是一个清晰的灵感，胡桂瑙开心得几乎无法入睡。他心里不停地盘算着：

第一，关于逃兵的谣言会惹恼少校，而且监狱伙食差这种事也会让镇警备司令官心烦；反正，活该被激怒的人是少校。

第二，少校会追究艾施的责任，尤其是因为文中暗示了艾施可能知情，没人会相信编辑先生对此一无所知；现在，这两个人一起散步的交情就要完蛋了。

第三，一想到长着马脸的瘦牧师先生这会儿暴跳如雷的画面，他就觉得神清气爽。

第四，他所做的这一切都是非常合法的——他是报社发行人，他可以想写什么就写什么，而且说真的，少校还要感谢他的美言呢。

第五和第六，可以一直列举下去，一句话，这事做得非常漂亮，一句话，这是一个妙招——此外，少校现在会高看他一眼：胡桂瑙的密报是有理有据的，别人再鄙视也没用。

是的，第五、第六、第七，他可以一直数下去，里面还有许多文章可做。当然，总有些地方会让人不爽的，还是不想为妙。

早上，胡桂瑙在印刷车间看到了这篇文章，心里又是一阵得意。他瞥了一眼窗外，看了看对面的编辑室，做了个满含嘲讽之意的鬼脸。但他没有上去，当然不是因为他害怕楼上的那位牧师。他只是行使自己的正当权利，用不着害怕。受到迫害时，他必须行使自己的正当权利。就算这一切全都付诸东流，他也要行使自己的正当权利！他只想安安静静、安安稳稳地过日子，他只想得到应得的一席之地。胡桂瑙出去理发，在那里又仔细看了一遍《特里尔选侯国导报》。

当然，他的午餐仍然是个问题，跟艾施一起吃饭很别扭。虽然毫无根据，但艾施心里总是隐约觉得自己上了当。他看得出牧师眼中的这种责备之意，所以实在没什么胃口。这样一个牧师，本身就是个想把一切都国有化的人，然后装得好像是别人仅仅因为不能事事如意，就想颠覆世界秩序一样。

胡桂瑙一边散步，一边思考。但他没想出什么好主意来。就像上学一样：平日足智多谋，最后却无计可施，只好托病请假。于是，他转身往回走，好赶在艾施前面回家，然后上楼去找艾施妈妈（他最近经常这样叫她）。每上一级楼梯，他装出来的痛苦神色就显得更真实一些。也许他真的感到很不舒服，最好什么也不吃。不过，他毕竟已经付过食宿费用了，可不能便宜了艾施这个家伙。

“艾施夫人，我生病了。”

艾施夫人抬起头来,同情地看着胡桂瑙一脸痛苦的样子。

“艾施夫人,我不吃午饭了。”

“唉,怎么搞的,胡桂瑙先生……来碗汤,我去给您做碗好喝的汤……喝碗汤又没有害处的。”

胡桂瑙想了一下,然后可怜兮兮地问道:“肉汤?”

艾施夫人惊愕地看着他:“嗯,可是……家里哪有煮汤的肉啊。”

胡桂瑙显得更加可怜了:“对对对,没有肉……我想我是发烧了……您摸一下,艾施妈妈,我烧得有多高……”

艾施夫人走到他身旁,犹豫地伸出一根手指碰了碰胡桂瑙的手。

胡桂瑙说:“吃个鸡蛋煎饼也许管用。”

“给您泡一杯茶不是更好吗?”

胡桂瑙怀疑她是舍不得鸡蛋:“啊呀,吃个鸡蛋煎饼肯定能好……您家里一定有鸡蛋的……也许有三个。”

说完,他就拖着脚步离开了厨房。

他躺在长沙发上,一来是病人就该这样,二来是他昨晚没睡好,想要补个觉。但他怎么睡也睡不着,因为捏造新闻这个妙招的成功依然让他兴奋不已。也许,他应该躺到床上去。他迷迷糊糊地看着盥洗台上方的镜子,看着窗户,听着这个家里的各种嘈杂声。从厨房传来了熟悉的嘈杂声:他听到拍肉的声音——看来她还是骗了他,这个肥婆,就为了把肉都给那个家伙吃。当然,她会借口自己不会用猪肉做肉汤，但煎得鲜香嫩滑的猪肉又不会加重病人的病情。然后，他听到菜刀短促而快速地剁在厚木板上的声音，听得出来这是在切菜——嗯，每次他的妈妈快速剁碎香菜或芹菜时，他总是心惊胆战地看着她，担心她会切到自己的指尖。菜刀可是很锋利的。他很开心，因为这时候，剁菜的声音消失了，艾施妈妈正用厨房抹布擦着毫发无损的手指。要是能睡着就好了；但最好还是去床上睡觉，这样的话，这个肥婆就会坐在边上，做着手工编织活，或是给他冷敷退烧。他摸了摸自己的手，它真的很烫。他得想些开心的事。比如女人。一丝不挂的女人。楼梯嘎吱嘎吱地响了起来，有人正在上楼；奇怪，艾施爸爸一般不会这么早上来的。看来，也只能是邮递员了。艾施妈妈和他说着话。以前总是面包师傅来家里，现在再也见不到他了。净是瞎想，饿着肚子睡不着觉啊。

胡桂瑙又眯着眼睛看向窗口，看到窗外连绵的科尔马山脉；国王城堡[①]的堡主是个由皇帝亲自任命的少校。憎恨普鲁士人，憎恨神圣宗教之敌[②]。笑声传入胡桂瑙的耳中；他听到有人在说阿尔萨斯方言。锅烧开了，在炉子上嘶嘶作响。这时，有人在他耳旁悄声说着“饥饿，饥饿，饥饿”。他太蠢了。为什么他不能和别人一起吃饭！他受到的待遇越来越差，越来越不公平了。是不是他

① 又称上考内格斯堡，位于施莱特镇内（胡桂瑙曾在此上学），曾是阿尔萨斯重归德国的象征。

② 原文为法语。

的位置还要让给少校？楼梯又嘎吱嘎吱地响起来了——胡桂瑙吓了一跳，这是艾施爸爸的脚步声。哦，天哪，来的只是艾施，这个牧师先生。

猪，这个艾施，他要是生气，那是他活该。你如何待我，我便如何待你。菜刀可是又快又尖。现在他终于变成新教徒了，接下来就要做犹太教徒，行割礼了；这一定要告诉他的妻子。指尖，刀尖。最好赶紧起来，过去问他是不是想做犹太教徒。真是太蠢了，怕他干什么；我只是太懒而已。但她应该把吃的给我送来，而且要快……在牧师得到他的那一份之前。胡桂瑙竖起了耳朵，全神贯注地听着他们是否坐下吃饭了。难怪他越来越瘦，艾施把他那一份都吃光了。不过，艾施就是这样。牧师必须胖乎乎的，披着牧师长袍骗人。刽子手也穿着黑色套装。刽子手必须多吃东西才有力气。外人从不知道，他们是要拉人处决还是仅仅带饭过来。从现在起，他会去旅馆，和少校坐一桌，吃肉。今晚就去。要是鸡蛋煎饼再不送过来的话，他就要发火了。一个鸡蛋煎饼五分钟足够了！

艾施夫人悄悄地走进房间，把一盘鸡蛋煎饼放在椅子上，然后把椅子推到长沙发旁。

“要不要再给您煮杯茶，胡桂瑙先生，药茶？”

胡桂瑙抬起头来，心中的不快几乎消失了，她的同情让他感到心头暖暖的。

“我发烧了，艾施夫人。”

她应该摸一下他的额头，探一下热度；让他生气的是，她没这么做。

“我想躺床上去，艾施妈妈。”

艾施夫人却一动不动地站在他面前，坚持要给他喂茶：这是一种非常好的茶，也是一种古老而有名的药，那个草药师从他父亲和曾祖父那里继承了这个药的秘方，变得非常富有，他在科隆有一处住宅，当地的人全都去他那里看病。她很少一口气说这么多话。

可胡桂瑙仍然不想喝：“樱桃烧酒，艾施夫人，我喝点这个会好一些。”

她面露厌恶之色：烧酒？不！就连她那健康状况不佳的丈夫，也在她的劝说下同意喝药茶了。

“真的吗？艾施喝药茶？”

“真的。”艾施夫人说。

“那好吧，就依您的心意，您也给我来杯药茶吧。”胡桂瑙叹了口气，坐起来吃他的鸡蛋煎饼。

第七十一章

与海因里希的辞别非常顺利，不含半点忧伤。如果要从身体和精神方面加以区分的话，这纯属身体的事件。从火车站回到家时，汉娜觉得自己有点像放下了窗帘的空房子。仅此而已。除此之外，她坚信海因里希一定会从战火中平安回来。怀着这种海因里希不会牺牲的坚定信念，她在火车站时不仅幸运地没有生出忧惧悲伤的情绪，而且——远远超过了辞别带来的烦恼——希望海因里希再也不回来的念头也变得模糊和平淡起来。当她对儿子说“爸爸很快就会回到我们身边”时，他们两个肯定都知道她话里的意思。

在她的心里，这个身体事件——她有充分理由这样看待这六个星期的探亲假——就像她生命长河上的一条峡谷，就像她自我溪流上的一处河道的缩窄；它就像她的自我在突破身体屏障时遭到阻碍而产生的凝滞，就像强使河流浪花四溅地冲过涧谷时的艰涩。以前她——每次认真想起时——总觉得,她的自我不受皮肤的束缚,可以透过极为透气的皮肤,渗入贴身穿着的真丝内衣里,甚至连衣裙上都有她的自我散发出来的一丝气息(可能因此她才在时尚方面如此自信)。是的,这个自我简直就像远远存在于这具身体之外似的,与其说是栖居其内,倒不如说是包覆其外,仿佛它不是在脑子里思考,而是在这具身体外面,她可以居高临下地将自己的身体——不管这具身体有多么重要——看作一个微不足道之物进行思考。所以在这个持续六周的身体事件期间,在河流奔腾着冲过涧谷期间,在茫茫的无边的缥缈缭绕中,翻腾怒号的水面上只剩下一片亮泽的云雾,一抹绚烂的虹霞,似乎这就是心灵的避风港。然而现在,仿佛眼前又是一马平川,仿佛在放下所有身上的羁绊,感觉心平气和的同时,她心中不禁生出了希望:忘记浊浪排空的峡谷。当然,她最多只能一段一段地忘记。凡是个体的,很快全都消失不见,他的举止、他的声音、他的话语、他的走相,这一切都很快消失;而普遍的,却仍然存留着。或者,用一个不恰当的比方:首先消失的是他的脸,接着是他身上可以活动的肢体,双手双脚,但他那静止而挺拔的身体,这个从胸膛一直到大腿根部的躯干,这一让人面红耳赤的男性形象,却留在了她的记忆深处,就像陷在泥里或被第勒尼安海滨之浪拍打冲刷的神像一样。每多忘记一段——这正是可怕之处——这具神像就短一分,它流露的情欲就越集中、越孤立,忘记这种情欲的速度就越缓、越慢,忘记的片段就越窄、越细——无力抗拒这种情欲。这只是一个比方——跟任何比方一样,这个比方并不计较实情真相的细节,而实情真相总是虚幻的——是一次模糊想法的混乱交融;是一道裹挟着“记起一半的回忆、想起一半的念头、半推半就的本心”的洪流;是一条有着银色水汽的无岸河流,银色薄雾,飘至云端,飘至黑色星辰。因此,河底淤泥中的躯干并不是躯干,而是一块磨圆了棱角的卵石,是一件遗弃在岁月长河之中的家具、家什或垃圾,是一团抛入拍岸浪花中的泥巴:浪花竞逐翻滚,白天吞没黑夜,黑夜吞没白天。昼夜彼此传递的,是无法辨识的,有时比彼此相随的梦境更加无法辨识,有时其中的某些东西会让人想起女孩的秘密,似乎又会唤醒隐藏心中的秘密愿望——摆脱这种幼稚见识,逃入个人的世界之中,从遗忘中重新找回海因里希的面容。然而,这只是一个愿望,实现这个愿望的把握起码要和完全修复一个从地下挖出的希腊裸体躯干雕像一样大:也就是说,这是个无法实现的愿望。

乍一看,在汉娜·温德灵的记忆中,个体还是普遍占上风这件事似乎无关紧要。但是,在一个“普遍”如此普遍、如此明显地跃居主导地位的时代,在一个为了从未梦想过统一的集体概念,而解开了连接个体与其社会人性的纽带的时代,在一个极其暴虐残酷地去个人化,仿佛这种状况真的只对应于童年和老年的时代里,个体的记忆也逃不脱这种普遍规律的约束。一个微不足道的女人,她的孤独寂寞——即使她很漂亮,是她丈夫的好床伴——不能用“不幸被剥夺了性爱欢愉”来解释,而是构成了整体的一部分,就像任何个体的命运都能够反映一个笼罩在世界上方的形而上的存在。一个——如果不反对的话——身体事件,在事件的悲剧中仍是形而上的:因为这个悲剧叫作自我孤独。

第七十二章　柏林救世军女孩的故事(13)

这个时代,这种破碎的生活还有现实吗?每过一天,我就更消极一分,并不是因为我正被一种可能比我更强大的现实碾压蹂躏,而是因为各种不现实让我处处碰壁。我完全地意识到,只有积极面对,才能寻找到自己人生的意义和理念,但我担心,这个时代已经没有时间进行唯一真实的活动——探讨哲学问题的沉思活动了。我试着去探讨哲学问题,但知识还有尊严可言吗?它不是早就颜面扫地了吗?在哲学对象解体的今天,哲学本身不也成了空洞的言辞了吗?这个世界没有存在,这个世界没有安宁,这个世界只有在加速运动中才能被找到并保持平衡。这个世界的狂飙突进已经成为把人抛进虚无的虚假人类活动之中——啊,难道还有比再也无法探讨哲学问题的时代更让人无奈和死心吗?甚至连哲学都已经成为一种审美游戏,一种不再存在,而是沦为消除邪恶的游戏,成为中产者们在晚上穷极无聊时打发时间的消遣!留给我们的只是数字，留给我们的只有律法！

我常常觉得，让我身不由己，并让我留在这个犹太寓所的状况，似乎不能再称为无奈和死心，反倒是一种学会接受完全陌生的智慧。因为，甚至连努歇姆和玛丽我都不熟悉，哪怕他们是我最后的希望，希望他们是我的造物，是我无法实现的甜美希望，希望由我掌握和决定他们的命运。努歇姆和玛丽，他们不是我的造物，从来都不是。这虚妄的希望，意图塑造世界！世界独立存在吗？不。努歇姆和玛丽独立存在吗？当然不，因为没人过着独立的生活。但决定命运的存在，远远超出了我的能力范围和思维范畴。我自己只能履行自己的律法，完成指派给我自己的事情，我无力超越。即使我对努歇姆和玛丽这两个造物的爱火还没有熄灭，即使我还没有停止为他们的灵魂和命运抗争，但决定他们灵魂和命运的存在，在我的眼里却是那么遥不可及，它们在我面前隐而不现，就像那位白胡子老爷爷——虽然我有时会在前厅里碰到他，但他只有到了我永远进不去的房间里时才会显露真形，他只通过他的代表利特瓦克和我联系——那样不显形迹。它们在我面前隐而不现，就像挂在济贫所接待室里的白胡子布斯将军画像一样。当我仔细思考时才发现，这根本不是什么抗争，既不与白胡子老爷爷抗争，也不与救世军将军抗争，而是在努力让他们两人满意而已，我讨努歇姆和玛丽的欢心其实也是在讨他们的欢心。是的，有时我相信，我唯一关心的，就是如何用我的行为赢得那两个白胡子老爷爷的欢心，这样他们就会祝福我，这样我就不会孤独终老。因为，现实在律法制定者的手中。

这是无奈和死心吗？这是在全盘抛弃审美吗？我以前是什么态度？我身后的人生正在渐渐消失。我不知道自己是真的活过，还是从别人口中得知自己活过，我以往的人生已经深深沉入了遥远的大海之中。船舶载着我到过远东和极西之地的海岸吗？我做过美国大农场的采棉工吗？我做过有大象出没的印度热带丛林中的白人猎手吗？一切皆有可能，无一不是可能的，甚至连园林里的城堡也不是不可能的。山巅和深渊，一切皆有可能，因为一切都已逝去，因为世事变化无常，为了无常而无常，似在劳作中，似在时光静好中：一切都已逝去——被抛弃了的我的自我，被丢弃于虚无之中，无法实现的渴望，遥不可及的乐土，隐而不现的、越变越大的、永远无法企及的光明。我们寻找的集体，是一个虚弱无力却充满邪恶意志的集体。虚幻的希望，频繁的无端的傲慢——世界仍然是一个陌生的敌人，却又不似敌人，而是一个我能触及表面，却从未成功进入其内部的异界，一个我永远不会进去的异界。陌生在越发陌生之中，盲目在越发盲目之中，消失和消融在对故乡之夜的回忆之中，最终只留下一缕留不住的如烟往事。我走过许多路，想要找到万路同归之道，但路与路之间却隔得越来越远。连上帝都不是由我，而是由祖辈们决定的。

我对努歇姆说："你们是一个多疑的民族，一个邪恶的民族，甚至还一次又一次地用上帝自己的经书检验上帝。"

他回答说："律法永存。而上帝，是在有人明悟律法之后才存在的。”

我对玛丽说:“你们是一个勇敢但没有思想的民族!你们以为,只要自己为善,敲打铃鼓,就能拉近与上帝的距离。”

她回答说:“上帝所赐的喜乐即是上帝,他的恩典永不枯竭。”

我自问:“你是一个傻瓜,你是一个柏拉图主义者,你以为理解世界,就能塑造世界,就会超脱成神。你难道看不出,你会因此而流血至死吗!”

我自答:“对,我会流血至死。”

第七十三章　价值崩溃(9)

认识论杂谈

这个时代还有现实吗？这个时代还有保存自身生活意义的价值现实吗？有“非生活”之“非意义”的现实吗？现实逃到了何方？在科学中？在律法中？在责任中？还是在对不断提出问题的逻辑——其可信点已经消失在无限远处——的怀疑之中？黑格尔把历史称为“精神本体的解放之路”，称为精神的自我解放之路——它已经成为一切价值的自我毁灭之路。

当然，问题不在于世界大战是否推翻了黑格尔的历史体系（七大行星的发现早就做到了这一点），因为在四百多年的历史进程中变得自主的现实，在任何情况下，既不会也不能再屈服于某种演绎体系。更重要的是，探究这种反演绎现实的逻辑可行性，探究这种反演绎的逻辑起因，简而言之，探究注定会促进这种精神发展的“可能经验条件”——但对哲学的全盘蔑视，对言语的厌倦，本身就属于这种现实和这种发展,只有全盘怀疑言语的说服力,才能提出那个迫切的方法论问题:什么是历史事件?什么是历史统一?或者更进一步提出:究竟什么是事件?需要如何取舍,才能将零散事实拼成一个完整事件?

自主生活与价值范畴的关系是如此难分难解,如此浑然天成,就像自主意识与事实范畴的关系一样——我们可以为价值或事实等现象另找一个名称,但作为现象,它们如此必然地存在,就像"我在"和"我思"一样,它们两者都源自"自我"的孤立自主,它们两者不仅是"自我"的行为,而且也是"自我"的设定。因此,价值分为设定价值的,在最普通意义上塑造世界的行为,和被塑造成形的,在空间和人间可见的有价艺术品;价值观念又分为两个彼此互补的范畴:行为的伦理价值和作品的美学价值,犹如同一枚硬币的正面和反面,只有合在一起,才能产生最普遍的价值观念和所有生活的逻辑位置。其实,历史总是这样:古典历史学就服从于古典历史的价值观念,18 世纪的道德说教性历史就有意使用道德说教性历史的价值观念。在黑格尔的理解中,绝对价值不仅在"世界精神"的观念中,而且在"历史的法官之职"的观念中表现得最为明显。所以,价值观念的方法论作用变成后黑格尔历史哲学的主题并不为奇,但随之会带来灾难性的副作用,即所有知识分裂成与价值无关的自然科学知识和与价值有关的人文科学知识——不反对的话,可以将其称为哲学的第一次破产声明,因为这样就把思维和存在的同一性限制在逻辑数学领域之中,似乎所有其他知识领域都废除了这个唯心主义的首要哲学任务,或将其推入了直觉含糊之中。

黑格尔曾经(有根据地)谴责过谢林,说他把绝对“像离膛的子弹一样”投射到世界上。但这同样也适用于黑格尔哲学和后黑格尔哲学所提出的价值观念。为了精美艺术的纯美学价值,简单地将价值观念投射到历史中,并将留存在历史中的一切都不假思索地称为“价值”。这虽然在万不得已时仍然是允许的,但在一般情况下是极不准确的。相反,我们会被迫将历史解释为无价值的混合体,断然否定历史的价值现实。

第一个论点

历史由价值构成,因为生活只能从价值范畴的角度加以理解——然而,这些价值并不能作为绝对引入现实,而是只能在设定价值的价值主体,其行事符合伦理要求的背景下考虑。黑格尔曾将这样一种具有绝对和客观化“世界精神”的价值主体置于现实之中,但他的历史体系必然会因为其包罗万象的绝对而走向荒谬。(这里再次表明了演绎思维的无限界限的不可逾越。)价值设定并不是无限的。如果存在一个具体的,一开始就有限的价值主体,即一个具体的人,则价值的相对化,价值对被引入主体的依赖性,完全是显而易见的——个人传记来源于此人对自己觉得重要的所有价值内容的记录。此人本身,很可能是个没有价值的人,甚至是个敌视价值的人,例如匪首或逃兵,但作为此人价值圈子的价值中心，此人依然具备写入个人传记和历史的条件。虚构的价值中心也是如此：一个国家的历史，一个派别的历史，一个民族的历史，德意志汉萨同盟的历史，甚至死物的历史，例如屋舍楼宇的建筑史，都是通过取舍相关价值中心后——假使它有价值意志——由那些感觉重要的事实组成的。一个没有价值中心的事件会消失在朦胧之中——库纳斯多夫会战不是由参加战斗的步兵名单组成，而是由遵照指挥官计划推动的现实战况组成。任何历史上的统一都取决于实际或虚构的价值中心；一个时代的“风格”——作为历史事件的时代本身是不存在的，除非在时代的中心设定为实现统一而进行取舍的原则——是一种赋予价值设定与风格塑造之力的“时代精神”。或者，用老套的说法：文化是一种价值产物，文化只能从风格观念的角度加以思考，而为了能对文化进行全盘考虑，在代表文化的价值圈子中心，就需要一种确定风格与价值的“文化精神”。

这是否意味着所有价值的相对化？放弃任何通过思维和存在的统一，使逻各斯的绝对显露在现实中的希望吗？放弃在某个时候——哪怕只是近似的——可以走上精神和人性自我解放之路的希望吗？

第二个论点

价值设定行为是否具备写入历史和个人传记的条件取决于逻各斯的绝对。因为，实际或虚构的价值主体只能在其自我的孤独中，在那种无法消除、无路可走的柏拉图式孤独中加以想象，这种孤独仅以依赖于逻辑的规定为傲，强行将行为置于这种逻辑可信度之下。但这意味着，如果完全按康德的意思，不仅要求有为创作而创作的“良好意愿”，而且还规定所有结论都必须从自我的自主合法性中得出，从而使作品不受任何教条的影响，而是以这种自我和这种规律的纯粹的原真创作出来。换而言之：任何不完全产生于本身固有规律的事物，都会从历史中消失。虽然这种本身的固有规律在时代中起着作用，即受制于时代和风格，但这种风格制约总是且只能是上一级的逻各斯的影子。那种如今起着作用的逻各斯就是思维，哪怕是在今天，无疑也只是一片尘世之影，却能透过所有的影子闪耀自己的光芒，仅通过其想要超过时代的永恒要求，就能将与风格相关的思维投射到另一个自我之中。在完结作品和普通美学——亦即艺术——的狭义领域中，这种形式上的基本统一在艺术形式的久远不绝中表现得最为明显，而且始终纤毫毕现。

由此我们可以概括出——

第三个论点

世界是概念自我的设定，因为柏拉图的思想依然未被抛弃，也不能抛弃。然而，这个设定并不是“离膛的子弹”，因为我们只能不断地设定价值主体。价值主体反映概念自我的结构，进而设定自身的价值，塑造自身的世界：世界不是自我的直接设定，而是自我的间接设定，是“设定的设定”，是“设定的设定的设定”，以此类推,无穷无尽。在这个“设定的设定”的过程中,世界获得了其方法论上的组织和等级结构。这无疑是一个相对的组织,尽管在形式上绝对,因为对实际或虚构价值主体的伦理要求并未降低,但完结作品内部逻各斯的内在作用也因此保持不变: 物的逻辑保持不变。即使当形而上的历史体系达到无限极限后,历史的逻辑进展不得不一再“跌倒”,即使柏拉图的世界观不得不一再屈服于实证主义观点,但柏拉图思想的影响是不可遏止的,它在所有的实证主义中一次又一次地接触大地,就是为了能——源于经验的悲哀——一次又一次地昂首挺胸。

世界上任何从概念上理解的统一都是“设定的设定”,任何概念,任何事物,概莫能外。统一认识的这种方法论作用,即只能将事物理解为自主的和设定价值的价值主体,很可能延伸到数学领域之中,从而消除数学的自然科学术语和经验主义术语之间的差别。因为不仅——从方法论的角度来看——“设定的设定”不外乎是将想象中的观察者引入观察领域,正如经验主义科学(例如物理学上的相对论)早就完全独立于认识论的观点,而且数学基础理论研究用“什么是数”“什么是一”这两个问题将自己逼到要依靠直觉来摆脱困境的地步: 然而,“设定的设定”原则使直觉获得了逻辑正确性,因为将自我放入假设的价值主体中这一行为,完全有理由说成是直觉行为的方法论结构。“设定的设定”原则长期得不到关注的原因,也许就在于它的理所当然,甚至在于它的原始朴素。对,就是原始朴素!

然而，承认原始朴素的态度，似乎是傲慢自大的人类无法克服的困难。因为，如果也通过“设定的设定”这一过程，来确保概念自我能够进入世界万物之中，那么，假如暂时忽略这种柏拉图式的背景，在“设定的设定”中就给自然万物赋予了灵魂，乃至于给整个世界万物赋予了灵魂。这种为万物赋灵，给所有事物和所有仍然如此抽象的概念引入价值主体，只能与给世界万有赋予灵魂——当它出现在原始民族思想中时——相提并论：在逻辑发展过程中似乎有一种个体发育，即使是在最发达的逻辑结构中，它仍然使所有显然已经失去生机的老旧思维方式保持活力，包括直接赋灵的思维方式，单节可信链的原始形式；它保持每个思维步骤的形式，即使没有打上原始形而上学内容的烙印——这无疑是对理性主义者的侮辱，却也是泛神论者的情感安慰。即便如此，这里仍要寻求理性安慰。因为，如果受限于逻各斯的“设定的设定”原则被解释为直觉行为的逻辑结构，那么它，鉴于人与人之间、孤独与孤独之间相互理解的这一通常无法解释的事实，也可以被视为“可能经验条件”：因此它不仅提供了所有语言均可译的认识论结构（不管这些语言之间的差别有多大），而且还不止如此，远不止如此，它在概念的统一中提供了所有人类语言的共同基础，为人和人性的统一提供了保障，而这种人性仍然留在上帝按自己形象所造之人的人性存在的自我毁灭中——因为，自身的镜子，在任何概念中，在任何由概念设定的统一中，逻各斯会照亮人的道路，作为衡量万物尺度的《圣经》会照亮人的道路。即使这个世界不再宁静和平，即使这个世界的美学价值都已不在，都已变成功能，变成对一切律法的怀疑，乃至于变成质疑和怀疑的义务，概念的统一仍然不受影响，伦理的要求仍然不受影响，作为纯粹功能的伦理价值的严酷无情仍然不受影响，必须遵守最严戒律的现实仍然不受影响。因此，世界依然统一，人类的合一，照亮万物，超越时空，永恒不朽。

第七十四章

弗卢尔施茨博士正在帮亚雷茨基装上假臂。玛蒂尔德护士也站在一旁。

亚雷茨基使劲拽了拽绑带:“喂,弗卢尔施茨,我现在就要走了,您不伤心吗……玛蒂尔德护士就更不用说了!”

“您知道吗,亚雷茨基,我真的很想把您留在这里,由我来照料……您现阶段可恢复得并不好。”

“不知道……您稍等……”亚雷茨基费劲地把一根香烟夹在假臂的手指之间,“……您稍等……把这个做成烟夹怎么样……或者做成永久烟嘴……这个主意很有创意吧?”

“别动行不行,亚雷茨基,”弗卢尔施茨绑好绑带,“……好了,您感觉如何?”

“就像一台新造的机器……一台处于黄金时期的机器……要是香烟更好一些的话,那就更棒了。”

“您以后别再抽烟了行不行……当然，还有另一件事。”

“爱情？哦，好的。”

玛蒂尔德护士多此一举地说道：“不是。弗卢尔施茨博士觉得，您应该把酒给戒了。”

“啊，这样啊，这我就不懂了……头脑清醒时，总是很难搞懂……您怎么还没发现啊，弗卢尔施茨，只有喝醉了酒，才会理解别人。”

“纯属狡辩！”

“喂，弗卢尔施茨，您不妨回想一下，一九一四年的八月我们都烂醉成什么样子……我觉得，那是我第一次，也是最后一次，真正感受到友谊。”

“舍勒也这么说……”

“谁？”

“舍勒。《战争天才》[①]……不是什么好书。”

“哦，原来如此……这书没什么看头……但我想告诉您，弗卢尔施茨，而且是很严肃地告诉您：给我来一点别的，来一点可以让我烂醉的新玩意儿，随便来一点吗啡、爱国主义或是其他能让人烂醉如泥的东西……给我来一点让我们重新不分彼此的东西，然后我就戒酒……很快就戒酒。”

弗卢尔施茨想了想，然后说道：“这话嘛，也不算错……不过，

---

① 全书名为《战争天才与德意志战争》，由德国哲学家马克思·舍勒所著，出版于第一次世界大战爆发后，是一部为战争辩护的作品。

要是想完全烂醉和不分彼此的话,办法也不是没有,而且还很简单:坠入爱河。"

"是,谨遵医嘱……您有没有奉命热恋啊,护士?"

玛蒂尔德护士的脸顿时红了起来;长着雀斑的脖子上露出两条红晕。

亚雷茨基没有看她:"这不是谈情说爱的好时期……在我看来,我们都处在一个糟糕的时期……爱情也没用……"他试了一下假臂的各个关节:"真得附上一份使用说明……总要有个用来拥抱做爱的专用关节才对。"

弗卢尔施茨感到非常生气,也许是因为玛蒂尔德护士在场。

玛蒂尔德护士的脸红得更厉害了:"看您都在瞎想些什么,亚雷茨基先生!"

"干吗?绝对是好主意啊……爱的假臂……这绝对是个好东西啊,上校级以上的参谋部军官专用款……我要办一个工厂。"

弗卢尔施茨说:"您非得装成淘气鬼的样子吗?"

"不不不,我只是对军火工业有一些想法……现在我们把它取下来吧。"亚雷茨基开始解绑带;玛蒂尔德护士帮他。他把金属手指的关节掰直:"好了,现在它要戴上手套了……无名指,金手指,这是抖动李子[①]的大拇指。"

弗卢尔施茨观察着裸露残臂上的伤疤:"我觉得装得很好,只

① 下流话,因形状相似而用来指女性的阴部。

是开始时您要当心点，别磨破了皮。”

“让勇敢的女清洁工来磨蹭……它要去抖动李子。”

“好吧，亚雷茨基，跟您真的没法说到一块儿去。”

第七十五章

胡桂瑙那天躲着艾施没出来吃午饭，这当然毫无用处。当天晚上，他们两人之间就发生了激烈争吵。不过，艾施很快就消气了，因为胡桂瑙不仅坚持白纸黑字定下的发行人权利，即可以不受约束地任意插入文章，而且还搬出了艾施自己说的理由。“亲爱的朋友，”他嘲讽地说道，“您不是想揭露社会弊病嘛，您不是经常唉声叹气，抱怨人们对您的‘棍棒’不屑一顾嘛……可是现在呢，当别人有勇气真这么做的时候，您却夹起了尾巴……当然了，有人不想失去镇警备司令官先生的庇护……只能乖乖地见风使舵，对吧？”是的，艾施只得憋屈地听胡桂瑙这么说着，虽然这番话说得真是阴险且无耻至极，让他听得心惊胆战，可他根本不知道该如何回答，除了说声“去你的吧”之外，就一直沉默不语。

胡桂瑙见状，立马很熟练地掉转枪口，跑去艾施夫人那里，愤愤不平地抱怨起她的丈夫来：“他太粗暴了，怎么能如此对待一个做事认真负责的同事？为什么？难道就因为我工作认真无私吗？”

这么一闹也并不是没有效果的。第二天，当艾施上来吃午饭时，他就看到胡桂瑙正绷紧了脸生着闷气。他妻子过来为胡桂瑙说好话，劝两人和解修好，所以他们转眼之间就又和好如初，一起舀着汤喝了起来，这让艾施夫人非常满意，她就怕这个从不吝啬美言和夸赞的客人离开这里。

最终得以避免争吵升级和把胡桂瑙扫地出门，或许也正中艾施的下怀；他也不知道，这个居心叵测的家伙还会怎样谋害少校……无论如何，把这家伙留在自己眼皮子底下总是好的。于是，胡桂瑙就留了下来，尽管午饭时间经常不太舒适惬意，尤其是艾施现在会习惯性地用怀疑的眼光打量着餐桌对面的胡桂瑙。

必须称赞的是，胡桂瑙每天都会使出浑身解数，想要活跃气氛，只不过效果平平。就连今天，尽管已经过去八天了，艾施还是一副让人看着就心烦的模样。听到妻子怯声询问，他也只是咕哝着说道：“移居美国……”

然后，大家就再也没说什么。

最后，吃饱喝足了的胡桂瑙往椅背上一靠，说了些令人精神一振的话，打破了这种让人浑身不自在的沉默。“艾施妈妈，”他边说边竖起一根手指，“艾施妈妈，我找到了一个农民，他上门会给我们送面粉，也许偶尔还会送个火腿。”

“真的吗？”艾施表示不信，“您又是在哪里捡到他的？”

当然，这个农民根本就是子虚乌有的，但现在没有的，以后可以有。胡桂瑙觉得自己的善意从未得到认可，心里非常不快。但他不想就这么和艾施再次闹翻，恰恰相反，他想和艾施说几句掏心窝子的话：“我们必须让艾施妈妈轻松一些……四张嘴……我很惊讶她到底是如何做到的……孩子小归小，可也算一个人呀。”

艾施微笑起来：“对，小女孩也算一个。”

胡桂瑙礼貌地问道：“她现在到底在哪儿呢？”

艾施夫人叹了口气：“您说得对，如今要喂饱四张嘴，可不是件容易的事……要不是我丈夫把照料小女孩的事揽到我们身上，日子就会好过很多。”

“我做事，你少管。”艾施突然怒吼道。他气呼呼地看着自己的妻子。她坐在那里，脸上异常僵硬地微笑着，好像自知有罪一样。艾施的气稍微消了一些：“没有新的生活，一切都将死去。”

“对对对。”艾施夫人说。

胡桂瑙说道：“但她整天在街上到处晃荡……和小男孩们在一起；您就瞧着吧，她还会偷偷溜掉的。”

“哦，她可是很喜欢和我们在一起的。”艾施夫人说。艾施非常小心地，几乎就像对待孕妇似的，伸手搂着她胖乎乎的上臂：“这正是我想说的，她喜欢和我们在一起，对吧？”

他们两夫妻的话让胡桂瑙听得很不是滋味。他说道：“我也喜欢跟您在一起，艾施妈妈……要不您也把我领养得了？”他本来很想加一句：这样的话，总是胡说建殿之子的艾施也就有儿子了。

但由于某个连他自己都无法理解的原因,他感到无比愤怒,觉得整件事情不再是个玩笑了。要是艾施突然跳起来威胁他,他也不会感到惊讶。毫无疑问,最好离开这里去找玛格丽特;她可能就在下面的院子里。最好与玛格丽特一起远走高飞。

艾施夫人似乎也很吃惊于胡桂瑙提出的无理要求。她感到自己的胳膊正被艾施瘦到皮包骨头的手抓着,她目瞪口呆地看着这时已经站起身来的胡桂瑙。当他走到门口时,她才结结巴巴地说:“为什么不呢,胡桂瑙先生……”

胡桂瑙听到了她的话,但这并没有减轻他对艾施的愤恨。他在楼下碰到了玛格丽特,并给了她整整 1 马克。“给你出远门用的,”他说,“但你必须穿得像样一点……暖和一点的裤子……让我看看……我甚至觉得你好像什么都没穿……秋天到了,天气会转凉的。”

第七十六章

当凯塞尔博士被铃声唤醒时,已经九点多了。库伦贝克叼着雪茄,坐在长沙发靠边的座位上:"嚯,凯塞尔,又有一个病人?""还能怎样?"凯塞尔答道,他已经很自然地站了起来,"又能怎样……每晚都这样,让人没法睡个够。"他疲倦地走进隔壁房间去拿他的手提包。

这时,女佣上来了:"博士先生,博士先生,少校先生在楼下。""谁?"凯塞尔在隔壁房间里大声问道。"少校先生。""是来找我的。"库伦贝克说。"马上就来。"凯塞尔大声说道,然后手里还拿着黑色手提包就急匆匆地出去迎接客人了。

少校站在门口,有点尴尬地微笑着。

"我知道两位都在这儿……因为您,凯塞尔博士先生,非常热情地邀请了我……我就想,也许两位先生在一起合奏。"

"哦,谢天谢地,我还以为又出了什么事了,"库伦贝克说,"……

嗯,这样更好。”

“没有,没出什么事。”少校说。

“也就是说,没有叛乱?”库伦贝克习惯性冒冒失失地说,随后又问道,“到底是谁把那篇愚蠢的文章刊登在《导报》上的? 是艾施还是那个有法国姓氏的小丑?”

少校没有回答;他被库伦贝克问得相当尴尬,都有点后悔来这里了。库伦贝克却没有就此打住:“哼,监狱里这帮家伙的日子是不太舒服……但他们远离前线了啊,没有任何理由不老老实实、安安静静的。难道他们不知道,能活着是多么幸运,仅仅是活着,哪怕仍然活得如此可怜……人最健忘。”

“报社的人。”少校说,尽管这根本不是正确的回答。

“我就担心自己又要被叫走,”凯塞尔说,“希望今晚没人再来打扰了。”

库伦贝克继续说道:“为了维持当下的监狱运转,政府开销之大前所未闻……而且都是不必要的……整个世界就是一个监狱……反正也坚持不了多久了……另外,监狱也早该撤离了……要是我们全都转移了,这些人怎么办?”

“还没到那个地步,”少校说道,“有上帝相助,也不会到那个地步。”说是这样说,可他自己都不相信。就在当天下午,他又收到了一道指示他在可能撤离该镇时该如何行事的密令。一会儿下达命令,一会儿收回成命,不知道下一刻又有什么变故。这是一个泥淖。

外科医生库伦贝克看着自己那双灵巧的大手。“如果法国人打过来……您放心,我们会徒手掐死他们的。”

凯塞尔说道:“我有时候觉得,我那可怜的妻子没法与我共度这段艰难岁月,反而是一种幸运。”他看着挂在钢琴上方,装饰有蜡菊花环和黑纱的照片。

少校也抬眼看着。“尊夫人也爱好音乐?”他终于开口问道。钢琴旁边放着一把用灰色亚麻袋套着的大提琴,亚麻袋上绣着一把红色古琴和两支交叉的长笛。他为什么来这里?他为什么来医生这里?他感觉生病了吗?他可不喜欢医生,他们都是无神论者,都不值得信赖。他们都不懂得何为荣誉。少校军医头向后靠着,坐在长沙发靠边的座位上,对着天花板吹着烟圈,下巴上的胡子朝天翘起。这一切都有失体统。他为什么来这里?只是,与其待在寂寞的旅馆房间里或是胡桂瑙这家伙随时可能出现的餐厅里,那还不如待在这里。凯塞尔又要了一瓶贝恩卡斯特尔酒,少校端起酒杯一饮而尽,然后说道:“我以为,两位会合奏音乐的。”

凯塞尔心不在焉地微笑着:“是的,我妻子很懂音乐。”

库伦贝克说道:“要不,凯塞尔,您就用低音提琴奏上一曲……让我们都享受一下呗。”

少校觉得库伦贝克是想向他示好,虽然做得可能稍过于亲近了些。所以他只是说:“对啊,那就太好了。”

凯塞尔走到大提琴前,抬头看了一眼照片,褪下亚麻袋。可随后他又停了下来:“嗯,可谁来为我伴奏呢?”

"您独奏就成,凯塞尔,"库伦贝克说,"不要怕。"凯塞尔仍然有些犹豫:"嗯,可我该来一曲什么呢?""悲欢忧喜,打动人心的。"库伦贝克说道。于是,凯塞尔拉了一把椅子过来,坐在钢琴旁,就好像有人为他伴奏一样;他在钢琴上弹了一个键,又拉了一下弓弦,给大提琴调音。然后,他闭上了眼睛。

他演奏的是勃拉姆斯作品第38号《e小调第一大提琴奏鸣曲》。他那张柔和的脸很奇怪地朝内转了过去,在紧紧抿着的双唇上,灰白色的小胡子已不再是小胡子,而是一蓬灰白的影子;双颊的皱纹也换了位置,它不再是一张脸,而是一片几乎是看不见的,也许是等待大雪纷飞的灰白色秋景。甚至,沿着鼻子缓缓滴下的眼泪,也不再是眼泪了。只有手依然是手,仿佛在弓弦的拉动中,他把所有生命全都倾注到了手上;音符似水流淌,那手便像是在棕褐色的河流中,在柔和的波浪中起伏。河流环绕着独奏的他,变得越来越宽,使他显得越发孤独、越发孤苦。他演奏着。也许,他只是个业余爱好者,但这对他,对少校,甚至对库伦贝克来说,都无所谓:因为此时喧嚣的沉默,它的无声喧闹和无法穿透的声响,在人与人之间竖起,就像一堵墙,让人的声音再无法穿过去,也无法穿过来,让人不得不为之颤抖——可怕的时间的寂静已被消除,时间本身已停止,时间已经变成空间。当空间把他们团团围住之际,正是凯塞尔的大提琴响起之时,琴声越来越响,构筑起空间,充塞着空间,也萦绕在他们的心头。

当乐声消失,凯塞尔博士重新变回凯塞尔博士时,少校猛地微微挺直身体，用军人的坐姿隐藏自己内心的感动。他在等凯塞尔说些安慰话——这时就该说了呀！但凯塞尔博士只是低着头，露出薄薄一层盖住秃顶的稀疏鬈发——不是像艾施那种灰白的寸头。他面露惭愧之色，把大提琴收起来，装进亚麻袋里。这让少校觉得他似乎不太礼貌。坐在长沙发靠边座位上的库伦贝克只说了声“唉”。也许他们三个人都觉得不好意思。

最后，库伦贝克说道：“唉，医生都懂音乐。”少校回想着：自己年轻的时候有一个朋友——他是自己的朋友吗？——他也拉小提琴，但他不是医生，尽管他……也许，他曾经是一名医生或曾经想成为一名医生。记忆停顿，回忆冻结，动作凝固，少校只看到自己黑色布料的军裤上赤裸的手。然后，他的口中不由自主地说道：“赤裸裸的……”

“什么？”库伦贝克说。

少校转过头去：“啊哈，没什么……时势艰难啊……谢谢您，凯塞尔博士先生。”

这时，凯塞尔终于说道：“没错，音乐是这个时代一剂安慰的良药……否则还能怎样？”

库伦贝克拍了一下桌子：“我们不要在这里愁眉苦脸的……哪怕世间恶鬼遍地，活着就不能绝望……管它和平不和平的，我们一定会重新振作起来的。”

少校摇了摇头：“面对卑鄙的背叛，我们无能为力。”艾施的身影浮现在他的眼前，这张黄褐色的脸上带着挑衅似的微笑。没错，笑中含着一丝挑衅，这张脸虽然似在请求原谅，却又满是责备之色，就像一匹倒下的马脸上的神情。

“我们德国人总是遭到背叛，”库伦贝克说，“但我们仍然活着。”他举起酒杯：“德国万岁！”少校也举起了酒杯，他心里想着“德国”，想到了德国以前给予他的秩序井然和温暖安全。他再也看不到德国了。不知道为什么，他觉得祖国的一切不幸都是胡桂瑙造成的——军队来回调动，陆军统帅部的命令前后矛盾，毒气战中使用非骑士式的新型武器，社会日益动荡不安，这些都是胡桂瑙造成的。他险些生出一个念头，想让艾施的身影和胡桂瑙的身影渐渐模糊，继而融为一体，以此证明他们两个人都是邪恶的使者，都是骗子，都是从避不开，躲不了，也看不懂的熙来攘往的人潮之中突然冒出的，两个人也都不可靠和可鄙，罪责深重，如同恶魔，对战争的悲惨结局负有不可推卸的责任。

凯塞尔说：“我结束了……我会尽责，但我已经结束了。”

生活是一张解不开的网，这张邪恶之网笼罩着整个世界，而那沉默无声却又震耳欲聋的喧嚣声又响了起来。偏离严格履行新教天职之路的人，都是罪人，而盼着恩典降临尘世的希望，是有罪的希望；这是由朋友的声音宣布的，那声音打破了如铠甲般厚重的沉默和静止，让孤独化作甜美清泉奔涌而去。少校说道：“我们偏离了履行天职的道路，必须领受惩罚。”

“嚯，少校先生，”库伦贝克笑着说，“这话我可不同意，但我肯定同意走上回家之路，让我们的朋友，疲惫的凯塞尔，好好睡上一觉。”身材魁梧的他站了起来,身上穿着的制服外衣看起来皱巴巴的。一个伪装的平民,少校禁不住在心里这样想着——这不是帝国的制服。冯·帕瑟诺少校也站了起来。他,穿帝国制服的他,为什么来这里?尘世的义务是上帝旨意的反映,而为上级效力,为国尽忠,则要求他必须坚守崇高信念,甚至要求他在必要时,放弃最后一丝人身自由。自愿遵从,是啊,这是上帝指定的态度,其余一切都应视为不存在。少校把外衣扯平,伸手摸了一下铁十字勋章的绶带,当他立正向他们告辞时,他又感觉到了义务和制服赋予自己的清晰明了和安全踏实。

凯塞尔博士送他们一起下了楼。在正门口,少校有些客套地说:“凯塞尔博士先生,谢谢您带给我们的艺术享受。”凯塞尔想要回答,却又犹豫了一下才低声说道:“我应该感谢您,少校先生……自打我那可怜的妻子去世后,这是我第一次重新拿起大提琴。”然而少校没有听他说什么,只是有些不自然地伸手相握。他和库伦贝克一起穿过狭窄街巷,穿过集市广场。稀疏的秋雨斜斜地飘下来。虽然他们两人都穿着灰色的军官大衣,都戴着军官帽子,但他们并不是同样穿帝国制服的战友。这一点,少校心里非常清楚。

第七十七章　柏林救世军女孩的故事(14)

通过斋戒和苦行获得的认知,肯定缺乏最终的逻辑准确性。我敢肯定地说,就是在那段时间前后,我的认知状态发生了变化。然而,我极不相信这种转变,因为它与长期的营养不良同时发生。事实上,我差点儿就同意了利特瓦克博士的看法,承认我病了,尤其是我对身体的感觉更清晰,而不是对世界的认知更清晰。如果我问自己,比如问那个关于我的人生还有没有现实意义的老问题,那么这种身体上的感觉,正好可以给我答案,让我确信自己正活在一种二级现实之中,即一种不现实的现实。现实的不现实已经开始了,而它使我感到欣喜万分。这是一种在“未知”和“已知”之间飘忽摇摆的状态,这是再一次自我象征的一种象征,是通向光明的梦游,是自行消退却又再度涌现的恐惧,就像在死亡之海上空的盘旋,在波涛之上忽而展翅冲天,忽而俯冲滑翔,却又滴水不沾。我变得如此之轻——这几乎是一种让我得以感知高级柏拉图式世界现实的身体认知，而且我非常肯定，我只需迈出一小步，就能将这种身体认知转化为理性认知。

就在这种飘忽摇摆的现实中，事物向我涌来，涌入我心，而我却只需坐享其成。从前看似被动消极的，现在都有了自己的意义。如果说，我以前待在家里，是为了深入思考问题，是为了进行富有哲理的内心独白，是为了不时把它们潦草地记在纸上，那么现在，我待在房间里就像一个乖乖听从医嘱、积极配合治疗的病人。一切都如利特瓦克博士所愿。最近他经常来看我，有时我自己也会叫他过来；就算他突然改变主意，想要骗我，说我没病，说“您只是有点贫血，另外还有点疯癫”，那也没错，因为我觉得自己是像被榨干了血汗一样。我不愿多想，不是因为我不能想，我不再多想，是因为我不屑于想。当然，我并未变得如此聪明，我根本不会妄自尊大，不会认为自己已经实现了终极认知，可以凌驾于知识之上。啊，知识如此高妙，我实难望其项背。这更可能是恐惧，是担心失去那种飘忽不定的恐惧，是隐藏在鄙视言辞背后的恐惧。或者，这是突然觉醒的信念，认为只有在最适当的范围内才能实现思维和存在的统一？思维和存在，两者都被减缩至极限！

玛丽有时会来看我，给我带些食物，就像对待她的其他病人一样，而我则欣然接受。最近一次，她在我这里碰到利特瓦克和努歇姆。出于习惯，她友好地说了声“上帝保佑您”来向大家问好，而利特瓦克这次也没忘记应一声“不过一百年”。玛丽咳嗽了一声，他马上一脸担心地说道：“您用不着过来。”也不知道他这话是指她可能患有肺病,还是指她可能把病传染给努歇姆。他表示愿意为玛丽免费检查,当她拒绝时,他说道:“您至少要多去户外散散步……把他也带上,他有些贫血。”努歇姆站在旁边,翻看我的藏书。此外,利特瓦克总是给我开新药,每次把处方递给我时,他总是笑着说:“反正您又不吃,只不过,医生必须开药。”在这一点上,我们仿佛很有默契。

是什么让我们相互理解?我为什么一定要和他们住在一起?为什么我临时住在这个犹太寓所的权宜之计,变成了我无法想象自己会离开的长久之计?为什么我会听这些犹太人的话?一切都是临时的,这些难民是临时的,他们的整个存在也是如此,甚至时代本身也是临时的,临时得就像看不到尽头的战争一样。临时变成了定局,它不停地自我消亡,却依然继续存在。它紧跟着我们,我们和它一起,住在犹太人寓所里,住在济贫所里。但它让我们超越过去,它让我们处于幸福得近乎兴奋的飘忽不定之中——那里,一切都是未来。

最后,我听从利特瓦克博士的叮嘱,只要有努歇姆或玛丽相陪,我就出去散步。

秋日异常美丽,我和玛丽坐在树下。因为心怀坦荡,因为言辞无须顾忌,所以我就问她:“你是个堕落的女孩吗?”

“曾经是。”她答道。

“那你现在纯洁吗?”

“纯洁。”

“你知道你永远无法拯救努歇姆吗?”

“我知道。”

“也就是说,你爱他?”

她莞尔一笑。

镜子的镜子,象征的象征!持续不断的比喻,如果不是把我们引向死亡,那最终能把我们引向何方!

“听着,玛丽,我打算自杀,用枪自杀或跳进兰德威尔运河……但你得陪着我,我不想一个人去。”这听起来很滑稽,却是我内心的实话。她一定是感觉到了,因为她没有笑,而是很实在地回答说:“不,我不会这么做,您也不准自杀。”

“但你对努歇姆的爱,是毫无希望的。”

她无法从中得出任何结论;她只是疑惑地盯着我,想从我脸上找出我们之间心有默契的痕迹。她的眼睛里没有神采。

我和她说的可不是什么好事,但我们之间却早就有了默契,因为她说:“我们心有欢乐。”

我说:“努歇姆不会自杀,他不敢这么做,他心系义务,但我们不一样,我们心有喜乐……我们可以这么做。”

也许,在知道努歇姆绝对不会自杀后,她就放心了,因为这时她又是莞尔一笑,甚至像贵妇一样跷起了二郎腿,像贵妇一样脸上露出诸事了然于胸的神色:“我们也心系义务。”

我无法怪她尽说些救世军的习惯用语,也许是因为任何习惯用语在临时状态下都会失去本身的含义,也许是因为它一开始就获得了恰当的新的含义。也许言语也可以在过去和未来之间飘忽不定,也可以在律法和喜乐之间飘忽不定,言语逃离了其应得的鄙视,逃往变化不定的新的含义。

但我不想听任何与义务有关的话,因为它会把我拉回现实;我不想听任何与义务有关的话,我想让自己继续这样飘忽不定。于是,我问道:“你明知是单相思,却依然很快乐?”

“是啊。”她说。

背后是回不去的故乡,眼前是到不了的远方,但痛苦会越来越少,越来越淡,甚至可能越发模糊,最终只留下一缕有着淡淡伤痛的如烟往事。玛丽说:“世上伤心事虽多,但喜乐事更多。”

我说:“啊,玛丽,你虽然品尝到了陌生疏远的滋味,但依然快乐……你知道,只有死亡,只有这临终一刻,才能消除这种陌生疏远,但你依然想要活着。”

她答道:“身在基督里,从不孤独……您来我们那吧。”

“不,”我说,“我该住在犹太人寓所里,我去找努歇姆。”

但这话她已经不再放在心上了。

第七十八章

截掉了双臂的人，只是一具躯干。当汉娜·温德灵想要从普遍倒推回个人和具体时，她经常使用这种意念之桥。站在桥头的却不是海因里希，而是身形微微摇晃，空袖子塞进军装上衣口袋的亚雷茨基。过了好久，她才清楚地意识到，这是个幻觉，又过了好久，她才发现，这个幻觉在某种程度上可能就是真实的现实，又过了很久很久，她才决定给凯塞尔博士打个电话。

这个极其迟缓的过程，当然不是由汉娜的强烈道德观念所致。不，这只是因为她完全失去了时间感和速度感，活力的奔流放缓了，但它并未被截断，而是化作了云雾散入虚无，渗入稀松多孔的土壤，念头刚起便随之消失、遗忘。当凯塞尔博士驾着单驾马车如约前来，顺路捎她去镇上时，她似乎觉得，自己是因为对儿子有某种奇怪而又无法言表的担心才请医生过来的。她费了很大的劲，才重新回想起来。可是随后，她又突然害怕自己再次忘记，于是马上问起——他们正穿过花园——军医院里的那个独臂少尉到底是谁。凯塞尔博士一时没回过神来，但在扶她上车，微微喘着气坐在她身旁时，他突然想起来了："当然，您指的是亚雷茨基，当然……可怜的小伙子，他现在可能会被送去精神病院。"听到这句话，亚雷茨基这件事对汉娜来说就算告一段落了。她在镇上买完东西，给海因里希寄了个包裹，顺便拜访了罗德斯。她也跟沃尔特约好了去罗德斯那里等他；他们想之后一起走路回家。她对沃尔特的种种莫名其妙的担心顿时消失了。秋夜温和静谧。

要是汉娜·温德灵在这个晚上梦见一个埋在河底淤泥中的希腊裸体雕像，梦见一块大理石，或者——即使这已经足够了——梦见一块被浪花冲刷的鹅卵石，那也没什么好惊讶的。但她并不记得自己做过这样的梦，所以真要讲梦里发生了什么，那就太不诚实，太不客观了。相反，她敢肯定自己晚上一定睡得很不安稳，还多次醒来，张眼望着敞开的窗户，等着百叶窗被人拨起，然后有蒙面盗贼探头张望。到了早上，她一开始想把厨房旁的杂物间腾出来，给园丁夫妇使用，这样在需要帮忙时，家里总有个男人可以照应一下。可转念一想，她又放弃了这个打算，因为这个体弱多病的小个子园丁实在没有看家护院的本事，最后她的心里只留下对海因里希的怨恨，都怪他把园丁房建在离别墅这么远的地方，而且他还忘了装上窗栕。然而，她自己又不得不承认，所有这些烦心事与心中真正害怕之事几乎没有任何关系：这与其说是害怕，倒不如说是对别墅孤零零地位于僻静之处的一种愤怒，尽管她肯定会反对与他人比邻而居，而且她也一定会表达拒绝；别墅周围空空荡荡，如此空空荡荡、死气沉沉，就像用碎片七拼八凑而成的风景，它如此死气沉沉，就像一条系得越来越紧，紧得想要从空空如也中挤出孤独的衣带，一条只有用力击打、揉碎、穿孔或撕破才能挣脱掉的衣带。最近，她在报纸上读到一篇关于俄国革命和苏维埃的文章《自下而上的底层突破》；夜里，这句话突然出现在她的心里，就像流行小调一样不停地在她耳边回响。不管怎么说，最好还是去锁匠克鲁尔那里问一下装窗棂的价格。

夜晚变得越来越长，冷冷的月亮像鹅卵石一样飘浮在天上。尽管夜凉如水，秋意逼人，汉娜还是犹豫着，下不了关窗睡觉的决心。对她来说，碎裂的窗玻璃发出的咯咯声比悄无声息的盗贼更为可怕。这种奇怪的紧张心情并不是恐惧，但随时都有可能转为恐慌，诱使她装出让人浮想联翩的曼妙姿势。因此，她现在几乎每天晚上都会倚窗而立，望着窗外的肃杀秋色，很奇怪地目不转睛看着，险些被眼前这片空旷无物的风景迷住了心神，那恐惧因此被全部消除了，变成了一片轻轻浮起的泡沫——她的心像花儿一样在风中轻轻摇曳，郁结在心中的孤独在无边的自由呼吸中猛然散开。这几乎就像在背叛海因里希，却又是一种充满愉悦的背叛，她觉得，现在这种状态与过去的另一种状态正好截然相反……嗯，不过是哪一种状态呢？然后她意识到，这与她过去所谓的身体事件正好相反。幸运的是，眼下那个身体事件已被全然忘却了。

第七十九章

艾施的担忧得到了证实：胡桂瑙又给少校添乱了。不过，胡桂瑙最初是被动的。

十月初，少校的办公桌上出现了一份名单。陆军统帅部经常发布这种名单，寻找疑似逃兵或其他与各指挥部失去联络的军人。名单中也有一个叫威廉·胡桂瑙的，他来自科尔马，是第十四轻步兵团的步兵。

少校本来已经把名单放到一边了，放下后却又觉得有些心神不定，于是又把名单拿在手中。因为老眼昏花，所以他伸直了胳膊，对着灯光又看了一遍："威廉·胡桂瑙。"这个名字他肯定听过。他疑惑地抬起头来，看着在他收到信件时得留在房间里听候吩咐的传令兵，看到这时显然是在等待命令的传令兵站得笔挺，他仍有力气下令"您下去吧"，但当房间里就他一个人时，他向前趴在桌上，双手捂着脸。

“传令兵还站在门口,传令兵就是艾施。”这个念头顿时让他从魂不守舍中惊醒了过来。起初他根本不敢抬头看,直到他终于确定,那里确实没人时,他才对着空空荡荡的房间说了声:“无所谓了……”好像这样就能把这事给了结了。然而,这毫无用处,艾施的身影依然站在门口看着他,艾施看着他,仿佛在他身上发现了一个烙印一样。一道饱含责备之意的严厉目光落在他的身上,他顿时觉得无地自容,因为他那天竟会观看胡桂瑙跳舞。这个念头一闪而过,然后他突然听到艾施的声音:“我们中间总有个叛徒。”

“我们中间总有个叛徒。”少校重复道。叛徒是无耻小人,叛徒是叛国罪人,叛徒是欺骗祖国、欺骗同志的奸人……逃兵就是叛徒。当他的念头就这样越来越接近隐秘时,遮蔽心头的那层薄纱突然碎裂了,他顿时恍然大悟:他自己就是叛徒。正是他自己,正是他这个镇警备司令官,把一个逃兵叫了过来,还观看其舞蹈;正是他把这个逃兵叫来,以便让其邀请自己去报社编辑部,以便让其帮他铺好走近平民的路,铺好与非同志之人交好的路……少校伸手抓向铁十字勋章,扯断了绶带:叛徒不配佩戴勋章,叛徒必须扯下勋章,叛徒的灵柩不配放有勋章……做下这种丑事,只能以死谢罪……他必须领受惩罚。少校一动不动,目光呆滞地说:“非骑士式的结局。”

他的手仍摸着制服纽扣;他下意识地检查了一下,确定纽扣是否已经全部扣上。这在此时仍是一种奇怪的安慰,就像一种回归义务,回归原本安稳生活的希望,虽然艾施的身影仍未消失。这个身影明暗不定,忽隐忽现,看起来阴森可怖,它既在那个世界,同时也在这个世界,既是善良使者,同时也是邪恶使者,既充满了让人心安的可靠,可也充满了陌生至极的平民式不可靠;一个马甲敞开、露出衬衫的平民。手里仍然摸着制服纽扣,少校站起身来,把外衣扯平,抚摩着额头说道:“幻觉。”

他很想派人把艾施叫过来,这样就能把一切都弄个水落石出……他很想这么做,可这么做就会再次偏离履行义务之路,再次踏上进入平民世界的歧途。绝不能这么做。此外……他必须单独思考一番:所有这些怀疑可能都是毫无根据的……而且,要是仔细考虑的话,就会发现,胡桂瑙的表现一直都很正确、很爱国……也许自然而然地,一切都会真相大白,一切都会变好。

手仍然微微颤抖着,少校再次把名单拿到眼前,然后把它放下,转而去看剩下的信件。只是,虽然他竭力想把自己的思路重新捋顺,可前后矛盾的命令和工作指示却又让他的一番努力付之东流。他无法捋顺这些矛盾。世界无处不混乱,一日比一日更乱,思想越发混乱,社会越发混乱,黑暗正在蔓延,黑暗中传来地狱般的死亡之声。在死亡的噼啪声中唯一能听到的,唯一能确定的是:祖国战败——哦,黑暗正在蔓延,混乱正在蔓延,但在毒气肆虐之地的混乱中,露出胡桂瑙奸笑着的丑脸,叛徒的丑恶嘴脸,神罚的刑具,人间无尽苦难的罪魁祸首。

少校一连两天都在忍受着左右为难的煎熬,一种在外部突发事件的压力下没能意识到的犹豫不定。鉴于普遍的混乱状态,他当然可以对逃兵这种小事置之不理,但作为镇警备司令官,他当然不能就这么糊弄过去。因为义务的绝对命令不能容许一次又一次的办事不力;第二天,少校下令传唤胡桂瑙前来司令部。

一看到那个叛徒,少校再也压制不住心中的厌恶,任其剧烈喷涌出来。他打起官腔,很正式地回应了胡桂瑙的衷心问候,并隔着桌子把名单递了过去,一言不发地指着用红线标出的“威廉·胡桂瑙”这一栏。胡桂瑙意识到,成败与否全看此刻。面对迫在眉睫的危险,他依然头脑清醒,淡定无比,这也是他一直以来得以逢凶化吉的最大依靠。虽然他说话声音很轻,但在闪闪发光的眼镜后面,他的严肃目光让少校明白,眼前之人非常懂得保护自己。“类似情景,我期待已久,尊敬的少校先生。各级陆军军事单位中的混乱,恕我直言,日益加剧……没错,少校先生您可以摇头,但事实就是如此,很遗憾,我就是一个活生生的例子。当我离开新闻社时,执勤军士拿走了我所有的证件,据说是为了向团里报告;我当时就担心自己会惹上大麻烦,因为没理由就这样打发一个正在服役,又没有任何证件的士兵——少校先生您一定会同意我的看法的——但他安慰我说,证件随后就会寄送给我。他只给了我一张前往特里尔的临时军人车票,少校先生您知道,我那时口袋里就只有那张车票,除此之外,就只能靠自己了! 唉,至于那张车票,我已经按规定交给火车站警卫队了……嗯,事情就是这样。当然,这也怨我,总把这事忘得一干二净,但少校先生,您可是最清楚我肩上的担子有多重了;上级机关的失职,总不能怪到单纯的纳税人兼卫国者头上。这话可没错吧。只不过，把一个老实本分的人诬陷为逃兵，当然比收拾自己的烂摊子要容易得多。少校先生，要不是我的爱国心不允许，我很想在报纸上将这种不要脸的事情公之于众！”

这一切听起来似乎很有道理，少校又犹豫起来。

“要是少校先生允许我提个建议的话，我恳请您如实向陆军宪兵队和团部反映情况，就说我在这里领导一家半官方的地方报社，至于证件丢失的问题，我会在此期间想办法，尽快搞到新证件的。”

“如实”两个字让少校听得很恼火。这家伙说话竟然如此放肆。

“该怎么反映，我自有决断，用不着您指手画脚。另外，我完全‘如实’地告诉您：我不相信您！”

“是吗，少校先生您不相信我？莫不是少校先生您已经调查过，那份名单上有的我名字是哪个可信之人告的密？毫无疑问，这只能是告密，而且是荒唐恶毒的告密……”

他得意地看着少校，少校被刚才这番的犀利言辞吓了一跳，完全没意识到，要上那份名单根本不需要告密。胡桂瑙继续得意地说道：“毕竟，有多少人会知道我没有证件？我只知道一个人，而且这个唯一的知情人，假装开玩笑或者指桑说槐，天天骂我是个叛徒，少校先生您不妨回想一下……我知道这种假惺惺的玩笑……上面把它称为宗教狂热，像我们这样的人，会为此失去所有的钱，虽然不至于丢了性命……”

让他完全出乎意料的是，少校突然打断了他的话，甚至还用裁纸刀敲了敲桌子："麻烦您不要扯上报社编辑艾施先生。他是个值得尊敬的人。"

也许，胡桂瑙嘴上死咬着艾施不放的行为很不聪明，空中楼阁随时可能轰然倒塌。他心中是明白的，但内心深处却有一个声音在说"赌一把"，而且他也只能赌一把："少校先生，我恭请您注意，最先提起艾施先生的不是我，而是您。由此看来，我没有弄错，他就是那个可恶的告密者。啊，如果风声由此而来，少校先生又顾念与艾施先生的友情，想把他的事情揽在自己身上，那么，我就只好乖乖束手就擒了。"

这话真是一针见血。少校伸手指着胡桂瑙，哆嗦着嘴唇结结巴巴地说道："滚，滚出去……我要把您押走。"

"没问题，少校先生，没问题……随您的便。不过，我知道自己的下场如何，一个普鲁士军官会使出这种把戏，干掉见证他在集会上发表悲观言论的人；见风使舵，确实不错，但我没兴趣做那见风使舵之人……告辞。"

最后几句话其实很可笑，胡桂瑙只是想以此把话说得冠冕堂皇一些，可是少校根本没听，他仍然轻声喃喃着："滚出去……给我滚出去……这个叛徒。"而胡桂瑙这时早就离开了房间，极为无礼地摔门而去。这就是结局，非骑士式的结局！打上了烙印，永恒的烙印！

还有别的出路吗？不，没有别的出路……少校从办公桌的抽屉里拿出军用左轮手枪，放在自己面前。然后，他取出一张信纸，同样放在自己面前。他想写辞职申请。哪怕颜面尽失，他也情愿主动申请革职。但是，一切都应该走官方的正式途径。在未按规定完成工作交接之前，他仍会履行自己的职责。

虽然他认为可以迅速、严格、一丝不苟地解决这一切，可结果却事与愿违，一切都极为缓慢，每一个动作都要付出巨大的努力。他开始使出浑身力气写信，他想握紧了笔写信。也许是过于用力，他竟然连第一句话都没写完："致……"他在信纸上画了几个自己都认不出来的字母，然后就停笔不写了——笔尖断了，又把信纸划破了，留下一个难看的污斑。手里紧紧地，甚至是死命地抓着笔杆，少校——不再是少校，而是一个迟暮的老人——慢慢地弓起背，垂下头来。他又试着想用断笔尖蘸些墨水，却没有成功，反而把墨水瓶打翻了，于是墨水就像细长溪流一样淌过桌面，滴到长裤上。少校已经不管这些了，也不管双手沾上了墨水，他就这么干坐着，目不转睛地看着那扇挡住胡桂瑙背影的门。然而，当门过了一会儿再次打开，传令兵出现在门口时，他却赶紧挺直了腰板，像下命令似的伸了伸手。"出去！"他对着一头雾水的传令兵下达命令道，"出去……我仍在履职。"

第八十章

亚雷茨基和冯·施纳克上尉已经出发了。护士们仍然站在铁栏杆门前,挥手目送载着他俩去火车站的马车。当她们走回医院里时,玛蒂尔德护士显得有些憔悴,有些落寞。

弗卢尔施茨说:“您昨晚这么照顾他,实在是难为您了……这家伙的心情很糟糕……他到底从哪里弄来波兰烧酒的?”

“一个不幸的人。”玛蒂尔德护士说。

“您看过《死魂灵》这本书吗?”

“让我想一下……好像看过……”

“果戈理,”卡拉护士骄傲地脱口而出,“俄国农奴。”

“亚雷茨基就是这么一个死魂灵,”弗卢尔施茨说,然后停顿了一下,指着花园里的一群士兵说,“……这群人都是,死魂灵……可能我们也是;每个人的身上都沾着。”

“您可以把那本书借给我吗?”玛蒂尔德护士问道。

“那书不在这里……不过肯定能找到的……另外，说到书……您知道的，我再也看不进去了……”

他坐在大门口的长椅上，望着马路，望着群山，望着北方渐渐变暗的秋日晴空。玛蒂尔德护士犹豫了一会儿，然后也坐了下来。

“您知道吗，护士，我们其实应该发明一种新的非语言的沟通方式……写的说的，都是些不想说、不想听的东西……一定得来点什么新的，要不然，我们少校军医关于外科的观点就依然是对的……”

“我不太明白。”玛蒂尔德护士说。

“啊哈，您不用费神多想，只是句废话而已……我总觉得，要是灵魂死了，那就只留下手术刀了……但这肯定是胡扯。”

玛蒂尔德护士想了一下：“亚雷茨基少尉的胳膊要做手术时，他不是说过类似的话吗？”

“很有可能，他当时也变得很极端……当然，他也别无他法，只能这样……任何关进笼子的野兽都这样……”

玛蒂尔德护士对“野兽”这种说法很不满：“我相信，他只是想努力忘掉一切……他曾经说起过，还有酗酒这事……”

弗卢尔施茨把帽子往后推了推；他感觉到额头上的伤疤有些不适，轻轻揉了几下。“我真的一点都不感到惊奇，要是现在人们完全只在意一件事——遗忘，只是遗忘：吃了睡，睡了吃……就像这里的人一样……睡觉、吃饭、打牌……”

“这真是太可怕了，完全没有理想！”

“亲爱的玛蒂尔德护士,您感受到的,真算不上什么战争,只是战争的一个缩影罢了……您已经四年没离开过这里了……所有人都闭口不言,哪怕是伤员……沉默着、遗忘着……但是理想,没人带回家过,这一点您可以相信我。”

玛蒂尔德护士站起身来。这时,暴雨前的乌云像一堵宽厚的大黑墙一样,抵着晴朗的天空。

“我会尽快再报名去某个战地医院的。”他说。

“亚雷茨基少尉说过,战争永远不会结束。”

“是的……也许,这就是我想再次出去的原因。”

“我也应该报名赶赴前线……”

“喂,护士,您在这里好好干就行了。”

玛蒂尔德抬头望着天空:“我得把躺椅拿进来。”

“对,那您去吧,护士。”

第八十一章

又到星期六了。胡桂瑙在印刷车间里发每星期的工资。

日子一如既往地过着。作为一个被公开缉捕的逃兵,胡桂瑙应该逃走才是,但他从未有一刻这么想过。他就这么留在这里。不仅是因为他实在放不下自己在这里的牵绊,不仅是因为作为生意人的他,实在无法就此丢下投入了大量资金的报社不管,不管这笔钱是别人的还是自己的。不,更多的是因为有一种全方位的心愿未了的感觉,使他留在这里,不让他举手投降,就因为这种感觉,迫使他用自己的现实去战胜别人的现实。虽然这种感觉如烟如雾,朦胧模糊,但他的心里还是冒出了一个非常明确的想法:少校和艾施在背后肯定会聚在一起嘲笑他。于是,他留了下来,和艾施夫人达成了一项“不在此就餐应退还伙食费”的协议,这样他就可以经常不来这里,不用吃那顿讨厌的午餐,同时又不会白白吃亏。

他当然知道,当前的情况并不见得会让军方对一个微不足道的阿尔萨斯逃兵采取个别行动;他觉得自己的处境相对来说还是安全的,而且少校还有把柄在他手上,他只能忍气吞声。这些他都知道,可他宁愿自己不知道。相反,他心里觉得,战争形势还会变化,少校会再次成为位高权重的大人物,少校和艾施就等着这一刻到来,然后把他干掉。也就是说,他该及时破坏他们的计划。也许这纯粹是迷信,但他不能置之不理,他必须争分夺秒,他有太多迫在眉睫的事情要解决。因为他还无法准确说出,这些迫在眉睫之事究竟会让他何去何从,所以他只好安慰自己,就算他痛下狠手,那也是敌人们咎由自取。

这时,他正发着工资。林德纳把钱仔细看了看,又数了一遍,又仔细看了看,然后才把它放在桌子上。排字助理站在旁边,也是一句话都没说。胡桂瑙疑惑地问道:“喂,林德纳,这钱您干吗不拿着……总不是您不喜欢钱吧?”

虽然一脸的不情愿,但林德纳最后还是说道:

“协定工资是92芬尼。”

这倒没听说过。不过,胡桂瑙心中丝毫不慌:“对,没错,那是在大工厂里……但在这么个小报社……您,是个有经验的老工人,您一定知道我们现在的情况。强敌环伺,除了敌人,还是敌人……要不是我撑着把报社继续办下来,今天就不会有半分钱工资了……这就是你的回报?还是说,您认为我不愿给您双倍工资……但我的钱又从哪里来?您大概觉得,我们是一家拿着政府补贴的国营报社……那样的话,加入工会并要求按照工资标准发放工资才有意义。那样的话，我自己也会加入，这样对我更好。”

“我没加入工会。”林德纳咕哝着说。

“那您怎么知道协定工资的？”

“这又不是什么秘密，打听的呗。”

与此同时，胡桂瑙心里也在想着：毫无疑问，这肯定是李贝尔惹的麻烦，他总为工会做宣传。所以，他也是敌人！只不过这个时候嘛，还得跟他虚与委蛇一番。于是，胡桂瑙说道：“好吧，我们一定会达成共识的……估计，从十一月份起采用新的工资标准，在此之前我们商量个结果出来。”

两人心下都十分满意。

晚上，胡桂瑙去行宫酒馆找李贝尔。其实，与林德纳之间的不愉快只是一个借口。胡桂瑙的心情不是很坏，他对这个世界看得很清楚。只需知道敌人在哪，要紧关头就能反戈一击。嗯，他知道敌人在哪。现在，他们关闭了镇外的妓院和两个小酒馆……但当他主动请缨，想帮他们对抗颠覆分子时，少校却拒绝了。好吧，明天又要在报纸上拍这老头的马屁了，这次是因为下令关闭妓院一事。胡桂瑙独自哼唱着：“主啊，万军之神。”

行宫酒馆里坐着李贝尔、志愿兵佩尔泽尔博士等人。佩尔泽尔一见胡桂瑙就问道：“您把艾施丢哪儿了？都见不到他的人影儿。”

胡桂瑙讥笑一声。

“在神圣的安息日，上《圣经》研读课……用不了多久，他也要行割礼了。”

所有人都怪声大叫起来，胡桂瑙心里很得意。佩尔泽尔却说道：“没关系，艾施这家伙可是很能干的。”

李贝尔摇头说道：“这年头，谁说得准呢……”

佩尔泽尔：“正是在这样的时代里，每个人都有自己的想法……我是社会主义者，您也是，李贝尔……不过，艾施仍然是个能干的家伙……我非常喜欢他。”

李贝尔那微微有点尖的额头涨得通红，青筋毕露：“在我看来，这是在愚弄民众，必须加以制止。”

“没错！”胡桂瑙说，“图谋不轨。”

桌上有人笑道：“天啊，现在连大资本家都这么说！”

胡桂瑙的眼镜向说话者看去：“我要是大资本家的话，就不会坐在这里了，不是在柏林，就是在科隆。”

“嗯，可您也不是共产主义者，胡桂瑙先生。”佩尔泽尔说。

“我确实不是，我最尊敬的博士先生……但我知道，什么是正义，什么是不平……是谁第一个揭露监狱黑幕的？嗯？”

“没人会否认您的功劳，”佩尔泽尔承认，“要不是您，我们哪来这么漂亮的‘铁血宰相俾斯麦’的木雕像？”

胡桂瑙顿时眉开眼笑起来，他拍了拍佩尔泽尔的肩膀：“逗您姥姥去吧，亲爱的！”

但随后他就骂了起来：“有功劳又如何。毫无疑问，我向来都是个热血爱国青年，毫无疑问，我曾为祖国的胜利欢呼喝彩，谁敢为此而指责我！可与此同时，我的心里非常清楚，为了能让这些把钱包拽得死死的中产阶级行动起来，为贫苦阵亡战士的遗孤做点什么，这是唯一的手段。如果没有记错的话，我就是实现这个目标的人！但回报呢？我丝毫不觉惊奇，哪怕现在警察已经收到对付我的密令了！但我并不害怕，他们只管来好了，在必要的时候，肯定会有朋友把我救出监狱的。秘密审判权必须彻底取消！有个人不见了，可就是没人知道是怎么不见的，后来才得知，那人被埋在监狱大院里了，天知道还有多少人在监狱里受苦！不，我们没有司法机构，我们只有警察机构！而最可恨的是，这些警察看起来道貌岸然，手里总是拿着《圣经》，却只会用它打人的脑袋。在餐前饭后都会祷告一番的他们，哪管别人祈祷不祈祷、有无饿死……”

佩尔泽尔一直津津有味地听着，这时却插嘴道：“我觉得吧，胡桂瑙，您就是一个内奸。”

胡桂瑙挠了挠头：“您认为，没人给我提过这样的建议吗？说起来……唉，算了……我行得正坐得端，过去是，以后也是，哪怕为此丢了性命……我只是受不了这种虚伪。”

李贝尔一脸赞同地说：“《圣经》这事还不好说……用《圣经》格言敷衍民众，这些官员们就喜欢干这事。”

胡桂瑙点点头：“可不是，先是《圣经》格言，然后是子弹招呼……当时听到监狱枪声的人可不少……嗯，我可是什么都没说。只不过，与上《圣经》研读课比起来，我还不如去看场蹩脚电影呢。”

这就是胡桂瑙在上层和下层阶级之间展开斗争时的态度。尽管他对布尔什维克主义的宣传完全无动于衷，但只要动到他自己的财产，他就会第一个喊救命，尽管他对在《特里尔选侯国导报》上报道的越来越多的入室行窃抢劫案极为不快，但他这时仍然诚恳、确定地说：“俄国人是非常聪明的家伙。”

佩尔泽尔说：“这话我信。”

当他们离开酒馆时，胡桂瑙用手指指着李贝尔，恶狠狠地说：“对我来说，您也是个虚伪的人……挑唆报社老好人林德纳，我在那里，其实也只是为人打工而已……这一点，您心里很清楚。哼，这件事，我们很快就会一起解决的。”

第八十二章

一个八岁的孩子,打算独自一人四处流浪。

她走在车辙之间狭长的绿草带上。她看到了日渐凋零的淡紫色三叶草花蕾,它们仿佛在此迷了路;她看到了很久以前留下的灰白色干牛粪,它们的裂缝中又长出了青草;她看到了牛蒡果,它们或粘或刺在她的长袜上。她还看到了其他各种东西,看到了草地上的秋水仙,看到了两头在坡上吃草的黄灰色奶牛。因为不能一直只顾着看风景,所以她也会低头看看自己的连衣裙,于是便看到了印在黑色布料上的小野蔷薇印花:两片小绿叶之间,长着一条淡绿色的花茎,花茎上一花盛开,一花待放;蔷薇盛开后,花蕊有一个黄点。她希望自己有一顶黑色的帽子,上面可以插上一枝有一个花蕾、两片叶子的蔷薇——它们应该很相配。但她只有一件带帽兜的灰色粗呢大衣。

她对这一带很熟悉,她一手叉腰,一手紧紧握着用来在路上买点心[①]的1马克硬币，就这样沿着河边漫游而去。她一点儿都不怕。她在这片风景之中信步而行，有如女主人穿行在自己家中一样。觉得脚趾头发痒了，她就踢掉绿草带中的一块小石子，让这里看起来稍微顺眼一些。四周的一切，清朗明澈。这时，她看到了一片片树丛，它们活泼地挺立在初秋午后的清新明媚之中。这里的景色对她来说毫无神秘可言：近处是清新的空气，远处是淡蓝色的天空，在嫩绿的树叶之间——仿佛必须如此——总有一棵叶子泛黄的树，它也高高挺立在天空之下。虽然一丝风也没有，但时不时就会从哪里吹来一片黄叶，慢慢地盘旋着飘落到路上。

如果往右看向河岸边的柳树和灌木丛，她就可以看到河床上的白色鹅卵石，还可以看到水，因为秋天里的灌木叶子已变得稀疏，遮不住棕色的枝丫了，它不再是夏天里密不透风的绿墙了。但如果往左看，她就会看到一片沼泽草地：它看似人畜无害，实则可怕之极，脚一踩上去，水就会咕噜咕噜涌起来，涌到鞋子里；她可不敢横穿这样的草地，谁知道会不会在沼泽里淹死？

与成人相比，孩子们对大自然的感受力虽然相对有限，却更加专注。他们不会在可以饱览周边美景的观景点停驻，却有可能被远处小山上的一棵树深深吸引，萌生出想把它含在嘴里，跑过去亲手摸一摸的念头。巨大的山谷，秀美的景色，在他们脚下延展开去，可他们却不想欣赏，而是想纵身跳入其中，仿佛这样就能把自

① 一语双关，德语原文为“die Wegzehrung”也指“临终的圣餐”。

己的恐惧也投入其中；正因为如此，孩子们总是——经常做着无谓的举动——在草地上打滚、爬树、试吃树叶，最后躲在树冠或灌木丛里幽暗的安全中。

所以，如果说导致青年人的力量发展几乎没有限度，以及他们的精力过度旺盛的总体原因，在很大程度上不过就是造物在将死之时，因孤独而生出的赤裸裸的恐惧；如果孩子们到处乱跑的行为，在很大程度上意味着他们开始闯荡人生，如果他们那种经常被成人斥责为无缘无故的笑声，正是那些突然感到孤独充塞心头之人的笑声，那我们不仅可以理解，一个八岁的小孩可以做出闯荡四方的决定，以这种非凡——几乎可以说——英勇而孤注一掷的方式，收拾起自己的孤独，在孤独中战胜巨大的孤独，以无限挑战统一，以统一挑战无限——可以理解的并不仅限于此。我们不仅可以理解，这种行为既不取决于普通的动机，也不取决于动机的影响，而且也可以理解，这里的动机完全不同。它可以是一只蝴蝶，也就是说，一件无足轻重的小事，会对事情的发展产生决定性的影响，这并不是不可能的——例如，那只蝴蝶，先是在她面前翩翩起舞了一番，这时又离开路边，飞过沼泽草地，在远处消失不见。在成人眼里，这只是一件无关紧要的小事，因为成人看不到蝴蝶的灵魂，只能看到蝴蝶本身，而离开她的，正是蝴蝶本身。她停了下来，那只手不再叉腰，而是以从一开始就注定会落空的动作，快速抓向那只早已匆匆离去的蝴蝶。

这时，她虽然又沿着原路走了一段，快走到那座横跨大河，将河东的公路通和镇子连接起来的大铁桥前了。她之前走的这条岸边小路,在这里应该有一个向上的斜坡通往公路,而在河对面的相应地方也应该再变成向下的斜坡。但她这一次也没走到这里。因为,面对这座熟得不能再熟的大铁桥,面对它灰色格子状的结构,面对透过它就可以看到的,全被分隔成黑色矩形的冷杉林,面对这幅总让她感到非常害怕的景象,面对这种意外熟悉这一带却显然永远无法彻底熟悉的情况,她突然决定彻底离开山谷。想到就行动。虽然在离家出走之时,她也许希望过熟悉的、家乡的一切,只会极为缓慢地,几乎毫无痛苦地变得陌生,但这种不辞而别带来的痛苦还是会淹没在想去沼泽草地的对岸,消失在想去蝴蝶消失之地的强烈愿望之中。

那里的斜坡虽然高度一般,却足以让她看到建在山顶的房子,只不过只能看到房顶;也足以让她看到长在那里的树木,只不过只能看到树梢。也许,最明智的做法就是直接从公路爬上去。可她实在过于心急了:在淡蓝色的天空下,在这片残暑时节又凉又热的天空下,在晒得后背发烫的阳光下,她开始跑了起来;她沿着沼泽草地的边缘奔跑,想要找一处浅滩,或是一条小径,不管这条小径有多么窄。可她找啊找啊,绕着沼泽草地跑了一整圈,最后停在山脚下,仿佛山丘已经向她迎面走来,会像骆驼一样跪下,让她爬上去一样。这种双重的匆匆,她自己的匆匆前往和山丘的匆匆而来,本身就有些不可思议。此时的她也的确有些犹豫,因为她想要走的地方,正在不知不觉中从平坦的沼泽草地过渡为陡坡。要是这时抬起头来，她就会发现，山顶的农舍已经完全消失了，她只能看到一些树梢。但爬得越高，山顶农舍的样貌就露得越多，先是苍翠欲滴的群树，仿佛春天正在那里呼唤，然后是屋顶，缕缕炊烟正从烟囱里笔直冒出，最后跃入眼帘的是树干之间的农舍白墙：这是一栋掩映在翠绿园林中的农舍。最后一个斜坡实在太陡峭了，她只能手脚并用，费力地爬了上去；斜坡上也是枝叶繁茂、绿意盎然，她只好伸出双手，四下拨开枝叶，摸索着前行，直到她四肢伸开，俯卧在地，脸贴着青草，然后再非常缓慢地匍匐前行。

当她真的爬到山顶，一只看家护院的狗冲着她狂吠，想要挣脱铁链，这时她才发现，期望中的春天并未到来。这里的风景，无疑是陌生的、未知的，就连她现在所见的山谷，也是陌生的、未知的，甚至不再是她来时的山谷。双重转变！这肯定是充满沮丧的转变，但仍然不是关键，因为产生这种转变的原因只是光线：在善变的秋天，明亮纯净的光线，很快就变成了乳白色，而当山谷中开始充满同样洁白的浓雾时，在白云悠悠的天空下，便出现了另一片天空。此刻仍是下午，但陌生的傍晚已经来临。田园旁的公路伸向远方，一眼望不到尽头，蝴蝶在急速加剧的寒冷中就此死去。这才是关键！她突然意识到，一来是自己没有目标，二来是四处乱跑地寻找目标对她没有任何帮助，三来至多无限本身可以成为目标。小女孩把这个念头抛在一边，只是用行动回答这个从未有人提出的问题。她纵身投入陌生之中，她逃到公路上，逃到一眼望不到尽头的公路上，她有些不知所措，她跑得气喘吁吁，哭都哭不出来，而在静止不动的浓雾之间，跑不跑都一样。当暮色真的透过雾气，悄无声息地降临，当圆月在浓雾中变成一点明亮，当浓雾被悄无声息地瞬间驱散，点点繁星笼罩大地，当黄昏的静止变成黑夜的凝滞，她来到了一个陌生的村庄，跌跌撞撞地穿过寂静小巷，巷子里有几处停着没拴牲口的畜力车。

无论玛格丽特会走多远，无论她有没有被人送回，会不会成为流浪汉的猎物，这几乎都无关紧要——她已陷入没有尽头的梦游之中，再也无法脱身。

第八十三章　柏林救世军女孩的故事(15)

噢,新年,饥巷中的秋年,
噢,和蔼的星光,给秋日温暖,
噢,害怕昼长不夜! 噢,害怕田地荒芜,
噢,害怕辞别,虽然是淡淡的辞别,
眼中尽显忧虑憔悴,
无泪却仍依依不舍:
他们彼此放手,
就在汽车喧闹的城镇中,
道路一条接一条消失,足迹一个接一个消失,
真心一片接一片消失,心头惴惴不安——
太阳不再闪光,月亮化作白石,
内心却从不恐惧,
因为在灵魂命运之舟掌舵的老人的银光中,

恐惧将成为灵魂的最好礼物，
难道不是恐惧把他们牵到一起，
如同疲惫的叶子，飘到一起？
他们对爱的恐惧，难道不是一丝对天的恐惧，
他的一道道目光如银色合唱曲，
在紫色天穹下飘扬。
害羞的鸽子轻盈飞下，
在洪水黑涛上盘旋，
把盟约带去五湖四海：
上帝端坐在恐惧之中，端坐在孤独寂静之中；
在上帝之中，爱意变成恐惧，恐惧变成爱意，
成为时间和尘世时代之间的盟约，
成为孤独与所有孤独的盟约——
上帝慈爱，降下无边恐惧，
由于恐惧，啊，上帝，“你在”已成“你思”。

第八十四章

现在上《圣经》研读课的人很少。外部事件分散了人们对自己内心事件的关注,尤其是外地人,他们只要察觉出有早日回家的希望,就愿意听信各种谣言。本地人上课就比较固定,他们已经把上《圣经》研读课当成习惯了,无论是持续战乱还是迎来和平,都希望继续保持下去;每个人在听到和平的传闻时,内心感到的其实是烦恼,而不是高兴。

芬德里希和萨姆瓦尔德是本地人,也是《圣经》研读班的拥护者。胡桂瑙却说,芬德里希来这里只是因为艾施夫人家里总有牛奶可喝,有时候甚至还会说,艾施夫人把他的早餐咖啡也克扣掉了,就是为了想把牛奶留给这个祷告迷。他当着谁的面都这么说。艾施夫人听到后笑着说:“谁呀,醋味这么浓啊,胡桂瑙先生。”胡桂瑙早有准备,顺口回答道:“当心点,艾施妈妈,别让您丈夫的那帮祷告迷把您给吃穷了。”不过,胡桂瑙的这番指责并不公平;就算没有牛奶咖啡，芬德里希也会来的。

毕竟，萨姆瓦尔德和芬德里希两人，这时又坐在厨房里了。刚准备出门的胡桂瑙探头问道："好喝吗，先生们？"艾施夫人代为回答说："啊哟，我家里可是什么都没有。"胡桂瑙看了一眼他俩的嘴巴，想知道他们是不是在吃东西，又看了一眼桌子。他没有发现任何饭食点心，心里感到十分满意。"好了，这样我就可以放心地走了，"他说，"陪着您的，都是好人，艾施妈妈。"可他还是留了下来；他很想知道，艾施夫人会跟他们俩说些什么。见所有人都不说话，他开口说道："您的朋友今天在哪儿呢，萨姆瓦尔德先生？就是拄着双拐的那个？"萨姆瓦尔德指着在秋风中抖个不停的窗户："只要天气不好，他就浑身疼痛……他会预先感觉到。""哎呀呀，"胡桂瑙说，"风湿病，是的，这可难受了。"萨姆瓦尔德摇了摇头："不，他是会预感到……好多事情他都能提前知道……"胡桂瑙只听了一半："也有可能是痛风。"芬德里希微微打了寒战："我也浑身都痛……我们厂里有二十多个人得了流感……老佩特里的女儿昨天去世了……军医院里也已经死了几个了。艾施说那是瘟疫……肺炎瘟疫。"胡桂瑙听得很反感："这人怎么回事，净说些悲观丧气的话……瘟疫！真有瘟疫岂不是更好。"萨姆瓦尔德说道："戈迪克嘛，就连瘟疫也奈何不了他分毫……他是个复活者。"在这件事上，芬德里希还有话要说："据《圣经》所言，《约翰启示录》中的所有灾难，想必现在都要来了……少校也是这样预言的……艾施也这么说。""他妈的，真受不了，"胡桂瑙说，"祝你们聊得开心。再见。"

他在楼梯上碰到了艾施："您那两位好兄弟坐在楼上等着您呢……要是瘟疫的传言满镇飞，那您就是罪魁祸首……您借着这帮祷告迷的嘴，把所有人都搞得紧张兮兮，这简直就是愚弄民众。"艾施露出自己的大黄牙，不屑地挥了挥手。胡桂瑙顿时火了："干吗笑得这么奸诈，牧师先生。"令他惊讶的是，艾施立刻又认真了起来："您说得没错，这一点都不可笑……他们说得没错。"胡桂瑙听得很不舒服："他们对在哪里？难道是指瘟疫？"艾施平静地说："对，要是您终于能认识到，我们正处于恐惧和灾难中，那对您——对，就是您，我最尊敬的胡桂瑙先生——岂不是更好……""我想知道，这对我好在哪里。"胡桂瑙说完便继续下楼。艾施用教训的口吻说道："这我当然可以告诉您，可您就是不想知道……害怕知道啊……"胡桂瑙转过身来。艾施站在高出胡桂瑙两级楼梯的地方，看上去气势不凡。"真讨厌，还得仰视他。"胡桂瑙心里想着，迅速往上退了一级。不知怎么回事，他又怀疑起来。艾施又想隐瞒什么？艾施能知道什么？可艾施刚起了个头，说到"唯有心怀恐惧，方能分享恩典"时，便被胡桂瑙打住了话头："停，这些话我真的用不着再听了……"艾施又可恶地露出一脸的嘲讽之色，冷笑道："难道我没说过吗？它可能不适合您的新志向……而且，很可能从来就不适合您。"他说完便想继续上楼。

在胡桂瑙的眼镜后面，闪过一道凛冽的光："等一下，艾施先生……"

艾施停了下来。

"嗯,艾施先生,有些话我是不吐不快……我当然不喜欢胡说八道……无论您现在冷笑不冷笑,它从来都不适合我……我一直都是个无神论者,说话向来直来直去……我从未打扰你们凑在一起祈祷,所以也请您不要烦我,就让我按自己的方式快乐生活……您也可以称之为新志向,我没意见,甚至对您明目张胆地监视我的举动,我也无所谓。另外,我不像您,我不是什么保民官[①],也肯定不是什么愚弄民众的人,我没有野心,但当我听到别人——当然不是您那边楼上的祷告迷——这么说的时候,我发现,事情的发展似乎并不顺您的心意呀,牧师先生……我是说,大家很快就会看到的,我也看到过一些人被挂在路灯柱上……要是少校先生不那么爱生我的气,我就会非常恭敬地给他提个醒,我是个好人……虽然他现在也不怎么搭理您了,这个优柔寡断的老傻瓜,但我至少还可以帮您给他提个醒。您看,我的牌可都是摊开了放在桌面上的:我可不会像别人那样在背后捅人。"

说完,他终于转过身去,吹着口哨快步走下楼梯。可没过一会儿,他就恨起自己刚才的好脾气了——对帕瑟诺先生和艾施先生,他完全没道理有负罪感呀——他到底为什么要提醒他们,究竟要提醒他们什么?

艾施停在那里没走,他总觉得心里有根刺。然后他自言自语道:"舍己为人者,义士也。"虽然他相信这个年轻人什么坏事都做

---

① 古罗马时期一种维护平民利益的特殊官职,由平民会议选出。

得出来,但只要后者还这样自吹自擂就没事;会叫的狗不咬人。虽然后者在酒馆客栈中也大吹牛皮,但这样的危害就更少了,尤其是对少校。艾施微微一笑,用力伸直双腿稳稳地站着,然后伸展双臂,就像刚从睡梦中醒来或被钉在十字架上一样。他觉得自己强壮结实、精力旺盛。这仿佛是一个可以结清的人世之账的账目,他重复道:“为了他人牺牲自己的人一定是义士。”说完他便推开了厨房的门。

第八十五章

“黑暗之中,人不见人”
1918年11月3日、4日和5日事件

胡桂瑙预言的事情终于发生了:人们确实亲眼所见、亲身经历了一些事情,就发生在11月3日和4日。

11月2日上午,造纸厂工人举行了一次小规模的游行示威活动。跟平常一样,游行示威的队伍照例走到镇公所前,但不同的是,这次竟在没有特殊原因的情况下,把窗户砸破了。等少校赶紧把还听候自己差遣的半个连队的士兵拉了过来后,游行示威者们就散去了。然而,这只是表面的平静。镇上谣言四起;对于前线的溃败,大家都心知肚明,但停战谈判得如何却无人知晓,可怕之事即将来临。

白天就这样过去了。傍晚时分,人们就看到西边的夜空都映红了。据说,特里尔城里四处起火。后悔自己没早点把报社卖掉

的胡桂瑙，这时想印一期特刊，可那两个工人却不知道哪里去了。天黑之后，监狱附近发生了枪击事件。人们私下谣传，这是煽动囚犯越狱逃跑的信号。后来，又说是有个监狱看守因为误会而开枪示警，只是没人相信。

这个时节的早晨，寒冷多雾，犹如冬日。刚到七点，镇公所的各级官员就已坐在四周装有护墙板，但没有暖气也几乎没有灯光的会议厅里了；大家普遍要求让镇民武装起来——但有人却担心这会被视为挑衅工人，因此强烈反对这项措施，于是大家决定组建一支包括镇民和工人在内的民兵队。镇警备司令官不同意从弹药库的储备物资中发放步枪，但到最后，他们几乎是绕过了少校，擅自拿来了武器。毫无疑问，此时已经没有时间按正常程序征兵了，因此他们只选出了一个由镇长担任主席的委员会，负责分发武器。就在当天上午，凡是能够证明自己居住在本镇且熟悉枪支使用的人都发到了步枪。事态发展到这种地步后，镇警备司令官也无法拒绝军队与民兵队的合作了；司令部已经开始布置岗哨了。

艾施和胡桂瑙当然也踊跃报名。艾施一心想着要留在少校身边，于是请求留在镇上协防。最后，他被安排在夜间执勤，而胡桂瑙则被安排在下午去大桥上站岗。

胡桂瑙坐在大桥的石栏杆上，在十一月的浓雾中瑟瑟发抖。装上了刺刀的步枪斜靠在他的身旁。栏杆的石缝之间长着小草。胡桂瑙正忙着把它们一一拔掉。他甚至还可以从石缝里抠出很早以前的砂浆块,然后随手把它们扔到水里。他无聊极了,觉得整件事情毫无意义。他身上穿的冬季大衣是最近才买的,一点都不保暖,而且翻起的领子还磨得脖子和下巴生疼。穷极无聊之下,他去解了个手,但这也只能消磨一会儿工夫。他又坐回了原处。坐在这里真的很蠢,袖子上傻傻地戴着绿色臂章,更何况还冷得要死。他心里盘算着要不要转头去妓院逛逛——因为少校的妓院关门令毫无作用,妓院现在已经转为地下营业了。

正当他美美地想着老鸨可能已经生起了火,妓院里变得温暖如春时,玛格丽特出现在他面前。看到她来,胡桂瑙很高兴。"哟,"他说,"你怎么跑这儿来了……我以为你离家出走了呢……你用我给你的那1马克做了什么呀?"

玛格丽特没有回答。

胡桂瑙很想去妓院:"我现在可用不着你……你还不到十四岁呢……你快回家吧。"

嘴上虽然这么说着,他还是把她搂在怀里,这样更暖和一些。过了一会儿,他问:"你穿上暖和的裤子了吗?"听到她说"穿了"时,他感到很欣慰。他们紧紧地依偎着坐在一起。镇公所的钟声透过浓雾传了过来。五点了,天已经很黑了。

"没剩几天了,"胡桂瑙说,"一年又要过去了。"

又一个大钟响起,敲了四五下。胡桂瑙觉得越来越难过。这一切都是为了什么?他又在这里干什么?田地对面就是艾施的家,胡桂瑙朝着艾施家的方向狠狠地啐了一口,唾沫在空中划出一道长长的弧线。突然,他感到一阵惊慌:他忘记把印刷车间的门关好了,要是今天有人来抢劫的话,他们会把他的机器砸碎的。

“下来。”他对玛格丽特粗声说道。看到她还在犹犹豫豫,他伸手就扇了她一个耳光。他着急地在口袋里寻找印刷车间的钥匙。他是自己回去呢,还是让玛格丽特把钥匙带给艾施夫人呢?

就在他想要丢下自己的职责不管,准备回去时,他吓得跳了起来,因为这时他真的感到了一种让人毛骨悚然的惊恐:在森林边缘,一道刺眼的光芒突然亮起,紧接着就是一阵可怕的爆炸声。就在他意识到迫击炮连的营房出事了,肯定是哪个傻瓜把剩下的弹药都炸了时,他立刻本能地卧倒在地,非常聪明地趴着,等待爆炸结束。果然,紧接着又发生了两次剧烈的爆炸。在这之后,轰响声就变成了零星的噼啪声。

胡桂瑙从石栏杆上小心张望,看到弹药库的残垣断壁,里面浓烟滚滚,烧得通红,营房的屋顶也在燃烧。“瞧,这就开始了。”他自言自语道,站起身来,拍了拍自己新买的冬季大衣。然后,他东张西望地寻找玛格丽特,吹了几声口哨唤她出来,不过她已经溜走了——希望是回家了。他没多少时间考虑,因为那里已经有一群人从营房里跑了下来,手里拿着棍子、石头,甚至还有步枪。让胡桂瑙吃惊的是,玛格丽特正在边上和他们一起跑过来。

很明显,他们的目标是监狱。胡桂瑙恍然大悟,他觉得自己就像一个总参谋长,他的命令被执行得分秒不差。“大家真勇敢。”他在心里说着,觉得加入他们是自然而然的事情。

他们一路狂叫着，飞奔到监狱门口。大门紧闭。先是一阵噼里啪啦的石头雨砸向大门，然后是直接攻打。胡桂瑙第一个用枪托对着厚木板猛然一击。有人搞到了一根铁撬棍，没用多久就撬开一个缺口。大门一下子就打开了，人群纷纷涌进监狱的院子里。院子里空无一人，看守管事们不知道藏到哪儿去了。好吧，这些家伙很快就会像耗子一样被赶出这里的——牢房里传来狂野的歌唱声："欢颂万岁，欢颂万岁，三呼万岁！"

第一次爆炸时，艾施正在厨房里。他一个箭步跳到窗边，可随后就是第二次爆炸，被震松了的窗户连同窗框一起往他头上砸下来，吓得他赶紧往回退了几步。是空袭吗？艾施夫人跪在碎玻璃之间，嘴里胡乱念着《主祷文》。他目瞪口呆地看了她片刻：她这辈子还从来没有祈祷过！然后他猛地把她扯了起来："去地窖，是空袭。"与此同时，他从楼梯上看到弹药库起火，听到那里传来的噼啪声。瞧，这就开始了。而他的下一个念头就是："少校！"他的妻子呜咽着，苦苦哀求他不要离开自己。他没理会，狠心把她推回屋子里，拿起步枪，冲下楼去——这一连贯的动作在眨眼之间一气呵成。

路上全是大声叫喊的人。集市广场那边传来了军号声。艾施气喘吁吁地走在上坡路上。一对套着挽具的马匹快步跟在他的身后。他知道它们是为消防队准备的，于是心里不禁一宽，因为这表明了，这里至少还剩下一点点正常的秩序。消防车已经停在集市广场上了，人们把它拉了出来，但消防队员们还没到齐。号手登上驾驶座，不停地吹响着集结号，但眼下只到了六个人。从广场的另一边来了一个连的士兵，上尉很镇定地命令他们协助消防队灭火。随后，他们便坐上消防车咔嗒咔嗒地离开了。

镇公所里的门全都敞开着。找不到人，司令部里空无一人。艾施松了一口气。这样看来，至少在这里，他们不会马上就找到那老人的。但他在哪里呢？艾施出来时，终于碰到了一个士兵，于是大声问他，有没有见到警备司令官。“见过，司令官刚才下令让民兵队戒备，现在要么在营房，要么在监狱……监狱据说已经被攻占了。”

那就去监狱吧！艾施迈着沉重的步伐，笨拙地小跑起来。

当人群闯进监狱大楼时，胡桂瑙仍然站在院子里。成功了，毫无疑问，他成功了。胡桂瑙做了个嘲讽的表情——做这个表情现在对他来说，已经是驾轻就熟了。少校要是在这里见到他，肯定会大吃一惊的，艾施也不例外。毫无疑问，这是一个成功的辉煌壮举，可胡桂瑙的心情却依然好不起来。现在怎么办？他看着院子，火光熊熊的营房发出绚烂夺目的光芒，但这毕竟不是什么前所未闻的奇事，院子和他想象中的没什么两样。眼前的这帮家伙他也受够了。

突然响起一阵刺耳的尖叫声！他们找到了一个看守，并把他拖到了院子里。当胡桂瑙走过来时，那人躺在地上，像被钉在十字架上一样，只有一条腿向上伸直了，有节奏地抽搐着。两个女人扑到了他的身上，那个脚穿钉鞋，手拿铁撬棍的家伙踩着他的一只手，用铁撬棍哐哐地敲打着这个倒霉蛋的骨头。胡桂瑙觉得自己忍不住要吐了。他心慌意乱地扛着步枪跑回镇上。

营房的熊熊火光把小镇照得通亮，照亮了镇上的尖顶山墙，镇公所和教堂的塔楼也从黑漆漆的房屋轮廓中跃然而出。五点半的钟声从那里悠然传来，仿佛这个小镇的上空飘浮着更深沉的和平与安宁。熟悉的钟声悠然，熟悉的屋舍模样，所有在火光四起时尚在的和平与安宁，把胡桂瑙的紧张恐惧变成了一种难以抑制的渴望——渴望有人相伴。他一路横穿田野，只在喘不过气时才停下。这时，他闻到一股烟熏风味餐厅的味道，心里又突然想起印刷车间的门可能没有锁，想到窃贼和盗贼这时正从监狱里蜂拥而出，于是怀着双倍的恐惧，用着双倍的力气，拼命往家跑去。

汉娜·温德灵躺在床上，正发着高烧。凯塞尔博士一开始认为，这是她每晚都开着窗户睡觉造成的，后来不得不承认，她得的是西班牙流感。

当第一次爆炸发生，窗玻璃哐当哐当掉到房间里时，汉娜一点也不吃惊：窗户是关着的，这又不能怪她，她也是被逼无奈，谁让海因里希不给她装窗棂的；不关窗的话，眼下当然会有盗贼偷偷爬进来。她似乎很满意地说了声“自下而上从底层突破”，然后等着接下来会发生什么。但随着轰响声、噼啪声越发热闹，她终于清醒过来，突然意识到自己必须去儿子那边，于是便从床上跳了下来。

她紧紧地抓住床柱子，努力收拢思绪：儿子在厨房里，对，她想起来了，为了避免传染，她让他去楼下了。她得到楼下去。

一阵凛冽的寒风吹过房间，吹过整栋房子，吹得所有门窗都被猛地甩了出来，二楼正面的所有门窗玻璃都碎了，因为在山谷中这里的地势较高，气压的影响特别大。第二次爆炸时，盖着瓦片的屋顶被噼里啪啦地掀掉了一半。要不是房子采用集中供暖，一场大火也是免不了的。不过，汉娜没有感到寒冷，她甚至都没有听到噼里啪啦的嘈杂声，她不知道发生了什么事，也根本不想知道：在衣帽间碰到了高声尖叫的女佣，但心急火燎的她没有理会，而是赶紧奔向厨房。

到了厨房里，她才突然意识到，刚才一定很冷，因为这里很暖和。楼下的窗户都没事。厨娘蜷伏在角落里，抱在她怀里的小男孩号哭着、颤抖着。家里的猫安安静静地趴在灶台前。那股奇怪的焦味也消失了，厨房里闻起来又清新又暖和。汉娜觉得自己得救了。然后她才发现，自己刚才竟然如此沉着镇定，竟然还不可思议地带着被子。她裹着被子，坐在离儿子最远的角落里；为了不把流感传染给儿子，她不得不小心点，虽然他想到她身边去，但她还是不让他过来。女佣在她后面跟了进来，园丁夫妇也赶了过来：“那边……营房着火了。”园丁指着窗口，但女人们不敢走过去，老老实实地留在原地。汉娜觉得自己非常清醒。“我们必须等它结束。”她说道，把被子裹得更紧了。不知道为什么，电灯突然熄灭了。女佣又是一声尖叫。汉娜在黑暗中重复着“我们必须等它结束”，然后又迷迷糊糊地打了个盹。小男孩在厨娘的怀里睡着了。女佣和园丁的妻子坐在煤箱上，园丁靠在灶台上。窗户依然咯咯作响，屋顶上时不时就有一摞瓦片掉在屋外。他们坐在黑暗中，他们全都看着明亮的窗口，他们静静地看着，他们的动作越来越少，越来越小。

艾施急匆匆地走在通往监狱的下坡公路上——步枪从他的肩上滑了下来，于是他像一个正在冲锋的战士一样把它抓在手里。快走到半路时，他听到前面有一大群人正狂叫而来，于是迅速躲进灌木丛里，等他们先过去。这群人估计有两百来个，大概全是些地痞流氓，其中还有穿着灰色囚服的犯人。他们有些人想唱《马赛曲》，其他人想唱《国际歌》。一个说话语气像个中士的人不停地喊着“排成四队”，但没人听他的。在队伍排头的上方悬着一个人偶：在一根像绞刑架一样的杆子上，挂着一套塞满杂物和布料的监狱看守制服，形状就像人一样——他们显然为此脱光了那个看守的衣服——人偶的胸前贴着一张白纸。在闪烁不定的弹药库的火光中，艾施依稀可以辨认出上面写的是“镇警备司令官”。他们中间甚至还有一个小孩跟着，是一个小女孩，她坐在其中一个家伙的肩膀上，长得有点像玛格丽特。但艾施没有多想，他让队伍过去后，走到路边的草地上再继续往前跑，以免碰到可能掉队的人。

一辆汽车的前大灯突然在他眼前闪现。艾施吓呆了——这只能是少校！不可避免地落入叛乱者虎口的少校。他必须拦住少校！不惜一切代价！艾施从斜坡上滑下来，站在路中间，挥舞着手臂，大声叫喊。但车上的人没看到他或不想看到他，要不是他跳到旁边，差点就被撞死了。他刚好看清楚，这确实是少校的车，除了少校之外，车上还有三名士兵，其中一名士兵站在脚踏板上。他无可奈何地目送汽车远去，然后又使出吃奶的力气跟在后面跑着，他没命地跑着，心里担心得要命，觉得每时每刻都有可怕的事情发生。前方传来几下枪声，接着是一下爆炸似的轰击声，随后是一片尖叫声和哭喊声。艾施又冲上了斜坡。

人群站在前排的房屋前，附近仍被大火照得很亮。在灌木丛的遮掩下，艾施一边寻找，一边来到第一道花园栅栏前，并借着栅栏的掩护成功靠近绿篱。那辆汽车侧翻在地，在对面路边的斜坡上燃烧着。司机显然是因为看到车前的人群，或者被石头砸中了，而失去了对汽车的控制，从车里飞了出来。他的脑袋在一棵树上撞碎了，他半蹲在这棵树前，喉咙里仍在艰难地呼吸着，发出喘息之声。一个士兵四仰八叉地躺在路上。另一个则是军士，他似乎在翻车时安然脱险了，这时却被狂躁的暴徒们包围了。在拳脚棍棒交加之下，他告哀乞怜地扭动着，嘴里说着在吵闹声中听不清楚的话；然后他也晕了过去。就在艾施寻思着要不要向这群人开枪之时，引擎盖中突然蹿出一束蓝色的火苗，有人大喊道："汽车要爆炸了!”人群赶紧退后,屏声等待汽车爆炸。只不过,什么也没有发生,汽车只是静静地继续以微小的火势燃烧着。不久就有人高呼“去镇警备司令部”“去镇公所”,于是一群人又辗转着再次朝镇上走去。

可是少校在哪儿呢?艾施突然意识到:他在汽车底下,有被活活烧死的危险。艾施顿时肝胆俱裂,他爬过木板条,快步冲上汽车,使劲摇着车架;当他明白自己一个人是没有办法抬起汽车时,他突然失声啜泣起来。汽车依然燃烧着,他绝望地站在车前,无力的双手在一次次的努力中被一次次烫伤。这时,有个人走了过来。这是第三个士兵,他没有受伤,因为他飞过了斜坡,掉到了草地上。他们两人合力,把汽车的一侧稍稍掀起。艾施爬到下面,用后背顶住车身,然后士兵把少校拉了出来。谢天谢地!但这样还不够,他们必须尽快远离有爆炸危险的汽车,因此他们把失去知觉的少校抬到斜坡上,小心翼翼地把他安顿在几株灌木后的草地上。

艾施跪在少校身旁,凝视着他的脸;他脸色安详,呼吸正常,虽然有些微弱。心脏也在平稳地跳动着——艾施撕开了少校的大衣和外衣——除了有一些烫伤和擦伤之外,没发现任何外伤。那士兵站在旁边:“我们还有其他人……”艾施慢腾腾地站起身来。一阵前所未有的倦意突然袭来,浑身上下酸痛无比。但他还是毅然站了起来,然后他们把受伤的军士也抬到了安全的地方,又把那位不幸出事的士兵和司机的两具尸体放在斜坡上。做完这些后，艾施瘫倒在少校身旁的草地上："歇会儿，喘口气……我不行了。"他累得像浑身散了架一样，不理会镇上火光冲天，不理会火舌迅速蹿起，舔舐着屋顶，也不理会士兵的叫喊："那帮家伙放火烧了镇公所！"

军医院里一片混乱。

一开始，所有人都躲到了花园里，根本顾不上那些站不起身的病人；没人听他们抱怨。

库伦贝克不得不抖起官威全力恢复秩序。他亲自把病得最重的人送到底楼，他像抱小孩一样抱着病人，他的声音响彻走廊，只要有人胆敢不马上执行他的命令，他就会毫不客气地破口大骂，甚至对弗卢尔施茨和玛蒂尔德护士也照骂不误。卡拉护士失踪了，哪儿都找不着。

最后，一切又恢复了正常。有些楼层被毁坏了，里面的病床从楼上搬了下来，病人们也三三两两地回来了。有些人没有回来。他们在花园里，或者走得更远，到了树林里或者别的地方。

弗卢尔施茨和一名男护士出去找他们。他们在花园外最先发现了一群人，戈迪克就在其中。他并没有走多远，就站在被他选作观景处的山坡上，朝天举着他的两根拐杖。

要是有人看到，还以为他在欢呼呢。

实际上：他们走近时，便听到他在大笑，这种像野兽咆哮一样的大笑，军医院里的全体医护人员已经等了好几个月了。

他没理会这两人的呼喊,当他们走近他,准备把他带回去时,他恶狠狠地挥舞着两个拐杖。

弗卢尔施茨有些无奈:“哎呀,戈迪克,别闹了……”

戈迪克用拐杖指着对面的火光,欣喜若狂地大叫道:“末日审判……死而复活……死而复活……未复活者下地狱……魔鬼会把你们全部带走……现在就把你们全部带走……”

真拿他没办法!不过,在他们束手无策地看了他一会儿后,男护士突然想到了个好主意:“路德维希,吃点心了,快从脚手架上下来。”

戈迪克沉默了,从满脸的胡子后边抛出两道怀疑的目光,但最后还是一瘸一拐地跟在他们后面。

胡桂瑙气喘吁吁、摇摇晃晃地穿过花园,来到印刷车间门口。一时之间,他都忘了自己为何而来。但他随后就想起来了。印刷机!他走了进去。黑暗的印刷车间在外面火光的映照下忽明忽暗,这里看起来像星期日一样井然有序。胡桂瑙把步枪夹在两腿之间,坐在机器面前。他很失望;这台机器不值得他这么劳累——它冰冷无情地立在那里,只投下一片明暗不定的阴影,让他感到很不舒服。要是这帮暴徒果真来了,这台破机器真给他们砸了也是活该。虽然这台机器很漂亮……他把手放在上面,却因为这铁块摸上去太冷而心中暗骂。他妈的,跟它生什么气啊!胡桂瑙耸了耸肩,看着院子,看着对面的简易仓库,在星期日那里会用作布道的场所。艾施下个星期日还会布道吗？憎恨神圣宗教之敌[①]。披着牧师外衣的流氓。简易仓库空空荡荡，那是他们的事……这样的一个家伙还有什么可失去的！他要打断这家伙的骨头。这家伙过得无忧无虑的……星期日布道，现在他们夫妻俩正坐在楼上，互相安慰着，而他却不得不坐在这台破机器旁边。他又忘记了自己为何而来。他把步枪靠在机器上。

他在院子里闻了闻：飘入他鼻中的，又是熏肉饭菜的味道。今天当然没有晚饭吃了……哼，楼上肯定有吃的——她可不会饿着艾施。

等走到楼上的走廊里一看，他不禁大为震惊，因为他那间屋子的房门已经从铰链上脱落下来了。有些不对劲。而且，房门也被卡住了，他费了很大的劲才把它撞开。房间里更是凌乱不堪：镜子也不在盥洗台上方挂着，而是掉在碎了一地的餐具上面。一片狼藉。令人费解，让人不安，这幅景象让人想起了稀碎的骨头。胡桂瑙坐在长沙发上，他想弄明白是怎么回事，却又不愿细想……应该有人会过来，向他仔细解释，让他放心……抚摸他的头发。

这时，他突然想到，自己还是要叫艾施夫人过来，好让她看看屋子的损失情况……要不然，她最后还以为是他弄坏的呢……他可不想赔偿损失，这又不是他弄坏的。他正想把她叫过来时，听到

---

① 原文为法语。

他回来的艾施夫人已经冲进房间,问道:“我丈夫在哪?”

终于看到了一张熟悉的人脸,胡桂瑙顿时感到又喜悦又激动,浑身一轻,他亲切而真诚地冲她微微一笑:“艾施妈妈……”他两眼放光,却又拘谨地看着她……现在就要万事大吉了,她应该领我到床上去……

可她的眼里似乎完全没有他:“我丈夫在哪?”这个愚蠢的问题让他很心烦——这个女人现在要艾施干什么?这家伙不在这里,岂不是更好吗……他粗声粗气地回答道:“我怎么知道他在哪儿闲逛,到了吃饭时间他就会回来了。”

也许她根本没有听到,因为她走到他跟前,抓住他的两个肩膀,冲着他的脸高声怒喝道:“他走了,他带着步枪走了……我听到枪声了。”

一丝希望在胡桂瑙心中升起:艾施中枪了!可这个女人的声音为何如此悲伤?她为何会做出错误反应?他要的是被她安慰,而不是反过来安慰她,说到底,都怪这个艾施!她还在苦苦哀求:“他在哪?”她依然紧紧抓住他的肩膀不肯松开。他既尴尬又生气地抚摸着她胖乎乎的上臂,把她当成哭闹的小孩,甚至很乐意哄她开心。他上下抚摸着她的胳膊,可他嘴里的话却不怎么中听:“您嚷着要艾施干吗?您不是也受不了这家伙吗?……不是有我在这里陪着您嘛……”当他说出这番话时,他才意识到,自己很想对她行不轨之事……就当是让她偿还平日对他的亏欠吧。这时,她也觉察到了事情有些不对劲:“胡桂瑙先生,天哪,胡桂瑙先生……”但她几乎一开始就失去了意志，在他气喘吁吁、急急忙忙的催逼下，几乎没有任何抵抗，就像一个主动帮助刽子手行刑的罪犯一样，解开了自己的裤子。他没有吻她，直接俯身趴在她朝天叉开的大腿之间，和她一起倒在长沙发上。

结束后，她的第一句话就是：“救救我丈夫吧！”胡桂瑙一脸冷漠；现在嘛，这家伙可以活着，只要他自己愿意。但紧接着，她突然尖叫起来：窗口突然出现血红色的光芒，橙黄色的火焰冲天而起，镇公所着火了。她跌倒在地，像一团奇形怪状的肉糜……她，都怪她。“耶稣玛利亚呀，我做了什么，我做了什么……”她爬到他跟前，“……救救他，请您救救他……”胡桂瑙走到窗前。他心情很差，现在这里也开始了。对于外面的破事，他已经厌烦了，简直烦透了。这婆娘要他干什么？说到底，都是艾施的责任……谁让这家伙想跟少校一起出入火海的，圣徒不都是被火烧死的吗。现在嘛，这帮人肯定还会大肆抢劫一番……他又忘了把印刷车间锁起来了……他正好趁这个机会，正大光明地脱身而去：“我会照顾他的。”走出去的时候，他心里琢磨着，要是现在见到艾施，就把艾施扔到楼梯脚下去。

印刷车间里整洁有序，一如既往。步枪依然斜靠在那里，机器影子依然明暗不定。红、黑、黄、橙，镇公所火光熊熊，烟火直冲云霄，对面的营房和弹药库仍在冒着脏兮兮的棕色浓烟。果树的枝丫掉光了叶子，倔强地朝天而举。胡桂瑙仔细看着眼前这出戏，突然发现这是对的……一切正该如此，甚至他又喜欢上了那台机器……一切正该如此,一切准备就绪,他恢复了本性,重回清醒……现在只需完成最后一击,然后便万事大吉!

他又轻轻地回到楼上,探头探脑地看了看凌乱不堪的厨房,蹑手蹑脚地走到面包柜前,给自己厚厚地切了一大块面包。由于找不到别的东西可吃,他下楼回到印刷车间里,舒舒服服地坐了下来,伸直两腿,把步枪夹在中间,开始慢慢地吃了起来……不管怎么样,就算有人过来抢劫,他也对付得了。

艾施和士兵跪在少校身旁。他们想让他恢复知觉,于是用湿草揉搓他的胸口和双手。在他终于睁开了双眼后,他们便搬动摇晃他的双臂和双腿,发现它们都没有折断。可是不管他们怎么叫喊,他都没有回应,就这么仰面平躺着,只有双手不停地动着,抓进潮湿的泥土里刨挖着,摸索着泥块,把它们捏得粉碎。

很明显,他们必须尽快把他带走。想到镇上寻求帮助是不可能的,所以一切全靠他们自己。受伤的军士这时已经恢复几分,可以坐起来了——这样一来,他暂时就不用他们照顾了,于是他们决定,首要任务是走田间小路把少校送到艾施家去;走大路实在太危险了。

就在他们商量着,这件事该如何处理才最为妥当时,少校似乎想要开口说话:他抬起一只手来,手指间还夹着一块泥土,他嘴唇微张,嘬了嘬,但是他的手总是抬起来就掉下去,别人也听不到他的声音。艾施把耳朵凑到少校的嘴边等着,他终于听清楚了："骑着马被绊倒了……障碍虽小，可还是绊倒了……右前腿摔断了……我要亲自毙了它……以死抵罪……"然后，少校的声音更清楚了，仿佛想恳求别人的赞同："……用子弹，而不是非骑士式武器……""他在说什么？"那位士兵问。艾施轻声答道："他以为自己是骑马摔伤了……但现在得走了，该死的，要是没这么亮就好了……无论如何，枪一定要带上。"

少校又闭上了眼睛。他们小心翼翼地把他扶了起来，抬着他走在被雨淋湿后变得泥泞不堪的田间小路上。两人不时停下休息，互换位置，鞋子沉甸甸的，上面沾满了泥土。其间，少校有一次睁开了眼睛，看见镇上火光熊熊，就目不转睛地看着艾施，命令道："毒气……喷火器……去灭火。"说完他就又昏迷了过去。

一回到家，艾施就跟那位士兵道别："您现在快回去照顾您的战友，我随后就来。这里我会找到帮手，帮着我一起把少校抬到楼上去的。"所以他们暂时把少校放在凉亭前面的长椅上。等士兵走后，艾施悄悄地走进屋子，把步枪靠在过道墙壁上，打开了地窖楼梯口的地板活门。然后，他把少校搭在肩上背了进去，小心翼翼地摸索着，踩着地窖楼梯走了下去，到了下面后，他把少校小心安放在预先盖好毛毯的土豆堆上。他点亮了固定在脏兮兮的墙壁上的煤油灯，用木板和破布封住地窖的小天窗，以防灯光透出去。最后，他潦草地写了一张便条，塞到少校合拢在一起的双手之间："少校先生，您遭遇车祸，昏迷不醒。我出去办事，很快就回。艾施敬上。"他又检查了一遍煤油灯，看看里面的煤油够不够；也许，他要出去很久才能回来。通到地窖门口只有三个台阶。艾施在打开地窖门之前，再次转过身来，似乎有些犹豫地看着低矮的地窖拱顶和这个直挺挺地躺在里面一动不动的男人：要不是冒着烟，还有一股煤油味，这里很像一个阴凉的墓室。

他慢慢地爬了上去。在过道里，他侧耳听了一会儿楼上的动静。寂静无声……嗯，妻子早晚会平静下来的，现在更重要的是镇外的伤员。

他扛着步枪走到街上，可他的心却在地窖里，在里面躺在煤油灯下的那个人身上。灯灭之时，救世主就会降临。灯须先灭，纪元才会重开。

窗外很亮。当胡桂瑙看到花园里有个人影时，他刚吃完面包，正想着如何才能找到更多吃的。他迅速抓起步枪，但随后就发现，那人不是艾施还能是谁，而且艾施还背着一个袋子一样的东西。瞧瞧，牧师先生竟然也去抢劫了！这没什么奇怪的，嗯，很快就会自见分晓。他好奇地等着那人背着东西走过来。艾施迈着迟缓笨拙的脚步吧嗒吧嗒地穿过院子，走了很久才出现在窗前。但紧接着，胡桂瑙便大吃一惊，差点没喘过气来——艾施背着一个人！艾施把少校背回来了！绝对没错，艾施背回来的是少校。胡桂瑙踮起脚尖悄悄地走到门口，把门开了个缝，探出头去——毫无疑问，那是少校——他还看见，艾施背着少校消失在地窖口。

胡桂瑙非常好奇，急于想知道后事如何。当艾施再次露面，出去走到街上时，胡桂瑙也扛着步枪，不远不近地跟在后面。

在去镇公所方向的街道上，一片通明，在横对着镇公所的街道上，房屋投下了清晰而又闪烁的影子。街上空无一人。集市广场那边隐约传来阵阵喧哗声，大家全都跑到那里去了。胡桂瑙禁不住心想：趁着巷子里空无一人，谁都可以肆意抢掠一番；他现在随便闯入一户人家，可以想拿什么就拿什么，没人会拦着他——当然，这破屋子里能有什么值钱的东西好拿的。“更好的猎物”这个词突然在他心中浮现。艾施在下一个路口拐了个弯；看来，他去的不是镇公所，这个虚伪的骗子。两个小伙子跑了过去，胡桂瑙端起步枪，做好随时射击的准备。有人从一条小巷中推着辆自行车，踉踉跄跄地朝胡桂瑙走来；那人的左手使劲握着车把，右手像断了一样垂下来一直晃荡着，一张破烂不堪的脸上，仍有一只眼睛在茫然呆滞地直视着前方。胡桂瑙看得头皮一阵发麻。这个受伤的人跌跌撞撞地走了过去，只顾着费力地把住自行车，似乎想把它带去彼岸似的。脸被枪托砸烂了，胡桂瑙心里这么想着，手里把步枪握得更紧了。有只狗从一户人家的大门后窜了出来，跟在这人身后嗅着，舔着滴下来的血。艾施这时已经走得见不着人影了。胡桂瑙加快了自己的步伐。走到下一个十字路口时，他又看到了艾施步枪刺刀上的寒光。他快步跟了上去。艾施只顾往前走着，对左右两边看也不看，就连火光熊熊的镇公所也似乎没有引起他的半分注意。这时，耳边不再能听到他走在凹凸不平的铺石路面上发出的回响,因为再往前就没有铺石路面了,然后他拐进了一条跟小镇城墙同方向的小巷。胡桂瑙向前紧走了几步;艾施不紧不慢地走在前面,胡桂瑙跟在他身后二十步左右的地方:要不要也用枪托把他砸个满脸开花?还是不要,这毫无意义,要做就要做绝。这个念头就像一道电光射入胡桂瑙的心头——他放下步枪,像跳探戈一样,踩着猫步闪到艾施身后,端起刺刀对准那瘦骨嶙峋的后背,狠狠地刺了进去。令凶手大吃一惊的是,艾施又平静地往前走了几步,然后才一声不响地向前一头栽倒在地。

胡桂瑙站在倒地不起的人的身旁。这人的一只手压在街上黏稠污泥中的轮辙上,胡桂瑙用脚碰了碰这只手。要不要踩一脚?毫无疑问,这人已经死了。

胡桂瑙非常感激这人——万事大吉!他蹲下来,看着这张侧向一边、胡子拉碴的脸。这人的脸上丝毫没有害怕和讥讽之色,这让胡桂瑙非常满意,他拍了拍尸体的肩膀,动作中甚至还带着一丝亲切。

万事大吉。

他把步枪换了一下,把自己那支带血的留在死者身旁,虽然在这种日子里,这么做太过于小心了,但他就喜欢做事干净利落,不留尾巴。随后,他就回去了。城墙被镇公所的火光照得通亮,斑驳的树影映在墙上,镇公所屋顶向天空喷出最后一束橙色火焰——胡桂瑙不禁想起科尔马画像中那个飘向碎裂天空的人。他真的很想和那人举起的右手握一下,他的心情如此轻松愉快——随后镇公所的塔楼便塌了下来,火势也渐渐变小,发出一片褐红色的光芒。

风从山下吹来。塌了一半的“玫瑰之家”,仍然黑漆漆、静悄悄,听凭晚风吹拂。

厨房里什么都没变。六个人还是保持原来的姿势,一动不动地留在原地,还是一动不动地坐着,也许比之前还要僵硬,仿佛被漫长的等待套牢、绑死了。他们半梦半醒,也不知道自己的这种状态持续了多久。只有小男孩浅浅地睡了过去。被子从汉娜肩头滑了下来,但她丝毫不觉得冷。她小声地说了一句“我们必须等它结束”,但其他人可能根本没有听到。然而,他们都在倾听,愣愣地倾听,倾听着外面涌来的声音。虽然,汉娜的耳旁一直萦绕着“自下而上的底层突破”,虽然,她再也听不懂它们的意思,觉得它们毫无意义,只是些毫无意义的杂音,可她还是倾听着,想知道这句毫无意义的话是不是外面的人喊出来的。水龙头一直在单调地滴着水。六个人谁都没动。也许,其他人也听到了“破门而入”的叫喊声,因为他们之间虽然社会地位悬殊,虽然彼此相离,彼此疏远,却早已成为一个整体。这个家就像一枚魔环,把他们全都牢牢套住;这个家就像一条铁链,他们每个人都是其中的一环链节,不用力把链条砸坏就无法脱身。在这种着魔状态下,在这种集体恍惚中,汉娜自然觉得“破门而入”的叫喊声越来越清晰,甚至比她亲耳听到的都要清晰。这叫喊声越来越近,仿佛被他们集体倾听的力量传送而来,仿佛漂浮在这股流动的力量之上,但这股力量依然是虚弱无力的,只能用来倾听;这叫喊声非常有力,那声音越来越洪亮,就像外面呼啸着的狂风一样。狗在花园里哀号着,间或狂吠几声。又过了一会儿,狗也安静了下来,于是她就只能听到那声音了。那声音在命令她。汉娜撑起身,站了起来,其他人似乎没有注意到,甚至当她开门走出厨房时,也没人注意到;她光脚走着,但她自己并不知道。她赤脚走在水泥地上——那是走廊,她赤脚走过五个石阶,走过地毡——那是办公室,走过镶木地板和地毯——那是前厅,走过极为干燥的椰子纤维席,走过碎砖瓦,走过花园小径的石子路。她就这样笔直前行,几乎是庄重而缓慢地前行,只有脚底知道路在哪里,因为眼里只有目标——走出门时,她也看着它,看着目标!就在这条加长了的石子路尽头,就在这座极长的长桥尽头,那里有半个身子在花园栅栏上摇晃。这个盗贼,这个男人,正在那里攀越长桥栏杆——这个穿着灰色囚衣的男人,就像一块灰色石头一样,挂在那里,一动不动。她双手前伸,走到桥上,任由被子掉下,任由睡袍在风中猎猎翻飞,她就这样缓步走向这个一动不动的男人。也许是因为厨房里的人发现她离开了,也许是因为他们都被魔链拴着拖在她身后,园丁最先走了出来,然后是女佣,接着是厨娘,最后是园丁的妻子,他们全都在呼唤女主人,虽然是压低了嗓门,轻声呼喊着。

无疑,这是一支奇怪的队伍,领头的是个像幽灵一样身穿白色鬼袍的女人。这个盗贼见状，吓得汗毛倒竖，呆若木鸡，吓得几乎收不回刚抬起的那条腿。退回栅栏外面后，他又盯着这一幕恐怖景象看了一会儿，然后才撒腿消失在黑暗之中。

汉娜的脚步并没有停下，她走到栅栏前，双手从木栏杆之间伸过，就像伸过窗棂一样，似乎在向某人挥手告别。镇上的火光在这里都能看到，但爆炸声已经停止，魔力也被驱散了。这时就连风也渐渐平息了下来。她垂头靠着栅栏睡着了。园丁和厨娘把她抬回屋里，在厨房旁的杂物间里为她搭了张床。

（第二天，就在厨房旁的杂物间里，汉娜·温德灵死于严重的肺炎型流感。）

胡桂瑙正往回走着。有一户人家的屋前站着一个哭泣的小孩，看起来肯定还不到三岁。玛格丽特躲哪儿去了？他心里想着。他把他抱了起来，指给他看集市广场射来的美丽烟火；他模仿火焰的噼啪声和嘶嘶声，模仿屋梁在火焰中吧嗒吧嗒的爆裂声，嘴里不停地发出“嘶——嘶——嘘嘘，嘘——吧嗒”的声音，直到把他逗乐为止。然后他把那小孩抱进屋里，把他妈妈教训了一顿，说在这种时候，大人绝不能把小孩扔在街上，没人看管。

回来后，他和艾施之前做的完全一样，先是把步枪靠在过道墙壁上，然后打开地板活门，爬下去来到少校跟前。

自从艾施离开后，少校的位置就没有动过；他仍然躺在土豆堆上，手指间夹着一张字条，但是他的眼睛已经睁开，蓝色的眼眸正盯着地窖煤油灯的火焰。就算胡桂瑙走进来，他的目光也没有移开过一下。胡桂瑙轻咳了一声；见少校仍然一动不动，他顿时便火了起来。现在可不是继续耍小孩子脾气的时候。他一把拉过用来拣选土豆的小板凳，不卑不亢地鞠了一躬后坐在少校对面："少校先生，我当然明白少校先生您为什么不想见我，不过这事毕竟早就过去了。目前的情况恰恰证明我的看法是对的，恕我直言，少校先生您完全误解我了。少校先生，您别忘了，我是某个卑劣阴谋的受害者，虽然不该在背后讲死人坏话，但这个牧师从一开始就轻视我、鄙视我。少校先生，请您考虑一下我的感受。从来没有感谢之心！少校先生，我为了向您表示敬意，特地安排了一场盛大的庆祝活动，但您可曾口头称赞过我为您做的一切？永远只有一句'谢谢'——但除此之外，永远都是'离我远点'。不过，我不想对您无礼，因为那一次我们为'铁血宰相俾斯麦'木雕像举行落成典礼时，少校先生您一时冲动，主动和我握手了。您看，少校先生，您对我的亲切友善，点点滴滴我都记在心里，虽然当时少校先生您的嘴角依然挂着一丝嘲讽之意，要是您知道我有多讨厌艾施这样嘲笑我就好了！请恕我直言，我总是被人拒之门外。为什么？就因为我从一开始就不属于这里……可以说，我是个外地人，正如艾施喜欢说的那样，流落到这里，可这不是嘲笑我、冷落我的理由；总是要我变得瘦小，这也是他的一套说辞——总是要我变得瘦小，好让这个牧师先生显得壮大，在少校先生面前自吹自擂。这我心里很清楚，少校先生，您可以相信我，他这么做实在太伤人心了。还有，您也曾影射过我，说我‘邪恶’。说实在的，这我也完全理解，少校先生您只要记住，一整晚您都在谈论邪恶，所以毫不奇怪，一个背后被人如此诋毁中伤的人，最终也会真正做一回恶人的。我也承认，事实上看起来的确如此，也许少校先生您今天会把我看成敲诈者或杀人犯，但这只是表面如此，实际上完全是两码事，只不过说不清楚而已；更何况，少校先生您大概也根本没兴趣知道真相如何。对了，少校先生，当时您也说了很多关于爱的话，艾施自那以后就总是情啊爱啊的胡说一通——他成天胡说八道，真让人恶心。只不过，要是一天到晚尽说些情爱之事，至少应该尝试去猜懂别人的心思呀。少校先生，我当然知道，一来我不能提出这种要求，二来像少校先生这种身份的人，绝不会勉强自己，对我这样一个不过是普通逃兵的人怀有这种感情的，尽管我很想说，艾施并不比我好到哪里去……我不知道少校先生明不明白我的意思，但我恳请少校先生不要急躁……”

他一边擦着眼镜，一边看着少校，少校依然一言不发、一动不动。“少校先生您可不要误会，我不会把您关在这个地窖里，逼您听我诉苦的；外面很乱，少校先生您要是出去了的话，会被吊在路灯上的。少校先生，您明天就能亲眼看到我说的是真是假了，您可千万千万要相信我一次啊……”

就这样，胡桂瑙不停地劝说着这个像木偶一样一动不动的活人，直到他终于发现，少校听不见他说话。可他依然不愿相信，继续说道：“对不起，少校先生您都累成这样了，我还在说个不休。我去拿点吃的。”他匆匆忙忙地奔了上去。艾施夫人坐在厨房的一把椅子上，缩成一团，哭得一抽一抽的。看到他进来，她嗖地跳了起来：“我丈夫在哪？”

“他安然无恙，就快回来了。您有什么吃的吗？我要拿一点给一个伤员吃。”

“是我丈夫受伤了吗？”

“不是！我都说了，他就快回来了。给我点吃的，您可以做个鸡蛋煎饼，还是不要了，做这个太慢了……”

他走进客厅，桌上放着香肠。他问也不问，拿起香肠就夹到了两片面包之间。艾施夫人跟在他后面，战战兢兢地尖声叫道：“别拿走，这是给我丈夫的。”

胡桂瑙感到非常为难。死人的东西不能拿走，少校吃了死人的食物后，可能也会倒霉。再说了，少校本来就不适合吃香肠。他想了一会儿：“那好吧，不过牛奶您总有的吧……家里可是一直都有牛奶的。”

对，她有牛奶。他装了一壶牛奶，小心翼翼地拿到地窖里。

“少校先生，牛奶，新鲜可口的牛奶！”他轻快地说道。

少校一动不动。显然连牛奶也不合适。胡桂瑙心里有点懊恼：也许，我该给他弄点葡萄酒？这会让他清醒过来，振作起来……可他看起来很虚弱啊……好吧，现在就先试试牛奶吧！胡桂瑙弯下腰，抬起老人的脑袋。少校既无意也无力抵抗，甚至在胡桂瑙把牛奶壶的壶嘴送到他嘴前时，顺从地张开了嘴。当少校让牛奶缓缓流进嘴里,一口一口咽下去时,胡桂瑙感到很高兴。他跑了上去,想再拿一壶过来。走到地窖门口时,他回头看见少校转过头来,想看他要去哪里,于是他讨喜地点了点头,挥手说道:“我去去就回。”当他再次下来时,少校仍然盯着地窖门口微笑着,或者更确切地说,冲他微笑着。少校只喝了几滴就不喝了。他抓着胡桂瑙的一根手指,迷迷糊糊地睡了过去。

胡桂瑙坐在那里,任由少校握着自己的手指。他看到了那张仍然留在少校胸前的纸条,看完后把这个物证放进口袋里。他当然用不着这个,因为他要是陷入了困境,一定会说是艾施把少校托付给他的;不过,双缝的总比单缝的牢。他不时小心翼翼地试着抽出自己的手指,但少校每次都会醒来,每次都是微微一笑,然后又睡了过去,并不放开他的手指。小板凳很硬,坐着很不舒服。他们一卧一坐,就这样度过了下半夜。

快天亮的时候,胡桂瑙终于抽出了手指。在小板凳上蹲一晚上,可不是件容易的事。

他上去走到街上。天还很暗。镇上显得非常安静。他向集市广场走去。镇公所烧成了一片废墟,只剩下一堆瓦砾还在冒烟。军队和消防队布设了岗哨。集市广场上的两栋房子也被火烧掉了,家用器具胡乱地堆放在房子前面。消防车偶尔喷出点水来,浇灭复燃的余烬。胡桂瑙发现,竟然还有身穿囚衣的人在帮着灭火,热心地清扫整理。他和一个跟他一样戴着绿臂章的男人打了个招呼，询问这里还发生过什么事情，说他自己那时没空，忙着做别的事情。这人很健谈："嗯，其实在镇公所烧毁坍塌后，一切都结束了。然后我们，无论是敌人还是朋友，都不知所措地围站在火场四周，不得不采取措施，防止毗连的房屋着火。有几个家伙虽然企图闯入邻屋，但和他们一伙的人在听到女人们的尖叫声后，反而把入室抢掠的人痛打了一顿。当然，有几个人被打得脑袋都开花了，不过这样也好，后来就没人再有抢掠的念头了。我们刚把受伤的人抬出去送往医院——也是时候送去了，这些人的哀号苦求，实在听不下去啊。当然，在这里出事后不久，特里尔就接到了电话汇报；不过，那里当然也有骚乱，所以一直拖到现在，一切都尘埃落定之后，两车士兵才姗姗而来。另外，据说镇警备司令官失踪了……"

"他啊，用不着大家担心，"胡桂瑙说，"我恰好碰到他了；不过，少校的处境相当不妙。说真的，我应该获得一枚'见义勇为'的救生奖章，因为老头现在被我照顾得好好的，正如之前所说，被我救活了。"

他举手触帽，敬了个礼，转身慢腾腾地向军医院走去。天已破晓。

胡桂瑙一开始找不到库伦贝克，但没过多久，库伦贝克就过来了，一看到胡桂瑙就大声喝问道："您想干吗？您这个小丑。"

胡桂瑙气得脸色发青："少校军医先生，我必须向您报告，镇警备司令官先生身受重伤，不得已之下，我和艾施先生昨晚把他藏在我们那里……请您安排人手,立即把他接过来。”

库伦贝克冲到门口,走廊顿时传出炸雷般的喝声:“弗卢尔施茨博士。”弗卢尔施茨应声而来。“您去找辆车,那里现在有车的,是吧？再带上两个护工去报社……您肯定知道怎么去……另外,”他冲着胡桂瑙训斥道,“您也跟着。”然后他似乎消气了,甚至还和胡桂瑙握了握手,说道:“喂,干得不错,多亏你们两个肯收留照顾他……”

当他们来到地窖时,少校依然在土豆堆上安详地打着瞌睡,这时又在瞌睡中被人抬了上去。胡桂瑙趁着这段时间跑进编辑室里。里面倒也没有多少现金,只有零钱和票券,反正没有汇到科隆银行的余钱,他都随身带着;可那些票券,不拿走也太可惜了……谁知道将来又会发生什么事情……也许还会被人抢掉！当他回来的时候,少校已经躺在车里了,有几个人站在汽车周围,正在打听这里发生了什么事,弗卢尔施茨刚好准备开车离开。胡桂瑙大吃一惊:他们竟然只带走少校,不带走他。然后,他突然意识到,自己绝对不能继续留在这里了——要是艾施被人送回来的话,他可没半点兴趣陪着。

“我马上就来,中尉军医先生,”他喊道,“马上!”

“怎么？您想跟我们一起去,胡桂瑙先生?”

“那当然,我还得报告整件事情的经过呢……请您稍等片刻。”

他冲上楼去。艾施夫人这时正跪在厨房里祈祷。当胡桂瑙出现在门口时,她低声下气地向他膝行过去。他可不想听她哀求,于是便从她身边跳了过去,走进自己的房间,收拾起行李来。东西并不多,凡是手够得着的,他都塞到硬纤维小行李箱里了,然后坐在上面,听见锁咔嗒一声锁上后,飞快地冲了回来。“好了。”他对司机示意道,于是他们就开车走了。

库伦贝克手里拿着手表,在医院大门前已经站了一会儿了:“说吧,出了什么事?”

弗卢尔施茨第一个下车,他睁着有些发红的眼睛看着少校:“也许是脑震荡……也许还要严重些……”

库伦贝克说:“反正,这地方就是个不折不扣的疯人院……就这样还好意思叫军医院……哼,等着瞧吧……”

在路上的时候,少校就仰面眯着眼睛,看天边泛起的鱼肚白,这时他已经完全醒了过来。被人抬下车时,他变得不安分起来,在担架上扭来扭去,显然是在寻找着什么。库伦贝克走了过来,弯下腰来对他说道:“您在搞什么名堂,少校先生?”

听到这话,少校非常恼怒。也许他认出了库伦贝克,也许他没认出来,反正他一把揪住库伦贝克的胡子,咬牙切齿地使劲晃着,大家费了很大的劲儿才把他给制服。但当胡桂瑙走到担架边上时,他又立刻变得安安静静、不吵不闹了。他又抓住胡桂瑙的手指,让胡桂瑙不得不陪着走在担架旁边,而且只有在胡桂瑙一步不离地陪在身边时,他才会让人检查。

不过,库伦贝克很快就停止了检查。“这样没用,”他说,“我们先给他打一针，然后必须把他送走……我们反正会撤离此地……所以要尽快把他送到科隆去……可问题是怎么送？我这里人手不够，抽不出人来，撤离命令又随时会到……”

胡桂瑙自告奋勇道：“也许，我可以送少校先生去科隆……作为志愿护士，如果大家不反对的话……少校先生很满意我对他的照顾，这可是大家亲眼所见。”

库伦贝克想了一下说：“乘下午的火车？不，现在什么都不一定……”

弗卢尔施莰想了个主意：“今天不是有一辆卡车要开往科隆吗……就不能安排一下吗？”

“今天都没问题。”库伦贝克说。

“那样的话，我可不可以申请一张去科隆的行军令？”胡桂瑙说道。

于是，怀里揣着如假包换的军队文书证件，袖子上戴着他从玛蒂尔德护士那里要来的红十字臂章，胡桂瑙摇身一变，光明正大地以护士身份照顾起少校并把他送去科隆。他们把担架放在卡车上，胡桂瑙在担架旁坐在硬纤维小行李箱上，少校抓住胡桂瑙的手后便不再松开。后来，胡桂瑙也困得撑不住了。他尽量躺在担架旁，把小箱子枕在头下，于是两人像朋友一样，手拉着手，安安静静地并排睡在一起。就这样，他们来到了科隆。

胡桂瑙按规定把少校送到医院，耐心地等在病床旁，直到护士给少校打了一针，防止少校再次发作后，他才得以偷偷溜走。但在走之前,他从医院指挥部里设法获得了一张前往科尔马老家的军人车票。第二天早上,他从银行取出了《特里尔选侯国导报》报社的账面余额,并于次日动身离开。他的战时漂泊之旅,美好的假期结束了。那天是 11 月 5 日。

第八十六章　柏林救世军女孩的故事(16)

有谁能比病人更快乐？他用不着为生存奋斗，他甚至可以想死就死。他用不着归纳总结每日时事，得出指导自己行为的结论。他可以沉浸于自己的思索之中——沉浸于自己知见的自由意志之中，他可以演绎思考，他可以思考神学问题。有谁能比可以思考自身信仰的人更快乐！有时，我会独自出门。我双手插袋，缓步而行，正眼看着行人的脸。脸是有限的，但我经常，甚至总能发现隐藏在脸后的无限。在一定程度上，我是在胡乱归纳。每次这样出去游逛时，我都不会走远——只有一次走到舍内贝格，但走得很累——也从未遇到玛丽，所见的人脸之中也从未出现她的脸，她如此彻底地消失在我的世界里，但这并不让我感到失望，因为她时刻准备受命外出传教。可能就是这样。嗯，没有她，我也很开心。

白天变得越来越短了。由于电费很贵，一个沉浸于自己自由意志之中的人，又完全用不着电灯，于是我的夜晚都是漫漫黑夜。

天黑后,努歇姆经常来我这里坐坐。他坐在黑暗中,很少说话。虽然他心里肯定很想玛丽,口中却从未提及。

有一次他说:“现在,战争就要结束了。”

我“哦”了一声。

“现在,就要革命了。”他接着说道。

我想吓唬他一下:“到时,就要消灭信仰了。”

我听到他在黑暗中无声地笑着:“您的书上是这么写的吗?”

“黑格尔说过:上帝同化异己,旨在消灭异己,是为无限之爱。这是黑格尔的原话……然后就会出现绝对信仰。”

在黑暗中,只是一个模糊影子的他又笑了起来。“律法不变。”他说。

他的看法固执而坚定。我说:“对对对,我知道,您是永恒的犹太人。”

他轻声说:“现在,我们就要回耶路撒冷了。”

反正我说得已经太多了,于是不再多言。

第八十七章

沉默之船，永不靠岸，
把深深的波纹，刻入重重如雾般的波浪，
浪花碎裂，消失在无限远方，
啊，睡梦之海，汹涌澎湃，在虚无之中四面涌来！
啊，满载虚假的梦想，赤裸源泉的梦想，
啊，梦想，我在那艘船寻你的身影，
啊，愿望！可怕！——更怕律法严惩
它使愿望成尘，抵达不了彼岸，幻灭无声：
我的梦想，从未邂逅你的梦想，
寂寞的夜晚，即便有你深沉呼吸的挽留
仍轻吐我们的希望，
但愿有朝一日直上云天，
你我携手，共享无上恩典，

你我并肩,无须自寻短见。

第八十八章　价值崩溃(10)

尾　声

万事大吉。

胡桂瑙拿着一张如假包换的军人车票,免费坐车回到了科尔马老家。

他杀人了吗?他革命了吗?他不需要,也不会考虑。就算他杀人了、革命了,他也只会说,他的行为方式合情又合理,本地任何一位乡绅——他毕竟也有充分理由把自己算作其中一员——都会这样做。因为在理性和不理性之间,在现实和非现实之间,泾渭分明。胡桂瑙最多会承认,如果这个时代少一些战争,少一些革命的话,他或许就不会那样做,但这会成为遗憾。也许,他还会引人深思地补充道:"一切自有定数。"但这并不会发生,因为他从未想过那种行为,以后也绝不会再想。

胡桂瑙不会去想那种行为,更不会意识到他的行为方式充满了非理性，几乎可以说已经突破了非理性的界限；他从不了解作为他无言行为本质的非理性，他对自己遭受的“底层突破”一无所知，他也无法得知，因为他这一生，每时每刻都处在某种价值体系中，但这种价值体系的存在，只是为了掩盖和抑制一切承载着受制于尘世经验主义生活的非理性。用康德的话来说，意识和非理性，都是一种伴随着所有范畴的工具——它是生活的绝对，而生活的所有本能、意愿和情感都与这种思维的绝对并存；不但价值体系本身由价值设定的自发行为——非理性行为——承载，而且对任何一种价值体系背后的世界的感受，无论是在起源上，还是在存在上，都脱离了任何的理性自明。而围绕事实真相，以认知为基础的强大解释体系，其作用与那个同样强大的行为规范的伦理解释体系相同。两者都是用于连接和跨越的理性桥梁，它们的唯一目的是引导世俗存在脱离其不可避免的非理性，脱离其“邪恶”，获得更高的“理性”意义，获得那种实际的形而上的价值，并通过这种价值的演绎结构，使人可以为世界、为万物和自身行为指定应有的位置，重新找回自我，不再动摇，不再迷失。在这种情况下，胡桂瑙的行为不理性且不自知，也就不足为奇了。

任何价值体系都源于非理性的追求，而把非理性的、在伦理上无效的世界观转化为绝对理性，这种真正的和极端的“塑造”任务，将成为任何超个人价值体系的伦理目标。任何价值体系都会因这个任务而撞得头破血流。因为，理性方法只能是近似法，它是一种画圈法，虽然试图以不断缩小圆弧的方式来实现非理性，却从未实现，无论这种非理性表现为内在情感的非理性，还是出现在这种生活和体验的无意识中，或是表现为现实的世界和无限多种世界形态的非理性——理性只能孤立看待。当人们说“无情之人不是人”时，就包含了他们自己的一些认识，即有一个无法解决的非理性残余，没有它就没有任何价值体系可以存在，有它就能使理性远离真正带来毁灭的自主，远离从价值体系的角度看来，在伦理上可能比非理性更“邪恶”、更“有罪”的“超理性”：它与可塑的非理性相反，纯粹的理性，辩证与演绎的理性，变得自主的理性，不再允许任何塑造，因僵化而消灭自身的逻辑性，撞向逻辑的无限极限——变得自主的理性极其邪恶，它会消灭价值体系的逻辑性，从而消灭价值体系本身；它会使价值体系渐渐崩溃，最终使其四分五裂。

任何价值体系的发展都有一个阶段，即理性与非理性之间的相互渗透达到峰值，都有一种饱和的平衡状态，即双方的邪恶变得无效、无形、无害——有着完美风格的鼎盛时代！一个时代的风格几乎可以在这一相互渗透的过程中得以定义：在鼎盛时代，虽然理性如此深入广泛地渗透到生活之中，但它仍然受制于生活和核心价值意志；虽然非理性可以如此深入广泛地注入体系之中，但它可以说是受人引导的，甚至依然被指定在其最小的分支中，为核心价值意志服务并提供助力——非理性本身和理性本身都缺乏风格。更确切地说，两者都独立于风格，一个独立于自然风格，另一个独立于数学风格，但当两者合二为一时，当两者相互制约时，在如此顺服于理性的非理性的生活中就会产生那种可被称为价值体系的实际风格的现象。

但这种平衡状态无法持久，它只是一个过渡状态；事实逻辑驱使理性走向超理性，它驱使超理性走向其无限极限，它为价值崩溃做好铺垫，让整个体系分裂成各个子结构，最终分裂成不受制约的自主理性和不受制约的自主非理性生活。当然，理性也会渗入子体系中，它甚至会引导子体系走向自身的自主发展，引导它们走向自身的自主无限，但子体系内的理性发展范围，却受到各自专门领域的限制。这样就产生了一种特定的商业思维或特定的军事思维，它们中的每一种都追求坚定而强硬的绝对，每一种都构成了一种相应的演绎可信模式，每一种都构成了自己的“神学”，自己的“私人神学”，如果可以这么说的话。并且非理性在子领域内部受到的制约程度，正好等同于这样一种程度，即这样的军事或商业神学的生效恰好为了构建一个适当缩小的工具论；因为，子领域也是自我和整个体系的反映，它们也处于或力求处于平衡状态，因此我们——正是考虑到这种平衡——可以将其称之为军事或商业的生活方式。然而，体系越小，它的伦理影响能力就越小，它的伦理意志就越弱，它面对邪恶时，它面对超理性和依然在自身内部起作用的非理性时，就越麻木、越无所谓，受制约力量的数量就越少，它不关心的和被它视作个人“私事”的数量就越多：整个体系越破碎，世界理性越不受制约，非理性就越明显、越有效——宗教的整个体系使受该宗教影响的世界成为一个理性世界,理性的解放必须以相同方式释放一切非理性的沉默。

价值崩溃中最小的碎片单位是个人。个人在上级体系中所占的份额越小,个人对其自身经验自主的依赖就越大——其中也包括文艺复兴时期的遗产和在文艺复兴时期已经兴起的个人主义的遗产——个人的“私人神学”就变得越狭隘、越低劣,这种神学就越无法理解任何超越其坐井观天式的个人眼界的价值:凡是超出其狭隘至极的价值范围的,都只能被生搬硬套、囫囵吞枣式地接受,总而言之,只能教条地接受——因此产生了那种空洞和教条的惯例推演,即最小维度的超理性推演;这种超理性是典型的市侩本性(没人会反对给胡桂瑙贴上这个标签),产生了并排的、交织的、毫不冲突的影响。影响,一个是生根于非理性的活力,一个是在幽灵般死气沉沉的无所事事中只利于这种非理性的超理性,它们两者都缺乏风格,不受制约,在再也无法构成任何价值的相互矛盾中获得统一。不存在于任何价值集体,成为个人价值唯一载体的人,是形而上的“被放逐”者,因为这个集体已经解散和碎裂,而个人和遭到放逐的人,独立于价值,独立于风格,只能由非理性支配。

胡桂瑙虽是个独立于价值的人,却依然是个生意人;他在相应行业圈子内,是个享有良好声誉的人。他是一个负责任、慎言行的生意人,他做生意向来都是全力以赴,甚至是不择手段。他杀害艾施这事虽不是生意人该做的事,但不违反做生意的惯例。这是一种假日行为,行为发生的时间是在一个甚至连商业价值体系都已荡然无存,只剩下个人价值体系的时代。然而,鉴于缔结和平条约后马克会贬值,胡桂瑙在恢复生意人的本性后,给格特鲁德·艾施夫人写了封信:

尊贵的N.N.艾施[①]夫人收

尊敬的夫人:

见信安好。我很高兴能说声"我也无恙",并借此机会送上友情提醒。根据我们于1918年5月14日订立的合同,我是《特里尔选侯国导报》报社的执行人,拥有90%的股份。按照合同规定,这90%的股份中,有三分之一,即30%的股份属于贵镇乡绅所有,但由我本人代为管理,因此未经本人同意,报社根本无法开展任何业务,也不能从事其他交易,如有任何违反合同规定的行为,一切后果和损失均由您或其他股东先生承担。如您或其他尊敬的股东先生仍执意开展业务,请您务必向我报告账目情况并将我代表的股东集团应得利润的60%(见合同第二条)汇给我,并且我保留采取后续措施的权利。

另一方面,我诚恳地告诉您——您也知道我为人诚

① "N.N."为德语 nomen nescio 的缩写,用来表示不知道的名字。

恳——由于战争结束这一不可抗力，我无法按时向我或我代表的股东集团所有的报社，支付剩下两笔总计13 400马克的未清分期款项，其中8000马克由您，奥古斯特·艾施先生的遗孀继承获得。不过，我也同样诚恳地提醒您，您——如您承认的话——忘了发挂号信提醒报社或作为报社总经理的我，根据定好的相应延期方式支付未清款项，因此如您现在才寄出催款单，那我现在只需向您支付本金及法定滞纳金，就能解决我们之间的法律问题。

但我不想和您，我尊敬的故友奥古斯特·艾施先生的夫人因为发生争执而闹上法庭，尽管贵镇位于敌占区内，但作为法国公民的我能够轻易获胜，而且我还喜欢迅速解决事情，所以我友好地建议您考虑撤销我们当时的交易。鉴于实际法律情况，这样做您绝对不会吃亏。

最简单的撤销方法就是，您回购我或我代表的股东集团所属的60%股份，我愿意以特惠条件出售，并以当初原始价格的一半给您——不强制购买，且保留转售权利——这些股份，股价须按外汇平价折算成法郎。总售价为13 400马克，按合约外汇平价折算后约为16 000法郎，因此对于这些股份，我会给您特别优惠8000法郎（大写：捌仟法国法郎）。同时我还要特别提醒您，我的开支，我为报社私人投入的资金，我几个月来的忘我工作都没有计算在内，尽管报社的当前价值已经因此而大大高于我收购报社时的价值。我觉得自己的态度特别谦虚，要求特别宽容，就是为了让您能愉快地做出决定，顺利解决事情。尤其是万一您手头不便，您还可以很方便地通过抵押您家的房产来筹集这笔款项。

最后，我还想另外提醒一句，完成这笔60%股份的回购交易后，加上当时保留的10%股份，您手上将有70%的绝对多数股份，可以非常轻易地踢走掌握少数股份的所有其他股东。我相信，在此之后，您很快就会重新成为一家生意兴隆的独资企业的唯一所有人了。至于如何才能生意兴隆，我忍不住想再多说一句，广告业务的引入是我的得意之作，光这项业务就是一座金矿，如您需要帮助，我会继续竭诚为您效劳。

综上所述，您心里应该很清楚，我给您的报价完全没有考虑我自己的利益，因为我很难在这里经营、管理报社，但我相信，其他有意收购报社的买家会比我报出高得多的报价，这对您来说绝对不是件好事，因此请您在十四天内给我一个肯定的答复，否则我会把这件事交给我的律师处理。

我深信，您会感激我友好而热心的建议，并在此后促成我们双方彻底、完美地解决问题。最后，我还想冒昧地告诉您,我们这里的商业环境非常令人满意,我有做不完的生意。

顺致崇高敬意!

威廉·胡桂瑙

安德烈·胡桂瑙公司

挂号信

这是一种丑陋的敲诈行为,但胡桂瑙并不这么认为;它既不违背他个人的神学,也不违反商业价值体系,甚至胡桂瑙的同乡也不会觉得它丑陋,因为无论是从商业的角度,还是从法律的角度,这封信都没有任何问题,甚至连艾施夫人都把这种合法性看成是一种命运——她宁愿屈从于这种命运,也不愿意财产被充公没收。不过,胡桂瑙后来却因为自己的过度让步而心疼不已——那可是砍掉了成本价的一半啊!——不过,他的要求绝不能提得过高。8000法郎的实际到账,对那家科尔马公司来说是一笔让人欣喜的投资,而且还不止如此:这是对战事的最终清算,这是最终归宿,也许,尽管只是也许,这甚至是一丝痛苦。因为现在,一切假日痕迹都已彻底消失了。在平平淡淡的人生历程之中,虽说一定会有值得一提之事,但胡桂瑙的人生之中却再也没有这类事情了。他子承父业,继续践行祖辈的经商精神,讲信用、重利润。因为中产阶级的生意人不适合过单身生活,而造就他如今这一切的家族传统要求他娶个乖巧的妻子,一方面是为了传宗接代,另一方面是为了用女方的嫁妆增强家族的生意实力，于是他便开始采取了一些必要措施。因为这时法郎开始贬值，而德国人却采用金马克作为流通货币，所以他在莱茵河右岸寻找意中人的行为，就显得顺理成章，毫不奇怪了。因为他最终是在拿骚找到了有相应财力的未婚妻，而且拿骚是一个信奉新教的地区，所以在爱情和财富的诱惑下，他从无神论者变成信教者，也就不足为奇了。因为他未婚妻及其娘家笨到只关心信仰问题，所以他为了取悦他们而加入了新教。当他的这个或那个同乡对他这一做法摇头反对时，无神论者胡桂瑙告诉他们，这只是形式而已，根本无关紧要。似乎是为了证明这一观点，当天主教党在1926年与共产主义者结成选举联盟时，信奉新教的他仍然把选票投给了天主教党。因为阿尔萨斯人跟大多数阿勒曼尼人一样，脾气常有些古怪，而且他们中的许多人本身就有点乖僻，所以没过多久，他们就不再惊讶于胡桂瑙的异常举动了——其实也不是什么异常举动，胡桂瑙也就是这么买卖咖啡和纺织面料，睡睡吃吃，做做生意打打牌，安安静静地过着日子。他成为一家之主，成为人父，身材渐显富态，皮肤渐失弹性，甚至连走路的姿势也从威风凛凛渐渐变得步履蹒跚；他对待客户彬彬有礼，驭下严格，工作勤奋，堪为表率；他从不贪睡，从不休假，喜好甚少，根本不贪图或者看不起审美享受；他忙得几乎连星期日也没有时间陪伴妻儿散步，更不用说去参观博物馆了——他本来也讨厌画像。他在镇上位望日隆，他重新踏上履责之路。他的生活就是他祖辈们两百年来过着的生活，他的脸就是他们的脸。他们的确都长得极为相似，这些姓胡桂瑙的，脸颊圆润，表情自满而又严肃，让人猜不到他们当中有一个胡桂瑙会露出嘲弄挖苦的表情。但这是混血所致，抑或只是天然的巧合，抑或表示这个后辈的某种完美，使他在这一点上区别于他的所有祖辈，这很难确定。这是一个没人在乎的小细节，至少胡桂瑙本人不会。因为许多事情在他眼里都变得无关紧要了，每当他回想起战时故事，它们就缩得越来越小，直到最后只剩下8000法郎这个数字。这个数字就象征着它们，就是它们的最终余额，而他当时所经历的一切，都变成了这位叫胡桂瑙的生意人从那以后一直打交道的、线条分明、色调浅淡的法国钞票。银色睡梦如梦似幻，仿佛浅灰色的迷雾，笼罩着他记忆中的一切，使它变得越来越模糊，越来越朦胧，仿佛隔了一层熏黑的玻璃，最后连他都不知道，他真的那样生活过，还是从别人口中得知自己那样生活过。

也许可以说，这一切的渐渐消逝和遗忘只不过是一种听天由命的态度，只是因为包括科尔马在内的阿尔萨斯地区，在战胜国法国的刺刀保护下恢复了资产阶级价值体系，然而该地区本身却是真正的边境地区，几百年来一直遭到莱茵河左右两岸政权的不公正对待[①]，因此充满了革命精神，甚至胡桂瑙的心中也充满了反叛精神。毕竟，非理性力量在得到解放后，是不愿再屈服于任何旧有价值体系的，而受到压制的结果，必定是集体消失和个人死亡。由

① 在历史上，阿尔萨斯大部分时间都属于德国。到了17世纪时，西班牙将该地区卖给了法国，造成了法德两国冲突。

此就产生了一个问题,即在价值崩溃中解放的非理性力量会有怎样的命运：它们真的只是用于各个价值领域互斗的武器吗？它们真的只是用来互相残杀的手段吗？它们真的只是谋杀吗？它们在价值崩溃至最小碎片单位时必然导致个人与个人的斗争,那它们必然导致所有人与所有人的斗争吗？或者,把这个问题只放在胡桂瑙身上：一个子价值体系,例如胡桂瑙重新拾起的商业价值体系,能否拥有足够强大的凝聚力,在没有刺刀和警棍的帮助下,也能将非理性追求重新合并到一种工具论中,并为同样得到解放的价值意志指明方向？

当然,在认识论上不允许提出这个问题。因为,它挑起了对非理性本质的看法,更是仅通过“力量”一词就挑起了一种机械论的解释,一种拟人化的、唯意志论的形而上学。总而言之,它挑起了一种“用非理性的观点来反对非理性”的解释,因为沉默且恰好非理性的生活,虽然为理性的“价值塑造”提供素材,但在非理性未经塑造的原始状态下,只能确认这种生活的匿名存在,除此之外无法做出任何理论解释。上级总体系,亦即宗教体系,完全清楚这一事实。教会只承认一个价值体系,即自己的价值体系,因为起源于柏拉图哲学的它只承认一个真理,只承认一个逻各斯：它完全倾向于理性,无法容忍任何非逻辑,从一开始就——不仅从认识论上,而且还从伦理上——剥夺了非理性及其假定“特性”的存在权利——非理性会变成绝对兽性,对它做出的一切陈述都仅限于一个论断,即它是存在的,而且必须归入邪恶范畴。如果真的站在这个角度把非理性视作麻烦，那么只需询问邪恶可否存在于由上帝创造的世界之中，如果真的要讨论非理性的所谓体系建构能力，那么只需考虑邪恶的可能表现形式。当然，这些问题教会从未忽略，也从来无法忽略；邪恶的存在从来都是教会的征战[1]存在的前提条件。每当价值不断崩溃，邪恶的存在越发明显时，教会就不得不再次把导致这一崩溃的责任推到邪恶头上，换而言之，抛弃自身作为崩溃之源的超理性，把它归入邪恶范畴，也即归入非理性范畴。但一方面，因为教会和每个人一样，都非常了解"设定的设定"，甚至有可能比任何个体都清楚，任何表现形式的可能经验条件都是由"价值"范畴决定的；另一方面，因为教会必须把自己的价值结构视作唯一有效的价值结构，所以教会认为非理性邪恶虽然没有建构体系的力量，却可能具有"模仿"的表现形式，因而总是把邪恶只看作对教会自身表现形式的"模仿"。教会认为邪恶虽然没有理性思维，却可能具有一种空洞模仿的思维形式，一种"空洞无真"的思维（邪恶即是善良缺失），一种空洞的超理性教条式的惯例推演，一种从非理性中误推出来的"貌似理性"，它仅服务于非理性，会把伦理意志变成空洞的道德炫耀，但在最终影响上，在扩展至总体系后，却将市侩的邪恶升格为基督的大敌：邪恶在世界上的根基越完整，反基督者对基督的模仿就越彻底，反基督者的价值体系就越具有威胁性。该价值体系只能是一个总体系，因为连

① 原文为拉丁语。

教会体系都是一个总体系。邪恶本身是同类而不可分的,就像与它对立、被它模仿的真理一样同类而不可分。除了这种总体系之外,子体系也在渐渐消失;在价值崩溃过程中出现的现象里面,天主教给价值崩溃最明显的标志——新教思想——赋予了特殊含义,并将其上升为占支配地位甚至是灾难性、非理性发展的主导思想。与在所有的子体系中一样,教会在这种思想中看到的只是真实价值体系的失真之像——这些已经是威胁性的反基督总体系的初步阶段。这一评价不仅符合教会的特殊立场,而且在客观事实上也有充分的依据,例如在新教对任何其他子体系的非凡亲和力中,无论是资本主义子体系,还是民族主义子体系,或者是其他某个子体系,都必须与新教一起站到反教会的"革命"阵线上来,即从教会体系的角度来看,站到显露一切敌视价值的非理性异端力量的罪恶阵线上来。尽管教会经常对外妥协,而且会——两害相较取其轻——容忍这个或那个分裂运动,例如民族主义分裂运动,使其作为抗衡更激进的纯革命性分裂运动的保守阵地,但对于如何处理非理性力量这个根本问题,教会只会从最严酷的角度做出决定:要么信基督,要么反基督——要么回到教会的怀抱,要么互斗不休,在价值完全解体中毁灭世界。

无论是镜像,还是失真之像,作为价值体系,每个子体系都模仿总体系的结构;如果对总体系的认识是原则性、形式性的,那它们就必须在小组中重复并得到证实。但是,内容上的差异——是必要的,因为任何体系都不会自称是"邪恶"的体系——必定在于对非理性的评价。任何子体系，从其逻辑起源、逻辑基础上来看，都是革命性的。举例来说，如果遵从自身逻辑绝对化的民族主义子体系，建立了一个以升格为上帝的民族国家为中心的工具论，那么通过所有价值与国家思想之间的这种联系，通过将个人及其精神自由置于国家权力之下的这种方式，不仅会持反对资本主义的革命态度，而且还会更加坚定地走上反宗教、反教会之路；这条路的方向清楚精确地指向绝对革命的价值崩溃，因此也指向自身体系的消亡。因此，如果子体系想要在价值解体过程中确保自身的存在，如果它想摆脱自身追逐这一目标的理性，那它就不得不诉诸非理性的手段。这就产生了一种奇特的模棱两可，从认识论上来说，甚至是依附在每个子体系上的不干不净：在面对日趋严重的价值崩溃，承担起总体系的作用，将非理性评判为反叛和犯罪时，子系统不得不从非理性及其匿名邪恶的同类群体中突出一群“善良”的非理性力量，用来制止令人惊心的进一步崩溃，并证明自身存在的合法性。任何“局部革命”——从这个意义上说，任何子体系都是“局部革命”——都基于非理性的先验性，基于情感价值的重要性，基于与全面革命的激进理性背道而驰的“非理性精神”的尊严；任何子体系都必须明确肯定“未经塑造”的非理性残余——可以说是理性之流中的保护区，用于在价值崩溃过程中保持自身的稳定。

因为革命是邪恶对邪恶的反抗，是非理性对理性的反抗，是非理性披着挣脱了枷锁的理性的外衣，对理性制度进行的反抗，而这些理性制度为了维护自身的存在，不求进取地诉诸与生俱来的非理性情感价值——革命是非现实与现实之间的斗争，是暴力压迫与暴力压迫之间的斗争，必定出现在超理性的解放导致了非理性的解放之后，必定出现在价值体系破碎至最后的个体价值单元之后，且在一切非理性突破自主和孤独个体的绝对价值独立之时。革命就是非理性的突破，自主的突破，生活的突破，而独立于价值的孤独之人则是革命的工具。如果尘世间的一切恐惧和孤独最先影响的必定是那些被尘世遗弃之人，即饥寒交迫的无产阶级，或战壕中面临枪林弹雨的战士；如果这些字词本意上的“被放逐者”必定是最先实现价值独立的人，那么他们也必定是最先听到像打铁声一样叮叮当当地刺透非理性沉默的喊杀声的人。一般来说，总是由小价值集体的人消灭正在解体的大价值集体的人，总是由这个最倒霉的人在价值崩溃过程中扮演刽子手的角色，然后在审判号角响起的那一天，这个价值独立者将成为这个自寻绝路之世的刽子手。

胡桂瑙杀了人。后来他把这事给忘了，再也没想过这事，而在此之后成功实施的每一个生意妙招（写给艾施夫人的信！），他却牢牢地铭刻在心。这是理所当然的：在生活中，只有符合相应价值体系的行为才会继续存在，但胡桂瑙重新回到了商业体系。可以说，正是由于这个原因，尽管他子承父业，生意红火，是个能力出众的生意人，但如果条件更加合适，他依然有可能成为一个能力同样出众的革命者。因为，作为革命载体的无产者并不是他自以为的那种、世上根本不存在的“革命者”——那些为刺杀国王的刺客达米安被处以四马分尸之刑[①]而欢呼的民众，与三十五年后挤到路易十六的断头台前围观的民众之间，并没有任何区别——他只是一个重大事件的代表人物，他是地地道道的欧洲精神的代表人物：即使他个人过着市侩庸俗的生活，依然坚守着某种旧有的子体系，即使他像胡桂瑙一样拥抱商业体系，即使投身于萌芽期或决战期的革命运动，但实证主义价值解体的精神却遍及整个西方世界。它的明显表现形式绝不仅限于俄国无产阶级的唯物主义，更确切地说，这种唯物主义只是实证主义思想的一个变种，整个西方哲学——如果还能称之为西方哲学的话——已经变成了实证主义哲学，甚至财富分配问题也居于次要地位。尽管研究美国历史、文化、语言的工作方法和共产主义工作方法之间的差异渐渐消失，这些问题因为意识形态的统一而退居次要地位，而意识形态越来越努力趋向于一个共同点，趋向于一个有没有这个或那个政治标签都无关紧要的目标；因为这个目标的全部意义，从根本上来说，完全只取决于它可以成为一个总体系，可以将宣泄的非理性乱流重新汇合起来。因此，任何萌芽期的“非理性”革命有无生存能力，也都无关紧要，因为它对决战期的“理性”革命没有任何影响，前

---

① 罗贝尔-弗朗索瓦·达米安曾于1757年试图刺杀法国国王，在巴黎的格列夫广场被处于分尸之刑。

者必定并入后者之中；另一方面，作为子结构，它——超出了任何机械论的解释——还可以指出，什么在总结构中是必然还未为人知的：非理性的力量是存在的；它们是有效的；它们天然地急于在一个新的价值工具论中联合起来，组成一个在教会眼中与反基督者的总体系无异的总体系。这可绝对不是什么可以置之不理的征兆，比如马克思主义或资产阶级无神论者组织的解放思想宣传，又比如在教会眼中虽然十恶不赦，却是微不足道甚至非常值得同情，根本不足以与反基督者的邪恶相提并论的无神论；因为这涉及欧洲精神，涉及直接和实证主义的“异端”精神，因而从这种最普遍的意义上来说，甚至连新教思想是由费希特灌输到民族主义革命中的，还是（当然更为明显）由黑格尔灌输到马克思共产主义中的，这都不重要。尽管康德主义的那种新教神学在此发展成为真正的“马克思主义”神学，具备严密的律法解释、固定的存在论和无可辩驳的伦理规范，因而也具备一种真正神学的一切必备要素，在整体上象征着这种神学的有形教会；尽管这个教会故意把自己建成一个反教会，把机器当作圣器膜拜，把工程师和煽动者任命为牧师，可这仍然不是总体系本身，这仍然不是反基督者——但这就是道路，这就是基督教柏拉图世界观崩塌的迹象。在这种教义学的每个角落，在这种马克思主义反教会及其禁欲主义强硬的国家思想的结构中，有一种思想已经清楚地——而且也没有比天主教更清楚——留下了浓墨重彩，它远超马克思主义，远超任何国家的神化，它把所有革命——无论采取何种形式——都远远抛在身后，甚至让马克思主义道路看起来都像一条弯路：这是一种无教会的“教会本身”的外形，是一种“自然科学本身”的无本体存在论，是一种无教条的“伦理本身”。简而言之，这是那种逻辑与客观终极抽象的一种工具论，这种抽象在可信点被移至无限远处时获得，可以完整显现新教思想的激进性。这是那种对世界现实和严格强制禁欲的实证主义的双重肯定，正如它已经成为路德和整个文艺复兴时期的特点，如今在实现其先天和必要理念的过程中，正在努力追求思维和存在的重新统一，努力追求伦理无限和物质无限的重新统一。这种统一正是各种神学的本质，即使有人试图否认思维源于世界，但这种统一必须存在，即使合乎科学的“认定为真”的可信点与“相信为真”的可信点恰好吻合，双真又变成唯一的真，但这种统一仍然可以存在。因为在导向这种可信性的无穷提问链的尽头，是纯粹的行为，是纯粹的强制工具论的观念，理性的无神信仰的观念，是冷酷律法中的一种“宗教本身”的空洞形式，甚至可能是“神秘主义本身”的理性直接，其噤声的禁欲和毫无装饰的虔诚——服从且仅服从于苦行和极简——指明了这场真正的新教革命的最终目标：一种无情绝对的无声空白。在这种绝对之中，端坐着抽象的上帝精神。上帝精神，既不是上帝本身，却又是上帝本身，充满悲伤，充满恐惧，端坐在无梦的绝对沉默之中，而这种沉默就是纯粹的逻各斯。

胡桂瑙极少关心欧洲精神的这种状况，但很关心普遍存在的不可把握。因为内心世界的非理性可以感觉到身外世界的非理性，即使世界的不可把握可说是一种理性的不可把握，有时甚至是一种生意上的不可把握，但它却是源于理性的解放。这种理性在任何价值领域中都追求无限，并在这个超理性的无限极限处，自行消亡，突变为非理性和不再可把握。金钱和技术已如脱缰的野马，汇率不停波动，尽管对非理性有各种解释，但有限无法与无限齐头并进，而且没有任何合理手段可以将无限的、非理性的不可把握恢复为理性和可以把握。仿佛无限被唤醒成一种由绝对承载和接受的独立而具体的生活，在荣衰交替之际，在这生死转换的神奇一刻，绝对在最遥远的天际处突然闪亮。尽管胡桂瑙可以扭头不看破晓的天际，对诸如此类的各种可能完全不感兴趣，但他一定可以感受到这股席卷整个世界，让整个世界为之瑟瑟发抖，剥夺世界万物存在意义的冰冷气息。每天早晨，当胡桂瑙拿起报纸，密切关注世界局势时，心中也会感到不适，就跟所有看报之人一样。他们都渴望阅读事件报道、如饥似渴地渴望了解事实，尤其是了解配有插图的事实，每天心中都会生出新的希望，即可以用大量事实填满一个沉默世界的空虚，一个沉默灵魂的空虚。他们看着报纸，心中充满了每天早晨醒来便面对孤独的恐惧，因为旧集体的言语已经销声，而新集体的言论他们又听不见。即使他们对政治制度、公共机构或法律体系吹毛求疵，假装自己什么都懂，什么都看得一清二楚，即使他们在白天就此相互交换各自的看法，但在“尚未”和“不再”之间他们却一言不发。他们一个字都不信，希望看到有图为证的文字，他们甚至连自己说的话是否相称都不再相信，他们陷在终点和起点之间，只知道事实的逻辑依然不可阻挡，律法依然不可侵犯：任何灵魂，无论多么堕落，无论多么邪恶，无论多么市侩，多么沉迷于最空洞的教条，都无法摆脱这种认识和恐惧——就像一个突然感到孤独充塞心头的孩子，在死亡临近的恐惧侵袭之时，人必须去寻找那片可暂保其生命安全的河中浅滩。他哪儿都找不到帮助。他不停地努力着，想在某个子体系中拯救自己，但这毫无用处，无论他这时这么做，是因为他希望在坚守旧有的浪漫主义形式时不再有不可把握的困扰，还是因为他只是希望在局部的革命中，一切熟悉的、家乡的，能极为缓慢地，几乎是毫无痛苦地变成陌生的。他得不到任何帮助，因为他已经迷失在虚假集体之中，而他正在寻找的深层隐秘关联，消失在误以为抓住了线索的手中。即使失望者最终逃到货币商业体系中，他也摆脱不了失望；即使这种最真实的市侩资产阶级存在形式，比任何其他子体系都稳定牢靠，因为它预示着世界的牢固统一，人需要用来摆脱不可把握的统一——2马克硬币比1马克硬币多，一笔8000法郎的款项虽然由许多法郎组成，却也是一个整体，是一个用来让世界得以运转的理性工具——甚至这种哪怕汇率波动再剧烈，中产阶级也愿意相信的稳定牢靠也在消失，但非理性在任何地方都势不可挡，任何世界形态不能再表示为理性行列相加的结果。即使生意人威廉·胡桂瑙在镇上德高望重，经常一开口就询问各种日常用品的价格和利润，即使这个胡桂瑙认为，在这种经济不稳定时期，人心必定多疑是完全可以理解的，但他仍有可能试图用嘲讽的表情或不屑的手势表示对某事某物的嗤之以鼻——但令人吃惊的是，他又说不清楚该事该物的来历——接着突然一愣，问“钱是什么”，有时候甚至会用锐利而充满怀疑的目光把客户打量一番，然后直接拒绝赊欠，只因为他突然不再喜欢这个人了，或是因为他讨厌这个人嘴角挂着的嘲讽或其他什么表情。这种手段是好是坏，是正好把喜欢拖欠的客户甩掉，还是把讲信用的客户推到竞争对手的怀里；或者在完全不考虑实际后果的前提之下，这是一种突然的，也许还是很清醒的做法，一种在某种程度上是下意识做出的，但在生意场合毕竟是不常见的，无疑是非理性的做法，尤其是这种做法可能在不知不觉中导致胡桂瑙周围出现一道鸿沟，出现一片将他和该镇所有其他镇民隔开的死寂区。当然，这只不过像一种遥远的模糊感知，却又丝丝汇聚，每当胡桂瑙身处人多之处时，便会明显得几乎有形体了：在电影院内，在有年轻人跳舞的场所里，或在庆祝法国胜利的周年庆典活动中，这时的他，也许将来会成为镇长的他，安安静静地坐在用鲜花装饰的桌前，坐在其他名流之间，透过厚眼镜片，用孩子气的目光认真而茫然地看着舞者。虽然还远未到放弃跳舞享受的年纪，可当他低声告诉邻座（他逮着机会就会这样说），自己也曾是个技艺高超的舞者时，连他自己也不太相信自己的回忆。因为，无论他这时是停留在这样一座爱国礼堂中，还是在星期日与大儿子漫步于斯特拉斯堡的林荫大道，前去出席自行车赛手的发车仪式时都有这样的感觉。是的，如果他去这个或其他社交活动凑热闹只是为了以实例作验证，那他必然会有一种奇怪的不适感，觉得事物在不知不觉地移动着，觉得每一个本该有一个不可分概念的节庆活动，开始令人不安地瓦解成各不相同的东西，瓦解成已被某些人违心地用饰品、旗帜和彩带压紧而扎成的，某种矫揉造作的整体。要是胡桂瑙没被这种不合理的念头吓倒，那他一定会发现，世上根本没有什么概念和名称能对应某种具体实质，他肯定会发现，它们藏了起来，即使确保事件统一和世界团结的可见象征一定存在。象征，必须存在，否则一切可见都将瓦解成一堆无名、无重、干燥、冰冷、透明的灰烬——胡桂瑙会感觉到偶然和随风的诅咒，弥漫在事物之上和事物彼此之间的诅咒，因此任何不是同样偶然和随意的安排都是无法想象的：如果不是共同的运动服和俱乐部徽标把那些自行车赛手聚在一起，他们一定会立即各奔东西吗？胡桂瑙没有提出这个问题，因为它超出了有几分理由可称作是他私人神学的理解范围；然而，这个未提出的问题，却像他所依赖的所有经历的不可见一样，让他烦躁不安，而这种烦躁不安是可以发泄的，例如他在回家的路上无缘无故地抽了大儿子一个耳光。当然，在用这种方式发泄后，他很快就会回到清醒的现实世界中，以此证实了黑格尔的观点："真正自由的意志是理论精神和实践精神的统一。"他心情舒畅地走回镇上，经过不同的教堂，看着人们刚好从中鱼贯而出。他一边走一边愉快地哼唱着，还用手杖打着拍子，每当有人向他打招呼，他都会举手触帽，说声"您好"。

因为一切都取决于与自由的关系，哪怕是一种最简单、最狭隘的，刚好能合理解释经验自我最卑劣行径的神学，即哪怕是某个胡桂瑙的私人神学，它仍然服务于自由，甚至对它来说，自由是真正的演绎中心，真正神秘的演绎中心（对胡桂瑙而言，至少从他在拂晓离开战壕，为了获得自由而做出看似非理性却非常理性的行为的那一天起，就是如此。他从那一天起努力追求过的一切，和他这一辈子仍将努力追求的一切，都是对当时第一次庆祝和之后节日中的行为的重复）。自由几乎就像一个特殊而崇高的范畴，仿佛凌驾于一切理性和非理性之上，既像终点，又像起点，等同于绝对，而绝对让自由闪光，自由把绝对照亮，这是火谷中的一道终极柔光，划破天际。非理性和理性向来水火不容，理性也不会再次消散在生动情感的和谐之中，前提是它们两者并不共有一个令人敬畏的更高存在，即既是最高现实又是最低非现实的存在：只有现实与非现实凝聚结合，世界才会具体完备——这就是自由的观念，即世人有权不断重生，因在尘世无法实现，所以必须不断重新踏上重生之路。啊，走向自由的责任是多么痛苦！啊，不断重复的认知革命是多么可怕！这种认知认为，绝对有权反抗绝对，生活有权反抗理性。理性的辩护，看似自我背叛，解放了与理性绝对对立的非理性的绝对，辩护的理由是，理性也是终极保证，即获得解放的非理性力量将再次合并成一个价值体系。任何价值体系都必须服从于自由，即使是最简单的价值体系，它也在寻找自由；即使是深陷尘世孤独与自主之人，他充其量享有杀人自由、入狱自由，至多享有叛逃自由；即使在被剥夺了一切价值之后，他会遭受所有的世俗压迫——在直面永恒气息时，在孤独的黑夜中，自由的星象会为每个人闪亮：梦，人皆有之，无论正义与邪恶，都要实现；在黑暗和沉闷的人生中，实现梦想，才能享受自由。因此，有时胡桂瑙会突然觉得，自己仿佛坐在洞穴或幽暗深井之中，仿佛正看着外面的冰天雪地。寒意就像一条孤独的衣带缠绕着洞口，而生命就消逝在遥远的景象中，消逝在昏暗的苍穹下。然后他心中生出一股强烈的渴望，想要爬出这个牢笼，去享受外面的自由和孤独，它们两者的存在，他似有所察觉，仿佛他一个人能从某处看到；这像是一种明悟，孤独至极最终必定会突变为热闹至极，但这最多只是个无力的幻想，外面也许可以强迫他人以友好、热忱的态度欢聚一堂，以死相逼或施暴相胁，或至少用耳光逼迫他人，接受他并倾听他还无法说出的美好真相。因为，尽管他在举止行为和生活方式上与他人几乎完全相同；尽管他的人生列车，正在一条轨道上，一条自他青年时代被推上之后就绝对没想离开的轨道上，越来越平稳地驶向远方；尽管这是一种非常感性，甚至非常实在，就在这里走向死亡的生活，但在某个方面，这似乎变得更高、更轻了，因为每过一天，他的孤立感和孤独感就更增一分，可他却不再感到痛苦：与世隔绝，却又身在其中，世人纷纷离他而去，前往变得越来越遥远、越来越渴望的远方，但他并不想跨过远方。就算在这一点上，他也与任何其他凡人没有丝毫差别，因为他们每个人都知道，人生太短，来不及沿着这条始终螺旋向上的道路走到尽头。在这条路上，所有的逝去过往，所有的沉没陷落，都会复活为更高的目标，让人一步一步地重新陷入更遥远的迷雾中：自成一体的环形大道，无休无止；

圆满之路，没有尽头，清晰的实在，其中万物崩散，彼此分离，退至极点，退至世界尽头。在那里，所有碎片重聚一体；在那里，彼此之间再无距离，非理性显现身形；在那里，恐惧不再变成渴望，渴望不再变成恐惧；在那里，自我的自由再次汇入上帝的柏拉图式自由中。自成一体的环形大道，无休无止，圆满之路，没有尽头，而这条道路，只有实现本性之人才能踏上——却是无人可及。

无人可及！就算胡桂瑙去到的是一个革命体系，而不是商业体系，他也依然无法转头踏上圆满之路。因为谋杀仍是谋杀，邪恶仍是邪恶，价值领域局限于个人及其非理性本能的市侩庸俗，任何这种价值崩溃的最终产物，仍是绝对堕落的点，几乎仍是永恒绝对的零点，而这个零点是且必须是所有价值的尺度和所有价值体系的共有，无论它们之间的相对关系如何，因为任何在思想上和逻辑本质上不服从"可能经验条件"的价值体系都是无法建构的；这为所有体系共有的逻辑结构以及与逻各斯相关的先验不变性投下了经验的影子。从相同的逻辑必然性中似乎可以得出，一种价值体系必定会过渡到价值割裂的那一个新零点。这种过渡必定会跨越一个世代，而这个世代与新旧价值体系都没有任何关联，并且正是在这种毫无关联之中，在这种几近疯狂地漠视他人痛苦之中，在这种最极端的价值剥夺之中，从伦理和历史的角度，为冷酷无视革命时期一切人道行为的这种行为提供了合法证明。或许必须如此，因为只有一个如此绝对沉默着的世代，才能忍受绝对的景象和突然迸发的自由火光：一道划过最深黑暗的光芒，它急促闪耀着，只划过最深的黑暗，它的尘世影像，像黑水池中的倒影。它的沉默在尘世的回响，是杀人时的金铁相撞之声，更是无法穿透的缄默之声，像一堵隆隆巨响的沉默之墙，竖立在人与人之间，让人的声音既无法穿过去，也无法穿过来，让人不得不为之颤抖。可怕的镜子，理性冲向绝对时的可怕回声！在尘世的对立中，理性的严苛将变成胁迫，变成无声的暴力。作为理性的神圣目标的理性直接将变成非理性的直接，而非理性已经迫使人们勉强沉默服从；理性的无限提问链将成为非理性的单节提问链，而非理性不再提问，只会行动，驱散一个不再存在的集体，因为这个没有力量却充满恶意的集体，正在血海中淹死，在毒气中窒息。啊，上帝的孤独，尘世的对立，是何等孤独的死亡！陷入理性解放后的恐惧之中，受命为理性效劳，却又不知何为理性。一个重大事件的囚徒，是其非理性的囚徒，他就像野人，身在邪恶魔法之中，看不穿手法与结果之间的联系，他就像疯子，无法摆脱其非理性和超理性的纷乱，他就像罪犯，无法找到更理想集体的价值现实之路。过去，无可挽回地从他身边消失，未来，无可挽留地从他身边逃走，隆隆的机器声没给他指明通往终点之路，终点遥不可及，无边无际，在无限迷雾之中，他举起绝对的黑色火炬。可怕的生死时刻！可怕的绝对时刻！这种绝对需要一个世代去承受和忍受，而这个世代已经自我抹杀，对在自身逻辑的驱使下进入的无限毫无所知——他们无知、无助、无谓地暴露于冰冷飓风之中，他们必须忘却才能活着，他们也不知道自己为何而死。他们的道路是阿赫斯维的道路，他们的责任是阿赫斯维的责任，他们的自由是猎物的自由，他们的目的就是忘却。迷失的一代！就如邪恶本身一样，并不存在，在无法辨别的罪恶泥淖中，既无特征，也无历史，注定迷失在时间长河之中，在一个创造绝对历史的时代中，不留下任何故事。无论个人对革命事件的态度如何，是反动地依附于陈旧的形式，像任何保守主义者那样，把美学看作伦理，还是因消极的利己认知而置身事外，又或是屈服于自身的非理性本能，投身于颠覆性的革命工作。

命中注定他依然是不道德的，依然被时代抛弃，依然被时间抛弃。然而时代精神却没有这样也从未这样强大过，在伦理和历史上都如此真实，就像在那最终，同时也是最初的爆发中一样，而这种爆发就是革命——自我毁灭和自我革新的行为，腐朽价值系统最终和最大的伦理行为，新生价值系统最初的伦理行为，在绝对零点的激情中，彻底创造历史、消灭时代的一刻！

意识到自己孤独，不敢回忆的人，也是内心充满恐惧的人；他是个被征服者，也是个被放逐者，重新陷入了造物才有的至深恐惧，既受暴也施暴之人的恐惧之中，重新陷入了让人无法抗拒的孤独之中，他的逃离、他的绝望和他的麻木都会变得强烈无比，让他忍不住想自寻短见，摆脱冷酷无情的事件规律。由于害怕即将从黑暗中突然发出的审判之声，他的内心倍加渴望，能有一位领路人，轻柔地牵起他的手，为他整顿秩序，指明道路方向。这个领路人，不再是任何人的追随者，领头走在未曾走过的自成一体的环形大道上，向上越走越高，越走越接近光明；这个领路人，将重新建殿，以此使亡者复活，他自己也从众多的亡者中复活；这个救世主，将用自己的行为给这个时代中的不可理解之事赋予意义，从而开创新的纪元。这就是渴望。然而，就算领路人来了，期望中的奇迹也不会出现：他的生活将是平凡的尘世生活。正如信仰已沉入“认定为真”之中，“认定为真”已沉入一种永远理性的宗教信仰之中一样，救世主毫不起眼地游历人间，也许此刻就是穿过街道的路人——因为无论他走在哪里，无论是在熙攘杂乱的都市街道上，还是在乡下田间的落日余晖中，他的路是锡安之路，却也是我们所有人的路，是寻找非理性邪恶和超理性邪恶之间的浅滩。就连他的自由也是痛苦的使命自由，是自我牺牲和对历史的赎罪，就连他的路也是考验之路，需要一路苦行，就连他的孤独也是孩子的孤独，也是儿子的孤独，在被父亲遗弃之后，他的目标便消失在遥不可及之处。尽管如此，希望领路人知晓，也就是自己知晓，感知恩典，就是恩典。尽管我们的希望是徒劳的，即有一天，在领路人的可见生活中，绝对会在尘世成为现实，但目标依然可以无限接近，接近这个目标的弥赛亚式的希望依然不可破灭，价值依然会永远重生。即使我们被越来越沉默的抽象所包围，每个人都遭到冷酷至极的逼迫，身体被抛入虚无，自我被抛出虚无，但自我就是掠过整个世界的绝对之风。从对真相的猜测和感觉之中，萌生由庆祝和节日带来的安全感，让我们知道，每个人的心底都有小火花。合一依然不会失去，卑微人类的友爱之心依然不会失去，在他们的恐惧至极中闪耀着的对上帝恩典的恐惧，不会失去，也未曾失去。人类的合一，照亮万物，超越时空，永恒不朽。合一，散发万道光芒，圣化一切生者——象征的象征，镜子的镜子，从沉入黑暗的存在中冒出，从疯狂和无梦中涌现，就像一个获得重生的生命，一个从未知中冲出的生命，一个充满母性的生命。象征的本征，在非理性的反抗中，抹杀了自我，打破了自我的界限，停止了时间，湮灭了空间。在冰冷的飓风中，在漫天的风暴中，牢门全部打开，牢房地基摇晃，从最浓的世界黑暗中，从我们最苦最浓的黑暗中，有人对着无助者大声呼喊。这个声音把过去与所有未来相连，把孤独与所有孤独相连，它不是可怕之声，不是审判之声，它在逻各斯的沉默中犹豫着，却被这种沉默承载着，高举到并不存在的喧嚣之上。它是个人之声，它是大众之声，它是安慰之声，它是希望之声，它是千钧一发之际的善意之声："不要伤害自己！我们都在这里！"

《梦游人》全书终

1928 年—1931 年于维也纳

偶然的相遇,数载的执着

——《梦游人》译后记

在从事布洛赫作品的翻译之前,我只是一名技术翻译,每天需要面对的是技术文献资料,包括操作手册、企业标准、集团内部各项准则等等。但在一个偶然的日子里,我与奥地利著名作家赫尔曼·布洛赫先生的文学作品结下了不解之缘。

2018 年 4 月,上海翻译家协会的公众号发布了上海外国语大学梁锡江教授的一篇介绍布洛赫先生的小说《维吉尔之死》的文章[①],我看到第一段第一句“很遗憾的一件事情就是,有太多太多德语的重要著作没有被翻译成中文”时就被击中了:我做技术翻译,翻译得再多也都是别人的东西;我为什么不留下一点自己的东西?后来我看到了止庵老师写的《期待中的译作》等文章,发现很

① 这篇公众号文章现在已经没有了,但在同济大学中德人文交流研究中心的网站上有相同内容的文章,题为《〈维吉尔之死〉——与〈尤利西斯〉相媲美的现代德语文学杰作》。

多人都表达了对中国至今尚无布洛赫先生的小说《维吉尔之死》中译本的遗憾;我又看到在法国《理想藏书》书目中德语文学的第一本就是他的代表作《维吉尔之死》。不知天高地厚,几乎从无文学翻译经验的我顿时就决定了:我要翻译他的作品。

布洛赫是谁?他是一位被世人遗忘很久的奥地利文学大师,与卡夫卡、穆齐尔、贡布罗维奇一起被昆德拉并称为"中欧四杰"。著名思想家汉娜·阿伦特把他的小说与乔伊斯、普鲁斯特的小说相提并论,认为他的小说改变了传统小说的叙事模式,开启了现代小说的新方向。一大批著名作家,例如捷克的米兰·昆德拉、墨西哥的卡洛斯·富恩特斯、美国的苏珊·桑塔格,以及印度的库什万特·辛格,都自称深受布洛赫小说的启发,努力创造出自己的诗学[①]。

我知道,布洛赫在德语世界中具有无可替代的地位。我希望可以通过自己的翻译,填补国内布洛赫作品的翻译空白,让更多读者知道这位伟大的作家。虽然,在翻译布洛赫之前,我未从事过文学翻译,但十多年的技术翻译经历也让我见过、啃过许多很难翻译的文档,积累了不少德语翻译经验。因此,我相信自己可以胜任布洛赫作品的翻译工作。然而,无情的现实告诉我,《维吉尔之死》是一块极其难啃的骨头:我无数次想要放弃,又无数次重新挑战,却始终跨不过第二章。我当然不甘就此罢手,于是就想从他的第

① 见 *Hermann Broch, Visionary in Exile: The 2001 Yale Symposium*.

一部小说《梦游人》三部曲开始，等翻译完他的其他小说，熟悉他遣词造句的风格后再回头来翻译《维吉尔之死》（这是我内心立下的一个目标），所以就把《梦游人》三部曲作为我文学翻译之路上的第一部小说。

《梦游人》是布洛赫先生于1931年出版的首部作品，小说以三个年代的故事依次展现了1888年至1918年间的时代变迁，从价值崩溃历史观的角度，艺术地再现了西方传统文化的衰亡过程。埃里克·W.沃格林和戈登·A.克莱格等社会学家和历史学家都曾指出《梦游人》对理解现代欧洲历史有很大的帮助。

翻译的过程当然不是一帆风顺的。有人说，布洛赫先生是20世纪行文最为晦涩、句式最为复杂的德语作家。我在翻译《梦游人》的过程遇到了很多棘手的问题，这里仅举两例：一个是《梦游人》中有好多结构复杂的句子（这大概是德语小说的共同特点），所以如何厘清结构并保持译文行文的连贯完整就成了一件让我很头疼的事，有时候我不得不为了保持行文连贯性而放弃易读性，采用略显拗口的长句而放弃通顺易读的短句；另一个是布洛赫先生很喜欢造词，许多单词在各大字典里都找不到解释，我经常在检索、阅读了大量的资料和文献后发现，这个词天底下就只有他一个人用过，也许还只用过一次，这时我就只好按照构词法，根据上下文揣测推敲了。

可以说，我为翻译《梦游人》吃尽了苦头，但我不想让这本书砸在自己手里，不想退缩。从2018年开始到2020年初结束，我严格按照自己设定的翻译计划，以第一部每天翻译约 1.5%，第二部 1%，第三部 0.7%的速度及与之相对应的自我审校速度，用了近两年的时间完成了翻译。

在翻译《梦游人》的过程中，我自己搭建了一个网站（hermann-broch.com），用于发布自己的译文，接受一些关注布洛赫的读者们的反馈，在互动中听取他们的建议、回答他们的疑问、改正译文中的错误。在完成译稿后，我与浙江出版集团数字传媒有限公司签订了数字出版合同，并于 2020 年 4 月以“明诚致曲”为笔名在线出版了这部小说（根据合同条款要求，我删除了在自己网站上发布的大部分内容）。随后，我与国际赫尔曼·布洛赫学会取得联系，在书信往来中向吕茨勒教授[①]讲述了该小说的出版情况、我的翻译计划以及国内对布洛赫先生的关注度等，并在 7 月受邀加入了该学会。同年 9 月，我的这部译作得到了浙江文艺出版社上海分社编辑中心主任李灿老师的关注，随后我与浙江文艺出版社签订了出版合同。非常感谢编辑汤明明老师和王希铭老师，她们对我的译文做了非常仔细和严格的审读，提出了许多宝贵建议，指出了一系列的错误和不足，和我一起推敲了某些句子或词语的逻辑问题，在译文质量的提高上，她们给了我很大的帮助。

无论中外，翻译工作都是一件不一定讨好但肯定吃力的事：自从接触布洛赫先生的小说以来，我几乎全年无休，每天都是家人

① Paul Michael Lützeler，国际赫尔曼·布洛赫学会主席，美国当代著名学者，美国圣路易斯华盛顿大学罗萨·梅人文学科名誉教授，麦克斯·凯德当代德语文学研究中心主任。

皆睡我独醒,不但要完成自己的技术翻译工作,而且也要按计划实现我的文学翻译梦想。从2018年到2022年年底这四年多的时间里,我依次翻译了《梦游人》《着魔》《无罪者》《未知量》《维吉尔之死》,记得2019年、2020年春节我在改《梦游人》三部曲的译稿,2021年、2022年春节则分别是在修改《着魔》和《无罪者》,想必2023年春节要轮到《维吉尔之死》了——终于圆满了(《未知量》已在2022年夏修改完毕)。2018年立下的翻译布洛赫小说的目标快要实现了。

我会继续努力"吃力"地翻译下去。

黄 勇

2022年11月于上海

一本书打开一个世界

欢迎订购、合作

订购电话：0571-85153371

服务热线：0571-85152727

KEY-可以文化

浙江文艺出版社

京东自营店

关注 KEY-可以文化、浙江文艺出版社公众号，

及浙江文艺出版社京东自营店，随时获取最新图书资讯，

享受最优购书福利以及意想不到的作家惊喜